북한 문학예술의 지형도 4

3대 세습과 청년지도자의 발걸음
: 김정은 시대의 북한 문학예술

북한 문학예술의 지형도 4

3대 세습과 청년지도자의 발걸음: 김정은 시대의 북한 문학예술

© 남북문학예술연구회, 2014

1판 1쇄 인쇄__2014년 06월 02일
1판 1쇄 발행__2014년 06월 15일

지은이__김성수 마성은 박영정 배인교 오양열 오창은 오태호 유임하 이상숙 이지순
펴낸이__양정섭
펴낸곳__도서출판 경진
　　　　　등록__제2010-000004호
　　　　　블로그__http://kyungjinmunhwa.tistory.com
　　　　　이메일__mykorea01@naver.com

공급처__(주)글로벌콘텐츠출판그룹
　　　　　대표__홍정표
　　　　　편집__김현열 노경민 김다솜 **디자인**__김미미 **기획·마케팅**__이용기 **경영지원**__안선영
　　　　　주소__서울특별시 강동구 천중로 196 정일빌딩 401호
　　　　　전화__02) 488-3280 **팩스**__02) 488-3281
　　　　　홈페이지__http://www.gcbook.co.kr

값 23,000원
ISBN 978-89-5996-256-3 93810

북한 문학예술의 지형도 **4**

김정은 시대의 북한 문학예술

3대 세습과 청년지도자의 발걸음

남북 문학예술연구회 지음

도서출판 경진

서 문

이 책은 2011년 말에 출범한 북한 김정은 체제의 문학예술에 대한 남북문학예술연구회의 공동 연구 성과를 모은 논문집이다. 그동안 김정은 체제의 정치·경제·사회 동향을 분석·평가·전망한 정책보고서와 논문은 적잖이 제출된 반면, 문학예술에 대한 본격적인 집중 조명은 별반 없었다. 이에 이 책에서 2년간의 집중적인 논의 결과를 학계에 중간보고하고 검증받기로 한다.

김정은 체제의 본질과 관련하여 현재 상황뿐만 아니라 미래를 전혀 예측할 수 없는 것이 엄연한 사실이다. 그렇다고 마냥 손 놓고 있을 수는 없는 일이다. 급변하는 정치 현실과 조금은 거리를 두면서 우회적인 인식 통로인 문학예술의 현황을 기동력 있게 분석 평가하는 것도 연구자의 책무요 학계의 의제를 선점하는 의미가 있을 터이다. 최소한 김정은 시대 초 2년간 이루어진 문학예술계의 동향을 객관적으로 소개·평가하고 미래를 전망하는 기초적인 조사 보고의 의의는 있다고 자부한다. 물론 새 정권이 들어선 지 2년 남짓밖에 경과하지 않았기에 김정은 '시대'라고 명명하기엔 이른 감이 없지 않지만, 적어도 문학예술 작품을 통해 볼 때만큼은 김정은 체제가 어느 정도 안착되었다고 판단된다. 물론 이러한 중간 결론에 이르기까지 우리는 많은 고민을 거듭하였다. 저널리즘의 일시적 기획이나 개별 학자들의 일회적 논문 모음이 아니라 오랜 동안의 공동 연구가 자연스레 쌓여 여기까지 오게 되었기에 가능한 판단이기도 하다.

문학예술을 통해 김정은 정권을 분석 평가한 본 연구회는 북한 문학예술을 1차 자료, 원전으로 접근하고 통일에 기여하자는 문제의식을 공유한 소장 학자들의 모임이다. 특정 학연과 이념, 기존 학계, 제도권의 틀을 뛰어넘는 자발적인 연구자 조직으로 2006년 이후 매년 연구 성과를 개인 및 공저로 낸 바 있다. 연구회 공저로 북한문학의 개괄적 소개 논문집인『북한의 언어와 문학』(경인문화사, 2006), 북에서 등단한 현역 작가론집인『북한문학의 지형도』(이화여대출판부, 2008), 김정일 시대의 문학을 '선군시대 문학(1997~2008)'으로 규정하여 상론한『북한문학의 지형도』2(청동거울, 2009)를 냈다. 2010년 경 남북 관계가 적대적으로 돌변하고 북한 문학예술에 대한 학문적 관심이 급격히 줄어든 주객관적 상황 악화로 연구회가 잠시 침체에 빠진 적이 있었다. 그래서 처음부터 다시 시작하자는 취지로 남북 문학의 분단 기원부터 전쟁기까지 긴 호흡을 가지고 원전들을 꼼꼼하게 읽어나갔다. 그 성과가『해방기 북한문학예술의 형성과 전개』(북한문학예술의 지형도 3, 역락출판사, 2012.3)이다.

2011년 말부터 2014년 초까지는 3년째 8.15해방~6.25전쟁까지의 원전을 차분하게 재조명하는 월례 모임과 2009년 이후의 최신 문학예술을 현재진행형으로 분석·평가하는 모임을 병행하였다. 연구회의 역량이 최대한 발휘된다면 '6.25전쟁 전후 문학예술'을 다룬 공동연구 성과와 '김정일 시대 말기부터 김정은 시대 초기(2009~2013) 문학예술'에 대한 논문집이 나올 터이다. 그 과정에서 김정은 체제가 초기의 우려와는 달리 안정적으로 자리 잡자 김정은 시대 초기의 문학예술을 본격 조명한 연구 성과부터 먼저 공개하여 학계의 평가를 받고자 하여 책을 내게 되었다. 이 책은 2011년부터 최근까지의 문학예술을 함께 검토한 성과를 북한연구학회의 2012년 동계학술대회(2012.12)와 국제한인문학회·한국문학평론가협회 공동 주최 국제학술회의(2013.6)를 통해 중간보고한 논문을 모은 것이다. 그 내용은 김정일 시대 말기부터 김정은 시대 초기(2009~2013)의 문학예술 총론과 시, 소설, 아동문학, 연극, 음악 등의 장르별 동향을 미시적으로 검토한 논의들이다. 구체적으로는 2009~2013년의『조선문학』·『조선예술』

·『아동문학』·≪문학신문≫ 등을 주 텍스트로 하여 신구 지도자의 형상을 담은 '수령문학'과 주민생활상을 그린 '사회주의 현실 주제'문학, 그리고 예술 작품과 공연을 세부 주제별로 분석·평가·전망하였다.

이지순은 김정일 시대 말기 서사시와 김정은 시대 초기 서정시 분석을 통해 새로운 지도자 김정은의 문학적 상징으로 '발걸음/발자국' 담론을 포착하고 죽은 지도자 김정일의 추모문학을 '애도와 구원의 코드'로 의미화한다. 나아가 예의 '발걸음' 이미지가 서사시 이외의 여러 서정시들에도 집중, 확산되는 것을 추적하고 그를 통해 김정은이란 청년 지도자의 '젊음과 열정의 이미지가 혁명의 교체'를 맥락화한다고 분석한다. 이상숙은 김정은 시대 초기 서정시에서, 겉으로 드러난 '김정일 애국주의, 3대 세습, 발걸음, 광명성, 핵실험' 등의 화려한 이미지와 담론전략 속에 숨겨진 이면을 읽어낸다. 그들 이미지의 속내가 실은 주민의 식량문제조차 제대로 해결하지 못한 '쌀의 균열'을 견디지 못하고 있는 것은 아닌지 그것을 시인들이 미묘하게 달리 감지한 것은 아닌지 조심스레 추정하고 있다.

김성수는 이 시기 문학이 김정일 말기의 선군 담론과 민생 담론을 승계하면서 동시에 친근한 청년 지도자로서의 새로운 수령 형상화에 성공했다고 평가한다. 선군 담론의 구심력이 수령문학에 남아 있는 한편, '인민생활 향상'(민생) 담론과 청년·미래 담론이 '사회주의 현실 주제'문학의 중심이며, 전체적인 방향은 '선군과 민생 사이의 길항관계'에서 '병진노선'으로 간다고 전망한다. 오태호는『조선문학』, 2012년 1년 동안 게재된 단편소설 43편을 미시 분석하여 김정은 시대 초의 주민생활상을 개괄적 실증적으로 보고한다. 그 결과 '사회주의 현실' 문학의 주제를 '김정일 애국주의'의 추구, '최첨단 시대'의 돌파, '긍정적 주인공을 통한 양심과 헌신의 목소리' 등으로 정리한다.

유임하는『조선문학』, 2013년 7호의 '전승 60주년' 특집을 분석한 결과 김정은 체제의 발 빠른 안정을 도모하기 위한 방편으로 6.25전쟁의 기억이 전유되고 있음을 정교하게 의미화한다. 김정은 체제의 안착과 직결된 '지금의 전쟁'은 과거의 전쟁기억을 '정치로서의 전쟁' 과 '전쟁으로서의 정치'라는 두 국면에서 포괄하고 있으며 그 중심에 는 1960년대 김일성이 추구했던 국방·경제 병진정책을 호명하고 전 유하는 현상이 뚜렷하다고 본다. 오창은은 2012년치 주요 소설을 검 토하면서 '기억과 재현의 정치행위'로 그 의미를 파악한다. 특히 '김 정일 사망'이라는 '중대보도'의 재현이 갖고 있는 내적 의미를 분석 하고, 선군정치와 인민생활을 동시에 강조하는 김정은 체제의 딜레 마에 주목한다. 마성은은 『아동문학』의 다양한 텍스트들을 검토함으 로써, 김정은 시대 초기 아동문학의 동향을 살펴본다. 그 결과 아동 문학 분야에도 젊은 지도자 김정은의 후계 선전을 위한 발걸음 이미 지가 널리 활용되고 있으며 자기 시대를 '최첨단의 시대'로 규정하면 서 '5점꽃'(5점 만점의 성적) 담론으로 상징되는 높은 교육열을 나타낸 다고 파악한다.

박영정은 김정은 시대 초기의 문화예술의 변모양상을 다채롭게 스 케치하고 있다. 아버지 김정일을 할아버지 김일성과 동격으로 신격화 하는 거대한 문화예술품 창작을 통해 후계구도를 안정화하는 시도에 주목한다. 가령, 1950년대 천리마 시대를 그린 경희극 〈산울림〉(1961) 과 1990년대 '고난의 행군' 시기를 배경으로 한 연극 〈오늘을 추억하 리〉(1998)를 2010년대에 리메이크하고 텔레비전으로 녹화 중계하는 현상도 후계구도 안정화로 의미를 파악한다. 다른 한편, 김정은 시대 초의 사회문화적 특이점을 조망한 결과, '인민생활 향상'을 위한 위락 시설 건설붐 덕에 나라 전체가 '유원지 공화국'으로 불릴 정도라든가 전보다 파격적인 공연을 선보인 모란봉악단을 통한 '열린 음악정치' 의 가능성 등 변화를 읽어낸다.

배인교는 김일성 시대의 국립교향악단, 은하수관현악단의 공연과 김정은 시대에 새로 창단된 모란봉악단의 2012년 당창건기념음악회 를 비교하여 김정은 시대의 음악정치의 미래를 전망하고 있다. 그 결과 김정은 시대의 연주자들도 큰 틀에서는 선배들처럼 음악으로 사회주의 낙원을 선전하고 후계 구도를 공고화시키며 체제 질서를 유지하기 위해 노력할 테지만 그 속에서나마 인민의 새로운 요구에 맞게 변화를 시도할 것으로 예상하고 있다.

이상과 같이 김정은 체제 초기의 문학예술 현황과 동향을 논의했으나 문학 이외의 예술 전 장르를 아우르는 본격 논의는 미진한 감이 없지 않다. 이에 문학, 미술, 음악, 가극, 연극, 무용, 교예(서커스), 영화 등의 전 분야를 촘촘하게 망라한 장르별 개관을 보론으로 싣는다. 보론은 오양열의 「2012년도 북한 문학예술계의 성과와 동향」(『2013년도 문예연감』, 한국문화예술위원회, 2013.12)의 일부를, 필자의 동의를 얻어 연구회 편집위원회에서 개제·축약한 것이다.

이 책에서 공동 연구를 수행한 연구회 필자들은 총론이든 각론이든 가릴 것 없이 문학예술을 통해 김정은 정권이 '체제'로 안착되고 '시대'로 명명될 수 있다고 잠정적으로 전제하였다. 김정은 시대 초기의 문학예술이 '김일성=김정일=김정은' 명제의 상징을 통해 부조의 권위를 성공적으로 승계하고 '인민생활 향상'을 위한 다양한 변화를 꾀하고 있긴 하지만 아직은 크게 보아 '선군문학예술'의 자장에서 그리 크게 벗어나지 못했다는 평가가 가능하다. 앞으로 그 지속과 변모의 어느 쪽으로 무게중심이 쏠릴지는 계속 두고 볼 일이다. 제대로 된 전망을 하기 위해서도 문학예술 원전을 꼼꼼히 읽고 섬세하게 분석 평가하는 공동 연구는 지속될 터이다. 이 책은 그 작은 출발일 뿐이다.

마지막으로 필자들과 함께 공부한 공동 연구자들, 북한의 최근 문학예술 동향을 정리한 옥고를 수정해서 보내주신 박영정, 오양열 선생님께 깊이 감사드린다.

2014년 3월
필진을 대표하여
김성수 삼가 쓰다

목차

김정은 시대 초의 북한문학 동향[※]

: 2010~2012년 『조선문학』·≪문학신문≫을 중심으로

김성수

1. 문제 제기: 전통의 계승과 변화

이 글은 2011년 말 김정일의 사망으로 인한 김정은으로의 정권 교체 초기 북한문학의 전반적 동향을 개관하는 데 목적을 둔다. 김정일 시대 말기 주체문학과 선군문학의 추이를 간략히 정리하고 김정은 시대 초기의 선군문학 담론이 어떻게 변모하는지 시, 소설, 비평 등 문학작품과 수령 담론 등을 통해 분석하고 추후 동향을 전망하고자 한다. 특히 2011~2012년 북한문학에 나타난 새로운 최고 지도자 김정은의 수령 형상과 그를 둘러싼 담론을 분석하여 새 정권 초기 북한문학의 새로운 변화를 심도 있게 검토하려고 한다. 이를 위해 2011년 말 김정일의 사망 전후부터 김정은이 '국방위원회 제1위원장, 조선인민군 최고사령관 및 조선로동당 제1비서'로 활동하고 있는 2012년

※ 이 글은 김성수, 「김정은 시대 초의 북한문학 동향: 2010~2012년 『조선문학』·≪문학신문≫ 분석을 중심으로」, 『민족문학사연구』 50호(민족문학사학회, 2012.12)를 단행본에 맞게 수정한 것이다.

11월에 걸쳐 주간 ≪문학신문≫과 월간 『조선문학』에 발표된 시, 소설, 비평, 수필, 정론 등을 면밀하게 검토 분석하였다. 이를 통해 지난 20여 년간 전개된 김정일 시대 북한문학을 간략히 정리하고 새로운 김정은 시대 초기의 문학적 변화를 살펴봄으로써 궁극적으로 2013년 이후 한반도의 문학적 향방을 전망하고자 한다.

주체사상이 유일사상체계로 정착된 1970년대 이후 현금의 북한문학은 지도자를 그리는 '수령 형상' 문학작품과 주민들의 생활을 반영하는 '사회주의 현실 주제' 문학작품으로 대별될 수 있다. 여기에서는 주체문학의 자장 속에서 선군문학 담론을 새롭게 정립시켰던 김정일 시대 말기의 지도자 이미지와 함께 김정은 시대 초기의 지도자를 새롭게 형상화한 문학적 변모를 추적, 분석하는 '수령 형상' 문학작품을 주로 고찰하고자 한다.[1]

먼저 2012년 북한의 새 지도자인 김정은의 문학적 형상을 다룬 연구사부터 검토하기로 한다. 기실 김정은의 통치가 시작된 지 채 1년이 되지 않았기에 그의 수령 형상 문학을 다룬 기존 연구는 별로 많지 않다. 정영철은 아버지 김정일에 비해 권력 승계작업이 급속하게 이루어진 김정은의 '대중적 권위 만들기'를 주목한다. 그에 따르면 2012년 북한에서 '김일성=김정일=김정은'의 등식으로 만들어내어, 궁극적으로 김정은의 역사를 신격화하고 그를 중심으로 한 체제를 구축하고자 할 것이다. 하지만 위로부터의 '신화 만들기'와 선전선동이 일정한 수준에서의 설득력을 갖춘다고 할지라도, 중요한 것은 현실에서의 삶의 문제와 결합되지 못한다면 한계에 직면할 수도 있을 것으로 전망한다.[2] 이지순은 2011년 말의 김정일 사망 이후 김정은

---

1) 김정일 시대 북한문학의 결정적 키워드였던 '선군문학'의 추후 전망과, 김정은 시대 초기 전반적인 주민생활상의 변모를 형상화한 '사회주의 현실 주제' 문학은 이 책에 실린 김성수의 「김정은 시대 초(2012~2013) 북한의 '사회주의 현실' 문학 비판: '선군(先軍)'과 '민생' 사이」에서 상론한다.
2) 정영철, 「김정은 체제의 출범과 과제: 인격적 리더십의 구축과 인민생활 향상」, 『북한연구학보』 16-1, 북한연구학회, 2012.8, 1~23쪽.

체제의 성격 파악을 위한 서사시 분석을 통해 "발걸음(또는 발자욱소리)" "장군님의 모습 그대로" 등의 담론이 김정은을 문학적으로 상징한다[3]는 논리를 찾고 있다.[4] 「빛나라, 선군장정 만리여!」(2010), 「영원한 선군의 태양 김정일 동지」(2012) 등의 《문학신문》 수록 서사시를 분석하여 문학적 선전 양상의 기조를 맥락화했기에 이 분야의 중요한 성과가 될 터이다. 왜냐하면 북한체제에서 서사시란 단지 영웅을 주인공으로 하는 서사적 이야기라기보다는 북한식 역사 서술의 장이면서 체제 신화의 공간으로 작동되기 때문이다. 따라서 그에 따르면 이 시기 서사시는 일차적으로는 김정일 추모시의 성격을 지니면서, 이차적으로는 새로운 최고지도자가 된 김정은에 대한 대중적 승인을 어떻게 이끌지 잘 보여준다고 하겠다.[5]

다만 기존 연구에서 아쉬운 점은, 정영철의 경우 정치적 사회학적 접근법이라 구체적인 문학예술 작품을 대상으로 하지 않았고 이지순의 경우엔 김정은의 형상을 다룬 다양한 텍스트를 논거로 삼지 않은 채 일반화를 서둘렀다는 사실이다. 가령 김정일이 1960년 8월 25일 '서울류경수105땅크사단'을 방문하여 이른바 '선군혁명 영도'를 시작한 지 50주년을 기념하는 시 「빛나라, 선군장정 만리여!」의 '발자국' 담론은 김정일의 현지 지도를 상징하는 것인데도 김정은의 자취로 확대 해석하는 등의 논리적 무리수가 보인다. 이에 이 글에서는 김정일 시대 말기와 김정은 시대 초기의 실제 텍스트를 통해 주체문학−선군문학 담론이 어떤 면에서 전통을 계승하고 어떤 점에서 새로운 자

3) 이지순, 「북한 서사시의 김정은 후계 선전양상」, 『북한연구학보』 16-1, 북한연구학회, 2012.8, 217~243쪽.

4) 발자국, 발걸음 담론이 김정은을 암시한다는 주장은 이지순 이전에 이미 북한 전문 기자들이 보도한 바 있다. 장용훈, 「北노동신문, 김정은 후계 암시 '장문의 시': 김정은 지칭 '발걸음', '당중앙' 표현 등장」, 연합뉴스, 2009.8.25. jyh@yna.co.kr http://blog.yonhapnews.co.kr/king21c/; 손원제, 「北후계자 김정은 찬양가요 '발걸음' 공인」, 한겨레 뉴스, 2009.10.26, 22:42(http://www.hani.co.kr/arti/politics/defense/384018.html); 안용현 기자, 「北 노동신문 '김정은 후계' 암시 詩 게재」, 《조선일보》, 2010.8.25.

5) 이지순, 앞의 글, 218쪽, 240쪽.

기 갱신과 변화를 모색하는지 살펴볼 것이다. 수많은 문헌 텍스트를 종횡으로 고찰하되, 개별 텍스트의 미적 완성도보다는 작품군의 담론 분석적 접근법을 통해 동향 파악과 향후 전망을 추정하기로 한다.

2. 김정일 시대 말기 선군문학의 향방과 승계담론

1) 김정일 시대의 선군과 민생 담론

먼저 김정일 시대 말기 주체문학과 선군문학의 추이를 간략히 정리하기로 한다. 김정일 시대(1994~2011) 북한문학의 키워드는 '주체문학'과 '선군(先軍)문학'이다. 1994~2011년까지 17년간을 김정일 시대라 할 때 북한 사회의 흐름은, 초기의 '유훈통치기'와 '고난의 행군, 강행군' 시기를 거치면서 '선군(先軍)시대'로 자기정립을 했다고 할 수 있다. 1990년대 중후반 한때의 체제 붕괴 위기를 거치면서 인민생활은 대폭 악화되었지만 김정일 체제는 선군 담론으로 더욱 견고해졌으며 위기를 넘기는 데 공헌한 군(軍)의 위상이 절대화되었다. 문학도 '선군(先軍)혁명문학'이란 슬로건 아래 이념적으로 더욱 경직되었다.

선군혁명문학은 주체사실주의문학의 '새로운 형태'이다. 작품 주인공도 이전 시대 문학이 노동계급, 프롤레타리아의 문학인 데 반해 '선군(先軍)시대'에는 혁명 주력군이 노동계급이 아니라 인민군대이기 때문에 인민군이 기본주인공이 된다는 논리를 펴고 있다. 군대가 아닌 등장인물까지 포괄하기 위한 미학적 장치로 '군민일치의 전통적 미풍'을 감명 깊게 그려내면 된다고도 한다.[6] 수령에 대한 절대적

---

6) 방철림, 「위인의 손길 아래 빛나는 선군혁명문학」, 『천리마』, 2000.11; 방형찬, 「선군혁명문학은 주체사실주의문학 발전의 높은 단계이다」, 『조선문학』, 2003년 3호; 김정웅, 「선군혁명문학의 특성과 그 창작에서 나서는 요구」, 사회과학원 주체문학연구소 편, 『총대와 문학』, 사회과학출판사, 2004.

충성과 군부를 노동계급보다 우위에 놓는 '선군사상'에 기초한 선군문학이 강한 구심력을 발휘한 셈이다. 선군문학의 역사적 추이를 살펴볼 때 처음에는 시, 소설 창작에서 군대식 특징이 소재적 차원으로 수용되었지만 차차 사상적 이데올로기적 차원으로 받아들여지다가 나중에는 '총대미학'식으로 비평과 미학 차원까지 '군이 최우선'이란 담론이 전일화되는 방향으로 흐르고 있다.[7]

선군문학은 김정일의 선군 영도업적을 작품에 반영한 것으로 이른바 영도자의 문학으로 특징지어진다. 북한의 문예이론체계에서 '수령 형상'문학론은 주체사상이 마르크스레닌주의와 차별화되듯이 사회주의 리얼리즘 일반의 혁명적 지도자론과 처음부터 거리를 두었다. 문학예술 작품 창작을 할 때 당 최고 지도부로서의 개성적 캐릭터를 구축하는 정도가 아니라 아예 '수령 형상' 자체가 지도자에 대한 충성을 교육하고 당의 유일사상을 전파하는 중요한 수단으로 간주되는 것이다. 북한은 "아버지/친애하는 수령님"이라는 인물을 "가장 순수한 인종"이라 할 북한 인민의 보호자로 제시함으로써 통치의 정당성을 확보해왔다.[8] 이와 관련하여 '수령 형상'문학론을 체계화

---

7) 김성수, 「북한의 '선군혁명문학'과 통일문학의 이상」, 『통일과 문화』 창간호, 통일문화학회, 2001; 노귀남, 「북한문학 속의 변화 읽기」, 『통일과 문화』 창간호, 통일문화학회, 2001; 김성수, 「선군시대의 북한 문학예술」, 『최근 10년간 북한 문화예술의 흐름과 남북문화교류 전망』, 한국문화관광정책연구원, 2004; 이봉일, 「2000년대 북한문학의 전개양상」, 김종회 편, 『북한문학의 이해』 3, 청동거울, 2004; 김성수, 「김정일 시대 문학에 대한 비판적 고찰: 선군시대 선군혁명문학의 동향과 평가」, 『민족문학사연구』 27호, 민족문학사학회, 2005. 4; 김성수, 「선군사상의 미학화 비판: 2000년 전후 북한문학에 나타난 글쓰기의 변모양상」, 『민족문학사연구』 34호, 민족문학사학회, 2008.8.

8) Brian Myers, *The Cleanest Race: How North Koreans See Themselves and Why It Matters*, Melville House Publishing, December 20, 2011(B. 마이어스, 『가장 순수한 인종: 북한 인민들이 자신을 어떻게 보며 그것이 왜 문제인가』)의 요약.
　　Tatiana Gabroussenko, "From Developmentalist to Conservationist Criticism: The New Narrative of South Korea in North Korean Propaganda", *Journal of Korean Studies*(June 2011), Vol. 16 No. 1, pp. 30~31 재인용.
　　타치아나 가브로우센코의 마이어스 저서 요약에 따르면, 마이어스는 북한 선전물이 전통적으로 남한을 가난하고 오염된 "양키 식민지"로 묘사하며, 마르크스레닌주의보다는 국수주의나 도덕적인 관점에서 비난해왔다고 한다. 여기서 도덕적 관점이란 바로 국가와 '어버이'를

한 문예학자 윤기덕은 김정일이 처음으로 '수령 형상'문학론을 체계화했다면서 "수령의 형상을 창조하는 것은 문학예술을 수령에 대한 충실성 교양과 당의 유일사상 체계 확립을 위한 가장 위력한 수단이 되게 하는 결정적 담보"라고 규정한 바 있다.9) 수령 형상을 다룬 대표작은 서사시 「영원한 우리 수령 김일성 동지」와 「조국이여 청년들을 자랑하라」, 김일성 생애를 형상화한 '불멸의 역사' 총서 장편소설 『영생』과 『붉은 산줄기』, 김정일의 활동을 '불멸의 향도' 총서 장편소설 『역사의 대하』와 『평양의 봉화』 등이다.10)

2000년 전후에 활성화되었던 선군문학 담론은 초기의 군대 최우선 원칙에서 조금씩 변모를 보인다. 김정일의 와병과 김정은으로의 승계 작업이 시작된 2009년 이후에 군 우선 원칙은 원칙대로 슬로건 차원에서 그대로 두긴 하지만 민생을 돌보는 '인민생활 향상'이 새로운 담론으로 부각되기 시작하였다. 가령 김일신의 서사시 「수령복 넘치는 위대한 내 나라」(2010)는 김정일의 68세 생일을 찬양하는 작품이지

CNC선반

만 수령 형상과 함께 컴퓨터 제어 프로그램으로 산업화가 이루어진 현실을 칭송하는 'CNC기계바다'의 이미지를 새롭게 부각시킨다.11)

조선작가동맹 시문학분과위원회의 집체작 서사시, 「비날론 송가」(2010)나 주명옥의 서사시 「비날론」(2011), 박선옥 기자의 르뽀 「비날

일체로 사고하는 충효이데올로기를 지칭한다고 생각한다. 김성수, 「1990년대 주체문학에 나타난 충효이데올로기」, 『현대북한연구』 제5권 제2호, 북한대학원대학교, 2002.6 참조.

9) 윤기덕, 『수령형상문학』(주체적 문예리론연구 11), 문예출판사, 1991, 8쪽.

10) 북한에서 거의 매년 발간되고 있는 『조선문학예술년감』(1998~2009)에 의하면, 1997년부터 2007년까지 11년 동안 공식적으로 발표된 북한 예술 작품은 총 28,185건에 이르고 있다. 이 중에서 문학의 대표작으로 주로 거론되는 작품들이다.

11) 김일신, 「수령복 넘치는 위대한 내 나라」(서사시), 《문학신문》, 2010.2.27, 2~3면.

론과 더불어 영원할 이야기」(2010)[12]도 의생활 혁명을 취재하면서 훨씬 나아진 인민생활을 찬양하고 있다. 1960년대 초의 함흥 2.8비날론공장[13]과 이후 건설된 평남 종합화학공업단지 내 순천비날론련합기업소를 통해 북한 주민들의 의복문제를 상당 부분 해결한 공이 있으나 90년대 중반 경제 위기였던 '고난의 행군기' 때 공장 가동이 전면 중단된 바 있다. 이에 따라 인민들의 의생활이 궁핍상을 보였는데 2010년에 자력갱생한 덕에 16년 만에 2.8비날론련합기업소를 통해 '비날론 폭포'가 쏟아져 의복 생산이 재개되었다는 감격을 이들 작품에 담았던 것이다.

김은숙의 장시 「누리에 울려가는 2월의 노래여」(2011)를 보면, 김정일 시대 말기의 민생 관련 치적이 화려하게 나열되고 있다. 즉, 발전소를 세우고 의생활을 향상시키며 제철소가 재가동되고 컴퓨터산업화가 일반화되는 등의 새로운 세태를 '희천속도, 비날론 폭포, 주체철(김철)의 불노을, CNC기계바다' 등의 문학적 이미지로 열거하고 있다.[14] 여기서 '선군' 담론은 표면적 구호나 클리셰일 뿐, 시의 무게중심은 '경제강국 건설과 인민생활 향상' 담론에 놓여 있다. 다만 이들 내용을 독자에게 전달하는 시적 문학적 레토릭은 철저하게 '군대식 용어와 상상력'에 일관되게 의존한다는 점에서 여전히 '선군 담론'의 자장을 실감할 수 있을 뿐이다.

표면적으로 선군 담론의 구호 속에서 전기, 건설, 철강, 의식주 생활의 향상 등 민생 담론이 활기를 띠는 것은 김정일 시대 말기의 새

---

12) 조선작가동맹 시문학분과위원회, 「비날론 송가」(서사시), ≪문학신문≫, 2010.3.20, 2면; 주명옥, 「비날론」(서사시), 『조선문학』, 2011.9, 40쪽; 박선옥, 「비날론과 더불어 영원할 이야기」, ≪문학신문≫, 2010.3.13, 2면.

13) 우리의 나일론 섬유에 비견될 비날론은 1960년 전후 북한의 이승기 박사가 세계 최초로 독자 개발한 폴리비닐알콜계 합성섬유이다. 이 시기 '비날론 속도'는 1956년의 '평양속도'(16분마다 집 한 채를 조립했다는 노동 생산성)를 능가한 파격적인 노동 생산성의 문학적 상징이었다.

14) 김은숙, 「누리에 울려가는 2월의 노래여」(장시), ≪문학신문≫, 2011.2.26. 3면.

로운 문학현상이라 하겠다. 최현일은 "폭포처럼 쏟아지는 이 세멘트 (…중략…) 행복의 창조물을 높이 쌓아올리고 있나니"라고 시멘트공장의 재가동을 찬양하고'15) 황성하 시인은 평양 교외 대동강 과수원 대농장의 사과밭을 두고 "과수의 바다에 햇빛이 쏟아진다"고 노래한다.16) 이 시기 나온 허수산의 평론 「더 깊은 시적 탐구가 필요하다」를 보아도 '인민생활 향상 주제의 시 작품을 읽고'란 부제에서 알 수 있듯이, 「나는 강성대국의 비단을 짠다」, 「아버지의 사랑」, 「봄맞이 처녀의 노래」 등 인민생활 향상을 위한 경공업 생산 현장의 목소리를 시로 담아내는 민생 담론에 주목하고 있다.17)

민생 담론이 꼭 일반 주민의 생활감정을 다룬 '사회주의 현실 주제' 작품에만 담긴 것은 아니다. 지도자를 신성시해서 형상화하는 '수령 형상' 작품, 심지어 서사시에서도 주체나 선군 대신 민생 담론이 자리잡는 것이다. 가령 김일성 사망 16주기 추모시인 김정덕의 서사시 「인민이 가는 길」(2011.7.9)도 그런 예라 하겠다.18) 김일성을 추모하는 표면적 슬로건 아래 시의 실상 내용은 김정일 찬가이다. "폭포쳐 흐르는/주체철/주체비료/주체비날론/우뚝우뚝 솟아나는 CNC화된 공장들"이란 시구에서 선군 담론 대신 '인민생활 향상' 담론이 더 많은 비중을 차지하며 민생이 대세인 증거가 보인다.

「인민이 가는 길」이 지도자 부자를 찬양하면서도 민생 향상을 자랑스럽게 내세우는 한편으로, 김정일의 건강이 문제된 시기라서 그런지 서사시에 걸맞지 않는 대목도 있다. "소원이 있다면/바람이 있다면/김정일 장군님께서 부디 건강하시기를!" 같은 건강 기원 담론19)도 장대한 서사시적 스케일에 어울리지 않게 섞여 있다. 이는

---

15) 최현일, 「세멘트: 나의 기쁨아」, ≪문학신문≫, 2011.5.21, 2면.
16) 황성하, 「해빛 넘쳐라 과수의 바다여」(장시), ≪문학신문≫, 2011.11.12, 2면.
17) 허수산, 「더 깊은 시적 탐구가 필요하다」, ≪문학신문≫, 2011.5.21, 2면.
18) 김정덕, 「인민이 가는 길」, ≪문학신문≫, 2011.7.9, 2면.
19) 2009~2011년 ≪문학신문≫과 『조선문학』 등 주요 문예 매체의 내표지 그림이나 본문과 별도의 헤드 박스 부분에 가령 "위대한 령도자 김정일 동지의 건강을 삼가 축원합니다".

역설적으로 최고 지도자가 와병으로 정상적인 집무나 통치를 영위하기 어려운 현실을 암암리에 반영하고 있다. 그래서 알게 모르게 순조로운 권력 승계를 염두엔 둔 듯 후계자에 대한 충성 맹세까지 시에 담게 된다. 가령 "아, 오직 한마음/우리 아버지세대가 따랐고/우리 세대가 따르고/우리 후대들도 따라갈 길"이라 하여 최고 지도자에 대한 '대를 이은 충성'을 다짐하고 것으로 서사시의 결구를 삼은 것이다. "아버지를 따르는 자식처럼"이란 시적 결구에서 보듯이 김정일의 유고 시 김정은이 통치권을 승계 받는 것은 정치 행위 이전에 '인륜도덕적 당위'인 것으로 선동 선전하는 셈이다. 이는 '충효에 근거한 가국(家國) 일치'라는 유교 내지 충효이데올로기의 내면화에 북한문학이 여전히 기여하고 있는 증거가 된다.[20]

2) 김정일 시대 말의 후계자 승계담론

2010년 9월에 김정은이 중앙군사위원회 부위원장이 되면서 북한의 3대 권력 세습이 대외적으로 공식화되었다. 2008년 김정일이 뇌졸중으로 쓰러진 이후 체제와 정권의 동요가 감지되자 후계자로 3남 김정은이 내정되었다. 하지만 문학예술 분야에서 3세대 후계자로 내정된 김정은의 승계를 정당화하기 위한 별다른 선전양상은 드러나지 않았다. 2011년 12월 17일 김정일이 갑자기 사망한 후 모든 상황이 급변하게 되었다. 우선 2011년 12월 31일에 당 중앙위원회 정치국회의는 김정은을 조선인민군 최고사령관으로 추대했다. 다만 할아버지 김일성은 영원한 수령, 주석에 두고 아버지 김정일은 영원한 국방위원장, 당 총비서에 두고 김정은은 국방위원회 제1위원장과 당 제1비서에 머물렀다. 이러한 조치는 김일성, 그리고 김정일에 대한 최고의

같은 건강 기원 구호가 몇 차례 실리는 것도 이와 무관하지 않다.

20) 김성수, 「1990년대 주체문학에 나타난 충효이데올로기」, 『현대북한연구』 제5권 제2호, 북한대학원대학교, 2002.6 참조.

예우이자 동시에 이들을 상징적인 역사로 놓고, 그를 계승하는 김정은이라는 이미지를 연출하는 것이라 할 수 있다.[21]

2009년 1월 8일 김정은 생일에 '후계 교시'가 내려온 이후[22] 발표된 신병강의 시 「세계여, 바라보라!」(2009)를 보면 김정은을 암시하는 어구가 "2월의 정기 넘쳐나는 방선천리에/발걸음도 척척척…/태양위업 만대로 받들어갈 맹세 높이"[23]에서 보는 것처럼 표현된다. 인용된 시 구절은 "발걸음도 척척척"하는 행진곡풍 김정은 찬양가요 〈발걸음〉[24]과 권력세습을 연상케 한다. 그리고 2010년에 발표된 같은 시인의 서사시 「빛나라, 선군장정 만리여!」에도 "우리 장군님의 담력과 기상이/그대로 이어진 씩씩한 글 발걸음소리/걸음걸음 따르자, 무장으로 받들자"[25]라는 표현이 있다. 이 시에도 김정은의 외연인 '발걸음'이 등장하고 있다. 이는 암시적으로 김정은을 연상케 하는 요소는 되지만[26] 직접적인 언급이라 할 수는 없다.

발걸음이 김정은만 지칭하는 것이 아니라 김정일의 현지 지도를 상징하는 경우도 없지 않기 때문이다. '발걸음, 발자국'의 김정은 상징성은 반증도 가능하다. 가령 김응조의 「빛나는 자욱 남기리」(2010)이나 박정애의 「축복의 해빛은 눈부시다」(2012)에서는 '발자욱소리'가 여전히 김정일의 상징으로 활용되고 있다.[27] '발자욱'이란 김정일의 선군정치 현지지도 길이가 총 연장 수만 킬로에 이른다는 의미의 '선군 장정 천만리' 담론의 표현이며, 군대와 공장, 농촌 등을 부단히

21) 정영철, 앞의 글, 2쪽.
22) 고유환, 「김정은 후계구축 논리와 징후」, 『통일문제연구』 상반기, 2010, 103쪽.
23) 신병강, 「세계여, 바라보라!」, ≪문학신문≫, 2009.3.21.
24) 2009년 보급된 김정은 찬가 〈발걸음〉 가사와 의의 평가는 그가 권좌에 오른 다음 글에서 비로소 본격화된다. 권선철, 「'발걸음'의 메아리는 우렁차고 환희롭다」, 『조선문학』, 2012.6, 24~26쪽 참조.
25) 신병강, 「빛나라, 선군장정 천만리여!」, ≪문학신문≫, 2010.8.28, 2면.
26) 이지순, 앞의글, 219쪽.
27) 김응조, 「빛나는 자욱 남기리」, ≪문학신문≫, 2010.5.8, 4면; 박정애, 「축복의 해빛은 눈부시다」, ≪문학신문≫, 2012.10.13, 3면.

현지 지도 강행군한 북한 특유의 정치방식을 문학적으로 상징화한 것이지 굳이 김정은'만'의 고유한 상징이라 하기 어렵지 않나싶다. 또한 최남순의 시 「거룩한 발자욱」(2011)에서 "오, 최고사령관 김 동지/거룩한 그 발자욱을/항일의 옛 전장에 찍으심은/수령과 어머님 앞에/그리고 조국의 력사 앞에/승리를 떨치는 혁명의 전통이 계승됨을/다시 한번 확인하신 것 아니더냐"라고 노래하면서, "그이의 거룩한 발자욱을 따라" "김정일 장군님을 따라" "맹세의 발자욱을 남기시고" 등의 시구를 나열하고 있는데, 이는 김정은 아닌 김정일의 현지 지도를 뚜렷하게 상징했던 것이다.[28]

따라서 '발걸음, 발자국(발자욱)' 담론이 김정은'만'을 지칭하거나, 일방적으로 상징하는 것이 아니라 그 시적 소구 대상이 김정일에서 김정은으로 변모했다고 해석하는 것이 논리적으로 온당하다. '발걸음, 발자국(발자욱)'의 시적 상징성은 3남 김정은으로의 권력 승계를 자연스럽게 유도하려는 고도의 담론 전략의 산물로 보는 것이 타당하다는 말이다. 가령, 전혁철, 「그날의 그 모습으로」(2011)의 "주공전선인 경공업의 척후에서/인민생활 향상의 더 높은 고지를/함께 점령해가는 기대공과 옥양공" "그날에 남기신 그이의 자욱을 따라" "사람들 모두가/어버이의 그 자욱만 따라서 걷는다고"라는 시구처럼 민생과 후계 담론을 텍스트에서 한데 아우르려는 노력의 산물인 셈이다. 위 시편에서 보듯이 김정일 시대 말기의 시에 나타난 '발자국(발자국, 발걸음)' '따라' 담론은 후계 김정은 승계론과 관련되며 그가 별다른 우여곡절 없이 후계자로 정착해야 인민생활이 더욱 나아진다는 의미로 풀이된다. 김정은 시대 들어서서 2012년에 전에 없는 유원지가 줄을 이어 건설, 개장, 활기찬 운영이 지속되고 있는데,[29] 이러한 인

---

28) 최남순, 「거룩한 발자욱」, ≪문학신문≫, 2011.9.24, 2면.
29) 박영정은 김정은 시대 초기의 이 현상을 두고 '유원지 공화국'이라고까지 명명한다. 박영정, 「김정은 시대의 북한 문화예술의 현황과 전망」, 『제9차 통일문화정책포럼 자료집』, 문화체육관광부·한국문화관광연구원, 2012년 11월 21일 참조.

민생활의 향상이 실은 "릉라도는 행복의 유원지" "원수님의 자욱 따라 천지개벽 이뤘으니"[30]라고 정권 교체 초기의 놀라운 안정성을 자랑하는 개가라 할 수 있다.

이와 관련하여 주목할 대목이 사회주의 대가정 담론이다. 전수철의 시 「영원한 기적소리」(2011)를 보면 "화목한 사회주의 대가정/이 땅 우에 꽃펴주지 않으셨던가" 하는 대목이 나온다.[31] 사회정치적 생명체 담론을 연상시키는 '화목한 사회주의 대가정'이란 김정일의 유고시 김정은으로 통치권이 승계되는 것이 지극히 당연하다는 논리의 시적 표현이다. 실은 김일성의 후계자로 김정일이 아랫동생인 김평일 등을 제치고 권력을 승계 받은 명분 중 하나가 장자 상속이라면 어째서 장자 김정남과 차남 김정철 등을 제치고 3남 김정은으로 통치권 승계가 된 것인지 그 과정이 석명되어야 한다. 명색이 인민대중의 자발성을 강조하는 '민주주의 인민공화국'의 최고 권력자가 3대 세습하는 것도 납득이 어려운데, 게다가 3남 상속이 당연시되려면 그 이유를 국가 구성원인 주민 또는 외부 세계가 납득할만한 설명을 해야 하는데, 그 해명이 부재한 것이 숨길 수 없는 현실이다. 이에 '화목'이란 유교적 단어를 호명해서 조금은 부자연스러운 권력 교체를 정당화하려고 한 것이 아닐까 한다.

---

30) 리권, 「노래하세 우리의 릉라도」, ≪문학신문≫, 2012.10.13, 4면.
31) 전수철, 「영원한 기적소리」, ≪문학신문≫, 2011.7.9, 3면.

3. 선군 담론의 구심력과 원심력: 김정은 시대 초기의 수령형상문학

1) 추모문학, 부조(父祖) 권위의 계승

2011년 12월 19일이 되어서야 김정일이 야간열차에서 12월 17일에 급사했다는 소식이 알려졌다. 문학신문 12월 22일자에 변홍영의 첫 추모시 「장군님은 영원히 우리와 함께」가 실린 후 수많은 추모시가 발표되었다. 추도시 「위대한 김정일 동지의 령전에」(조선작가동맹 중앙위원회 집체작), 장시 「장군님 세월은 영원히 굽이쳐 흐르리라」(리태식, 리창식 작), 시 「김정일 장군의 인민이여 일떠서라」(문용철 작), 「인민이여 우리에겐 김정은 대장이 계신다」(김일성종합대학 문학대학 집체작), 「조선의 12월」(윤봉식 작), 「야전차는 멎지 않았다」(백하 작), 「조선은 일어섰다」(류명호 작)를 비롯하여 적잖은 시가 창작되었다.[32]

최초의 추모시 「장군님은 영원히 우리와 함께」는 "장군님은 가실 수 없습니다/태양의 그 환하신 미소를 지으시며/우리와 함께 계십니다/더 밝고 창창한 미래를 밝히시며/인민의 마음속에 함께 계십니다"[33]라고 하여 김정일의 추모와 그를 상징하는 '주체, 선군' 담론을 김정은이 그대로 계승하리라는 것을 암시하고 있다. 같은 날 같은 매체 같은 면에 실린 주광일의 「조국이여 인민이여 앞으로」는 "아, 분하구나/무정한 세월이여 가지 말아/지구여 자전을 멈추라"라고 과장할 정도로 비보를 전하지만 시의 핵심은 "이 아픔/이 슬픔을/힘과 용기로 바꾸며/인민이여 땅을 차고 일어서자"는 새 희망의 메시지이다. 이는 '추모문학, 단군문학, 태양민족문학' 등이 경쟁하듯 지속되었던 김일성 사망 직후 '유훈통치기(1994~97)'의 문학적 양상[34]과 대

---

32) 김려숙, 「피끓는 심장으로 선군혁명문학의 새로운 포성을 올리자」, 『조선문학』, 2012.3, 22~23쪽.
33) 변홍영, 「장군님은 영원히 우리와 함께」, 《문학신문》, 2011.12.22, 4면.
34) 단군문학, 태양민족문학이란 김일성 우상화의 일환으로 그를 단군이나 태양에 비견하는

비되는 차분함이다. 당시에는 '우리 식대로 살아나가자'는 구호와 '조선민족제일주의' 정신을 통해 열악한 현실을 자기 방식으로 극단 적으로 왜곡시켜서 자기만족에 빠져있으니, 그것을 주체성이나 민족 주의로 긍정적으로 평가하긴 어렵다. 미국에 대한 이중적 태도, 남한 에 대한 지나친 적개심은 민족문학의 대의에서 크게 어긋나는 태도 라 아니할 수 없다.[35] 즉, 1994년 당시 문학이 새로운 담론보다 죽은 김일성을 기리고 계승하는 데 더 많은 노력을 기울였다면, 2012년의 문학은 죽은 김정일의 유훈만큼이나 새로운 담론 생산에 더 큰 비중 을 두고 있다는 심증이라는 말이다. 이 추모시에서 주목되는 부분은 다음 대목이다.

우리의 김정은 동지
태양조선의 미래를 억척같이 떠이시고
우리 앞에 거연히 서계시나니

우리 장군님의 손길을 따라
선군의 천만리를 걸어온 것처럼
걸음걸음 김대장의 손길 따라

위인, 민족 시조로 찬양하는 것이다. 유훈통치기에는 이른바 '건국=김일성' 등식을 성립시 켜 '조선민족 중흥=김정일'이라는 구호가 타당성을 가질 정치적 논리를 내세워 문학담론을 펴나갔다. 김성수, 「체제의 위기와 돌파구로서의 문학: '유훈통치기' 북한문학의 동향」, 『실 천문학』, 1997년 여름호; 『통일의 문학, 비평의 논리』, 책세상, 2001 참조.
35) 김성수(2001), 위의 책, 305쪽. 그런데 이 대목을 인용한 타치아나 가브로우센코의 논문 「개발론적 비판에서 환경론적 비판으로: 북한 선전물의 새로운 남한 스토리」(2011)는 남 한의 북한문학 연구자들이 북한 선전물의 본질을 제대로 이해하지 못했으며, 게다가 이를 논평한 이영미는 원문조차 오독하여 김재용에 대한 가브로우센코의 비판을 김성수와 한데 묶어 비판받았다고 잘못 인용한다. Tatiana Gabroussenko, "From Developmentalist to Conservationist Criticism: The New Narrative of South Korea in North Korean Propaganda", *Journal of Korean Studies*(June 2011), 16-1, p. 29; 이영미, 「북한 문학교육의 제도적 형성에 관한 국제연구사적 문제제기」, 『국제어문』, 2012년 6월 각주 2) 참조. 문제는 한국어 해독 력과 논문 독해가 부족한 외국인의 영어 논문이 남한의 북한문학 연구자들을 함부로 매도 하고 있는 외국 학계의 실상이다.

오직 그이만을 끝까지 믿고 받들며

장군님 한평생 바라시던
그 리상이 꽃펴날
4월의 봄날로 가자[36]

여기서 죽은 지도자 김정일의 죽음은 '지구 자전을 멈추라'고 시간을 되돌리고 싶을 만큼 슬픈 일이지만 더욱 중요한 것은 건국시조 할아버지 김일성이 상징하는 '태양조선'의 '미래'가 손자 김정은에게 달려 있다는 식의 표현이다. 그는 죽은 '장군님'인 아버지 김정일의 '손길을 따라' 아버지가 '선군의 천만리를 걸어온 것처럼' 선군 영도를 계속 해야 하며, 인민들은 '걸음걸음 김대장', 즉 김정은의 "손길 따라/오직 그이만을 끝까지 믿고 받들며" 살아가야 한다는 것이다. 정리하면 이 시는 김정일의 추모와 함께 3남 김정은의 선군 영도와 후계를 독자대중인 인민이 마치 자연법칙인양 자연스레 받아들이라는 메시지를 담고 있다. 그러면 '장군님', 즉 김정일이 '한평생 바라시던/그 리상이 꽃펴날/4월의 봄날', 즉 시조 김일성 탄생 100주년(주체 100년)에 다가올 '강성대국'을 이루어진다는 식의 정치선전 메시지의 전달매체로 작용하는 셈이다.[37]

그렇다면 보통 시인들의 추모 열기는 어떨까? 『조선문학』, 2012년 2호에 실린 '영원한 그리움의 불길' 제하의 추모시 특집 중 하나인 주명옥의 「불길 처녀」를 보자. 이 시는 비날론 공장 여공의 시점으로

---

36) 주광일, 「조국이여 인민이여 앞으로」, 《문학신문》, 2011.12.22, 4면.
37) 그런 맥락에서 비평가 김려숙도 새 지도자인 김정은의 수령 형상을 최우선시하는 것이 이 시기 문학의 최우선 사명이라고 갈파한다. "우리에게는 경애하는 김정은 동지께서 계신다는 투철한 신념을 안겨주는 혁명적 작품 창작에서 무엇보다 중요한 것은 김정은 동지의 위대성을 형상한 작품 창작을 지상의 과업으로 내세우고 창작적 열풍을 일으키는 것이다. 여기에 수령의 문학, 당의 문학으로서의 우리 문학의 근본사명이 있다." 김려숙, 앞의 글, 24쪽.

김정일의 죽음을 애통해하고 있다.

> 아, 그 진정 그 소원을
> 처녀는 한생토록 마음속 불길로 안고 살리라
> 그 불길 안고 장군님을 <u>그리며</u>
> 경애하는 김정은 동지를 <u>따라서</u>
> 세월의 끝까지 가고 가리라
> 우리 장군님 헌신의 천만로고 깃든 비날론
> 이런 불같은 처녀의 뜨거운 마음 어린 비날론
> 어찌 대고조 불길의 뜨거운 나래가 아니 되랴[38] (밑줄은 인용자)

1995년 북한의 전반적 체제 붕괴 위기 때 경제난 자재난 등으로 가동을 멈췄던 흥남의 비날론공장이 '함남의 불길'이라는 자력갱생 운동에 따라 2010년 재건된 흥분을 채 잊지 못한 비날론공장 여공의 김정일에 대한 추모인 셈이다. "장군님 념원 어린 주체비날론"이란 전형적인 '인민생활 향상' 담론이고 김정일 추모 담론의 산물이다. 하지만 시적 지향은 결국 "경애하는 김정은 동지를 따라서"라는 결구에서 보듯이 새로운 지도자 김정은에 대한 대를 이은 변함없는 충성의 맹세 그 이상도 그 이하도 아니다. 이러한 "김정일을 그리워하는 만큼 김정은을 따르겠다"는 식의 '따라' 담론은 수많은 시와 수필 등 문학 담론에 반복되고 있다.

새 지도자인 김정은의 수령 형상은 어떻게 이루어질까? 사망 직후 매우 급하게 창작된 변홍영, 주광일 시인이 아니라 국가 대사의 격에 맞게 씌어진 조선작가동맹 중앙위원회 집단창작물인 「위대한 김정일 동지의 령전에: 추도시」(2012.1)에도 의례적인 김정일 추모 속에서 "김정은 동지와 <u>함께</u>" "장군님 <u>그대로이신</u> 김정은 동지" "김정은 동지

---

38) 주명옥, 「불길 처녀」, 『조선문학』, 2012.2, 43쪽.

의 모습에서 위대한 태양을 보고 있습니다." "김정은 동지는 ~ 김일성 동지이시며 김정일 동지"라는 표현이 노골적으로 드러난다.39) 이러한 추모이자 후계 담론은 김일성 탄생 100년을 기념하는 2012년 4월 21일자 ≪노동신문≫과 ≪문학신문≫의 기념시에서도 반복된다. 조선작가동맹 시문학분과위원회의 집체작 「주체 100년사는 수령복을 노래한다: 이 서사시를 위대한 수령 김일성 동지의 탄생 100돐에 드린다」를 보면, "일찍이 아시아의 등불이던 조선/그 등불 다시 켜지는 날엔/동방의 밝은 빛이 되리라/어느 나라 시인은 노래했지만/이 조선에/등불이 아니라 태양이 솟았다"라며 김일성을 '아시아의 태양'이라 한껏 격을 높인다. 조선이란 나라보다 지도자가 더 상위의 큰 개념이니 형용모순인데도 아랑곳하지 않는가 보다. 시의 주지는 김일성, 김정일이라는 위대한 수령이 있는데 이번에 100주년을 맞아 또 3번째 3대 수령을 맞아 복이 넘친다는 내용이다.

문제는 김정은을 형상화한 시적 발상이 부/조와 차별성이 없다는 것이다. 즉, "야전차를 밀며 오르신 최전방의 고지 우에서/파도 세찬 날바다의 갑판 우에서/출격을 앞둔 비행대의 활주로에서/병사들의 어깨 우에 손을 얹으시고/기념사진을 찍어주신 김정은 장군/세상엔 오직 우리뿐이여라"하는 것은, 김정은이 새로운 지도자가 아직 아니라 아버지 김정일의 '선군영도'에서 한 치도 벗어나지 못한 복사판이라는 점이다.40) 새 지도자를 일러 "인민이 사랑하는 우리의 령도자/그이는 친근한 김정은 동지"라고 노래해놓고 그 해설에서는 김정은을 부조(父祖)와 동일하다고만 한다.

---

39) 조선작가동맹 중앙위원회, 「위대한 김정일 동지의 령전에: 추도시」, 『조선문학』, 2012.01. 10, 11~13쪽. 인용구의 밑줄 인용자.

40) 조선작가동맹 시문학분과위원회, 「주체 100년사는 수령복을 노래한다: 이 서사시를 위대한 수령 김일성 동지의 탄생 100돐에 드린다」, ≪문학신문≫, 2012.4.21, 4면, 또는 ≪로동신문≫, 2012.4.22, 5면.

그이이시다! 강도 일제를 때려부시고 조국 인민들 앞에서 개선연설을 하시던 백두산장군, 조국해방전쟁승리의 열병식광장에서 손들어 답례하시던 우리 수령님이시다. 바로 그이이시다! 당의 기초축성시기 그처럼 정력에 넘쳐 사업하시던 위대한 선군태양 김정일 장군님이시다.41)

그 내용은 실상 선군 담론과 부조(父祖) 권위에 편승한 일종의 간혀 있는 이미지라고 해도 과언이 아니다. 그렇다면 김일성이나 김정일 이름이 노출되지 않은 김정은 찬가의 경우는 어떨까? 송정우의 시 「그이의 모습에서 내 보았노라」42)는 김정은 통치 초기인 2012년 전반기에 아직 김일성, 김정일의 아우라에서 벗어나지 못한 채 부조(父祖)의 이미지에 편승하여 시적 면모를 드러낸 시들 중에서 그래도 이름에 편승되지 않은 채 김정은만의 이미지 메이킹을 시도한 드문 작품이다. 하지만 부/조의 이름만 텍스트 표면에 노정되지 않았을 뿐 여전히 그들의 그림자에 기대고 있다. 가령, "장군님과 함께 선군의 길 걸으시며…/장군님과 함께 선군혁명령도의 길을/걸으시는 그이의 모습을…/인민과 함께 그 아픔 나누시던 분" 등의 대목에 드러난 '함께' 담론이 그 예이다. 또한 "그이는 또 한분의 걸출한 위인…/또 한분의 위대한 선군태양"에서 보듯이 "또 한 분"이란 표현도 부조(父祖)의 권위에 편승하려는 복사판 담론이라 아니할 수 없다.

그런데 김일성종합대학 문학대학(학장 신영호) 명의의 집체작, 「인민이여 우리에겐 김정은 대장이 계신다」(2012.1)에서는 미묘한 차이가 느껴진다. 무게 중심은 추모가 아니라 새 지도자의 '미래'이다. 즉, "우리의 하늘엔 태양이 빛난다/그 태양은 우리의 김정은 동지" "김정은 동지!/그이는 우리의 김일성 동지/그이는 우리의 김정일 동지/그이는 우리 당 우리 조국/그이는 우리의 태양"43)이라 한다. 분명 '태양'

41) 정광수, 「위인에게 매혹된 심장은 충정으로 뜨겁다: 가요 〈인민이 사랑하는 우리 령도자〉의 가사 형상을 두고」, ≪문학신문≫, 2012.10.13, 4면.
42) 송정우, 「그이의 모습에서 내 보았노라」, 『조선문학』, 2012.3, 21쪽.

은 김일성을 지칭하는 문학적 상징인데 '김일성=김정일=김정은'의 등식을 내세워 김정은을 태양이라 지칭하고 있는 것이다. 이러한 노골적인 시적 은유법은 계승담론에선 흔할 법하지만 김일성이 사망하고 김정일이 권력을 계승한 1994~95년에는 보기 드물며, 2012년에도 작가동맹원조차 차마 하지 못할 과감한 발상이라고 판단된다.[44]

김일성종합대학 문학대학생들의 집체작에서 보여준 김정은이 태양이란 정공법적 은유는 선군문학 담론을 대표하는 인민군 작가 박윤에게는 마땅치 않았던 듯싶다. 그의 산문시 「뜨거운 겨울」에서는 김정은이 다만 "또 한 분의 천출위인"일 뿐이다.[45] 김정은은 "수령님께서 (…) 나서신 듯 (…) 장군님께서 (…) 오신 듯"하다고 노래한다. 여기서 김정은의 형상은 그 자체로 독자적 이미지로 구축되지 못하고 철저하게 김일성과 김정일의 복사판, 화신으로 에둘러 직유된다. 오랫동안 북한 문학작품을 읽었던 학자로서 약간의 온도차에 민감한 것일 수도 있겠지만, 젊은 대학생들은 미래를 내다보며 태양을 '은유'하는데 비해 나이든 중견 군인작가는 과거의 '직유'로 새 지도자를 파악하고 있는 미묘한 차이를 포착할 수 있는 대목이라 하겠다.

2) 친근한 지도자 이미지 담론

새 지도자인 김정은의 수령 형상은 아버지의 선군 담론이나 민생 담론과 어떻게 차별화를 보일까? 그것은 한마디로 친근함의 이미지와 청년·아이들을 향한 미래 담론에서 드러난다. 「인민이여 우리에겐 김정은 대장이 계신다」나 「최고사령관의 첫 자욱」 등 정권 초기의

---

43) 김일성종합대학 문학대학 집체작, 「인민이여 우리에겐 김정은 대장이 계신다」, 『조선문학』, 2012.1.10, 16쪽.
44) 김남호, 「우리의 태양」, 『조선문학』, 2012.1, 38쪽에서도 "우리의 태양 김정은 동지!"를 반복한다.
45) 박윤, 「뜨거운 겨울」, ≪문학신문≫, 2012.1.14, 2면.

서사시·장시·비평 담론에서는 여전히 할아버지와 아버지의 권위에 편승하거나 후계자 승계를 자연스레 합리화·당연시하는 데 주력한 바 있다. 그래서 수많은 서사시들이 일차적으로는 김정일 추모시의 성격을 지니면서 이차적으로 김정은이 부조(父祖)의 복사판이란 담론을 통한 승계 명분의 합리화였던 것이다.46)

김정은이 부조(父祖)의 복사판이란 비난과 매도를 받지 않으려면 독자적인 이미지를 구축해야 하는데 그것은 자연 연령상의 '젊음'에서 나온 미래 담론이다. 가령 소년단 창립 65주년 기념식의 연설과 경축시 「우리는 영원한 태양의 아들딸」(2012.6)을 보면 그만의 개성을 발휘할 수 있게 된다.

> 뜻 깊은 설 명절날/장군님이 그리워 잠 못드는/만경대 원아들을 찾아 한품에 안아주실 때/언 볼을 녹이며 흘러드는/어버이 뜨거운 사랑/머리맡에 깃드는 다심한 그 손길!//하나의 작은 책상에도/강의실의 지형사판에도/정 깊게 깃들던 어버이마음/허리 굽혀 체육관의 바닥도 쓸어보시며47)

유아원 아이들의 눈높이에서 볼 때 김일성이나 김정일은 아버지, 어버이라기보다는 가까이 하기 어려운 할아버지거나 너무나 멀리 높은 곳에 있는 피안의 절대자였을 터이다. 그에 반해 젊은 청년 김정은에게 아이들이 안기면 푸근하고 친숙하단 인상을 받게 될 것이다. 이 시는 바로 이런 점을 소구하고 대중이 접근하기 편한 친근성, 친숙함의 이미지로 아이들에게 다가가는 지도자상을 내세웠다. 이는 부조(父祖)와 차별되는 김정은만의 '구별짓기'전략이다.

같은 맥락에서 보면 류동호가 작사하고 전흥국이 작곡한 김정은 찬양가요 「인민이 사랑하는 우리 령도자」에도 친근성 담론이 나온

---

46) 이지순, 앞의 글, 231쪽.
47) 미상, 「우리는 영원한 태양의 아들딸」(경축시), ≪문학신문≫, 2012.6.9, 3면, 또는 ≪로동신문≫, 2012.6.7, 4면.

다. "온 나라 대가정을 보살펴주시며/꿈 같은 행복만을 안기여주시네/(후렴) 인민이 사랑하는 우리의 령도자/그이는 친근한 김정은 동지"48)라고 되어 있다. 북한을 비롯한 전체주의 국가에서 지도자가 구성원을 사랑한다는 담론은 너무나 흔한 것이다. 하지만 인민'을' 사랑하는 영도자가 아니라 인민'이' 사랑하는 영도자는 조금은 새로운 발상이다. 왜냐하면 '가정, 행복, 인민 사랑, 친근함' 등 김정일 시대 선군 담론에선 어색하기만 했던 표현이기에 더욱 그렇다. '친근함'이란 지표는 김정은의 수령 형상 특징 중 하나로서 심지어 그가 김일성광장에서 행한 군대 열병식장 축하연설에서조차 "친근한 그 음성"49)을 강조하고 있기까지 한다.

김하늘의 「영원한 품」(2012.3)이야말로 위에서 말한 김정은의 친근성을 가장 잘 보여주는 소설이다.50) 이 소설은 김정일이 사망하기 직전인 12월 17일 아침에 그가 내려 보낸 마지막 지시였던 연말 평양시민에게 생선을 여유 있게 공급하도록 원양어선단에 지시했다는 데서 시작된다. 2012년 새해를 맞는 평양시민들에게 물고기를 공급할 데 대한 과업이 연포수산사업소 '먼바다선단'에 떨어진다. 약속된 날자는 한 주일, 12월 23일까지! 하여 수산성 부국장 림해철이 책임진 먼바다선단이 공해로 빠진 명태떼를 앞질러나가 '어로전투'를 벌인다. 바로 그때 2011년 12월 19일 낮 12시 한창 명태잡이로 들끓는 공해상에 비보가 전해진다. 12월 17일 저녁에 김정일이 사망했다는 소식이었다. 처음에는 충격 속에 회항하려 했으나 유훈을 지키기 위해 어로작업에 더욱 충실했다는 게 결말이다. 여기서 주목할 대목은 김정은의 장례식날 행동이다. 즉, 인민생활 향상이라는 아버지의 유지를 받들어 12월 하순 혹한 속 장례식장에 참여한 수많은 추모 군중

---

48) 류동호 작사, 전흥국 작곡, 「인민이 사랑하는 우리 령도자」, 『조선문학』, 2012.10, 내표지 악보.

49) 홍민식, 「령장의 선언」, 『조선문학』, 2012.10, 10~11쪽.

50) 김하늘, 「영원한 품」, 『조선문학』, 2012.3.

들에게 뜨거운 물을 공급하라고 인민을 배려함에 주인공이 감동한다는 에피소드이다.

　김정은 동지께서 오늘 새벽에 친필을 써서 내려보내셨다지 않소. 인민들이 호상 서구 있는데 추운 겨울밤에 떨구 있다는 거 장군님 아시문 가슴 아파하신다구 더운물이랑 끓여주구 솜옷이랑 뜨뜻이 입게 하라구 하셨다오. 물두 맹물 끓이지 말고 사탕가루나 꿀을 풀어서 끓여주라 하셨다는데 어쩌문 그리 자심하시오? 그저 우리 장군님과 꼭같으시오. 우리 인민이야 정말 복을 타구났소!51)

　김정일의 사망 직후, 그가 직접 지시하여 김정일 조문을 위해 추운 날씨에 떨어야 하는 인민들을 위해 '더운물 봉사매대'를 만들도록 지시했다는 기사52)가 등장하고, 이를 인민에 대한 사랑의 표현으로 내세우고 있다. 김정일 장례식장의 온수대 설치 미담 기사야말로 로동신문이 보도한 것을 작가가 취재하여 소설로 만든 지도자의 새로운 이미지 전략의 예로 보인다. 김정은을 인민에게 친숙한 지도자로 보이는 원래 에피소드가 존재하고 그를 신문기사화한 다음 나중에 시와 소설 등 문학예술작품으로 형상화하는 것은 '행위-기사-문예 창작-비평'이라는 수령형상문학의 창작 기제[mechanism] 시스템의 좋은 예라 하겠다.53) 실제로 소설이 나온 몇 달 후 '친근한 지도자상'을 찬양하는 작품평이 신문에 실리기도 하였다.54)
　새로운 지도자의 카리스마는 문학 작품 곳곳에서 '따라' 담론으로 반복된다. 시, 소설, 수필, 평론, 기사 등에서 "경애하는 김정은 동지

---

51) 김하늘, 「영원한 품」, 『조선문학』, 2012.3, 40쪽.
52) 「장군님의 영원한 동지가 되자」(정론), 《로동신문》, 2011.12.25, 8면.
53) 정영철, 「김정은 체제의 출범과 과제: 인격적 리더십의 구축과 인민생활 향상」, 『북한연구학보』 16-1, 북한연구학회, 2012.8, 5쪽.
54) 김학, 「인민이 안겨살 영원한 품에 대한 감동깊은 형상: 단편소설 「영원한 품」을 두고」, 《문학신문》, 2012.10.6, 3쪽의 비평문 참조.

를 따라"라는 상투어구 표현이 너무 자주 보인다. 가령 6.25전쟁기 1951년 여름부터 가을까지 하기 및 추기 공세에 맞선 고지 전투를 형상화한 '불멸의 력사' 총서 시리즈물인 『푸른 산악』에 대한 비평조차 예의 '따라' 담론으로 결말짓고 있다. 즉, 김일성의 전쟁기 무용담을 다룬 소설에 대한 원로 비평가 최언경의 비평55)에서조차 "경애하는 김정은 동지의 령도 따라"(21쪽) 살자는 상투어구가 결론이다. 같은 잡지에 실린 류정실 시「하나의 모습」56)에도 "경애하는 김정은 동지를 따라"로 반복되며, 이 상투어구는 함영주 시「못 잊을 불빛이여」, 권선철 평론,「선군승리의 불멸의 화폭에 대한 감명 깊은 형상세계: 총서 '불멸의 향도' 장편소설 『오성산』을 읽고」에도 동일한 어구가 반복된다.57)

최주원의 시「새로운 주체 100년대의 청춘」에서는 아예 "김정은 동지의 발걸음 따라"로 변주된다.58) 이는 발걸음이라는 승계 담론과 친근한 지도자에 대한 절대적 충성을 결합한 '따라' 담론의 결합형으로 보인다. 따라서 "경애하는 김정은 동지(령도)를 따라"라는 상투어구로 상징되는 '따라' 담론이 시, 소설, 정론, 비평, 수필을 가리지 않고 모든 글쓰기에 무한 반복됨으로써 김정은 시대 초기 문학담론의 클리셰로 전화, 고착화되었음을 알 수 있다.

---

55) 최언경,「1211고지 방위전투를 승리에로 이끄신 불멸의 업적에 대한 대서사시적 화폭: 총서 '불멸의 력사' 장편소설 『푸른 산악』에 대하여」, 『조선문학』, 2012.7, 17~21쪽.
56) 류정실,「하나의 모습」(시), 『조선문학』, 2012.7, 68쪽. 탄광 소대장의 채탄장 막장 휴게실의 노동을 선동하는 선군시이다.
57) 함영주,「못 잊을 불빛이」, 『조선문학』, 2012.8, 3쪽; 권선철,「선군승리의 불멸의 화폭에 대한 감명깊은 형상세계: 총서 '불멸의 향도' 장편소설 『오성산』을 읽고」, 『조선문학』, 2012.8, 30쪽.
58) 최주원의 시「새로운 주체 100년대의 청춘」, 『조선문학』, 2012.8, 34쪽.

4. 인민생활 향상과 청년 미래 담론
: 김정은 시대 초기의 사회주의 현실 주제 문학

1) 인민생활 향상 담론

　북한은 최근 몇 년간 '인민생활 향상'을 중요한 문제로 제기하고, 2012년을 강성대국 진입을 위한 해로 선포하였다. 이를 위해서 북한은 주로 생필품, 경공업의 발전에 노력을 경주하고 있다. 신년 공동 사설의 최근 몇 년간의 흐름을 보면, 2008년 '인민생활 제일주의'를 내걸면서 농업과 경공업 등 인민생활과 직결되는 문제들을 최우선의 과제로 설정하고 이런 기조를 2013년까지 계속 이어오고 있음을 알 수 있다. 한마디로 '인민생활 향상' 담론이 김정일 시대 말기부터 김정은 시대 초기의 가장 주요한 화두로 떠오른 셈이다.

　이런 정세 맥락에서 지난 몇 년 간의 김정은 시대 초기 북한 문단에서는 김일성과 김정일의 후광을 업은 수령(형상)문학의 '승계'담론과 함께 '민생'담론이 주요한 화두로 떠올랐다. 현지에서 '인민생활 향상'으로 명명된 민생 담론은 다음 작품들에서 보이듯이 여전히 이데올로기의 표면에서 강고한 위력을 발휘하는 '선군'담론과 균열, 충돌하기도 한다. 문학적 레토릭으로 표현한다면 '사탕 한 알과 총알 하나'의 상징적 대비가 정중동처럼 문학판 전체에서 역동적으로 펼쳐지고 있는 것이다.

　　나는 우리 아이들에게
　　사탕 한 알 변변히 먹이지 못하는 것이
　　제일 가슴 아픕니다
　　이제 그 애들이 크면
　　사탕알보다 총알이 더 귀중해
　　이 눈보라를 헤쳐가는

아버지의 마음을 알거라고 (…중략…)

밝게 웃어라
마음껏 뛰놀거라
사랑의 손풍금도 안겨주시고
야외빙상장, 물놀이장
이 세상에 제일 좋은 유희장도 주셨습니다[59]

이 시에서 보듯이 김정일 시대의 선군담론에선 '사탕알보다 총알
이 더 귀중'했겠지만, 새로 출범한 김정은 시대의 민생담론에선 더
이상 총알 최우선이 아니라 '사랑의 손풍금(아코디언)'도 필요한 시점
이 되었다. 군대 최우선 대신 오히려 인민들의 삶의 질을 향상시키는
가시적인 무엇인가가 필요했고, 20대 청년인 새 지도자의 눈에 든
것은 도로 및 철도, 공항, 항만 등 대형 사회시설 대신 도시 경관 재개
발과 공공문화시설, 체육시설, 상업시설, 위락시설 등 대중의 일상생
활과 밀접한 분야의 획기적인 개건, 개선이었다. 특히 개개인의 생활
문화를 바꾸어 나갈 각종 인프라를 전방위적으로 정비하고 있다. 이
러한 움직임이 평양 일부지역에 제한되지 않고 평양을 중심으로 하
되 각 도 소재지는 물론이고, 시·군 지역에 이르기까지 광범위하게
이루어지고 있다. 아마도 북한이 외쳐대던 '강성대국'의 실체가 바로
이러한 것을 말하는 것이었지 않나 하는 생각이 들 정도이다.[60]

---

59) 미상, 「우리는 영원한 태양의 아들딸」(경축시), 《문학신문》, 2012.6.9, 3면 또는 《로동
신문》, 2012.6.7, 4면.
60) 김정은의 2012년 4월 6일 담화에 의하면 인민생활 향상과 관련 우선적으로 해결해야
할 과제로 ① 먹는 문제, 식량문제, ② 인민소비품문제, ③ 살림집문제, ④ 먹는 물 문제, ⑤
땔감 문제를 들고 있다. 이어서 인민경제 선행부문, 기초공업부문으로 전력, 석탄, 금속,
철도운수부문을 발전시키고, 다음으로 과학기술과 생산을 밀착시켜 지식경제강국, 지식경
제시대의 요구에 맞는 경제구조를 완비하며, 마지막으로 국토관리사업에 힘을 넣어 '인민의
락원'으로 만들어가야 한다고 강조하고 있다. 박영정의 앞의 글 재인용.

물론 평양을 비롯한 전국이 민생 담론에 들떠 있다 해도 선군 담론이 여전히 위력적인 지배이념임을 확인할 수 있는 대목도 적지 않다. 가령 2012년 4월 『조선문학』에 실린 수필 「총대는 이어진다」를 보자. 딸애의 첫 돌 생일날, 예전 군대 동료인 처녀가 돌잔치를 축하하러 찾아와 돌 선물로 내놓은 기념품이 '놀이감총'이어서 다들 놀란다. 그러자 대학 입시를 앞둔 제대군인 처녀의 말이 가관이다.

"분대장 동지나 나나 처녀시절에 총을 메고 군사 복무를 하지 않았습니까. 그 나날의 그 정신을 심어주고 싶은 것은 저나 분대장 동지네도 다를 바 없다고 생각되더군요. 그래서 딸인 줄 알면서도 이 총을 골라잡았습니다." (…중략…)

순간 나는 가슴에 뜨겁게 마쳐오는 충격을 느꼈다.

총!

이 나라 공민이라면 누구라 없이 총과 인연을 맺고 산다.

지난날 조국보위 초소에 섰던 경력을 가지고 있든, 아들딸을 인민군대에 내보냈든, 오늘날에 인민군대에서 복무하든 총과 인연이 없는 가정은 아마 하나도 없을 것이다.

온 나라 가정이 총대가정이고 군대가정이며 후방가족이다. (…중략…)

사탕알이 없이는 살 수 있어도 총알이 없이는 살 수 없다는 철석같은 신념을 간직한 우리 인민이기에 장군님 따라 선군의 길을 꿋꿋이 걸어왔고 오늘 우리 조국은 그 어떤 대적도 두려움 없는 정치사상강국, 군사강국으로 거연히 일떠섰다.[61]

"사탕알이 없이는 살 수 있어도 총알이 없이는 살 수 없다"는 말은 민생을 희생시키더라도 군대가 최우선이라는 선군 담론의 상투적인 표현이다. 1990년대 중후반 '고난의 행군'이라는 체제붕괴 위기를 극

---

61) 서현일, 「총대는 이어진다」(수필), 『조선문학』, 2012.4, 66쪽.

복할 때 군대밖에 믿을 집단이 없었으니 당연하긴 하다. 선군은 현실 사회주의의 몰락에 따라 지도자(수령, 장군)에 대한 충성과 '자민족 제일주의'라는 주관적 의지를 강조해서 위기를 돌파하겠다는 전략의 산물이었다. 김정일 시대 북한이 내세웠던 '우리식 사회주의'는 '정 치에서의 자유', '경제에서의 자립', '국방에서의 자위'를 통해 다른 나라에 의존하지 않는 자력갱생 체제화로 초점이 맞춰져 있지만, 실 제로는 인민대중의 생활을 희생시키고 상대적으로 체제 보위의 근거 였던 군의 위상 강화로 드러났던 것이다. 이에 따라 문학도 지도자의 위상을 신성시하고 군(군인과 군대, 군인정신)이 문학 창작의 주체이자 소재이고 이념이자 심지어 미학까지 담론을 장악했던 셈이다.

하지만 앞에서 본 선군 담론의 만성적 피로감[62) 때문인지 겉으로 선군 담론을 앵무새처럼 반복하는 이면에는 인민생활 향상 담론이 속속들이 확인된다. 가령 '총대미학'을 강조한 서현일 수필 「총대는 이어진다」 바로 다음 페이지에 인민생활을 강조한 김경일의 단편소 설 「우리 삶의 주로」에서는 기초식품공장 식료기계기사인 진석의 입 을 통해 이렇게 이야기하고 있는 것이다.

> 장군님께선 쏟아져나오는 사탕과자와 갖가지 식료품을 만족하게 바라 보시며 인민들에게 당과류와 식료품을 마음껏 먹이는 게 자신의 소원이라 고, 자신께서는 오늘 인공지구위성을 쏘아올린 것보다 더 기쁘다고 말씀하 셨습니다.[63)

현대식 된장 생산 공정을 둘러싼 청춘남녀 과학기술자들의 애환과 사랑을 그린 소설에서 주목되는 점은 민생 담론만이 아니다. 대학을 졸업하고 식료기계기사로 배치된 주인공 진석과 여주인공 신해의 은

---

62) 김성수, 「선군사상의 미학화 비판: 2000년 전후 북한문학에 나타난 글쓰기의 변모양상」, 앞의 책(2008) 참조.
63) 김경일, 「우리 삶의 주로」, 『조선문학』, 2012.4, 78쪽.

CNC 홍보 매스게임

근히 밀고 당기는 애정담, 간장 생산의 현대화를 추진하는 진석이와 된장 생산의 현대화를 추진시키는 동료 간의 긴박한 경쟁구도, 새로운 생산공정의 돌파구를 연 주인공의 승리에 찾아오는 성취감, 결말에서 자신의 무능을 뉘우치고 진석이와 함께 이상을 확인하는 신해의 불안과 초조감 등등의 세부 심리 묘사가 탁월하다는 사실이다. 그 과정에서 이른바 '21세기 대고조운동'의 상징이 된 컴퓨터에 의한 생산기술 현대화 문제, 즉 CNC(컴퓨터 제어계측시스템) 찬가도 한몫을 한다. 이에 이 작품은 김정은 시대를 잘 보여주는 대표작으로 고평된다. "낡고 뒤떨어진 것을 과감히 털어버리고 부단히 자신을 채찍질하며 최첨단 돌파의 강행군 주로를 쉬임없이 달리는 진석과 티끌만 한 성과에 도취된 나머지 자기만족에 빠져 최첨단을 향해 계속 달리지 못하고 다리쉼을 하는 신해를 결승선이 보이는 단거리 달리기와 높은 인내력과 의지가 요구되는 장거리 달리기에 비긴 단편소설"로 높이 평가된다.[64]

김정은은 아버지와 달리 군대 위주로만 순시하는 것이 아니라 각급 생산 현장과 유원지, 학교, 과수원 등을 부단히 현지 지도한다. 민생 투어에 나선 젊은 지도자 김정은의 목소리는 대중들에게 세심하고 친근하다. 그래서 인민들은 열광한다. 전업 시인이 아닌 생활인=아마추어 시인들은 다음과 같이 김정은의 민생 투어를 칭송한다.[65]

평양시 제2인민병원 간호장 리명옥은, "우리 보건일군들에게/인민의 건강증진을 부탁하시는/뜨겁고 절절한 그 음성을/듣는다."(「그

---

64) 김정평, 「작가의 개성과 독창적인 형상수법」, ≪문학신문≫, 2012.10.13, 1면.
65) 류욱화, 「우리는 이렇게 시를 쓴다」; 리명옥, 「그이의 부탁」; 최선녀, 「무슨 말을 하랍니까」; 리성희, 「별들도 웃는 밤」; 리송숙, 「밝은 얼굴」, ≪문학신문≫, 2012.6.23, 4면.

이의 부탁」) 중앙과학기술통보사 연구원 최선녀는, "정성 다해 가꾼 꽃판목, 열매나무/키높이 자래운 잣나무/색깔도 초록빛 모양도 멋지다고/원림록화 지휘 경험을 말하라니" 할 말이 없다고 겸양을 보인다(「무슨 말을 하랍니까」). 중앙출판물보급사 노동자 리성희는, "건설장에 흘린 땀이 좋다는 거지/돌격대 나날이 좋다는 거지." 하며 동원노역을 기꺼워한다(「별들도 웃는 밤」). 평양 봉지중학교 교원 류옥화는, 시를 쓸 때 "가벼운 붓대로 쓰지 않는다"면서 "야간지원돌격대원의 심장으로/불꽃 튀는 삽날과 모래마대로 쓴다"(「우리는 이렇게 시를 쓴다」)고 한다. 이는 교사 근무 이외에 야간 노동으로 "모래마대를 어깨에 메고/초고층살림집" 건설현장에 동원되었음을 알게 한다. 평양시 제2인민병원 간호원 리송숙은, "정성이 명약이라고 하신/장군님 말씀"대로 "입원실문 두드리기 전에/거울 앞에 먼저 자기 모습 비쳐보며/언제나 밝은 얼굴로 환자들 앞에 나서리라."(「밝은 얼굴」)고 다짐한다. 이러한 현장 생활인들의 아마추어 시 모음은 표면적으로는 김정은 찬가를 표방한다. 하지만 알게 모르게 현직 이외의 차출 노동에 상시적으로 동원되고 있는 북한 주민들의 고된 생활상도 알게 한다. 그들은 여전히 노동 현장에 본업과 별도로 동원되고 있는 것이다. 그들의 자발적 동원66)을 위해 얼마나 더 많은 시와 소설이 씌어지고 노래와 영화가 만들어져야 하는 것일까.

2) 청년 미래 담론

김정일은 30세 청년이다. 따라서 80세 넘게까지 살았던 할아버지나 69세에 사망한 아버지처럼 연령 고하를 막론한 모든 인민들에게 자연스럽게 '어버이/아버지'로 불리기는 힘들다. 특유의 수령론으로

---

66) 대중이 지도자의 카리스마를 원하고 독재체제에 자발적으로 동원된다는 발상은 임지현 외, 『우리 안의 파시즘』(삼인, 2000)과 임지현 외, 『대중독재』(책세상, 2004) 등을 참조할 수 있다.

그런 이미지를 밀어붙일 수는 있지만 여전히 어색하고 생경하다. 따라서 부조(父祖)에게 전유되었던 '어버이/아버지'란 호명이 너무나 자연스러운 '만경대 원아' 같은 어린이, 6.6절을 맞은 소년단원들부터 포근한 '아빠' 이미지 메이킹을 시도하는 것이다. 게다가 항일빨치산과 6.25전쟁의 독립투사(김일성), 문예혁명을 통한 선동선전과 선군혁명을 통한 전사(김정일) 이미지를 지닌 강성 이미지 대신 김정은이 택한 전략은 '친근한 지도자'라는 연성 지도자상이다. 그것은 '만성적인 벼랑끝 위기' 전략의 산물인 선군 담론에 매우 피로해 있던 인민들에게 '인민생활 향상'이라는 새로운 돌파구와 함께 동반상승작용을 불러일으킬 것임에 틀림없다.

그런 맥락에서 아이, 소년, 청년들을 대상으로 한 경축시 「우리는 영원한 태양의 아들딸」(2012.6)에서 '만경대 원아, 책상, 강의실 지형사판, 체육관' 등을 호출했던 것이다. 김정은은 '어린이' 대신 '아이, 학생 소년'이란 단어를 선택하여 '우주로케트'와 '기계바다'로 상징되는 '강성조선'을 위하여 공부를 열심히 하고 '사회주의도덕'과 애국을 강조한 바 있다.67)

이런 맥락에서 미래, 청년, 소년, 아이 등에 대한 관심이 바로 김정은 문학담론의 새로운 면모라 하겠다. 가령, 원로 시인 백하의 시 「강성원은 노래한다」(2012.8)는 김정은만의 독자적 이미지를 구축하기 위한 고심의 산물로 평가된다.68)

---

67) 김정은, 「조선소년단 창립 66돐 경축 조선소년단 전국련합대회에서 하신 축하연설」, 《문학신문》, 2012.6.9, 1면.
68) 백하, 「강성원은 노래한다」 제하의 시 3편, 『조선문학』, 2012.8, 31~33쪽.

현란히도 눈이 부신 강성원의 체육관/넘어져도 무릎이 상하지 말라고/바닥에 고무판을 깐 체육관 (…중략…) //공을 받아드신 그이/웬일이신가 롱구공을/바닥에 치고 또 치신다/일군들 서로 얼굴만 마주보는데/나직이 하시는 말씀/-무슨 소리가 들리지 않습니까? (…중략…) //-들리지 않습니다/-울림이 전혀 없습니다//순간 환히환히 웃으시는/경애하는 김정은동지/-체육관이 소음방지를 잘했습니다[69]

최고 지도자가 기껏 한다는 일이 농구장에 공을 튀겨보고 소음방지시설이 잘되었다고 칭찬하는 정도이다. 하지만 이는 김정은 시대의 청년 미래 담론을 잘 보여주는 예로 판단된다. 강성원은 주민복지센터쯤으로 짐작되는 복합문화공간이다.「사랑의 메아리」에서는 강성원 실내 체육관의 농구코트 소음시설을,「약속」에서는 구내 이발소 종업원에게 자기도 이곳에서 이발을 하겠다는 지도자의 약속을 형상화하고 있다. 김정은은 항일투사(김일성)와 문화전사(김정일)와는 다른 생활밀착형 지도자의 이미지를 구축하고 있는 것이다. 어린이와 청소년을 시적 소구 대상으로 삼아 현실생활에 즉감적, 감각적으로 와닿는 조그만 사례들을 통해 자연스레 인민들에게 친근한 지도자로 다가가려는 미래 담론의 표현으로 풀이할 수 있다.

김정일 시대의 문학 담론이 지도자 동상과 대 기념비와 혁명 사적지, 고속도로와 발전소, 공장과 기업체 등 거대한 사회시설을 건설했을 때 감격의 기념시를 헌정하는 데 바쳐졌다면, 김정은은 미래를 담보할 어린이, 학생, 청년들에게 실생활의 질적 향상 같이 피부에 와닿는 미시 담론에 호소하는 셈이다. 그래서일까? 같은 시인은 비슷한 미래 담론을 또 시로 쓴다.

그 언제 이런 일 있어봤던가

---

69) 백하, 「사랑의 메아리」, 『조선문학』, 2012.8, 31~32쪽.

그 어느 다심한 일군도 유치원에 오면
귀여움에 겨워 만족해할 뿐
그 누구도 열지 못했다
아이들의 동심의 문 미래의 문[70]

　이 작품에는 평소 아이들을 교육하는 유치원 교사도 제대로 하지
못하는 진정한 소통을 김정은이 해낸다는 내용이다. 역시 작은 일을
섬세하게 해내는 방식이다.[71] 동심의 문을 열 친근한 지도자의 이미
지를 구축하고 그가 바로 새 정권 하 국가의 미래의 문을 열 적임자
라는 메시지를 담고 있다고 해석된다.
　박천걸, 류경철 시인도 같은 방식으로 아이들의 미래에 주목하되,
그런 따뜻하고 섬세한 보살핌이 지도자의 손길이 직접 닿지 않는 산
골 오지까지 미친다고 역설한다. "먼 산촌마을의 붉은 넥타이 아이들
도/김정은 원수님의 품속에서/미래의 투사로 영웅으로 더욱 억세게/
자라리"라고 산골 아이들을 찬양하고, "아, 창성은 두메산골 하늘 아
래 있어도/위대한 태양의 뜨거운 축복 속에/황금산의 주인으로 강성
조선의 기둥감으로/오늘도 자라는 창성의 미래여" 하며 변방 소년들
의 미래를 기약한다.[72] 깊은 산촌마을의 귀염둥이 아들이 6.6절에
평양에 가서 행사에 참석하고 기념사진까지 찍었으니 "선군조선의
나 어린 소년 혁명가/김일성 김정일 조선의 미래의 주인"이 되었다
는 식이다.[73]

---

70) 백하, 「미래의 문을 여시다」, 『조선문학』, 2012.11, 6쪽.
71) 최주원, 「절세위인의 후대관을 노래한 감동깊은 시형상: 서정시 「미래의 문을 여시다」를
　　읽고, 《문학신문》, 2013.3.9, 3면.
72) 박천걸, 「나는 조국의 미래와 이야기한다」, 《문학신문》, 2012.8.11, 1면; 류경철, 「창성의
　　미래」, 《문학신문》, 2012.9.22, 3면.
73) 박상민, 「축복받은 아들에게」, 『조선문학』, 2012.8, 22쪽. 이 시의 배경과 관련하여 북한
　　당국은 전국 각처의 소년단 대표 2만여 명을 평양으로 초청해 소년단 창립 66주년(6월
　　6일) 행사를 대대적으로 개최한 바 있다.

어린이, 소년, 학생뿐만 아니라 청년, 청춘에 대한 관심도 각별하다. 물론 김정일 시대에도 청년, 청춘 담론은 문학의 주요한 소재였다. 하지만 그것은 백의선, 류동호 공동작 서사시 「조국이여 청년들을 자랑하라」(2000)처럼 식량난과 경제난에 허덕이는 고난의 행군 시기에 별다른 중장비도 없이 오로지 육체노동으로 전투하듯 도로 건설에 온 몸을 바친 청년들을 찬양하는 노동 동원 선전이 주된 이유였다.[74] 그런 점에서 "권양기로 벽돌을 쉽게 들어올릴 수도 있으련만 벽돌의 한 귀퉁이라도 상하여 축로에 지장이 될세라 하루에 세 톤이 넘는 내화벽돌을 등짐으로 져날랐"[75]다는 평범한 처녀들의 땀과 눈물을 기리는 김혜인 수필이나, 희천 발전소 언제와 물길굴 건설과정에서 별다른 장비도 없이 오로지 해머로만 도로를 여는 사회주의 경쟁에서 1등을 한 곰처녀를 찬양하는 소설[76]도 여전히 쓰여지고 있다.

하지만 무조건 자발적 육체노동에만 몰두하게 만드는 낡은 청년 담론과 변별되는 새로운 청년, 청춘 담론도 새로이 보인다.

새로운 주체 100년대의 첫 아침/운명의 태양으로 높이 모신/김정은 동지의 발걸음 따라/무적의 총검과 마치와 낫/과학의 붓대를 새로이 벼려든 대군/수백만 젊은 심장이 우러러 따르는 한길/당을 따라 곧바로 앞으로만 나아가는/조선의 청춘은 이미/강성할 래일의 계주봉을 튼튼히 잡았거니[77]

즉, 청년절 기념시에서 상투적으로 거론되었던 총검 이외에 '마치와 낫, 과학의 붓대'가 '새로이' 추가되었고, 청춘이 과거세력과 미래세력의 연결고리라는 의미의 '내일의 계주봉'으로 호명되었다는 사

---

74) 「조국이여 청년들을 자랑하라」의 청년 담론 분석과 노동 동원 비판은 다음 글을 참조할 수 있다. 김성수, 「북한의 '선군혁명문학'과 통일문학의 이상」, 『통일과 문화』 창간호, 통일문화학회, 2001.

75) 김혜인, 「불꽃」(수필), 『조선문학』, 2012.2, 46~47쪽.

76) 임순영, 「희천 처녀」(단편), 『조선문학』, 2012.2, 79쪽.

77) 최주원, 「새로운 주체 100년대의 청춘」, 『조선문학』, 2012.8, 34쪽.

실이다. 이는 더 이상 "시키면 한다, 하면 된다"는 군대식 발상에 의한 노동 동원이 아니라, "즐겁게, 자발적으로" 노동에 참여한다는 발상의 전환을 보인다고 해석할 수 있다. 가령 섬유공장 노동자는 "직포공 처녀여!/어찌 그대 천만 짠다 하랴/그대는 음악가/행복의 노래 온 나라에 펼치여라"[78]라고 유희와 결합된 노동을 찬양하며, "데트론 인견천 직장/처녀들의 아름다운 작업 모습을/그림에 담은 동무여"[79]라고 예술로 승화시킨다.

5. 마무리: 선군에서 민생으로

지금까지 본론에서 김정일 시대 말기(2009~2011) 주체문학과 선군문학의 추이를 간략히 정리하고 김정은 시대 초기(2011.12~2012.11)의 선군문학 담론이 어떻게 변모하는지 시, 소설, 비평 등 문헌 텍스트를 분석하고 추후 동향을 살펴보았다. 분석에 따르면 김정은은 항일투사(김일성)와 문화전사(김정일)와는 차별화된 '생활 밀착형 친근한 지도자'라는 이미지 구축에 성공하였다. 그의 지도자 형상은 먼저 송가, 시가부터 시작하여 서정시, 서사시, 소설 등으로 장르를 확산해갈 터이다.[80] 때문에 대부분의 분석 텍스트는 시와 가요가 많았으며 그러다보니 시 고유의 서정적 함축성과 미적 특징까지 분석하지 못하고 사회 변화의 실증자료로만 다루었다는 아쉬움이 남는다. 앞으로 문학텍스트의 미학적 의미까지 분석하기 위해서 이전의 주체미학 체계의 변모나 총대미학으로 대표되는 선군문학 담론의 변모양상을 정치하게 추적할 것이다.

---

78) 박복실, 「직포공 음악가」, ≪문학신문≫, 2012.9.15, 1면.
79) 림철준, 「더 밝게 그려라」, ≪문학신문≫, 2012.9.15, 1면.
80) 김려숙, 「피끓는 심장으로 선군혁명문학의 새로운 포성을 올리자」, 『조선문학』, 2012.3, 24쪽 참조.

김정은 시대 초기의 주민 생활상을 그린 '사회주의 현실 주제' 문학은 "사탕 한 알과 총알 하나"의 상징적 대비에서 보듯이, 표면적인 선군 담론의 자장이 구심력을 잃고 이면에서 '인민생활 향상'이라는 민생 담론으로 원심력을 보인다. 선군과 민생 사이에서 역동적인 방향 모색 끝에 서서히 정중동으로 민생 담론 쪽에 무게중심이 이동하는 것이다. 이는 선군 담론이나 그 자장 속에서 '발걸음'으로 상징되는 후계자 승계 담론을 펴지 않아도 민생과 미래를 자신할 수 있게 되었다는 점을 알게 한다. 2012년 12월 현재, 김정은 체제의 안정이 아버지 김정일이 구축한 선군 담론에만 의존하지 않아도 될 만큼 비교적 빨리 이루어졌다는 문학적 증거를 확인하는 순간이기도 하다.

참고문헌

『조선문학』·≪문학신문≫·≪로동신문≫

고유환, 「김정은 후계구축 논리와 징후」. 『통일문제연구』, 2010년 상반기.

_____, 「'인민제일주의' 선경(先經)정치로 전환할 것인가」, 『민족화해』 제58호, 민족화해협의회, 2012년 9/10월호(통권 제58호).

김성수, 『통일의 문학 비평의 논리』, 책세상, 2001.

_____, 「북한의 '선군혁명문학'과 통일문학의 이상」, 『통일과 문화』 창간호, 통일문화학회, 2001.

_____, 「1990년대 주체문학에 나타난 충효이데올로기」, 『현대북한연구』 제5권 제2호, 북한대학원대학교, 2002.6.

_____, 「김정일 시대 문학에 대한 비판적 고찰: 선군시대 선군혁명문학의 동향과 평가」, 『민족문학사연구』 27호, 민족문학사학회, 2005.4.

_____, 「선군사상의 미학화 비판: 2000년 전후 북한문학에 나타난 글쓰기의 변모 양상」, 『민족문학사연구』 34호, 민족문학사학회, 2008.8.

김인옥, 『김정일장군 선군정치리론』, 평양: 평양출판사 2003.

김철우, 『김정일장군의 선군정치: 군사선행, 군을 주력군으로 하는 정치』, 평양: 평양출판사, 2000.

류 만, 『사회주의적 문학예술에서 생활묘사』, 과학백과사전출판사, 1979.

박영정, 「김정은 시대의 북한 문화예술의 현황과 전망」, 『제9차 통일문화정책포럼 자료집』, 문화체육관광부·한국문화관광연구원, 2012.11.21.

백학순, 「김정은 제1비서의 통치 8개월: 평가와 전망」, 『정세와 정책』, 2012년 9월호.

사회과학원 주체문학연구소, 『총대와 문학』, 평양: 사회과학출판사, 2004.

신형기, 「남북한문학의 '정치의 심미화'」, 『민족이야기를 넘어서』 삼인, 2003.

신형기·오성호, 『북한문학사』, 평민사, 2000.

우문숙, 「북한의 '선군혁명문학'을 통해서 본 선군정치의 체제유지기능에 관한 연구」, 경남대 석사논문, 2003.

윤기덕, 『수령형상문학』(주체적 문예리론연구 11), 문예출판사, 1991.

이영미, 「북한 문학교육의 제도적 형성에 관한 국제연구사적 문제제기」, 『국제어문』, 2012.6.

이지순, 「북한 서사시의 김정은 후계 선전양상」, 『북한연구학보』 16-1, 북한연구학회, 2012.8.

정영철, 「김정은 체제의 출범과 과제: 인격적 리더십의 구축과 인민생활 향상」, 『북한연구학보』 16-1, 북한연구학회, 2012.8.

Benjamin, W., 반성완 편역, 『발터 벤야민의 문예이론』, 민음사, 2003.

Bourdieu, Pierre, 최종철 역, 『구별짓기: 문화와 취향의 사회학』, 새물결, 1995.

Bourdieu, Pierre, 하태환 역, 『예술의 규칙』, 동문선, 2000.

Gabroussenko, Tatiana, "From Developmentalist to Conservationist Criticism: The New Narrative of South Korea in North Korean Propaganda", *Journal of Korean Studies* (June 2011), 16-1.

Kim, Su-kyoung, *Illusive Utopia: Theater, Film, and Everyday Performance in North Korea(Theater: Theory/Text/Performance)*, University of Michigan Press, 2010.

Myers, Brian, *The Cleanest Race: How North Koreans See Themselves and Why It Matters*, Melville House Publishing, December 20, 2011.

김정은 시대의 애도와 구원의 코드[※]

: 김정일 추모문학론

이지순

1. 권력교체와 추모문학

지도자의 죽음과 권력교체는 역사적 사건이라 할 수 있다. 역사적 사건과 인물에 대한 기억을 소환하는 추모문학은 북한이 현재 작성 중인 역사를 보여준다. 데리다는 정치권력은 기록을 통제함으로써 정당화될 수 있다고 말한 바 있다. 기록의 힘은 통치자의 힘이기 때문이다. 김정일 사후 몇 개월이 되자마자 정리되어 나오기 시작한 일련의 추모문학집은 기록의 통제 양상을 보여준다. 안정된 권력교체를 이루고 새로운 지도자의 권위를 세우기 위해 전대의 역사를 정리하고 새로운 역사를 써야 하기 때문이다.

추모문학은 슬픔의 기록이다. 프로이트에 따르면 애도는 보통 사랑하는 사람의 상실, 혹은 사랑하는 사람의 자리에 대신 들어선 어떤

※ 이 글은 「김정은 시대의 애도와 구원의 코드」(『어문논집』 69호, 민족어문학회, 2013)를 단행본 『김정은에게 북한의 미래를 묻다』(선인, 2014)에 수록하였으며, 내용을 좀 더 수정 보완하여 여기에 싣는다.

추상적인 것, 즉 조국, 자유, 어떤 이상 등의 상실에 대한 반응이다. 반면 슬픔의 병리적인 증상인 멜랑콜리는 심각할 정도로 고통스러운 낙심, 외부 세계에 대한 관심의 중단, 사랑할 수 있는 능력의 상실, 모든 행동의 억제, 그리고 자신을 비난하고 자신에게 욕설을 퍼부을 정도로 가치 비하감을 느끼면서 급기야는 자신을 누가 처벌해주었으면 하는 징벌에 대한 망상적 기대로 나타나기도 한다.[1] 잃어버린 대상에 투여한 애정 혹은 리비도의 양에 비례하여 고통은 증대된다. 슬픔에 빠져 무기력해지거나 삶이 무의미하게 생각되는 현상은 상실 이후에 찾아오는 정상적인 '애도의 과정'으로 볼 수 있다.

일찍이 북한은 김일성 사후에 추모문학의 흐름을 보여준 바 있다. 유훈통치 시기인 1990년대 중반에는 수령형상창조가 수령형상문학, 추모문학, 단군문학의 형태로 반복강화되었다.[2] 추모문학의 한 흐름으로 자리매김한 수령영생문학은 '민족의 태양'으로서 '영생'하는 김일성의 위대성과 김일성의 '유훈'을 계승할 것을 강조한 형태를 지닌다. 수령의 부재가 야기할 수 있는 혼란을 잠재우고 후계체제를 공고히 하기 위해서였다.

김정일 추모문학은 수령영생문학의 연장선에서 유사한 양상을 보인다. 그러나 그 지속성과 집중성은 김일성 때와 비교해 상대적으로 차분한 분위기를 보여준다.[3] 지도자의 죽음을 이미 경험해 본 적이

---

1) 지그문트 프로이트, 「슬픔과 우울증」, 윤희기 역, 『정신분석학의 근본 개념』, 열린책들, 2006, 244쪽. 슬픔으로 번역한 독일어 Trauer는 영어로 mouring이고, 우울증으로 번역한 Trauer는 "애도 콤플렉스"로도 번역된다고 밝힌 것으로 미루어 문맥에 따라 슬픔대신 '애도'로 대체할 수 있다. 우울증으로 번역된 Melancholie 또한 영어로 melancholia이다. 이 글에서는 우울증 대신 멜랑콜리로 대체한다. 멜랑콜리는 좀 더 포괄적으로 우울감, 상념, 비애감 등을 뜻하기 때문이다.

2) 김성수, 『통일의 문학 비평의 논리』, 책세상, 2001, 293쪽. 김일성 추모문학과 별도로 유훈통치시기의 특징으로 꼽을 수 있는 것이 단군문학의 등장이다. 단군문학은 김일성을 단군과 동일선상에 놓고 민족의 시조로서 찬양하는 내용을 담는다. 정권의 민족사적 정통성을 확보하고 체제의 안정성을 강화하는 수단으로 단군을 강조해온 것이다. 이에 대해서는 김성수, 같은 책, 293~297쪽 참조.

3) 대북소식통과 탈북자들은 김정일 사망 보도 직후 함경북도 회령, 양강도 혜산 등에 거주하

있기 때문이다. 2012년에 출간된 추모문학집은 애도의 분위기는 유지하되 김정은에게 무게중심을 둠으로써, 안정된 체제 전환을 이루려는 시대적 요청과 관련된다. 즉, 추모문학이 단순히 애도의 슬픔을 표출하는데 있지 않음을 알 수 있다. 추모문학집은 "위대한 령도자 김정일동지의 서거에 즈음하여"의 표제로 다음과 같은 순서로 출간되었다.

- 리일섭 편, 시집 『장군님세월은 영원하리라』, 문학예술출판사, 2012. 3.15.
- 김은일·문상봉·고윤호 편, 작품집 『선군태양은 영원하다』, 문학예술출판사, 2012.3.15.
- 리남혁 편, 시집 『아, 우리 장군님』, 금성청년출판사, 2012.7.10.
- 박성보 편, 추모설화집 『강산이 운다』, 금성청년출판사, 2012.7.10.
- 박춘선 편, 작품집 『영원히 함께 계셔요』, 금성청년출판사, 2012.7.15.
- 박춘선 편, 작품집 『영원한 우리 아버지』, 금성청년출판사, 2012.7.25.

추모문학집으로 먼저 출판된 것은 시집과 산문 작품집 각각 한 권씩이다. 『장군님세월은 영원하리라』는 "위대한 장군님을 잃고 몸부림치던 피눈물의 그 나날에 우리 군대와 인민이 보내온 수천편의 시들중에서 그 일부를 묶어"[4] 편집했으며, 『선군태양은 영원하다』는 "령도자와 인민이 혼연일체를 이룬 내 조국의 위대한 현실을 온 세상에 보여준 우리 군대와 인민의 이 순결한 충정의 세계를 후세에 남기기 위해 전국의 각지에서 보내온 작품의 일부"[5]를 편집한 것임을 머

는 북한 주민들과 전화통화를 해본 결과 김정일 사망소식을 접한 주민들의 반응이 매우 차분했다고 전했다. 대북소식통은 "1994년 김일성 주석의 사망보도가 나온 직후에는 온 나라(북한)가 울음바다가 됐다"며 "하지만 이번에 김정일 사망소식을 듣고 눈물을 흘리는 사람은 그렇게 많지 않은 것 같다"고 말했다(윤일건, 「北 내부 분위기 김일성 사망 때와 달라」, 연합뉴스, 2011.12.18).

4) 리일섭 편, 「머리글」, 『장군님세월은 영원하리라』, 문학예술출판사, 2012, 6쪽.

리글에 밝히고 있다. 이 두 권의 추모문학집 이후에 북한 내부의 애도의 분위기를 정리하고 체제를 재정비한 다음 7월에 네 권이 더 출간되었다. 이 과정에서 시, 수기, 수필, 소설 중심에서 동요, 동시, 가사, 설화, 단상, 실화문학 등으로 장르가 확장되어 추모문학이 완비되었다.

먼저 출간된 『장군님세월은 영원하리라』와 『선군태양은 영원하다』는 애도의 분위기가 우세한 반면, 7월에 잇달아 출간된 추모문학집들은 김정은 체제 안착을 핵심으로 한다. 7월은 상징적인 시기라 할 수 있다. 주지하다시피, 2012년 4월 11일에 로동당대표자회의에서 당 1비서로, 4월 13일에 국방위원회 제1위원장에 추대되면서 김정은 체제는 공식출범했다. 그리고 2012년 7월 18일 공화국 원수로 추대됨으로써 권력 장악에 성공했다고 볼 수 있다.

추모문학집의 핵심은 "김일성민족, 김정일조선의 명맥"과 "김정은 동지를 따라 이 세상 천만리라도 가고갈 우리 인민의 신념과 의지"[6]를 보여주고, "경애하는 김정은동지께서 계시여 아버지장군님은 영원히 우리와 함께 계신다는 철의 진리",[7] "경애하는 김정은선생님 계시여 아버지장군님은 영원히 우리와 함께 계신다는 학생청소년들의 신념과 의지"[8]를 강조하는 데 있다. 이를 통해 추모문학집의 최종 심급이 김정은의 권력기반 안정에 있음을 확인할 수 있다.

이들 추모문학집은 "작가들만이 아닌 평범한 로동자, 농민을 비롯한 각계각층의 인민들이 자기들의 그리움의 심정을 글로"[9] 남긴 것으로, 작가들이 "아버지장군님을 그리는 절절한 마음을 반영한 아동문학작품들을 투고"[10]하여 엮은 아동문학작품집과 "아버지장군님

---

5) 김은일·문상봉·고윤호 편, 「머리글」, 『선군태양은 영원하다』, 문학예술출판사, 2012, 6쪽.
6) 리남혁 편, 「머리글」, 『아, 우리 장군님』, 금성청년출판사, 2012, 2쪽.
7) 박춘선 편, 「머리글」, 『영원히 함께 계셔요』, 금성청년출판사, 2012, 2쪽.
8) 박춘선 편, 「머리글」, 『영원한 우리 아버지』, 금성청년출판사, 2012, 1쪽.
9) 리남혁 편, 「머리글」, 『아, 우리 장군님』, 금성청년출판사, 2012, 2쪽.
10) 박춘선 편, 「머리글」, 『영원히 함께 계셔요』, 금성청년출판사, 2012, 1쪽.

을 잃고 너무도 일찍 철이 든 학생청소년들이 추모의 그 나날 장군님에 대한 사무치는 그리움"11)을 담은 청소년들의 작품집으로 편집되었다.

작가와 대중의 작품은 서로 구분 없이 편집되어 있다. 작가와 인민대중 전체가 창작자로 참여함으로써 이들은 상실의 공동체로 구성된다. 작가와 대중은 동일한 슬픔을 지닌 애도자의 입장에서 서로 동등하기 때문이다. 다만 성인 작품의 경우 머리글에서 노동자·농민의 작품이라고 밝히긴 했지만, 이름 외엔 주어진 정보가 없다. 반면에 아동·청소년은 소속 학교가 명시되어 있다. 여섯 권의 추모문학집 가운데 두 권이 아동문학 중심의 작품집임을 고려해 보면, 실명과 소속을 밝힌 아동·청소년의 작품은 김정은의 지지 기반이 어린 세대에까지 폭넓게 분포되어 있음을 과시하는 효과를 지닌다.

이 글은 추모시를 중심으로 논의를 전개할 예정이다. 김정일 추모문학의 원형을 제시하는 시집 『장군님세월은 영원하리라』와 일련의 추모문학집의 시들에서 애도의 코드가 어떻게 파생되고 확대되는지 살필 것이다. 이를 위해 사회정치적인 맥락을 중심으로 살펴보는 텍스트 외부의 시각은 지양하고자 한다. 텍스트 내적 논리를 통해 애도의 양상을 읽고, 애도작업이 김정은 체제 안착과 어떻게 상호작용하는지 살펴볼 것이다. 이로써 추모문학이 김정일 사후에 역사를 기록하는 과정과 기록을 통해 기억을 통제하는 방식을 분석해 볼 수 있을 것이다. 특히 국가가 만드는 역사에 인민이 어떻게 참여하고 기록에 동참하는지 볼 수 있을 것이다.

---

11) 박춘선 편, 「머리글」, 『영원한 우리 아버지』, 금성청년출판사, 2012, 1쪽.

2. 추모의 원형과 애도작업

추모문학은 상실감을 공유함으로써 동병상련의 위로, 슬픔의 극복이라는 목표를 수행한다. 대상의 부재와 그로 인한 상실감은 일반적으로 애도자의 슬픔과 비탄을 자아낸다. 김정일 추모문학에 나타난 슬픔은 김정은에의 안정된 권력 이양을 통해 상실을 수용하고 극복하는 형태를 보여준다.

김정일의 공식적인 사망일인 2011년 12월 17일 날짜로 서명되어 발표된 「전체 당원들과 인민군장병들과 인민들에게 고함」과 조선작가동맹 중앙위원회의 이름으로 발표된 시 「위대한 김정일동지의 령전에」는 추모문학의 방향을 결정한다는 점에서 주목할 만하다.

북한은 김정일이 "2011년 12월 17일 8시 30분에 현지지도의 길에서 급병"으로 사망했으며, "오로지 조국과 인민을 위하여 자신의 모든것을 다 바쳐오신 절세의 애국자"인 김정일은 "혁명이 대를 이어 줄기차게 전진해나갈수 있는 강력한 정치군사적지반"과 "조국과 민족만대의 무궁번영을 위한 튼튼한 토대를 마련"했는데, 그것은 "주체혁명위업의 위대한 계승자"이자 "당과 군대와 인민의 령도자"인 김정은이라는 것이다. 그리하여 "김정은동지의 령도따라 슬픔을 힘과 용기로 바꾸어 오늘의 난국을 이겨내며 주체혁명의 위대한 새 승리를 위하여 더욱 억세게 투쟁"해 나갈 것이 요구된다고 발표하였다.[12]

<사진 1> 2011년 12월 28일 김정일 북한 국방위원장의 운구행렬이 지나자 눈물을 흘리는 북한 인민군들의 모습. 연합뉴스, 2011.12.28.

조선작가동맹 중앙위원회의 시 「위대한 김정일동지의 령전에」(『조

선문학』, 2012년 1호)[13]는 향후 추모문학의 벡터를 형성한다. 그 얼개를 살펴보면 다음과 같다.

① 7연: 우리곁을 떠나실 때조차/눈보라속을 달리는 야전렬차에 계셨으니
② 8연: 눈앞이 캄캄하고/너무도 억이 막혀/언땅을 뜯으며 언땅을 두드리며/―아버지, 가지 마십시오/가시면 안됩니다
③ 18연: 중중첩첩 고난과 시련을 헤쳐넘어/우리 인민을 강성국가의 문앞에 세워주시고
④ 26연: 장군님그대로이신 김정은동지
⑤ 29연: 김정은동지의 거룩한 발걸음에서/장군님의 숭엄한 발자욱이 새겨집니다
⑥ 36연: 주체혁명위업의 한길우에/우리의 장군님은 영생할것입니다.

총 36연으로 이루어진 이 시는 ①, ②, ③에서처럼 김정일의 순직, 인민의 통절한 비탄, 인물의 위대성을 그리는 내용과 ④, ⑤, ⑥에서처럼 후계자 계승의 정당성과 슬픔의 극복, 영생론과 맹세 등으로 구성되어 있다. 상실의 슬픔과 비탄을 토로하다가 후반부로 갈수록 김정일의 물리적인 죽음을 부정하고 김정은을 통해 김정일이 존재함을 논리화한다. 김정은에게 민족과 국가, 미래가 달려있고, 이는 김정일이 인민을 위해 안배한 것으로 표현된다. 결부에 이르면 후계체제의 안정과 국가 내부의 결속을 다지는 것으로 중심축이 완전히 이동한다. 이 시의 전개과정처럼 사망소식, 비탄과 충격, 위대성 예찬, 상실 부정, 후계자와의 동일시, 미래지향과 맹세 등은 향후 전개될 추모문학의 원형으로 새겨졌다.

일반적인 애도 과정은 '분노, 부정, 타협, 우울, 수용'의 단계를 거

---

12) 「전체 당원들과 인민군장병들과 인민들에게 고함」, 조선중앙통신, 2011.12.19.
13) 이 시는 『조선문학』 2012년 1호에 먼저 발표되었지만, 『장군님세월은 영원하리라』의 첫 페이지에도 실려 있다.

친다. 북한의 추모문학 또한 애도의 일반적인 양상을 따르지만 완전히 동일하다고 볼 수는 없다. 북한에서 애도자의 애도는 사적 영역에서 이루어지는 개인의 행위이면서, 공적 영역의 자장 안에 포함되어 있기 때문이다. 애도에 동참하지 않는 것은 일탈이 될 수 있다. 애도 행위에 참여함으로써 개인은 소속을 증명한다. 작가를 포함하여 노동자·농민·아동·청소년까지 모두 참여한 추모문학집은 애도가 집단적 행위임을 보여주는 동시에, 개인과 제도 사이에서 소속과 충성도를 증명하는 표지가 된다.

지도자의 죽음은 오히려 지도자를 압도적으로 현존하게 한다. 무조건적이고 돌이킬 수 없는 상실 속에서 대상은 과잉 현존하게 된다.[14] 그렇기 때문에 김일성 사후에 김정일은 집단 히스테리를 완화하기 위해 4년간 유훈통치를 하고, 수령영생문학을 통해 장기간 애도 분위기를 조성했던 것이다. 이와 대조적으로 김정은 체제는 정권을 안정화시키고, 김일성 사후에 시작된 고난의 행군을 재연하지 않기 위해서라도 애도작업을 서둘러 정리하고 완비할 필요성이 있었다.

따라서 김정일 사망 당시 창작되었다는 수 천 편의 작품들을 정리·편집·출간하는 일련의 과정은 정상적인 애도작업과 김정은 체제 안정을 목적으로 했다고 볼 수 있다. 이는 또한 병적인 단계인 멜랑콜리를 해소하기 위해 새로운 대상에게 애정을 투사하도록 견인하는 장치이기도 했다.

추모문학은 죽음의 시간을 복원하고 현재화한다. 이는 사건을 마주 했던 개인의 시간과 문화적 기억을 결합하여 하나의 역사적 기억으로 재구성하는 과정이라고도 할 수 있다. 기억의 재구성은 김정은에의 정당성을 구조화하기 위한 것이다.

다음 장에서는 추모문학을 통해 상실의 공동체로서 북한이 애도작

---

14) 슬라보예 지젝, 「우울증과 행동」, 한보희 역, 『전체주의가 어쨌다구』, 새물결, 2008, 221~222쪽.

업을 어떻게 수행하는지 살펴볼 것이다. 이를 위해 문학 내적인 애도코드를 추출하는데 주안점을 두기로 한다. 애도코드의 분석을 통해 문학 내적 논리가 텍스트 밖의 상황을 보여주고, 이끌고, 상호작용하는 양상을 살펴볼 것이다.

3. 애도 시간의 복원과 형상화

추모문학은 죽음의 시간을 다시 환기한다. 김정일의 죽음은 애도자에게 돌발적인 사건이다. 시는 그 사건을 강력한 충격으로 재현한다. '사건'의 기억을 타자와 나누어 갖기 위해서 '사건'은 우선 이야기되어야 한다. 이야기를 통해 비로소 타자와 사건의 기억을 공유한다.15) 사망소식을 들었던 당시를 이야기한다는 것은 사건을 현재화하여 독자가 재체험하도록 한다.

비감에 푹 젖은 방송원의 목소리는/장군님 서거하신 소식을 전해/울리고 울리고 또 울리고있건만/나의 귀는 붕— 붕— 고압전류가 흐르는 듯/도무지 가려듣지 못하겠구나
　　　― 한승길, 「터치지 않고서는 못 견디겠다」 부분(『장군님세월은 영원하리라』)

나도 묻고 너도 묻고/모두가 묻고 또 물었습니다/우리 장군님 잃었다는 그 비보가 정말인가고/쾅쾅 심장을 두드리고 통곡하며 인민이 물었습니다
　　　― 강일진, 「물었습니다 그리고 들었습니다」 부분(『아, 우리 장군님』)

그런데 이게 무슨 변입니까/그이께서 우리곁을 떠나셨다니/아닙니다 그럴수가 없습니다/태양이 꺼졌다는것과 같은 그런 말을/우리는 절대로 믿

---

15) 오카 마리, 김병구 역, 『기억 서사』, 소명출판, 2004, 39쪽.

을수가 없습니다

　　　　　— 김명철, 「우리는 믿지 않습니다」 부분(『장군님세월은 영원하리라』)

　위의 인용시들은 김정일 사망소식을 듣고 정신적 충격과 공황에 빠지는 모습을 보여준다. 고압전류가 흐르는 듯 이명처럼 들리는 사망소식은 우연적이고 일탈적으로 다가온다. 객관적 사실과 화자의 정신적 표상 사이에서 사망소식은 수용되기 어렵다.

　공동체는 추모문학 속에서 동일한 시간대를 경험하고 환기한다. '이야기한다'는 사실과 '이야기된' 내용은 바로 현재화 행위를 통해 구별된다. 이야기에서 재현되고 복원되는 것은 '삶의 시간성'이기 때문이다.16) 추모문학은 사건 속에 놓였던 시적 화자의 시간과 대상 인물의 시간을 동시에 불러온다. 나, 너, 우리로 확대되는 시적 화자는 자신의 느낌과 생각을 직접 서술하며 연대를 형성한다.

　1인칭 애도자는 이야기되는 세계가 허구가 아니라 자기 이야기 (self-narration)임을 보여준다. 자기 이야기 속의 시적 화자는 기억에 의존하여 이야기를 전개하며, 시인과 거의 일치하는 목소리를 보여준다.17) 시적 화자는 가슴을 치고 땅을 두드리는 행동과 독백·대화를 통해 슬픔과 비탄을 드러낸다. 이는 미학적으로는 애도행위를 간접적으로 보여주는 미메시스(mimesis) 재현 방식에 속한다. 사실주의가 선호하는 이러한 방식은 사망소식을 들었던 당시를 효과적으로 보여준다. 사건의 범위를 사망소식으로 한정하고, 독자가 이야기에 동참하도록 장면을 구성한 서술 방식인 것이다. 시는 전일적인 사회주의 대가정론의 위계 아래에서 혈육의 죽음보다 크게 상실감을 표현한다. 이 과정에서 시는 독자가 작가와 함께 사건을 재체험하고,

---

16) 폴 리쾨르, 김한식 역, 『시간과 이야기』 2, 문학과지성사, 2000, 160쪽. 리쾨르는 시간은 이야기 양태를 통해 분절되는 한에서 인간적인 시간이 되며, 이야기는 시간적 실존의 조건이 될 때 그 충분한 의미를 획득한다고 본다.

17) 위의 책, 186쪽.

작가의 내면적 심리까지 공감하여 상실의 공동체의 일원이 되도록 매개하는 역할을 한다.

사망 소식과 죽음의 시간이 한 장면에 복원되었을 때는 애도자의 행동과 독백, 대화를 통해 당시를 미메시스적으로 보여주지만, 애도 대상자와 애도자 주변을 그릴 때는 디에게시스(diegesis)적으로 변화한다.18)

아, 열흘낮 열흘밤/온 하루 장군님을 그리며/점심마저 잊고 기대앞에 섰던 사람들/날 저무니 장군님 생각 더욱 간절해/약속한듯 달려오던 김일성광장

— 윤희, 「열흘낮 열흘밤」 부분(『장군님세월은 영원하리라』)

우리 인민은 참 좋은 인민이라고/인민들을 잘 먹이고 잘 입히고/세상에 떳떳이 내세우고싶은 것이/자신의 소원이라고/인민들이 잘살기 전에는 발편잠을 잘수 없다고/다시 또다시/인민을 찾아가고 가신 우리 장군님

— 옥성일, 「12월의 눈물은」 부분(『아, 우리 장군님』)

다시는 이 나라 이 민족이/제국주의의 노예가 되지 않게/짓밟혀서 피흘리며 울지 않게/심혈을 바쳐 일떠세우신 핵보유국의 위력/일심단결된 정치사상강국의 위용은/후손만대 우리 민족 우리 겨레에게 안겨주신/장군님의 한평생의 사랑이며 은혜입니다

— 조선작가동맹 중앙위원회, 「위대한 김정일동지의 령전에」 부분(『장군님세월은 영원하리라』)

---

18) 플라톤은 『국가』에서 인간행위를 재현하는 방식을 디에게시스(diegesis)와 미메시스(mimesis)로 구분한다. 디에게시스가 '말하기'라면 미메시스는 '보여주기'에 속한다. 즉, 디에게시스는 시인이 권위를 지닌 발언자로서 사물이나 사건을 직접 설명하고 말하여 서사를 통제한다면, 미메시스는 시인이 아니라 등장인물의 행동과 대사를 통해 사물이나 사건을 간접적으로 보여준다.

시적 화자가 자기 이야기가 아니라 타자의 이야기를 할 때는 전지적인 입장에서 대상을 설명한다. 이는 대상을 직접 제시하는 방법으로서 파노라마식 서술(panoramic)과 유사하다. 즉, 대상에 대한 정보를 요약하여 제시하는 방법인 것이다. 평면적이고 전형적인 인물묘사에 적절한 서술 방식으로서, 북한 문학에서 자주 보는 설명적 방식이다. 이는 작가가 독자에게 전달하려는 정보를 권위적으로 지배하고자 할 때 사용하는 서술 기법이라 할 수 있다. 작가가 의도한 의미를 전달하기 위해 독서과정에서 유발될 수 있는 해석의 여지를 최대한 줄이고자 사건을 요약하고 평가한다.

「열흘낮 열흘밤」의 경우, 10일장의 기간 동안 시적 화자의 주변 사람들이 낮에는 일하고, 밤에는 조의식장에 달려간다고 전한다. 그 이유를 김정일에 대한 그리움과 슬픔이라고 한정함으로써 조문행렬을 의미화한다. 김정일의 죽음의 시간이 재경험되면서 필연적으로 시 속에 구조화되는 것은 김정일의 '삶의 시간성'이다. 시쓰기가 역사쓰기의 하나처럼 보이는 「위대한 김정일동지의 령전에」와 비교해 볼 때, 「12월의 눈물은」에서 김정일의 삶은 인민을 위한 희생과 사랑의 연대기로 전달됨으로써 추모에서 망자 숭배로 나아간다. 이러한 전개방식은 대부분의 추모문학의 보편적 형태이기도 하다. 애도행위의 중심은 대상을 상실했다는 슬픔과 고통을 표출하고, 애도대상의 삶의 시간성을 역사로 재구성하는 것이기 때문이다.

비록 이 글이 텍스트 내부 논리를 중심으로 논의를 전개한다 하더라도, 북한 시를 자족적인 완결체로서 간주하는 것은 아니다. 북한 시를 분석할 때는 텍스트 안과 밖을 상호적으로 고려해야 한다. 정치적인 것이든 문화적인 것이든, 개인적인 것이든 집단적인 요구에 의한 것이든, 텍스트 밖의 요소들은 언제든지 텍스트 안으로 침범하여 텍스트의 내적 질서를 재정립하고자 하기 때문이다. 따라서 북한 시를 분석할 때는 텍스트 밖에서 가해지는 힘의 논리를 고려해야 한다. 즉, 텍스트 내에 새겨진 서술 행위의 표지가 텍스트 밖으로 다시 향한다는 것을 잊어서는 안 된다. 결국 애도행위의 하나인 텍스트는 독서 행위를 통해 텍스트 밖에 위치한 독자에게 영향력을 행사하고자 하는 분명한 의도를 지닌 것으로 보아야 한다.

> 쌩쌩바람 추위에 우리가 얼면/아버지장군님 근심하신다고/그 어디나 물매대 차려놓고서/뜨겁게 덥혀주라 말씀하셨대요
> —허경복, 동시 「먼저 내려요」 부분(『영원히 함께 계셔요』)

> 장군님과 꼭같으신/김정은선생님/흰눈처럼 깨끗한/마음으로 받들 때//
> 내 조국에 더 밝은 앞날/찾아온다고/12월의 눈송이/속삭여줘요
> —최정향(벽성군 안봉중학교), 동시 「속삭여줘요」 부분(『영원한 우리 아버지』)

> 옥이야 철이야/너는 들었니/사랑의 그 전설/너는 들었니//
> 호상서던 울아빠는/발열붙임띠 받아안고/목메여울고//
> 사무치는 그리움에/눈물이 앞서/때식도 잊고살던/우리 엄마는//
> 사랑의 물고기를/가득 받아들고/격정에 북받쳐/또다시 울고//
> 자신의 모든 것/인민의 행복위해/깡그리 바치신/장군님사랑으로//
> 슬픔의 눈물이/차넘치는 이 땅에/천백배 힘을 주시는/김정은선생님/아버지장군님과/꼭 같으셔요
> —김철송(평양 인흥중학교), 동시 「꼭 같으셔요」 전문(『영원한 우리 아버지』)

서정시는 시적 화자의 이야기로서 시인과 거의 일치하는 목소리를 들려준다. 성인이 창작한 동시의 경우 어린이 화자는 의인화 은유이다. 아동의 동시와 성인 작가의 동시는 여기에서 변별된다. 성인의 동시는 텍스트 내에 허구적으로 투사된 어린이 화자를 내세운다면, 아동의 동시는 자신의 이야기를 하기 때문이다.

「먼저 내려요」에서 어린이 시각으로 포착된 앵글은 조의식장 풍경 중 하나인 '물매대'이다. 조의기간 중 북한의 언론매체가 대대적으로

선전한 '더운물 봉사매대' 일화는 인민에게 '온정'을 베푸는 김정은의 '어버이 사랑'의 환유이다. 이야기 구성을 주도하는 어린이 시점은 간접화법을 통해 시적 화자가 김정은에게 고마움을 투사하도록 하며, 애도자를 위로하는 역할을 한다. 이러한 일화를 좀 더 직접적인 방식으로 전달하는 시는 「꼭 같으셔요」이다.

「속삭여줘요」는 어린 화자가 상실을 수용하고 슬픔을 이겨내는 모습을 보여준다. '눈송이의 속삭임'이라는 간접화된 방식을 통해 메시지가 전달되면서 효과적인 미감을 자아낸다. 반면에 「꼭 같으셔요」는 전형화된 표현으로 가득 차 있다. 이 시의 창작자의 이름과 소속과 밝혀져 있지만, 북한이 계속해서 선전하던 김정은의 '업적'을 빠르게 스케치해서 전달한다는 점에서 요약(summary)[19]적이다.

서정시는 감정토로의 장르로서, 독백의 목소리를 지향한다. 그렇다면 이들 동시에서 독백의 목소리가 의미하는 것은 무엇인가? 의인화 은유든, 자기 이야기를 하는 서정 토로이든, 이들의 목소리를 구별하는 것은 매우 어렵다. 시점이 이야기를 구성하는 문제에 속한다고 할 때, 어린 화자가 독자에게 전달하는 이야기 내용은 서정시와 차이가 없다. 일차적으로는 슬픔과 비탄이며, 이차적으로는 상실의 수용과 극복이기 때문이다. 이들 추모문학이 유사한 목소리로 독자에게 건네는 의미내용은 죽음의 시간 복원과 그 속에 위치한 화자와 화자의 이야기이다. 말을 건네는 방식이 간접적이든 직접적이든, 행동을 보여주든 설명하든 이 모든 것은 호환성을 갖는다. 어떤 목소리건 애도자는 애도자의 시선에 포착된 감정 상태와 애도 과정을 시에 담고 있으며, 그 전체를 규정하는 것은 개인의 영역이 아니라 공적 영역에서 주어진 것들이다. 바로 여기에서 북한 역사와 신화쓰기의

---

19) 제라르 즈네뜨, 권택영 역, 『서사담론』, 교보문고, 1992, 86~88쪽. 요약(summary)은 대체로 시간을 통제하고 스토리의 진행을 신속히 하기 위해 소설 내의 시간을 압축하여 설명하는 방식이다. 서정시에도 이야기가 들어 있다고 할 때, 여러 사건을 압축하여 제시하는 방식은 서사의 요약과 유사한 방법으로 볼 수 있다.

내재화가 이루어진다.

추모문학이 소환한 시간은 '사건발생(사망소식)-사건진행(충격과 슬픔, 업적 회고)-결말(상실 극복)'이라는 순행적인 전개이다. 그러나 현재적 관점에서 과거의 특정 시간을 복원한다는 점에서 역행적 시간 배열이 잠재되어 있다. 과거의 시간을 현재화함으로써 의미를 구성하고, 기억의 양상을 지닌 통제된 기록의 형식이 된다. 애도자는 애도대상과 감정적으로 밀착됨으로써 애도자의 슬픔과 상실감을 극적으로 표현한다. 이 과정에서 애도대상의 삶의 시간성은 업적과 위대성, 헌신과 사랑을 중심으로 회고된다. 상실극복의 키워드는 김정일의 후계자로 김정은이 자리함으로써 후계의 정당성을 내면화한다. 이 부분은 이 글의 후반부에서 논의할 예정이다.

4. 공간과 문화적 기억의 재구성

슬픔을 표출하는 양상은 직접적·간접적 두 방식으로 나눠볼 수 있다. 슬픔에 충실하면서 대상의 부재로 인한 비감을 직접 드러내는 방법과 감정을 직접 노출시키지 않고 배경으로 스며들게 간접적으로 표출하여 미감을 높이는 방법이 그것이다. 심미적인 가치는 간접적인 표출 방식이 더 크다. 북한의 추모문학은 대개 감정을 직접 노출함으로써 대상을 상실한 슬픔을 절곡하게 제시한다. 간접적 양식은 독자를 불확실성에 던져두기 때문에 북한문학에선 기피된다. 자신이 말하는 것이 무엇인지 확신에 찬 작가는 자신의 목소리에 독자를 동화시키려는 의지를 드러냄으로써 작품과 독자의 거리를 좁힌다.[20] 즉, 동일한 사건으로 구성된 기억을 추모문학으로 재구성함으로써 개인과 공동체를 하나의 목소리로 결집시킨다.

---

20) 폴 리쾨르, 김한식 역, 『시간과 이야기』 3, 문학과지성사, 2004, 315~316쪽.

애도대상을 상징화하기 위해 복원된 시간과 함께 필요한 것은 공간적 지표이다. 공간은 삶의 시간성이 활력을 얻는 곳이다. "슬하의 천만자식들을 잘살게 하시려/그렇게도 겹쌓인 로고를 안으시고/초강도강행군길을 쉼없이 이어가신줄"(변홍영, 「추모의 낮과 밤」, 『장군님 세월은 영원하리라』)에서 보는 것처럼 공간적 지표는 김정일의 삶의 궤적과 '순직'한 정황과 관련된다. 상기된 기억을 확인하고 업적을 재확인하기 위해 소환되는 공간은 고유명사로서의 공간과 익명으로서의 공간 두 가지이다.

① 지금도 아버지장군님께선/우리 일터를 찾아오셨던/그날처럼 우리와 함께 계십니다/영광의 그 사진 마지막모습이 아닙니다
— 리진주, 「제발 꿈이었으면」 부분(『장군님세월은 영원하리라』)

② 오늘같이 추운 겨울날/장군님 우리 공장을 찾으시여/그처럼 만족하게 평가해주신/량강도솜장화를 품에 안고있노라니/사랑의 그 숨결 가슴에 흘러들어/더더욱 그리움이/불같은 그리움이 사무쳐와/쏟아지는 피눈물이 앞을 가리웁니다
— 김길성, 「이 솜장화를 신어보셨다면」 부분(『장군님세월은 영원하리라』)

③ 인민들에게 하루빨리/훌륭한 살림집과 화려한 극장/그뜬한 봉사기지를 안겨주시려/외국방문의 길에 쌓인 피로 푸실새없이/만수대지구를 찾아주셨던 장군님
— 전수철, 「폭풍치자 만수대지구여」 부분(『장군님세월은 영원하리라』)

④ 여기 함흥땅에 찾아오시여/정든 공장들을 다 돌아보시고/쏟아지는 인민소비품도 보아주시며/기쁘시여 그리도 기쁘시여/밝게 지으셨던 그날의 미소
— 리건길, 「이 땅, 이 하늘, 이 인민과 함께」 부분(『아, 우리 장군님』)

인용시 ①에서처럼 장소에 구체적인 의미가 부재할 경우, 공간은 "우리 일터"처럼 익명으로 처리된다. 익명의 공간은 특별한 공간적 의미를 획득하지 못하고 텍스트 안으로 침전한다. 공간 자체보다 화자의 이야기에 초점을 맞추기 때문이다. 이 글이 주목하는 공간은 시적 화자가 구체적인 이야기와 의미를 부여하는 고유명사로서의 공간이다. 인용시 ②, ③, ④에서 보는 것처럼 '량강도숨장화공장', '만수대지구', '함흥'을 비롯해 '강선'이나 '희천' 등은 애도 대상자의 삶의 여정을 구체적으로 보여주는 곳이다.

고유명사로서의 공간은 김정일의 현지지도와 강행군길의 삶의 여정이다. 또한 인민에 대한 사랑과 희생의 환유이기도 하다. 이런 공간은 시적 화자에게는 개인적 장소이지만, 공동체에게는 문화적 공간이다. 개인적 기억과 구별되는 문화적 기억은 사회를 통해 구성되고 공유되는 공동체 차원의 기억이다. 시는 문화적 기억이 새겨진 특정 공간을 소환함으로써 김정일의 삶이 투영된 공간으로 재조정한다.

시가 구체적으로 언급한 공간들은 역사적 또는 개인적으로 의미 있는 사건을 통해 기억의 장소가 되는 현장들에 속한다. 시에서 재확인하는 이들 공간은 인민에 대한 김정일의 "사랑"이 투사된 곳이며, "길에 쌓인 피로"에도 불구하고 찾아온 곳으로 김정일의 '헌신'과 '희생'이 어린 곳이다. 이런 공간은 집단적 망각의 단계를 넘어 기억을 확인하고 보존할 수 있는 곳이자 사회·역사적 공간으로 확장되는 곳이다.[21]

특별한 애정과 헌신이 투영된 공간은 그 장소의 의미 맥락을 상징적으로 표상하기 위해 작가가 우의적으로 선택한 공간이기도 하다. 애도자는 회상 장치를 통해 개별적인 체험을 경유하면서 문화적 기억으로서의 공간을 재조정한다. 회상은 기억의 치환, 변형, 왜곡 등을 불가피하게 불러온다.[22] 회상은 현재의 시점에서 과거를 재구성

---

21) 알라이다 아스만, 변학수·채연숙 역, 『기억의 공간』, 그린비, 2012, 24쪽.
22) 위의 책, 34쪽.

하고 역사화하고 신화화할 수 있다는 점에서 북한 문학이 가장 빈번하게 사용하는 장치이다. 게다가 회상의 매개체로 기능하는 특정 공간은 망자 숭배 내지 역사화를 맥락화한다는 점에서 장소 이상의 의미를 지니게 된다.

'량강도솜장화공장'의 경우, "더운 날보다 추운 날이 더 많은 북방에서 사는 인민들의 신발문제때문에 늘 마음을 놓지 못하"던 김정일이 직접 "량강도솜장화"라는 이름을 지어주고, 생산을 독려한 "인민에 대한 위대한 헌신적복무정신이 낳은 또 하나의 사랑의 결정체"라는 일화와 관련되어 있다.23) '만수대지구'는 평양시 10만세대 살림집 건설이, '함흥'의 공장은 '인민소비품' 생산 독려를 통한 인민생활향상이 키워드로 작동한다. 이들 공간은 구체적인 김정일의 행적을 나열하지 않아도 회상을 통해 의미화된다. 즉, 고유명사 공간은 단순히 이야기가 전개되는 배경이 아니라 애도대상의 업적과 역사를 상징적으로 표현하기 위한 장치로서 기능하는 것이다. 또한 이런 점에서 "지명이라는 고유명사는 단독성을 본질로 하는 '사건'을 이야기하는 가장 짧은 서사"24)이면서 김정일의 업적과 역사를 재구성하는 과정으로 볼 수 있다.

> 아, 장군님과 량강도솜장화/장군님 아시고/장군님과 인연맺은 솜장화이야기/길이길이 전설로 전해가며/경애하는 김정은동지를 받들어/못다 바친 충정을 다해가렵니다/훌륭한 인민을 위해/더 좋은 신발 더 많이 만들라 하신/그 유훈 기어이 관철해나가겠습니다.
> ─김길성, 「이 솜장화를 신어보셨다면」 부분(『장군님세월은 영원하리라』)

> 완공된 준공식장에/경애하는 김정은동지를 모실/기쁨과 환희의 그 시각

---

23) 김련옥 편, 「량강도솜장화」, 『위인일화 3: 헌신』, 평양출판사, 2011, 35~43쪽.
24) 오카 마리, 앞의 책, 25쪽.

을 위해/세차게 더 거세차게/폭풍치자 만수대지구여!

　　　　—전수철, 「폭풍치자 만수대지구여」 부분(『장군님세월은 영원하리라』)

　전술한 바와 같이, 단순히 일터·공장·농장으로 지시되는 공간과 구별되는 구체적 지명은 김정일의 업적과 위대성으로 채색된 공간으로서 공동체의 문화적 기억과 연대하고, 공적 기억으로 재구성된다. 김정일 유훈관철을 맹세함으로써 자연스럽게 후계구축을 공고화하는 시의 결부는 작가의 공간 선택이 우연적인 것이 아님을 보여주며, 김정은 후계체제가 공간을 재문맥화하도록 견인한다. 이는 북한의 추모문학이 필연적으로 선택할 수밖에 없는 텍스트 외적 요구이기도 하다. 시에서 선택, 발견된 공간은 김정일-김정은의 연속선으로 이끈다. 공간의 연결은 시간의 연결로서 후계 승계로 정당화되며, 애도자가 상실을 수용하고 극복하는 원동력으로 구성된다.

　반면에, 문화적 기억이 공적 기억으로서 작동할 때 이와 다른 사적 기억, 또는 억압되거나 소외된 기억이 부수적으로 재생되기도 한다. 상실의 과정 속에는 애도 작업을 통해 통합될 수 없는 잔여들이 항상 남아있기 마련이다.[25] 예컨대 앞 장에서 인용했던 「열흘낮 열흘밤」에서 낮에는 일하고 밤에는 조의식장에 달려가는 노동자들의 모습을 생각해 보자. 슬픔에 빠진 사람은 슬픔의 무게가 클수록 무기력에 빠지기 쉽다. 그런데 시에서 표현한 것처럼 시적 화자는 오히려 점심마저 잊고 일할 수 있는 에너지에 가득 차 있다. 전일적 체제인 북한에서 국가의 핵심 키를 상실한 상태에서 이들을 더 열심히 일하게 하는 동력은 무엇인가? 그것은 김일성 사후에 당면했던 고난의 행군이 김정일 사망 후에 재연될지도 모른다는 불안감이 아닐까 한다. 다음의 인용시를 보자.

---

25) 슬라보예 지젝, 앞의 글, 앞의 책, 218쪽.

어떻게 가실수 있단 말인가/그토록 사랑하는/이 땅 이 인민을 두고/수령
님탄생 100돐도 멀지 않았는데/2월 명절도 머지않아 눈앞에 있는데
— 최득필, 「가시지 않으셨다」 부분(『장군님세월은 영원하리라』)

수령님유훈 받들어/조국을 통일하고/강성대국을 보란듯이 세우자고/우
리와 하신/그처럼 간곡한 약속 어찌하시고/너무도 뜻밖에/이리도 일찌기
가실수 있단 말인가
— 리광일, 「정녕 가신것이 아닙니다」 부분(『장군님세월은 영원하리라』)

장군님 안계시면/우린 어쩌나요/엄마품에 매달려/흐느끼던 모습이랑//
행복의 웃음만/담아보던 일기장에/나서 처음 새겨가는/눈물의 일기예요
— 엄대혁(청진시 남포소학교), 동시 「눈물의 일기」 부분(『영원한 우리 아버지』)

이들 인용시는 김정일의 죽음에서 마주친 불안과 의심, 공허감과
미래에의 공포를 보여준다. 대개의 추모문학에서 사망 소식을 들은
이후의 슬픔과 비탄을 보여주지만, 직면했던 불안감 또한 스며나오
게 된다. 추모문학이 보여주는 애도과정은 자연스럽게 김정은에게
애정과 미래를 투사함으로써 상실을 수용하지만, 죽음의 시간과 애
도의 공간을 불러오면서 자연스럽게 그 당시의 불운한 기운들도 소
환된다. 작가의 좀 더 개인적인
기억들이 침투함으로써 미온적
이지만 부정적인 감상이 활성
화된 셈이다.

인용시들은 우선 상실에 대
한 비탄과 원망을 보여준다. 그
러나 이들이 안내하는 곳은 절
절한 슬픔의 이면에 놓인 불안
과 공포라고 할 수 있다. 김정

〈사진 2〉 2011년 12월 28일 김정일 국방위원장의
운구차량 뒤로 눈물을 흘리며 따라가는 북한 주민들.
연합뉴스, 2012.12.28.

일의 죽음은 개인과 집단의 운명의 변화를 불러오는 극적 사건이기 때문이다. 눈물과 통곡에는 개인적으로는 생계불안이, 집단적으로는 사회 불안이 내포되어 있다.

추모문학이 전형화한 애도과정이 집단적·공적 기억과 관련된다면, 불안은 사적 기억과 관련된다. 애도의 연대 속에서 꺼내놓게 된 것은 공적 기억 틈새에 놓인 사적 기억인 것이다. 이 때 자연스럽게 떠오르는 것은 김정일이 생전에 공언한 약속들이다. 2012년 강성대국론이 좌절될지도 모른다는 염려와 걱정의 이면에는 그동안 강성대국건설을 위해 애써온 모든 노력이 허사가 될 수 있다는 허탈감이 놓여있다. 최고 지도자에게 모든 것을 의존하는 북한 체제의 특성상, 그의 부재는 자연스럽게 국가의 안위를 걱정하는 것으로 이어지는 것이다. 비록 이런 틈새는 곧바로 견고한 언어와 확신으로 메워지고, 진술의 정도도 적다. 그러나 아이러니하게도 이러한 근심과 염려가 시의 진실성을 구가한다는 점에서 주목할 만하다.

5. 구원의 코드와 김정은 체제의 정당화

추모문학이 애도과정을 정상적으로 수행하는 관건은 등장인물이 상실의 슬픔을 수용하고 처리하는 애도과정에 독자가 참여하도록 하는 데 있다. 동일한 상실감과 동일한 슬픔에 연대되면서 독자는 상실의 공동체에 편입되어 비로소 문학적으로 애도작업을 완결할 수 있다.

"이 엄마가 일을 좀더 많이 했어도 우리 장군님… 그렇게 고생하시진 않았을게다. …어쩌면 렬차안에서 혹— 일경아, 이 죄를 어떻게… 어떻게 씻는단 말이냐."

(…중략…)

아니, 나 때문이야. 내가 공부를 좀더 잘해서 수학과목까지 5점만점을 맞았어도 아버지장군님 가시지 않았을거야. 어머니가 더 많은 천을 짜지 못한것도 다 나때문이야. 그래서 엄마일에 지장을 주고 어머닌 장군님앞에 이름난 혁신자로 나서지 못했던거야.

— 민경숙, 실화 「꽃다발」 중에서(『영원히 함께 계셔요』)

위의 글을 보면, 북한이 김정일의 죽음과 죽음의 원인을 무엇으로 보고 있는지 알 수 있다. 김정일 사망에 반응하는 어머니와 아들의 대화는 상당히 유사하다. 어머니의 경우엔 자신이 덜 일했기 때문에 김정일이 사망했다고 생각하는 죄의식에 휩싸인다. 아들의 경우는 자신이 공부를 잘 안했기 때문에 어머니가 일을 못하게 되었고 결과적으로 자신의 탓이라고 생각한다. 김정일 사망 원인이 과로에 있고, 그러한 과로는 인민들 자신의 탓이라는 인과론적 입장인 것이다.

초강도강행군길을 쉼없이 이어가신줄/너무도 뒤늦게 알게 된 죄책감에/너무도 억울해서 터치는 피울음이다

— 변홍영, 「추모의 낮과 밤」 부분(『장군님세월은 영원하리라』)

우리 정녕 그 로고를 알면서도/더 잘 모시지 못한 그 죄책/일을 더 하지 못한 그 자책으로/교원들도 학생들도/머리를 들지 못하는 이 시각

— 안금철, 「중대보도를 듣던 그날은」 부분(『아, 우리 장군님』)

억울하고 원통한 마음, 분하고 고통스런 슬픔은 죄책감을 더욱 짙게 만든다. 강행군길의 노고와 희생, 헌신 등이 김정일의 지배소라면 인민은 그러한 노고에 무지한 어린아이와 같은 존재로 형상화된다. 이때 발생하는 감정이 죄책감이다. 죄책감은 애도과정에서 자연스럽게 생길 수도 있다. 그러나 통제되지 못하고 무의식적인 갈등과 과도한 자기 비난이 덮치면 자아가 분열되고 멜랑콜리 징후를 나타내게 된다.[26] "내 심장이 터져뿜는 피"(정미향, 「눈물의 시」)와 같은 눈물을 흘리

고, "언땅을 뜯으며 언땅을 두드리며"(「위대한 김정일동지의 령전에」) 죽음을 부정하고, 피눈물과 몸부림으로 상실을 인정하지 못하고, 자책과 죄책감은 이를 더 상승시킴으로써 멜랑콜리의 징후를 보여준다.[27] 그러나 애도문학 속 징후로 포착되는 멜랑콜리는 동원된 감정 중 하나의 양식으로 볼 수 있다. 절대적 권위를 지닌 지도자의 상실을 극대화함으로써, 지도자와 동일시할 수 있는 후계자가 필연시 될 수 있기 때문이다. 이 과정에서 필요한 감정이 죄책감이라고 할 수 있다. 지도자의 상실의 원인이 인민에게 있다는 자책감, 내지 죄의식은 어떻게 구원을 받을 수 있을까? 결핍으로 남아 있는 상실의 대상을 채워 못 다한 책무를 다하는 것, 이전에 못 다한 사랑과 헌신을 다 주는 과정에서 죄책감은 자기비난을 멈추고 다시 생활의 에너지가 될 수 있다.

"목이 멘 나를 바라보시며/장군님은 다정히 웃어"(변송희, 「이전처럼」)주고, 위안을 주는 모습으로 바뀌면서 상실을 인정하고 수용하려는 모습으로 바뀐다. 애도대상의 결핍을 충족하는 존재는 후계자이다. 백두혈통, 만경대혈통의 승계자인 김정은을 맞이하면서 시는 "아아, 고맙습니다/만경대의 혈통을/곧바로 이어주신 대원수님!/백두산의 혈통을/빛나게 이어주신 장군님!"(최중권, 「오늘도 장군님을 기다립니다」)이라고 대체자를 인정하고 받아들이고 환영한다.

  이 슬픔을 억척같이 딛고/우리 일떠서리라/장군님뜻을 실현하는 이 길에/불이 되여 우리 떨쳐나서리라//장군님 안겨주신 신념의 불/함남의 불길은 더 거세차게 타번지려니/경애하는 김정은동지를 받들어/강성국가 기어

---

26) 이상적 대상이나 사랑하는 사람의 상실에서 비롯된 고통이라는 점에서 애도와 멜랑콜리는 유사한 감정적 상태를 보여준다. 그러나 원인과 작용방식에서 애도와 멜랑콜리는 근본적인 차이가 있다. 애도는 정상적인 주체가 느끼는 감정으로 시간이 경과되면서 점진적으로 해소되는 삶의 일상적 양상이다. 반면에 멜랑콜리는 주체가 감당하기 힘든 병리적 상태를 보여준다. 지그문트 프로이트, 앞의 글, 앞의 책, 245쪽.
27) 위의 글, 위의 책, 250쪽.

이 일떠세우리라//우리 꿋꿋이 이어가리라/백두의 혈통을/장군님과 우리 인민/뗄 수 없는 그 정처럼

—최정용, 「장군님과 인민」 부분(『장군님세월은 영원하리라』)

못가십니다 장군님/그처럼 사랑하신 인민을 남겨두고/강성국가의 대문을 눈앞에 두고/어디로 그 어디로 가신단 말입니까! (…중략…) 뜻도 장군님 그 뜻/정도 장군님 그 정으로/인민을 부둥켜안으시고/억척같이 일어서신/경애하는 김정은동지 그이는/우리의 장군님이시다//아, 슬픔에 젖은 인민들곁으로/척— 척— 척—/천만무게로 자욱을 찍으시며/우리 장군님 나오신다!/그 발걸음에 멎어섰던 지구가/움찔— 전진했다!

—윤철호, 「장군님 오신다!」 부분(『장군님세월은 영원하리라』)

력사의 시련을 이겨내며/가장 힘들고 어려운 순간에/장군님 타셨던 야간렬차 기적소리를 생각하자/백두산악처럼 거연히 우리를 이끄시는/경애하는 김정은동지를 생각하자!

—최남순, 「인민이여 앞으로」 부분(『아, 우리 장군님』)

아버지장군님 기다리는 이 마음/철부지 내 가슴을 불타게 해요/우리들을 강철보다 굳세게 해요/그 마음 영원히 안고 자라날래요/김정은선생님 높이 받들어갈래요

—김전리(금성학원), 동시 「기다리는 마음」 부분(『영원한 우리 아버지』)

슬픔을 딛고 일어서고, 신념을 다시 강화하자고 맹세하는 대상은 김정은이다. 김정일의 삶의 궤적에서 뚜렷한 자취를 보여주는 공간지표는 김정은에게 동일하게 누벼진다. 백두혈통은 후계자의 정당성과 맹세의 근원지가 된다. 김정은에의 충성 맹세는 김정일에 대한 죄책감을 더는 필연적인 요소이다.

결과적으로 애도자는 견고하고 일관성 있게 현실을 유지하기 위해

멜랑콜리가 유발한 공허의 자리에 다른 것을 채워 넣어야 한다. 결핍의 자리를 대체하는 새로운 대상은 후계자 김정은이다. 바로 여기에서 멜랑콜리가 동원된 감정임을 알 수 있다. 추모문학은 후계자에 대한 정서적 토대, 감정적 승인을 위한 정치적 함의가 있다. 추모문학 속에서 김정은은 김정일의 사전(死前) 안배와 혈통을 통해 김정일과 동일한 존재로 규정된다. 충격은 애도 행위가 반복될수록 완화된다. 7월에 출간된 추모문학집의 어조도 비탄의 정도가 감소되어 나타난다. 사건 당시와 이후의 애도작업은 시간성의 괴리를 가지고 있어서, 사건이 문학 구조 속에 침투할 때 처음의 통절함을 차츰 잃게 되는 것이다.

「위대한 김정일동지의 령전에」가 애도의 원형을 새기고 창작방향의 나침반이 된다고 전술한 바 있다. 개별 작품들의 변주 또한 규제된 변형일 뿐이다. 추모문학집은 의미 있는 전체로서 구성된 배열체라고 할 수 있다. 애도 대상의 대체자이자 후계자인 김정은의 권력이 안착되는 것, 사회 불안을 잠재우고 인민들의 충실성을 이전과 같이 이끌어 내는 것, 이런 목적들이 삽화처럼 그려져 있는 것이 추모문학집이다.

김정일의 죽음은 하나의 사건이자 시련이다. 비탄과 원망을 불러왔지만 상실은 새로운 시대의 출범을 알린다는 측면에서 오히려 환대의 영역에 속한다. 멜랑콜리 징후를 보여주던 비탄의 몸짓은 긍정적 미래 지향으로, 죄책감에 물든 내면은 새로운 지도자로 대체됨으로써 구원받는다. 이렇게 해서 시련의 시간과 공간, 그 속에 존재했던 상실 공동체의 감정과 느낌을 불러와 현재화했던 애도작업이 마무리된다. 김정일 추모문학은 죽음을 역사화하고 문화적 기억을 공적 기억으로 재조정하면서, 새로운 체제를 강화시키고 안정시키는 역할을 수행한 것이다.

김정일 추모문학은 시간을 역행하여 애도하는 데 그치려는 포즈가 아니다. 인민대중 또는 독자가 따라갈 수 있는 스토리를 구성하여 애도와 후계구도를 매개한다. 「위대한 김정일동지의 령전에」에서 예견된 대로이다. 사회구성원들이 참여한 추모문학집은 상부 기준에 따라 불연속적인 작품들을 수집하여 정리한 것으로서, 통제된 애도 행위의 산물이라고 결론지을 수 있다.

6. 기억의 통제와 내일의 북한

집단적 행위로서의 애도는 일차적으로는 슬픔을 표현하지만, 이차적으로는 김정일의 생전의 역사를 기록한다. 그리고 여기에 김정은 후계구도를 정당화하는 논리가 덧붙여짐으로써 추모문학이 지향하는 방향성을 뚜렷하게 가시화 하였다.

역사와 통치의 기억의 장소인 기록물보관소에는 유증과 유언으로 구성되어 있고, 권력과 소유와 혈통의 권리를 유지하기 위한 증거의 특징을 간직한 문서들로 되어 있다. 기록의 통제는 기억의 통제이며, 기억의 통제는 정치적 권력의 공고화를 위한 것이다. 정치적인 통제권의 교체 후에는 정당성의 구조화 함께 기록의 내용도 변화한다. 북한 문학은 문학 언어로 치환된 기록물보관소라 할 수 있다. 전대 지도자의 유훈과 후계자의 혈통, 통치의 정당성으로 가득 채운 추모문학은 인민의 참여를 통해 국가가 주도하는 역사 쓰기에 인민을 동참시키는 양상으로 전개되었다.

이 글에서는 먼저 사망 시간을 복원하고 현재화함으로써 개인의 시간과 문화적 기억을 결합하고, 이를 통해 역사적 기억으로 구성되는 과정을 살펴보았다. 또한 문화적 기억이 투사된 공간을 역사적 공간으로 호명함으로써 김정일의 업적과 역사는 좀 더 구체적으로 재구성되었다. 과로사로 명명된 사망원인은 죄책감과 멜랑콜리적 징후로 표출되었다. 후계자 김정은에게 애정을 투사함으로써 죄책감을 덜고, 북한의 미래는 구원받는다는 논리로 코드화되었다. 망자 숭배

이면서 역사쓰기인 추모문학은 슬픔을 기저로 한 애도작업이자, 정권 안착에 기여하는 메커니즘이 된 것이다. 따라서 추모문학은 김정은 후계 구도의 정당성을 기록하는 방식이라 할 수 있다. 추모문학은 애도과정을 전형화 하고, 기록의 통제를 가시적으로 보여주었다. 이 과정에서 사적 기억의 틈새가 노출되었고, 애도의 이면에 놓인 불안과 공포도 읽을 수 있었다.

북한은 건국의 역사를 쓸 때 김일성을 구원자로 그려내곤 하였다. 김정은에게 권력이 이양된 오늘날 재문맥화된 것도 구원이었다. 그러나 김정은의 구원의 코드가 어느 정도의 정당성을 획득할지는 미지수이다. 국가의 위기와 시련을 가져오고, 개인의 삶의 위기를 유발한다는 점에서 최고 지도자의 죽음은 분명 하나의 큰 사건이었다. 여기에서 파생되는 감정이 죄책감이라는 것은 인민에게 유책사유를 두기에 문제적이다. 김일성 시대와 마찬가지로 인민은 구원의 대상이고, 통치자는 메시아라는 등식은 여전히 반복되고 있다. 국가발전이라는 근대화 담론이 여전히 압도적인 오늘날, 북한이 목표로 하는 내일은 반세기 전의 지도자 숭배에 여전히 머물고 있는 셈이다.

참고문헌

1. 북한 문헌

김련옥 편, 『위인일화 3: 헌신』, 평양출판사, 2011.

김은일·문상봉·고윤호 편, 『선군태양은 영원하다』, 문학예술출판사, 2012.

리남혁 편, 『아, 우리 장군님』, 평양: 금성청년출판사, 2012.

리일섭 편, 『장군님세월은 영원하리라』, 문학예술출판사, 2012.

박성보 편, 『강산이 운다』, 금성청년출판사, 2012.

박춘선 편, 『영원히 함께 계셔요』, 금성청년출판사, 2012.

_____, 『영원한 우리 아버지』, 금성청년출판사, 2012.

『조선문학』, 2012년 1호.

조선중앙통신

2. 국내외 문헌

김성수, 『통일의 문학 비평의 논리』, 책세상, 2001.

슬라보예 지젝, 한보희 역, 『전체주의가 어쨌다구』, 새물결, 2008.

알라이다 아스만, 변학수·채연숙 역, 『기억의 공간』, 그린비, 2012.

오카 마리, 김병구 역, 『기억 서사』, 소명출판, 2004.

제라르 즈네뜨, 권택영 역, 『서사담론』, 교보분고, 1992.

지그문트 프로이트, 윤희기 역, 『정신분석학의 근본 개념』, 열린책들, 2006.

폴 리쾨르, 김한식 역, 『시간과 이야기』 2, 문학과지성사, 2000.

_____, 김한식 역, 『시간과 이야기』 3, 문학과지성사, 2004.

연합뉴스

김정은 시대의 출발과 북한시의 추이[※]

: 『조선문학』(2012.1~2013.9)을 중심으로

이상숙

1. 북한시의 동향과 추이

이 논문은 김정은이 새로운 통치자로 부각된 2012년 이후 북한시의 동향과 추이를 살피는 것을 목적으로 한다. 북한의 대표적인 문학 예술 작가 단체인 조선작가동맹 중앙위원회 기관지이자 북한 제일의 월간종합문예지인 『조선문학』에 실린 시가 주된 연구 대상이다. 정치 사회적 상황의 직접적 영향권에 놓인 북한문학의 특성상, 북한의 대표 신문 ≪로동신문≫을 참조하여 북한 사회의 이슈와 정치적 요구를 살펴 볼 것이다. 또 문학전문 주간지 ≪문학신문≫을 나란히 살펴 논의를 보강할 것이다. 이 논문은 『조선문학』과 함께 ≪문학신

* 이 논문은 2013년도 가천대학교 교내연구비 지원에 의한 결과임(과제 번호 GCU-2013-R310).
　이 논문은, 국제한인문학회·문학평론가협회 공동 주최 국제학술대회 "김정은 시대의 북한문학, 변화와 전망"(2013년 6월 7일)에서 발표한 「김정은 시대의 북한 시 연구」와 제34회 돈암어문학회 정기학술대회 "다시, 북한의 어문학을 생각한다"(2013년 10월 12일)에서 발표한 「2012년 이후 북한 시 읽기」의 내용을 바탕으로 수정, 보완하여 완성한 것이다.

문≫을 함께 살펴, 새로운 지도자 김정은이 문학을 통해 새 역사의 주인공이 되는 과정, 활용되는 유력한 이미지들, 몇몇 시들에 틈입한 북한 시인의 목소리를 중심으로 논의를 전개하고자 한다. 이를 통해 최근 북한시에 대한 개관과 추이를 가늠할 수는 있겠지만, 북한문학의 다양한 이면을 입체적으로 살펴보는 성과는 기대할 수 없을 지도 모른다. 남한의 연구자는 북한 당국이 외부로 공개한 것만을 볼 수 있고, 그나마 '북한 발행 특수자료'의 이름으로 또 한 번 남한의 시각에서 걸러진 자료만을 볼 수 있는 것이 북한연구의 근원적인 한계이기 때문이다. 이는 북한학 연구자의 공통된 고민이며 한계이지만 문학 연구자에게는 좀 더 심각한 한계일 수 있다.

북한문학은 문학작품을 사회 현실과 사회적 관점으로 접근하는 문학사회학의 범주를 넘어서는 것은 물론, 문학과 예술이 현실의 충실한 반영이어야한다고 역설하는 사회주의 리얼리즘 일반이론까지 넘어서는 양상을 보이기 때문이다. 이는 '수령형상문학'으로 일컬어지는 북한만의 '우상화된 절대자에 대한 청송 문학'이 사회주의 현실을 압도하고 사회와 문학의 정당한 거리를 무화시키기 때문이다. 당성, 계급성, 인민성 등의 사회주의 리얼리즘이 추구하는 가치와 지향이 북한사회와 북한문학에서는 초월적 수령, 어버이, 원수에 맞추어졌다. 문학의 예술성과 상상력은 물론 사회주의 리얼리즘의 원칙조차 북한문학에서는 수령형상화의 도구가 된 것인데, 이는 1950년대 후반부터 등장한 유일 주체사상과 결합하여 주체문학의 모습으로 고착된다. 수령 형상화에 골몰한 북한문학은 미(美), 사상, 정신, 인간을 발견하는 문학의 궁극적 지향에 미달하는 한계가 드러날 수밖에 없다. 문학작품을 통해 북한 사회의 변화와 추이를 확인하거나 전망하는 연구 방법은 단선적 사회학적 연구나 반영론의 단순한 예가 되어 버리거나, 정치적 사건, 일화를 통해 수령형상을 구축하는 도구적 목적문학의 면모를 재확인하는 일에 국한될 수 있다. 연구 과정이, 반복되는 문학 현상을 재확인하는 것이 되어 버린 상황에서, 북한 시에 나타난 예술적 성취를 감지하고 작가의 사상, 예술가의 감성, 인간 정신의 존엄함을 찾는 시 연구는 무력한 시도로 보여지기도 한다. 하지만 이는 시 연구, 문학연구의 궁극적 지향이 되어야 한다. 문학, 문학인, 그 안의 인간, 존엄한 인간성에 집중하는 것은 정치 이념과 문학의 지향을 막론하고 문학 연구 특히 시 연구의 필수적인 시각이라고 믿기 때문이다. 비록 이 논문에서도 그것은 시도조차 못되었지만 궁극적으로 문학을 통해 얻는 것이 인간의 모습, 삶의 진실, 독자를 여러 겹, 여러 번의 삶으로 이끄는 정서적 생애라면, 이러한 접근은 문학사회학의 범주에 국한된 북한시 연구의 지향점으로써 지속적으로 추구할 필요가 있다.

2. 사실(fact), 사건(event), 역사(history)

2011년 12월 17일 김정일이 사망하였고 2012년 7월 김정은은 공화국 원수가 되었다. 21세기 북한은 김일성, 김정일, 김정은으로 이어지는 3대 세습 왕정국가의 구도를 시도했고 북한주민들은 이를 용인한 것이다. 김정은이 김정일의 후계자로 알려진 것은 2009년 무렵부터이고, 공식 직함을 부여받은 것은 2010년 9월 27일 조선인민군 대장으로 임명되면서부터이다. 9월 28일 3차 노동당대표회의에서 김정은은 북한(조선민주주의인민공화국)의 국가 통수권자로 확정되었으며 당중앙군사위 부위원장 및 당중앙위원에 임명되는 절차를 거쳤다. 2011년 12월 김정일이 사망한 후 5개월 만인 2012년 4월 11일에 로동당 대표자회의에서 김정일은 '영원한 총비서'로 김정은은 '제1비서'로 추대되었다. 4월 13일 최고인민회의에서는 김정일은 '영원한 국방위원장'으로 추대되었고, 김정은은 '국장위원회 제 1위원장'으로 취임하였다. '제 1비서', '제 1위원장' 모두 당시 북한의 직제에서는 없었던 직책으로 김정은을 위해 만들어진 직책이며 호칭이다.[1] 이는 단순히 새로운 지도자를 위해 급히 만들어진 직제와 호칭이 아니고, 이전의 김일성 김정일 부자와는 다른 조건에서 출발하는 김정은을 위해 만든 것으로 파악된다. 조직과 경험이 부족한 청년 지도자를 공훈과 서열로 형성되는 기존의 직제 안에서 수용해야하는 어려운 문제를, 이전에 없던 직책을 만들어, 즉 기존의 서열에 구애 없이 초월적 지위를 부여하는 방식으로 풀어낸 것으로 보인다. 이러한 새로운 호칭은 문학작품에서도 그대로 드러난다. 새롭게 붙여지는 공식적 호칭은 곧 새롭게 덧입혀지는 지도자의 '이미지'이다. 북한 고위층은 당, 군, 내각의 직책을 겸하는 경우가 많아 공식 직함도 여럿인데, 김정은은 전에 없던 새로운 지도자의 명칭으로 호명되게 된 것이다.

이후 2012년 7월 18일 김정은은 '공화국 원수'의 칭호를 부여 받는다. 제 1비서, 최고 사령관 동지, 원수님, 경애하는 원수님으로 이어지는 김정은에 대한 칭호는 언론을 통해 알려지고, 『조선문학』의 수록 시 작품에도 거의 실시간으로 반영되었다. 『조선문학』, ≪문학신문≫을 통해 알 수 있는 것은 김정은의 칭호뿐만이 아니다. 현지지도, 군대 방문 등 김정은의 일정, 행보 하나하나가 작품의 주제이자 소재로써 충실히 시화(詩化)되어 김정은의 정치적 행보와 문학적 형상화는 직대입되는 과정을 보인다. 이렇듯 지도자의 일정과 행보를 좇아 시화하고 작품에 반영하는 것은 김일성, 김정일 시대의 시에서도 발견되는 바이지만, 김정은 시대에서는 그 속도가 거의 실시간으로 느껴질 정도로 매우 즉각적이라는 것과 그를 소재로 하는 시들의 수가 많아 반복과 집중도가 매우 크다는 것이 특징적이다. 이러한 양상은 『조선문학』, ≪문학신문≫ 모두에서 확인할 수 있다.

목선을 타고 서해 군사분계선을 방문한 일, '광명성-3'호 2호기 발사, 핵실험 등이 문학적 소재로 반복되는데 이러한 사건들이 김정은 시대의 새로운 치적으로 역사화되고 있는 것 같다. 또, 개성공단폐쇄,

---

1) 정영철, 「김정은 체제의 출범과 과제」, 『북한연구학회보』 16권 1호, 2012.8, 2~3쪽.

UN 안전보장이상회의 제재 결의와 이에 대한 북한 측의 반발 등 중대 사건과 급박한 국제 사회의 변화와 북한의 반응 또한 매우 발빠르게 시에 담기고 있으며, 세포 등판 개조 사업, 마식령 스키장 건설 등의 새로운 대중동원 국책 사업 홍보 또한 전면적이다. 이제 막 출발한 김정은 시대에 있었던 사실(fact)이 문학의 소재로서 실시간으로 재현되고 반복적으로 생산되는 과정을 통해, 일상적 사실(fact)이 중요한 사건(event)이 되어 역사(history)로 고착되는 과정이 매우 빠르게 일어나고 있는 것이다.

여기에 '강성대국 원년 선포'와 함께 '쌀 증산'과 '인민생활 향상'을 주제로 한 작품들이 도드라진다. 이는 시와 소설에서 모두 발견되는 특징이며 《로동신문》 등의 공식 매체를 통해 확인할 수 있는 핵심 사업 및 핵심 구호와 일치한다.[2] 당 공식 매체와 같은 목소리를 내는 문예지란, 스스로를 선전 매체, 사회적 도구로 선언하는 것과 다를 바 없다. 사회적 사실은 작가를 거쳐 문학적으로 형상화된다. 이 과정에 개입하는 것은 작가의 예술성과 사상성이다. 북한의 문학평론 역시 이를 이해하고 그를 비평의 지표로 활용하지만, 북한문학에서 높게 평가되는 예술성과 사상성은 일상의 사회적 사실이 사건으로서 의미를 부여받아 역사화되는 과정을 직접적, 즉각적으로 수행하는 작가의식을 전제로 한다. 직접성과 즉각성의 전제는 사회적 현실과 작가의 거리도, 문학과 역사의 거리도 인정하지 않는 것이다.

북한의 평론가 리동수는 2012년 『조선문학』에 실린 시들을 '김정일 추도'시, '김정은 추대에 대한 강성국가 건설의 총돌격전', '백두의 혁명정신', '김정일 애국주의'를 보여주는 시들로 분류한 바 있다.[3]

---

2) 김성수, 「김정은 시대 초의 북한문학 동향」, 『민족문학사연구』 50호, 민족문학사학회, 2012.12.
  유임하, 「'전승 60주년'과 북한 문학의 표정」, 제34회 돈암어문학회 정기학술대회, "다시, 북한의 어문학을 생각한다"(2013년 10월 12일) 발표문. 정영철 앞의 논문 등에서 공통적으로 지적하고 있는 바이다.
3) 리동수, 「시에는 시인의 정서적 숨결이 흘러야 한다: 지난해 『조선문학』 잡지에 실린

실제로 이 주제들은 2012년 조선로동당 중앙위원회와 중앙군사위원회의 공동 구호이며 ≪로동신문≫, 『조선인민군』, 『청년전위』 공동사설의 주제로 『조선문학』, ≪문학신문≫에도 일제히 게재되었다.4) 김정일에 대한 추도시가 2012년 시의 주제이자 소재라 할 정도로, 2012년 발표된 많은 시들이 김정일에 대한 회고와 찬양의 수사에 몰두하였다. 또, 2012년 7월 북한의 원수로 추대된 김정은에 대한 찬양과 그와 함께 부강한 국가를 만들어 갈 것이라는 다짐과 희망을 담은 시편들이 일군을 형성하였으며, 자주 등장하는 '김정일 애국주의' 라는 표현은 김정은 시대 문학적 주제로 부상하고 있었다. 야전열차에 올라 현지를 시찰하다 열차에서 사망한 김정일을 '북한과 북한주민을 사랑하는 애국주의'의 체현으로 찬양하며 그 애국주의를 본받아야한다는 내용이 시의 주제를 이룬다. 김정일의 일화는 문학적 형상화를 통해 그대로 역사적 사건으로 고착되어 새로운 지도자 김정은에게 유전된다. 김정일을 잇는 김정은의 행보 또한 같은 과정을 거쳐 이러한 '역사', '역사적' 상황으로 인식되는 것이다.

> 아, 자나깨나
> 우리 인민을 더 잘살게 하시려
> 우리 조국의 앞길에 강성국가의 대문을 열어 주시려
> 눈비에 젖은 야전복 벗을새없이
> 불철주야 초강도행군길을 이어오신 분
> 그 길에서 몸이 불편하시여도

시들을 읽고」, 『조선문학』, 2013년 3호.
 4) ≪로동신문≫, 「선군시대 문학예술의 대전성기를」, 2012년 1월 10일, 4면.
  "〈위대한 김정일동지의 유훈을 받들어 2012년 강성부흥의 전성기가 펼쳐지는 자랑찬 승리의 해로 빛내이자!〉. 이것이 올해에 전당, 전군, 전민이 높이 들고나가야 할 전투적 구호이라고 공동 사설은 지적하고 있다."
  ≪문학신문≫, 「위대한 김정일동지의 유훈을 받들어 2012년 강성부흥의 전성기가 펼쳐지는 자랑찬 승리의 해로 빛내이자」, 2012년 1월 7일, 2면.

그 아픔 밝은 웃음속에 묻으신
절세의 애국자

아, 김정일 애국주의를
애국의 밝은 등대로 삼고
경애하는 김정은원수님
그이의 선군령도를 따라
최후의 승리를 향하여 나아가는
내 조국의 앞길은 무궁창창하여라
— 류명호, 「절세의 애국자」 부분(『조선문학』, 2013년 2호)

이 시에서 김정일은 인민을 위해 희생한 지도자의 모습으로 칭송
되었다. 시인은 인민을 잘 살게 하는 것과 강성대국으로 만드는 것이
곧 애국자의 모습이며 그를 위한 노력과 희생이 곧 김정일 애국주의
라는 단순한 도식을 보여주었다. 인민은 곧 국가이고 인민과 국가를
위한 행동을 하는 애국자가 곧 애국주의의 현신이 되는 것은 매우
단순하고도 비약적인 논리이지만 시인 류명호에게 시작 과정에서 필
요한 시적 논리와 정황은 고려되지 않았다. 현장 순시를 위해 이동하
는 야전열차 안에서 죽음을 맞이했다는 김정일의 죽음이 곧 '애국'으
로 이해되고 '애국자', '김정일 애국주의'와 같은 사회적 수사가 그대
로 문학적 수사로 활용되고 있었다. 류명호는, 김정일 애국주의는 김
정은의 등대가 되어 김정은이 따라갈 것이고 그것이 곧 승리를 이끄
는 '선군령도'가 될 것이라고 한다. 여기에서, 북한이 군사, 군대 우선
의 선군(先軍)주의 선군(先軍)정치를 고수할 것이며 이에 따라 북한문
학 역시 선군문학의 기조를 유지하리라는 것을 감지할 수 있지만,
더 주목할 것은 북한사회의 '김정일 애국주의' 열기의 문학적 활용이
라 할 것이다. 리동수의 평가대로 2012년 이후 김정일 애국주의를
강조하는 시와 평론들이 많이 등장한다. 김충기의 「복눈이다 쌀눈이

다」(『조선문학』, 2013년 1호), 정금순의 「숭고한 조국애가 뜨겁게 맥박치는 불멸의 조국찬가 『제일강산』」(『조선문학』, 2013년 2호) 등이 대표적인 작품이다. 김정일에 대한 애도와 추모가 김정일 애국주의와 직결되는 양상과 그것이 김정은의 모습에 덧입혀지는 과정에 대해서는 좀 더 면밀한 논의가 필요하다. 김일성, 김정일, 김정은으로 이어지는 3대 세습을 안착시키기 위해 김정은은 김정일 애국주의를 계승하는 지도자의 모습, 김정일의 유훈을 행하는 지도자의 모습으로 형상화될 필요가 있었고 많은 시들이 그러한 양상을 보여주고 있다. 이 시기 북한 시들에서 김정은은 '김씨 가문', '선군령장', '강성대국', '인민생활 향상', '과학기술발전'을 실천하는 지도자의 모습으로 드러나는데, 이 표현들은 김정일의 유훈의 내용과 일치한다.[5]

김정일을 추도하고, 김정일 애국주의를 주창하며 그것을 이어받은 김정은을 부각하는 것은 김부자 3대의 우상화를 통한 정통성을 강조하고자하는 의도로 파악된다. 김정은의 치적이 김정일의 유훈을 받들기 위해서라는 언사 또한 계속되고 있는데, 이는 단순히 앞선 지도자에 대한 찬양의 목적을 넘어 3대 세습의 정당성 강조와도 연결되어 있다. 김정은은 김정일의 유훈을 이어 나가는 역할을 잘 수행하는 유능한 후계자로 보일 수 있고, 유훈의 내용은 김정은 체제 안착을 위한 선전 도구와 성과의 기준이 되어 줄 것이기 때문이다. 김정일의 유훈은 그대로 현재 북한 사회의 역점 사업으로 추진되고 있고 문학의 주제와 소재로 부각되며 그 수행 주체는 김정은으로 고정되어 있었다. 일상의 사실이 중요한 의미를 지닌 사건으로 부각되어 문학작

---

5) 김정일 유훈의 자세한 내용을 파악할 수는 없지만 '김정일 유서'로 알려진 문건을 통해 김정일 유훈의 대강을 짐작할 수 있다. 진위에 대한 정확한 판단이 남아있기는 하지만, 《중앙일보》, 2013년 4월 13일자에 의하면, 김정일 유서는 40여 개 항목을 정리하면 다음과 같다고 한다. 정치적으로는 선군을 고수하며, 경제적 강성대국을 추진하고, 북중경협과 외자를 유치할 것, 인민 생활 향상위한 제한적 개방을 하며 과학기술발전과 주체생산체계발전, 자립민족경제건설에 힘 쓸 것, '핵과 장거리 미사일, 생화학 무기를 충분히 보유할 것', '통일은 김씨 가문의 종국적 목표임' 등이 그것이다.

품에 등장하고 이것이 역사로 고착되는 일련의 과정은 김정일에서 김정은에게 그대로 전승되어 재현된다. 원수가 된 김정은의 행적=사실은 곧 추모, 유훈, 애국주의를 계승하는 행동으로 이해되고, 문학적 사건화되어 새로운 역사화 과정을 거치고 있는 것이다. 여기에 더해 북한시는 새로운 지도자 김정은에게 덧씌울 새로운 이미지에 골몰하고 있다. 이 시기 수많은 시들에서 발견되는 '발걸음', '청년', '아이', '광명성 발사와 핵실험' 등이 그것이다.

3. 지도자를 위한 문학적 형상화 전략

1) 발걸음

먼저, 『조선문학』, 2013년 1호에 실린 노래가사 「발걸음」을 살펴보자. 이 노래가사는 표지 다음 면, 즉 목차가 나오기 전에 실려 있어 마치 강령이나 교시처럼 보이기도 한다. 이 노래는 김정은의 후계구도를 가시화되던 2009년 무렵부터 인민군들이 불렀다고 한다. '발걸음'이미지 활용의 기원을 밝힐 객관적 자료를 찾는 문제가 남아 있기는 하지만 '발걸음'이 현재의 북한 사회와 북한의 문학이 주력하는 가장 강력한 이미지인 것은 확실하다. 2012년부터 2013년 3월까지 북한시에는 김정은을 상징하는 이미지로 '발걸음'이 지속적으로 등장한다. 김정은 시대 북한시에 나타난 '발걸음'에 대한 분석은

이미 이지순에 의해 행해졌다.6)

이 가사에 나타난 '우리 김대장'이란 김정은을 지칭한다. '척척척 척척'의 반복은 단순한 음악성을 넘어서는 역할을 한다. 발걸음 소리를 표현하는 한편 힘 있게 걷는 걸음걸이를 동시에 연상시킨다. 그저 평범한 보행이 아니라 무거운 군화를 신고 소리를 내며 걷는 군인의 발걸음이다. 그것도 한 명이 내는 발걸음이 아니라 여러 명이 기계적으로 만드는 소리와 모양이 마치 군대 제식훈련의 그것과 같은데, 위의 사진이 아니더라도 이 가사의 발걸음은 군대 제식훈련의 발걸음으로 느껴진다. 선군(先軍)국가 국가원수에 부여된 이미지로서 매우 적당해 보인다.

가사에서 김대장(김정은)이 힘차게 발걸음을 구르면 '온 나라 강산이 반기고, 온 나라 인민이 따르고, 찬란한 미래가 앞당겨' 진다고 한다. 반기고, 따르고, 미래를 기대하는 이 과정은 곧 김정은을 후계자로 지명하고 원수로 추대하고 청년 지도자와 미래를 기약하는 몇 년 사이의 북한 권력 승계과정을 집약하고 있다.

이는 노래 가사이지만 김정은을 언급하는 시편들에서도 시어 '발걸음'과 함께 '발걸음' 류의 어휘군으로 확장된 '걸음', '자욱' 등과 같은 변주를 찾는 것은 어렵지 않다. 북한 시가 최고권력자의 일과를 전하는 뉴스 방송과 같이 일사분란하게 조직적으로 최고권력자를 이미지화하고 그에 대한 격정적 감정을 추동하는 것은 어제 오늘의 일이 아니지만 2012년 이후 북한 시에서는 그 기민함과 직접성이 두드

---

6) 이지순, 「김정은 시대 북한 시의 이미지 양상」, 『현대북한연구』 16권 1호, 2013.
   이지순은 김정은 시대의 시가 김정은을 위해 '발걸음' 이미지에 주력하고 있으며 다양한 변주를 통해 체제담론의 일부로 활용하고 있다고 판단하였다. 또, 발걸음이 김일성-김정일과 연관된 이미지, 군민일체와 일심단결의 상징적 슬로건으로 정착하였다고 설명하며 그 이미지의 확장성을 진단하였다. 이지순은 '발걸음'과 함께 '청춘세대', '젊음', '열정' 등의 이미지가 김정은과 함께 북한의 미래를 책임질 세대를 부각하였다고 분석하였다. 이러한 분석은 김정은 시대 북한시를 선전과 신화쓰기의 연관성이라는 시각으로 적절히 조망하여 이른 결과라 할 것이다.

러지는데, 여기에 '발걸음'은 매우 많은 작품들에서 생산적으로 활용된 것이 사실이다. '발걸음'은 김정은 시대 시의 대표적 이미지로서뿐 아니라 김일성–김정은과의 연결성을 강조하는 이미지로도 활용되고 있다.

> 2012년, 새해의 첫아침!
> 천만의 대오와 대오를 부르며
> 장엄한 대진군의 앞장에서
> 힘차게 울린다
> 척척척척… 발걸음소리
>
> 무너졌던 하늘을 억세게 떠이고
> 숙였던 머리를 높이 쳐든 인민
> 새해공동사설의 절절한 호소를
> 장군님의 유훈으로 심장으로 새기며
> 따라선다 발걸음 발걸음소리
>
> (…하략…)
>
> —박현철, 「위대한 령장의 발걸음따라 앞으로!」 부분(≪로동신문≫, 2012년 1월 4일, 4면)

김정일의 유훈을 지키는 북한사회, 김정은 체제의 모습을 진군하는 군대의 발걸음으로 묘사한 이 시를 비롯하여 '발걸음'이 김정은의 형상화를 위해 활용된 예는 매우 많다. 정월 아침에 백두 산악을 찾은 것을 김정은의 첫 자욱으로 표현한 시 「최고 사령관의 첫 자욱」[7]에서는 김정은의 발걸음에서 김정일의 발걸음 소리를 들을 수 있고

---

7) 김남호, 「최고사령관의 첫 자욱」, ≪로동신문≫, 2012년 1월 14일, 4면.

그것은 선군혁명의 흐름이라는 인식이 드러나 있다. 발걸음은 자욱, 결음 등으로 변형되면서 김일성, 김정일과의 연관성을 강조하는 이미지로 활용되고 있다. 3대 세습 지도자 김정은에게 김일성과 김정일은 벗어나거나 넘어서야 할 과거가 아니라 스스로 재현해야하는 현재이다.

> 보아라 하늘을 휘젓는 구리빛 팔은
> 총대로 억세여진 병사들의 팔
> 보아라 지축을 울리는 발걸음
> 수령님과 장군님을 따라
> 승리의 길만을 걸어온 병사의 발걸음
>
> 얼마나 이날을 기다렸던가
> 경애하는 김정은원수님
> 사상도 령도도 풍모도
> 김일성대원수님과 김정일대원수님
> 그대로이신 백두의 천출명장
> ─엄정호, 「축원의 광장 행복의 노래」 부분(『조선문학』, 2012년 9호)

김정은의 원수 취임, 서해 시찰의 소식을 전하면서 '걸음', '발걸음', '배짱', '김일성, 김정일의 계승자' 등의 이미지를 김정은에게 부여하고 있다. 발걸음과 걸음 또한 김정은만의 것이 아니라 "수령님의 그 걸음으로/장군님의 그 마음으로/인민을 찾아 걷고 또 걸으신" 김일성-김정일의 그것으로 평가되고 있다. 김일성 민족, 김정일 조선을 김정은이 승계하여 두 선조의 유훈을 받드는 것이 3대 지도자 김정은의 과업인 것이다. 이는 윤봉식의 「우리의 환희」(『조선문학』, 2013년 1호), 함영주, 「그날이 보인다」(『조선문학』, 2013년 2호), 최향실의 「크나큰 첫걸음」(『조선문학』, 2013년 3호)에 그대로 재현된다.

나간다 척척
백두산강군 열병대오 나아간다
서리발총검 번쩍이며 나아가는
무적강군의 대오앞엔
태양기가 날린다
태양기가 날린다

절세위인들의 선군위업을
총대로 받들어가는 열병대오
그 어떤 강적도 단매에 때려눕힐
천하무적의 철갑대오에
최고사령관 김정은동지께서 답례를 보내신다

(…중략…)

한 세대에 두 제국주의를 타승하신
수령님의 군대
무적필승의 상상봉에 올라선
위대한 장군님의 군대
백두의 그 위업 누리에 떨쳐가시는
최고사령관 김정은원수님 따라
무적의 열병대오여 앞으로!
— 오동규, 「백두령장따라 열병대오 앞으로!」 부분(『조선문학』, 2013년 4호)

이 시의 '절세위인들', '수령님', '장군님'은 모두 김일성, 김정일을
가리킨다. 이들의 명령으로 대오를 맞추어 척척 발걸음 소리를 내던
그 군대가 이제는 김정은의 군대로 같은 발걸음을 딛는다는 것이 이
시의 주제이다. 발걸음이 새로운 시대의 새 지도자에게 결부된 이미

지일 뿐 아니라 김씨 일가와의 연관성, 지속성을 연상시키는 이미지로 적용되고 있는 것을 확인할 수 있다. 위의 인용 시 외에도 발걸음을 소재로 한 수많은 시, 수필을 찾아 볼 수 있다.[8]

『조선문학』, 2013년 2호에는 1991년에 발표된 정서촌의 「첫자욱」이 실렸다.

> 그 날에 수령님어깨에 휘날리던
> 백포자락 조선의 날개 삼고
> 만년대계의 언제와 창조의 기념비들을
> 로동당시대의 거창한 발자욱처럼 강토에 남기며
>
> (…중략…)
>
> 아, 첫 자욱
> 창창한 백두밀림 혈전의 언덕에
> 세기의 위인 김정일 장군 내디디신
> 그날의 첫 자욱!
> 천년이 가도 만년이 흘러도
> 변함이 없을 영원한 조선의 정신이여!

항일혁명기 백두밀림 전투에 나가는 김일성과 김정일의 모습을 담은 이 시는 김일성의 '거창한 발자국', '김정일의 첫 자욱'으로 조선노동당과 조선의 정신이 시작되었다고 주장한다. 1991년으로 창작 연도를 밝힌 이 시가 2013년에 다시 불려온 것은 그들의 발자국과 김정

---

8) 정서촌, 「첫자욱」, ≪로동신문≫, 2012년 1월 6일, 3면.
  송정우, 「그이의 모습을 내 보았노라」, 『조선문학』, 2012년 3호 등 다수의 작품이 있다.
  이에 대해서는 이지순은 「김정은 시대 북한 시의 이미지 양상」(『현대북한연구』 16권 1호, 2013)에서 '발걸음'에 집중한 이미지 분석을 참고할 수 있다.

은의 발걸음을 동일시하여 연속성을 강조하기 위해서일 것이다. 연속성과 동질성을 강조하면서도 김일성과 김정일에게는 '자욱', '자국' 등 표현이 쓰였고 김정은에게는 '발걸음'이라는 표현이 쓰여 차별성이 드러나는데, 이는 우연한 것일 수 없다. 자욱, 자국은 발걸음의 흔적이다. 김일성과 김정일의 연속선상에 있지만 그들은 지나간 역사의 흔적과 소리로 기억되는 존재이고 김정은은 척척척척척 소리내며 육박해오는 현재적인 발걸음이라는 차별화가 감지되는 부분이다. 김정일의 발자국소리는 그리움의 소리이고 김정은의 발걸음은 '강성국가건설로 진군'하는 현재적이고 미래적인 행위이다.

아, 오늘도 우릴 찾아
날마다 가까이 가까이 들려오는
어버이장군님의 발자국 소리
그리움에 그리움을 더해주는 발자국소리

날이 가고 세월이 흐를수록
더해만 더해만 가는 그리움이
흐름선에 떠실린 신발에도 어려
끊임없이 쏟아져 나오네

그 신발 신고서 신들메 매고서
천만군민이 발걸음높이 나아가네
경애하는 김정은원수님따라
강성국가건설에로 진군해가네
　　　　　—한원희, 「그리움의 발자국소리」 부분(『조선문학』, 2013년 3호)

천만군민이 발걸음 높여 나아가는 강성국가 건설이란 김일성, 김정일 유훈의 완성일 것이다. 이를 위해 지금 북한 사회와 북한문학은

'발걸음'을 매우 직접적이고 반복적으로 드러내고 있다. 척척척척척 소리를 내며 내딛는 발걸음이 새로운 지도자 김정은에게 거는 북한 사회의 기대라고 한다면 매우 자연스러운 결론이 될 것이지만, 척척 척척척 하는 군인들의 발소리로 확장되어야한다고 강변하는 북한 시를 통해 우리는 발걸음의 이면을 들을 수 있다. 우주에 위성을 쏘아 올리고 핵실험을 강행하며 전 세계를 군사적으로 위협하는 북한의 거침없는 발소리가 아니라 힘겨운 현 상황을 감추기 위해 짐짓 힘차게 구르는 위장으로 보이기 때문이다. 육박하는 발걸음 소리가 진정으로 향하는 것은 북한의 내부일 수 있다. 강성대국을 선포하고 선군의 위용을 외치고 있지만 현재 북한 사회를 강성대국, 민생 안정의 사회로 인식할 근거는 어느 곳에서도 찾아 볼 수 없기 때문이다. 때문에 발걸음 소리를 강조하는 문학적 형상화가 현실의 반영이라기보다 현실의 문제를 감추는 공포(空砲)일 수 있다. 북한의 문학이 기민하고 즉각적으로 반영하고 있었던 것은 실제적 현실이기보다 현재적 소망이라 생각한다.

김정은의 행보를 축적하여 역사로 만들기 위해 기민하고 민첩하게 반응하는 북한문학계는 이미 청춘의 노동으로 포장된 자연 대개조가 필요한 식량난에 직면해 있으며, 광명성 발사와 핵실험 등의 무력을 과시하는 것으로 숨겨야할 새로운 고난의 시기가 다가오는 소리를 듣고 있는지도 모른다. 광명성 위성과 핵실험, 자연 개조에 대한 내용은 다음 장에서 살펴 볼 것이다.

2) 청년, 아이

발걸음과 함께 김정은 형상화 시에서 두드러지는 것은 '청년'과 '아이'의 이미지이다. 실제 30세 남짓의 젊은이 김정은이 지도자로 인정받기 위해서 북한 정치권은 나름의 전략이 필요했다. 앞서 설명한 새로운 직책을 만들어 초직제적 위치를 부여하는 것은 행정적 전략일 것이며, 김일성 김정일의 혈연관계를 강조하는 것은 전근대적 세습이라는 허점을 돌파하는 정치적 전략이며, 활기찬 '청년'의 이미지로 형상화하는 것은 문학예술적 전략일 것이다.

2012년 8월과 2013년 3월 김정은은 작은 목선을 타고 서해상을 시찰하였고 북한 언론은 이를 대대적으로 보도하였다. 우리 언론도 이러한 김정은의 행보에 대해 '이미지 정치의 의도'를 파악하느라 분주했었다. 김정은의 현지지도와 시찰 등의 활동이 강조되는데 노병과 촬영, 해병과 촬영, 어린이와 촬영, 문화휴식터와 새 살림집 방문 등의 행사가 이어지고 이는 즉시 시의 소재로 채택된다. 이는 후계자 수업이 짧은 김정은이 북한주민과 접촉면을 넓히며 이야기를 만드는 과정으로 파악된다. 문학적 소재로 쓰일 사실(=이야기)이 이러한 사진과 행사를 통해 축적되고 북한주민이자 북한문학의 독자들은 이를 향유한다. 김일성의 항일혁명이야기 '불멸의 력사'와 김정일의 고난의 행군 극복기 '불멸의 향도'와 같은 신화 탄생이 준비되고 있는 것이다.

또, 부인 리설주와 함께 능라유치원을 방문하여 아이들과 어울리는 모습, 주민들과 군인들에 둘러싸여 있는 김정은의 모습이 담긴 사진이 연이어 공개되면서 김정은은 과거 지도자들과는 차별적인 이

미지화를 시도하고 있는 것으로 보인다. 전설적 항일영웅으로 신이한 행적을 남긴 영웅으로 신격화된 김일성, 공식적으로 녹음된 목소리를 찾기 힘든 신비주의 김정일과는 다른 방식으로 김정은은 이미지화되는 듯하다. 작은 목선에 걸터앉아 해병들과 찍은 사진, 어린이들과 함께 있는 사진을 통해 김정은은 가깝고 친근하면서 활동적인 청년 지도자의 이미지를 획득하였다.

특히 북한문학은 김정은과 어린이, 청년, 청춘 이미지의 결합을 시도하는데 이는 이제 갓 30세 청년 김정은의 '어린'이미지를 청춘과 패기, 미래의 이미지로 바꾸려는 정면 돌파의 전략이라 할 수 있다. 김정은이 어린이들과 어울리는 장면을 많이 연출하고 이는 보도 매체와 문학 매체를 통해 대중에 노출되는데, 이미지로서의 '어린이'의 기능은 다양하며 강력하고 효과적이다. 어린이는 성장, 발전, 미래, 희망을 연상시킨다. 어린이를 위하고 잘 키운다는 것은 미래를 보살피고 희망을 키운다는 의미로 전달될 수 있다. 또 어린이와 함께 웃고 있는 지도자의 모습으로 자애로운 어버이 이미지를 즉각 획득할 수 있다. 그 자신이 '어린' 지도자이지만 어린이를 보살피는 모습은 그를 성숙하고 자애로운 어버이로 바꾸어 준다. 김정은은 목선을 타고 서해 군사분계선을 시찰할 때도 '아직 볼이 붉은 어린아이'를 안는 장면을 보여주었다.9)

> 그의의 모습 텔레비죤으로 뵈오며
> 그이의 현지지도소식 방송으로 들으며
> 이 가슴 감격에 설레여
> 목메여 부르고부르던
> 경애하는 김정은장군님

---

9) 송명근, 「잊었습니다」, "27마력 목선, 최고 사령관 동지, 귀여운 아기 품에 안고/앵두볼을 쓸어주시니"(『조선문학』, 2012년 11호).

우리 우러러 터치는
그 격정 그 환희는 심장의 고백
인민이 사랑하는 우리의 령도자
그이는 우리의 김정은원수

얼마나 고마웠던가
평범한 로동자 농민의 자식들
한품에 안으시고
그들의 미래를 축복해주시던 그날
아, 이나라의 수천수만의 부모들
목메여 드리던 감사의 그 인사

바람세찬 초도의 배길을 헤쳐
병사들을 찾아가던 그이
적들이 도사린 판문점까지 가시여
원쑤들을 전율케하시던 그 담력 그 배짱

인민을 찾아 눈비 맞으시며 걸으시던
수령님의 그 걸음으로
장군님의 그 마음으로
인민을 찾아 걷고 또 걸으신
그 멀고 험한 길

사랑하노라 그 이를
이 나라 아이들도 어른들도
그이만을 믿고 따르면
승리와 영광 행복만이 있어
이 세상 무서운 것 하나도 없어

　　　　　　　　—원영옥, 「인민의 환희」 부분(『조선문학』, 2012년 9호)

북한주민들은 초도의 뱃길을 떠난 김정은의 모습과 노동자의 아이들을 안아 주는 김정은의 모습을 텔레비전을 통해 보고 있다. 아이들을 돌보는 활기찬 청년 지도자가 북한 사회, 북한문학이 그리려는 김정은의 형상이며 이는 미래의 북한문학 수령형상이 될 것이다. 김정은 정권이 출범한 지 2년에 불과하여 현지지도를 통해 만나는 주민들은 많지 않으므로 빠른 권력 안착을 위해서 북한 매체는 대대적으로 김정은을 노출시키고 있다. 활동 기간이 짧기 때문에 목선을 타고 서해상을 두 번 방문한 일화, 유치원에서 아이들을 만난 일, 롤러스케이트, 수영장 개장 행사장을 방문한 몇 가지 사실들을 대단한 사건으로 포장하고 사회적으로 의미부여한 후 이는 곧 역사화될 것이다. 김정은은 행진하는 군대의 발걸음, 어린이, 어린이를 돌보는 청년 지도자의 이미지로 문학적 형상을 얻고 있으며 이는 과학기술 발전과 대중동원사업 개시와 연관되는 양상을 보인다. 과학기술개발과 인민생활 향상을 위한 대중동원 사업은 모두 김정일의 유훈에 속하는 일이다. 과학기술은 외부 타격을 통해 북한 내부의 문제를 가리는 역할을 하고, 대중동원사업은 실제적 인민생활 향상의 문제를 해결하려는 시도이자 활기찬 청년 지도자에게 걸맞은 사업일 것이다. 모두 북한시가 담당하고 있는 문학적 형상화의 내용이다.

3) 광명성, 핵실험, 자연 개조

2013년 들어 북한은 대남 비방의 수위를 높이며 전쟁 분위기 고조에 몰두한다. "임의의 순간에 불벼락", "주민은 피난 가는 것이 상책", "전면전 개시 준비" 등의 원색적 언사와 함께 '정전 협정 효력 백지화', '불가침 협약 전면 폐기', '한반도 비핵화 합의 백지화'를 주장하는가하면, 판문점 대표부 활동 중지, 판문점 연락통로 폐쇄, 개성공단 폐쇄 조치를 취하였다. 이는 국제사회의 제재와 북한인권결의안의 UN 상정 등에 반발한 정치적 대응에 불과할 수 있지만, 3차에 걸친 핵실험과 장거리 로켓 발사, 연일 동해상에 발사되는 단거리 미사일을 보면 북한의 행동은 실제적 군사행동과 다를 바 없다. 우주발사체라 부르는 로켓 발사와 3차 핵실험에 참여한 기술자들을 로켓영웅, 핵 영웅으로 칭하며 1만여 명에게 상훈을 수여하는 등 북한 내부의 분위기 또한 전쟁에 집중하는 양상이다. '선군정치와 총대가 있는 한 승리의 역사는 영원하다'는 선군의 구호가 북한 매체에 반복적으로 등장한다. ≪로동신문≫, ≪문학신문≫ 등의 문예매체에 전쟁 관련 기사가 실리고 유례없는 강도의 전쟁담론들이 등장하고 있다.10)

로켓영웅에서 훈장을 주는 장면이 텔레비전을 통해 방송되고 이를 본 북한주민들은 그들을 전우의 이름으로 기억한다. 위성 발사 성공은 김정은에게 우주정복자의 영웅적 이미지를 얹어줄 것이다. 실제 『조선문학』의 시에서는 〈광명성-3〉호 2호기를 "천하를 굽어보며 나는/우리 조선의 별"로 인식하며, '태양 민족의 2012년을 우주에 새긴 것으로' 평가하고 있다.11) 〈광명성-3〉호 2호기를 소재로 한 시들은 계속 발표되고 있다. 「미래가 보이는 곳」, 「한 해」, 「당 중앙은 위성 발사를 승인한다」, 「탄이여 너를 사랑한다」, 「류다른 이해의 봄이야기」(以上 4호), 「조선의 선언」, 「9분 27초가 지난 뒤」(以上 5호) 「철산 오빠에게」(以上 6호) 등이 그것이다.

광명성 위성과 함께 최근 북한시의 중요한 소재는 핵실험이다. '핵시험'이 북한의 무력을 드러냄과 동시에 미국과 UN의 제재, 봉쇄 조치에 대한 응징의 행동으로 드러나고 있다. 「백두령장의 선군보검찬가」, 「좋다, 우리 핵무력」(以上 8호) 등 '핵시험'은 국가 무력의 위용과 함께 국제사회의 북한 제재에 대한 적개심을 드러내는 소재로 등장하고 있다.

인공위성, 핵실험 등과 함께 최근 『조선문학』에 꾸준히 등장하는

---

10) 이상숙, 「살아있는 전쟁과 비현실의 말」, 『서정시학』, 2013년 여름호 참조.
11) 문용철, 「빛나는 별의 노래」, 『조선문학』, 2012년 4호.

소재는 대자연 개조로 인식되는 '세포등판개간전투장'이다.12) 강원도 세포군의 등판13)을 인공초지로 만들어 축산단지를 조성하고 여기서 나오는 유제품과 축산물을 주민에게 공급한다는 계획을 세우고 대대적인 개간 사업에 돌입하였다. "어제날 우리의 부모들이 청춘을 빛내인 땅/우리가 청춘을 빛내일 세포등판아"14)처럼 개척과 노동을 고귀한 시대적 사명으로 시화하였다. 세포등판 개조 사업을 대대적으로 홍보하고 있으며 관련 시 작품들도 많이 제작되고 있다. 2013년 4월 이후에는 마식령 산에 건설하는 스키장에 대한 홍보와 관련 작품들이 제작되고 있다.

불이 번쩍 작업과제 수행하고
스키장정점을 타고 앉아
멀리 동해의 갈마 반도 바라보며
땀을 씻는 마식령 병사 나는 추억하리

어제는 갓 입대한 신입병사
10년세월 한해로 앞당긴
『마식령 속도』 창조의 열풍속에
10년 세월 앞당겨 복무한
오늘은 어엿한 구대원

(…중략…)

그날에 전우들아 유쾌히 이야기하자
퇴고사령관동지의 명령을 받들고

---

12) 성연일, 「세포등판에서」, 『조선문학』, 2013년 2호.
13) 등판: [북한어] 등성이가 편평하게 넓은 곳.
14) 박성일, 「개발지의 첫아침에」, 『조선문학』, 2013년 2호.

천고밀림속에 문명국의 상징
스키장을 펼치던 보람찬 나날을
그리고 안해와 자식들에게 보여주자
고향집뜰안을 꾸리듯 실은 저 나무가
우리 분대동무들 심은 나무라고

오, 그날의 아름다운 추억의 단맛은
단숨에 정신으로 『마식령속도』로 달리여
오늘로 달려온
아름다운 추억의 상상봉
세계일류급의 마식령스키장에 오른
마식령병사 우리만이 할수 있는 추억이 아니랴
— 리경체, 「마식령병사는 추억하리」(『조선문학』, 2013년 8호)

마식령 스키장 건설에 동원된 병사가 먼 후일 현재를 아름답게 추억하리라는 내용의 시이다. 이 시를 통해 북한 사회가 스키장을 '문명국의 상징'으로 인식하고 있다는 것을 알 수 있다. 과거의 건설 동원 구호가 천리마 운동, 천리마 속도였다면, 2013년 김정은 시대에는 '세포등판' 축산단지 조성과 함께 스키장 건설의 속도전 '마식령속도'가 그것을 대체하고 있는 듯하다. 이렇듯, 대규모 대중 동원 사업을 이끄는 주인공들은 위 시에서처럼 청년들인 경우가 많다. 노동력이 곧 사업의 성패를 좌우하는 인력 동원 사업에서 청년이 주역으로 부상하는 것은 당연해 보인다. '청춘', '청년'은 청년 김정은의 이미지를 오늘날 북한사회의 주역으로 부각하여 '세포등판' 같은 새로운 국가적 동원에 활용하려는 전략적 시어이다. 김정은은 "청년들은 언제나 당을 따라 곧바로, 앞으로 나아가야 하며 우리 청년들의 힘찬 발걸음에 의해 강성할 래일은 더욱 앞당겨지게 될 것입니다."(『조선문학』, 2012년 8호)라며 청년, 발걸음, 미래의 이미지 연계를 시도하기도 하였다.

4. 시인, 관찰자와 전달자

온 강산 더 밝아진 듯
온 나라는 날마다 명절
서로 마주서면 웃음이 절로 나고
만나면 인공지구위성이야기로
출근길도 퇴근길도 즐거웠다
먹지 않아도 배부르고
자지 않아도 좋았다

아, 감동 어린 모습에서
우리 인민이 무엇을 더 바라고
무엇을 더 간절히 기대하는가를
내 너무도 똑똑히 알았나니

우리에게는 아직 넉넉지 못한 것이 있다
전기도 쌀도
허나 인민은 하나 탓하지 않고
오로지 나라일만 잘되기를 바랐고

잘되는 나라일에
자신의 행복도 영예도 있기에
자그마한 사심도 없이
조국앞에 무한한 헌신만을 바치나니

좀 어렵더래도
나라의 국력
민족의 존엄

만방에 떨침을
자신의 생활과 행복의 전부로 안고사는 인민

아, 목숨보다 재부보다 귀중한
조국의 영예 민족의 존엄
이것 없이는 못살아
이것 없이는 배불러도 못살아
이렇듯 기쁨은 큰 것이다

5천년민족사의 경사로운 날이여
민족의 존엄과 영예를
생명보다 귀중히 여기며 사는 사람들
그들의 세계가 얼마나 아름다운가를
온 세계에 똑똑히 보여준 날이여!
　　　　　　—허수산, 「그것 없인 못살아」 전문(『조선문학』, 2013년 8호)

　이 시는 '광명성-3호 2호기'의 발사에 흥분한 '인민'의 목소리를
담고 있다. 북한주민들은 '나라일' 잘 되기만을 바라고 있고, '나라의
국력', '민족의 존엄', '조국의 영예'를 자신의 생명이나 배부름보다
더 귀중하게 생각한다고 말한다. 이 시에서 화자는 현실적인 어려움
을 드러내고 있다. '쌀, 전기를 비롯하여 부족한 것이 있다'는 부분과
"좀 어렵더래도"에서는 북한의 현실이 직접적으로 드러나 있다. 문
예기관 기관지 『조선문학』에서 이렇게 북한 사회의 어려움이 노출된
것은 흔한 일이 아니어서 주목할 필요가 있다. 화자는 '인공지구위성'
발사로 기뻐하고 있다. 또 그것이 '민족의 존엄과 영예를 높여주는
일이고 자신보다 민족의 존엄과 영예를 귀중히 여기는 사람들의 세
계가 보여준 아름다움'이라고 자부심에 찬 어조로 말하고 있다. 그러
나 나라의 국력과 민족의 존엄을 온 세계에 떨치는 일이 쌀, 전기

부족으로 어려운 생활을 보상할 기쁨이라는 이 시의 직설 화법을 다르게 읽히기도 한다. 현재 북한 사회에서는 세계에 떨쳐지는 국력과 민족의 존엄을 강변할 정도로 국력과 존엄이 실추되어 있으며, 북한 주민들이 쌀과 전기라는 어려움을 심각하게 겪고 있다고 이해할 수 있다. '인민'의 목소리로 기쁨을 전달하고 있지만 시인은 '기쁨'을 나누는 인민의 관찰자이다. 관찰자 시인의 눈에 비친 북한의 현실은 '넉넉지 못하고, 좀 어렵'다. 그러나 광명성 발사의 큰 기쁨이 더 크다고 말하는 6연부터 관찰자 시인은 국가의 가치를 전달하는 자, 국가의 말을 전달하는 자로 바뀐다. 조국의 영예와 민족의 존엄이 쌀과 전기의 부족을 잊게 하는 기쁨이라는 가치, 그것에 기뻐해야한다는 규범적 가치, 이러한 가치를 가진 북한 사회가 '아름다운'사회라는 북한당국의 목소리가 시인을 통해 전달되고 강변되고 있는 것이다. '인민'생활을 어려움을 목격하고 함께 겪으면서도 당과 수령의 가치를 보편적 가치, 자신의 가치인양 대변하고 전달해야 하는 것이 현재 북한 시인의 모습이라는 것을 확인할 수 있다.

〈마식령 속도〉의 열풍속에
이삭이 솟구는 8월의 논벌에서
저들은 다만 돌피만을 잡는것이 아니다
포전머리에 더미더미 쌓여지는 풀단들
그 또한 풀더미만을 쌓는 것이 아니다

나는 지금 드넓은 농장벌에서
시인의 높뛰는 심장으로
저들이 터치는 심장의 목소리를 듣고 있다
해종일 뜨거운 해볕속에서
놓칠세라 돌피를 뽑아가는 그 정성으로
꽝꽝 풀더미를 밟으며 쌓아가는 그 땀으로

저들은 그렇게
이 땅에 바치는 사랑을 말하고 있다

원쑤들의 〈제재〉〈봉쇄〉 책동에 맞서
온 나라가 불사신되여 일떠선 지금
쌀 때문에 마음속 고생도 있고
쌀 때문에 남모르는 아픔도 있건만
오늘에 허리띠를 조일지라도
나라의 쌀독을 먼저 생각하는 사람들

어제런듯 들려온다
불어치는 눈보라도 웃음으로 태우며
거름더미 쌓아가던 그 겨울의 발걸음 소리가
낮에도 밤에도 모판을 뜰새없이
푸른 싹을 가꿔가던 봄날의 노래소리가

그리고 또 보여온다
모내기를 제철에 끝내자고
농장벌의 어둠을 태워가던 그밤의 홰불이
폭우에 논물이 불어날 때
한밤중에도 벌로 달려가던 그 모습이

아, 자나깨나 경애하는 원수님께
쌀로써 기쁨드릴 열망으로 불타는 마음
그 마음들이 하나같이 오늘의 농장벌을
사회주의수호의 결전장으로 정했기에
쌀을 위한 저들의 애국 헌신의 사랑은
저렇듯 샘처럼 솟구치는 것 아니던가

그렇다 오늘날
쌀은 곧 사랑이다
조국을 반드시 그지없는 사랑이다
이 땅에 나래치는 〈마식령속도〉로
이 땅을 안아올리는 힘
이 땅을 빛내가는 마음은
농장벌의 주인 그 사랑을 말하고 있다

사랑이라도 피로써 조국을 지켜싸운
전화의 날 용사들의 그 사랑으로
사랑이라도 위성발사와 지하핵시험성공으로
내 조국을 떨친 과학자들의 그 사랑으로
이 땅을 가꿔가는 그 미더운 모습 앞에
나의 노래여 너는 너무도 무색하구나!

— 성연일, 「사랑을 말하고 있다」 전문(『조선문학』, 2013년 8호)

이 시는 위성발사, 핵시험, 마식령속도, 제재와 봉쇄 등 2013년 북한 사회의 이슈 대부분을 담고 있다. 주목할 만한 부분은 3연의 "쌀 때문에 마음속 고생도 있고/쌀 때문에 남모르는 아픔도 있건만/오늘에 허리띠를 조일지라도/나라의 쌀독을 먼저 생각하는 사람들"이다. 허수산의 「그것 없인 못살아」에서보다 '쌀'의 문제가 더 전면적으로 드러나 있다. 또, 「그것 없인 못살아」에서처럼 북한주민의 어려움을 관찰하던 시인이 국가의 가치를 전달하는 전달자로 변하는 과정이 이 시에서는 다르게 목격된다. 식량난과 식량난으로 인해 발생하는 사회적 변화, 이것은 드러내기 힘든 '남모르는 아픔'일 것이다. 겉으로 드러난 배고픔보다 '마음 속 고생'과 '남모르는 아픔'이 더 견디기 힘든 것일 수 있다. 물론 이 시에서 '마음 속', '남모르는'의 정체를 알 수 없도록 시인은 "높뛰는 심장으로" 가리고 있으나, 북한은 이미가난하고 배고픈 국민이 "나라의 쌀독을 먼저 생각"해야 할 상황임을 짐작해 볼 수 있다. 나라는 더 이상 주민을 돌볼 수 있는 능력이 없으며, '원수님께/쌀로써 기쁨드릴 열망'을 가질 정도로 쌀은 국가적으로 심각한 문제가 된 것 같다. 쌀을 생산해내는 농장벌이 "사회주의 수호의 결전장"이 되고 "쌀이 곧 사랑"이고 "조국을 받드는 그지없는 사랑"이 될 정도로 북한의 식량문제는 심각하고 주민들의 애국주의는 비장함으로 고취되어야 하는 상황인 듯하다. 시인은 마지막까지 관찰자의 시선을 유지하고 있다. 풀 등판에서 초지를 개간하고 농장벌에서 농사를 짓는 사람들의 노동을 '애국헌신'으로 칭송하는 것은 당국의 가치와 다르지 않을 것이지만 시인은 그것을 '사랑'으로 명명하고 있다. 국가의 영예나 민족의 존엄, 인민의 환희나 위대한 승리와 같은 거창한 가치를 강하게 전달하지 않고 '사랑'이라는 다소 낭만적 시어로 사용한 것이 이 시의 화자를 「그것 없인 못살아」의 후반부에서 보이는 강력한 가치 전달자의 모습과 차별화되는 이유이다. 마식령 속도전을 펼치는 인민, 농장벌에서 일하는 인민, 세포 등판의 인민, 위성발사와 지하핵시험 과학자들이 '사랑'으로 조국을 지키고 있다는 시인의 시선은 끝까지 유지되었다. 시인은 "이 땅을 가꿔가는 그 미더운 모습 앞에/나의 노래여 너는 너무도 무색하구나!"라는 표현으로 시인으로서의 자의식을 드러내었다. 이 부분은 주민생활의 관찰자로서 어려움을 '사랑'이라는 무력한 단어로 명명할 수밖에 없는 자신과 북한의 현실에 대한 반어적 진술로 읽을 수 있다. 가속화되는 식량난으로 북한주민들의 절대 목표, 절대가치가 쌀 증산이며 이는 위성을 쏘고 핵실험을 하는 지도자도 해결할 수 없는 일이며 오히려 주민들이 국가를 위해 나라의 쌀독을 걱정하고 있기 때문이다. 시인의 자의식과 연민이 틈입하였다고 본다면 지나친 해석일 수 있지만 분명 김정은 시대의 쌀 문제는 김일성, 김정일 시대의 그것과 다른 양상일 수 있다.

청년 지도자 김정은은 백두혈통의 3대 세습지도자로 연착륙하는 듯하지만 북한문학에 드러난 김정은의 이미지와 수령형상은 이중적으로 해석될 수 있다. 발걸음, 어린이, 청년, 위성발사와 핵실험, 대규모 자연 개조 사업 등으로 활력에 찬 지도자, 원수의 형상을 그려내고 있지만, 그들의 원수는 '쌀'문제를 해결하지 못해 애태우는 존재임이 몇몇 시를 통해 드러났다. 김일성이 토지를 나눠주어 농민에게 환영 받았고, 김정일은 주체와 선군으로 외세로부터 북한을 지켜낸 군사영웅으로 추앙받은 바 있다. 그들은 먹고 사는 문제를 해결하지 못해, 북한은 오랜 동안 기아에 시달리는 국가였지만, 김일성과 김정일은 주민의 먹는 문제를 해결하는 주체였고 지도자로 인식되었다. 그러나 김정은이 물려받은 북한은 '나라의 쌀독'을 주민들이 걱정하고 주민들이 지도자의 걱정을 덜고자 노력해야 한다고 독려하는 비장한 빈곤국가이다. 김정은은 더 이상 쌀 문제를 해결하겠다고 주장할 수 없는 무력한 주체인 것이고 이를 주민들과 시인도 아는 것이다. 이러한 상황에서 지도자에 대해 변함없이 격앙된 어조의 충성맹세와 찬양은 빈 울림처럼 느껴진다. 성연일의 '무색함'이 공허하게 들리는 이유이다. 이는 문학에서 발견한 변화와 균열을 통해 목격한 북한주민, 북한사회의 속사정일 것이다. 이는 ≪로동신문≫의 사설이나 『청년전위』의 사설에서는 전혀 발견할 수 없는 부분이다. 국가의 우렁찬 목소리를 대변하던 기존 북한시인들의 목소리가 변화의 국면을 맞고 있는 듯하다. 김정은에게 덧씌워진, 김정일애국주의, 3대 세습, 발걸음, 광명성, 핵실험 등의 화려한 이미지와 전략들이 '쌀'의 균열을 견디지 못하고 있는 것은 아닌지 그것을 북한의 시인들이 조금은 감지한 것은 아닌지 때문에 시인의 목소리와 시선에 변화가 일어난 것은 아닌지 조심스레 분석해 본다.

5. 고착된 전형의 끝없는 반복

2012년 이후 북한시의 변화란 소재적 이미지의 변화일 뿐이다. 발걸음, 청년, 어린이, 〈광명성-3〉호 2호기, '핵시험', 세포등판, 마식령속도 등은 김정은이라는 새로운 지도자의 대중적 이미지 구축을 위해 시의 이미지(心象)이자 소재로 가장 빈번히 등장하였다. 이미지, 소재의 변화 외에는 김정일이 사망한 2012년 이후에도, 청소년기를 외국에서 보냈다는 젊은 지도자를 문학적으로 다르게 형상화할 수단을 찾지 못한 것 같다.

권두시에 어김없이 배치되는 김일성-김정일-김정은으로 이어지는 삼부자 찬양의 수사 또한 김일성-김정일 부자 찬양의 모습과 다르지 않다. 외진 곳, 오지의 병사를 찾아 위로하는 지도자를 어버이로 형상화하는 일화담 위주의 회고시, 일상적 사물과 소재에서 삼부자를 떠올리는 소재주의, 백두산 밀영, 철령, 서해안을 찾은 삼부자의 모습을 반복적으로 칭송하는 역사화된 일화시, 농민, 용해공, 병사, 병사의 어머니, 처녀공 등 시의 인물과 화자의 반복 출현 역시 다르지 않다. 그야말로 고착된 전형의 끝없는 반복일 뿐이다.

북한시를 읽고 분석하는 이유는 무엇이었는가? 또 무엇이어야 하는가? 라는 묵은 질문을 떠올리게 된다. 소재, 주제, 화자, 사건 등모든 것이 끊임없이 반복되는 북한시에서 무엇을 읽어야 하고 읽을수는 있는 것인가 라는 질문 역시 당연해 보인다. 냉전체제에서 북한시가 북한 사회 파악의 전략적 도구일 수 있고, 북한학이라는 학문분야에서 문화, 예술적 국면에 대한 객관적 탐색일 수 있으며, 한국시의 한 양상에 관심을 갖는 당위적 접근일 수도 있다. 문제는 변주없는 반복의 패턴 안에서는 위의 세 가지 중 어느 것에도 흥미로운결과를 얻지 못한다는 점이다. 변주도 진화도 없이 문학 스스로의내적 동인이 고사된 정치종속적 문학에서 포착할 수 있는 것은 선전구호나 피상적 감성일 뿐이다. 이러한 평가 역시 수십 년의 반복이다.

이렇듯 지루하게 반복되는 북한시의 양상을 통해, 북한 체제 밖에 있는 남한의 연구자가 취해야하는 연구방법론에 대해서도 숙고할 필요가 있다. 몇몇 시에서는 부분적이나마, 국가의 목소리가 아닌 시인의 목소리, 즉 예술가이자 관찰자로서의 시인의 목소리가 드러나는데 이에 주목할 필요가 있다. 이 또한 공개된 텍스트에만 접근해야하는 북한자료 접근성의 한계를 가지고 있지만 고정된 창작론에 갇힌 북한의 시를 통해, 문학, 시, 시인을 감지할 수 있는 소극적이나마 가능한 방법이 아닌가 생각한다.

■■■ 참고문헌 ■■■

『조선문학』, 2012.1~2013.9.
≪문학신문≫, 2012.1~2013.8.
≪로동신문≫, 2012.1~2013.8.

김남호, 「최고사령관의 첫 자욱」, ≪로동신문≫, 2012.1.14.
김성수, 「김정은 시대 초의 북한문학 동향」, 『민족문학사연구』 50호, 민족문학사
　　　　학회, 2012.12.
리동수, 「시에는 시인의 정서적 숨결이 흘러야 한다」, 『조선문학』, 2013.3.
성연일, 「세포등판에서」, 『조선문학』, 2013.2.
송명근, 「잊었습니다」, 『조선문학』, 2012.11.
송정우, 「그이의 모습을 내 보았노라」, 『조선문학』, 2012.3.
정서촌, 「첫자욱」, ≪로동신문≫, 2012년 1월 6일, 3면.
유임하, 「'전승 60주년'과 북한 문학의 표정」, 제34회 돈암어문학회 정기학술대회
　　　　발표문, 2013.10.12.
이상숙, 「살아있는 전쟁과 비현실의 말」, 『서정시학』, 2013년 여름호.
이지순, 「김정은 시대 북한 시의 이미지 양상」, 『현대북한연구』 16권 1호, 2013.
정영철, 「김정은 체제의 출범과 과제」, 『북한연구학회보』 16권 1호, 2012.8.

≪중앙일보≫, 2013년 4월 13일자.

김정은 시대 북한 시의 이미지[※]

: '발걸음'과 '청춘세대'의 외화

이지순

1. 역사와 신화를 쓰는 북한문학

조지 오웰이 모든 예술은 어느 정도 프로파간다가 있다고 말한다면, 히틀러는 예술이 프로파간다와 전혀 관계가 없다고 말한다. 괴벨스가 프로파간다를 오락물로 위장했다면, 북한 문학은 프로파간다를 전면에 드러낸다. 북한 문학은 오웰과 히틀러 사이에서 줄다리기를 하지 않는다. 북한 문학은 역사와 신화를 쓰기 때문이다.

김정은 하면 김일성의 복제된 이미지, 〈발걸음〉 노래, 젊은 나이에 오른 최고지도자 등이 떠오른다. 북한의 문화 전반은 프로파간다의 전략과 불가분의 관계에 있다. 2012년은 최고지도자가 된 김정은에 대한 선전이 본격화된 해이자, 새로운 신화쓰기가 가시화된 해이다.

김정은은 2009년 후계자로 낙점된 이후 2010년 9월 제3차 당대표

※이 글은 「김정은 시대 북한 시의 이미지 양상」(『현대북한연구』 제16권 제1호, 북한대학원대학교, 2013)을 단행본에 맞게 수정한 것이다.

자회에서 중앙군사위원회 부위원장이 되면서 공식적인 후계자로 등장하였다. 2011년 12월 17일 김정일 사망 후, 로동당 중앙위원회 정치국회의가 조선인민군최고사령관으로 김정은을 추대함으로써 김정은 체제가 되었다. 북한은 2009년부터 김정은을 찬양하는 노래 〈발걸음〉과 '김정은 위대성 교양자료' 등을 보급하기 시작했다.[1] 그리고 2011년 9월 초에 열린 상해예술박람회 국제예술전에 김정은 초상화를 출품함으로써 대외적으로 김정은이 선전되기 시작했다.[2]

이 기간 사이에 서구 언론에는 김정은으로 추정되는 초상화 한 점이 소개되었다. 2010년 12월 8일 캐나다 매체 ≪the Globe and Mail≫은 김정은 초상화로 추정되는 유화 한 점을 전면에 실었다.[3]

〈사진 1〉 변호사 Percy Toop이 라진 미술관에서 촬영한 초상화. the Globe and Mail, Dec. 8, 2010.

2011년 북한이 공식적으로 출품한 김정은의 초상화보다 2010년 초상화가 신화 만들기에 더 가깝다. 2011년 초상화가 인물을 정 중앙에 배치한 전형적인 초상화라면, 2010년 초상화에는 이야기가 들어있다. 사전적인 의미에서 초상화란 외모의 충실한 기록을 전제로 하지만, 이 유사성의 요구가 초상화의 절대적인 기준은 될 수 없다. 때

---

1) 김갑식, 「김정은 정권의 출범과 정치적 과제」, 『통일정책연구』 제21권 제1호, 2012, 7쪽.
2) ≪조선일보≫, 2011년 9월 22일.

로는 화가의 이상이 기준이 되기도 한다.[4] 북한의 문예사전은 "인물의 외모, 얼굴, 옷차림 등 외부적 특징을 그리는 것"을 "초상묘사"라 일컫는다. "초상묘사는 성격창조를 위한 수단의 하나로서 등장인물의 개성적 특징을 보여주는데서 중요한 의의"[5]를 지니는 것으로 중시된다.

퍼스는 기호를 도상(icon), 지표(index), 상징(symbol)의 세 가지로 구분했는데, 이 삼분법에 의하면 초상화는 기호와 대상 간의 물리적인 특질의 유사함에 의해 대상을 지시하는 도상기호가 된다. 도상적인 기호는 리얼리티와 반드시 비례할 필요는 없으며 그 유사성은 정도의 문제로 볼 수 있다.[6] 그렇기에 비록 2010년 초상화 속 청년이 오늘날 우리가 매체에서 보아온 김정은과 체격 면에서 다르다 할지라도 북한이 만들어나가려는 새로운 신화의 서사를 가늠케 해 줄 수

---

3) 변호사 퍼시 툽(Percy Toop)이 라선시에 있는 라진 미술관에서 찍은 이 초상화 사진은 북한 체제가 김정은을 앞으로 어떻게 선전해 나갈지에 대한 단서를 준다는 점에서 주목을 요한다. 그림은 김정은이 학창시절을 보냈다고 알려진 스위스 베른의 인터라켄으로 보이는 호수를 배경으로 하고 있다. 그림 속 청년의 모습은 청년기의 김일성과 김정일을 묘사하는 분위기와 구도배치에서 유사함을 보인다. ≪the Globe and Mail≫은 당시 언론에 비친 김정은과 크게 비슷하지는 않아도, 일반 학생을 이런 구도로 제작하지 않는 관행으로 비추어 김정은일 가능성이 크다고 보고 있다. 그림 속 청년이 김정일인지 김일성인지 논란의 여지는 여전히 있으나, 이 매체가 6명의 북한 전문가에게 그림을 보내 의견을 타진한 결과 한 명만이 김정은이 아니라 김일성이라는 견해를 보였다. 본고는 그림 속 주인공이 누구인지 밝히는 것보다 그림이 만들어내는 서사가 김정은 신화쓰기의 단서를 제공한다는 점에서 주목하고자 한다. Mark MacKinnon, "North Korea's Kim Jong-un: Portrait of a leader in the making", the Globe and Mail, Dec. 8, 2010.

4) '화상(畵像)', '도상(圖像)', '진상(眞像)', '진영(眞影)', '영정(影幀)', '유상(遺像)', '상(像)', '진(眞)', 이 용어들은 모두 초상화를 가리키는 다른 말들이다. 초상화를 표현하는 여러 말 중에는 단순히 상을 그렸다는 의미로 정의하는 다분히 객관적인 단어도 있는 반면, '그려지는 대상의 참된 모습'이나 '참된 그림자'와 같이 화가가 의도했고 그려지는 인물이 원했을 초상화의 의미와 모습을 강조하는 이름들도 있다. 즉, 초상화는 그려지는 대상의 또 하나의 진짜 모습, 그림자와 같이 실체와 짝이 되는 그 어떤 것으로 완성되는 것을 목표로 하는 것이다. 국립중앙박물관, 『조선시대 초상화 초본』, 열린박물관, 2007, 36쪽 참조.

5) 문학예술종합출판사 편, 『문예상식』, 1994, 704쪽.

6) 강태희, 『현대미술의 또 다른 지평』, 시공사, 2000, 138쪽.

있다. 북한의 선전기구는 김정은의 통치가 정당하다는 것을 선전하기 위해 '이야기'를 제공할 것이기 때문이다. 이 '이야기'가 획득하는 설득성이 김정은에 대한 정치적인 믿음과 북한의 미래를 결정지을 것이다.

우연적인 것이든 의도적인 것이든, 2010년 말에 알려진 김정은으로 추정되는 초상화는 김일성의 이미지와 유사성을 보인다. 이는 2012년의 시점에서 문학적 맥락과 일정 부분 부합하는 요소이기도 하다. 김정은 체제가 정착하는 과정에서 문학예술이 전면에 내세운 창작원리는 수령형상창조 원칙이다. 수령형상에 있어 실천적 경험을 쌓아온 작가들은 "수령이 개척한 혁명위업의 대를 이어 완성해 나가는데서 수령의 후계자는 결정적역할을 한다"는 김정일의 『주체문학론』의 수령형상창조의 원칙을 기반으로 김정은의 위대성 형상창조가 본격화될 것을 예고하였다. "이제 첫걸음을 뗀데 불과"한 김정은 형상화는 "위풍당당한 모습, 영채도는 안광, 무게있는 발걸음으로부터 시작하여 모든 것이 수령님과 장군님 그대로이신 전설적위인으로서의 풍모"를 중심으로 "수령형상의 고유한 생리를 구현"하는 데 무게를 두게 되었다.[7]

이 글은 2012년 『조선문학』에 발표된 서정시를 중심으로 김정은의 이미지가 어떻게 형상화되는지 고찰하는 것을 목표로 한다.[8] 김정일 사후 새로운 체제 신화를 만드는 과정에서 기존 문맥이 재구성되는 양상을 살펴보고, 이전 시대와 다른 김정은 시대의 문학적 변별성을 살펴볼 것이다.

---

7) 김려숙, 「피끓는 심장으로 선군혁명문학의 새로운 포성을 울리자」, 『조선문학』, 2012년 3호, 23~24쪽.
8) 김정일 사망 전후해서 북한의 숨겨진 퍼즐이었던 김정은의 시적 형상화에 대해서는 이지순, 「북한 서사시의 김정은 후계 선전 양상」, 『북한연구학회보』 제16권 제1호, 2012. 및 이지순, 「북한 시에서 김정은 퍼즐 찾기」, 김채원 외, 『예술과 정치』, 선인, 2013. 참조.

2. '발걸음' 이미지의 집중과 확장

올해 초, 《로동신문》은 〈발걸음〉 노래를 인민군 군인들이 제일 먼저 불렀다고 하면서, "가사와 선률도 좋았지만" "화폭처럼 그려보여주는 위인상이 마음에 꼭 들어 인민들은 너도나도 따라불렀다"고 주장했다. 특히 〈발걸음〉 가사 중 "2월의 정기 뿌리며", "2월의 기상 떨치며", "2월의 위업 받들어" 등을 "백두에서 시작된 주체혁명위업을 대를 이어 끝까지 완성할 계승의 불변성", 김정일의 위업을 충직하게 받들어나가려는 김정은의 "철석같은 신념과 의지를 음악으로 대변"한 것으로 주장하였다. 왜냐하면 이 노래는 단순히 김정은의 위인상을 표현한 것이 아니라 김정일의 유훈을 담았기 때문에 역사적 가치가 있다는 것이다.9)

수사가 효과적으로 영향력을 행사하려면 반향을 일으켜야 한다. 효과적인 수사는 대체로 발신인과 수용자가 함께 만든다.10) 만들고

〈사진 2〉 2010년 12월 경축음악회에서 김정은 찬양가요 〈발걸음〉을 부르는 공훈국가합창단. Youtube 캡쳐.

---

9) 한충혁, 「찬란한 미래에로 나아가는 선군조선의 기상을 보여주는 명곡 노래 〈발걸음〉을 부르며」, 《로동신문》, 2012년 2월 19일.

10) 니콜라스 잭슨 오쇼네시, 박순석 역, 『대중을 유혹하는 무기 정치와 프로파간다』, 한울아카데미, 2009, 107쪽.

유포되는 과정에서 〈발걸음〉 노래는 김정은 신화가 제작될 여건을 마련했다. 언어는 생각의 방식을 조직화한다. 텍스트 생산과 해석의 인식과정은 사회적으로 형성되며, 사회적 관례와 관계된다.11) 공동체의 언어습관은 해석의 선택에 영향을 끼치며 작용하기 때문이다.12) 2009년부터 보급된 노래는 인민의 의식에 스며들었으며, '발걸음'은 보통명사의 범주를 벗어나게 되었다. '발걸음'은 김정은의 상징이 되었다.

북한의 선전기구가 '발걸음' 단어에 부여한 새로운 관점은 "고난을 박차고 시련을 이겨내며 과감히 앞으로 나아가는 전진감과 반드시 승리를 이룩하려는 전투적기백과 억척의 신념"을 보여주는 "박력있는 속도감과 미래지향적인 성격"13)에 있다. 새로운 지도자로서의 김정은의 이미지가 '발걸음' 하나에 응축되는 것이다. 즉, 노래를 통한 유포는 '발걸음'이 단순히 수사적 기교로 머무르지 않게 하며, 능동적으로 의미를 창조하게 한다. '발걸음'은 김정은 체제 담론의 일부가 되었다. 그것을 가능케 하는 것은 인지적 차원이 아니라 단어의 사용조건이다.14) 이제 '발걸음'은 중립적이고 객관적인 언어가 아니다. 체제 이데올로기를 포함하는 상징이 되었다. 더욱 선명한 울림을 가지도록 단어의 쓰임새를 통제할수록 이데올로기적 편향성도 커질 것이다. 프로파간다의 진짜 힘은 자연스럽게 보이도록 하면서 권력상징과 하나가 되도록 만드는데 있기 때문이다.15) 이런 점에서 보자면 〈발걸음〉 노래는 자연스럽게 김정은의 이미지를 인민들 뇌리에 각인시키는 효과가 있으며, 3대 후계구도에 대한 인민의 정서적 승인을 견인하도록 역할한다.

---

11) Norman Fairclough, *Language and Power,* London: Longman, 1989, p. 19.
12) A. P. Foulkes, *Literature and Propaganda*, New York: Methuen, 1983, p. 37.
13) 권선철, 「〈발걸음〉의 메아리는 우렁차고 환희롭다」, 『조선문학』, 2012년 6호, 26쪽.
14) Norman Fairclough, *Op.cit.*, p. 25.
15) A. P. Foulkes, *Op.cit.*, p. 3.

이제 '발걸음' 이미지가 만들어지고 유포되면서 집중과 확장을 어떻게 반복하는지 보도록 하자.

아 어버이수령님의 거룩한 발자욱소리
그 소리에 울려오는 불멸의 혁명송가
≪김일성장군의 노래≫

그 자욱소리 노래에 실려
저 생각깊은 개선문에서 울려오는가
그 발자욱소리 만민의 인생사에 실려
주체사상탑 군상아래서
쿵쿵 메아리쳐오는가
— 김재원, 「영원한 메아리」 부분(『조선문학』, 2010년 5호)

불변하는 태양의 자리길처럼
수령님 걸으신 길이면
수천리라도 수만리라도 다 이어가시는
위대한 선군태양 김정일동지
수령님의 불멸의 위업 빛내이신 길이여
— 리태식, 「수령님과 함께 걸으신 길」 부분(『조선문학』, 2010년 7호)

김일성-김정일과 연관된 '발걸음' 이미지는 혁명 혈통의 정당성으로 확장된다. "어버이수령님의 거룩한 발자욱소리"가 "쿵쿵 메아리쳐" 온다는 표현을 보면, 〈발걸음〉 노래의 '발걸음'이 '발자욱'으로, '척척'이 '쿵쿵'으로 변형된 것으로 읽을 수 있다. 발걸음 내지 발자욱을 연상케 하는 이미지 중 하나는 '길'이다. "수령님 걸으신 길"을 이어가는 김정일은 "수령님의 불멸의 위업 빛내이신 길"과 같이 연속선으로 표현된다. 길의 연속성은 시간의 연대기를 포함한다.

바흐찐은 문학작품 속에 예술적으로 표현된 시간과 공간 사이의 내적 연관을 '크로노토프(chronotope)'라는 용어로 칭한다. 문학예술의 크로노토프는 공간적 지표와 시간적 지표가 용의주도하게 짜여진 구체적 전체로서 융합된 것이며, 이 두 지표들 간의 융합과 축의 교차가 예술적 크로노토프를 특징짓는다. 크로노토프의 주된 범주는 시간이며 문학작품 내의 인간 형상에 큰 영향을 미친다는 점에서 '인간형상은 언제나 크로노토프적'이다.16) 혁명역사의 시간적 연대기와 길이라는 공간적 지표의 결합은 바흐찐이 구분한 '수사적 전기'의 양식과 유사하다. 수사적 전기는 공적·정치적 행위의 찬양이거나, 공개적인 해명으로서 삶의 크로노토프이다.17)

'발걸음'과 '길'의 수사학은 혁명역사의 계승을 공개적으로 정당화하고 해명하는 광장의 연설과 같은 역할을 한다. 역사적 시간으로서의 김일성·김정일은 공간적 지표로서의 혁명의 길과 연계됨으로써 김정은의 외연이라 할 수 있는 '발걸음' 이미지와 융합한다. 시인의 수사는 시인 개인의 표현이 아니다. 국가적 통제와 평가에 전적으로 종속된 수사는 '혁명역사의 정당화'라는 점에서 공적 기능을 수행한다. 북한의 문학예술은 역사를 가시화하고, 공적 총체성으로 신화를 쓴다는 점에서 국가를 구성하는 광장의 역할을 대체한다. 역사적 시공간의 축이 후계구도와 융합하여 만들어낸 이미지가 '발걸음'과 '길'인 것이다.

> 광장을 쩡쩡 구르며 내닫는 발걸음 발걸음
> 저 철의 대오를 사열하시는 장군님의 품으로
> 흘러간 우리 당의 력사
> 흘러갈 우리 당의 력사가 달려와 안기나니
> ─김덕선, 「영광의 노래 드리노라」 부분(『조선문학』, 2010년 10호)

---

16) 미하일 바흐찐, 전승희 외 역, 『장편소설과 민중언어』, 창작과비평사, 1998, 260~261쪽.
17) 위의 책, 316~317쪽.

'발걸음'은 과거로서의 "흘러간" "당의 력사"이자 "흘러갈" "당의 력사"이다. 과거와 미래를 잇는 것은 "발걸음"이다. 발걸음은 "쩡쩡"이라는 의성어가 보여주듯 강력한 힘으로 나타난다. 이 시에서 강력한 발걸음 소리의 주체는 "철의 대오", 즉 군대다. 선군의 진군길이 '발걸음'으로 나타나고, 역사로 부상한다. 즉 김일성과 김정일의 혁명역사는 김일성의 길/발걸음, 김정일의 길/발걸음으로 치환되는 것이다. 발걸음 이미지는 김정은에게만 집중되지 않는다. 역사적 시간으로 확장되는 발걸음 이미지는 미래의 주역으로서 후계구도를 정당화하는 이미지가 된다. 다음의 시는 이러한 추정을 뒷받침해준다.

배움의 천리길
(…중략…)
위대한 장군님의 강행군
(…중략…)
오늘도 행군길은 끝나지 않았다
위대한 장군님을 진두에 높이 모시고
척척척 발걸음 울리는
조선의 행군길은 끝없이 이어진다
걸음마다 대고조의 진군으로 이어지며
강성대국 대문에로 향한
그날의 천리길은 끝나지 않았다.
　　　　　　　—허수산, 「위대한 행군」 부분(『조선문학』, 2011년 3호)

"배움의 천리길"[18]은 12세였던 김일성이 조국광복을 위해서는 조선을 알아야 한다는 아버지 김형직의 뜻에 따라 만주에서 평양까지

---

18) 김일성과 김정은이 연결될 고리 중 하나는 '배움의 천리길'이 될 가능성도 있다. 김정은의 해외체류가 적극적으로 김정은 역사에 편입된다면 배움의 길로 전환될 수도 있다고 추정된다.

14일 동안 천리길을 걸었다는 노정을 뜻한다. "장군님의 강행군"은 김정일의 인민을 위한 헌신의 노정을 뜻한다. 여전히 끝나지 않은 행군길은 김일성-김정일의 '길'이 미래로 연결되어 있다는 것이고, 끝없이 이어지는 길을 울리는 것은 "척척척 발걸음"이다. 그 발걸음이 이어진 종착점은 "강성대국의 대문"이다. 행간 사이에 있는 발걸음의 주체는 김정은이다. 즉, '척척척 발걸음'이 김일성-김정일-김정은을 잇기 때문이다. 〈발걸음〉 노래가 처음에는 김정은을 상징하는 외연으로 집중되었지만, 이후에는 혁명역사의 연장선에서 혈통으로 확장된다. 2012년 초기, 김정일 추도시에서부터 이러한 확장적 표지가 나타나기 시작한다.

> 장군님은 절대로 걸음을 멈추지 않으셨습니다
> (…중략…)
> 김정은동지의 거룩한 발걸음에서
> 장군님의 숭엄한 발자국이 새겨집니다
> (…중략…)
> 힘차게 나아가겠습니다
> 김정은동지의 두리에 결사옹위의 성벽을 쌓고
> 그이의 발걸음따라 나아가는 우리의 전진은
> 천지를 진감합니다
> ─조선작가동맹 중앙위원회, 「위대한 김정일동지의 령전에」 부분(『조선문학』, 2012년 1호)

발걸음과 선대 지도자는 '길'의 이미지를 통해 연계된다. 김정일의 인민을 위한 헌신의 삶은 멈추지 않은 걸음으로 형상화되었다. 김정은의 '발걸음'에 새겨지는 것은 김정일의 발자국이다. 두 사람의 발자국이 겹친다는 것은 두 사람의 목표지점이 동일하다는 것을 의미한다. 그리고 그 길 위에서 인민은 새로운 지도자 김정은의 '발걸음따라' '결사옹위의 성벽을 쌓고' 전진하는 것으로 그려진다. 이는 서

진명의 「비료여 비료여」(『조선문학』, 2012년 2호)의 "장군님의 그 발자
국소리 들려주며"와 같은 표현이나, 송정우의 「그이의 모습을 내 보
았노라」(『조선문학』, 2012년 3호)의 "장군님과 함께 선군의 길 걸으시
며" 등에서 김정일과 김정은의 행보를 중첩시키는 것에서도 읽을 수
있다.

경애하는 김정은동지를 따라나서는
주체위업완성의 성스러운 행군길로
척척척 발구름높이 내 가리라
영생의 별로 빛을 뿌리는
1930년대 청년전위들의 모습으로!
1970년대 열혈일군들의 모습으로!
— 김정삼, 「한모습으로」 부분(『조선문학』, 2012년 4호)

"주체위업완성"은 김일성-김정일-김정은으로 이어지는 계보이
다. 1930년대 청년전위가 김일성을 결사옹위하고 1970년대 열혈일
군들이 김정일을 결사옹위했듯이, 시적 화자는 오늘날 김정은을 결
사옹위하리라 다짐한다.

1970년대가 키워드로 떠오른 것은 2010년이었다. 3대 후계구도가
공식화된 2010년, 공동사설이 문학예술 부문에 주문한 것은 "21세기
의 혁신"과 "1970년대식 창조방식"이었다. 21세기 혁신은 기술과 과
학의 강조로 이후 '새 세기 산업혁명'으로 연결된다. "경공업제품들
이 련이어 쏟아져나오던 시대, 세계적인 식량위기에도 끄떡없이 대
풍을 안아오던 1970년대"[19]에서 보는 것처럼 1970년대식 창조방식
은 일차적으로는 경제적 쇄신과 관련된다. 반면에 문학예술에 요구

---

19) 「김철의 호소따라 인민생활향상을 위하여 총진군 앞으로!」, ≪로동신문≫, 2010년 1월
　　12일.

된 1970년대식은 후계구도와 연관된 것으로 읽을 수 있다. 1970년대는 "당의 유일사상체계가 튼튼히 확립되고 주체성과 민족성이 구현된 문학으로 확고히 전변"된 때이며, "수령형상문제를 문학의 근본핵으로 내세우고 그것을 옳게 해결"한 때이기 때문이다.20) 그렇기에 1970년대는 경제적 쇄신의 년대이면서 동시에 수령의 유일적 영도체계가 확고히 뿌리내린 시기라는 점에 주목할 수 있다. 즉, 김정은의 '발걸음'과 함께 나아가고자 하는 인민의 지향은 1970년대처럼 확고한 유일적 영도체계를 구축하는 것에 있음을 추정해 볼 수 있다.

1970년대에 대한 회고적 시는 당비서와 인민의 관계를 그리는 주정웅의 연시 「추억에 실린 못 잊을 나날: 1970년대를 회고하여」(『조선문학』, 2012년 10호)를 통해서도 살펴볼 수 있다. 이 시에 의하면 1970년대는 "우리모두는 하나같이/생각도 실천도 그 본새로"하며 "일편단심을 꽃비단같이 정히 수놓"는 시절이며, "당비서에게 배정된 새 아빠뜨"는 "장군님 뜻으로 살며 일하며/좋은것은 인민에게 양보하는" 인정어린 시대로 그려진다. 유일적 영도체계의 확립이라는 점에서 1970년대는 2012년의 규범적 시간이다. 경제적으로 윤택했던 1970년대 향수를 자극하는 이러한 시적 문맥은 북한이 꾸준히 양산해 내는 미래담론들과 21세기 첨단에 대한 욕구에 비추어 퇴행적으로 보이기도 한다. 그러나 지난 시절에 대한 회고적 분위기는 혈연승계에 대한 긍정성과 경제성과를 서정화 한다는 점에서 그 의도를 짐작해 볼 수 있다.

김정은의 이미지가 '발걸음'에 집중되어 있다면, 이러한 발걸음이 혁명혈통 외에 확산되는 곳은 어디인가? 김정은과 일심단결로 뭉칠 인민은 "총대마다 포신마다 새겨들고/척척척 (…중략…) 용기백배 나아가는/무적필승의 열병대오"21)이다. 김정은 체제 초기의 '발걸

---

20) 「당창건 65돐을 뜻깊게 맞는 자랑 안고 선군시대 문학작품창작에서 더 큰 성과를 안아오자」, 『조선문학』, 2010년 10호, 5쪽.

21) 허수산, 장시 「울려라 인민대학습당의 종소리여」, 『조선문학』, 2012년 5호.

음' 이미지와 함께 동지적 결속으로 일심단결할 표제어로 선택된 것은 '팔을 끼고 어깨를 견고'이다. 군민일체, 일심단결은 인민의 어버이를 잃은 슬픔을 같이 나누고 같이 이겨나가는 전우애로서 표상된 슬로건인 것이다.22) 그리고 김정일 사망 시 "우리모두 팔을 끼고 어깨견고 이 준엄한 시련을 이겨냅시다."라고 김정은이 선포했다고 정리됨으로써 "력사앞에 선포하신 정치리렴, 정치신조"23)로 개념화되었다. 즉, '발걸음'과 함께 주체혁명위업의 완수와 계속혁명, 일심동체의 상징적 슬로건으로 정착하기 시작한 것이다.

김정순의 「팔을 끼고 어깨를 견고」(『조선문학』, 2012년 8호)를 보면, 혁명과 동지를 동일하게 보는 김일성의 혁명의 초행길의 맹세는 "너는 김혁/나는 성주"로 표현되고, 동지애로 시작한 혁명을 동지애로 완성하려 한 김정일은 "너는 허담/나는 정일"로 표현된다. 그리고 "나는 성스러운 선군혁명의 길에서/언제나 동지들과 생사운명을 함께 하는/전우가 될 것입니다"라는 김정은의 선언은 김일성-김정일을 이어받는 '동지애'이며, 그것은 "팔을 끼고 어깨를 견고" 걸어갈 길이 된다.

중대지휘관들과 전사 임무는 서로 달라도
최고사령관동지를 결사옹위할
하나의 심장만이 맥박치는 곳
위대한 령장의 발걸음에 맞추어
척척척 영광의 한길로만 나아가는 중대
(…중략…)
경애하는 김정은동지의 팔을 끼고 어깨를 견고

---

22) 이 슬로건이 나온 것은 2012년 정초에 105땅크사단을 방문한 김정은이 병사들과 스스럼없이 팔짱을 끼고 안던 모습에서 전우애로 표현되었다. 「(정론)팔을 끼고 어깨를 견고」, ≪로동신문≫, 2012년 1월 21일 참조.
23) 「팔을 끼고 어깨 견고」, ≪로동신문≫, 2012년 4월 10일.

운명을 같이할 전우로 산다

— 조광철, 「나의 중대」 부분(『조선문학』, 2012년 8호)

혁명적 동지애, 일심단결의 힘은 '발걸음'의 전진적 이미지와 결합해 내부의 결속과 연대의식을 공고히 하는 것으로 표현되었다. '발걸음'은 미래를 향해 진군하는 역동적인 이미지를 내포한다. 지속적으로 김정은을 발걸음으로 은유하는 이유는 은유가 가지고 있는 비유적 속성 때문이다. 직설적 의미 이상의 어떤 것, 은유가 짐짓 아무렇지도 않게 담화에 끌어들이면서 아무런 증명이나 설명도 하지 않는 추가적 의미에서 비유적 긴장이 생성된다.24) 미래 비전의 제시는 '발걸음'의 음향적 효과와 더불어 낙관적으로 제시될 수 있기에 김정은 형상화에 있어 중요 상징으로서 관습화되는 것이다.

보통명사였던 '발걸음'이 김정은의 상징이 되면서 그것의 의미는 일상의 범주를 벗어나게 된다. 김정은의 발걸음과 보폭을 맞추는 것은 "사상도 뜻도 신념도 의지도 숨결도 오직 하나가 되어 모든 고난과 시련을 박차고 도도히 전진하는 일심단결의 모습을 력사우에 새겨"나가는 행위가 되며, 이는 "혁명력사의 거창한 진폭"으로까지 확장된다.25) 게다가 〈발걸음〉 노래를 직접 연상시키는 "척척척"은 군대 행렬의 행진의 울림을 자아냄으로써 시가 지향하는 바가 미래에의 진군임을 유추케 한다. 이는 행진이라는 시각적 효과와 열을 맞춘 집단에게서 울려나올 수 있는 청각적 효과까지도 유발함으로써 김정은 체제가 지향하는 집단주의, 일심단결 등을 나타낸다고 할 수 있다. 게다가 '발걸음' 이미지는 군인뿐만 아니라 인민의 생활까지 확장된다.

---

24) O. 르불, 홍재성·권오룡 역, 『언어와 이데올로기』, 역사비평사, 2003, 156쪽; 이지순, 「북한 서사시의 김정은 후계 선전 양상」, 『북한연구학회보』 제16권 제1호, 2012, 236쪽.
25) 권선철, 「〈발걸음〉의 메아리는 우렁차고 환희롭다」, 『조선문학』, 2012년 6호, 25쪽.

비록 크게 울리진 않아도
우리 가정에 사랑이 깃드는 소리
얼마나 정답고 아름다운가
날마다 기다려 맞이하는 행복이
나에겐 얼마나 큰 것인가
(…중략…)
남편의 사색앞에선 조심스러워져도
아들애의 웃음앞에선 못내 가벼워져도
나의 발소리도 보란듯이 맞추어가네
우리 가정 하나의 발자국소리에

온 나라 가정의 발자국소리
날마다 합치면 모두 합치면
내 조국은 얼마나 큰 자욱 찍을가
찬란한 미래를 앞당겨 달리는
조국의 숨결이 그대로 느껴지는
발자국소리 발자국소리…
　　　　　　　　—심복실, 「발자국소리」 부분(『조선문학』, 2012년 7호)

　　시적 화자인 여성은 일상 삶에서 가족을 둘러싼 "발자국소리"를
듣는다. 공장에서 서둘러 돌아와 음식을 장만하고 있을 때 귀를 기울
이면 "정다운 발자국 소리"가 들린다. 그것은 사랑스런 아들의 발자
국소리이다. 아이 아버지가 늦어 걱정중일 때는 "빠른 발걸음"이 들
린다. "새로운 프로그람을 완성"했다는 기쁨의 발자국 소리다. 일상
에서 느끼는 작고 소소한 "발자국소리"에 화자는 행복감으로 충만해
진다. 그리고 이런 작은 발자국 소리가 모두 모이면 "찬란한 미래를
앞당겨 달리는/조국의 숨결"이 된다. 개인의 작은 행복을 만드는 발
자국이 국가라는 거시적 공간을 채움으로써, 김정은의 '발걸음' 또는

'발자국'은 전 국가로 확대되는 것이다.

발걸음 이미지는 김정은의 상징으로 집중되는 동시에 혁명혈통, 후계의 정당성을 내포하는 이미지로 확장되는 양상을 보인다. 2012년에는 인민과의 결속을 위한 단결의 이미지로 형상화되면서 일상의 작은 영역으로까지 확장되기에 이른 것이다. 후계구도를 위한 예비작업의 하나였던 발걸음 이미지는 이제 김정은 체제의 핵심적인 이미지로 기능하게 된 것이다.

3. '청춘세대', '젊음'과 '열정'의 이미지

김일성-김정일이 어버이 이미지를 통해 인민과의 정서적 유대를 강화해 나갔다면, 김정은은 집권 초기에는 어버이 이미지를 부분적으로 전유하지만 이후 자신에 맞는 새로운 이미지를 창조해 나간다. 젊은 김정은의 이미지는 국가의 이미지로 연계되어 젊고 밝은 미래를 표상하는 것으로 나타나며, 청년 세대와의 교감을 불러일으킨다.

<사진 3> 능라유원지 준공식에 참석한 김정은 국방위원회 제1위원장과 부인 리설주. 로동신문, 2012.7.26.

게다가 청년 김일성 이미지의 전유는 기성세대의 향수를 자극한다. '어버이' 이미지보다 김정은의 젊은 이미지를 부각하는 것은 새로운 선전 전략이다.

외부 세계에서 김정은 체제를 불안하게 보았던 이유 중 하나는 김정은의 '젊음' 때문이었다. 어린 나이와 짧은 후계기간, 부족한 경험은 김정은 체제를 위태롭게 바라보게 한 요인이었다. 그러나 김정은 체제는 이를 역이용해[26] 젊고 힘찬 국가 이미지로 전환시켰다. 북한 남성들에게 인기 있는 김정은식 헤어스타일을 '청춘머리', '패기머리'라 부르는 것을 보면, 김정은의 젊은 이미지에 '야망'이나 '패기'와 같은 진취적인 미래적 비전을 결합하는 것이 어버이의 자애로움을 결합하는 것보다 효과적일 수 있기 때문이다.

> 젊음과 열정이 빛발치는
> 광휘로운 태양의 그 인품
> 세계의 한끝까지 꿰뚫어보시는
> 영채로운 그 안광
> (…중략…)
> 아, 사랑의 태양 김정은동지의 모습에서
> 인민은 맡기고살 자기 운명의 래일을 보았거니
> ──김재원, 「조선의 해돋이」 부분(『조선문학』, 2012년 4호)

이 시에서 김정은은 "아침해"로 표상되며, 활기찬 젊음의 시간대로 표현된다. '아침'이 주는 생동감과 약진감은 젊음의 이미지와 함께 '건강함'을 내포한다. 김정일 사망 전에는 김정일의 건강을 축원하고 기원하는 문구가 많았다면, 김정은 체제에서는 그야말로 약동하는 젊음과 열정으로 표현되는 것이다. 김정은을 표현하는 '아침해'

---

26) Balfour가 범주화한 다섯 가지 프로파간다 중에서 '역프로파간다'에 해당한다.

는 또한 '희망'의 상징이다. 새로운 체제에 대한 낙관적 비전과 젊은 최고 지도자를 동시에 포괄할 수 있는 상징인 것이다. 후계구도를 공고히 하기 위해 김정은은 김정일의 유훈 계승에 의지하면서 동시에 젊은 김일성의 이미지를 전유하는 양상으로 나아간다.

> 그 음성 심장에 메아리쳐 울릴 때
> 우리는 추억아닌 현실로 보고 들었다
> 조국개선연설을 하시던 수령님의 그 모습
> 우리 당의 혁명적무장력에 영광을 안겨주시던
> 장군님의 우렁우렁하신 그 음성
> — 정영갑, 「위대한 태양의 축복」 부분(『조선문학』, 2012년 5호)

막연하게 "수령님모습 장군님모습으로/우리 청산리벌을 찾아주실 것만 같아"[27] 보이던 김정은은 이제 구체적으로 개선연설을 하던 젊은 김일성의 이미지와 겹쳐진다. 특히 4월 열병식에서의 연설은 김일성을 구체적으로 연상시킬 정도로 유사한 이미지를 창출해냈다. 젊은 최고사령관 김정은이 만들어 내는 이미지는 이제 직접적으로 "젊디젊으신 우리 수령님/그날의 그 모습처럼"으로 비춰지고, 그의 활력에 찬 행보는 "열정에 넘치신 우리 장군님 그날의 모습처럼"[28] 보인다. 김정은과 김일성의 이미지가 중첩되는 부분은 '젊음'이며, 김정은과 김정일의 공통분모는 '열정'이다. 젊음과 열정은 김정은의 통치의 정당성, 후계의 당위성 등을 부여하는 요소가 되면서 동시에 젊고 활력에 찬 국가 이미지의 확대로까지 나아가게 한다.

해빛넘친 창가에서

---

27) 심재훈, 「청산리농장원들 벌로 나간다」 부분(『조선문학』, 2012년 3호).
28) 조광철, 「우리의 최고사령관」 부분(『조선문학』, 2012년 8호).

아기를 품에 안고
무한한 행복에 미소짓는
젊은 녀인의 그 밝은 얼굴

유보도의자에 앉아 공부하는
청년대학생의 열정넘친 저 눈빛
공장을 나선 청춘들의
활기에 넘친 힘찬 발걸음
얼마나 환희로운 모습들인가

— 리명근, 「사랑의 절정」 부분(『조선문학』, 2012년 4호)

젊은 지도자와 함께 걷는 새로운 시대는 "젊은 녀인의 밝은 얼굴", "청년대학생의 열정", "청춘들의 활기에 넘친 발걸음"으로 표상되며 밝고 생기에 넘친다. 젊음과 열정, 밝음과 활기의 이미지는 김정일 사후 북한에 드리워진 불안의 징후를 역설적으로 보여주기도 한다. 갑작스런 지도자의 교체는 당면한 경제적 문제와 함께 정치적 혼란을 초래할 수 있기 때문이다. 이런 점에서 젊음과 활기의 이미지는 불안을 잠재우기 위한 수사적 장치라 할 수 있다.

강력한 카리스마를 지닌 청년 김일성과 젊음으로 충만한 현재는 미래를 긍정할 요소로 작동하는 것이다. 이는 지도자에서부터 세대의 일꾼까지, 더 나아가 나이든 세대가 젊음을 전유하는 것으로 확장된다. 노장년층이 미래를 전망하는 시에서는 나이 든 자신들을 '젊음' 내지 '청춘'으로 쇄신하는 이미지로 그린다.

오, 세월은 나를 싣고
청춘에서 백발로 왔건만
물미끄럼대여 너는 나를 싣고
백발에서 청춘으로 가는구나

우리 장군님 또다시 찾아오시여
청춘으로 젊어진 나의 모습 우리 모습
보시였으면
　　　　　　　― 정두국, 「사랑의 하늘 은정의 바다」 부분(『조선문학』, 2012년 3호)

　　노교수인 시적 화자는 수영관의 '물미끄럼대'를 통해 오늘날의 생
활의 변화를 느끼고 자신이 백발 노인에서 청춘으로 돌아간다고 느
낀다. 일련의 시에서 포착하는 현재는 오직 희망과 밝음, 젊음으로만
가득차 있다. 그 어떤 불안의 요소도 포착되지 않는다. 불안과 걱정
의 완전한 배제는 오히려 시가 그려내는 현실의 리얼리티를 의심스
럽게 한다. 이 시에서 젊음과 청춘의 회복을 노래하게 하는 대상은
'물미끄럼대'이다. 수영장의 놀이 시설은 필수적인 생활의 요소와 거
리가 멀다. 이는 김정은 체제가 안정적으로 유지되는 것을 보여주는
것이면서, 거대 건축에 집중되었던 이전의 지도자와 변별되는 요소
이기도 하다. 새로운 지도자를 비롯해 전 세대, 전 국가적 차원으로
수식되는 청춘 또는 젊음의 지향은 때로 미래를 담당할 '꼬마들'을
호명하기도 한다.[29] 어린 소년을 호명하는 다음의 시를 보자.

　　그렇다 내 아들아
　　너는 림산마을분교 15명 학생중 하나여도
　　너는 온 나라가 다 아는 소년단원
　　경애하는 김정은장군님의 사랑과 믿음을
　　천만배의 충정으로 보답해야 할
　　선군조선의 나어린 소년혁명가
　　김일성 김정일조선의 미래의 주인
　　　　　　　― 박상민, 「축복받은 아들에게」 부분(『조선문학』, 2012년 8호)

---

29) 전승일, 「너희들의 공원은 백배로 아름다워질거다」(『조선문학』, 2012년 3호) 참조.

위의 시에서 어린 아들은 '소년단'의 일원이다. 시적 화자가 소년
단원으로 호명하는 아들은 '림산마을분교' 15명 중의 하나지만, 온
나라가 다 안다. 소년단원으로 호명된 아들은 김정은의 사랑과 믿음
을 '천만배의 충정'으로 보답해야 할 의무를 갖는다. 왜냐하면 소년
단원은 "선군조선의 나어린 소년혁명가"이자 "김일성 김정일조선의
미래의 주인"이기 때문이다.

김정일 시대의 문학 담론이 지도자 동상과 대 기념비와 혁명 사적
지, 고속도로와 발전소, 공장과 기업체 등 거대한 사회시설을 건설했
을 때 감격의 기념시를 헌정하는 데 바쳐졌다면, 김정은은 미래를
담보할 어린이, 학생, 청년들에게 실생활의 질적 향상같이 피부에 와
닿는 미시 담론에 호소하는 셈이다.[30) '아름다운 미래'인 어린이에
대한 관심은 아동백화점이나 놀이터, 유치원 생활 등과 같이 이전의
거대 담론에서 배제되었던 요소들에 김정은이 사랑과 헌신을 쏟는
모습으로 형상화되기도 한다.[31)

그러면 김정은 시대를 호위할 세대는 누구인가? 김정일 시대의 새
세대는 "시대의 선구자"로서, "강성대국건설의 전투장마다에서 선봉
대, 돌격대의 영예를 높이 떨치는 것"이 과업이었다.[32) 새 세대는 식
민지와 전쟁을 경험하지 않고 사회주의 제도가 안정된 환경에서 태
어나 북한식 사회주의 제도와 교육 속에서 성장한 세대이면서, 청소
년·청년기에 사회주의권의 붕괴 및 개혁·개방정책의 실시, 극심한
경제난 등 사회변화의 크고 작은 동인을 겪은 세대라 할 것이다.[33)
그렇다면 김정일 시대의 새 세대가 김정은 체제를 호위할 세대가 되

---

30) 김성수, 「김정은 시대 초의 북한문학 동향」(『민족문학사연구』 제50호, 민족문학사학회,
   2012), 509쪽.
31) 백하의 「아름다운 미래」(『조선문학』, 2012년 10호, 12쪽)와 「미래의 문을 여시다」(『조선문
   학』, 2012년 11호, 6쪽), 박현철의 「아들아 너는 크다」(『조선문학』, 2012년 12호, 37쪽) 참조.
32) 임순희, 『북한 새 세대의 가치관 변화와 전망』, 통일연구원, 2006, 14쪽.
33) 이우영, 「김정은 체제 북한 사회의 과제와 변화 전망」, 『통일정책연구』 제21권 제1호,
   2012, 75쪽.

는가? 새 세대를 짐작케 하는 다음 시를 보자.

누구는 당원이 되고 기능공이 되고
누구는 군관이 되고 영웅이 되고…
억척의 기둥들이 되여 우뚝우뚝 솟아오른
젊은 우리또래들에 대하여
　　─김정삼, 련시 「제강소여 너와 함께」 중 「우리 세대」 부분(『조선문학』, 2012년 5호)

위의 시는 야금기지에서 성장한 '젊은 우리또래'이자 '새 세대'의
형상을 보여준다. 당원, 기능공, 군관, 영웅이 되어 사회의 주축으로서
우뚝 솟은 그들은 김정일 시대의 건설의 선봉대이자 돌격대였다. 기
성세대가 된 이들은 2010년대를 넘어서면서 어느덧 나이를 먹어 젊은
이의 흔적은 마음속 열정으로만 남은 세대가 되었다. 즉 선군시대의
기치였던 강성대국건설의 참전자로서 열정이 끓었던 새 세대는 "다
큰 자식들"이 있는 중장년층이 된, "경험도 쌓을만큼 쌓은 나이"[34]가
된 것이다. 이들은 김정일 시대를 대표하는 세대이지, 김정은 시대의
신세대가 될 수는 없다.

혁명의 세대교체는 지도자의 세대교체뿐만 아니라 호위부대의 세
대교체를 수반한다. 김정은 시대를 담당할 세대는 청년들이라 할 수
있다. 청년 세대의 호명은 "우리 혁명에서 세대교체가 일어나고있는
시대적요구"[35]에 따른 것이다. 김정일을 지지한 '3대혁명소조'의 역
할은 김정은 시대에는 청소년이나 청년들이 담당할 것이다. 김정은
이 소년단 및 청년절 행사를 중요시 한 이유는 여기에 있다. 그렇다
고 김정은 시대가 이전의 세대를 도외시하는 것은 아니다. 김정은
체제를 지탱하는 주요 세력이 된 이전의 새 세대들은 여전히 김정은

---

34) 김철혁, 「나의 벗들에게」 부분(『조선문학』, 2009년 8호).
35) 김순림, 「당정책적요구에 맞게 형상의 대를 바로 세우자」, 『조선문학』, 2010년 12호, 77쪽.

시대의 중요 동력이다. 그들은 자신들이 이룩한 창조물들에서 "청춘 시절의 땀젖은 자욱들"을 발견하고, "장군님 기억하시고" "김정은동지께서/시대앞에 내세워 빛내주시는"[36) 것에 기쁨과 보람을 느끼기 때문이다.

그러면 이전의 '새 세대'와 변별되는 김정은 시대의 신세대는 누구인가? 그들은 '청춘'으로 호명되는 세대이다. '청춘 세대'로 명시되기 전에는 젊은 남녀, 신혼부부의 모습 등으로 그려져 세대 교체를 형상화하곤 했다. 혹은 현재는 아니지만 미래의 주역이 될 더 어린 계층이 호명되는 경우도 다수 등장한다. 젊은 남녀의 낭만적 사랑을 통한 낙관적 전망의 제시는 사실 이 시기의 특징적인 모습이 아니다. 북한 체제 초기부터 국가의 동량으로서 국가 재건에 앞장 선 젊은이들은 언제나 문학의 단골 주인공들이었다. 이전의 젊은이와 다른 점이라면, 자신의 영역에서 '과학'과 '기술', '지식'을 통해 자아를 성취하는 모습으로 그려진다는 것이다.

젊은 청춘들의 모습은 연애서사를 전경화하면서 각자의 역할을 다하는 모습으로 형상화되기도 한다. 위명철의 「달이 알아 별이 알아」(『조선문학』, 2012년 5호)는 청산벌의 "모내는 기계 운전공 처녀"와 "뜨락또르공장 조립공 총각"이 등장한다. 시에는 "벌에는 모내는기계 뜨락또르동음 우렁차고/공장의 마음 언제나 벌에 잇대고사는 마음/ 그 마음이 펼쳐진 봄밤의 풍경"이 묘사되어 있다. 처녀와 총각의 직업은 각각 농촌에서의 기술과 과학을 보여준다. 지식경제, 최첨단 과학기술은 농촌에서 수작업으로 이루어지던 모내기를 '기계'로 대체하고, 그러한 기계를 조립하는 공장은 '과학기술'의 산실이 되는 것이다. 경제적 쇄신, 경제적으로 안정된 국가를 건설할 계층은 젊은이들이고, 그들은 첨단, 기술, 과학 등의 키워드를 내재하는 것으로 표현된다.

---

36) 리계주, 「청춘시절 추억」 부분(『조선문학』, 2012년 8호).

새로운 국가 체제, 새로운 지도자와 함께 하는 젊은 국가의 이미지는 '청춘'의 힘과 활력으로 표상된다. 그리고 '젊음'은 국가의 재건, 경제적 쇄신을 이끌 에너지의 원천이 된다. 그러한 젊은 세대는 '청춘대오', '청춘세대'로 호명되면서 김정은 시대를 이끌 후비대로 명명된다. 다음의 시들을 보자.

조선의 청춘은 이미
강성할 래일의 계주봉을 튼튼히 잡았거니

용감하라 청춘!
돌진하라 청춘!
백두산위인들 손길아래 자라
선군조선의 불굴의 기상 넋으로 지녀
경애하는 김정은장군의 청춘대오는
새로운 주체100년대의 진군가를 웨친다
　　　　—최주원, 「새로운 주체100년대의 청춘」 부분(『조선문학』, 2012년 8호)

청춘들이 있는 곳엔
타올라야 할 홰불
홰불이 타오르는 곳엔
빛내여야 할 청춘이 있어
청춘과 홰불은 영원한 길동무

　　　　—박세일, 「청춘과 홰불」 부분(『조선문학』, 2012년 8호)

새로운 시대를 떠받치는 신세대는 "청춘대오"이다. 그들은 "혁명선배들 걸어온 성스런 길"을 이어 "강성할 래일의 계주봉을 튼튼히" 잡은 세대이며, "백두산위인들의 손길아래 자라/선군조선의 불굴의 기상 넋으로 지녀" 새로운 시대의 진군가를 울리는 세대이다. 김정은

이 김일성과 김정일 이미지에서 젊음과 열정을 전유한 것처럼, 젊은
이들은 '홰불'과 같은 정열을 지는 '청춘'이자 능동적인 힘의 소유자
로 그려진다. '홰불'이자 '청춘'은 "수령님 장군님 안겨주신 조선의
힘과 기상"37)으로 미래를 단단히 견인할 힘으로 표상되는 것이다.

> 한생을 수령님과 장군님을 받들어온
> 할아버지 아버지세대의 넋이 스민 고향벌
> 이제는 우리가 이 땅의 주인들이다
> 쌀로써 당을 굳건히 받들어갈
> 경애하는 김정은동지의 충직한 전우들이다
>
> 훌륭한 우리 인민이 다시는 허리띠를 조이지 않고
> 사회주의부귀영화 누리게 하겠다 하신
> 그이의 뜻을 우리 남먼저 꽃피우지 못한다면
> 우리들이 무슨 청년분조원들이냐
> —리영일, 「포전의 우등불야회」 부분(『조선문학』, 2012년 8호)

언제를 건설하는 인재들은 선군시대의 새 세대와 함께 청년돌격대
들이고, 이들은 '청춘' 세대이다.38) 이런 건설의 주역들은 김정은 결
사옹위 세력으로 자랄 것이다. 위의 인용시를 보면, 김일성-김정일
을 대를 이어 결사옹위했듯이, 청춘 세대는 앞 세대와 마찬가지로
김정은을 결사옹위할 "충직한 전우들"이며, "이 땅의 주인들"이다.
시에서 호명된 청춘은 국가 재건 내지 체제 안정을 위한 토대로서
취급되며, 집합적 성향으로만 시에 도입된다. 훈련과 성숙을 통한 젊
은이의 준비기간은 생략되어 있으며, 전체주의적 헌신을 강화하는데

---

37) 박세일, 「청춘과 홰불」 부분(『조선문학』, 2012년 8호).
38) 주경, 「청춘의 언제」(『조선문학』, 2012년 8호).

기여하도록 규정되어 있다. 새로운 체제의 새로운 가치관을 창조하는 기능을 수행하지는 않는다. 청춘의 미덕은 김정은의 '충직한 전우'로서 발휘되며, 열정적 에너지로 표상되는 젊은 세대들의 행위와 말, 사고는 체제와 융합할 때만 의미를 지니기 때문이다.

집단으로 표상된 청춘대오는 천리마기수, 3대혁명소조, 새 세대의 공적이고 영웅적인 형식들을 전유한다. 이는 국가의 운명과 개인의 운명을 하나로 보고 전체로 통합한 형태이자, 젊은 국가와 젊은 최고지도자의 이미지와 연계된 형태로 제시된 유형이다. 그리고 새로운 청춘 세대가 향하는 목표점은 '강성국가'이자 "훌륭한 우리 인민이 다시는 허리띠를 조이지 않고/사회주의부귀영화 누리게 하겠다 하신/그이의 뜻"이다. 청춘 세대가 강력한 재건의 동력이 되려면 김정은은 이들과 신뢰관계를 구축해야 한다. 신뢰는 의미 있는 결과를 지향하고, 미래의 불확실성을 극복하는 감정이다. 무엇이 기대되는지, 그리고 무엇을 기대하는지 확인하는 순간 과거와 미래를 평가할 수 있기 때문이다.[39] 김정은이 청춘세대와 신뢰관계를 구축해야 할 또 한 가지 이유는 강성국가 건설의 원동력인 신뢰가 행위의 토대이기도 하지만, 신뢰가 행위를 적극적으로 고무하는 확실한 기대감을 가지고 있는 감정이기도 하기 때문이다.[40]

마지막으로 다시 앞에서 언급한 그림으로 돌아가 보자. 그림 속 젊은이는 해가 떠오르는 동쪽을 응시하고 있다. 김정은의 해외 체류가 김정은 체제 신화로 적극 편입된다면 그것은 김정은 이야기의 핵이 될 것이다.[41] 김정은의 젊음은 국가 재건의 에너지가 될 것이고, 해외 체류는 동도서기의 통찰로 이어질 수도 있다. 북한의 변화를 낙관적이고 긍정적으로 보자면, 북한이 국가 재건을 위해 개혁·개방

---

39) 니클라스 루만, 박여성 역, 『사회체계이론』 2, 한길사, 2007, 98쪽.
40) J. M. 바바렛, 박형신·정수남 역, 『감정의 거시사회학』, 일신사, 2007, 149쪽.
41) Ruediger Frank, "Harbinger or Hoax: A First Painting of Kim Jong Un?", 38North, Dec. 8, 2010.

을 모색할 가능성도 생각해 볼 수 있다. 이때 청춘 세대는 새로운 기수가 되어 김정은 체제를 뒷받침 할 수도 있다.

김일성의 '쌀밥에 고기국, 비단옷에 기와집'은 김정은 시대에 와서 '다시는 허리띠를 조이지 않는' 미래가 되었다. 김정은 시대의 현재는 과거의 비전과 미래의 꿈 사이에 있다. 과거와 현재, 그리고 미래를 잇는 화두는 지극히 단순하다. 김일성의 '의식주'에 대한 비전이 김정은에겐 '식(食)'의 절박함으로 축소되었다. 그렇기에 식량문제 해결 같은 실제적이고 가시적인 성과와 전망의 실천을 통해 미래를 현재화 하는데 김정은의 과제가 있는 것이다. 그리고 이를 문학예술적으로 형상화하는 지점에 김정은의 신화쓰기가 있다.

4. '발걸음'과 '청춘'의 외화

지금까지 이 글은 김정은 체제 출범 원년인 2012년에 발표된 서정시들을 고찰해 왔다. 우선 김정은의 외연이라 할 수 있는 '발걸음' 이미지가 어떻게 집중되고 확장되는지 고찰하였으며, 다음으로 김정은의 젊음과 청춘의 이미지가 어떻게 청춘세대를 호명하여 혁명의 세대교체를 문맥화하는지 살펴보았다.

생각의 방식을 조직화하는 언어는 사회적 관례에 따라 사용되면서 생산과 해석에 영향을 끼친다. 이런 점에서 보자면 2009년부터 확산되기 시작한 〈발걸음〉 노래는 김정은 신화 제작의 여건을 마련한 셈이다. 자연스럽게 인민 대중들 사이에 스며든 〈발걸음〉 노래와 이미지는 집중적으로는 김정은을 상징하는 지표가 되었다. 반면에 발걸음 이미지의 변주와 길의 중첩은 혁명혈통의 연대기로 구성되면서 후계구도의 정당성을 옹호하는 이미지로 확장되는 양상을 보였다. 발걸음 이미지의 확장은 통시적으로는 혁명역사의 축과 융합되지만, 공시적으로는 혁명적 동지애나 일심단결로 표상되었다. 그리고 발걸음 이미지는 일상의 작고 소소한 영역으로 삼투됨으로써 전 국가로 확대되는 양상으로 나타나게 되었다.

김일성-김정일이 어버이 이미지로 정서적 유대를 강화해왔다면, 김정은은 젊음과 열정의 이미지를 강조하였다. 최고 지도자로서의 지위를 공고히 하기 위해 문학예술이 선택한 이미지는 청년 김일성 이미지의 전유였다. 젊음과 청춘의 활력은 김일성에게, 열정은 김정일에게 의존하는 양상으로 나타났다. 이는 전대 지도자와의 연대와 동일시를 통해 체제 전환의 불안을 은폐하고 안정적이면서 공적인 승인을 이끌고자 한 이미지 전략이라 할 수 있다. 이러한 젊음과 청춘의 이미지는 김정일 시대의 새 세대가 아닌 '청춘' 세대를 호명하는 것으로 표상되었다. 북한이 경제적 쇄신과 체제 안정을 도모하는 담론의 핵심은 과학, 기술, 지식이며, 이를 내재한 자들이 청춘세대인 것이다. 청춘은 국가 재건과 체제 안정을 위한 동력이자 집합으로서만 호명된다. 그들의 미덕은 김정은의 충직한 전우로서만 발휘될 뿐, 새로운 시대의 창조적인 가치관과 세계관을 획득하지는 못하였다. 청춘은 천리마기수, 3대혁명조소, 새 세대의 공적이고 영웅적인 형식들을 오마주한 것으로 볼 수 있다.

1950년대 김일성의 의식주 비전과 영웅 담론은 아직도 김정은의 화두로 자리하고 있다. 미래를 위한 과거, 신화를 쓰기 위한 역사는 북한문학 생산의 궤도를 여전히 맴돌고 있는 것이다. 그렇기에 낙관적 비전 제시라는 사회주의 문학의 오랜 강령은 발걸음 이미지가 담당하고, 비전의 실천은 청춘의 젊음과 열정이 수행한다고 볼 수 있다.

참고문헌

1. 북한 문헌

「김철의 호소따라 인민생활향상을 위하여 총진군 앞으로!」, ≪로동신문≫, 2010
　　　년 1월 12일.
「당창건 65돐을 뜻깊게 맞는 자랑 안고 선군시대 문학작품창작에서 더 큰 성과를
　　　안아오자」, 『조선문학』, 2010년 10호.
「(정론)팔을 끼고 어깨를 겯고」, ≪로동신문≫, 2012년 1월 21일.
「팔을 끼고 어깨 겯고」, ≪로동신문≫, 2012년 4월 10일.

권선철, 「〈발걸음〉의 메아리는 우렁차고 환희롭다」, 『조선문학』, 2012년 6호.
김려숙, 「피끓는 심장으로 선군혁명문학의 새로운 포성을 울리자」, 『조선문학』,
　　　2012년 3호.
김순림, 「당정책적요구에 맞게 형상의 대를 바로 세우자」, 『조선문학』, 2010년
　　　12호.
문학예술종합출판사 편, 『문예상식』, 1994.
『조선문학』, 2009.8~2012.10
한충혁, 「찬란한 미래에로 나아가는 선군조선의 기상을 보여주는 명곡 노래 〈발걸
　　　음〉을 부르며」, ≪로동신문≫, 2012년 2월 19일.

2. 국내외 문헌

강태희, 『현대미술의 또다른 지평』, 시공사, 2000.
국립중앙박물관, 『조선시대 초상화 초본』, 열린박물관, 2007.
김갑식, 「김정은 정권의 출범과 정치적 과제」, 『통일정책연구』 제21권 제1호,
　　　2012.
김성수, 「김정은 시대 초의 북한문학 동향」, 『민족문학사연구』 제50호, 민족문학

사학회, 2012.

이우영, 「김정은 체제 북한 사회의 과제와 변화 전망」, 『통일정책연구』 제21권 제1호, 2012.

이지순, 「북한 서사시의 김정은 후계 선전 양상」, 『북한연구학회보』 제16권 제1호, 2012.

_____, 「북한시에서 김정은 퍼즐 찾기」, 김채원 외, 『예술과 정치』, 선인, 2013.

임순희, 『북한 새 세대의 가치관 변화와 전망』, 통일연구원, 2006.

≪조선일보≫, 2011년 9월 22일.

니콜라스 잭슨 오쇼네시, 박순석 역, 『대중을 유혹하는 무기 정치와 프로파간다』, 한울아카데미, 2009.

니클라스 루만, 박여성 역, 『사회체계이론』 2, 한길사, 2007.

미하일 바흐찐, 전승희 외 역, 『장편소설과 민중언어』, 창작과비평, 1998.

J. M. 바바렛, 박형신·정수남 역, 『감정의 거시사회학』, 일신사, 2007.

O. 르불, 홍재성·권오룡 역, 『언어와 이데올로기』, 역사비평사, 2003.

A. P. Foulkes, *Literature and Propaganda*, New York: Methuen. 1983.

Mark MacKinnon, "North Korea's Kim Jong-un: Portrait of a leader in the making", the Globe and Mail, Dec. 8, 2010.

Norman Fairclough, *Language and Power*, London: Longman, 1989.

Ruediger Frank, "Harbinger or Hoax: A First Painting of Kim Jong Un?", 38North (Dec. 8, 2010).

김정은 시대 초(2012~2013) 북한의 '사회주의 현실' 문학 비판※

: '선군(先軍)'과 '민생' 사이

김성수

1. 위기의 남북관계

2013년 겨울 현재 한반도는 한치 앞도 분간할 수 없는 위기 국면이다. 2011년 12월 17일 김정일의 급사로 새로 등장한 북한 새 지도자 김정은 체제는 집권 2년 만에 1인 절대권력 체제인 유일영도체계를 확립하였다.[1] 이 체제가 김정일 시대의 선군(先軍) 노선을 그대로 계

※ 이 글은 김성수, 「'선군(先軍)'과 '민생' 사이: 김정은 시대 초(2012~2013) 북한의 '사회주의 현실' 문학 비판」, 『민족문학사연구』 제53호(민족문학사학회, 2013.12)를 단행본에 맞게 수정 보완한 것이다.

[1] 본고의 최종 교정을 보던 2013년 12월 12일, 김정은의 정치적 후견인이자 권력 서열 2위였던 국방위원회 부위원장 장성택이 숙청 직후 처형되었다. ≪로동신문≫은 12월 9일 「조선노동당 중앙위원회 정치국 확대회의에 관한 보도」 기사에서 전날 김정은 국방위원회 제1위원장이 참석한 회의에서 장성택을 모든 직무에서 해임하는 결정서를 채택했다고 보도했다. 12월 13일자 「천만군민의 치솟는 분노의 폭발·만고역적 단호히 처단」 기사에서는 전날 그의 전격 처형 사실이 보도되었다. 논란의 여지는 많지만, 필자는 김정은 체제의 리더십이 안정화, 공고화되는 과정이라고 판단한다. 김정은의 절대권력을 위협했던 2인자의 제거가 아니라, 김정은의 유일영도체제 확립을 확정짓는 마무리 작업으로 후견인 숙청이 이뤄진 것으로 본다. 사건 직후에도 정경분리 원칙으로 안정적인 민생 행보를 이어가는

승할지 아니면 한반도 주변 4강 국제 질서의 재편(2012~13년)과 함께 새로운 활로를 모색할지는 확실하지 않다. 지난 2년 사이에 한반도를 둘러싼 6자 회담 당사국 중 미국 오바마 재선과 중국 시진핑 주석 취임, 일본 아베 수상의 등장, 한국 박근혜 대통령까지 러시아를 제외한 5개국 정상이 교체 또는 제2기를 맞이함에 따라 이전과는 달라진 국제정치 구도를 보이고 있다. 2013년 한반도는 박근혜와 김정은, 검증되지 않은 두 2세 지도자의 새로운 시대가 출발했다고 규정할 수 있다. 긍정적으로 해석하면 냉전체제 하 적대관계로 일관했던 김일성(김정일) 대 박정희(전두환) 시대의 구태의연한 관계에서 벗어날 수 있는 리더라는 뜻도 되지만, 자칫하면 부친의 후광효과에 기대 집권한 탓에 새롭게 남북관계를 혁신하기보다 과거의 관행에 안주할 가능성도 적지 않다는 생각이다.

한 국제정치학자에 따르면, 김대중-노무현 정부의 대북 화해 포용정책('햇볕정책')은 선경후정(先經後政), 선이후난(先易後難), 선민후관(先民後官), 선공후득(先供後得)이 작동 원리였다. 남북관계에 관한 한 박근혜 정부는 선관후민, 선난후이(先難後易)로 접근하고 있기에 이명박 정부의 적대적 폐쇄적 대북관계를 계승하고 있는 것으로 보인다.[2] 이는 2013년 3~5월의 전쟁 직전까지 갔던 남북 간의 긴장과 적대, 그 결과로서의 개성공단 일시 폐쇄, 그리고 '우주발사체'[3] 발사(2012.12)나 3차 핵실험(2013.2) 같은 북한의 연이은 도발에 남한 주민의 국민 정서상 반북적 거부감이 더욱 커진 데 편승한 결과라 할 수

___

것이 그 증거 중 하나이다.

2) "햇볕정책 작동원리는 정경분리를 떠나서 기본적으로 선경후정, 선이후난, 선민후관, 선공후득이 기본원칙이다. 북한은 객관적인 실체다. 지금 식으로 하면 이명박 정부의 재판이다. 지금은 '선관후민', '선난후이'가 필요하다. 북과 일을 하려면 당사자가 나가면 안 된다. 물밑 접촉을 해서 조율한 후에 당국자들이 나가면 된다." 한반도평화포럼 월례토론회 '위기의 남북관계 출로는 어디인가'(2013.5.22)에서 언급한 문정인 연세대 교수의 표현이다.

3) 이를 두고 북에선 '인공지구위성'인 '광명성-3호' 2호기로, 남에선 (핵폭탄도 실어 나를 수 있는) 로켓으로 명명하는 것만 봐도 일종의 '담론 투쟁(전쟁)'이 벌어지고 있는 형국이다. 우리가 3번 만에 간신히 '발사'에 성공한 나로호는 과연 무엇일까 되묻지 않을 수 없다.

있다. 남북 모두 한반도 긴장 심화의 책임에서 자유로울 수 없다. 특히 북한은 정권 승계 직후 선군(先軍) 대신 민생을 돌보며 대화 제스처를 취하는 듯하다가[4] 2013년 3~5월의 전쟁 발발 직전의 위기 조성과 8월의 일시적 유화 국면, 11월 이후의 적대국면과 12월 숙청사태로 널뛰기하는 모습을 보여 진정성 담긴 신뢰를 보이지 못했다는 것이 중론이다.

이 글에서는 이러한 정세 분석과 비판적 문제의식을 가지고 김정은 시대 초기 북한의 문학 동향을 미시적으로 살피고자 한다. 2012년 출범한 김정은 체제가 아버지 김정일의 권위와 상징을 그대로 물려받으면서도 '선군'만으로 해명될 수 없는 새로운 변모를 보이는지 문학적으로 고찰하는 것이 이 글의 취지이다. 김정은 시대 초(2011.12~2013.10)『조선문학』, ≪문학신문≫, ≪로동신문≫ 등의 문헌 고찰과 담론 분석 및 미시적 텍스트 분석을 연구방법으로 삼아, 문학적 동향 파악과 거기 담긴 주민의 생활상 및 북한사회 체제의 향방을 전망해 보기로 한다.

2. 청년의 발걸음: 김정일의 유산과 김정은의 승계

먼저 김정은의 문학적 형상을 다룬 연구사부터 검토하기로 한다. 이지순은 2011년 말의 김정일 사망 이후 김정은 체제의 성격 파악을 위한 서사시 분석을 통해 "발걸음(또는 발자욱소리)" "장군님의 모습 그대로" 등의 담론이 김정은을 문학적으로 상징한다[5]는 논리를 찾

---

4) 고유환, 「'인민제일주의' 선경(先經)정치로 전환할 것인가」, 『민족화해』, 2012년 9/10월호 (통권 제58호) 민화협 참조.
   (http://www.kcrc.or.kr/?doc=bbs/gnuboard.php&bo_table=z_special&wr_id=263)
5) 이지순, 「북한 서사시의 김정은 후계 선전양상」, 『북한연구학보』 16-1, 북한연구학회, 2012.8, 217~243쪽.

고 있다. 「빛나라, 선군장정 만리여!」(2010), 「영원한 선군의 태양 김
정일 동지」(2012) 등의 ≪문학신문≫ 수록 서사시를 분석하여 문학적
선전 양상의 기조를 맥락화한 바 있다. 그에 따르면 이 시기 서사시
는 일차적으로는 김정일 추모시의 성격을 지니면서, 이차적으로는
새로운 최고지도자가 된 김정은에 대한 대중적 승인을 보여준다. 그
는 후속 논문에서 김정은의 문학적 외연 '발걸음' 이미지가 서사시
이외의 여러 서정시들에도 집중, 확산되는 것을 추적하고 그를 통해
김정은이란 청년 지도자의 '젊음과 열정의 이미지가 혁명 교체'를 맥
락화한다고 분석한다.[6] 이는 정영철이 분석한 바와 같이 김정은의
'대중적 권위 만들기'와 3대 세습에 대한 인민적 동의 및 새로운 신화
만들기와 맥락을 같이 한다고 할 수 있다.[7] 이들 논의는 '김정은 시
대'의 권력구조와 리더십에 대한 북한학 연구의 성과[8]에 근거한 것
이라고 할 수 있다.

2012년 1년간의 문학작품 성과를 총정리한 북한 비평가 신경애에
따르면 김정일 추모문학과 '인민생활 향상'을 다룬 '사회주의 현실
주제' 작품 성과가 빛났다고 한다.[9] 2012년의 김정일 추모 작품으로
는, 조선작가동맹 시문학분과위원회의 추도시 「위대한 김정일 동지
의 령전에」, 장시 「장군님 세월은 영원히 굽이쳐 흐르리라」, 시 「김정
일 장군의 인민이여 일떠서라」, 추모설화집 「백두산에 지동이 일다」,

---

6) 이지순, 「김정은 시대 북한 시의 이미지 양상」, 『현대북한연구』 16-1, 북한대학원 북한
   미시사연구소, 2013.4, 255~291쪽.
7) 정영철, 「김정은 체제의 출범과 과제: 인격적 리더십의 구축과 인민생활 향상」, 『북한연구
   학보』 16-1, 북한연구학회, 2012.8, 1~23쪽.
8) 정성장, 「김정은 후계체제의 공식화와 북한 권력체계 변화」, 『북한연구학회보』 제14권
   제2호, 북한연구학회, 2010; 고유환, 「김정은 후계구축과 북한 리더십 변화: 군에서 당으로
   권력이동」, 『한국정치학회보』 제45집 제5호, 한국정치학회, 2011; 이기동, 「김정은의 권력
   승계 과정과 권력구조」, 『북한연구학회보』 제16권 제2호, 2012; 이기동, 「김정일 유일지도
   체계의 이행가능성에 관한 시론적 연구: 권력엘리트 간 수평적 균열을 중심으로」, 『한국과
   국제정치』 제28권 제2호(여름), 경남대극동문제연구소, 2012.
9) 신경애, 「새로운 주체 100년대의 첫장을 빛나게 수놓아온 우리의 선군혁명문학」, ≪문학신
   문≫, 2012.11.24, 2면.

작품집 『영원히 함께 계셔요』 등이 거론되었다. 이후 나온 서사시 「인민의 그리움은 영원하리라」 역시 김정일 추모문학의 대표작이라 할 수 있다.10)

이전보다 주민생활이 나아진 현실 주제 성과작으로는 「재부」, 「우리 생활을 알다」, 「꽃은 열매를 남긴다」, 「아이적 목소리」, 「영원한 품」, 「우리 삶의 주로」, 「아흐레갈이」, 「보이지 않는 증기」 등의 작품을 들고 있다. 가령 단편소설 「아이적 목소리」는 "당 앞에 아이적 목소리처럼 솔직하고 순결해야 한다는 문제를 극적인 인간관계, 회상수법을 활용하여 밝혀내고 있다"고 한다.11)

필자는 이미 김정은 정권 초기 1년 간 문학의 전반적 동향에 대해서는 총론을 한번 정리한 바 있다.12) 즉, 《문학신문》 『조선문학』 (2010~2012)에 발표된 시·소설·비평·사설 등을 분석한 결과, 김정일 시대(1994~2011) 말기 북한문학의 내적 변모와 김정은 시대 초기(2011.12~2012.11)의 수령문학 담론이 미세하게 달라진 것을 포착하였다. 그에 따르면 김정은은 항일투사 김일성과 문화전사 김정일의 이미지를 모방, 계승하여 권력 기반을 안정시켰다고 보았다. 다른 한편, 할아버지와 아버지 같은 투사 이미지와는 차별화된 '미래를 지향하는 친근한 지도자' 이미지를 구축했다고 분석하였다. 다만 선행 연구에서는 김정은의 수령 형상에 중점을 두고 북한문학 동향을 거시적으로 분석했기에, 이번에는 김정은 시대 초(2011.12~2013.10)의 주민 생활상이 담긴 '사회주의 현실 주제'에 초점을 두고 텍스트를 미시 분석하고자 한다.

김정일 사후 쏟아져 나온 추모문학을 통해 이미 "김정은 동지는

---

10) 집체작, 「인민의 그리움은 영원하리라」(서사시), 《문학신문》, 2012.12.17, 2면. 1994년의 김일성 사후 1995~96년의 추모시는 김만영이 발표한 데 반해, 2012년의 김정일 추모시는 작가동맹 시분과의 집체작인 점이 주목된다.

11) 신경애, 앞의 글 참조.

12) 김성수, 「김정은 시대 초의 북한문학 동향: 2010~2012년 『조선문학』·《문학신문》 분석을 중심으로」, 『민족문학사연구』 50호, 민족문학사학회, 2012.12, 481~514쪽.

김일성 동지이시며 김정일 동지"라는 표현이 공식화되었다. '김정은 =김일성=김정일' 명제는 할아버지와 아버지의 절대적 권위에 편승한 후계 권력자의 전형적인 모방, 승계 방식이다. 「인민이여 우리에 겐 김정은 대장이 계신다」나 「최고사령관의 첫 자욱」 등 정권 초기의 숱한 문예작품에서는 여전히 부조(父祖)의 권위에 편승하고 후계자 승계를 정당화하고 있다. 부조(父祖)의 후광효과에 기댄 김정은의 이 미지를 파악하기 위하여, 그의 통치 1년간을 서정적 이미지로 정리한 박현철, 김석주의 시 두 편을 각각 읽어보도록 한다.

말해보자 작은 배를 타시고 그이/서해의 최대 열점지역을 또 다시 찾으시던 날/례사로히 웃으시던 그 모습 우러르며/우리 과연 무엇을 생각했던가/백두의 행군길 앞장에서 헤치시던/항일의 빨치산 김대장 모습이였던가/초도의 풍랑을 맞받아 병사들을 찾아가시던/그날의 우리 장군님 모습이였던가13)

그이는/최대열점 섬초소에서/병사들과 다정히 이야기를 나누시며/환히 웃으시는 분/유치원 아이들 능금볼을 다독여주시며/해님같이 웃으시는 분//
(…중략…)
무늬 고운 비단이 필필이 흐르고/사회주의 대지에 풍년 씨앗을 뿌린다/눈 비 바람 세찬 세포등판을/인민의 락원으로 꽃피우며/풍요하고 아름다운 내일을 가꾼다14)

위 두 시는 김정은이 당/군/정의 명실상부한 통치권자가 된 1주년 인 2013년 4월을 기념하여 쓰여진 작품이다. 2012년 8월과 2013년 3월, 김정은은 한국과의 분쟁지역인 서해 연평도 부근 북한 섬 장재

---

13) 박현철, 「한 해」, 『조선문학』, 2013.4, 29쪽.
14) 김석주, 「령장의 한해」, ≪문학신문≫, 2013.4.25, 3면.

도와 무도 등 '최전연 초소'를 순시하고 그 앞바다에서 목선을 타고 순찰한 적이 있었다. 나중엔 사진기자 앞에서 어린이를 안고 포즈도 취한 바 있다.[15)

　　자그마한 목선을 타시고
　　섬 방어대를 찾으신
　　김정은 원수님

　　서남전선의 최남단 최대열점지역
　　바로 그곳에서
　　우리의 원수님께선
　　갓난아기를 품에 안으시고
　　태양처럼 환하게 웃으시였다[16)

　위 시를 보면 알 수 있듯이 지도자가 일촉즉발의 최전선을 시찰하자 언론 기사와 사진이 나오고 그 사건을 다시 선전물 시로 형상화한 것이다. '최대열점 섬초소'의 순시 기사가 문학적 이미지로 형상화되고 다시 정치적 신화로 승격되어 지도자의 권위가 공고화되는 메커니즘인 셈이다. 지도자가 최전선을 시찰하고 병사들을 위로하는 군부대 순시는 어느 나라나 당연히 있는 행사이다. 하지만 할아버지나 아버지만큼의 전쟁 경험, 군 통수권 수행 경험이 없는 김정은으로서는 강력한 군사 지도자로서의 이미지 구축이 필요했을 터이다. 그래서 아버지의 '선군' 담론을 가시적으로 실현하되, 자기만의 개성을 위해 어린아이를 안고 웃는 모습을 연출한 셈이다. 따라서 위 시를

---

15) 윤일건, 「北 김정은, 연평도 포격한 부대 시찰」, 연합뉴스, 2012.8.8.
　　(http://news.hankooki.com/lpage/politics/201208/h2012081807374621000.htm)
16) 박성경, 「그날 그 아침」, ≪문학신문≫, 2012.9.22, 4면. 이런 이미지의 김정은 형상물 중에서 가장 먼저 나와서 인용했을 뿐 시적 완성도는 높지 않다.

'선군과 민생, 미래' 담론의 결합으로 해석할 수 있다.

강력하되 친근하기도 한 선군 지도자의 후계자 이미지는 "거치른 해풍에 트고/짠물에 젖으며/불과 불이 맞선 최전방에서/불보다 더 열렬해진 병사들의 진정을 뜨겁게 안아보시며/그날에 옮기시던 발걸음, 발걸음소리//그 자욱이 아니던가/조국과 인민의 운명을 안고/높고 낮은 전선 산발들을 주름잡으시던/우리 장군님의 추억 깊은 선군길 우에/또 다시 찍혀지는 령장의 자욱"17)에서 보듯이, 예의 김정은을 상징화한 클리셰로 정착된 '발걸음/발자국' 담론18)으로 마무리된다.

하지만 청년 김정은이 항일 투사 김정일과 문화 전사 김정일의 복사판이란 매도를 받지 않으려면 독자적인 이미지를 구축해야 할 터이다. 그래서 나온 것이 연령상의 '젊음'에서 나온 친근한 청년 지도자 이미지이다. 가령 "소년단원 꼬마들을" "한품에 안아주"고, "아이들 능금볼을 다독여주"면서 환하게 웃는 이미지를 동시에 연출하는 것이다. 사회학자 고프먼의 말을 빌리면, 이는 한 개인이 스스로 자신을 규정하는 것이 아니라 사회가 그 개인을 규정해버리는 것이고, 사회에 의해 규정된 개인은 사회라는 무대에서 연극을 하는 배우가 되어 버리는 것이다.19)

어린이를 안아주며 웃음을 이끌어내는 사랑스러운 어버이의 모습이야말로 청년 지도자의 새로운 차별화 전략이었던 셈이다. 이러한 이미지는 "만경대 원아들을 찾아 한품에 안아주실 때/언 볼을 녹이며 흘러드는/어버이 뜨거운 사랑/머리맡에 깃드는 다심한 그 손길!"20)

---

17) 김동훈, 「노도 치라 폭풍 치라 서해의 파도여!」(장시), 《문학신문》, 2013.4.6, 3면.
18) 예의 '발걸음/발자욱' 담론은 2009년 초의 리종오 작사 작곡 노래 〈발걸음〉에서 기인한 것으로서, 『조선문학』, 2013년 1호 내표지에도 3절까지 가사가 재수록되었다. 이를 통해 김정은의 문학예술적 이미지로 고정되었음을 짐작할 수 있다. 이지순, 앞의 글, 2편 참조.
19) 랠프 페브르·앵거스 밴크로프트, 이가람 옮김, 『스무 살의 사회학』, 민음사, 2013, 229쪽.
20) 미상, 「우리는 영원한 태양의 아들딸」(경축시), 《문학신문》, 2012.6.9, 3면 또는 《로동신문》, 2012.6.7, 4면.

하는 식으로 청년 지도자에게 푸근하고 친숙하게 다가갈 수 있는 대중적 인기인이란 인상을 받게 될 터이다. 이는 할아버지 김일성과 아버지 김정일과는 구별되는 손자 김정은만의 이미지메이킹 전략이다. 달리 보면 청년 중시, 후대 중시 사상의 산물이라고도 할 수 있다.

김정일 사망 1주기 추모문학 서사시 「인민의 그리움은 영원하리라」(2012.12)를 보면 이러한 사실이 잘 형상화되어 있다. "그날 우리는 알았어라/장군님 서계시던/선군혁명 진두의 그 자리는/비여있지 않음을/우리 장군님의 혁명력사에는/단 한치의 공간도 없음을"이라는 데서, 김정은 체제가 김정일 정권을 권력 공백 없이 승계했다는 정통성이 확보된다. 추모시지만 김정일의 비중보다 후계자 김정은의 치세에 더욱 무게감이 실리는 것은 인지상정일 것이다. "인민은 보았다/새로 선 유원지와 공원들에서/꽃펴나는 웃음을 보시며/그리도 기뻐하시는 원수님 모습에서/꿈결에도 그리운 장군님 모습을"하는 데서, 두 가지 이미지가 떠오른다. 하나는 '김정은=김정일'이란 권력 승계 담론이며, 다른 하나는 '유원지, 공원, 웃음' 등의 단어에서 떠오르는 민생 담론과 청년 이미지이다. "어제처럼 오늘도/오늘처럼 래일도/세대를 이어갈/선군혁명의 길은 변하지 않으리라 (…중략…) /선군의 태양은 무궁토록 빛나리라!/인민의 그리움은 영원하리라!"는 데서 보듯이, 김정은 시대 초의 문학담론이 선군과 승계 담론으로 귀결됨으로써, 추모시다운 메시지를 확실히 표출하고 있다.21)

그런데 김정은의 문학적 형상은 그의 집권이 아직 초기라 그런지 주로 시 장르에만 집중되어 있다. 소설 작품에서 그의 모습은 어떻게 그려졌을까? 김하늘의 「영원한 품」(2012.3)은 김정은의 '젊고 친근한 지도자'라는 차별화된 이미지를 처음으로 보여준 단편소설이다.22) 김정일 장례식 당시 ≪로동신문≫이 보도한 김정은의 온수대 설치 미담 기사를 작가가 취재하여 지도자의 새로운 이미지를 창출한 예로 해석된다.23)

2013년 들어 김정은의 풍모를 형상화한 단편소설 「우리의 계승」, 「불의 약속」, 「감사」 등 일련의 작품이 창작되기 시작하였다.24) 이 중에서 윤경찬의 「감사」(2013.10)를 보자. 이 소설은 북성기계공장에 물놀이장 편의시설을 건설하던 군부대 중대장이 주민으로부터 '원호 물자'를 받았다가 직무정지 처벌을 받은 사건을 그리고 있다. 사연인즉 독감에 걸린 부하를 위해 멸치식혜를 구하다가 지배인에게 한 단지를 받게 된 것이 처벌 사유였다. 현지지도 중 우연히 소식을 전해 들은 김정은은 '군민단결'의 미담으로 파악하고 다음과 같이 처벌을 면하게 한다.

---

21) 조선작가동맹 시문학분과위원회, 「인민의 그리움은 영원하리라」, ≪문학신문≫, 2012.12. 17, 2면.
22) 김하늘, 「영원한 품」, 『조선문학』, 2012.3.
22) 자세한 작품 분석은 김성수(2012), 앞의 글 참조.
24) "올해 처음으로 경애하는 김정은 동지의 위인적 풍모를 형상한 소설작품이 창작되어 경제강국 건설에 떨쳐나선 온 나라 군대와 인민의 투쟁을 힘있게 고무추동하였다." 황병철, 「경제강국 건설을 힘있게 추동한 우리의 소설문학」, ≪문학신문≫, 2013.11.16, 1면; 윤정길, 「우리의 계승」, 『조선문학』, 2013.9, 12쪽; 윤경찬, 「감사」, 『조선문학』, 2013.10, 21~29쪽.

"내 보기엔 누구도 잘못한 사람이 없습니다. 그럼 왜 강철호 중대장이 처벌을 받았는가. 그것은 우리의 군민단결이 그만큼 높은 경지에 올라섰다는 표현입니다. 얼핏 들으면 자그마한 미담 같지만 여기에는 우리 시대가 잘 반영되어 있습니다. 그러니 부대장동무, 오늘은 강철호 중대장의 처벌을 벗겨주어도 되지 않겠습니까?"

"오늘은 5.1절인데 우리 로동계급의 부탁을 존중해줍시다."

"나는 강성원 건설과정에 한 중대장의 처벌사건을 두고 군대와 인민들 사이에 오고간 혈연의 정을 읽으면서 위대한 장군님의 선군사상을 그대로 계승하고 일심단결을 천하지대본으로 하여 곧바로 전진하려는 나의 정치리념이 옳았다는 것을 다시 한번 확인하였습니다."25)

작품은 북성기계공장의 부대 편의시설인 강성원 건설과정에서 물자를 주고받은 인민군 중대장 사건을 통하여 군대와 인민 사이에 오고간 '혈연의 정'을 그리고 있다. 대민봉사에서 민간인에게 어떤 물자도 도움을 받으면 안 된다는 '군률'과 군민연대의 미풍 사이에서 비적대적 모순이 생긴 것인데, 이를 최고 지도자가 위 인용문처럼 일거에 해결해준다는 내용이다. 현실적 갈등의 이상화된 해결이기에 서사적 훼손으로 해석되지만, 도식적 방식이 비판되기보다는 김정은의 수령 형상을 찬양하는 에피소드로 평가되기도 한다.26) 김정은이 생각한 '사회주의강성국가'란 어떠한 예외도 없이 '군률'만 엄격하게 적용하는 아버지 시대 식의 선군만 강조하는 것이 아니라, 군민단결의 미풍, 즉 "일심단결과 불패의 군력에 새 세기 산업혁명을 더하"는 것이 새로운 선군사상이라는 말이다. 따라서 그의 입에서 "이 공장에

25) 윤경찬, 「감사」, ≪문학신문≫, 2013.10.26, 2~3면 또는 『조선문학』, 2013.10, 21~29쪽.
26) "원수님께서 얼마나 우리 군대와 인민을 아끼고 사랑하고 계시는가를 감명 깊게 보여준 단편소설 「감사」는 우리가 얼마나 위대한 분을 수령으로 모시고 살며 혁명하는가를 가슴 뜨겁게 절감하게 하였다." 황병철, 「경제강국 건설을 힘있게 추동한 우리의 소설문학」, ≪문학신문≫, 2013.11.16, 1면.

와서 그것을 현실로 보았습니다."는 감격의 일성이 나오는 것이다. 여기서 아버지 시대와의 미묘한 차별성을 느끼게 한다.

김정은은 비록 나이도 어리고 경험도 적지만 수령제 덕분에 현직 수령인 김정일이 살아있었을 때에는 후계 수령으로서, 또 김정일 사후에는 자신이 수령이 되어 '절대적인 권위'와 '결정적인 역할'을 할 수 있는 위상을 갖게 되었다. 이러한 김정은의 리더십 스타일은 아버지와 차별화된 '공개성, 투명성, 실용주의'라고 할 수 있다. 게다가 전쟁과 대화, 민생과 선군 사이에서 줄타기를 하면서 일종의 강성과 온건을 결합한 '강온(强穩) 조합'형 통치 행태를 보인다. 김정은이 보여준 새로운 리더십 스타일을 정리하면, 그 특징은 '공개성'과 투명성'을 중심으로 한 '실용주의'적 접근, 그리고'강온(强穩) 양면의 조합'이라고 하겠다.[27]

3. 민생과 전쟁 사이: 김정은 시대 초기 문학의 주민생활상

1) '인민생활 향상' 담론 비판

북한은 최근 몇 년간 인민생활 향상을 중시하고 2012년을 강성대국 진입을 위한 해로 선포하였다. 이를 위해서 생필품 생산과 경공업 발달에 전에 없는 노력을 기울였다. 2008년 이후 '인민생활 제일주의'를 내걸면서 농업과 경공업 등 '인민생활 향상'을 최우선 과제로 설정하고 이런 기조를 '강성대국 원년'이라는 2012년까지 계속 이어왔다. 한마디로 '민생' 담론이 김정일 시대 말기 2010년부터 김정은 시대 초 2013년까지 주요한 사회적 의제로 떠오른 셈이다.

얼핏 생각하면 김정일 시대는 선군이, 김정은 시대는 민생이 주요

---

27) 백학순, 「김정은 제1비서의 통치 8개월: 평가와 전망」, 『정세와 정책』, 2012년 9월호 참조.

담론인 듯 보이지만 조선문학, 문학신문 등을 보면 실상은 그렇지만은 않다. 이미 김정일 시대 말기부터 선군은 표면적 슬로건에 그칠 뿐, 내심으로는 민생 담론이 '희천발전소와 룡림언제 건설의 속도전, 비날론공장의 비날론폭포, 김책제철소의 주체철, 컴퓨터 제어프로그램의 CNC 기계바다, 평양과수원의 백리과원' 등의 이미지로 문학예술 작품으로 형상화되었던 것이다. 가령 김은숙의 장시 「누리에 울려가는 2월의 노래여」(2011)를 보면, 김정일 시대 말기의 민생 관련 치적이 화려하게 나열되고 있다. 즉, 발전소를 세우고 의생활을 향상시키며 제철소가 재가동되고 컴퓨터산업화가 일반화되는 등의 새로운 세태를 '희천속도, 비날론 폭포, 주체철(김철)의 불노을, CNC기계바다' 등의 문학적 이미지로 열거하고 있다.28)

김경일 단편소설 「우리 삶의 주로」(2012.4)에서는 기초식품공장 식료기계기사인 진석의 입을 통해 총알보다 사탕알이 중요하다고 역설한다. 전대 지도자 김정일이 "사탕과자와 갖가지 식료품을 만족하게 바라보시며 인민들에게 당과류와 식료품을 마음껏 먹이는 게 자신의 소원이라고, 자신께서는 오늘 인공지구위성을 쏘아올린 것보다 더 기쁘다고 말씀하셨습니다."라는 대목에서 보듯이, 선군을 외쳤던 김정일도 말년에 가서는 민생을 돌보려 애썼다는 사실이다.

2012년 1년간의 김정은 시대 초기 북한 문단에서는 김일성과 김정일의 후광을 업은 김정은의 '수령 후계' 담론과 함께 '민생' 담론이 주요한 화두로 떠올랐다. 김정일 시대 말기의 민생 이미지라 할 '희천속도, 비날론 폭포, 주체철(김철)의 불노을, CNC기계바다' 이외에 김정은 체제 이후 '인민생활 향상'(민생) 담론의 새로운 이미지가 추가된 것이다. 가령 '만수대 언덕 고층살림집의 새집들이, 평양 불장식의 불야성, 세포등판의 선경, 마식령 속도' 등의 이미지가 그것이다. 평양 시내 창전거리와 만수대 언덕거리의 고층아파트가 신축되

---

28) 김은숙, 「누리에 울려가는 2월의 노래여」(장시), 《문학신문》, 2011.2.26, 3면.

어 집들이의 감격을 노래하거나, 2012년 4월의 김일성 탄생 100주년을 기념하는 주체 101주년 기념식을 축하하는 평양시내 네온사인과 불꽃놀이를 찬양하거나, 2013년에 완성된 세포지역 개간 초지의 축산시설을 자랑하거나, 세계적 규모의 스키장을 군민일체가 되어 속도전으로 건설하는 자부심 등이다.

하지만 문제도 없지 않다. 부조(父祖)부터 구두선 격의 슬로건으로만 반복된 채 현실로 실현되지 못한 '유토피아의 환영'[29] 말이다. 구전만 반복된 사회주의 낙원의 실현을 위하여 북한 주민들은 예나 지금이나 여전히 새벽부터 일어나 땀 흘리며 생산노동에 계속 종사하고 있으니 말이다. 그것이 인민대중의 자발적인 노동 동원임을 입증하기 위하여 중견 시인은 여전히 다음과 같은 선동시를 쓰고 있는 것이다.

"새들도 깨기 전에 먼저 웃으며/포전길을 메우는 미곡벌의 주인들/ (…중략…) //옷자락에 소금버캐 하얗게 피도록/쌓아온 거름무지 그 얼마더냐/이 땅을 더 기름지게 하리라 (…중략…) 미곡벌의 아름다운 선군 10경을"[30]

이 텍스트는 얼핏 보면 북한 주민의 농업노동을 찬양한 범속한 선동시라 하겠지만, 타자의 시선에서 행간 독해를 시도하면 전혀 달리 해석되기도 한다. 인민들은 농업 노동에 동원되어 "새들도 깨기 전에 먼저" 새벽부터 일어나야 된다. "옷자락에 소금버캐 하얗게 피도록" 땀을 뻘뻘 흘리며 거름을 내고 농토를 개간해야 한다. 그리하여 그런 힘든 개간사업과 벼농사 노동에 반강제 동원되고도 스스로를 '미곡벌의 주인'이라 하니 '자발적 동원'임을 자부하도록 자기최면된다.

---

29) 재미한인 학자 김수경의 북한 문예 연구서 제목이기도 하다. Kim, Su-kyoung, *Illusive Utopia: Theater, Film, and Everyday Performance in North Korea*(Theater: Theory/Text/Performance), University of Michigan Press, 2010.
30) 권태여, 「미곡벌의 포전길」, ≪문학신문≫, 2013.3.23, 3면.

즉 전형적인 선전문학을 통해 농업 노동자가 동원되고 스스로 주체라고 고무되는 것이다. 타자의 시선에서 이 자부심은 착시, 환영에 불과하지만 말이다.

하지만 권태여가 '아름다운 선군 10경'이라고 이름 붙여 찬양하고 김석천이 "사회주의 선경의 무릉도원엔/만복의 열매들이 주렁지리라"[31]고 감격해하는 이들 '사회주의 무릉도원'이 과연 북한 주민들에게는 어떤 실상으로 다가갈지는 의문이다. 그들이 상상하는 유토피아의 실제 내용은 과연 무엇인지 비판적 시각으로 텍스트를 면밀하게 분석해보자.

가령 2013년에 새로 개척한 목축 초지 세포(地名) 벌판을 찬양한 시초 「아름다와라 세포 등판의 래일이여: 세포등판 개간시초」에 그려진 낙원의 모습을 보자. 서정적 주인공은 세포 개간지에서 방금 생산된 농산물을 싣고 "자동차들이 경쾌하게 달리고 달리라/머지않

---

31) 김석천, 「인민이 드리는 축원의 노래」(시), ≪로동신문≫, 2013.1.1. 6면.

은 그날엔/매대들도 상점들도 언제나 흥성이리/집집의 주부들 푸짐한 밥상을 차리며/함박꽃 웃음 피워 올리리"라고 노래한다.32) 하지만 그 시간은 현재가 아닌 미래라는 점이 걸린다. 방금 개척한 개간지에서 농산물이 제대로 생산되려면 짧게는 몇 년에서 길게 몇 십년까지 걸린다.

'머지않은 그날'이 아닌 서정적 주인공의 2013년 현재 시간을 보면, 자동차들도 제대로 달리지 못하고 상점 진열대에 물건도 적고 손님들로 흥청거리지 않으며, 주부들이 차리는 밥상도 아직은 풍성하지 못하단 반증인 셈이다. 김일성, 김정일 시대로부터 전승된 저 유명한 명제, "인민들 누구나 기와집에 살면서 비단옷 입고 쌀밥에 고깃국을 먹는 사회주의 낙원"의 이미지를 여전히 이미지에 머물 뿐 일상 현실로 실현시키지 못한 셈이다.

그렇다면 사회 기본 시설(SOC)은 어떤가? 1994년부터 1997년 내지 2000년까지의 '고난의 행군' 시기에 식량난, 연료난, 사회 간접 자본의 붕괴는 16여년이 경과한 2010년 경 거의 해소된 것으로 보인다.33) 이런 맥락에서 김철순의 단편소설 「꽃은 열매를 남긴다」(2012.7)는 김정은 시대 초기의 민생 담론이 어떻게 구체화되는지 참고가 된다. 작가는 1만톤 프레스 현대화체계 설계를 맡아 나선 과학기술자들의 형상을 통해 선군시대 과학자들은 애국의 신념과 열정을 간직해야 한다고 주장한다. 소설은 전반에서 주인공 인석이 자기 설계안의 결함을 인정하고 자기 자신을 돌이켜보는 과정으로 일관시켜오다가 마지막 대목에서 사건을 급전시켜 반대로 동료 과학자 현아가 자기 설계안을 포기하고 인석의 것을 수정 완성하는 것으로 처리함으로써 극적 견인력과 예술적 흥미를 자아낸다.34)

---

32) 리태식, 「아름다와라 세포 등판의 래일이여: 세포등판 개간시초」, ≪문학신문≫, 2013.3. 23, 2면.
33) 김성수(2012), 앞의 글 참조.
34) 김철순, 「꽃은 열매를 남긴다」, 『조선문학』, 2012.7, 33~41쪽.

이처럼 단편소설 「꽃은 열매를 남긴다」는 북한 과학자들의 경쟁이 개인의 명예나 공명을 위한 것이 아니라 강성 조국 건설을 위한 것으로 합쳐질 때 참답게 된다는 것을, 애국의 열정을 안고 과학을 탐구해가는 두 청년 과학자의 형상을 통하여 진실하게 보여주었다.[35] 중요한 것은 이들 주인공이 자력갱생의 과학기술을 실천한 '청년'이며 '침체와 권태를 모르는 진취적 창조기풍'[36]을 실천했다는 점이다. 자신의 잘못을 깨닫고 바로바로 노선과 입장을 바꿀 수 있는 임기응변과 현실 적응력, 기동성을 갖춘 '진취적 청년의 이미지'는 바로 김정은 시대가 요구하는 새로운 인간형이라 하겠다.

하지만 문제는 여전하다. 고압 송전선을 자랑스레 노래한 다음 시를 보면 우리와 너무나 다르게 차별화된 북한 주민들의 별다른 정서를 읽을 수 있다.

여기는
룡림언제에서 평양의 하늘가로
송전선이 흘러간 산마루
송전선 감시초소
나는 그리움에 젖어
고압선 철탑 아래에 서있다. (…중략…)

먼 하늘에서부터 높아오는

---

35) 김정평, 「애국의 열정으로 불타는 참신한 성격형상: 단편소설 「꽃은 열매를 남긴다」를 읽고」, 『조선문학』, 2013.1. 68~69쪽.

36) 이 소설은 김정은 시대의 새로운 사업작풍인 '모란봉악단 따라 배우기'의 소설적 형상화 예증으로 생각된다. "모든 부문, 모든 단위에서는 모란봉악단의 결사관철의 정신과 혁신적인 안목, 진취적인 창조기풍을 따라 배워 침체와 부진, 도식과 경직을 배격하고 모든 것을 새롭게 착상하고 대담하게 혁신하며 진군, 진군 또 진군해나가야 한다." 「감사문: 당의 문예정책 관철에서 선봉적 역할을 훌륭히 수행한 모란봉악단의 창작가, 예술인들에게」, ≪로동신문≫, 2012.12.31, 5면.

고압전류의 흐름소리

옹- 옹- (…중략…)

빛과 열이 흐르는 은빛전선을

조국의 하늘에 걸어놓고

그리움의 송가를 탄주하는 고압선

장엄한 울림소리에 피를 끓이며

고압선 철탑 밑에 나는 서있다[37]

주지하다시피 북한에선 '고난의 행군' 시기 이후 오랫동안 전력난을 겪었다. 그래서 금강산, 안변, 희천발전소 등 수많은 중소형 수력발전소를 속도전으로 건설하여 2010년 경 수도 평양만큼은 전력을 차질 없이 보급하고 전기시설을 어느 정도 구비한 것으로 보인다. 문제는 급속 개발의 이면적 그늘을 전혀 감지하지 못한다는 사실이다. 위 시에 그려진 것처럼 고압전류의 흐름소리를 자랑스럽게 여겨 고압 송전탑 밑에 일부러 찾아가서 전기의 고마움을 감격스럽게 찬양하고 있다.

서정적 자아가 고압선 철탑 밑에 서서 웅웅거리는 전류소리를 들으며 감격하는 장면을 도대체 어떻게 해석해야 할까… 난감하다. 국가 기구와 사회 기본 시설이 거의 붕괴되어 모든 것이 부족했던 '고난의 행군' 시절에 너무나 절실하게 필요했던 에너지원인 전기가 다시 풍부하게 공급되는 사실에 대한 감동 자체는 납득이 된다. 하지만 에너지의 고마움만 생각했지 전자기파의 폐해는 아예 모를 시인의 의도와 그에 공감할 독자 대중들의 반응을 상상하면, 남북한 주민 간의 정서적 괴리감을 외면할 수 없다. 그들에게는 아직 고압 송전탑의 환경 파괴와 생태 오염의 악영향, 주민 건강과 보건에 미치는 위

---

37) 정동찬, 「고압선 철탑 아래에서」, 『조선문학』, 2013.3, 16쪽.

험성이 전혀 감지되지 않기에 비극성은 배가된다.[38] 남한 학자의 타자적 시선에서 볼 때 이러한 반생태론적 개발주의 담론에 갇혀있는 폐쇄 사회주의국가 시인의 세계관적 한계가 안쓰럽게 느껴지지 않을 수 없다.

이와 관련하여 어느 외국 학자의 북한 비판이 상기된다. 사학자 T. 가브로우센코에 따르면 북한 선전자들은 분단 초기부터 1970년대까지는 남한이 개발론, 발전론적 기준에서 근대화, 산업화가 뒤떨어졌다고 비판하다가, 남한이 더욱 발전해서 북한을 추월하자 비판의 방향을 선회하게 된다. 즉, 1980년대 이후 최근에는 환경 보전론, 생태주의적 기준에서 남한이 생태 파괴와 환경오염을 불러일으킨다고 비판한다는 것이다.[39] 불행히도 북한 작가와 독자, 주민들은 그들이 한때 그토록 비판했던 개발론 대 환경론(생태주의)의 함정에 스스로 빠져 있는지 모르고 있는 것 같다. 환경과 생태까지 고려한 개발론의 준거가 과거 한때 그들의 반남 구호였는데, 남한 등 다른 나라와의 국가 경쟁력이 현격히 뒤떨어진 현재에 이르러서는 '최소한의 비용으로 최대의 군사 억제력'을 발휘하는 핵개발과 로켓 개발, 무조건적인 개발론이 찬양되고 있는 현실인 것이다.

민생 담론은 아직도 지배이데올로기의 표면에서 강고한 위력을 발휘하는 '선군(先軍)담론과 균열, 충돌하기도 한다. 상징적으로 표현한다면 '사탕 한 알과 총알 하나'의 극적 대비가 문학장에서 펼쳐지고 있는 것이다. 반면 소년단 창립 65주년 기념식의 연설과 경축시 「우

---

38) 2013년 봄의 밀양 송전탑 건설 반대투쟁을 떠올려보면, 개발론/환경론의 대결 구도와 남북한 주민의 시적 정서적 격차를 실감할 수 있다. 최병길, 「밀양 송전탑 공사장 9곳으로⋯ 곳곳에서 주민과 충돌」, 연합뉴스, 2013.05.27 14: 45.
(http://www.yonhapnews.co.kr/bulletin/2013/05/27/0200000000AKR20130527123000052. HTML?input=1179m)

39) Tatiana Gabroussenko, "From Developmentalist to Conservationist Criticism: The New Narrative of South Korea in North Korean Propaganda", *Journal of Korean Studies* (June 2011), 16-1, pp. 28~31.

리는 영원한 태양의 아들딸」(2012.6)에서 보듯이, 민생 담론의 전경에 희망적 미래를 상징하는 어린이, 청소년, 청춘을 배치하기도 한다. 이는 김정은의 생물학적 나이인 서른 살 청년과 새로운 젊은 정권 출범이라는 시대상과도 맞물린 문학적 상징이기도 하다.

> 복받은 아이들아 더 밝게 웃어라//
>
> 힘장수 코끼리 귀여운 옥토끼/웃음도 절로 나는 놀이터에서/마음껏 뛰노는 경상유치원 아이들아/너희들의 행복한 모습을 보니/이 가슴 못내 뜨거워지는구나//
>
> 푸른 주단인양 펼쳐진 운동장 헤가르며/먼 대양으로 항행하려는 듯/의젓스레 배그네 몰아가는/귀여운 능금볼 어린이/바로 너였구나[40]

> 춤추며 날으는 제비런 듯/희망의 나래 편 물새런 듯/은반 우를 달리는 아이들아/너희들을 바라보는 이 마음도/그지없이 즐겁구나// (…중략…)
>
> 선군조국의 억센 기둥이 되거라/한껏 다져온 그 맹세 그 마음으로/강성조선의 참된 주인이 되거라[41]

"아이들아 복 받은 아이들아/더 활짝 웃어라"라는 어린아이의 웃음에서 '강성부흥 천만년 미래가" 달려 있다고 미래의 희망을 보는 것이다. 물론 '어린이의 웃음' 이미지를 통한 현실 긍정과 낙관적 미래 담론은 어느 나라 어느 문학이나 아동시라면 흔한 것일 수 있다. 다만 20여 년 동안 그런 문학적 담론이 부재했던 북한 시로선 김정은 시대 초를 특징짓는 신선한 변모로 감지되기도 한다. 즉, 어린아이가 웃어야 조국의 미래가 밝다는 이 당연한 명제가 실은, 지난 십 수 년 동안 강고하게 자리 잡은 '선군'담론의 묵직한 무게감과 불편함에

---

40) 리명옥, 「복받은 아이들아 더 밝게 웃어라」, ≪문학신문≫, 2012.11.10, 2면.
41) 김진주, 「복받은 아이들아」, ≪문학신문≫, 2013.1.26, 2면.

맞선 새로운 이미지일 수 있다는 것이다. 김정은 시대의 '후대관, 미래관'은 어린아이의 웃음과 꿈[42]을 활짝 꽃피울 수 있도록 농업과 경공업부문의 생산력을 극대화해서 인민 생활을 가시적으로 향상시키고 선군 구호를 최소한의 비용 대비 효과가 최고인 핵폭탄으로 실체화시키는 일일 터이다. 이와 함께 인민들의 삶의 질을 향상시키는 가시적인 무엇인가가 필요해진 탓에 대안으로 평양 시내 각종 위락시설과 '어린아이의 웃음'이라는 미래/청춘 담론이 내세워진 것으로 볼 수 있다는 말이다. 이런 분위기 변화는 새 지도자인 김정은의 지도자 이미지가 아버지 김정일의 선군 담론과 차별화를 보이려는 전략과도 맞물려 있다.

김정은 시대 초기의 주민 생활상을 그린 '사회주의 현실 주제' 문학은 "사탕 한 알과 총알 하나"의 상징적 대비에서 보듯이, 표면적인 선군 담론의 자장이 구심력을 잃고 이면에서 '인민생활 향상'이라는 민생 담론으로 원심력을 보인다.[43] 문제는 민생의 구체적인 내용이 무엇인가 하는 점이다. 가령 김정은 시대 초기 문학 담론의 두 방향, 즉 '발걸음'으로 상징되는 승계 담론과 '인민생활 향상'으로 상징화된 민생 담론이 하나로 합쳐진 주광일의 서사시「만수대 기슭에 우리 집이 있다」와 선군과 민생, 미래 담론이 결합된 박성경 시 「그날 그 아침」 등이 문제작으로 떠올라 있다.[44] '발걸음'으로 상징되는 권력과 권위의 차질 없는 승계와 함께, '평양 시내의 고층살림집 새집들이, 태양절의 불장식' 등의 시각적 이미지가 예술적 형상으로 반복되고 있다.

'인민생활 향상'으로 상징화된 민생 담론이 하나로 합쳐진 서사시

---

42) 김경남, 「축복 받는 아이들아」(시)」, 《문학신문》, 2013.4.6, 4면.
43) 김성수(2012), 앞의 글 참조. 그 논문에서는 주로 김정은의 수령형상 분석을 주로 다루되, 북한 주민들의 생활상을 분석한 '사회주의 현실 주제' 문학은 총론만 대강 다룬 바 있다. 본 논문에서 각론으로 구체화한다.
44) 주광일, 「만수대 기슭에 우리 집이 있다」(서사시), 《로동신문》, 2012.7.1, 4면 또는 《문학신문》, 2012.7.7, 3면; 박성경, 「그날 그 아침」, 《문학신문》, 2012.9.22, 4면.

로 「만수대 기슭에 우리 집이 있다」가 주목되는 이유이기도 하다. 평양 만수대 언덕 고층아파트를 짓게 되기까지의 내력과 새 아파트 집들이의 감격을 서사시로 노래한 텍스트 내용은 전반적으로 '인민 생활 향상'을 찬양하는 것이다. 하지만 민생 담론에도 승계 담론을 잊지 않고 결합시킨다.

이런 집을 과연 누가 너에게 주었느냐/그분은/우리 수령님처럼/우리 장군님처럼/한치의 드팀도 없이/한순간의 공백도 없이/인민을 보살피시는 김정은 동지//출근길에서도/버스 안에서도/어디 가나 전설처럼/최고 사령관동지 이야기로 꽃을 피웠다/그리고 심장으로 들었다/그분의 발자국소리를[45]

2012년 초에 평양 창전거리에 40층짜리 고층아파트들이 들어섰다. 그러자 집들이의 감동을 드러내는 수많은 작품들이 창작되었고, 어린이의 시선으로 새집들이의 감동을 드러내되, 김정은을 상징하는 '그분의 발자국소리'를 표명함으로써, 수령형상과 민생 담론과 미래 담론의 유기적 결합이 이루어지고 있는 셈이다. 이는 이진주의 수필 「창전거리를 걸으며」에서 다섯 살배기 어린애의 입에서 평양 창전거리 고층아파트 새집들이의 감동을 표현하는 대목에서도 잘 드러난다.

≪은경이, 저 불빛을 보니 무슨 생각이 드나요?≫
어머니의 물음이었다.
≪밝아요≫, ≪아름다와요≫
그런 대답이 소녀애에게 어울릴 것이다.
그러나 한동안 불빛들만 빠끔히 올려다보던 소녀애의 입에서는 정말로

---

45) 주광일, 「만수대 기슭에 우리 집이 있다」(서사시), ≪로동신문≫, 2012.7.1, 4면 또는 ≪문학신문≫, 2012.7.7, 3면.

뜻밖의 소리가 울려나왔다.

≪장군님의 야전차 불빛!≫

부언하건대 그 순간 나의 가슴은 얼마나 높뛰였던가. 이 땅의 그 어디나를 누벼가던 위대한 장군님의 야전차의 불빛이 나의 눈앞에 삼삼히 아려왔다. 오성산의 칼벼랑길, 철령의 굽이길이며 거창한 기념비적 창조물이 일떠서던 건설장들과 농장벌들. 그렇다, 이 땅의 부흥번영은 장군님의 야전차, 야전렬차의 불빛에 실려 더 빨리 이룩되였다.46)

이 수필처럼 민생 및 유아/청년 담론과 선군 담론이 합쳐지는 장면이야말로 김정은 시대 초기를 대표하는 전형으로 미루어 짐작할 수 있다. 이를 명제화하면 다음과 같지 않을까: "원수님 품에 안겨 웃는 아기들의 모습에서/이 나라 병사들은 목숨 다해 지켜야 할 선군 조선의 미래를 보았다."47) 새 시대 들어서서 이전보다 향상된 민생을 강조하되 그 주체를 어린이와 청년으로 설정하며 과거 산물이라 할 선군 담론까지 아우르려는 이런 중첩된 이미지가 바로 김정은 시대 초의 문학적 표현을 대표하는 담론일 것이다.48)

2) '선군과 전쟁' 담론 비판

2013년 4,5월 당시, 북한 작가들은 전쟁터에 종군하는 심정과 각오를 다지는 격렬한 슬로건 밑에서 창작활동을 하게 된다. 물론 김

---

46) 이진주, 「창전거리를 걸으며」, ≪문학신문≫, 2012.11.10, 4면.

47) 김동훈, 「노도치라 폭풍치라 서해의 파도여!」(장시), ≪문학신문≫, 2013.4.6, 3면.

48) 김정은 시대를 새롭게 상징하는 주요 담론으로 '마식령 속도'가 있다. 김정은, 「'마식령속도'를 창조하여 사회주의건설의 모든 전선에서 새로운 전성기를 열어나가자」(호소문), ≪로동신문≫, 2013.6.5 또는 ≪조선신보≫, 2013.6.5 또는 ≪문학신문≫, 2013.6.8, 1면. '마식령속도'란 원산 부근에 조성 중인 대규모 스키장 건설 공기(工期)를 "10년 세월 한해로 앞당긴"(리경체, 「마식령 병사는 추억하리」, 『조선문학』, 2013.7, 22쪽)다는 속도 담론이다. '김정은 시대가 창조한 새로운 속도전 이미지'로 규정 가능한 그 담론의 문학적 의미 분석은 후속 논문의 과제로 남긴다.

정일 시대 이후 최근까지 선군문학의 흔한 슬로건처럼 '붓대는 곧 우리의 총대'라는 외침이 반복된 것은 사실이다. 하지만 당시에는 그 현실적 위력이 별달랐다고 아니할 수 없다. 가령 지방 작가들의 취재현장을 보고한 문학신문 기자의 표현처럼 "이들은 종군의 길을 걷는 화선 작가의 심정으로" "조국수호전에 이바지할 일념으로 창작전투"를 벌이고 있다는 것이다.49) "최후 결전의 시각이 왔"으며, "래일 당장 전쟁이 일어난다 하더라도 오늘밤 12시까지는 사회주의 건설을 순간도 중단하지 않는 것이 우리의 투쟁방식이다."50)라고 하여 북한 작가 및 주민들을 전쟁 및 사회주의 건설의 재충전 분위기로 몰아가고 있다.

2013년 봄, 한때 한반도를 전쟁 직전까지 몰고 갔던 북한발 전쟁담론은 도대체 어찌된 일일까 문학작품을 통해 추적해보자. 2013년 2월, 3차 핵실험에 성공하자 "우리는 핵폭음을 울렸다"51)고 고무되고, 3월의 한미 합동군사훈련을 북침용 핵전쟁 도발이라 하여 "전쟁의 아성에 불벼락 치리"52)라고 선동한 후, 아예 "미제의 멸망을 선고한다"53)고, 시작도 하지 않은 전쟁을 승리 선언까지 한 바 있다.

「전쟁의 아성에 불벼락치리」

한초한초/핵전쟁의 도화선이 타든다/'키 리졸브', '독수리' 합동군사 연습에/미쳐 날뛰는 떼무리들/우리의 맑고 푸른 하늘에/핵버섯 구름을 몰아온다//미제는 오산하지 말라/이 땅은 결코 발칸반도가 아니다/이라크나 리

49) 김철진 기자, 「붓대를 원쑤 격멸의 총대처럼 틀어쥐고」, ≪문학신문≫, 2013.3.9, 4면.
50) 「자주권 수호에 떨쳐나선 천만군민을 추동하는 작품을 더 많이 창작하자」(사설), ≪문학신문≫, 2013.3.16, 2면.
51) 주광일, 「우리는 핵폭음을 울렸다」, ≪문학신문≫, 2013.3.9, 1면.
52) 류동호, 「전쟁의 아성에 불벼락치리」(시), ≪로동신문≫, 2013.3.10, 4면 또는 ≪문학신문≫, 2013.3.16, 1면.
53) 한광춘, 「미제의 멸망을 선고한다」, ≪문학신문≫, 2013.3.9, 1면.

비아는 더욱 아니다/조선은 50년대 미제를 무릎 꿇린/전승의 나라/오늘은 핵보유국 우주강국/천하제일 명장을 높이 모신 백두산 대국 (…중략…) // 조선은 세계 속에 있어도/조선이 없는 지구는 없다 (…하략…)54)

「세계에 격함」

이 세상의 정의로운 사람들이여/평화를 사랑하는 사람들이여/내 오늘 조선의 평범한 공민으로/당신들에게 말하노라/저 남녘땅 상공을 미친 듯이 돌아치는/'B-52' 핵전략 폭격기들과/'B-2A'스텔스 전략폭격기/그 아츠러운 폭음소리를 들으며/남조선과 그 주변에 쓸어드는/핵탄들을 탑재한 흉물스러운 잠수함들을 보며/나는 당신들에게 웨치노라 (…중략…) //조선은 정의의 핵 방패를 억세게 틀어쥐고/붉은기 보루 사회주의 성새로 거연히 서있으려니/정의를 지켜 불의와 용감히 싸우라/자기 민족의 존엄과 자주권을 떨치라55)

북한에서는 미국과 남한의 연례적인 합동군사훈련인 '키리졸브와 독수리 합동군사연습'을 북침 핵전쟁 의도로 매도하고 있지만 사실은 그렇지 않다. 무엇보다도 연례행사인 연간 훈련이기 때문이며, 2012년이나 이전에는 같은 군사훈련에 대해서 북한에서 이토록 강한 전쟁 위협, '조국성전' 같은 격렬한 반발은 별반 나오지 않았다는 것이 반증이다. 그런데도 북한의 당시 기류는 매우 심상치 않았다. 마치 "모든 것을 전쟁의 승리를 위하여!"라는 6.25전쟁기 슬로건을 연상시키는 것으로, 실제로 "1950년대의 조국수호정신과 투쟁기풍"을 본받자며 당시 종군시까지 재수록할 정도이다.56) 한마디로 의도적

---

54) 류동호, 앞의 시.
55) 김만영, 「세계에 격함」(정론시), ≪로동신문≫, 2013.4.17, 4면 또는 ≪문학신문≫, 2013.4. 25, 4면.
56) 김북원, 「남해가 앞에 있다!」(1951년 작); 오영희, 「병사의 선언」(1952년 작), ≪문학신문≫,

인 과잉 대응으로 해석된다는 말이다.

게다가 광명성 3호 로켓 발사와 3차 핵실험 성공으로 한껏 고무된 북한 작가들은 '핵보유국이자 우주강국'인 자신들과 '지구라는 행성' 또는 '세계'를 문학적 상상계에서 일종의 대척점으로 놓고 대결구도를 즐기기까지 한다. 적잖은 시와 정론에서 "조선이 없으면 지구(또는 행성)도 없다"[57]거나 "조선이 없는 지구는 없다"[58]고 일갈한다.

이때 '지구'나 '세계'는 곧바로 '미제'와 '유엔'으로 치환되기도 한다. 가령 백상균의 수필 「조선의 시간」을 보면 북한의 반대편에 유엔과 미국을 상정하고 전쟁을 선언한다. 2013년 봄의 광명성 3호기 발사와 3차 핵실험 성공에 대하여 유엔 안보리의 제재 결의가 나오고 곧바로 연례적인 한미 합동군사훈련이 펼쳐지자 북침 핵전쟁 시도라며 위기를 과잉 재생산하고 있는 것이다. "미제의 멸망은 시간문제라고, 그것도 조선의 시간에…"[59]라고 할 때, 여기서 '조선의 시간'은 '선군조선의 시간표'로 규정되고, 상호간 아무도 시작하지도 않은 전쟁을 벌써 승리했다고 자축하기까지 한다. "조선은 세계 속에 있어도/조선이 없는 세계는 없다/전면 대결전의 참호에서/나는 미제의 종국적 파멸을 본다"고 선언하기까지 한다.[60] 그러면서 "1950년대의 [6.25]전쟁 승리에 이어 1960년대의 푸에블로호 사건, EC-121 대형 간첩기 사건, 1970년대의 판문점 사건, 1990년대의 조미 핵대결…"[61]식으로 냉전시대의 군사적 격돌을 주욱 열거하며 과거 역사를 점층법으로 호출하고 긴장을 더욱 고조시킨다. 전형적인 시적 선동방식이다.

2013년 2월 12일의 3차 핵실험에 대해서 스스로도 평화로운 분위

2013.3.16, 2면.

57) 김석천, 「조선의 웨침」(시), ≪로동신문≫, 2013.2.23, 4면 또는 ≪문학신문≫, 2013.3.9, 1면.

58) 류동호, 「전쟁의 아성에 불벼락치리」(시), ≪로동신문≫, 2013.3.10, 4면.

59) 백상균, 「조선의 시간」(수필), ≪문학신문≫, 2013.3.23, 3면.

60) 조영일, 「선군 총대는 선언한다」, ≪문학신문≫, 2013.3.9, 4면.

61) 백상균 수필 「조선의 시간」, ≪문학신문≫, 2013.3.23, 3면.

기를 다음과 같이 강변할 정도이다.

> 그러나 이 땅 우에선
> 창문 하나 흔들리지 않았고
> 나무가지들에 아름답게 얹혀진
> 서리꽃 한잎 흐트러지지 않았다
>
> 아이들은 여전히 책가방을 메고
> 춤추듯 학교길 가고
> 공장들과 협동벌들에선
> 창조와 혁신의 드높은 숨결소리… (…하략…)62)

따라서 '핵보유국이자 우주강국'인 자신들을 인정해달라는 일종의 인정투쟁의 산물로 평가된다. 전쟁을 실제로 일으킬 의도보다는 전쟁 위협을 통한 미국과의 물밑 대화 시도 및 그를 통한 경제 성장과 체제 보전책의 전략적 산물이라고밖에는 해석되지 않는다. 만약에 이러한 해석이 맞다면 적어도 문학작품의 예로 볼진대 그 전략은 성공하기 어렵다고 아니할 수 없다. 선군이 더 이상 현실적 위력을 발휘하기 힘들 것이란 예상이 든다는 말이다. 그런데도 여전히 선군찬가를 외치고 6.25전쟁을 호명해서 2013년 봄의 전쟁 위기를 반복 보완한다.63)

북한은 1990년대 중반 이후 20년 가까이 일관되게 '선군(혁명)'이라는 일종의 사회주의적 군정, 또는 군사우선주의를 내세웠다. 선군사상은 "군사를 모든 것에 앞세울 데 대한 군사 선행의 사상이며 군대를 혁명의 기둥, 주력군으로 내세우고 그에 의거할 데 대한 선군후로

---

62) 김석천, 「조선의 웨침」(앞의 글).

63) 심지어 『조선문학』, 2013년 7호는 '전승 60돐 특간호'란 특집으로 전쟁 담론을 재현하지만 3~5월의 '실제상황' 분위기와는 판이한 복고조 회고 담론으로 일관한다.

의 로선과 전략전술"로 정의됐다. 당은 선군사상과 주체사상 모두 김일성이 창시했으며 인민대중의 자주성 옹호·실현이라는 주체사상의 요구가 선군사상에 의해 실현될 수 있다는 식으로 노동당 역사를 정리한 바 있다.64)

하지만 선군은 문제가 없지 않다. 선군사상에 기반을 둔 선군정치는 '인민생활 향상'이라는 민생담론, 인민경제의 입장에서 지속적 유지가 쉽지 않다. 군은 생산이 아니고 소비, 소모의 장이기 때문이다. 그래서 비용을 줄이고 효율적으로 군사체제를 마련하기 위해 비용 대비 효과가 큰 미사일과 핵무기를 개발하려고 하는 것이다. 때문에 비용이 덜 나가는 정치적 이념적 정신무장(사상진지)으로 물리적 안보를 보완 대체하려고 문학예술을 선동선전 도구로 적극 활용할 수밖에 없는 것이다. 그 결과가 바로 김정은 시대 초기의 선군 및 전쟁 담론이 아닐까싶다. 현실적으로 성공하기 어려운 선군과 전쟁 담론 전략을 어쩔 수 없이 '인민생활 향상, 경제 건설'과 병행하여 반복할 수밖에 없는 것이 바로 2013년 겨울 현재 북한의 현실이 아닐까 한다.

2013년 가을부터 전쟁 담론은 급격하게 수그러들었다. 2012년 말의 인공위성과 2013년 초의 핵실험 등이 체제 붕괴의 위기감을 벗어나게 만든 탓인지 더 이상의 전쟁 담론을 실체화하지는 않는다. 어쩌면 안으로는 민생 담론을 내실화하면서 밖으로만 전쟁 담론이나 '선군'담론을 체제 유지용 구호 정도로 반복하고 있는지도 모를 일이다. 때문에 건국 65주년을 기념하는 공식가요 「조국찬가」65)에서도 상투적 전쟁/선군 담론보다는 '사랑하는 어머니' '정든 고향집 뜨락' '금은보화 가득한 전설' '약동하는 젊음' 등의 이미지를 앞세운 민생 담

---

64) 당력사연구소, 『조선로동당력사』, 조선로동당출판사, 2006, 539쪽.

65) 집체 작사 설태성 작곡, 「조국찬가」, 《로동신문》, 2013.9.11, 1면. 같은 시 텍스트가 《문학신문》, 2013년 9월 14일자 1면에도 실리고 그 해설까지 9월 21일자에 실려 있다. 최남순, 「조국찬가」는 세세년년 울려퍼질 것이다: 「조국찬가」에 대하여」, 《문학신문》, 2013.9.21, 1면.

론을 중시한 것으로 판단된다.

4. '경제와 핵무력' 병진노선의 문학적 반영 비판

앞에서 보았듯이 김정은 시대 초기 북한문학 담론의 특징은 김일성·김정일 시대의 과거를 회상·회고·기념하면서 과거 전통의 계승을 내세우는 한편, 어린이, 청년을 중심으로 새 세대에 대한 미래 희망 담론을 서서히 부각시키는 것으로 나타난다. 2011년 말의 김정일 사망과 2012년 이후 김정은 정권 초기에 한동안 '선군과 민생 사이'에서 오락가락하며 길항관계를 드러내다가 병행 추진으로 입장을 정리한 듯하다.[66] 즉, 2000년 전후의 김정일 시대를 상징하는 '선군후로(군 우선 정책)' 노선의 강고한 구심점에서 벗어나 2013년 김정은 시대 초에는 군(선군)과 민(민생)의 병진관계를 추진하는 것으로 해석할 수 있다. 결국 2012~13년 김정은 시대 초기 2년간의 북한문학 담론은 선군담론의 구심력에서 벗어나 '선군/민생의 군민 병진 담론'으로 원심화하는 과정에 있다고 해석할 수 있다. 결국 이 시기 문학작품에 반영된 김정은 체제의 지향과 의외의 안정성을 읽어낼 수 있다는 말이다.[67]

남북관계는 2013년 11월 현재 여전히 위기이다. 북한은 경제 발전과 핵 개발을 동시에 병행시키겠다는 '경제와 핵무력' 병진(竝進)노선

---

66) 「당의 새로운 병진로선 관철에 이바지하는 창작활동을 힘있게 벌리자」, ≪문학신문≫, 2013.5.11, 1면 참조.

67) 2013년 12월 3~12일 장성택 숙청 및 처형사건은 남한 다수파의 보수적 해석처럼 취약한 김정은 체제의 안정성이 크게 흔들리는 증거가 아니라, 김정은 리더십이 유일체제로 공고화되는 과정이라고 판단된다. 통치경력이 짧은 청년 지도자 김정은의 권력을 위협했던 2인자의 제거가 아니라, '백두혈통' 김정은의 유일영도체제를 확정짓는 중간 작업으로 후견인 숙청이 이뤄진 것이라는 생각이다. 그 증거가 '경제·핵무력 병진노선'의 지속적 견지원칙에 따른 군부대 시찰과 민생 행보의 동시다발적 추진이 아닐까 한다.

을 천명하고 있다. 2013년 3월 31일 노동당 중앙위원회 전원회의에서 경제 건설과 핵무력 건설을 동시에 발전시키는 새로운 전략적 노선을 채택했다. 2003년 김정일 국방위원장이 '국방공업을 우선적으로 발전시키면서 경공업과 농업을 동시에 발전시키는 선군시대의 경제건설노선'을 제시한 지 10년 만에 북이 새로운 전략적 노선을 내놓은 것이다. '자위적 핵무력'을 강화·발전시키면서 동시에 경제건설에도 주력해 '사회주의 강성국가' 건설을 위한 두 마리의 토끼를 모두 잡겠다는 구상이다.[68] 다만 남한 학자의 타자의 시선에서 볼 때 그러한 선군/민생 병진 노선이 성공하기 어렵다고 예측된다. 인민대중의 비자발적 동원과 생태 파괴적 개발론의 한계가 엿보이기 때문이다. 김정은 시대 초기 북한문학, 특히 '사회주의 현실 주제' 작품은 '경제와 핵무력' 병진노선의 문학적 반영임에는 틀림없지만, 인민생활의 향상에 실질적으로 기여할지는 여전히 회의적이라 아니할 수 없다.

더욱 안타까운 점은 무력시위와 경제 건설을 병행하겠다는 2013년 3월의 '한 손엔 총을, 다른 손엔 마치와 낫을 들고'[69]란 구호가 저 1970년대의 낡은 슬로건의 반복이란 사실이다. 1970년대야말로 '싸우면서 건설하자'란 대응 구호가 남북 간에 적대적 병존을 하면서 1인 독재체제의 기초로 작동하였고, 그 결과 냉전적 적대관계가 가장 극심한 악화일로를 걸었던 시기였다. 그 분단모순은 남북한 민중에게 엄청난 시련으로 실체화된 적이 있었다. 그를 반복할 것인가, 아니면 지혜롭게 극복하고 조건 없는 '신뢰'라는 새로운 통합프로세스 모델을 고민할 것인가 여전히 문제라 아니할 수 없다. 과거 60여 년간의 분단사를 되짚어 보면 남북관계가 극단적 적대에서 대화와 화해 국면으로 극적으로 변한 경우도 적지 않았다. 이 경우 상대적으로 빠른 시간 내에 정치적 부담 없이 추진할 수 있는 문화교류가 선

---

68) 정창현, 「김정은 시대의 '경제·핵무력 병진노선' 경제발전과 핵무력 강화, 모두 안겨다줄까」, 『민족화해』, 2013년 5/6월호, 28쪽.

69) 《문학신문》, 2013.3.23, 1면. 서정시초의 구호.

도적인 분야가 되어 남북교류를 활성화시킬 가능성도 없지 않다. 이를 기대하며 꿋꿋하게 작품을 읽고 행간의 의미를 추정하는 작업을 계속해본다.

참고문헌

≪로동신문≫ ≪문학신문≫ 『조선문학』

고유환, 「김정은 후계구축 논리와 징후」, 『통일문제연구』 제22권 제2호, 평화문제
　　　연구소, 2010.
_____, 「김정은 후계구축과 북한 리더십 변화: 군에서 당으로 권력이동」, 『한국
　　　정치학회보』 제45집 제5호, 한국정치학회, 2011.
_____, 「'인민제일주의' 선경(先經)정치로 전환할 것인가」, 『민족화해』, 2012년
　　　9/10월호(통권 제58호), 민족화해협의회, 2012.9.
김성수, 『통일의 문학 비평의 논리』, 책세상, 2001.
_____, 「김정일 시대 문학에 대한 비판적 고찰: 선군시대 선군혁명문학의 동향과
　　　평가」, 『민족문학사연구』 27호, 민족문학사학회, 2005.4.
_____, 「선군사상의 미학화 비판: 2000년 전후 북한문학에 나타난 글쓰기의 변모
　　　양상」, 『민족문학사연구』 34호, 민족문학사학회, 2008.8.
_____, 「김정은 시대 초의 북한문학 동향: 2010~2012년 『조선문학』·≪문학신문≫
　　　분석을 중심으로」, 『민족문학사연구』 50호, 민족문학사학회, 2012.12.
김인옥, 『김정일장군 선군정치리론』, 평양: 평양출판사 2003.
김철우, 『김정일장군의 선군정치: 군사선행, 군을 주력군으로 하는 정치』, 평양:
　　　평양출판사, 2000.
당력사연구소, 『조선로동당력사』, 평양: 조선로동당출판사, 2006.
류 만, 『사회주의적 문학예술에서 생활묘사』, 평양: 과학백과사전출판사, 1979.
박영정, 「김정은 시대의 북한 문화예술의 현황과 전망」, 『제9차 통일문화정책포럼
　　　자료집』, 문화체육관광부·한국문화관광연구원, 2012.11.21.
백학순, 「김정은 제1비서의 통치 8개월: 평가와 전망」, 『정세와 정책』, 2012년 9월호.
사회과학원 주체문학연구소, 『총대와 문학』, 평양: 사회과학출판사, 2004.
신형기, 「남북한문학의 '정치의 심미화'」, 『민족이야기를 넘어서』, 삼인, 2003.
우문숙, 「북한의 '선군혁명문학'을 통해서 본 선군정치의 체제유지기능에 관한

연구」, 경남대 석사논문, 2003.

윤기덕, 『수령형상문학』(주체적 문예리론연구 11), 평양: 문예출판사, 1991,

이기동, 「김정은의 권력승계 과정과 권력구조」, 『북한연구학회보』 제16권 제2호, 북한연구학회, 2012.

_____, 「김정일 유일지도체계의 이행가능성에 관한 시론적 연구: 권력엘리트 간 수평적 균열을 중심으로」, 『한국과 국제정치』 제28권 제2호(여름), 경남대 극동문제연구소, 2012.

이영미, 「북한 문학교육의 제도적 형성에 관한 국제연구사적 문제제기」, 『국제어문』, 국제어문학회, 2012.6.

이지순, 「북한 서사시의 김정은 후계 선전양상」, 『북한연구학보』 제16권 제1호, 북한연구학회, 2012.8.

_____, 「김정은 시대 북한 시의 이미지 양상」, 『현대북한연구』 16-1, 북한대학원 북한 미시사연구소, 2013.4.

정성장, 「김정은 후계체제의 공식화와 북한 권력체계 변화」, 『북한연구학회보』 제14권 제2호, 북한연구학회, 2010.

정영철, 「김정은 체제의 출범과 과제: 인격적 리더십의 구축과 인민생활 향상」, 『북한연구학보』 16-1, 북한연구학회, 2012.8.

Benjamin, W., 반성완 편역, 『발터 벤야민의 문예이론』, 민음사, 2003.

Bourdieu, Pierre, 최종철 역, 『구별짓기: 문화와 취향의 사회학』, 새물결, 1995.

_____, 하태환 역, 『예술의 규칙』, 동문선, 2000.

Gabroussenko, Tatiana, "From Developmentalist to Conservationist Criticism: The New Narrative of South Korea in North Korean Propaganda", *Journal of Korean Studies*, 16-1, June 2011.

Kim, Su-kyoung, *Illusive Utopia: Theater, Film, and Everyday Performance in North Korea(Theater: Theory/Text/Performance)*, University of Michigan Press, 2010.

Myers, Brian, *The Cleanest Race: How North Koreans See Themselves and Why It Matters*, Melville House Publishing, December 20, 2011.

김정은 시대, 북한 단편소설의 향방[※]

: '김정일 애국주의'의 추구와 '최첨단 시대'의 돌파

오태호

1. '김정일 시대'의 담론 계승

본고에서 '김정은 시대'는 2011년 12월 17일 김정일 국방위원장 사망 이후 후계자인 김정은이 실질적인 최고지도자가 된 2012년 이후로 한정하고자 한다. 김정은이 후계자로 내정된 시점이 2006년 말경이며, 2007년부터 김정일의 공식활동에 동행하기 시작[1]했고, 2008년 11월 자강도 군수공업부문에 대한 김정일의 현지지도에 동행하여 군수공장과 군부대를 시찰하면서부터 후계자로 외부에 알려지기 시작[2]하고, 2010년 9월 당중앙군사위 부위원장으로 공식 후계자가 되었지만, 실질적인 최고 권력자가 된 것은 김정일 사후이기 때문이다. 따라서 본고의 대상은 『조선문학』, 2012년 1호~12호에 게재된 단편

※ 이 글은 「김정은 시대 북한 단편소설의 향방: '김정일 애국주의'의 추구와 '최첨단 시대'의 돌파」(『국제한인문학연구』 제12호, 국제한인문학회, 2013)를 단행본에 맞게 수정한 것이다.

1) 이윤걸, 『김정일의 유서와 김정은의 미래』, 비전원, 2012, 107~108쪽.
2) 정성장, 『현대 북한의 정치: 역사·이념·권력체계』, 한울아카데미, 2011, 143~144쪽.

소설로 한정하고자 한다.

북한은 2011년 12월 19일 낮 12시 특별방송을 통해 12월 17일 오전 8시 30분 김정일이 사망했다고 발표하면서, 37년간 북한을 철권통치했던 김정일의 시대가 마감된다.[3] 이후 2011년 10월 8일 김정일의 유훈에 따라 동년 12월 30일 '조선로동당 중앙위원회 정치국회의'에서 김정은에게 '조선인민군 최고사령관'의 호칭이 부여됨으로써 김정은이 새로운 시대의 개막을 대내외에 알리게 된다. 이후 2012년 4월 김일성 탄생 100주기를 맞아 '조선노동당 제1비서, 국방위원회 제1위원장'에 추대되고, 7월 17일 '공화국 원수'로 추대됨으로써 당·정·군의 모든 제도 권력을 장악하여 권력 승계를 마무리한다. 본격적인 김정은 시대가 출범한 것이다.

김정은 시대의 북한문학의 방향에 대한 연구는 아직 미미한 편이다. 소설에 있어서는 두 편의 선행 연구가 제출되어 있는 것으로 파악되었다. 먼저 김성수[4]는 1970년대 이후 북한문학을 크게 '수령형상 문학'과 '사회주의 현실 주제 문학'으로 대별할 수 있다고 판단하면서 '김정일 시대 말기 선군문학의 향방과 승계담론, 김정은 시대 선군 담론의 구심력과 원심력(수령형상문학), 인민생활 향상과 청년 미래 담론(사회주의 현실 주제)' 등으로 구분하여 김정은 시대의 북한 문학 동향을 '선군과 민생 사이'로 요약한다. 오창은[5]은 2012년 북한 소설의 동향을 검토하면서 '기억과 재현의 정치'로 요약하고, 특히 '김정일 사망'에 대한 '중대보도'의 재현이 갖고 있는 내적 의미를 분석하고, 선군정치와 인민생활을 동시에 강조하는 김정일 정치의 딜

---

3) 이승열, 「김정은 체제하에서 북한 수령체제의 전환 방향: 엘리트의 정책선택을 중심으로」, 『전환기 한반도 정치경제의 동학: 구상·정책·실천』, 북한연구학회 2012 동계학술회의, 2012.12.7, 214쪽.

4) 김성수, 「김정은 시대 초의 북한문학 동향: 2010~2012년 『조선문학』·《문학신문》 분석을 중심으로」, 『민족문학사연구』 통권 50호, 민족문학사학회, 2012.12.31, 481~513쪽.

5) 오창은, 「기억과 재현의 정치: 2012년 북한소설 동향」, 『전환기 한반도 정치경제의 동학: 구상·정책·실천』, 북한연구학회 2012 동계학술회의, 2012.12.7, 324~334쪽.

레마를 주목한다. 이들의 논문을 검토하면 아직 김정은 시대 북한문학의 향방은 정립 중에 있으며, 여전히 김정일 시대를 계승하는 것에 초점이 맞춰져 있음을 확인할 수 있다.

『조선문학』에 게재되어 김정은 시대 북한문학의 향방을 가늠해볼 수 있는 최초의 비평문은 2012년 1호에 실린 김선일의 논설 「주체문학창조와 건설의 위대한 기치: 위대한령도자 김정일동지의 불후의 고전적로작『주체문학론』발표20돐을 맞으며」이다. 이 원고 말미에 김선일은 "우리 문학은 경애하는 김정일장군님의 령도아래 김일성조선의 100년사와 더불어 길이 빛날 명작들로 주체문학의 보물고를 빛내인 자랑과 긍지를 안고 앞으로도 영원불멸할 주체문학의 대강―『주체문학론』에서 밝혀진 위대한 사상리론의 기치를 더욱 높이 들고 경애하는 김정은동지의 령도를 받들어 새로운 주체100년대에도 주체문학, 선군혁명문학의 전성기를 펼치며 주체적문예사상과 리론의 불패의 진리성과 생활력을 과시해나갈 것"[6]이라고 천명한다. 김정은 시대의 문학이 주체 100년의 역사와 함께하며『주체문학론』(1992) 이래로 걸어온 김정일 시대의 문학적 방향을 계승하면서 수령형상문학을 필두로 '주체문학, 선군혁명문학'을 지속할 것이라는 관점이 드러난다. '김일성 조선, 김정일 장군'의 뜻을 이어 '김정은 동지의 영도'를 강조하고 있는 것이다.

2호에서 박춘택은 논설 「위대한 김정일동지께서 선군시대 문학발전에 쌓아올리신 불멸의 업적을 길이 빛내여나가자」라는 글에서 '김정일=김정은'을 강조하면서 김정은의 '숭고한 형상 창조'의 중요성과 김정은을 김정일의 '위대한 계승자'이자 '또 다른 령도자'로서 '사랑의 역사'를 증거하는 존재로 강조한다. 그리하여 "우리 당과 인민의 최고령도자이신 경애하는 김정은동지의 숭고한 형상을 창조하는

---

6) 김선일, 「주체문학창조와 건설의 위대한 기치: 위대한령도자 김정일동지의 불후의 고전적로작『주체문학론』발표20돐을 맞으며」, 『조선문학』, 문학예술출판사, 2012년 1호, 59쪽.

것은 오늘 우리 군대와 인민의 절절한 념원이며 최대의 희망"이라면
서 "경애하는 김정은동지는 우리의 생명이시며 모든 승리와 영광의
기치이시며 선군조선의 찬란한 미래"라고 하고, 작가들이 "사상도
령도도 풍모도 위대한 장군님 그대로이신 경애하는 김정은동지의 위
대성을 형상한 작품들을 훌륭히 창작하여 천만군민모두를 김정은동
지와 사상도 뜻도 운명도 미래도 함께 하는 견결한 선군혁명동지로
되게 하는데 적극 이바지"하여야 하며, "철석같은 신념을 간직하고
사상과 령도의 유일성을 확고히 보장하여야 한다."[7]고 강조한다. 즉,
'김정일=김정은'이므로 '김정은의 위대성' 형상화와 함께 천만군민
의 '견결한 선군혁명동지화'를 위해 확고한 신념으로 김정은의 '사상
과 령도의 유일성'을 문학적 형상으로 지지해야 한다는 것이다.

'수령과 후계자의 관계'에 대한 김려숙의 논설 「피끓는 심장으로
선군혁명문학의 새로운 포성을 울리자」에서는 '김정일의 지적'을 통
해 김정은에 대한 '계승자의 형상화' 논리를 강조한다. 즉, 김정일이

---

7) 박춘택, 「위대한 김정일동지께서 선군시대 문학발전에 쌓아올리신 불멸의 업적을 길이
빛내여나가자」, 『조선문학』, 2012년 2호, 28쪽.

"수령이 개척한 혁명위업을 대를 이어 완성해나가는데서 수령의 후계자는 결정적역할을 한다. 로동계급의 혁명위업에 복무하는 사회주의문학은 마땅히 수령의 위대성과 함께 그 후계자의 위대성을 형상하는 문제를 주선으로 틀어쥐고나가야" 함을 언급하면서, "경애하는 김정은 동지의 위대성을 형상하는 것"이 "오늘 시대와 문학발전의 엄숙한 요구"8)임을 강조하는 것이다.

김정은이 '조선노동당 제1비서' 겸 '국방위원회 제1위원장'에 추대된 4호 론설 「주체문학발전에 쌓아올리신 불멸의 업적을 만대에 빛대여나가자」에서도 '김일성 민족'과 '김정일 조선'이 강조되면서 "경애하는 김정은동지의 선군혁명령도따라 백두의 성스러운 혈통을 꿋꿋이 이어나가며 사회주의강성국가의 령마루에로 힘있게 돌진해나아가는 총진군대오의 돌격나팔수, 기수로서의 사명과 역할"9)에 충실해야 한다는 당위성이 강조된다. '백두의 성스러운 혈통'이라는 김일성 가계의 강조 속에 새로운 시대의 레토릭으로서 '김일성 민족, 김정일 조선, 김정은 영도'를 전면에 내세우며 김정은의 영도 내용을 문학적으로 담보해야 한다는 것이다. '공화국 원수'로 추대된 7호 론설 「경애하는 김정은동지의 사상과 령도를 받들어 주체문학건설에서 새로운 전환을 일으켜나가자」에서도 "경애하는 김정은동지의 숭고한 형상을 창조하는 것은 주체문학, 선군혁명문학의 담당자들인 우리 작가들의 최상의 영예이며 숭고한 의무이며 본분"임을 강조하면서, '수령형상문학'이 "주체문학, 선군혁명문학의 핵이며 영원한 생명력의 근본원천"10)임을 강조한다. 여기에서는 특히 '김정일 애국주의'와 함께 '대중적 선구자의 형상'이 강조된다. 즉 "선군시대의 전

---

8) 김려숙, 「피끓는 심장으로 선군혁명문학의 새로운 포성을 울리자」, 『조선문학』, 2012년 3호, 23쪽.
9) 론설 「주체문학발전에 쌓아올리신 불멸의 업적을 만대에 빛대여나가자」, 『조선문학』, 2012년 4월호, 17쪽.
10) 론설 「경애하는 김정은동지의 사상과 령도를 받들어 주체문학건설에서 새로운 전환을 일으켜나가자」, 『조선문학』, 2012년 7호, 28쪽.

형적인 인간성격, 김정일 애국주의로 자신의 심장을 불태우며 내 나라, 내 조국을 더욱 부강하게 하기 위해 투쟁하는 참다운 애국자, 대중의 앞장에 서서 실천적인 모범으로 대중을 이끌고나가는 선구자의 형상을 창조하는 것"이 중요하게 대두된다.

'김정일 애국주의'에 대한 강조는 표면적으로는 김일성 가계를 중심으로 형상화하는 '수령형상문학'이 김정은 시대에도 문학의 핵심적 의제가 될 것임과 동시에, 이면적으로 볼 때 '김정일 애국주의'를 강조하면서 대내외에 산재하는 체제 불안적 시선들을 돌파하고자 하는 것이다. 결과적으로 '김정일 애국주의'는 김정일에 대한 애도와 헌사지만, 김정일의 후계자이자 계승자로서 김정은의 미미한 지도력을 상쇄하려는 고육지책적인 의도로 파악된다. 마치 1994년 김일성 사후 '고난의 행군' 시기 김일성주의가 재삼 강조되었듯, 김정일 사후 김정은 시대의 체제 결속을 위해 '김정일 애국주의'가 재삼 강조되고 있는 것이다. 그러므로 권선철의 평론 「선군승리의 불멸의 화폭에 대한 감명깊은 형상세계: 총서 〈불멸의 향도〉 장편소설 『오성산』(박윤 작)을 읽고」에서 김정일의 일대기를 조명하는 '총서 〈불멸의 향도〉' 연작에서 '김정은의 동행'을 강조하는 것은 김정은 시대의 '수령형상문학의 향방'을 가늠하게 한다. 즉 '김정일 애국주의'의 강조 속에 '김정은 권력'의 정당성을 강조하게 되는 것이다.

총서 〈불멸의 향도〉 장편소설 『오성산』에 경애하는 김정은동지의 위대한 형상을 모신것은 얼마나 깊은 의미를 담고 우리의 심장을 울리는가. 경애하는 김정은동지께서는 위대한 장군님의 선군길에 언제나 함께 계시였던것이다./위대한 장군님을 모실 신형장갑차를 몰고 장군님께서 가셔야 할 전선길을 먼저 밟아보신 경애하는 김정은동지께서 군용직승기로 한발 먼저 결전진입계선에 도착하여 정황을 보고드리는 모습에서 우리는 커다란 감동을 받아안게 된다. 또한 경애하는 김정은동지께서 계시여 우리의 선군길은 영원하며 승리로 이어지리라는 크나큰 믿음과 확신을 가지게 된다.//

선군의 상징으로 높이 솟아 영원한 승리를 약속해주는 오성산./선군의 길에 영원한 승리가 있다는 철리를 위대한 장군님의 불멸의 형상을 통하여 보여주고 있는 총서 〈불멸의 향도〉 장편소설 『오성산』은 경애하는 김정은 동지따라 최후의 승리를 향하여 힘차게 나아가고있는 천만군민의 심장을 뜨겁게 울려주고 그들의 진군을 힘있게 고무추동해줄것이다.[11]

'불멸의 력사'가 김일성의 일대기를 다루듯, '불멸의 향도'는 김정일의 업적을 형상화하는 텍스트이다. 그러나 인용문에서는 '김정일의 선군길'에 "언제나 함께 계시였던" '김정은의 형상'이 '깊은 의미'로 '심장을 울린다'고 주목하고 있다. 더구나 "전선길을 먼저 밟아보신" 김정은의 형상에서 '커다란 감동'을 받는다는 것은 당문학적 입장에서 북한문학의 방향이 김정은을 중심으로 김정일 시대의 대를 이어 '선군 승리'의 길로 향할 것임을 보여준다.

김정일 사후 1년이 지난 12호에 이르면 백성근의 정론 「오늘도 백두령장 빨찌산군마우에 계신다」에서 "경애하는 김정은원수님께서는 다음과 같이 말씀하시였다."면서 "위대한 김일성동지와 김정일동지의 불멸의 태양기를 높이 휘날리며 나아가는 우리의 앞길에는 오직 승리와 영광만이 있을것"[12]이 강조된다. '김일성의 교시'나 '김정일의 지적'에 이어 '김정은 원수의 말씀'이 '불멸의 승리와 영광'을 가져올 유일무이한 권력의 지침이 되고 있는 것이다.

이상의 평론들의 의견을 종합해 보면 '김일성=김정일=김정은'의 3대 세습이 문학 담론 차원에서는 이미 안착화되어 있으며, 김정은의 우상화 작업이 김정일 시대의 담론적 계승을 통해 전면적으로 무리 없이 진행되고 있음이 드러난다. 본고는 2012년 1호~12호에 게재된 단편소설을 통해 김정은 시대 북한 단편소설의 현재를 분석하고

---

11) 권선철, 「선군승리의 불멸의 화폭에 대한 감명깊은 형상세계: 총서 〈불멸의 향도〉 장편소설 『오성산』(박윤 작)을 읽고」, 『조선문학』, 2012년 8호, 30쪽.
12) 백성근, 정론 「오늘도 백두령장 빨찌산군마우에 계신다」, 『조선문학』, 2012년 12호, 7쪽.

앞으로의 향방을 검토하는 데에 목적을 둔다. 1년 동안 게재된 단편소설은 총 43편(2회 분재된 「위대한 심장」 1편으로 계산)이었으며, 그 중 6편이 1970년대부터 1990년대에 이르는 재수록작이었다.[13] 재수록작의 의도에 대해서는 의견이 분분할 수 있지만, 12호에 게재된 '편집부의 말'에서 '혁명전통주제, 계급교양주제, 조국해방전쟁주제' 등의 작품들이 소규모로 창작된 것이 아쉬움으로 지적되고 있는데, 이러한 주제를 보충하려는 재수록작으로 판단된다. 이외에도 수령 가계를 잇는 '김정은의 탁월한 지도'와 '김정일 애국주의'의 형상화가 잘 수행되었다고 평가되는데, 본고는 그러한 평가가 타당한지를 질문하면서 김정일 애국주의, 최첨단 시대, 사회주의 현실 주제(양심과 헌신의 목소리) 등으로 분류하여 김정은 시대의 북한문학의 현재적 지형도를 검토하고자 한다.

---

13) 1월호 2편(최종하의 「깊은 뿌리」, 김혜인의 「아이적 목소리」), 2월호 3편(석남진의 「사진에 깃든 이야기」, 김혜영의 「인간의 향기」, 임순영의 「희천처녀」), 3월호 4편(장선홍의 「세월과 인연」(김일성, 김형직, 김보현), 김하늘의 「영원한 품」, 최정옥의 「봄의 언덕에서」(김형직, 김일성), 변영옥의 「까치봉의 〈큰집〉」), 4월호 3편(허문길의 「위대한 심장」(상)(김일성), 강철의 「아흐레 갈이」, 김경일의 「우리 삶의 주로」), 5월호 3편(허문길의 「위대한 심장」(하)(김일성), 김영선의 「분계선 호랑이」, 백상균의 「자격」), 6월호 4편(조상호의 「대홍단의 아침노을」, 석남진의 「비날론을 사랑한다」, 한철순의 「준마기수」, 박경철의 「형제반장」), 7월호 4편(신용선의 「마지막 휴식」(1997, 재수록 작)(김정일), 김철순의 「꽃은 열매를 남긴다」, 박종철의 「대지의 노래」, 최성진의 「안해의 풍경화」), 8월호 4편(곽성호의 「사랑의 약속」, 김홍균의 「해방년의 초여름에」, 전충일의 「재부」, 리명현의 「보이지 않는 증기」), 9월호 4편(김금옥의 「꽃향기」, 리기창의 「사랑의 열매」, 박찬은의 「수옥선생」, 라광철의 「어머니의 마음」), 10월호 4편(림병순의 「백리과원에서」(김일성), 홍남수의 「어머니는 령길에 서 있다」, 오광천의 「의리」, 김영길의 「하늘과 땅」(1986, 재수록작)(인민의 헌신적 복무), 11월호 5편(윤민종의 「영생의 품」(1985, 재수록 작)(김일성, 김정일), 한철순의 「보석은 땅속깊이」, 변월녀의 「이삭은 여문다」, 로정법의 「우리는 친형제로 자랐다」(1976, 재수록 작)(김일성, 한국전쟁), 안홍윤의 「칼도마소리」(1987, 재수록 작)(혁명의 지속성), 12월호 4편(리희남의 「붉은 눈보라」(1998, 재수록 작)(김정일), 동의희의 「영원한 자리」(김정숙), 리명호의 「아버지의 모습」, 엄호삼의 「꽃피는 시절에」) 등 총 43편이 발표된다.

2. '김정일 애국주의'의 형상화

'김정일 애국주의'는 밤낮을 이어가며 사회주의 강성대국 건설을 위해 헌신한 지도자의 형상을 담론화하여 애국자의 전형으로 표현한 것에 해당한다. 특히 1994년 김일성의 사망 이후 김일성의 유지를 받들어 '고난의 행군' 시기를 극복해냈던 김정일처럼, 김정일의 유지를 이어받아 '선군(핵 개발)'과 경제 발전을 통해 체제를 유지하려는 김정은의 전략적 담론이라고 할 수 있다. 12호 '편집부의 말'에 「위대한 추억의 해 주체101(2012)년을 보내며」에서 "올해 주체 101(2012)년은 경애하는 김정은동지를 조선로동당 제1비서로, 조선민주주의인민공화국 국방위원회 제1위원장으로, 조선민주주의인민공화국 원수로 높이 받들어모신 조국청사에 특기할 뜻깊은 해"[14]였다면서 "위대한 김정일동지의 숭고한 애국주의를 자신의 리상으로, 삶과 투쟁의 근본으로 삼고 조국의 부강번영을 위해 아낌없이 헌신하고 있는 우리 선군시대의 애국자들, 시대의 전형들을 찾아 신발창이 닳도록 현실속으로 들어가 인간수업을 하면서 살진 이삭과 같은 훌륭한 작품들을 많이 창작"하였음이 주목된다. 즉 김정은의 '권력 승계'와 함께 김정일의 '숭고한 애국주의'를 이상적 목표로 삼는 '선군 시대의 애국자, 시대의 전형'이 발굴된 점이 고평된다. 그리하여 그 구체적 텍스트로 "희천발전소건설장에서 단편소설 「재부」(전충일)가 나왔고 2.8비날론련합기업소에서 「비날론을 사랑한다」(석남진)가 나왔으며 탄광, 광산들에서 「아이적 목소리」(김혜인), 「의리」(오광천), 강선땅에서 「꽃은 열매를 남긴다」(김경일), 알곡생산의 전투장인 농업전선에서 「아흐레갈이」(강철), 「대지의 노래」(박종철)들이 훌륭히 창작"되어 "개성있는 인물형상과 특색있는 구성, 독특한 문체들을 갖춘 단편소설들로 풍요하게 단장"되었다고 평가한다.

---

14) 편집부, 「편집부의 말」, 『조선문학』, 2012년 12호, 76쪽.

'김정일 애국주의'는 우선 김정일의 인민생활 향상을 위한 애국적인 현지지도를 통해 그 구체적 실천 양상이 드러난다. 최종하의 「깊은 뿌리」는 강성국가건설을 진두지휘하면서 전기난방 문제로 인해 신경을 많이 쓰는 등 인민생활을 고민하는 김정일의 형상이 그려진다. 심지어 잠도 제대로 못 자고 현지 지도를 가면서 "성국 동무, 우리 하루빨리 강성국가를 건설하구 인민들이 온 세상을 부러워하게 잘살게 되면 실컷 자보자구."[15]라고 이야기한다. 사망 원인을 사후적으로 합리화하는 이러한 태도는 부관인 조성국이 김정일에게 "정녕 그 어느 나라에도 없는 군민대단결의 화원을 이 땅우에 펼치시고 가꾸시는 위대한 원예사"라고 칭송하고, "장군님의 손길따라 인민이라는 비옥한 토양속에 뿌리내리고 거목으로 자라난 우리 군대는 그 어떤 광풍에도 흔들리지 않을것이며 풍성하고 향기 그윽한 열매만을 맺을 것"이라고 감동을 전하는 것에서도 이어진다. '김일성 민족'과 '김정일 조선'을 가능케 하는 '위대한 원예사'로서의 지도자적 품성이 그려진 것이다.[16]

강성국가 건설을 향한 김정일의 지도는 석남진의 「사진에 깃든 이야기」에서 김정일이 함흥 2.8비날론련합기업소에서 '현대적인 비날론 공장준공'을 축하하며 74명의 혁신자들에게 '로력영웅칭호'를 수여하게 된 이야기 속에 과거를 회상하는 작품으로 이어진다. 그 중의 한 명인 '콤퓨터 운영원 조영근'은, 아버지 조명호가 고난의 행군 시기에 공장에서 순직하지만, 대를 이어 비날론 공장을 지키며 현대식

---

15) 최종하, 「깊은 뿌리」, 『조선문학』, 2012년 1호, 47쪽.

16) 라캉에 의하면, "인간의 욕망은 대타자의 욕망"이고, 그것은 두 가지 의미를 동시에 내포한다. 하나는 대타자의 위치에서 욕망한다는 것이고, 또 하나는 대타자를 대상으로 삼는 욕망을 말한다(자크 라캉·김석 공저, 『에크리: 라캉으로 이끄는 마법의 문자들』, 살림, 2007, 189쪽). 이렇게 보면 김일성 3대(김일성=김정일=김정은)는 북한 사회에서 일종의 대타자로 기능한다. 인민들이 그들의 위치에서 세계를 욕망하며, 그들을 대상으로 사회주의적 욕망을 실현하고자 하기 때문이다. 그들은 북한식 사회주의의 대타자로서 인민의 욕망과 욕망의 대상을 실현하는 '숭고한 존재'인 것이다.

컴퓨터화에 기여하고 있는 애국적 전형을 보여준다. 김정일은 김일성 시대인 1961년 비날론공장 준공 경축 일을 회상하면서 "비날론은 우리 민족의 자랑이고 긍지"라면서 "김일성민족의 존엄과 영예를 세상에 떨치는 사람들을 위해 우리가 할 수 있는 일은 다 해주고싶다"[17]고 말한다.[18] 대를 이어 충성하는 이야기가 비날론을 매개로 '김일성-김정일 가계'와 '조명호-조영근 가계'가 중첩되어 김정은 시대의 문학적 향방을 예견하게 하는 작품이다.

석남진의 작품이 김일성과 김정일의 서사 중첩을 통해 '수령 형상'과 '애국적 인민'의 모습을 투사하고 있다면, '김정일-김정은' 가계 구도를 강조하는 작품으로는 김정일의 사망과 김정은의 지도를 연결하는 김하늘의 「영원한 품」이 있다. 이 작품은 김정은의 위대성을 담아낸 최초의 단편소설이라는 점에서 주목을 요한다.[19] 수산성 부국장 림해철이 탄 승용차가 평양을 향하여 북부 동해안의 연포수산사업소를 떠나는 것으로 시작된 이 소설은 12월 16일에 성 당일군으로부터 전화를 받고 연포사업소 먼바다선단을 내일 아침 다시 출발시키라는 지시를 받고 되돌아서는 것으로 도입부가 그려진다.

성 당일군이 해철에게 문건을 내밀어보이면서 "경애하는 장군님께서 그저께 수산부문의 물고기잡이정형을 친히 료해하시"었고 "새해를 맞는 평양시민들에게" "수도시민 1인당 물고기공급량을 어종별로 갈라 찍어주시"(32쪽)었다는 것이다. 총수량은 확보됐지만 명태

---

17) 석남진, 「사진에 깃든 이야기」, 『조선문학』, 2012년 2호, 13쪽.

18) 이러한 '로력영웅'의 이야기는 동일 작가의 「비날론을 사랑한다」(『조선문학』, 2012년 6호)에서도 이어진다. 그리하여 주인공인 선미가 "위대한 수령님의 유산인 비날론을 되살리자고 뜨겁게 말씀하시는 장군의 야전복의 목깃은 땀으로 축축히 젖어있더라"는 말을 되새기며 김정일의 지도를 따라 다시 공장에 출근한 이야기가 그려진다.

19) 김성수는 이 작품을 김정은의 '친근한 지도자 이미지 담론'의 작품으로 평가한다(김성수, 「김정은 시대 초의 북한문학 동향」, 앞의 책, 499~501쪽). 오창은은 표면적으로는 새로운 지도자 김정은의 세심한 보살핌을 통해 대를 이어 '영원한 품'이 지속되고 있음을 보여주지만, 이면적 독해를 통해 김정일의 사망 소식이 지연 전달됨으로써 '김정일 사망에 대한 북한 내부의 의구심 제기'가 있었음을 추론하기도 한다(오창은, 앞의 글, 328~329쪽).

가 200톤 모자라기에 '장군님'이 명태 얼마, 청어 얼마라고 찍어주면서 명태 떼가 빠져나가기 전 12월 23일까지 잡아야 한다는 내용을 담은 문건이다. 해철은 "장군님께서 과업을 주시면 가장 진실하게, 가장 철저하게 관철하는 참된 전사가 돼야" 한다면서 "눈보라강행군, 심야강행군을 하시는 장군님께 수도시민들의 물고기공급을 어종별로 전량 다 했다는 보고를 꼭 드립시다."(33쪽)라고 강조한다. 표면적으로 김정일의 과업을 관철하는 '참된 전사'의 다짐이지만, 김정일이 죽음을 목전에 두고도 인민 생활 향상을 위해 '평양 시민의 물고기 공급량'까지 다심하게 배려했음을 강조하는 내용이다. 하지만 이 부분을 비판적으로 검토해 보면 평양 시민들에게만 물고기를 제공하려 했다는 점에서 수도와 비수도를 가르는 '평양 중심주의'가 드러나는 부분이라고 볼 수 있다.

김정일의 지시를 따르던 림해철은 배 위에서 12월 19일 낮 12시 '중대보도'의 내용이 "위대한 령도자 김정일동지께서 주체100(2011)년 12월 17일 8시 30분에 현지지도의 길에서 급병으로 서거하시였다는 것을 비통한 심정으로 알린다."는 내용임을 듣게 된 뒤, 비분에 떠는 조국의 하늘로부터 무전을 받는다. '김정일의 생전 지시'의 관철을 지도하는 김정은의 가르침이 담긴 문건이 날아온 것이다.

> 연포수산사업소 먼바다선단앞./경애하는 김정은동지의 가르치심내용에 따라 위대한 령도자 김정일동지께서 인민생활부문에 마지막으로 주신 12월16일지시를 철저히 관철하기 위한 대책을 다음과 같이 세운다./수도시민들에게 공급할 물고기확보문제…/물고기수송을 위한 특별렬차편성과 운행문제…/수도의 각 수산물상점들까지 물고기운반문제… 이상./선단은 출항할 때 받은 지시를 그대로 집행할 것.[20]

---

20) 김하늘, 「영원한 품」, 『조선문학』, 2012년 3호, 39쪽.

'김정일의 인민생활 부문'에 대한 지시가 있고 '김정은의 가르치심'을 따라 지시의 관철이 집행된다. 문건 내용을 확인한 해철은 뜨거운 오열을 터뜨리면서 "아, 조국! 조국은 피눈물에 잠긴 이 순간에도 무엇을 사색하고 어떤 결심과 실천을 하고있는가! 가장 비통한 눈물을 쏟으면서도 변함없는 어머니로 천만자식들을 끌어안아주고있는 경애하는 김정은동지의 사랑 가득한 조국, 더욱더 소중하고 사무치게 그리운 내 조국!"을 되뇌인다. 비통한 눈물 속에서도 '김정은의 사랑'이 '변함없는 어머니'처럼 김정일의 사망 자리를 매우고 있는 형국이다.

여기에 덧붙여 선단장은 김일성 사망 당시가 생각난다면서 부국장에게 얘기나 좀 하고 싶다면서 말을 쏟아내는데, '김일성-김정일-김정은'의 3대 세습을 강조한다. 즉 김일성에 대해서는 "수령님께서 생애의 마지막까지 경제문제를 심려하시다가 돌아가셨다구 울기두 울었네."라고 말하고, 김정일에 대해서는 "장군님 앞에 가장 책임적인 전사루 살리라 마음 다지구 다졌는데 이렇게 장군님을 잃고 보니 그 맹세를 지키지 못한 것 같애. 우리가 일을 바루했으면야 하늘처럼 귀중하신 우리 장군님 눈보라치는 현지지도로상에서 순직하셨겠나?"라고 자문한다. 이어서 조국이 그립다면서 "가슴터지는 슬픔을 안고계시는 우리 김정은동지께서 이 죄많은 백성을 생각하시여 피눈물을 쏟으시면서두 물고기대책을 세워주시니 세상에 이런 나라가 어디 있겠나. 내 죽을 때까지 김정은동지를 받들겠네. 아니, 죽어서두 받들겠어."라고 강조한다. 경제 문제로 고민하던 김일성의 사망 당시와, 현지 지도의 길에서 순직한 김정일의 사망을 유사 구도로 설명하면서, '비통한 슬픔' 속에서도 '물고기 대책'을 세워 주는 '세심한 김정은'을 위해 충성을 맹세하는 것이다. 대타자로서의 김정은의 위상을 확인할 수 있는 장면이다.

해철은 눈물이 그렁해지면서 말을 못 잇는데, 성당일군으로부터 "김정은동지께서 오늘 새벽에 친필을 써서 내려보내셨다지 않소. 인민들이 호상서구있는데 추운 겨울밤에 떨구있다는거 장군님 아시문 가슴아파하신다구 더운물이랑 끓여주구 솜옷이랑 뜨뜻이 입게 하라 구 하셨다오. 물두 맹물 끓이지 말구 사탕가루나 꿀을 풀어서 끓여주 라 하셨다는데 어쩌문 그리 자심하시오? 그저 우리 장군님과 꼭같으 시오. 우리 인민이야 정말 복을 타구났소!"라는 말을 전해 듣는다. 김정일의 애국주의적 열정과 세심한 인민생활 배려의 형상이 주축이 지만, 그것과 함께 사망 이후 '호상'을 서고 있는 인민의 모습과, '맹물'이 아니라 '사탕가루와 꿀물'을 챙겨 주는 김정은의 자심한 형상 이 이 작품의 핵심적 종자에 해당함을 확인할 수 있다.

'김정일 애국주의'의 핵심에는 '선군'이 자리함은 물론이다. '고난 의 행군' 시기 이후 지속적으로 강조해온 문학적 방향이 '선군혁명문학'이기 때문이다. 김영선의 「분계선 호랑이」는 김정일의 판문점 현 지지도를 그리면서 '선군문학적 지향'을 담은 작품이다. 한주영이 판문점초소에서 정상근무를 수행하다가 불시에 도발해온 적들과 단신 으로 맞서 생명이 위급한 상황이 된다. 그 이후 한주영은 예술가가 되는 것이 소원인 애인 보배에게 이별 편지를 보낸다. 분계연선 초소 를 지키기 위해 결별을 선언한 것이다. 하지만 패배주의를 언급하며 주영을 타이른 김정일은 둘의 결혼을 항일유격대식으로 주선한다. 그 뒤 군사분계선 순찰성원 2명이 총에 맞아 쓰러지고, 분노한 한주 영은 적들의 둥지를 불바다로 만든다. 그리하여 한주영이 "자유주의 적이고 무분별한 행동"21)을 한 대가로 권리정지 처벌을 주자는 의견 이 제기된다. 그러나 김정일은 전선중부 무장도발을 승리로 이끌었 다면서 한주영을 '사단장'으로 승급시키고 독려한다. 뿐만 아니라 한 주영이 '분계선호랑이'로 소문이 났다면서 적들이 '인민군대의 무쇠 주먹맛'을 보았을 것이라고 칭찬한다. 이 작품은 '선군'의 지향이 어 디에 있는지를 명확히 보여준다. 더구나 판문점 초소에서 '자유주의

---

21) 김영선, 「분계선 호랑이」, 『조선문학』, 2012년 5호, 41쪽.

적이고 무분별한 행동'을 수행한 사람이 김정일로부터 '승급과 칭찬'을 받는다는 것은 군사적 긴장과 대립을 통해 체제의 안정을 도모하려는 군사 모험주의적 관점을 보여준다.

'김정일 애국주의'에서 '선군'과 함께 지속적으로 강조되는 것이 '인민 생활 향상' 담론이다. 조상호의 「대홍단의 아침노을」은 제대군인 마을에 현지지도를 나간 김정일의 형상을 통해 인민생활 향상에 대한 다심한 배려를 그린 작품이다. 량강도의 대홍단군에 제대군인 1,000명이 달려온 이야기 속에 부부가 함께 일하러 갔다가 함께 들어온다는 말을 하자 김정일은 가정생활을 위해 적어도 여성을 1시간 먼저 들여보내야 한다면서 제대군인들의 새살림을 독려한다. 특히 "대홍단벌엔 감자가 폭포처럼 쏟아지게 하고 산기슭마다엔 멋쟁이 살림집들과 (…중략…) 산원도 짓고 (…중략…) 감자가공공장을 비롯한 현대적인 식료공장들과 발전소, 목장들도 더 건설하고 철길도 놓고 (…중략…) 세상에서 제일 살기 좋은 락원으로 꾸립시다. 그렇게 대홍단을 앞세우면서 온 나라를 대홍단처럼 만듭시다"[22]라며 '사회주의 이상촌'을 강조한다. 제대군인의 새살림 꾸리기 모티프를 통해 '선군'의 이미지를 강조하고 '인민 생활 향상'을 통해 '사회주의 이상국가' 건설을 독려하고 있는 것이다.

곽성호의 「사랑의 약속」에서도 인민생활 향상 담론이 인공위성 발사와 연결되어 형상화된다. 즉 "인공지구위성 〈광명성2〉호가 발사"된 이후 김정일이 "일촉즉발의 첨예한 정세가 조성"[23]된 상황에서 '박하사탕' 공장을 현지지도한 내용에서도 다루어진다. 김정일은 엄혹한 정세 속에서도 한철무 장령을 불러 박하사탕 사연을 이야기하면서 "여유작작하게 혁명과 건설을 령도"하며, 제대한 영예군인 정윤수를 회상한다. 자강도 땅에서 창조된 강계정신이 안변에서 창조

---

22) 조상호, 「대홍단의 아침노을」, 『조선문학』, 2012년 6호, 23쪽.
23) 곽성호, 「사랑의 약속」, 『조선문학』, 2012년 8호, 6쪽.

된 "혁명적 군인정신의 계속"임을 자각하는 정윤수는 영예군인으로서의 책무를 다짐하고, 김정일은 식료가공공업에서도 세계의 패권을 잡아야 함을 강조한다. 그러면서 인공위성이 운반체에 의해 하늘에 띄워지는 것이 아니라 "아늑한 보금자리도, 단란한 가정의 행복도 서슴없이 애국의 뒤전에 밀어놓을줄 아는 이런 진주보석과도 같은 사람들의 고귀한 정신력이 원동력으로 되었기에 위성은 저 광막한 우주를 거침없이 날고 있는 것"임을 회상한다. 공장의 동음소리가 "새로운 천리마대진군에 떨쳐나선 우리 인민의 힘찬 발걸음소리"이며 "사회주의강성대국은 우리 당이 인민과 한 약속"이기에 반드시 지켜야 하는 '신성한 약속'임을 강조한다. '새로운 천리마 대진군'으로 '사회주의 강성대국' 건설을 독려하고 있는 것이다. 그리고 정윤수를 보면서 "영예군인이지만 조국과 인민이 권하는 꽃방석을 마다하고 저 성하지 못한 몸으로 나라의 강성번영을 위해 복무의 나날처럼 량심의 자욱만을 새겨온 일군"을 돌아보며 김정일이 경공업, 식료가공공업을 획기적으로 발전시키기 위해 노력할 것을 다짐한다. 영예 군인의 책무와 정신력을 강조하면서 혁명적 군인정신으로 인민생활 경제의 개선을 도모하려는 입장이 그려지고 있는 것이다.

김금옥의 「꽃향기」 역시 '인민 생활 향상'을 강조하는 텍스트이다. 김정일이 평양에서 맛좋은 '봄, 가을 무'를 군인들에게 먹이려고 고민하다가 코스모스를 보며 김일성의 지도를 받은 김숙임을 떠올린다. 김정일은 30여 년 전 평안남도지방을 현지 지도하던 김일성 수령과의 동행을 떠올리는데, 그때 김일성이 숙임동무가 남새농사를 잘지었다고 격려한 내용을 회상한다. 이번에는 김정일이 격려하면서, 김정일의 "다심하면서도 크나큰 믿음과 사랑"과 "따사로운 태양의 품에서 다시 새롭게 인생을 받아안은 것"[24]을 형상화한 작품이다.

이렇듯 2012년 '김정은 시대'를 가로지르는 '김정일 애국주의'는

---

24) 김금옥, 「꽃향기」, 『조선문학』, 2012년 9호, 17쪽.

김정일의 현지지도를 통해 '선군'을 기본으로 하고 '인민생활 향상'이라는 경제력의 발전을 강조한다. 사회주의 강성국가 건설을 위해 경공업과 식료가공공업 등을 지도하고 농업발전을 위해 헌신적 지도를 아끼지 않다가 사망한 김정일의 애국적 형상과 세심한 품성을 강조하고 있는 작품들이다. 역설적이게도 김정은 시대에 '김정일 애국주의'를 강조하는 것은 아직 김정은이 권력 기반을 공고히 장악하지 못했음을 반증하는 것이기도 하다. 그러므로 김정일의 헌신적 지도를 계승하려는 '계승자의 이미지'를 더욱 강조하고 있는 것으로 파악된다.

3. '최첨단 시대'의 돌파

'최첨단 시대의 돌파'는 최상진의 「안해의 풍경화」에서 김정일의 현지 지도에서 나온 표현임이 드러난다. 뿐만 아니라 김하늘의 「영원한 품」에서도 림해철 수산성 부국장이 "오늘의 강성국가건설대전-총공격전에서 진격로를 열어제끼는 종심타격의 최첨단에 서 있는가?"[25]라면서 자신을 반성하듯 2012년은 '강성국가건설'을 위해 '최첨단 시대'를 어떻게 돌파할 것인가가 화두가 된다. '최첨단 시대'는 문학 작품 속에서 '최첨단 돌파전의 시대, 총공격전의 시대, 새로운 천리마 대진군 시대, 대고조 시대, 지식 경제시대' 등의 유사한 표현으로 활용되지만, 지식과 기술이 급속도로 발전하는 21세기를 강조하면서 최고속의 강행군을 통해 목표를 달성하는 시대라는 의미를 내포하는 것으로 판단된다. 그런 점에서 1960년대 천리마 운동이나 1970년대 속도전을 연상케 한다.[26]

---

25) 김하늘, 「영원한 품」, 『조선문학』, 2012년 3호, 31쪽.
26) 이것은 2013년에 이르면 '마천령 속도'라는 새로운 속도전 개념을 낳는다. 김정은은 "전체 군인 건설자들은 단숨에의 정신으로 스키장 건설을 화약에 불이 달린 것처럼, 폭풍처럼

우선 김경일의 「우리 삶의 주로」는 기초식품공장 식료기계기사인 신해와, 제대 이후 기초식품공장에서 일했던 진석이 장 생산공정의 기계화에 관련된 기술혁신조에 망라된 이야기가 그려진다. 새로 홍선희 지배인이 파견 와서, 기술혁신조성원은 7명인데 컴퓨터가 2대밖에 없는 것을 지적하면서 빠른 시일 안에 모두에게 컴퓨터가 차례지게 하겠다고 하니 가벼운 탄성이 여기저기서 동시에 터져오른다. 하지만 이러한 내용은 새 지배인의 세심한 배려를 강조하려는 의도이지만 역설적이게도 이때까지 열악한 연구 환경 속에 놓여 있었음이 확인된다. 홍선희 지배인은 "인민생활향상을 위한 대진군이 고조를 이루고 있"다면서 경공업부문에 '장군님'이 찾아주셨던 일화를 꺼낸다. 그러나 '대진군 고조'의 시대에 동료 기사인 철민이 퇴근 시간 이후에 스트레스를 풀기 위해 오락을 즐기자, 진석은 "최첨단돌파전의 시대"에 "8시간로동행정규률을 엄격히 지킨다"는 것이 문제라고 지적한다. 그러면서 선임자인 신해에게도 "혁명적원칙이 졸고있는 곳엔 반드시 안일과 라태가 서식하게 되지요."라면서 비판한다. 휴식의 권리나 웃음과 낭만을 도리질하는 것이 아니라 기술자들이 탐구와 사색, 열정으로 심장을 끓여야 함을 강조하는 것이다. 그러나 이런 식이라면 이미 '노동자의 낙원'은 아닌 셈이 된다. 결국 북한 사회가 노동자 개인의 휴식에 대한 사적 권리 보장보다는 혁명적 원칙의 수행을 위해 공적 책무와 과잉 노동을 강조하는 부조리한 사회임을 역설적으로 파악하게 하는 것이다.

진석은 신해가 한 해 전에 썼던 '최첨단을 돌파하라'는 구호를 붉은색으로 다시 쓰면서, 간장과 된장 생산공정의 현대화도 최단 시일

전격적으로 밀고 나감으로써 21세기의 새로운 일당백 공격속도, '마식령속도'를 창조하라"면서 공사 속도를 높이라는 주문을 직접 내렸으며, 마식령 스키장은 북한에서 처음으로 일반 주민에게 개방되는 대규모 스키장으로 북한에서 최고지도자가 직접 호소문까지 발표하면서 건설 성과를 독려하고 있는 것이다. 김 위원장은 5월 27일에도 마식령 스키장 공사 현장을 찾아 시찰한 바 있다(배상은 기자, 「北김정은, 스키장 '올해안 무조건 완공' 지시」, 뉴스1, 2013.6.5).

내에 꼭 해낼 수 있다면서 신해의 업무를 가로채고자 한다. 신해는 모욕과 배신, 좌절을 느끼지만 진석으로부터 '최첨단의 시대, 총공격 전의 시대'를 따라가지 못한다고 신랄한 비판을 받는다. 진석은 '장군 님'이 "식료공업을 최첨단과학의 정수인 인공지구위성에 비교"했다 면서 신해에게 최첨단식료기술을 탐구하면서 "우리 시대 매개 인간의 삶의 목표는 최첨단주로"에 있으니 함께 손잡고 달리자고 말한다.

한순간에 신해는 모든 것을 깨달았다. 낡고 진부한 것을 과감히 털어버 리고 자기의 참된 리상과 목표를 향해 시대의 격류속에 사품쳐 내달리는 사람들, 부단히 자신을 채찍질하며 최첨단돌파의 강행군주로를 쉬임없이 달리는 사람들, 사랑도 개인의 행복도 오직 그 길에서만 찾는 그들이기에 어제는 홍선희가 오빠를 앞서 까마득히 달음쳐갔고 오늘은 진석이 신해를 뒤에남기고 씽씽 멀어져가고 있는 것이다.[27]

인용문은 신해가 진석에게 뒤떨어지지 않기 위해 자기반성을 하는 부분이다. '낡고 진부했던' 자신을 갱신하여 '참된 이상과 목표'를 향 해 지속적으로 매진해 가야 한다는 것이다. 결국 '최첨단시대의 돌파'

---

27) 김경일, 「우리 삶의 주로」, 『조선문학』, 2012년 4호, 78쪽.

란 1960년대의 천리마운동이나 1970년대 이래의 속도전의 다른 말에 해당하는 것이다. "최첨단 돌파의 강행군 주로"를 강조하고 있듯, 이상과 목표를 향해 부단히 강행군을 지속하는 헌신적 모범일꾼들이 최첨단 시대를 돌파하는 선봉 주자들이기 때문이다.

백상균의 「자격」에서도 "최첨단시대", "최첨단돌파전의 시대", "지식경제시대의 일군"이 되려면 "어버이장군님을 잃고 가슴을 치던 그 뼈저린 죄책감"28)으로 평생 죄인으로 살아야 한다는 당위성이 대두된다. 작품 내용은 김책공업종합대학 연구사인 딸 은정이 아버지 승민이 직장장으로 일하는 동천기계공장에 내려와 림길천과 함께 주축가공반현대화 설계를 하면서 벌어진 일화를 그리고 있지만, 결국 김정일의 사망에 대한 죄의식의 내면화 속에 최첨단 시대를 돌파해야 한다는 책무가 강조된다.

김철순의 「꽃은 열매를 남긴다」에서는 차인석과 현아의 1만톤프레스 현대화 체계 설계에 대한 경쟁 이야기가 그려진다. 현아는 "실력전의 시대에 실력경쟁을 하자"면서 1만톤프레스를 "지구를 들어올리는 지레대 만드는 기계"에 비유하며 강성국가건설의 추진축으로 생각한다. 결국 현아가 인석을 찾아와서 자신의 "설계의 우점은 부분적인 것이지만 동무설계의 우점은 전체적인 것"이라면서 "투자가 거의 없으면서두 체계개발기간을 훨씬 단축할수 있을뿐아니라 체계의 관리와 운영을 철저히 우리식으로 해나갈수 있게 되어 있"음을 강조한다. 그리하여 "우리 실정에 맞게 우리 식으로 최첨단을 돌파하라는 당의 사상과 자력갱생의 정신이 구현된 설계"29)라면서 인석이 경쟁에서 승리했다고 말한다. 결국 자력갱생의 정신과 '우리 식 사회주의'의 입장에서 최첨단 시대를 돌파하라는 당의 입장을 승인하고 있는 것이다.

---

28) 백상균, 「자격」, 『조선문학』, 2012년 5호, 64쪽.
29) 김철순, 「꽃은 열매를 남긴다」, 『조선문학』, 2012년 7호, 41쪽.

한철순의 「준마기수」는 수덕협동농장에서 "주체농법의 요구대로 농사"를 지도하려는 정화국 관리위원장을 통해 '반올림반장'인 오성길의 '허풍'과 '형식주의'를 경계하면서 "오늘의 최첨단시대"의 책무를 강조한다. 즉, "어제와 오늘이 다르게 지식과 기술이 폭발적인 속도로 발전"하는 시대임을 감안하여 영농기술의 발전을 위해 연구를 지속해야 하는 것이 강조된다. 화학비료가 아니라 생물합성비료를 강조하는 화국을 보며 부위원장 재덕은 "어떤 애로와 난관도 웃으며 뚫고 나가는 완강한 사람, 대오의 기수!"이자, "오늘의 대고조시대에 맨 앞장에서 달리며 대오를 이끄는 준마기수"[30]로 생각하고, 자신이 낡았다며 자신을 반성한다. 지식과 기술의 비약적 발전이 진행되는 '최첨단의 시대'에 '준마기수'란 2000년대형 천리마기수'에 해당하는 것이다.

김정일이 '최첨단 시대의 돌파'를 지도했다는 언급이 나오는 최성진의 「안해의 풍경화」는 과학자인 남편 '나'와 주부에서 화가가 된 '아내'의 이야기를 통해 선군정치의 사랑을 깨닫는 이야기를 다룬 작품이다. 이 작품에서 화자는 과거에 '세대별 수매정형'을 총화하는 모임에서 아내의 빈자리를 느끼게 되자 아내에게 '과학자의 아내'이자 주부이니 '성공한 과학자'를 위해 집안일에 신경을 써달라고 말한다. 과학자로서 "나라의 농업발전에 기여"한다면서 '아내의 가사노동'을 하찮게 여기는 것이다. 그러자 아내는 "최첨단을 돌파하고 세계를 향해 나가야 한다는 것이 우리 장군님 뜻"[31]이니 남편에게 연구사업에만 몰두하라면서 가사노동을 전담하겠다고 한다. 이상을 보면 김정일이 '최첨단의 돌파'와 '세계로의 비상'을 지도했다는 것이 강조되지만, 작품에서는 역설적이게도 남편보다는 아내가 '선군의 사랑'을 입은 것으로 그려진다. 즉 아내의 풍경화가 '전국미술축전'

---

30) 한철순, 「준마기수」, 『조선문학』, 2012년 6호, 61쪽.
31) 최성진, 「안해의 풍경화」, 『조선문학』, 2012년 7호, 61~62쪽.

에서 〈북방의 봄〉이라는 소폭의 아담한 조선화로 입선하게 되자, 이후 그림을 위해 아내가 출장을 종종 가게 되는 내용이 그려지고, 아내와의 짧은 선상 해후 후에 아내가 "아버지장군님의 선군정치아래 꽃펴난 우리 생활의 귀중한 모든 것을 사랑"한다고 말하는 것을 남편이 상상하면서 작품이 마무리된다.

칫솔 개발을 소재로 한 엄호삼의 「꽃피는 시절에」는 '일용품공장 칫솔직장 현장기사인 리주경'의 최첨단 돌파 이야기를 담고 있다. 주경의 아버지는 대학교수이고 어머니는 피복공장 부지배인이고 본인은 경공업대학 졸업생이어서 총각들에게는 이상적인 배우자이고 부모들이 탐내는 며느리감으로 그려진다. 대학 졸업 후 사회에 진출하여 첫 생활비를 탄 주경은 퇴근길에 아버지께 '나노치솔'을 사드리려고 할 때 '일용품연구소 연구사'이자 대학동창인 성민을 만난다. 그때 주경이 아버지의 잇몸이 좋지 못하다면서 '수입제 치솔'을 사려고 하자 성민은 실망한다. 통상적으로 '우리 식'을 강조하는 북한 소설의 특성상 상식적이라면 '우리 식 칫솔의 우수성'을 강조할 법 하지만, 수입제 칫솔이 잇몸 건강을 유지하는 데에 더욱 유효한 제품임이 주경의 언행에서 은연중에 드러난다. 그러나 결국 그날 '수입제나노치솔' 대신 평양화장품공장에서 생산한 '불소치약'을 사서 아버지께 드리는 것으로 그려진다. 그러면서 주경은 성민의 비난을 응당하다고 생각하면서 '자기만족감'과 우월감에 사로잡혔던 자신을 부끄러워한다. "교만과 자만이 사람을 말공부쟁이, 시대의 락오분자로 만들게 한다"는 사실을 깨닫게 되고, "일용공업분야에서의 최첨단을 돌파하기 위해 우선 우리 식의 새로운 나노치솔을 개발하리라 굳게 결심"[32]한다. 결과적으로 주경이 개발한 은나노치솔이 '훌륭한 질과 모양, 색깔'과 함께 원가를 낮추어 정식 생산에 들어가게 된 이후 성민과 주경은 서로의 힘을 합쳐 더 큰 경쟁을 해보자고 합심한다. 결국

---

32) 엄호삼, 「꽃피는 시절에」, 『조선문학』, 2012년 12호, 68쪽.

최첨단 시대를 돌파하려면 교만과 자만이 아니라 자기 반성과 함께 헌신적인 노력과 치열한 성찰이 필요함이 강조된다.

이렇게 보면 '최첨단 시대'란 인민 생활 향상을 위해 수많은 근로 인민들이 헌신적 노력과 열정을 통해 최고속으로 대고조의 진군을 수행하는 시대임이 드러난다. 이 시대에는 장류 생산공정의 현대화를 통해 식료 공업의 일대 도약을 꾀하는 젊은 청년들이 있으며, 김정일의 사망에 대한 죄책감 속에 지식경제시대의 새로운 일군이 되려는 반성도 있고, '준마 기수'가 되어 영농기술의 발전을 위해 헌신하는 관리위원장이 있으며, 1만톤 프레스 현대화 체계 설계를 위해 당의 사상과 자력갱생의 정신을 담보하는 설계자가 있고, 남편은 과학자로서 나라의 농업 발전에 기여하고 아내는 그림으로 선군 정치의 사랑을 형상화하는 아름다운 부부가 있으며, 외제 일용품보다 나은 '우리 식 일용품' 개발을 위해 헌신하는 연구사가 있다. 이들을 묶어 세우는 존재는 아직 '김정일'이며 '김정일 애국주의'의 이름으로 '김정은 시대'가 강조하는 일군들이 된다.

4. 긍정적 주인공들: 양심과 헌신의 목소리

김정은 시대의 북한문학에도 기존 주체 사실주의 문학에 담겨 있는 양심과 헌신의 목소리를 내포한 긍정적 주인공으로서 희생적 영웅의 이야기가 지속된다. 경제적 어려움 속에서도 조국의 미래를 위해 자각적이고 양심적인 성찰의 목소리가 주를 이룬다. 당과 국가 앞에서 솔직성과 순수성을 강조하고, 말썽꾼이 있다면 모범적 인간의 향기를 통해 선군 시대의 인간으로 개조하면 된다. '애국의 심장'으로 이기주의적 품성을 극복하는 노동자들이 주목되며, 공사 기간을 단축하기 위해 헌신적 희생을 마다하지 않는 긍정적 주인공들이 형상화된다. 즉 농촌노동자, 건설노동자, 탄광노동자 등이 그 주인공들이다.

  김정은 시대를 개척해 가는 긍정적 주인공들로 강조되는 형상으로는 첫째로 농촌 노동자들을 들 수 있다. 김혜영의 「인간의 향기」는 우인향이 15년 동안 선동원으로 일해 온 분조를 떠나 10리 밖에 있는 다른 작업반 부문당비서로 임명되어 가서 말썽꾼 '기계다리' 기용만을 교화하는 내용을 그리고 있다. '기계다리' 기용만은 35세 외톨이로 걸핏하면 술 먹고 싸우려 드는데다, 과거에 청소년체육학교에서 축구를 하다가 아버지가 병사한 후 고난의 행군이 시작되면서 가정생활에서 곤란을 겪게 되었는데, 그때 체육단에서 나와 여기저기 떠돌아다니며 무슨 일을 저질러 법기관에 단속되어 법적처벌을 받았다고 한다. 당 비서인 인향이 "뼈저린 죄의식과 규탄과 의심"에 물든 용만에게 자신의 아버지의 과오를 말하면서 열심히 일해서 명예와 영광을 되찾은 자신의 이야기를 들려준다. 용만은 '누님의 향기'에 취했다고 고백하고, 인향은 자신의 생일에 용만을 초대하여 집으로 데려간다. 그러면서 시누이이자 '유치원교양원'인 박윤미를 "기동무가 150일전투에서 혁신자가 되고 9.9절 체육경기에서 우승자가 되고 정말로 모범농민이 되는 그날" 용만의 짝이 되게 해줄 다짐을 한다. 발에 심한 부상을 입은 용만이를 사랑과 믿음으로 낫게 한 우인향은 2년 뒤 "선군시대 인간개조의 선구자"로 "농촌당초급일군의 전형"[33]으로 토론무대에 서고, 그날 용만과 윤미의 약혼식이 열리면서 작품은 마무리된다. 결국 인간사랑의 향기이자 헌신의 향기로 말썽꾼 농민을 교화하는 작업반 부문 당 비서로서 선군 시대의 전형적 일군의 모습이 그려진다.

  농촌에서의 3대의 계승(김일성 → 김정일 → 김정은)을 우회적으로 강조하는 강철의 「아흐레 갈이」는 60세를 눈앞에 둔 작업반장 박호와 청년분조 분조장이 된 제대군인 처녀 옥님의 이야기다. '아흐레 갈이,

---

33) 김혜영, 「인간의 향기」, 『조선문학』, 2012년 2호, 60쪽.

100년 묵은 돌배나무'와 함께 박골의 3대 명물인 박달신 할아버지(91세)로부터 '아흐레갈이의 래력'이 적힌 책을 옥님이 받아든다. 1950년대에 영예군인 세포위원장 백갑돌이 자신의 몸을 망가뜨리면서까지 아흐레갈이를 일구었던 그 밭을 후세대인 박호와 옥님이 2000년대에도 한 마음 한 뜻으로 사회주의 터전, 사회주의 협동화, 사회주의 강성부흥의 만세소리로 강성국가의 터전으로 만들자고 다짐하는 내용이 그려진다. 3대가 함께 사회주의 강성국가를 위해 노력한 이야기는 '김일성-김정일-김정은'으로 이어지는 수령 가계의 닮은꼴로서 3대 세습을 정당화하는 서사적 골격이라고 판단된다.

고향 땅을 지키는 농촌 청년들의 이야기를 다룬 박종철의 「대지의 노래」는 전국 근로자 노래경연 2등 당선자인 27세 신상철이 한국전쟁 당시 미군에 의해 희생된 할아버지 리 농맹위원장의 손자라면서 고향땅을 지키겠다는 내용이 그려진다. 중앙 무대로 소환되어가는 것이 아니라 사회주의 농촌을 위해 헌신하겠다는 것으로 결론이 나면서 작품이 마무리된다. 청년동맹일군은 "우리 당이 제시한 예술의 대중화방침, 군중문화예술활동을 활발히 벌릴데 대한 당의 방침의 정당성과 생활력을 현실에서 직접 체험하였"[34]다면서 상철의 의견을 지지하는 것으로 그려진다. 당의 위압적 입장과 유연한 결정이 함께 드러나는 작품이다.

이외에도 농촌 문제를 다룬 리기창의 「사랑의 열매」에서는 "위대한 수령님 탄생 100돐"을 맞아 동해기슭에 펼쳐진 진펄을 개간하여 옥토벌로 전변시키기로 결정하고 청년돌격대를 조직한 이야기가 그려진다. 돌격대 제복을 입은 제대군인 처녀 '락천가' 진주를 통해 "우리 장군님께서는 그토록 마음쓰시는 인민생활향상의 생명선인 이 알곡생산터전이 바로 내가 설 자리"[35]임이 강조된다. 변월녀의 「이삭

---

34) 박종철, 「대지의 노래」, 『조선문학』, 2012년 7호, 52쪽.
35) 리기창, 「사랑의 열매」, 『조선문학』, 2012년 9호, 43쪽.

은 여문다」에서는 청년들이 "우리 손으로 가꾸어낸 세상에서 제일 탐스러운 벼이삭들을 아버지장군님께 보여드리고 기쁨을 드리고 싶은 소원"을 토로하는 것이 그려진다. 그러나 김정일 사후 "장군님의 유훈관철"(49쪽)을 위해 윤경은 모든 것을 바쳐 열심히 노동하고, 조로인은 알찬 이삭을 '경애하는 김정은 동지'께 보여드린다면서 고래 논에서 일을 지속한다. 이들의 사연을 들은 노래 경연 심사성원들이 현지에서 심사를 해준다면서 고래논으로 오고, 순아, 윤경, 수범의 노래는 "이 땅의 천만심장들에서 하냥 샘솟는, 세월이 아무리 흘러도 지워버릴수도 묻어버릴수도 없는 위대하신분에 대한 잊을수 없는 노래, 사무치는 그리움의 노래"36)가 되어 "흠모와 절절한 그리움"을 노래한다. 이렇듯 농민들의 목소리는 한결같이 김일성과 김정일을 경유하여 김정은을 지향하고 있다.

2000년대 속도전의 대명사인 '희천속도'를 소설로 형상화한 긍정적 주인공들의 두 번째 부류로는 건설 노동자들의 형상을 들 수 있다. 임순영의 「희천처녀」는 '희천발전소'37) 건설과 관련하여 애국적 열정을 가진 청년 '곰처녀' 림경주와 박진 대대장의 이야기가 그려진다. 물길굴공법에서 기발한 창안을 내놓은 처녀 림경주는 '시공참모 동지'가 되어 박진 대대장 예하에 오게 된다. 박진은 시대가 요구하기에 희천땅으로 오면서 영웅이 될 것을 결심했다면서 '라침판'을 이야기하고, 경주의 뜻대로 곰 한 마리가 동면에 들고 있어 깨우지 않기 위해 려단장과 정치부장이 논의하여 발파 대신 함마전을 벌이기

---

36) 변월녀, 「이삭은 여문다」, 『조선문학』, 2012년 11호, 50쪽.
37) 북한 자강도 용림군의 장자강 유역과 희천시의 청천강 유역에 건설된 희천1·2호 발전소를 가리킨다. 2001년에 착공하였으나 경제난 등을 이유로 방치하였다가 2009년 3월부터 본격적인 공사에 착수하여 2012년 4월 5일 완공식을 열었다. 1호 발전소는 장자강 상류를 용림댐(룡림언제)으로 막고 30km의 물길굴(수로터널)을 통하여 낙차가 큰 청천강 상류로 떨어뜨려 전기를 생산하는 전형적인 유역변경식 수력발전소이다. 용림댐은 높이 121m, 길이 580m, 최대낙차 길이 390m이며, 저수지 총용적은 5억 5000만m², 발전능력은 15만kW이다('희천발전소', 두산백과).

로 결정한다. "위훈에로의 지름길은 자기의 리기를 깨끗이 버린 애국의 심장만이 가리켜주는"[38] 것이라면서 박진 대대장의 경우는 '애국자의 표상'이 되고, "천년을 책임지고 만년을 보증하자!"라고 새겨진 언제벽의 구호는 조국의 내일을 확신한 희천발전소 돌격대원들의 헌신성을 증명한다.

'희천발전소'라는 동일한 공간을 소재로 한 전충일의 「재부」는 굴착기 운전수 남편들이 일하고 있는 희천건설장에 가서 아내들도 굴착기 운전수가 된 일화를 다루고 있는 작품이다. 희천발전소건설장에서는 교대라는 말조차 모른 채 밤낮으로 운전수들이 일하며, "경애하는 최고사령관동지의 명령관철을 위해, 희천발전소의 완공을 하루라도 앞당기기 위해" 매진한다. 하루 세 끼 밥 먹는 시간도 따로 없다는 참모의 말을 들은 아내들은 지원물자를 싣고 가서 남편들의 운전칸에서 면회를 하게 된다. 화자는 교대운전수가 없어 밤낮으로 일하는 남편의 운전 칸에 앉아 본 며칠 뒤에 딸을 본가에 맡겨놓고 희천발전소건설장에 남아 잠이 모자란 남편을 위해 운전을 배운다. 남편은 처음에는 "정신 나갔어? 언젤 말아먹자구 그래?"라고 말하지만 굴착기운전법을 가르쳐준다. 이들 부부처럼 평양을 그리워하는 감상을 잊고 아내가 굴착기를 배우는 부부 운전수들이 늘어난다. 화자는 이제 맞교대를 하게 되고, 전투소보에 "언제우에 활짝 핀 아름다운 꽃!"이라는 제목의 글이 실린다. "애오라지 수척해진 남편만을 생각하여 희천으로 달려나왔던" 화자는 "남편의 모자라는 잠시간을 위해 굴착기 운전을 배우"고 "이제는 어머니조국과 숨결을 같이하고 조국의 재부에 자기 몫을 보탤 줄 아는 조국의 딸"[39]이 된 것으로 그려진다. 하지만 이면적으로 보자면 정상적인 가정생활을 외면한 채 24시간 지속된 혹독한 노동의 강요 속에서야 비로소 '희천속도'가 탄생되

38) 임순영, 「희천처녀」, 『조선문학』, 2012년 2호, 79쪽.
39) 전충일, 「재부」, 『조선문학』, 2012년 8호, 61쪽.

었음을 추정케 한다.

　리명현의 「보이지 않는 증기」는 화력발전소를 취재하여 소설화한 이야기이다. 석탄을 미분하는 뽈분쇄기운전공이었던 제대군인 화자가 "경애하는 장군님의 은정어린 지도에 의해 더 휘황찬란해진 이채로운 불장식들에 의해 수도의 거리는 하늘나라의 은하세계가 땅우에 펼쳐진것만 같았습니다."라면서 "황홀하기 그지없는 이 빛을 생산하는 자신의 직업에 대한 긍지감"을 표명한다. 작품 말미에는 화자가 작가에게 좋은 작품을 많이 써 달라면서 "경애하는 김정은동지를 굳게 믿고 따르며 그이만을 충직하게 받들어 이 초소를 생이 다 하는 마지막순간까지 억세게 지켜가려는 우리의 마음이 절대로 변할 수 없다는 것을 작품에 꼭 반영해주십시오."40)라고 말한다. "우리 시대 인간들의 아름다운 인격은 선택된 하나의 지향을 끝까지 지켜 량심적으로 성실하게 살아가려는 한생의 노력에 있다"고 생각하는 화자의 모습은 사회주의적 이상을 지켜가는 심지가 굳고 헌신적인 양심적 인간형에 해당한다.

　긍정적 인물의 세 번째 부류로는 탄광 노동자를 들 수 있다. 김혜인의 「아이적 목소리」에서는 도인민위원회 국장 김학철이 금진청년탄광에서 대형굴착기 소대장으로 일하는 아들을 찾아간 일화를 통해 양심의 목소리를 재확인하는 작품이다. 탄광지배인 심상훈은 "지금 나라의 경제형편이 그리 넉넉하지는 못하"므로 "자기가 낼 수 있는 최대의 능력을 계산해내야 하구 국가에서 보장받을 수밖에 없는 최소한의 수자를 찾아내야" 한다면서 자각적이고 양심적이어야 한다고 강변한다. 학철은 자신의 과오를 덮으려다 부상당한 아들을 보며 자신의 과거를 반성하고 "자기 량심을 지키는데서 어린아이처럼 깨끗하고 순진한 인간이 사실은 가장 강한 인간"이라는 분대장의 이야기를 들었던 과거의 일을 떠올린다. 학철이 굴착기를 멈추고 아들의

---

40) 리명현, 「보이지 않는 증기」, 『조선문학』, 2012년 8호, 72쪽.

병원으로 가던 중 심상훈 지배인이 탄광능력확장과 자금타산안에 대한 문건을 새로 작성하겠다면서 "너나 나나 다같이 당앞에 어린애처럼 솔직하고 순수해야 한다는 걸 뼈저리게 느꼈"⁴¹⁾다고 고백한다. 결과적으로 북한의 경제적 궁핍이 드러나고 있긴 하지만 자각적이고 양심적인 노동자의 헌신적인 노력으로 그것을 상쇄하려는 의도가 짙게 깔린 작품이다.

이러한 헌신적 희생의 형상이 담긴 탄광 노동자의 전형은 '실화문학'이라는 장르명으로 게재되어 있는 한철순의 「보석은 땅속깊이」에서 구체적으로 그려진다. 특히 이 작품은 권력을 승계한 원수로서 김정은의 '말씀'이 나오는 첫 소설이라는 점에서 주목을 요한다. 즉 "훌륭한 인간입니다. 이 동무의 영웅적소행을 잊지 말며 동지들을 위해 바친 그의 값높은 삶이 언제나 우리의 마음속에 빛나도록 희생된 동무의 몫까지 합쳐 더 많은 일을 합시다. 2012. 2. 1 김정은"⁴²⁾이라는 글이 서두에 나온다. 그만큼 김정은이 새로운 지도자로서 인민의 영웅적 희생을 높이 평가하고 있음이 드러난다. 주체101(2012)년 1월 15일 아침 박태선은 소대에 갓 배치된 제대군인 지동규와 함께 막장으로 올라갔다가 이슬질이 붕락하면서 동규를 밀쳐서 살려내고 사망한다. "평범하던 사람이 한순간에 영웅적인 행동"⁴³⁾을 한 것으로 보이지만, 실상은 사회주의 애국주의 정신에 투철한 존재였음이 드러난다.

먼저 〈참된 사랑은 심장속에〉라는 소제목 하에 박태선의 연애와 결혼 이야기가 요약된다. 금골광산 영광갱 채광공인 박태선은 한쪽 다리를 잘 쓰지 못하는 28세 금골피복공장 재봉공 처녀인 김정순을 떠올리며, 그녀의 어머니 림옥련을 찾아간다. 이때 자신이 '제대군인'이며 "목표가 일단 정해지면 오직 점령만 하는것이 병사의 기질"이

---

41) 김혜인, 「아이적 목소리」, 『조선문학』, 2012년 1호, 76쪽.
42) 한철순, 「보석은 땅속깊이」, 『조선문학』, 2012년 11호, 30쪽.
43) 한철순, 「보석은 땅속깊이」, 『조선문학』, 2012년 11호, 30~31쪽.

라고 말하지만 2번이나 문전박대를 당한다. 하지만 아예 합숙소에서 제대배낭을 찾아와 김정순의 집으로 들어서면서 내쫓든가 들여놓든가 마음대로 하라고 한 뒤 그 해 마가을 결국 소박한 결혼식과 함께 새생활을 시작한다. 〈훌륭한 인간의 이모저모〉에서는 다른 사람의 일을 대신하는 등 따뜻한 배려심과 인정미를 지닌 존재가 되고, 발파 심지에 불을 끈 행동 등을 통해 평범한 나날들의 셀 수 없이 많은 '사랑과 헌신'이 누적된 '숨은 영웅'이었음이 기록된다. 그리고 〈사랑 중에 가장 큰 사랑〉에서는 김정일의 사망 소식이 알려지면서 김성철 초급당비서의 연설이 전해진다.

동무들! 우리모두 슬픔을 이겨내고 힘과 용기를 냅시다. 일을 해야 합니다. 일어나서 더 많은 광석을 캐는것이 어버이장군님을 잊지 않는것이고 생애의 마지막순간까지 렬차의 집수실에 계신 장군님의 유훈을 관철하는 길입니다./우리에게는 위대한 수령님과 어버이장군님 그대로이신 경애하는 김정은동지께서 계십니다. 그이께서 계시는 한 우리는 이 슬픔을 힘과 용기로 바꾸어 강성국가를 보란듯이 일떠세울것입니다./자, 동무들! 막장으로 갑시다![44]

인용문은 '김일성=김정일=김정은'을 강조하면서 김정은이 김정일의 유훈을 관철할 적임자임이 드러나면서 성실히 노동할 것을 다짐하는 내용이다. 이후 2012년 1월 13일 저녁 퇴근한 태선은 중학교에 올라가는 아들 광명에게 '수첩과 원주필'을 생일기념으로 주면서 "경애하는 김정은동지를 더 잘 받들어모시자면 학습과 조직생활을 잘해야 한다. 그리고 언제나 집단에 의거하고 동무들을 아끼고 사랑해야 한다."(35쪽)고 유언을 남기는 것으로 그려진다.

박태선의 사후 박태선의 아내인 김정순은 2월 초에 남편의 몫을

---

44) 한철순, 「보석은 땅속깊이」, 『조선문학』, 2012년 11호, 34쪽.

강성대국 승리의 돌파구 여는

하는 심정으로 막장에 올려보낼 장갑이며 화약배낭을 만들고 있다가 김정은의 '친필서한'을 받는다. 김정순은 '평범한 광부'인 남편에게 김정은이 '크나큰 사랑'을 베풀어주었다면서 눈물을 흘린다. 즉 '영웅칭호, 애국렬사릉 안치, 박태선 영웅소대의 명명, 아들의 만경대혁명학원 입학'이 김정은의 '크나큰 사랑'이라는 것은 북한에서의 '영웅'에 대한 평가를 확인하게 한다.

이상의 작품들을 확인해 보면 '원수와 당과 국가'를 위해 농촌노동자, 건설노동자, 탄광노동자 들이 자신의 직분을 수행하면서 양심의 목소리로 헌신을 기울이는 긍정적 인물들이 사회주의 현실 주제를 다룬 북한 단편소설의 주인공들임을 확인할 수 있다. 김정일의 유훈 관철이 김정은의 세심한 사랑과 함께 추앙되면서 김정은 시대의 북한 문학 속에서도 '주체문학'의 위세는 여전함을 확인할 수 있다. 주체문학의 위세는 선군혁명문학의 이름 아래에 '주체사실주의'라는 창작방법론을 활용하여 사회주의 강성대국 건설에 필요한 '긍정적 인물'을 형상화하면서 지속될 것으로 판단된다.

5. '백두 혈통'의 3대 세습 담론 강화

2013년 남북의 대결 구도는 갈등을 첨예화하고 있다. '핵 무력과 경제 발전'의 병진 노선이 김정은 시대의 전략적 아젠다에 해당하지만, 핵 위협을 좌시할 수 없는 주변국들에게는 수용하기 어려운 전략이기 때문이다. 이명박 정부 이래로 박근혜 정부에 이르기까지 남북의 대화 채널은 거의 닫혀 있다. 금강산 관광 중단, 천안함 사건 등으로 얼어붙었던 남북 관계가 2012년 12월 광명성 3호 발사와 2013년 2월 핵 실험 이후 더욱 악화되었을 뿐만 아니라, 그 여파로 박근혜 정부 들어 유일한 연결통로였던 '개성 공단' 역시 폐쇄 직전에 놓여 있다.

2013년 현재 김정은 시대의 북한문학의 향방을 가늠하는 것은 남북한 대치 국면 속에서도 북한의 현실을 독해하는 하나의 바로미터가 될 수 있다. 현실 영역이 아니라 문학 텍스트가 지닌 서사적 개연성을 통해 북한 문학이 지닌 사적 욕망과 공적 윤리의 충돌을 목도하면서 북한 사회의 이면적 독해가 가능하기 때문이다. 2013년 현재 김정은 시대의 북한문학은 여전히 김정일의 '주체문학론'의 그늘에 놓여 있다. 1992년 이래로 주체문학론을 강조하며 '주체사실주의'를 통해 여전히 '수령형상문학'과 '선군혁명문학'이 강조되고 있기 때문이다.

2013년 김정은 시대의 북한문학은 '김일성=김정일=김정은'의 3대 세습이 문학 담론 차원에서는 이미 안착화되어 있음을 보여준다. 그리고 김정은의 우상화 작업이 김정일 시대의 담론을 계승하면서 전면적으로 진행되고 있음이 드러난다. 본고는 2012년『조선문학』1호~12호에 게재된 단편소설을 통해 김정은 시대 북한 단편소설의 향방을 검토하였다. 그리하여 '김정일 애국주의'의 추구, '최첨단 시대'의 돌파, 긍정적 주인공들을 통한 양심과 헌신의 목소리의 형상화가 북한 문학의 사회주의 현실 주제를 장악하고 있음을 실증적으로 분석하였다.

참고문헌

1. 기초자료

곽성호, 「사랑의 약속」, 『조선문학』, 2012년 8호.

김경일, 「우리 삶의 주로」, 『조선문학』, 2012년 4호.

김금옥, 「꽃향기」, 『조선문학』, 2012년 9호.

김영선, 「분계선 호랑이」, 『조선문학』, 2012년 5호.

김철순, 「꽃은 열매를 남긴다」, 『조선문학』, 2012년 7호.

김하늘, 「영원한 품」, 『조선문학』, 2012년 3호.

김혜영, 「인간의 향기」, 『조선문학』, 2012년 2호.

김혜인, 「아이적 목소리」, 『조선문학』, 2012년 1호.

리기창, 「사랑의 열매」, 『조선문학』, 2012년 9호.

리명현, 「보이지 않는 증기」, 『조선문학』, 2012년 8호.

박종철, 「대지의 노래」, 『조선문학』, 2012년 7호.

백상균, 「자격」, 『조선문학』, 2012년 5호.

변월녀, 「이삭은 여문다」, 『조선문학』, 2012년 11호.

석남진, 「사진에 깃든 이야기」, 『조선문학』, 2012년 2호.

_____, 「비날론을 사랑한다」, 『조선문학』, 2012년 6호.

엄호삼, 「꽃피는 시절에」, 『조선문학』, 2012년 12호.

임순영, 「희천처녀」, 『조선문학』, 2012년 2호.

전충일, 「재부」, 『조선문학』, 2012년 8호.

조상호, 「대홍단의 아침노을」, 『조선문학』, 2012년 6호.

최성진, 「안해의 풍경화」, 『조선문학』, 2012년 7호.

최종하, 「깊은 뿌리」, 『조선문학』, 2012년 1호.

한철순, 「준마기수」, 『조선문학』, 2012년 6호.

_____, 「보석은 땅속깊이」, 『조선문학』, 2012년 11호.

론설 「주체문학발전에 쌓아올리신 불멸의 업적을 만대에 빛대여나가자」, 『조선문학』, 문학예술출판사, 2012년 4호.

론설 「경애하는 김정은동지의 사상과 령도를 받들어 주체문학건설에서 새로운 전환을 일으켜나가자」, 『조선문학』, 문학예술출판사, 2012년 7호.

2. 참고자료

권선철, 「선군승리의 불멸의 화폭에 대한 감명깊은 형상세계: 총서 〈불멸의 향도〉 장편소설 『오성산』(박윤 작)을 읽고」, 『조선문학』, 문학예술출판사, 2012 년 8호.

김려숙, 「피끓는 심장으로 선군혁명문학의 새로운 포성을 울리자」, 『조선문학』, 문학예술출판사, 2012년 3호.

김선일, 「주체문학창조와 건설의 위대한 기치: 위대한령도자 김정일동지의 불후 의 고전적로작 『주체문학론』 발표20돐을 맞으며」, 『조선문학』, 문학예술 출판사, 2012년 1호.

김성수, 「김정은 시대 초의 북한문학 동향: 2010~2012년 『조선문학』·≪문학신문≫ 분석을 중심으로」, 『민족문학사연구』 통권 50호, 민족문학사학회, 2012, 481~513쪽.

박춘택, 「위대한 김정일동지께서 선군시대 문학발전에 쌓아올리신 불멸의 업적을 길이 빛내여나가자」, 『조선문학』, 문학예술출판사, 2012년 2호.

백성근, 정론 「오늘도 백두령장 빨찌산군마우에 계신다」, 『조선문학』, 문학예술출 판사, 2012년 12호.

오창은, 「기억과 재현의 정치: 2012년 북한소설 동향」, 『전환기 한반도 정치경제 의 동학: 구상·정책·실천』, 북한연구학회 2012 동계학술회의, 2012.12.7, 324~334쪽.

이승열, 「김정은 체제하에서 북한 수령체제의 전환 방향: 엘리트의 정책선택을 중심으로」, 『전환기 한반도 정치경제의 동학: 구상·정책·실천』, 북한연 구학회 2012 동계학술회의, 2012.12.7.

이윤걸, 『김정일의 유서와 김정은의 미래』, 비젼원, 2012.

정성장, 『현대 북한의 정치: 역사·이념·권력체계』, 한울아카데미, 2011.

자크 라캉·김석, 『에크리: 라캉으로 이끄는 마법의 문자들』, 살림, 2007.

인민의 자기통치를 위한 기억과 재현의 정치[※]

: 김정일 사후 북한소설에 나타난 '통치와 안전'의 작동

오창은

1. 마모된 혁명과 인민의 안전

"**혁명**의 성산 백두산에서 빨찌산의 아들로 탄생하시여 위대한 **혁명**가로 성장하신 김정일동지께서는 장구한 기간 우리 당과 군대와 인민을 현명하게 령도하시여 조국과 인민, 시대와 력사앞에 영구불멸할 **혁명업적**을 쌓아올리시였다."[1]

김정일의 사망을 전하는 북조선의 공식 발표문에는 '혁명'이 반복적으로 등장한다. 김정일 업적을 밝힌 위의 인용문 한 문장에는 '혁명'이라는 단어가 세 번 쓰였다. 발표문은 김정일에 대해 "혁명과 건설의 영재", "혁명적 도덕의리의 최고화신"이라고 했고, "위대한 혁

※ 이 글은 「김정일 사후 북한소설에 나타난 '통치와 안전'의 작동: 인민의 자기통치를 위한 기억과 재현의 정치」(『통일인문학논총』 제57집, 건국대학교 인문학연구원, 2014)를 단행본에 맞게 수정한 것이다.

1) 「위대한 령도자 김정일동지의 서거에 즈음하여: 전체 당원들과 인민군장병들과 인민들에게 고함」, 『조선문학』, 2012년 1호, 문학예술출판사, 1쪽. (강조는 인용자)

명가의 가장 빛나는 한생" "성스러운 혁명실록과 불멸의 혁명업적"
을 이룬 삶을 살았다고 했다. 이렇듯, 「위대한 령도자 김정일동지의
서거에 즈음하여」의 전문에는 '혁명'이라는 어휘가 총 30번 등장한
다. 북한에서 김정일의 사망은 "당과 혁명에 있어서 최대의 손실"이
라고 할 만큼, 인민대중에게 큰 소실로 강조되었다.

북한에서 '혁명'은 "인민대중의 자주성을 옹호하고 실현하기 위한
조직적인 투쟁"2)을 의미한다. 김일성의 저작에서 유래한 이 개념은
『조선말 대사전』에서 정의한 기본개념이다.3) 남한에서 혁명은 "급변
하는 변혁" 혹은 "어떤 상태가 급격하게 발전 변동하는 일"을 지칭한
다.4) 북한에서 혁명이 '일상적인 투쟁'을 의미한다면, 남한에서는 '이
전 세계와 단절'을 뜻한다. 북한은 '혁명적 전통'을 강조하면서 '혁명
을 일상화'하고 있다. 북한의 혁명은 '자주성'을 중심에 놓은 '조직적
투쟁'이기에 '항일혁명'을 역사적 전통으로 삼는다. '인민대중의 자
주성 옹호'라는 현재의 과제를 위해 '항일혁명 전통'이라는 과거의
전통을 강조한다. 이는 혁명을 원형적인 것으로 상정함으로써, 혁명
을 현재성을 괄호 속에 가두는 것과 같다.

북한은 '혁명의 일상화'를 위한 통치성이 발현되고 있다. 논자는
푸코의 '통치성' 개념에 주목해 북한사회와 북한문학에 접근하려 한
다. 푸코는 통치성에 대해 "인구를 주요 목표로 설정하고, 정치경제학
을 주된 지식의 형태로 삼으며, 안전장치를 주된 기술적 도구로 이용

---

2) 김일성, 『김일성저작집 37: 1982.1~1983.5』, 조선로동당출판사, 1992, 192쪽.
3) "인민대중의 자주성을 옹호하고 실현하기 위한 조직적인 투쟁. ‖ 사회주의~. | 사상, 기
   술, 문화의 3대혁명을 힘있게 다그치는것은 사회주의, 공산주의 건설의 근본방도이다./계급
   투쟁과 사상투쟁이 없이는 혁명을 할 수 없다. [革命] 혁명하다 [동] (자, 타) ‖ 혁명하는
   나라. 혁명하는 인민. | 혁명하는 사람에게 있어서 학습은 첫째가는 의무이다."(『조선말 대
   사전』 2, 사회과학출판사, 1992, 944쪽)
4) "① 급격한 변혁. 어떤 상태가 급격하게 발전 변동하는 일 ② 이전의 왕통을 뒤집고 다른
   왕통이 대신하여 통치자가 되는 일 ③ 비합법적인 수단으로 국체(國體)·정체를 변혁하는
   일. ④ 종래의 권위·방식을 단번에 뒤집어 엎는 일"(이희승 감수, 『국어사전』, 민중서관,
   1987, 2104쪽.)

하는 지극히 복잡하지만 아주 특수한 형태의 권력을 행사케 해주는 제도·절차·분석·고찰·계측·전술의 총체"5)라고 했다. 푸코의 논의에서 주권, 규율, 통치는 서로 연관되어 있다. 권력의 유형으로서 '통치'는 특유의 작동 방식이 있고, 일련의 지식을 발전시켜 "주권이나 규율 같은 다른 권력 유형보다 우위로 유도해간 경향, 힘의 선"6)이기도 하다. 북한 사회를 규율과 억압의 사회로 규정하고, 그 작동 방식을 파악하는 것이 일반적 시각이다. 와다 하루끼의 '유격대 국가'와 '정규군국가'7)나 찰스 암스트롱의 '유교적 가족주의'와 효의 결합,8) 그리고 권헌익·정병호의 '극장국가'9)도 규율의 체계를 전제한 논의이다. 논자는 북한 체제를 '통치와 안전'의 메커니즘을 통해 접근하고자 한다. 이를 통해 북한 사회를 '당과 인민의 자기 통치사회'로 규정한다.

푸코가 논의하는 '통치'는 "정치적 주권 행사에서의 통치 실천 합리화"를 전제한다.10) 푸코는 주권이 영토를 전제로 하고, 규율이 개인의 신체에 행사되며, 안전이 인구 전체에 행사된다고 했다. '통치성'은 인구 혹은 인민을 대상으로 한 '안전장치'와 연결되어 있다. 푸코는 '안전'이 안전공간, 불확실성에 대한 대처, 안전 특유의 정상화 형식, 그리고 '안전기술과 인구 사이의 상관관계'와 관련이 있다고 했다.11) 안전은 불확실성에 대한 대처를 통해 정상화 형식에 도달한다. 통치성은 혁명적 상황이나, 지도자의 부재 상황에서 발현되는데, 그 작동 방식이 안전의 메커니즘이라고 할 수 있다. 김정일의 갑작스런 사망에 대한 북한의 대응도 '통치와 안전'의 메커니즘을 통해 이해할 수 있다. 북한 소설을 통해 통치와 안전의 메커니즘을 살핌으로

---

5) 미셸 푸코, 오트르망 옮김, 『안전, 영토, 인구』, 난장, 2011, 162~163쪽.
6) 위의 책, 163쪽.
7) 와다 하루끼, 서동만 옮김, 『북조선: 유격대 국가에서 정규군 국가로』, 돌베개, 2002.
8) 찰스 암스트롱, 김연철·이정우 옮김, 『북조선 탄생』, 서해문집, 2006.
9) 권헌익·정병호, 『극장국가 북한』, 창비, 2013.
10) 미셸 푸코, 오트르망 옮김, 『생명관리정치의 탄생』, 난장, 2012, 21쪽.
11) 미셸 푸코, 오트르망 옮김, 앞의 책, 2011, 31쪽.

써, '김정은'의 형상화와 관련된 논의를 풍부하게 해석해낼 수 있다.12) 북한 체제는 젊은 지도자의 이미지를 구성하고, 김정은을 포괄하는 방식으로 '통치와 안전'의 작동을 위해 '기억과 재현의 정치'를 수행하고 있다.

이 글에서는 '혁명의 전통'을 강조하는 북한 사회가 지도자의 사망으로 인해 발생한 '불확실성'을 '안전 특유의 정상화'로 전환하는 방식을 살피려 한다. 논의의 대상은 '통치와 안전'이라는 테마와 관련이 있다고 판단한 『조선문학』에 수록된 소설 작품들이다. 구체적으로는 김하늘의 「영원한 품」, 최종하의 「깊은 뿌리」와 김금옥의 「꽃향기」, 그리고 석남진의 「사진에 깃든 이야기」를 들 수 있다. 김정일을

---

12) 이지순은 김정은의 이미지화와 관련해 '발걸음 이미지'에 주목했다. 이지순은 "발걸음 이미지는 김정은의 상징으로 집중되는 동시에 혁명혈통, 후계의 정당성을 내포하는 이미지로 확장되는 양상"을 보인다고 했다(이지순, 「김정은 시대 북한 시의 이미지 양상」, 『현대북한연구』 16권 1호, 북한대학원 북한 미시사연구소, 2013, 272쪽). 이상숙은 '발걸음'과 더불어 '청년, 아이' 이미지와 김정은 형상화를 연관시켜 논의했다. 이상숙은 "직책을 만들어 초 직제적 위치를 부여하는 것은 행정적 전략일 것이며, 김일성 김정일의 혈연관계를 강조하는 것은 전근대적 세습이라는 허점을 돌파하는 정치적 전략이며, 활기찬 '청년'의 이미지로 형상화하는 것은 문학예술적 전략일 것"이라고 했다(이상숙, 「김정은 시대의 출발과 북한시의 추이」, 『한국시학연구』 제38호, 한국시학회, 2013, 197쪽).

추모하기 위해 간행된 『영원히 함께 계셔요』13)에 수록된 작품들도 참고하려 한다.14) 이들 문학작품 분석을 통해 '지도자의 사망이라는 급진적 변화'에 북한 문학이 어떻게 대응했는가를 살필 것이다. 북한 체제의 '통치와 안전'의 메커니즘, 그리고 세계인식의 공통감각을 '당과 인민의 자기통치'로 구체화하려 한다.

2. 극비, 긴박했던 '중대보도'의 재현

북한 수산성 부국장 림해철은 삼개월여 동안 '먼바다 선단'(원양어선)을 지도하다 동해안에 있는 연포수산사업소로 귀환했다. 그의 아버지도 연포수산사업소 선장으로 '오호쯔크어장'을 주름잡던 '왕년의 먼바다 개척자'였다. 그는 "석달나마 먼바다에 나가 실적을 올린 젊은 부국장"15)의 자부심을 갖고 있다. 수산성에서는 그의 성과를 치하하고, 빠른 평양 귀환을 돕기 위한 '대기승용차'(관용차)까지 보내준다. 그런데, 그의 '손전화'가 갑자기 울리면서 상황이 급변한다. 성당일군이 "연포사업소 먼바다 선단을 래일 아침 다시 출동시켜야" 한다는 명령을 하달한 것이다. 그 때가 2011년 12월 16일이었다.

김하늘의 「영원한 품」은 '먼바다 선단'에 관한 이야기다.16) 이 소

---

13) 편집부, 『영원히 함께 계셔요』, 금성청년출판사, 2012.

14) 북한 금성청년출판사는 2012년 7월에 '위대한 령도자 김정일동지의 서거에 즈음하여'라는 부제를 달고 『영원히 함께 계셔요』와 『영원한 우리 아버지』(편집부, 금성청년출판사, 2012)를 간행했다. 『영원한 우리 아버지』는 학생과 청소년의 김정일 추모 관련 서정시, 동요, 동시, 가사, 동시초, 수필, 단상, 일기, 작품, 편지를 엮은 작품집이다. 이 작품집에는 김일성 종합대학 학생부터 평양긴마을소학교 학생의 작품까지 다양한 연령층의 북한 각지 학생들의 글이 수록되어 있다. 『영원히 함께 계셔요』는 작가들의 동요, 동시, 가사, 서정서사지, 장시, 예술산문, 단편소설, 실화소설이 수록되어 있다. 김정일 사망 당시의 실제 상황을 진술하는 예술산문과 실화소설 등은 중요한 참조점을 제공하고 있다.

15) 김하늘, 「영원한 품」, 『조선문학』, 2012년 3호, 30쪽.

16) 김하늘의 「영원한 품」은 남한의 많은 논자들이 2012년의 주목할 만한 소설작품으로 거론한다. 김성수는 「영원한 품」에 대해 "김정은을 인민에게 친숙한 지도자로 보이게 하는 원래

설은 김정일 국방위원장의 지시로 "수도시민 1인당 물고기 공급량"을 맞추기 위해 귀환하자마자 다시 먼바다로 떠나는 선단의 조업과정을 실감있게 형상화하고 있다. 김정일은 "새해를 맞는 평양시민들에게 물고기를 공급"하는 것에 대한 대책을 논하면서, 어종별로 총수량을 확보하기 위해서는 '명태 200톤'이 더 공급되어야 한다고 지시했다. 소설의 주인공인 수산성 부국장 림해철은 '먼바다 선단'을 이끌고 명태떼의 흐름을 따라 잡아야 하는 상황에 처했다. 이 소설에는 "이 해도 마지막까지 눈보라강행군, 심야강행군을 하시는 장군님께 수도시민들의 물고기 공급을 어종별로 전량" 공급했다는 보고를 하기 위해 고군분투하는 해철의 노력이 담겨 있다. 하지만, 그 이면에는 김정일의 사망 시기 즈음을 둘러싼 정황을 재구성하려는 정치적이면서도 적극적인 의도가 투영되어 있다.

연포수산사업소의 '먼바다 선단'이 목표로 한 200톤을 채우기 위해 그물질을 계속하던 중, 19일 12시에 '중대보도'가 있을 것이라는 소식을 듣게 된다. 선장과 무전수, 그리고 전체 성원들은 '수산성의 부국장'인 해철이 "중앙에서 뭘 좀 알구 내려왔지요?"라며 소식을 미리 전해주길 바란다. 12시에 있을 '중대보도' 내용을 알고 있으면서도 정보를 주지 않는다고 선원들은 미리 지레짐작한 것이다. 하지만, 해철은 "나두 정말 모릅니다. 다만 우리가 출항하던 전날 밤 경애하는 장군님께서 눈보라를 헤치면서 또 어디론가 현지지도를 떠나시였다는 얘기를 들었을 뿐"이라면서 "그 눈보라강추위속에 어디로 가셨

에피소드가 존재하고 그를 신문기사화한 다음 나중에 시와 소설 등 문학예술작품으로 형상화하는 것은 '행위-기사-문예 창작-비평'이라는 수령형상문학의 창작 기제[mechanism] 시스템의 좋은 예"라고 평했다(김성수, 「김정은 시대 초의 북한문학 동향: 2010~2012년 『조선문학』·≪문학신문≫ 분석을 중심으로」, 『민족문학사연구』 제50호, 민족문학사학회, 2012, 500~501쪽). 오태호는 「영원한 품」에 대해 "김정일의 애국주의적 열정과 세심한 인민생활 배려의 형상이 주축이지만, 그것과 함께 사망 이후 '호상'을 서고 있는 인민의 모습과, '맹물'이 아니라 '사탕가루와 꿀물'을 챙겨 주는 김정은의 자심한 형상이 이 작품의 핵심적 종자"라고 평했다(오태호, 「김정은 시대 북한 단편소설의 향방: '김정일 애국주의'의 추구와 '최첨단 시대'의 돌파」, 『국제한인문학연구』 제12호, 국제한인문학회, 2012, 173~174쪽).

을가 하구 현지지도보도가 나오는 걸 기다렸"다고 말했다. 12시의 중대보도 내용은 소설 속에서 다음과 같이 그려지고 있다.

드디어 낮 12시! 그러나…

환희에 찬 목소리가 아니라 피울음을 씹어삼키는 녀방송원의 목소리가 울려나왔다.

≪전체 당원들과 인민군장병들과 인민들에게 고함

…

… 위대한 령도자 김정일동지께서 주체100(2011)년 12월 17일 8시 30분에 현지지도의 길에서 급병으로 서거하시였다는 것을 가장 비통한 심정으로 알린다

…≫

모든것이 일시에 굳어졌다. 사람들은 숨이 꺽막혀 서로의 얼굴을 마주볼 뿐이였다. 이럴수가?…

아니!

선장이 먼저 얼어붙은 정적을 깨버리며 조타실쪽에 대고 사납게 울부짖었다.

≪야! 무전수! 이놈아! 이게 우리 방송 맞아?≫

레시바를 귀에 낀 무전수도 얼굴이 해쓱해서 굳어져있었다.

≪선실에 가서 텔레비 켜라!≫

모두가 그제야 정신을 차리고 일제히 갑판아래 선실로 쏟아져내려갔다. 밀치고 덤벼치며 텔레비죤수상기를 켜니 이번에는 남자방송원이 비통한 울음을 울고있었다.

≪…

위대한 령도자 김정일동지께서는 심장 및 뇌혈관질병으로 오랜 기간 치료를 받아오시였다. …겹쌓인 정신육체적과로로 하여… 달리는 야전렬차 안에서…

…

…병리해부검사에서는 질병의 진단이 완전히 확정…

…≫17)

　김정일의 사망 소식을 전하는 소설의 내용은 남한 언론의 보도 내용과 일치한다.18) 예기치 않은 보도에 해철은 부국장의 직권으로 귀항을 명령하고, 무선을 보내 "선단 귀항하겠다. 현재 어획량 55톤."을 보고하려 했다. 그런데 먼저 날아든 전보문은 '경애하는 김정은 동지의 가르치신 내용에 따라' 애초의 계획대로 '명태 2백톤'을 확보하고 귀환하라는 내용이었다. 바로 이 부분에 주목할 필요가 있다. 지도자를 잃은 슬픔으로 인해 조기 귀환을 하려는 부국장의 개인적 판단을, 수산국에서는 체제의 안전을 위해 '2백톤 확보'를 지시한다. 소설 속에서는 김정일을 잃은 격렬한 슬픔 속에서도, 그 누구보다 애절한 슬픔에 잠겨 있는 김정은이 '김정일의 마지막 업무지시'를 이행하도록 지시한 것으로 되어 있다. 이 소설은 김정일의 사망에도 불구하고, 인민생활부문에서의 업무 수행이 연계성을 갖고 이뤄졌다고 그렸다. 개인의 판단보다는 인민 전체의 삶을 위해 '조절적 통제'가 수행되고 있음을 드러냈다. 또한, 김정일이 김정은으로 자연스럽게 대체되고 있음을 강조한다. 해철은 "인민의 태양이 꺼졌다는 비보가 천리대양에 날아왔는데 자연의 태양이 그냥 떠있는 것이 이상한 일"이라면서 자신의 비통함을 표현했다.

　푸코는 안전장치와 관련해 특정한 사건에 대해 "권력의 반응은 일정한 계산, 즉 비용 계산으로 삽입"되고, "넘어서는 안 될 용인의 한계"를 설정한다고 했다.19) 북한 사회는 1994년 7월 8일 김일성 사망

---

17) 김하늘, 「영원한 품」(위의 책), 38쪽.

18) 《조선일보》 2011년 12월 20일자 보도는 "김정일 동지께서 주체 100(2011)년 12월 17일 8시 30분에 현지지도의 길에서 급변으로 서거했다"면서 "18일에 진행된 병리해부 검사(부검)에서 질병의 진단이 완전히 확정됐다"고 했다. 다만, 소설 「영원한 품」은 '중대보도'로 표현하고 있는 반면, 《조선일보》는 '특별 방송'이라고 표현했다(이하원·이용수 기자, 「66년 왕조 기로에 서다」, 《조선일보》, 2011년 12월 20일자, 1면).

으로 인해 극심한 혼란을 경험한 바 있다. 자연재해로 인한 기근으로 북한 체제가 위기에 직면했고, 인민생활도 피폐해졌다. 그런데, 2011년 12월 17일 김정일 사망 이후에는 통치성이 발현되면서 '명태 2백톤 생산'과 같은 생산의 영역이 적절히 제어되었다. 김정일의 갑작스런 사망에도 불구하고, 평양에서 구역별로 물고기 공급이 차질 없도록 수산성은 긴밀하게 조치를 취한 것이다. 비록 소설 속에서는 김정은의 지도가 강조되고 있지만, 북한 체제의 통치성은 '안전'을 우위에 놓는 방식으로 위기상황에 대응하고 있음을 확인할 수 있다.

푸코는 "국가이성의 원칙에 따라 통치한다는 것은 국가가 견고해지고 항구성을 가지며 부유해지고 또 국가를 파괴할 수 있는 모든 것과 직면해 강고해지도록 하는 행위"라고 했다. 통치술이 행해야 하는 바는 "국가를 존재케 하는 임무와 동일시"된다.[20] 김정일 사망 이후 북한 체제는 '통치와 안전'의 메커니즘 작동을 위해 확고한 노력을 기울였다. 수산성 부국장은 비상 상황에서 '조업중단과 귀환'을 지시했지만, 체제의 명령은 '임무완수'를 지시한다. 위기 상황에서도 '안전 특유의 정상화'가 유지됨으로써, 오히려 김정은 체제로의 이행을 강조하고 있다.

북한에서 김정일 사망 발표를 하자, 남한 언론은 "사망 51시간이 지나도록 청와대도 국방장관도 까맣게 몰랐다"라고 비판했다.[21] 김정일 사망과 관련해 북한 주민에게도 기밀유지가 철저히 이뤄졌음을 「영원한 품」을 통해 확인할 수 있다. 그 의문의 징후는 「영원한 품」에 대한 적극적 읽기 과정에서 재구성할 수 있다. 북한 사회 내에서도 19일 12시 이전까지는 김정일 사망을 극소수의 인원만이 알고 있었다. 이는 1994년 7월 9일 낮 12시에 '특별방송'을 통해 김일성의 사망

---

19) 미셸 푸코, 오트르망 옮김(2011), 앞의 책, 24쪽.
20) 위의 책, 24쪽.
21) 윤상호 기자, 「사망 51시간이 지나도록 청와대도 국방장관도 까맣게 몰랐다」, 《동아일보》, 2011년 12월 20일자, 2면.)

소식을 전했던 상황과도 유사하다. 김일성은 1994년 7월 8일 오전 2시에 '급병'으로 사망했다. 그 발표는 다음날인 7월 9일 낮 12시에 '특별방송'을 통해 이뤄졌다. 당시 북한 중앙방송과 평양방송의 보도 내용은 김정일 사망 보도와 형식적으로 유사하다.[22] '김정일 서거'를 애도하기 위해 발행된 작품집 『영원히 함께 계셔요』에 수록된 예술 산문인 민경숙의 「꽃다발」에도 '중대방송'에 대한 언급이 나온다. 고 등중학교 3학년 1반 학생인 고일경이 온실에서 근무하는 고모로부터 "우린 중대방송이 있다면서 12시에 모이라고 하더구나"라는 이야기를 듣고는 '장군님의 새 현지지도소식', '또 인공지구위성을 쏴올렸다는 소식'을 기대한 것이 그 예이다.[23]

북한 내부에서도 김정일의 사망은 급작스런 사회변동을 예고한 것이었고, 당의 입장에서는 이를 적절히 제어할 필요성이 있었다. 북한 지도부는 51시간이라는 시간적 간격을 두고 사망 발표를 하고, 사망 원인을 병리해부검사를 통해 밝혀졌음을 공포했다. 통치와 안전이라는 측면에서, 북한 체제가 김정은이라는 젊은 지도자가 야기할 수 있는 불안정성을 적절히 제어하고 있음을 보여준다. 북한의 통치성 작동 방식은 새로운 지도자인 김정은 체제의 구축이라는 외양을 띠고 있는 것처럼 보인다. 하지만, 김정은 체제의 출범도 '국가 수준의 통치'를 위한 것이라고 할 수 있다. 푸코가 라 페리에르의 말을 인용해 "통치란 사람들을 적절한 목적으로 이끌기 위해 사물을 올바르게 배치하는 일"이라고 했다. 김정은 또한 북한 체제의 안정을 위해 적

---

22) "위대한 수령 김일성동지께서 1994년 7월 8일 오전 2시에 급병으로 서거하셨다는 것을 가장 비통한 심정으로 온나라 전체 인민들에게 알린다." "심장혈관의 동맥경화증으로 치료를 받아오다 겹쌓이는 과로로 하여 7월 7일 심한 심근경색이 발생되고 심장쇼크가 합병되었다." "즉시에 모든 치료를 한 후에도 심장쇼크가 증악되어 사망하시었다." "7월 9일에 진행한 병리해부 검사에서는 질병의 진단이 완전히 확인되었다." "오늘 우리 혁명의 진두에는 주체혁명위업의 위대한 계승자인 김정일동지께서 계신다."(김현호 기자, 「김일성 사망」, ≪조선일보≫, 1994년 7월 10일자, 1면)

23) 민경숙, 「꽃다발(실화)」, 『영원히 함께 계셔요』, 평양: 금성청년출판사, 2012.7.15, 135쪽.

절히 배치된 지도자라고 할 수 있다. 그러므로 김정은 체제의 향방이 아니라, 북한 체제가 통치 메커니즘 아래 '안전'을 목적으로 작동하고 있음에 주목해야 한다.

그렇다면, 김정일에 대한 기억은 통치와 연견해 소설 속에서 어떤 방식으로 재현되고 있을까. 그 구체적 재현과 기억의 양상을 통해 북한의 통치성이 '안전'과 연결되는 방식을 확인할 수 있다.

3. 애도와 치유를 통한 '당과 인민의 자기통치'

김정일 사후, 북한 소설은 공식적인 영역에서 '김정일의 행적'을 '선군정치와 인민생활 향상'이라는 측면에서 형상화하고 있다. 김정일의 현지 지도를 그린 소설의 첫 부분은 '달리는 야전차 안'이거나 '빠르게 이동하는 승용차' 혹은 '현지로 이동하는 열차 안'에서 시작한다. 김정일의 죽음과 연관해 극적 상황을 강조하기 위한 의도적 설정이며, 현지 지도가 김정일의 중요한 일상이었음을 강조하기 위한 배치이기도 하다. 김정일은 통치 기간 내내 인민의 일상생활 안정에 집중했다. '고난의 행군' 이후 피폐화된 생활경제를 복원하기 위해 경공업 분야와 먹거리 문제 해결이 북한 사회의 우선 과제였다.

김정일의 '현지지도'는 김일성의 지도 방식을 계승한 북한의 독특한 통치술이다. 현지지도는 '공적인 정치관행'이고, "나라의 최고지도자가 변방으로 몸소 찾아가 일반 시민들과 친밀한 만남"을 가진다는 측면에서 흥미로운 통치기술이다. 김일성에 의해 고안되었다고 하는 '현지지도'는 "북한 수뇌부의 현지지도 여행 전통 덕택에 김일성과 북한의 주민들은 일터와 주거지, 심지어 그들의 가정에서 만날 기회가 있었고, 지도자는 인민의 삶의 모든 세세한 부분에까지 세심한 관심을 표현"했다.[24] 이는 지도부와 인민의 친밀한 접촉을 통해 인민의 자기통치가 미시영역까지 미치도록 설정한 것과 같다.

김정일의 현지 지도와 관련해 최종하의 「깊은 뿌리」[25]를 주목할 필요가 있다. 이 작품은 김정일 사망 직전의 마지막 행적을 구체적으로 재현하는 듯한 필치로 쓰여졌다. 김정일의 모습은 '총참모부의 일군 조성국'에 의해 그려진다. 조성국은 김정일의 행적에 대해 "달리는 야전차가 침실이 되고 집무실이 되여 눈물겨운 쪽잠과 쥐기밥전설도 생겨났으니 전선길 천만리는 위대한 장군님께서 헤쳐가시는 눈물겨운 헌신의 천만리"[26]라고 했다. 이러한 형상화는 "현지지도의 길에서 급병으로 서거"했다는 북한의 공식 발표와 겹쳐진다.

소설에서 김정일은 '박경호네 려단' 방문을 재촉한다. 박경호 려단이 자체 발전소를 건설하여 전력문제 해결의 모범을 보였기 때문이다. 현지에 도착한 김정일은 전기난방까지 할 정도로 충분히 전력문제를 해결하지 못한 것을 보고 실망한다. 그런데 박경호는 발전소

---

24) 권헌익·정병호, 앞의 책, 49~50쪽.

25) 최종하, 「깊은 뿌리」, 『조선문학』, 2012년 1호.

26) 위의 책, 47쪽.

건설을 통해 충분한 전력을 확보했으나, 농장 주민들에게 전기를 공급해 군민간의 유대를 강화하기 위해 부득이 '전기난방'을 하지 못했다고 보고한다. 박경호의 노력은 '군민이 단합된 힘을 믿고 선군의 길'로 나아가는 것으로 의미화된다. 더 나아가 "지심깊이에 억세게 뿌리내린 나무들"처럼 선군정치가 '군민의 결합' 속에서 가능하다고 강조하고 있다. 선군정치가 외부로부터의 위협에 대응하는 것이라면, 인민생활에 대한 강조는 내부의 안전을 위해 필수적인 부분이다. 이 둘의 조화를 통해 체제의 안정 메커니즘이 작동할 수 있다. 김정일 사후에 '군민의 단합'을 강조한 서사가 배치된 것도 이러한 맥락과 관련이 있다.

이 작품에서 눈여겨 볼 부분은 발전소 건설 이전에 박경호 여단의 과오를 김정일이 지적한 대목이다. 박경호 여단은 '고난의 행군 시기 최고사령부의 작전적 구상'에 따라 중부산간지대로 부대를 옮기게 된다. 훈련장의 위치 선정이 문제였는데, 부득이 과수원의 일부를 훈련장 진입로로 확보하게 되었다. 김정일은 "어버이수령님께서 쓰셨다가는 지우시고 지우셨다가는 다시 쓰시며 작성하신 인민군군무자들이 지켜야 할 10대 준수사항의 한 조항에 인민의 생명재산을 털끝만큼도 다치지 말아야 한다"는 내용이 있었음을 환기하며 박경호 부대의 과오를 지적했다. 이러한 지적을 받은 경험이 있는 박경호 부대가 과거의 잘못을 극복하기 위해 주민들에게 전기를 나누는 솔선수범을 한 것이다. 다른 측면에서 보자면, 이는 '고난의 행군' 시기에 군을 우선으로 하는 과정에서 인민들과 갈등이 존재했음을 간접적으로 보여주는 것이라고 할 수 있다. 이러한 갈등이 소설 속에서 형상화되고, 김정일의 지도로 시정되었다면 군과 민의 갈등은 '선군정치'의 핵심 문제였다고 유추할 수 있다.

김정일이 현지지도를 통해 해결하고자 했던 현안문제는 선군정치로 인한 갈등과 '식량난'과 같은 인민생활과 관련된 것이었다. 푸코는 주권과 규율에 대비되는 통치는 18세기 '인구'의 등장에 기인한다고 했다. 푸코는 "인구의 조건을 개선하고 인구의 부, 수명, 건강 등을 증진"하는 것이 "통치의 최종 목표"라고 했다.[27) 따라서, 생산력의 발전 측면에서 인민생활은 통치의 중요한 쟁점일 수밖에 없었다. 김정일 사후에 인민의 일상생활과 현지지도를 접맥하려는 서사가 재현되는 것도 '통치와 안전'이라는 측면과 관련이 있다. 북한 체제는 김정일의 죽음에 대한 인민들의 죄의식을 자극함으로써 인민들이 경제적 생산 활동에 보다 헌신하도록 하는 '인민의 자기통치'를 유도했다.

김금옥의 「꽃향기」[28)도 "인민군병사들과 인민들의 식생활에서 중요한 남새문제를 두고 생각이 많으신" 김정일을 제시하면서 시작한다. "전조등을 환히 켠 야전승용차는 평양으로 향하는 도로를 따라 빠른 속도로" 달리고 있다. 그 승용차 안에서 김정일은 "항상 전투적인 분위기속에서 초소근무를 수행하면서 땀흘리며 훈련을 하는 군인들에게 봄, 여름 시원한 김치를 맛있게 담그어먹도록" 하기 위해서는 "봄, 가을무우" 품종 개량해야 한다고 고민한다. '좋은 남새 종자'를 후방에서 보내는 '병사들의 어머니'에 관한 이야기는 소설 속에서 중요한 의미를 지닌다. 그 어머니가 바로 김숙임이다. 김숙임은 김일성 수령에게 '사회주의협동화'에 대한 감사의 표시로 코스모스 꽃다발을 바쳤던 인물이다. 30여 년 전에는 김정일이 농장관리위원장이 된 김숙임 여인에게 '남새농사'를 잘 지은 것에 대해 치하한 일도 있다. 김정일은 현업에서 퇴임한 이후에도 '품종이 좋은 남새종자연구도 하고 직접 재배시험'도 하는 김순임의 헌신성을 치하한다.

이 소설은 북한 사회가 '남새작황'(채소) 등 생활경제 문제로 인해 곤란을 겪고 있음을 드러낸다. 지도부까지도 나서서 '남새 종자' 문제를 적극적으로 고민하고, 혁신을 위한 방안을 모색하고 있다는 사

---

27) 미셸 푸코, 오트르망 옮김(2011), 앞의 책, 159쪽.
28) 김금옥, 「꽃향기」, 『조선문학』, 2012년 9호.

실은 현지 식량 조달이 여전히 어려움을 겪고 있음을 보여준다. 민생의 살피는 김정일의 형상은 헌신적인 인민들의 모습과 연결되어 애도의 감정을 자극하는 방식으로 서사가 전개된다. 앞에서 언급한 『영원히 함께 계셔요』에 수록된 황령아의 「맹세의 눈물은 뜨겁다(실화문학)」에도 현지지도 과정에서 과로로 사망했음을 강조하는 구절이 등장한다. 이 작품의 주인공인 정학명은 12월 19일 정각 12시에 '중대방송'을 듣고 소스라치게 놀라며 "장군님께서 가시다니, 그것도 야전렬차에서……"라고 비통해한다.[29] 실화문학이라고 덧붙여진 「맹세의 눈물은 뜨겁다」는 승리중학교 청년동맹 조직부비서인 정학명이 학생들을 조직하여 모두 군대에 입대하게 되는 과정을 그리고 있다. 사범대학에 진학하기로 한 문수향, 경공업대학에 진학하기로 한 리자향, 아버지가 대학 학부장인 고은경 등 6학년 6반 41명 전원이 최전선인 '대덕산초소'로 입대함으로써 "아버지장군님께서 내 나라, 내 조국을 빛내주시기 위해 한평생 선군의 길을 가시다가 야전렬차에서 순직"[30]한 것에 대한 보은의 의지를 밝힌다. 「깊은 뿌리」에서도 소설 속 화자인 조성국은 '김정일의 현지지도가 극한의 인내심을 요구'하는 헌신적 행위였음을 강조했다. 앞에서 분석한 김하늘의 소설 「영원한 품」에서도 해철은 "아, 그날의 밤의 눈보라! 강추위! …가슴저림을 자아내던 그 야전렬차에 대한 이야기가 이렇듯 심장을 비틀어 찢는 아픔으로 이어진단 말인가!"[31]라고 애통해 한다. 김정일의 현지지도와 인민생활에 대한 배려가 '정신적 육체적 피로'를 불러왔고, 그에 따라 순교자처럼 '달리는 야전열차 안에서 죽음 맞이'했다는 것이다. '통치' 권력은 인민의 자발성을 촉발하여, 안전의 메커니즘을 작동시킨다. 김정일의 사망이 지도자와 인민의 공통감각 형성의 중요한 계기인 '현지지도'로 인한 과로사였음을 밝힘으로써, 인민들의

---

29) 황령아, 「맹세의 눈물은 뜨겁다(실화문학)」, 편집부, 『영원히 함께 계셔요』(앞의 책), 281쪽.
30) 위의 책, 283쪽.
31) 김하늘, 앞의 책, 38쪽.

자발적 동원을 강조하고 있는 것이다.

또 다른 흥미로운 소설은 석남진의 「사진에 깃든 이야기」[32]이다. 이 소설은 '비날론'과 관련해 북한 경제가 정상화하는 과정에 있음을 보여주며, 더불어 고난의 행군의 여파가 북한 경제에 얼마만큼 깊은 상처를 남겼는가를 드러낸다. '2.8비날론련합기업소'는 '현대적인 비날론 공장준공'을 축하하며 74명의 혁신자들에게 '로력영웅칭호'를 수여하게 된다. 그 중에 '콤퓨터 운영원 조영근'은 특별한 사연을 지니고 있다. 1960년대 중엽, 조영근은 김일성의 교시를 관철하기 위해 비날론 공장 건립이 한창이던 시기에 돌을 맞은 아이였다. 아들의 돌 생일도 챙기지 못하고 일을 하는 합성직장 공정기사 조명호를 위해 김일성은 사진기사를 파견하여 돌사진을 찍어주도록 배려했다. 그 아이가 장성하여 1997년에 공장대학에 입학했고, 2001년에 졸업한 후 컴퓨터전문가가 되었다. 아버지 조명호는 고난의 행군 시기에 공장에서 순직하고, 비날론 공장도 10년 넘게 멈춘 상태였다. 시련의 와중에서도 조영근은 대를 이어 비날론 공장을 지키며 현대식 컴퓨터화에 기여했다. 비날론 공장은 김정일에게도 대단한 의미를 지니고 있다.

> 장군님께 있어서 비날론은 곧 수령님의 비날론이였다. 그래서 그이께서는 2.8비날론련합기업소에서 16년만에 비날론이 다시 쏟아지는것이 그리도 기쁘신것이였고 그래서 한달전 기업소를 현지지도하고 떠나면서 수령님께서 계시는 금수산 기념궁전에 가져가려고 비날론띠섬유를 승용차에 실게 하신것이 아니였던가.[33]

김정일에게 '비날론 재생산'은 김일성의 위업을 다시 복원하여 '고난의 행군'을 극복하는 상징적 의미가 있었다. 그렇기에 세대를 이어

---

32) 석남진, 「사진에 깃든 이야기」, 『조선문학』, 2012년 2호.
33) 위의 책, 19쪽.

서 '북한 과학기술의 상징인 비날론 공장'을 복원한 것이고, 이를 통해 인민경제의 회복을 상징화하려 한 것이다. 오태호는 '비날론 재생산'과 같은 과학기술에 대한 강조를 '최첨단 시대의 돌파'로 의미화했다. 그는 "'최첨단 시대'는 문학 작품 속에서 '최첨단 돌파전의 시대, 총공격전의 시대, 새로운 천리마 대진군 시대, 대고조 시대, 지식경제시대' 등의 유사한 표현으로 활용되지만, 지식과 기술이 급속도로 발전하는 21세기를 강조하면서 최고속의 강행군을 통해 목표를 달성하는 시대라는 의미를 내포"한다고 했다.34) 과학기술은 통치의 영역에서 주요한 안전의 기제라고 할 수 있다. 안전과 관련해 "다가치적이고 가변적인 틀 내에서 조정되어야 할 사건, 혹은 사건들이나 일어날 법한 여러 요소의 계열에 대응해 환경milieu을 정비"하는 것이라고 한 푸코의 언급은 '최첨단 시대'와 연관해서도 유효하다.35) 인민의 통치와 안전을 위해 과학기술의 문제도 중요한 환경 정비에 포함될 수 있다. 선군정치와 군사기술, 그리고 일상경제의 안전을 통해 '생명관리 정치'를 수행하려 하는 것과 같다.36)

김정일은 '선군정치'와 '강성대국건설'이라는 상징적 성과에 기반하면서도, 경공업을 포함한 인민생활 안정에 그의 역량을 집중했다. 2012년 소설 작품이 그리고 있는 그의 행적이 대부분 '현지지도'에 맞춰져 있고, 경공업 분야에 대한 각별한 관심을 반영하고 있는 것이 이를 반영한다.

김정일 사후에 그가 헌신적 '현지지도'를 강조하는 서사와 인민생

---

34) 오태호, 앞의 책, 177쪽.

35) "주권이 통치[자]의 거처를 주요한 문제로 제기하며 영토를 수도화한다면, 규율은 여러 요소의 위계적·기능적 분배를 핵심 문제로 제기하며 공간을 건축화합니다. 한편 안전은 다가치적이고 가변적인 틀 내에서 조정되어야 할 사건, 혹은 사건들이나 일어날 법한 여러 요소의 계열에 대응해 환경(milieu)을 정비하려 합니다. 따라서 안전 특유의 공간은 가능한 사건들의 계열과 관련이 있습니다. 주어진 공간 내에 기입될 필요가 있는 일시적이고 우연적인 것과 말입니다."(미셸 푸코, 오트르망 옮김(2011), 앞의 책, 48쪽)

36) 위의 책, 50쪽.

활을 세심하게 챙기는 모습이 반복적으로 등장하는 것을 어떻게 볼 것인가? 이는 유훈통치를 강조하고, 김정일과 김정은으로 이어지는 '정치적 이양'을 위한 서사일까?

김일성 민족, 김정일 조선, 김정은 영도로 이어지는 통치의 메커니즘은 연속성을 갖고 있다. 더불어 주목해야 할 것은 '애도를 통한 치유'와 '인민의 통치를 위한 에너지의 결집'이다. 바로 이 부분에서 '당과 인민의 자기통치'가 발현된다. 김정일을 애도하는 서사적 흐름은 인민의 죄의식을 건드리는 방식으로 전환된다. 애도의 감정이 깊어지면 심리적 상처로 깊이 각인된다. 사랑하는 대상에 대한 애도의 감정은 소중하지만, 그것은 시급히 치유되고 극복되어야 한다. 그 치유의 자리에 인민의 죄의식과 새로운 지도자 김정은이 위치하게 된다. 이는 통치의 메커니즘과 연결되어 있다는 측면에서, 김정은 시대의 이미지화에 주목하기보다는 '당과 인민의 자기통치'라는 측면에 보다 집중할 필요가 있다. 통치 시스템적 측면에서는 정치 지도자의 상실로 인해 발생하는 애도의 감정을 '미래에 대한 희망'으로의 치환이 요구된다. 푸코의 통치성에 기반해 보자면, '불확실성'을 '안전의 공간'에서 관리하기 위해 '애도와 치유'가 작동하고 있고, 그 전환의 기능을 북한문학이 적절히 수행하고 있는 것으로 볼 수 있다.

4. '정치부재' 시대의 통치성

1994년 7월 8일 김일성의 사망과 2011년 12월 17일 김정일의 사망은 '새로운 수령의 탄생'으로 동일화할 수 있을까?

김일성 사망을 분석한 글에서 김성수는 "1994년 7월 김일성 사망이 '김정일 시대'의 새로운 개막을 의미하는 것은 사실이다. 김정일 시대의 개막이 당장은 유훈통치라 하여 김일성 체제를 그대로 계승하는 것처럼 보이지만, 앞으로 얼마든지 북한 사회가 전반적으로 변화할 것이라는 예상이 가능하다."[37]고 했다. 김일성의 압도적 카리스마에 의해 구축된 북한 체제는 '수령형상'으로 압축되는 경향이 있다. 그렇기에 수령 형상화와 관련된 의제들이 주요 논의의 핵심 테마로 설정되었다. 김정은 시대를 표상하는 이미지로 '발걸음'에 주목했고, 김정일과 김정은의 연속성 강조라는 측면에서 '선군에서 민생으로'가 강조되기도 했다.[38] '김정일 애국주의의 추구'와 '최첨단 시대의 돌파'는 기존 체제를 동일성과 차이로 의미화한 접근으로 볼 수 있다.[39]

하지만, 김정일 사후 북한문학의 동향과 북한 사회의 변화에서 주목할 부분은 '통치와 안전'이다. 젊은 지도자 김정은의 형상화 또한 '인민의 안전'이라는 측면에서 배치되고 있다. 김하늘의 「영원한 품」은 김정일 사후에 경제활동이 중단될 수도 있는 상황을 제어하고 있는 북한의 통치 양상을 잘 보여준다. 애도의 분위기 속에서 '조업을 중단하고 귀환'하려는 '먼바다 선단'의 림해철 부국장에게 수산성은 '어획량 달성 후 귀환'하라고 지시한다. 이는 인민경제를 지도자의 부재보다 우선시하는 '안전의 메커니즘'의 작동으로 볼 수 있다. '국가의 항구성'을 보존하려는 이러한 조치는 불확실성을 정상성으로 이끌려는 북한 체제의 권능을 과시한다. 김정일에 대한 기억과 재현의 정치는 '현지 지도'의 헌신성을 강조하는 양상을 띠고 있다. 최종하의 「깊은 뿌리」는 야전차에서 생활하다시피 했던 김정일의 생전 모습을 재현함으로써 애도의 감정을 고조시킨다. 김정일의 헌신성에 대해 추모의 감정을 통해 인민의 자발성을 끌어내려는 포석이다. 김금옥의 「꽃향기」와 석남진의 「사진에 깃든 이야기」도 김정일 사후의 불확실성을 통치의 메커니즘으로 포섭하려는 의미를 담고 있으며, 인민생활의 안정을 최우선 과제로 상정함으로써 '당과 인민의 자기

37) 김성수, 『통일의 문학 비평의 논리』, 책세상, 2001, 287쪽.
38) 김성수, 「선군(先軍)'과 '민생' 사이: 김정은 시대 초(2012~2013) 북한의 '사회주의 현실' 문학 비판」, 『민족문학사연구』 통권 53호, 민족문학사학회, 2013, 436쪽.
39) 오태호, 앞의 책, 168쪽.

통치'를 강조한다.

북한은 혁명이 '인민대중의 자주성 옹호와 실현'을 의미한다고 했다. 이는 혁명의 일상화라는 측면에서 '인민의 피로감'을 가중시킨다. 하지만, 일반적으로 혁명은 '정치의 재편'이며, '새로운 인민 주체의 출현'이라는 근본적 변화를 의미한다. 북한 사회는 '항일혁명투쟁'과 '김일성, 김정일, 김정은'으로 이어지는 혁명전통을 강조하며, '정치 부재'의 현실을 만들고 있다. 랑시에르는 '정치와 치안(안전)'을 대립시킨 바 있다. 치안(안전)이 작동하는 사회는 "특정한 행동 양식을 타고난 집단들, 이 활동들이 실행되는 자리들, 이 활동과 이 자리들에 상응하는 존재 방식들로 구성"된다. 반면, 정치의 본질은 "공동체 전체와 동일시되는 몫 없는 자들의 어떤 몫을 보충하면서 이 타협을 교란하는 것"이라고 했다.40) 푸코도 "정치란 통치성에 대한 저항, 즉 최초의 봉기 혹은 최초의 대립과 함께 탄생하는 것"이라고 했다.41) 북한 체제는 혁명을 의제화함으로써, '인민대중의 자주성의 옹호와 실현'을 통치의 중요한 메커니즘으로 간주했다. 북한 체제에서 '통치와 안전'은 새로운 주체를 형성하기보다는, 기존의 공동체를 강화하는 방식을 취한다. 정치는 '통치성에 대한 저항'에서 움트고, '불일치'를 기반으로 주체성을 실현한다. 그런 의미에서 북한사회는 '혁명의 체제 내화'이자 '혁명의 일상화'라는 측면에서 '정치 부재의 사회'라고 할 수 있다.

김정일 사후에 형상화되고 있는 소설의 서사는 '통치와 안전'의 측면에서 징후적이다. '인민의 자주성'을 호명함으로써, 인민을 배제해 새로운 정치의 출현을 가로막고 있다. 이 '정치부재'의 방식이 단지 억압적 기제의 활용이라고만 볼 수 없는 이유는 '인민대중'을 전면에 내세우고 있기 때문이다. 북한의 지배 언어는 인민의 자주성을 혁명

---

40) 자크 랑시에르, 양창렬 옮김, 『정치적인 것의 가장자리에서』, 길, 2013, 223쪽.
41) 미셸 푸코, 오트르망 옮김(2011), 앞의 책, 531쪽.

이라는 측면으로 끌어올리면서, '당과 인민의 자기통치'로 제어하고 있는 양상이다. 김정일의 사망에 대한 추모가 '혁명'의 언어로 점철되어 있는 것도 '인민의 자주적이면서도 조직적 투쟁'이라는 자기통치의 외피를 고수하기 때문이다. 향후 북한 사회는 김정은이라는 젊은 정치지도자가 인민대중과 맺는 관계에 따라 그 향방을 가늠할 수 있다. 이는 정치지도자의 자기통치가 국가의 안전이라는 적절한 목적을 향해 있는가와 관련이 있다. 따라서 김정은의 수령형상화 양상에 주목할 것이 아니라, 북한 체제가 동원하는 '인민의 자기통치 메커니즘'이 김정은이라는 정치지도자와 어떤 관계를 맺는가에 관심을 기울여야 한다. 더불어 혁명으로 담론화되어 있는 '인민의 자주성 옹호와 실현'이 앞으로 '인민의 자기통치'로 제어될 수 있는가가 북한 사회의 미래를 가늠하는 지표가 될 것으로 보인다.

이 연구는 향후 북한 사회에 존재하는 '몫이 없는 자들'에 대한 연구를 통해 보완될 필요가 있다. 북한 사회의 어두운 면모를 그린 김혜영의 「인간의 향기」[42]와 전충일의 「재부」[43] 등을 적극적으로 독해해 '인민의 자기통치' 양상에 접근할 수 있을 것이다. 「인간의 향기」는 긍정적 인물에 의해 부정적 인물이 교화하는 서사적 양상을 취하고 있다. 부정적 인물의 형상화에 집중한다면 북한 사회의 상처를 구체적으로 확인할 수 있을 것이다. 「재부」는 수기를 소설 형식으로 발표한 작품이다. 허구적 사실이 아닌 실제에 기반한 서사라는 측면에서 북한 노동의 실태를 가늠할 수 있는 중요한 작품이 될 것이다. 북한 사회에 존재하는 '몫 없는 자들의 정치'에 관한 연구는 추후의 과제로 남겨둔다.

---

42) 김혜영, 「인간의 향기」, 『조선문학』, 2012년 2호.
43) 전충일, 「재부」, 『조선문학』, 2012년 8호.

참고문헌

「위대한 령도자 김정일동지의 서거에 즈음하여: 전체 당원들과 인민군장병들과
　　　인민들에게 고함」, 『조선문학』, 2012년 1호.

『조선말 대사전』 2, 사회과학출판사, 1992, 944쪽.

권헌익·정병호, 『극장국가 북한』, 창비, 2013, 49~50쪽.

김금옥, 「꽃향기」, 『조선문학』, 2012년 9호.

김성수, 「'선군(先軍)'과 '민생' 사이: 김정은 시대 초(2012~2013) 북한의 '사회주의
　　　현실' 문학 비판」, 『민족문학사연구』 통권 53호, 민족문학사학회, 2013.

_____, 「김정은 시대 초의 북한문학동향」, 『민족문학사연구』 통권 50호, 민족문
　　　학사학회, 2012.

_____, 『통일의 문학 비평의 논리』, 책세상, 2001.

김일성, 『김일성저작집 37: 1982.1~1983.5』, 조선로동당출판사, 1992, 192쪽.

김하늘, 「영원한 품」, 『조선문학』, 2012년 3호.

김혜영, 「인간의 향기」, 『조선문학』, 2012년 2호.

미셸 푸코, 오트르망 옮김, 『생명관리정치의 탄생』, 난장, 2012, 24쪽.

_____, 『안전, 영토, 인구』, 난장, 2011, 162~163쪽.

석남진, 「사진에 깃든 이야기」, 『조선문학』, 2012년 2호.

오태호, 「김정은 시대 북한 단편소설의 향방: '김정일 애국주의'의 추구와 '최첨단
　　　시대'의 돌파」, 『국제한인문학연구』 제12호, 국제한인문학회, 2013.

와다 하루키, 서동만 옮김, 『북조선: 유격대 국가에서 정규군 국가로』, 돌베개,
　　　2002.

윤상호 기자, 「사망 51시간이 지나도록 청와대도 국방장관도 까맣게 몰랐다」,
　　　≪동아일보≫, 2011년 12월 20일자, 2면.

이상숙, 「김정은 시대의 출발과 북한시의 추이」, 『한국시학연구』 제38호, 한국시
　　　학회, 2013.

이지순, 「김정은 시대 북한 시의 이미지 양상」, 『현대북한연구』 16권 1호, 북한대
　　　학원 북한 미시사연구소, 2013.

이하원·이용수 기자, 「66년 왕조 기로에 서다」, ≪조선일보≫, 2011년 12월 20일
　　　자, 1면.

이희승 감수, 『국어사전』, 민중서관, 1987, 2104쪽.

자크 랑시에르, 양창렬 옮김, 『정치적인 것의 가장자리에서』, 길, 2013.

전충일, 「재부」, 『조선문학』, 2012년 8호.

찰스 암스트롱, 김연철·이정우 옮김, 『북조선 탄생』, 서해문집, 2006.

최종하, 「깊은 뿌리」, 『조선문학』, 2012년 1호.

편집부, 『영원한 우리 아버지』, 금성청년출판사, 2012

――――, 『영원히 함께 계셔요』, 금성청년출판사, 2012.

김정은 시대, '전승 60주년'의 문학적 표정[※]

: 『조선문학』(2013.7)에 나타난 전쟁기억의 양상

유임하

1. 다시 북한문학은 우리에게 무엇인가

오늘, 지금 이 자리에서 북한문학을 다시 생각한다는 것은 무엇을 의미하고 어떤 의의를 갖는 것일까. 이런 생각의 단서는 모두 '하나의 민족'이라는 전제에서 출발한다. '하나의 민족'이라는 전제에도 불구하고 북한은 우리에게는 '남북의 군사적 대립이 지속되는 한, 경계해야 할 안보의 적대적 대상'이자, '한반도의 평화 통일을 이루기 위해 필연적으로 공존하고 상생해야 하는 동반자'1)라는 모순되고 착잡한 대상이다. 하나인 민족이 두 체제로 분리되어 적대적으로 대립해온 사태가 분단체제의 본질이라면, 그것의 극복은 당연히 적대적인 방식이 아니라 평화체제로의 전환을 통해서 가능해질 터이다. 하지만, 체제의 적대성 극복이 전환점을 마련하기까지의 국가적 현실

※ 이 글은 「'전승 60주년'과 북한문학의 표정」(『돈암어문학』 제26집, 돈암어문학회, 2013)을 단행본에 맞게 수정한 것이다.
1) 한반도평화포럼, 『잃어버린 5년, 다시 포용정책이다』, 삼인, 2012, 15쪽.

정치의 진전은 그리 녹록치 않다.

'평화통일'은 1970년 8.15경축사에서 박정희 대통령이 언급한 것을 시작으로, 1972년 7.4 남북공동성명에서 처음 그 윤곽을 드러냈지만, '동서 화해'라는 국제적 흐름과 결합되어 점화되지 못한 채 선언적인 의미에 그치고 말았다. 남북공동성명 이후 남한은 유신체제로, 북한은 김일성 유일체제를 강화해 나갔다. 2000년대 이후, 남북의 대결적 국면은 소강상태였다기보다는 상호적대성을 넘어서려는 노력으로 이어졌다고 할 만하다. 하지만, 북한의 핵실험과 미사일 개발 같은 국제관계의 긴장국면 조성이나 금강산 관광객 사망 같은 돌발사태는 남북 상호간에 불신을 야기하며 평화체제로의 전환을 크게 제한했다.[2]

이런 시점에서 북한문학을 다시 생각한다는 것은 어떤 의미를 갖는 것일까. 그것은 '분화된 민족 집단에 대한 이해와 복원, 더 나아가 상생과 평화의 동반자적 관계 수립을 위한 노력의 일단'이라고 할 수 있다.[3] 해방 이전까지 하나의 근대문학이었던 남북한의 문학은 탈식민과 함께 한반도에 관철된 냉전체제 아래 남한과 북한이라는 두 개의 체제 안에서 분화되어 오늘에 이르고 있다. 해방 직후부터 상이한 이념과 인적 구성을 바탕으로 국가기구를 수립하며 1948년 두 개의 국가로 출발한 남북한사회는,[4] 서로 국가체제를 불인정하며

---

2) 김대중 정부의 북한 포용정책은 합당한 명분에도 불구하고 비밀외교 방식으로 운용되면서 사회적 합의 절차를 거치지 못하면서 남한사회 내부의 갈등을 야기했고, 이러한 절차적 결함은 이후 이명박 정부에서 남북관계의 보수적인 운영으로 이전에 축적된 남북의 신뢰 기반을 상실하는 사태에 이르도록 했다. 김정은 체제가 출범하기까지 북한의 최근 상황은 핵과 미사일 발사실험으로 남북관계의 정상성을 저해하는 한편 관계의 불확실성이 증대되는 특징을 보여주었다.

3) 이 같은 관점은 김성수, 「문학적 '통이(通異)'와 문학사적 통합: 북한문학 연구의 존재 증명」, 『한국근대문학연구』 19호, 한국근대문학회, 2009, 31~66쪽 참조할 것.

4) 남북한문학의 분화는 잘 알려진 대로 미소 군정에 의한 친정 체제 구축이 결정적인 원인이다. 해방 직후 남북한의 국가기구 설립과정은 박명림, 「한국의 국가 형성, 1945~1948: 시각과 해석」, 『한국정치학회보』 29집 1호, 한국정치학회, 1995; 『한국전쟁의 발발과 기원』 II, 나남출판, 1997 등을 참조할 것. 소군정의 지원 아래 좌파 정치세력이 결집하여 국가기구를

전승 60주년 기념 행사

군사적으로 충돌했고 세계전쟁으로 비화되는 역사적 체험을 거쳤다. 이 과정에서 남북사회는, 상호간에 '민족'이라는 이념의 전유를 경쟁하며 상호 적대성을 해소시키지 못하고 분단체제를 장기 지속하는 오늘에 이르렀다. 그런 까닭에 지금의 시점에서 필요한 것은 북한문학에 대한 이해가 북한사회가 지향하고 선택해온 구체적인 실체를 이해하는 하나의 통로라는 것, 우리와는 확연하게 다른 제도를 구축해왔다는 사실 그 자체이다.

2013년 7월 27일 북한사회는 '전승 60주년'을 기렸다. 우리가 휴전일로 삼는 날을 '전승 60주년'으로 기념하는 현실에서, '휴전일'과 '전승절' 사이에 가로놓인 의미의 간극만큼이나, 장기지속되는 분단체제의 이질화를 잘 보여주는 사례는 달리 없어 보인다. 잡지의 첫 면에는 '전승 60돐' 기념 표제시 「우리는 승리했네」가 수록되어 있다. 기념시의 핵심적인 전언은 '조국의 자유와 독립을 위한 조국강토의 사수와 원쑤들에 대한 승리'를 기억하며, '김일성 수령의 뜻을 받들어 찬란한 내일을 건설하자'는 내용으로 축약된다. 북한의 전쟁 기억

속속 출범시킨 북한사회에서 문학은 제도적으로 '조선공산당 북조선분국'의 관리하에 놓이게 된다.

전승 60돐 선전 포스터

은 '미 제국주의에 대한 승리의 공적 역사'이며, 그 중심에는 '김일성 수령의 영도'가 자리 잡고 있다. 김일성과 김정일의 치적을 중첩시켜 김정은 위원장을 부각시키려는 정치적 상징조작이 활발하다는 점에서, 전쟁 기억의 계승과 활용은 김정은 시대에 와서 오히려 활성화되는 느낌이 강하다.

잡지의 목차 위에 가로놓인 "위대한 수령 김일성 동지는 영원히 우리와 함께 계신다."라는 구호는 3대세습의 취약성을 당위적 가치로 봉합시키는 느낌을 준다. 이 구호는 "오직 승리와 영광만이 있을 것"(2쪽)이라는 송덕만큼이나, 승리한 전쟁의 기억을 영속화하며 '전쟁으로서의 정치'가 가진 최종목적인 체제강화의 차원으로 전환시키고 있다.[5] 이 같은 특성들에서는 전승 60주년을 맞이하는 김정은 체제의 북한사회가 당면한 현실을 복합적으로 살필 수 있게 해준다. 요컨대, 전쟁의 기억은 3대에 걸친 세습정권이 태생적인 취약성을 강화하여 권력의 성공적인 안착을 위한 필수적인 기제이자 사회내부의 결속과 사회동원의 명분을 가능하게 해주는 유용한 자산인 셈이다.

이 글은 2013년 '전승 60주년'을 함께 맞이한 북한사회에서 '전쟁 기억'이 어떻게 기념되는지를 주목해 보고자 한다. 이 글에 관류하는 문제의식은 김일성, 김정일 체제하에서 전쟁기억은 어떻게 구성되었으며, 김정은 체제하에서 맞이한 전승 60주년 현실에서는 전쟁기억

---

5) 김일성 주석 사망 이후 김정일 시대의 문학적 경과에 관해서는 김성수, 「김정일 시대에 대한 비판적 고찰: 선군시대 선군혁명문학의 동향과 평가」, 『민족문학사연구』 27호, 민족문학사학회, 2005 참조. 김정은 체제의 등장에 따른 체제의 속성에 관해서는 히라이 히사시, 백계문·이용빈 공역, 『김정은체제: 북한의 권력구조와 후계』, 한울아카데미, 2012 참조.

이 어떤 변화를 보이는지를 살펴보는 데 있다. 북한의 대표적인 문학 전문잡지로서 조선작가동맹 기관지인 『조선문학』, 2013년 7호(이하 특정하지 않는 한 『조선문학』으로 표기함—인용자)를 '전승 60돐 특간호'로 간행한 바 있다. 이 글에서는 이 잡지를 텍스트 삼아, 잡지에 수록된 소설을 중심으로 김정은 시대의 전쟁기억이 어떤 특징을 보이는지 논의해 보기로 한다.

2. 정전(停戰) 이후 전쟁기억의 형성과 전개

북한사회에서 6.25전쟁은 '조국해방' '국토완정'이라는 명제로 요약된다. 6.25전쟁은 "외래 제국주의 침략자들을 반대하여 우리나라의 자유와 독립을 수호할 임무를 가진 반 제국주의적 민족 해방 혁명"이면서 "우리나라에서 미 제국주의자들의 동맹자로 또는 지주로 되여 있는 친일 반동분자, 제국주의 앞잡이들, 민족 반역자들, 지주들, 예속 자본가들의 도당인 리승만 역도들을 타도하고 인민 공화국을 수호하며 그의 기치 하에 국토를 완정시킬 임무를 가진 전 인민적 민주 혁명"6)이라는 정의에 기초해 있다. 그러나 이 정의는 남북체제가 불인정하며 서로 갈등해온 '실패한 정치'로서의 측면과 그 결과 초래된 폭력과 희생을 은폐하며 '민족국가의 완성'이라는 도덕적 윤리적 명분만을 부각시키는 치명적인 약점을 가지고 있다. 또한, 전쟁의 이 같은 명분에는 민주기지화를 자처한 북한 정권이 주체가 되어, 일제의 패망 이후 남한에 진주한 미군정 이후 수립된 남한 정부를 미 제국주의의 허수아비정권으로 규정하고, 새로운 식민지적 현실을 타파하는 신성한 전쟁이라는 관념이 전제되어 있다.

---

6) 『김일성선집』 제4권, 조선로동당출판사, 1953, 351~352쪽. 과학원 언어문학연구소 문학연구실, 『조선로동당의 문예정책과 해방후 문학』, 과학원출판사, 1961, 78쪽 재인용.

북한문학에서 6.25전쟁은 "조국의 통일과 국토의 완정을 위한 남반부 인민들의 정의의 구국투쟁은 문학예술작품의 훌륭한 소재"로서, "그것을 작품으로 형상하는 것은 문학예술인들의 숭고한 의무"[7]라고 규정되고 있다. 이러한 김일성의 교시는 훗날 구성될 전쟁 기억이 철저하게 대문자 역사의 관점에서 구성하는 원칙을 분명하게 보여준다. 1954년 8월에 있었던 훈시에서 김일성은, 북한의 문학예술이 전쟁을 기억하는 방식에 대해 명시한 바 있다. 전쟁을 소재로 한 형상화 문제를 제기한 그는 "인민대중을 혁명적으로 교양"하기 위한 도구로서 "조국해방전쟁을 주제로 한 작품"이 가진 문학의 감화력에 주목하였다. 그는 "조국해방전쟁시기 인민군대와 인민들이 세계 '최강'을 자랑하던 미제와 그 주구들을 반대하여 영웅적으로 투쟁한 생동한 자료를 가지고 소설, 영화, 노래, 무용과 같은 문학예술작품을 많이 창작하여 당원들과 인민들을 교양"하고 널리 보급함으로써 "정전이 된 오늘 우리 인민들이 평화적 건설을 진행하면서 가렬한 전쟁시기 자기들이 투쟁한 모습을 그린 문학예술작품들을 보면 커다란 감명을 받게 될 것"[8]이라는 지침을 전면에 내걸었다.

정전(停戰)과 함께 전쟁을 소재로 한 창작을 독려한 김일성의 교시는 제도적 지침으로서 제도적 실정력을 발휘했다. 정전과 함께 북한문학에서 주조되어 온 전쟁기억은 '세계 최강을 자랑하던 미제와 그 주구들을 반대하여 영웅적으로 투쟁'한 대주체의 승전 기억으로 귀착되었다. 인민대중에 대한 혁명적 교양을 위한 도구로서 북한문학이 전쟁기억을 구성해나갈 때 거기에는, "멸적의 길에 궐기한 우리 인민의 조국에 대한 뜨거운 사랑, 고상한 민족적 자부심, 조선인민의 승리의 조직자이며 고무자인 조선로동당에 대한 충실성, 원쑤에 대

---

7) 김일성, 「현 시기 문학예술인들 앞에 나서는 몇 가지 과업: 문학예술인들에게 한 훈시 (1949.12.22)」, 『김일성저작집』 5권, 평양, 조선로동당출판사, 1980, 338쪽.
8) 김일성, 「문학예술을 더욱 발전시키기 위하여: 조선로동당 중앙위원회 정치위원회에서 한 결론: 1954년 8월 10일」, 『김일성저작집』 9권, 평양, 조선로동당출판사, 1980, 61~62쪽.

한 불타는 증오와 적개심, 가혹한 시련과 곤난을 극복하는 용감성과 불굴성, 혁명적 락관주의, 인민민주주의의 새 사회제도의 불패의 생활력과 승리에 대한 확고한 신심, 평화에 대한 아름다운 지향 등"9)이 형상화의 주된 제재로 거론되었다. 이들 세목에서 확인되듯이, 전쟁기억은 제국주의와의 대결에서 승리한 대주체의 공적 기억으로 주조되었다.

북한문학사에서 거론되는 전쟁기억에 관한 작품들을 일별해 보면,10) 전후방에 걸쳐 영웅적인 활약상을 다룬 소설들의 경우 대부분 애국주의를 기조로 한 전쟁체험을 소재로 삼았다. 그 중에서도 윤세중의 중편 「도성 소대장과 그의 전우들」(1955)은 영웅전에 가까운 일대기 형식을 취한 경우이다.11) 하지만 전쟁 영웅에 대한 일대기 구성 방식은 전사들의 영웅적 활약상을 기념하는 소기의 목적에 충실한 사례로 머문 반면, 1956년에 발표된 박웅걸의 장편 『조국』과 황건의 『개마고원』의 경우, 전쟁은 전쟁 전후 시기에 펼쳐진 장엄한 인민의 투쟁으로 다루어지고 그 안에서 당일꾼과 인민의 유기적 연대를 취급하는데, 여기에서는 애국주의와 함께 당과 인민대중의 연대를 통한 최종적인 승리가 한층 부각되어 있다. 이는 영웅적 개인의 문제가 서사적 넓이를 가질 때, 간고한 전장의 경험을 극적으로 재구성하는 과정에서 당과 개인의 연결고리를 만들어 당의 지도와 인민의 제휴관계, 사회발전의 신화가 한데 용해된 내러티브로 만들어진다는 것을 의미한다.

'전후경제 복구'라는 시대적 과제 앞에 전쟁기억은 희생당한 전사자들의 유훈을 떠올리며 부족한 노동력을 동원하는 기제로 활용된다.

---

9) 사회과학원 문학연구소 편, 『조선문학통사: 현대문학편』, 인동, 1988, 239쪽.
10) 이하 내용은 과학원언어연구소문학연구실 편, 『조선문학통사』(하), 평양: 과학원 출판사, 1959와 신형기·오성호, 『북한문학사』, 평민사, 2000, 161~206쪽 참조.
11) 북한문학에서 영웅전의 소설적 변주는 사실에 기초한 내러티브라는 특징을 가지고 있다. 신형기·오성호, 위의 책, 135~139쪽 참조.

변희근의 「빛나는 전망」(1954)은 전쟁기억이 본격적으로 사회적 정치적 요청과 접합하며 변주되는 지평을 보여준 사례이다. 50년대 중반 이후 전개된 천리마운동시기에 들어서면, 사회적 동원기제로서 전쟁기억의 활용은 보다 적극적이고 더욱 정교해진다. 김병훈의 「해주-하성에서 온 편지」(1960)처럼 전사자들의 유훈은 천리마운동의 열기와 결합된다.12) 작품에서 전쟁기억은 철교 난공사에 뛰어들어 불철주야 공사에 참여하는 열기로 기적 같은 공기 단축에 매진하는 청년들의 열정을 불러내는 원천을 이룬다. 아이디어 많은 일꾼인 박칠성에게는 전사한 소대장과 춘보아바이의 유훈이 늘 가슴 속에 자리잡고 있다. 그 유훈은 박칠성과 같은 천리마세대를 이끄는 동력이다.13) 또한 권정웅의 「백일홍」(1961)에서 전쟁기억은, 영예군인 출신 선로원 당일꾼이 죽음으로 지켜낸 터널과 선로를 지키는 공산주의적 인간의 영웅적 투쟁으로서, 당원에게는 기억되어야 할 당위의 국가 기억이다. 궁벽한 산촌에서 묵묵히 일하는 선로원 앞에 총알자국 선명한 터널은 조국을 지켜낸 선로원 전사자의 숭고한 희생의 자취이고, 이 자취는 실천적 삶으로 살아가는 이들에게는 역사의 현존하는 거울이 된다.

이렇듯, 1960년대 북한소설에서 전쟁 기억은 전사자의 유훈과 총알자국 얼룩진 터널의 생채기로 간접화되고 있으나, 그것은 기억되어야 할 당위의 세계이다. 그러나 '전쟁기억의 간접화'는 전쟁의 생채기가 일상의 질서가 회복되면서 눈앞에서 사라지고 부재하는 기억의 차원으로 진입하는 현상에 부합한다. 하지만 간접화된 전쟁기억은 도덕적 원천을 이루며 천리마시대를 이끄는 사회동원 기제로 활용된다.14)

---

12) 유임하, 「청년과 열정, 감화의 이야기 방식: 김병훈의 천리마운동 소재 소설」, 이화여대 통일학연구원 편, 『북한문학의 지형도』, 이화여대출판부, 2008, 128~142쪽 참조.

13) 소대장과 죽은 춘보아바이에 대한 박칠성의 회상은, "우리가 다 살지 못한 생"과 "사랑하는 이 조국땅의 미래"를 두고 그렸던 많은 꿈과 설계도를 "부디 잊지 말고 우리의 생각과 꿈이 이 땅에서 꽃으로 피게"(김병훈, 「해주-하성에서 온 편지」, 『조선단편집(3)』, 평양: 문예출판사, 1978, 537쪽) 해 달라는 목소리로 남아 있다.

14) 1960년대 북한소설 전반에 나타난 천리마운동의 연관은 유임하, 「대중동원과 문학의

그러나 천리마시대에 유훈으로 회상되는 전쟁기억에는, 김일성 유일체제의 등장과 함께 항일무장투쟁의 기억이 새로 추가된다. 이 새로운 변곡점은 '빨치산 참가자들이 북한 정세를 주도하며 정권을 창출하는 주도세력으로 단련되는 혁명의 공간'이었던 만주지역에서 전개된 항일무장투쟁의 기억이 혁명전통으로 승격되는 과정에서 발생한 것이다. 1953년부터 수차에 걸친 전적지 답사과정을 거쳐 항일무장투쟁은 혁명전통으로 자리매김된다.15) 이 과정에서 6.25전쟁의 또 다른 기원 하나가 추가적으로 소급 적용되었던 것이다.

'조국 해방'과 '국토완정'이라는 전쟁 명분이 김일성의 항일무장투쟁과 접합되면서, 전쟁의 기원은 1926년 10월 '타도제국주의동맹' 결성 시기로까지 소급되기에 이른다.16) 전쟁의 기원을 확장시키는 시도는 만주 지역에서 전개된 민족의 항일무장투쟁을 김일성 중심으로 전유하는 과정에서 촉발되었으나, 그 작업은 1990년대 초반까지도 지속되었다는 점에 유의해본다면, 여전히 사후적인 정정이 이루어지는 가운데 '혁명가족의 신성화'를 지향하며 현재진행형임을 의미한다. 전쟁의 소급 적용에서 일어난 변화는 적대적 대상이 식민지 시기의 일본 제국주의에서 해방 이후 미국제국주의로 대체되는 것만이 아니었다. 이 과정에서 '민족의 완전한 혁명'이라는 명제가 절대화되었다.

그러나 절대화된 김일성 유일체제의 가장 큰 폐해의 하나는 김정일체제에 이르기까지 절대적인 혁명전통으로 자리 잡으면서, 두 사람의 국가지도자가 문학예술을 '영도한 신묘한 지도력'으로 덧칠하

무기화: 1960년대 북한소설에 나타난 천리마운동과 국가신화 만들기」, 건국대 통일인문학연구단 편, 『문화분단: 남한의 개인주의와 북한의 집단주의』, 선인, 2012, 289~303쪽 참조.

15) 유임하, 「항일무장투쟁의 혁명전통화와 '만주'의 심상지리」, 『경계와소통』 1집, 경희대 역사문화연구소, 2010, 244쪽. 김일성의 만주항일무장투쟁과 관련된 유용한 참조물은 와다 하루키, 이종석 역, 『김일성과 만주 항일전쟁』(창작과비평사, 1992)과 신주백의 『1920~30년대 중국지역 민족운동사』(선인, 2005) 등이 있다.

16) 리기주, 『위대한 수령 김일성동지 문학예술령도사』, 평양: 문예출판사, 1991, 15쪽.

는 데 있다. 이 사후적인 정정은『위대한 수령 김일성 동지 문학예술 령도사』(평양, 문예출판사, 1991)의 제명에서 볼 수 있듯이, '당 문학'이 라는 제도적 차원을 감안한다 해도, 모든 문학적 공과를 국가지도자 아래 복속시켜 '문학예술을 영도했다는 우상화'의 폐단을 낳았다는 비판을 면하기 어렵다.

3. 전승의 의례화와 전쟁기억의 재구성

'전승'이라는 국가의례의 행위인 '송덕'과는 달리, 기억은 "과거지 향적"이며 "상실되고 실종된 흔적을 찾아내고 현재에 의미 있는 증 거들을 재구성한다."[17] 이런 측면에서 전쟁기억의 구성방식은 흥미 로운 대상이 아닐 수 없다. 김일성, 김정일 체제에서 전쟁기억은 북 한사회를 이끄는 혁명세력중심의 단일한 전통으로 의례화되었다. 2 대에 걸친 전쟁기억은 '항일무장투쟁'의 혁명전통과 접합된 견고한 집단기억으로서의 구속력을 지니고 있었다. 항일무장투쟁의 혁명전 통화를 주도한 실질적인 주관자는 잘 알려져 있다시피 김정일 위원 장이었다. 이를 감안하면, 김일성 체제하에서 구성된 과거, 곧 항일 무장투쟁에서 6.25전쟁으로 이어진 전쟁기억에서는, 반제국주의·반 식민주의·반봉건주의를 내건 '완전한 민족해방과 인민해방의 투쟁' 이라는 역사적 과정이 관류한다. 그러나 3대 세습을 이룬 김정은 체 제에서 전쟁기억의 유산을 재구성해야 할 시점에 와 있다. 특히 김정 은 시대는 체험으로서의 과거와 단절되면서 새롭게 재구성된 전쟁기 억을 계승해야 하는 상황에 직면해 있다.

'전승 특간호'에 걸맞게『조선문학』, 2013년 7호에서 전쟁은 '승전

---

17) '전승의 기억'은 송덕에 가깝다. '송덕'은 "미래 지향적이고, 잊어서는 안될 사건으로 오랫 동안 보존해야 할 후손들을 겨냥"한다. 알라이다 아스만, 변학수·백설자·채연숙 공역,『기 억의 공간』, 경북대출판부, 2003, 60쪽.

의 기억', 곧 '미 제국주의와의 대결에서 승리한 기억'으로 기념한다. 하지만, '김일성, 김정일'이라는 2대에 걸친 '국가아버지'에 기반을 둔 기억인 "위대한 대원수님들 이룩하고 빛내주신 전승의 7.27"을 "경애하는 원수님 받들어 영원한 승리의 7.27로 떨쳐가리"라는 송덕으로 의례화한다. 의례화된 전승의 기억은 7.27이라는 기념일과 대주체와의 연결고리를 가시화함으로써 과거의 권력 정통성을 계승하는 또 다른 대주체로서 김정은 위원장을 재배치하고자 한다.

> 내 다는 몰랐구나/영생이란 참뜻을//수수천년 인류의 념원이 담긴/이 말 이 뜻/사전의 갈피가 아닌/여기 금수산태양궁전에서/내 오늘 다시금 깨우치나니// (…3, 4, 5연 생략…) //더 뜨겁고/더 열렬하게/더 눈물겹게/인민에게 안겨진 대원수님들의 사랑/그것은 우리에게/경애하는 김정은원수님이 계시기 때문! (…이하 연 생략…)
> — 정두국, 「태양의 집 뜨락에서」(『조선문학』, 2013년 7호, 4쪽)

인용된 시에서 '영생'은 '대원수님들'로 지칭되는 3대 세습의 지도자들이 "어제도 오늘도/인민들과 함께 계신다는 생각" 속에 깃들어 있다는 방식으로 과거의 영속화를 나타내는 시간적 재구성의 다른 표현이다. 또한 '영생'은 '금수산태양궁전'에서 김일성-김정일이라는 대주체의 과거를 현재화하는 표현일 뿐만 아니라, 김정은이라는 존재를 승인하며 '전승의 기억'을 미래로 투사시키는 '송덕'과 전쟁 기억의 출발점에 해당한다. 인용된 시구에서 '태양의 집' 뜨락은, 3대에 걸친 지도자의 집무실과 주검이 안치된 처소이자 '인민들에 대한 대원수의 사랑'을 되새기며 깨달음을 얻는 의례 공간에 해당한다. 이 공간은 '3대원수님'이 있다는 점에서 '수령이 영생하는 시간성'의 참뜻을 되새기게 만드는 신성한 장소이다. 이렇듯 '김정은 위원장'을 대원수로 배치하는 작업은 그를 대주체로 격상시켜 조손(祖孫)의 권력 위상을 대등하게 조작하는데, 여기에서는 '대원수'라는 호칭을 통일시켜 인접성에 기초한 환유적 효과를 극대화하며 정치적 상징조작을 시도한다는 특징이 발견된다.

하지만 김정은 위원장의 위상을 격상시키는 작업 또한 초기단계에 놓여 있다는 점을 감안하지 않으면 안 된다. 이는 김정은 위원장이 후계자로 인준받은 2009년 이후 지도자 수업을 받는 과정에서 2011년 김정일 급서와 함께 인민군 최고사령관으로 추대된 만큼 시기적으로도 지도자의 이미지 구축이 초기단계라는 사정과 직접적으로 관련 있다.[18] 그런 만큼 재구성되어야 할 전쟁기억은 그 윤곽과 방향만 시사받을 수 있을 뿐, 구체적인 내용에 관해서는 속단하기 이른 감이 있다.

'전승60돐 특간호'인 『조선문학』(2013년 7호)에서 텍스트 전체를 관류하는 전쟁기억은 표면적으로 김일성 주석에 대한 회상의 기조가 주류를 이루고 있다. 하지만, 이들 전쟁기억을 상세하게 살펴보면 김정은 체제가 안고 있는 대내외적인 문제와 직접적으로 관련된 기억들을 활발하게 재구성하고 있는 측면이 강하다.

6.25전쟁기억은 전쟁시기의 김일성과 관련된 일화를 발굴한 경우이거나 1960년대 김일성의 지도력을 회상하고 있다. 그러나 여기에는 김정은 체제에 대한 대외적인 위협 요인과 체제 안정과 관련해서 인접성이 높은 환유적인 의미관계를 형성한다. 일례로, 2012년에 간행된 '불멸의 력사총서'의 하나인 정기종의 『운명』에 대한 평론인 김학의 「존엄이 있어 운명도 지켜진다」는 전승 특집호에서 거론되는 이유가 무엇 때문인지를 알 수 있는 단서를 제공해주는 흥미로운 텍

---

18) 이지순은 김정은의 이미지 형상화작업을 김일성 이미지와 유사하게 주조해내는 일련의 과정에 주목하고, 2010년 이후 '발걸음' 이미지로 지도자 출현을 알리는 정교한 미디어정치의 선전 작업을 시도한 것을 본다. 이지순, 「김정은 시대 북한 시의 이미지 양상」, 『현대북한연구』 16권 1호, 북한대학원대학교 북한미시연구소, 2013, 255~291쪽 참조. 한편 김성수는 김정은 시대의 문학 전반의 동향을 정리하면서, 김정은 시대 수령형상문학의 특징을 '추모를 통한 조/부의 권위 계승', '친근한 지도자 이미지 구축'을 시도하면서 인민생활 향상과 청년의 미래담론을 제시하고 있는 것으로 진단하고 있다. 김성수, 「김정은 시대초의 북한문학 동향」, 『민족문학사연구』 50호, 민족문학사학회, 2012, 492~513쪽 참조할 것.

스트이다. 겉보기에는 장편『운명』에 대한 논평이지만, 이 글은 김정은 체제가 당면한 현실과 김일성체제와의 연관을 부각시키는 텍스트로 보아도 무방하다.

　자주의 사상리론이 조성된 정세에 맞게… 오만해질대로 오만해진 미제는 지금 세계도처에서 전쟁의 불을 지르고 있다. 그 불길이 우리 가까이에서 타번지고있다. 이렇듯 긴박한 정세는 우리에게 속히 국방에 힘을 집중할것을 요구하고'있다. 누구도 우릴 지켜줄수 없다. 까리브해의 위기때를 돌이켜보라. 남의 것이 아무리 위력한 로케트라고 해도 제 손에 쥐여있는 보총보다는 못하다. 이것은 지나온 력사가 우리에게 새겨준 심각한 교훈이다. 나라와 민족의 자주권은 철의 주먹으로 지켜야 한다. 머리를 조아리고 눈물로 애걸하거나 맨주먹을 내흔들며 울분을 터치는 것으로는 결코 지켜낼수 없다.[19]

　1960년대 초반 쿠바사태를 둘러싼 엄중한 국제질서는 2013년 현재 북한사회가 직면한 체제의 위기요인과 중첩되는 상황을 보여준다. 쿠바사태는 직접적으로 2012년 이후 북한의 대내외적인 상황과 유사한 인접성을 가진 셈이다.『운명』에서 재현되는 현실은 1960년대 당시 북한사회의 대내외적인 상황의 엄중함에 있다. 북한은 중소와의 거리 유지를 통해 자력갱생 원칙에 따른 고립외교 전략을 선택했고 이러한 현실의 사상적 기반으로 주체사상을 탄생시켰다.[20]『운명』에서 전쟁의 역사가 주는 교훈은 '남의 미사일보다 제 손의 보총이 더 나은 현실'이며 '민족 자주권'의 중요성이다.

　전쟁을 통해 체감한 과거는 '나라와 민족의 자주권을 수호하는 것'을 재확인하는 거울에 해당한다. 그런 점에서 1960년대 김일성의 지

---

19) 김학, 「존엄이 있어 운명도 지켜진다: 총서 '불멸의 력사' 장편소설『운명』에 대하여」, 『조선문학』, 2013.7., 22쪽.
20) 이에 관해서는 이종석,『새로 쓴 현대 북한의 이해』, 역사비평사, 2000 참조.

도력과 전쟁기억은 고스란히 김정은의 지도력으로 수렴된다. 더구나 김일성의 자력갱생 선택은 '원자탄 폭발시험이 성공적으로 진행된 시점'에서 취한 국방경제병진 노선이었다(핵과 경제병진노선을 천명한 김정은체제는 김일성 체제의 선택을 환기하기에 충분하다). 이는 "흐루쇼브의 실각과 때를 같이하여 진행된 중국의 핵시험의 성공을 두고 격변하는 세계의 정치정세" 속에서 이루어진 것임을 부각시키고 있다는 게 글의 요지이다. "1962년 12월 당중앙위원회 제4기 제5차 전원회의 당시 결정되었던 경제국방병진노선에 대한 추억"(24쪽)은 다분히 전략적이다. 무엇보다도 2012년 이후 김정은체제의 당면과제와 부합하기 때문이다. 결국 김정은 체제하에서 전쟁의 기억은 1960년대 북한사회의 자력갱생과 국방경제병진노선에 대한 새로운 발견을 통해, 동서 대립의 냉혹한 현실 속에서, 8.15해방 이후 전개된 적대적인 조미(朝美) 대결의 역사에서 민족자주권의 중요성을 교훈으로 삼는 데 있음을 재확인시켜준다.

"철저한 자주로 일관된 경제국방병진로선"(22쪽)을 택한 김일성 체제의 지향은 핵과 경제 병진을 택한 김정은 체제가 지향하는 전사(前史)에 해당하는 것임을 환기시켜준다. 이는 김정은 체제가 직면한 대내외적인 압력과 파고를, 김일성체제에서 선택한 자력갱생 원칙에 따라 내부 결속으로 돌파하겠다는 의지를 천명으로 읽어도 무방하다. 전쟁의 기억은 언제나 과거로부터 현재에 유의미한 요소들을 재구성한 것이라는 점에서, 1960년대 김일성의 경제정책과 전쟁에서 얻은 교훈이란 2013년의 시점에서 호명하고 번역해낸 것에 가깝다. 이렇게 본다면, "소설형상의 갈피갈피에 깊이깊이 새겨져있는 철의 진리는 나라와 민족, 인간의 자주적 존엄은 그 무엇과도 바꿀수 없는 생명이지만, 그 생명은 위대한 수령에 의해서만 확고히 담보된다"[21]라는 평자의 언급은, 김정은에 대한 인물묘사 또한 김일성과 동일하

---

21) 김학, 앞의 글, 21쪽.

게 수령형상원칙에 따른 것임을 보여주는 실례가 된다고 말해도 그리 틀리지 않는다.

4. 노병의 회상과 전쟁기억의 행방

『조선문학』 특간호에 수록된 소설은 「맑은 시내 흐르는 곳」(강철), 「큰 주먹」(최종하), 「노래는 남는다」(류영기), 「어머니 품속에서」(석남진) 등 네 편으로 모두 단편이다. 이들 작품은 직간접적으로 전쟁기억과 관련이 있다. 네 편의 단편이 가진 특징은 과거로서의 전쟁을 회고하는 주체로 노병들이 등장한다는 공통점을 가지고 있다.

「맑은 시내 흐르는 곳」은 전쟁 시기 김일성과 강건 사이에 얽힌 숨은 일화를 채록한 것임을 밝힌 실화소설이다. 「큰 주먹」은, "적군과 아군―두 군대에서 복무한 특이한 경력"의 소유자인 팔순 넘은 주인공 화자가 세계 최강의 전력을 가진 미국과 대결하여 이긴 비결이 무엇인지를 체험담으로 알려주는 경우이고, 「노래는 남는다」는 은퇴한 지휘자의 회상 속에서 50년 전 전승경축음악회에서 협주곡 「사랑하는 내 고향」의 작사자이자 전사한 연인의 조국애를 환기하는 경우이다. 노병에 의해 기억되는 것은, 인간적 감화와 사상적 성장을 이끄는 지도력을 발휘하는 수령형상이다. 「맑은 시내 흐르는 곳」에서는 고향 상주를 지척에 둔 강건이 불철주야 조바심을 내는 모습을 위로하며 전쟁의 의미가 단순한 전쟁이 아니라 혁명의 과정이며, 적에 대한 증오와 인민에 대한 사랑임을 각성시키고 이에 감화되는 수령―인민의 관계가 제시되어 있다. 이는, "이 글을 위대한 조국해방전쟁승리 60돐에 삼가드리면서 나는 아직 그닥 널리 알려지지 않았던 이 력사적 사실의 꾸밈없는 기록자, 전달자"(19쪽)라는 작가의 의무를 충실히 이행하는 당 문학으로서의 면모를 보여주는 대목이기도 하다. 역사적 사실의 강조는 '과거의 재발견'으로서의 공적 기억이라는 점을 말해준다.

고향을 지적에 둔 작전에서 국군의 완강한 저항에 역량의 한계를 느끼는 강건을 독려하는 김일성의 감화와 지도는 조국해방전쟁의 본래 의미가 무엇인지를 깨닫게 해준다. 김일성과 김책, 32살에 전사한 강건을 둘러싼 일화의 향방은 김일성의 지도와 그에 감화된 인물 사이에 교류하는 사상적 정신적 유대의 진면목을 보여주는 데 있다. 이는 앞서 언급한 수령형상의 원리에 기대면 곧바로 김정은에 대한 수령형상이 가동되기 시작한, 그러나 '조국해방전쟁'에서는 구체적인 연관을 고안하지 못한 상태임을 은연중에 드러낸다. 김정은에 대한 정치적 상징조작은 '조국통일성전'을 위해 싸우는 '백두산 장군'의 모습에 중첩시키는 방식으로 재현되고 있다.

(…전략…)
김일성동지께서는 잠시 말을 끊으시고 믿음 어린 시선으로 강건을 여겨 보시였다.
"강건 동무, 내 아까 김책 동무에게도 말했지만 우리는 지금 이 전쟁을 증오와 함께 사랑으로 하고 있소. 병사들에 대한 사랑, 동지에 대한 사랑, 고향과 혈육, 조국과 인민에 대한 사랑으로 하고 있단 말이요./그 사랑이 불씨가 동무의 가슴에서 식어가고 있지 않은가 잘 되새겨 보오./그렇게 시꺼매서 메말라가지 말고…."
(…중략…)
강건은 지금 그때처럼 전우들과 함께 장군님을 따라 걷고있는듯 한 환각에 휩싸였다./툭툭— 심장에서 솟구친 더운 피가 혈관을 따라 사품치기 시작하는 것을 느꼈다.
(그래, 난 그 대오에서 한생토록 우리 장군님 발걸음을 한자욱도 헛디딤 없이 그대로만 따라걸으리라고 마음다지고 또 다졌건만 장군님심중에 용암처럼 차넘치는 저 뜨거운 정과 열의 세계, 굳고 굳은 신념의 세계를 다 알고 따라서기에는 내 아직 너무나도 아는 것이 적고 미숙한 인간이였구나!)

(…중략…)

"그렇소, 강건동무./혁명을 하는 길에 어찌 힘들 때가 없고 괴로울 때가 없겠소. 그러나 우리는 그럴 때마다 주저앉을 것이 아니라 사랑하는 이 조국과 인민을 생각하면서 용약 일떠서야 하오./그런 의미에서 고향은 결코 지리적인 개념이 아니요. 고향은 혁명가의 첫 언약이 깊이 새겨진 마음속의 별빛과도 같은 그런 것이요./그것을 잃으면 안 되오./명심하오. 그가 아무리 총명하고 솜씨있는 일꾼이라 해도 가슴속에 그 별이 없다면 그는 벌써 혁명가이기를 그만둔 사람이라는 것을…"/"알겠습니다, 장군님! …"

(이상 17~18쪽)

인용된 대목에서 김일성은 '적에 대한 증오와 함께 조국과 인민에 대한 사랑'으로 전쟁을 치르고 있다고 강건을 타이른다. 이 인상적인 대목은 강건이 고향 상주땅을 지척에 두고 조급해진 마음에 전화가 불통이라고 어린 여성 통신원에게 화를 냈던 것을 타이르는 장면에서 발화된 것이다. 김일성은 음력 유두절을 맞이한 항일무장투쟁 시절을 회상하며 강건을 독려하며 전쟁이 단순한 전투가 아니라 조국과 민족에 대한 더욱 숭고한 명분을 실현하는 혁명투쟁임을 천명하고 있다.

이러한 전쟁기억의 재현 방식은 수령형상의 극점을 이룬다는 점에서 이전 기억의 지속으로 볼 수 있다. 그러나 '조국해방'과 '국토완정'의 혁명이 여전히 진행중이라는 것, 더 나아가 수령과 휘하 지휘관의 전형적인 관계의 현재화는 김일성을 전유하는 김정은 체제의 안정과 직결된다. 이런 측면에서 김정은 시대의 전쟁기억은 수령형상의 지속을 통한 지도자와 휘하의 관계 설정, 도덕적 윤리적 가치에 기초한 유대와 결속을 재전유하며 변화 중에 있다고 해도 과히 틀리지 않는다. 「맑은 시내 흐르는 곳」이 상장 강덕수의 회고에 바탕을 두고 있다는 전제(19쪽)에서도 알 수 있듯이, 지금의 시점에서 기록된 역사적 사실에 대한 꾸밈없는 기록과 전달이 추구하는 최종의 서술전략은 수령의 지도를 전폭적인 신뢰로 화답하며 32살에 전사했던 강건에 대한 추모가 절대 충성의 당위적인 가치를 강조하는 데 있다.

「큰 주먹」에서 노병의 체험담은 승전의 배경에 대한 진상 해명을 시도한 경우이다. 1949년 5월 대대원들을 인솔해서 대동월북한 실제 사건[22]을 소재로 삼았으나 이야기의 현실성과 핍진성은 크게 떨어진다. 팔순이 넘은 주인공 화자는 전쟁 발발 직전 국군에 입대했다가 상급지휘관의 미군에 대한 비굴한 태도와 하급자에 대한 구타와 만연한 비리와 폭력을 겪으면서 군대에 환멸을 느낀다. 그러던 중 대대장이 된 유학동창인 창결을 만나 그의 도움으로 겨우 퇴역한다. 하지만, 그는 창결이 대대원들을 대동해서 월북하자 상급지휘관이 창결의 아내와 아이를 잡아오라는 협박에 이들을 구하러 나섰다가 전쟁 발발 소식을 듣는다. 작품에서 눈여겨볼 대목은 서울 거리에서 마주친 국군의 지리멸렬한 퇴각 행렬과 인민군대의 질서정연한 모습을 대비시키면서 인민군대를 환호하러 나선 서울시민들의 표정이다. 인민군대의 서울 해방을 감격스럽게 바라보는 서울 풍경을 통해 주인공 화자는 도덕적 가치와 명분에서 우세한 전쟁을 기억해낸다. 전쟁의 와중에도 달러 돈다발이 든 가방 때문에 연대장을 죽이는 옛 중대장의 패륜적인 범죄에서 보듯이 국군의 비리와 부패, 윤리적 타락상이 고발되는 것도 같은 맥락이다.[23]

「노래는 남는다」는 전승절 60주년 경축음악회에서 은퇴한 지휘자 류철이 협주곡 「사랑하는 내 고향」의 노랫말을 남기고 세상을 떠난 연인을 회상하는 작품이다. 은퇴자에게 기억되는 전쟁은 열전으로 치닫는 때 자신에게 전해진 한통의 편지에 담긴 「사랑하는 내 고향」

---

22) 1949년 5월 국군 8연대 2대대장이었던 강태무, 표무원 소령이 부대원을 대동하고 월북한 사건을 가리킨다.
23) 반면, 주인공화자는 친구이자 옛상관이었던 창결과 재회하여, 사랑을 택하며 엇갈렸던 자신의 과거를 뒤로 하고 인민군에 입대하여 군의관으로 역할을 다하면서 헤어진 가족과 재회하는 행복을 누리는 것으로 결말을 맺는다.

이라는 노래가사에 받은 조국애의 감동과 사랑이다. "결전장에서 나선 이 나라의 청춘들이 피흘 흘리면서도 쓰러지면서도 고향을 지켜, 조국을 지켜 싸운다. …"는 내용의 가사는 지휘자 류철의 마음을 사로잡아 단숨에 협주곡으로 작곡되는데, 작사자를 찾아나선 류철이 신분을 감춘 작사자 연이 때문에 부상을 입고 수술을 거듭하다가 이듬해에야 겨우 협주단으로 돌아오고, 뒤늦게 연이와 사랑에 빠져 결혼을 약속하지만 임무 수행 중에 자신의 동료였던 전쟁고아의 뒷날을 부탁하며 전사한다.

> 전승 경축음악회가 끝나고 축포가 터져 올랐다./아름다운 불꽃무리를 펼치며 련이어 터져오르는 축포성!…/저 속에 연이가 마지막 순간 자기 몸에 터친 그 폭음도 깃들어 있는 것이 아니랴./문득 50여 년 전 전승의 그 밤에 대동강 반에서 명호에게 한줌의 흙을 쥐여주며 하던 반탐국장의 말이 떠오른다./"부디 잊지 말아라. 이 땅의 한줌한줌의 흙에 얼마나 고귀한 피와 넋이 스며 있는가를… 그리고 이 땅을 사랑하거라."/축포가 계속 터져 오른다./나는 아름다운 축포의 화광 속에 연이의 모습을 보고 있다./그리고 행복에 겨운 무도장의 청춘들도 본다. 그들은 연이가 남긴 그 노래를 부르고 있다./나는 믿는다. 우리의 조국 땅 우에 그 노래가 오래도록 영원히 흐르리라고… (55쪽)

인용된 대목은 주인공화자가 전승 60주년 기념 음악회의 불꽃놀이를 관람하며 전쟁기간 동안 죽어간 연이를 회상하는 장면이다. 회상에 개입하는 전쟁의 계승되어야 할 기억은 50년 전 전승절 밤 반탐국장이 연이가 남긴 전쟁고아인 명호에게 말했던 조국애이다. '이땅에 깃든 장밋빛 선연한 희생'과 '애국심'은, 전쟁 속에 꽃핀 연이와의 사랑이 '고향(조국)에 대한 사랑'에서 연유한 것이라는 점과 함께, 주인공화자에게 남겨진 전쟁고아 명호를 통해 계승되는 전쟁의 교훈으로 남아 선조들의 희생을 기리며 조국에 대한 사랑으로 자리매김된다.

5. 김정은 시대와 전쟁기억의 위상

지금까지 살펴보았듯이, 수령형상에서부터 전쟁의 도덕적 가치와 명분, 체제경쟁의 우위, 조국애 등의 세목을 둘러보면 전승의 전쟁기억에서 기억의 골격은 큰 변화를 겪지 않았다는 사실을 발견하게 된다. 다만 그 시점을 현재화하며 조국애로 귀착되는 전쟁기억의 재구성이 일어나고 있다는 점이 주목된다. 그러나 '김정은 시대'라는 맥락에서 보면, 전승의 기억은 국가의 공적 기억으로 의례화되는 측면이 좀 더 강하다. 이는 전쟁기억이 가진 공식성의 완강함 때문이기도 하지만, 지도자의 짧은 연륜에서 비롯된, 우상화 작업의 초기단계라는 이유도 있다. 하지만, 김정은 시대의 전쟁기억은 앞서 보았듯이, 노병의 기억으로 퇴각하면서 위상의 변화는 불가피하게 일어난다. 이러한 기억의 변화라는 측면을 고려하면서 「어머니의 품속에서」에 나타나는 전쟁기억의 양상을 살펴보기로 한다.

「어머니 품속에서」는 여성과학자를 돕는 후원자를 자처한 영예군인 출신 가정의 미담을 담아내고 있으나, 앞서 거론한 세 편의 단편과는 다른 양상을 가지고 있다. 특히 이 작품은 김정은 시대가 추구하는 핵경제병진정책에 대한 당대의 내러티브라는 측면에서 주목된다. 물론 이 작품에서도, 여성과학자의 자녀를 물심양면으로 돕는 가정의 손길 뒤편에는 노병의 자애로운 훈육의 손길이 간접화되어 있다. 노병의 소망이 전쟁체험에 대한 회고를 거쳐 도달하는 지점은 언제나 애국심과 인민에 대한 사랑이다.

과학연구사인 엄정화는 언제나 늦은 퇴근으로 딸의 양육조차 제대로 될 리 없다. 이 현실적인 어려움은 사실적인 재현으로 이어지지 않는다. 과거에, 연구사업으로 과로했다가 입원했던 엄정화는 친구들과 함께 위문 왔던 딸에 대한 추억을 간직하며 위성 제작에 진력했고 그 공적으로 조선로동당 당원의 영예를 얻는 여성과학자이다. 그러나 이러한 국가적 사회적 성공 과정에는, 그녀의 가정을 헌신적으로 돕는 손길이 있다. 같은 사단 출신의 남편 친구의 처인 한선희가 그런 경우이다. 그녀는, 국방과학연구사인 엄정화에게 각별히 마음 쓰며 딸 현주를 돌보아준다. 한선희는 "제 손으로 일을 할줄 알아야 한다. 네 어머니, 아버지가 늘 바쁜 사람들이니 어쩌겠니. 네가 집살림을 해야지."(67쪽) 하며 현주의 자립성을 길러주기도 한다. 엄정화의 가정에 대한 손길은 과학자에 대한 전사회적인 관심과 지원을 통해 국방경제병진정책을 지향하는 북한사회가 안고 있는 균열된 지점을 봉합하는 역할을 담당한다. 평범한 가정의 꿈과 양립될 수 없는 여성과학자의 텅 빈 일상을 채우는 것이 바로 선희의 손길이기 때문이다.

음악대학에 입학하는 딸의 대견스러운 성장에는 선희의 손길이 있다. 선희는, 가정주부로서 자격이 부족하다는 자괴감에 빠진 엄정화에게 다음과 같이 말한다. "현주 엄마가 한심하다니요. 어느 녀자가 현주엄마처럼 그렇게 큰일을 할 수 있겠어요. 난 정말 현주엄마가 부러워요. 현주엄마처럼 될 수만 있다면 난 얼마든지 한심한 녀자라는 말을 듣겠어요. 난 우리 애들에게도 공부를 열심히 해서 앞으로 큰어머니처럼 과학자가 되여야 한다고 말하군 하지요."(70쪽) 선희의 후원은 가히 절대적이다.

엄정화를 '큰어머니'로 지칭하는 장면에서 볼 수 있듯이 선희의 후원은 대가정주의에 입각한 당위적 현실이 만들어낸 허구에 가깝다. 기업소 회계원으로 일했던 한선희가 휴가를 받아가면서까지 현주를 헌신적으로 뒷바라지해준, 엄정화는 잊을 수 없는 추억은, 바로 당위적 현실의 재현임을 말해준다. 평양대학 성악과 입학자격 시험 마지막 날, 정화는 인공지구위성 광명성-2호의 위성 발사를 기다려야 하는 상황에 현주를 찾아갔다가 선희에게서 꾸지람을 듣는다. 그 꾸지람은 위성발사라는 국가 중대사를 제쳐놓고 딸의 입시장으로 찾아온 정화의 선택에 대한 대주체의 비판이다. 더구나 현주가 마지막 시험을 치르자마자, 선희는 서둘러 딸 미홍이 입원한 병원으로 향한다.

결국 입원한 딸을 두고 현주의 입학시험에 나선 선희의 후원은 이미 엄정화의 과학연구사로서의 사업이 국가의 대의를 실현하는 일과 연계되어 있어서 선택의 우열은 결정되어 있는 셈이다.

그러나 대주체의 대행자인 선희의 이같은 헌신과 봉사는 선희의 친정아버지의 전쟁기억과 연계되어 있다. 선희의 친정아버지는 특류영예군인 출신으로, 선희 어머니 또한 상이군인 청년과 결혼하여 삶을 헌신한 존재이다.

지난 전쟁시기 우리 군대는 무장장비가 약했어. 미국놈들의 비행기가 제멋대로 지랄을 해댔단 말이야. 온 락동강이 전우들의 피로 뻘겋게 물들었댔지. 우린 피눈물을 흘리면서 전략적인 일시적 후퇴의 길에 올랐었지. 지금은 위대한 수령님과 장군님께서 강력한 국방공업을 꾸려주시여 우리가 못 만들어내는 무기가 없지. 무엇보다도 국방이 중요해. 군사력이 강해야 우리 제도를 노리는 원쑤놈들이 감히 덤벼들지 못하지. 그러니 국방과학연구에 몸바치는 연구사선생을 모두가 도와야 해. 암, 그렇구말구. 내 그래서 우리 선희가 연구사선생을 친언니처럼 따르는 걸 대견해 하는 거요. (71쪽)

선희 아버지에게는 승리의 전쟁보다 열세였던 무기와 공중전에서 밀린 '전략적인 일시적 후퇴'에 대한 전쟁기억이 앞선다. 그 기억은 김정은 시대에 요긴한 정권안보와 직결되는, 재구성된 기억의 주요 내용에 해당한다. '지난 전쟁시기'에 대해 언급하는 선희아버지의 발언은 '지금 치루고 있는 전쟁'과 깊이 관련되어 있다. '강력한 국방공업'은 '약한 장비'와 열세였던 공중전을 극복하기 위한 노력의 일단이고, '못 만들어내는 무기가 없는 현실'은 '핵과 미사일'까지 포괄한다. 그런 점에서 '지금 치루고 있는 전쟁'에서 '국방과학연구자'는 국방정책의 중요성과 사회주의 제도를 유지하는 실질적인 기여자로 재발견된 존재이다.

선희의 아버지가 "넌 우리가 얼마나 고마운 제도에서 살고 있는가를 명심해야 한다. 모든 사람들이 당을 받드는 그 한길에서 하나의 대가정이 되는 이 제도를 목숨으로 지켜야 한다."(71쪽)라고 딸에게 말하곤 했던 유지(遺志)가 엄정화에게 전이, 발현되었던 셈이다. 선희 아버지에게서 선희를 거쳐 엄정화 가정에 전파되는 전쟁기억은 인간다운 삶을 누리게 해준 제도로 요약되는 조국애와 자기헌신을 가능하게 해주는 주춧돌에 해당한다. 여기에는 훼손된 신체로 정상적인 사회복귀가 어려웠던 선희의 아픈 가족사 대신, 이들 가정의 애국심이 국방경제 병진정책에 대한 적극적인 지원으로 변환되고 있어서 흥미롭다.

작품에서, 2009년 4월 광명성-2호의 성공적인 발사와 딸 현주의 음악대학 입학, 엄정화가 김정일 장군과 기념사진을 찍었다는 소식은 모두 선희의 감격으로 이어지는데, 이에 그치지 않고 남편 신용진 경사도 공훈자동차운전사 칭호를 수여받고, 엄정화도 김일성의 이름이 새겨진 금반지를 수여받는 경사가 연속된다. 이러한 경사의 저변에 선희의 손길이 있었음은 물론이다. 이 '대가정주의'에 입각한 사회주의 낙원의 이야기는 물론 현실의 재현이 아니라 김정은 시대가 만들어낸 '이상화된 국가이야기'이다. 작품에서 두드러지는 것은 2012년 12월 광명성-3호 2호기의 성공적인 발사 후, 엄정화가 김정은 위원장의 초청을 맞아 열렬한 환영 속에 평양 시내를 참관하는데, 이는 과학자 우대정책이지만 그 바탕에는 당에 대한 감사가 깔려 있다. 엄정화는 모란봉극장에서 국립교향악단의 공연을 관람하고 그곳에서 딸 현주가 독창을 부르는 것을 보고 기뻐하면서 그 모든 것을 당의 손길로 감사하기 때문이다. 엄정화에게 집중되는 대가정주의의 사회적 준칙들은 국방과 경제병진정책에 대한 국가서사로서, "용감하고 슬기로운 인민들을 키워내는/어머니의 그 이름은 조선로동당"(73쪽)의 존재를 실감하도록 함으로써, 권력중심이 선군정치에서 당으로 이행해나가는 사회변화를 읽게 해준다. 이 과정에서 김정은 시대의 전쟁기억은 간접화되어 노병의 후원과 유훈이라는 방식으로 굴절되어 나타나고 있음을 보게 된다.

6. 지속되는 전쟁과 전쟁기억의 정치학

　지금까지 전승 60주년을 기념하는 특간호인 『조선문학』, 2013년 7호를 텍스트 삼아, 이 글은 같은 전쟁을 놓고 '휴전'과 '전승'의 이질화된 현실을 절감하면서 김정은 시대의 전쟁기억을 살펴보고자 했다. 텍스트를 통해서 김정은 시대에도 이전과 마찬가지로 전승의 공적 기억을 영속화하며 의례화하는 한편 통합의 기제로 삼고 있음을 확인할 수 있었다.

　그러나 김정은 시대의 전쟁기억은 조미 간의 오랜 군사적 갈등이라는 측면에서 '지금의 전쟁'으로 지속되고는 있으나 변화의 징후도 발견할 수 있었다. 체제의 안위와 직결된 '지금의 전쟁'은 과거의 전쟁을 '정치로서의 전쟁'과 '전쟁으로서의 정치'라는 두 국면에서 포괄하며, 1960년대 김일성이 추구했던 국방경제 병진정책을 전유하고 있다는 점이 바로 그것이다. 이는 정치적 정당성의 상당부분을 김일성 시대에 기대는 모습이기도 하다. 이렇게 보면, 남북한 사이에 작동하는 분단체제의 장기지속 사태가 김정은 시대라고 해서 그 본질이 바뀌는 것이 아님을 상기할 필요가 있다. '승리한 전쟁'의 국가의례화는 지속될 것이고, 전쟁기억 또한 정치의 연장에서 반복적으로 환기될 것이기 때문이다.

　그러나 김정은 시대의 전쟁기억이 갖는 차별성은 3대 세습의 초기 양상으로서 김일성이라는 권위에 기대면서도, 전쟁기억을 후경화하는 모습에서 확인된다. 김정은 시대는 김일성 시대의 전쟁기억 전유가 그 자신의 정치적 정체성의 원천이긴 하지만 그의 시대를 개방하기 위해서는 전쟁기억의 재편을 필요로 한다. 이런 측면에서 전쟁기억 또한 정치의 한 부분이다. 김정은 시대의 전쟁기억은 외견상 김일성, 김정일 시대와의 연속성 속에서도 애국주의와 대가정주의에 기초한 사회주의 제도에 바탕을 둔 노병의 기억으로 남는다. 은퇴한 존재들의 기억은 전사회적 관심사에서 후견인 역할에 머문다. 후경화된 전쟁기억은 이제 과학자 집안을 초점화하며 사회 발전의 동원 기제로 활용된다. 김정은 시대의 전쟁기억은 국방경제병진 정책의 맥락에서 승전의 기억으로 의례화하는 한편 유력한 사회적 동원기제로 활용되는 셈이다. 이런 측면에서 「어머니의 품 속에서」는 전쟁기억을 당위적 가치의 토대이자 체제 안녕을 도모하며 과학자들을 후원하는 조국애와 대가정주의의 원천으로 삼는 유력한 사례이다.

참고문헌

1. 기본자료 및 1차 자료

조선작가동맹, 『조선문학』, 2013년 7호.

김병훈, 「해주-하성에서 온 편지」, 『조선단편집(3)』, 평양: 문예출판사, 1978.

김일성, 『김일성저작집』 5권, 평양: 조선로동당출판사, 1980.

_____, 『김일성저작집』 9권, 평양: 조선로동당출판사, 1980.

리기주, 『위대한 수령 김일성동지 문학예술령도사』, 평양: 문예출판사, 1991.

사회과학원 문학연구소 편, 『조선문학통사: 현대문학편』, 평양: 과학원출판사, 1959(인동, 1988).

2. 2차 자료(논문 및 저서)

권헌익·정병호, 『극장국가 북한: 카리스마 권력은 어떻게 세습되었는가』, 창비, 2013.

김성수, 「김정은 시대 초의 북한문학 동향」, 『민족문학사연구』 50호, 민족문학사학회, 2012, 492~513쪽.

_____, 「김정일 시대에 대한 비판적 고찰: 선군시대 선군혁명문학의 동향과 평가」, 『민족문학사연구』 27호, 민족문학사학회, 2005, 206~230쪽.

_____ 「문학적 '통이(通異)'와 문학사적 통합: 북한문학 연구의 존재 증명」, 『한국근대문학연구』 19호, 한국근대문학회, 2009, 31~66쪽.

박명림, 「한국의 국가 형성, 1945~1948: 시각과 해석」, 『한국정치학회보』 29집 1호, 한국정치학회, 1995, 195~220쪽.

_____, 『한국전쟁의 발발과 기원』 II, 나남출판, 1997.

신주백, 『1920~30년대 중국지역 민족운동사』, 선인, 2005.

신형기·오성호, 『북한문학사』, 평민사, 2000, 135~139쪽, 161~206쪽.

유임하, 「대중동원과 문학의 무기화: 1960년대 북한소설에 나타난 천리마운동과

국가신화 만들기」, 건국대 통일인문학연구단 편, 『문화분단: 남한의 개인
　　　　주의와 북한의 집단주의』, 선인, 2012, 289~303쪽.

_____, 「청년과 열정, 감화의 이야기 방식: 김병훈의 천리마운동 소재 소설」,
　　　　이화여대 통일학연구원 편, 『북한문학의 지형도』, 이화여대출판부, 2008,
　　　　128~142쪽.

_____, 「항일무장투쟁의 혁명전통화와 '만주'의 심상지리」, 『경계와소통』 1집,
　　　　경희대 역사문화연구소, 2010.

이종석, 『새로 쓴 현대 북한의 이해』, 역사비평사, 2000.

이지순, 「김정은 시대 북한 시의 이미지 양상」, 『현대북한연구』 16권 1호, 북한대
　　　　학원대학교 북한미시연구소, 2013, 255~291쪽.

정창현, 「이 달의 북소식: 노동당 3월전원회의 개최」, 『민족 21』, 2013.5, 32~38쪽.

한반도평화포럼, 『잃어버린 5년, 다시 포용정책이다』, 삼인, 2012.

알라이다 아스만, 변학수·백설자·채연숙 공역, 『기억의 공간』, 경북대출판부,
　　　　2003.

와다 하루키, 이종석 역, 『김일성과 만주 항일전쟁』, 창작과비평사, 1992.

히라이 히사시, 백계문·이용빈 공역, 『김정은체제: 북한의 권력구조와 후계』, 한
　　　　울아카데미, 2012.

김정은 시대 초기 북한아동문학의 동향[※]

: '5점꽃' 담론으로의 귀결

마성은

1. 비정상의 정상화

최근에 북한을 부르는 표현 가운데 '극장국가'라는 비유가 주목받고 있다. 미국에서 출간된 『North Korea: Beyond Charismatic Politics』의 한국어판[1])이 간행된 이후, 그 비유는 남한에서 유명세를 타기 시작하였다. 클리퍼드 기어츠(Clifford Geertz)의 극장국가라는 개념을 적용하여 북한을 "현대적 극장국가"로 파악하는 이 시각은, 기존의 반공주의적 시각에 비하면 자못 객관적 시각처럼 보이기도 한다. 이러한 시각에 대하여 다음과 같은 지적이 제기된다.

우리는 북한 권력과 인민 전체를 극장 위의 연기자로 올려놓는 방식으로

※이 글은 마성은, 「김정은 시대 초기 북한아동문학의 동향」, 『우리어문연구』 제48집(우리어문학회, 2014)을 단행본에 맞게 수정·보완한 것이다.

1) Heonik, Kwon and Byung-Ho, Chung, *North Korea: Beyond Charismatic Politics*; 『극장국가 북한』, 창비, 2013.

타자화함으로써 진짜 현실을 가상현실로 경험하는 것을 통해 자신을 보존하는 방법을 배운다. 이러한 부인의 방식은 과거(반공규율사회)와 분명 다른 것이다. 상대에 대한 적대와 공포를 통해 우리의 현실을 우리가 받아들여야 할 유일한 현실로 인식하는 것이 아니라, 가상화한 현실을 소비하는 것을 통해 자신이 속한 진짜 현실을 부인하는 방식으로 오늘의 삶을 긍정하는 것이다. 한마디로, 가상의 현실을 발명해서라도 자신의 현실을 부인하지 않으면 견딜 수 없을 만큼 위태로운 것이 우리의 진짜 현실인 것이다.[2]

위의 지적처럼 우리의 현실은 위태롭기 그지없다. 그런데 이 "견딜 수 없을 만큼 위태로운" 현실을 부인하기 위하여, 과거의 방식이 다시 호출되기도 한다. 남한에서나 북한에서나 '분단'은 언제나 상수로 작동하기 때문이다. 2013년을 내내 떠들썩하게 했으며 2014년 벽두까지 계속되고 있는 이른바 내란음모 사건과 정당 해산 심판 청구 등은, 분단을 극복하고 통일로 나아가는 것이야말로 '비정상의 정상화'임을 여실히 증명한다. "통일은 대박"이라는 대통령의 일성도 있었거니와, 통일은 우리가 한반도에서 마음 놓고 살기 위하여 반드시 필요한 일임에 틀림없다.

정부에서 강조하듯이 "통일은 우리의 미래, 우리의 희망"이다. 하지만 통일을 위해서는 준비가 필요하다. 평화통일을 원한다면 결국 북한과 대화해야 하며, 북한과 대화하려면 북한을 잘 알아야 한다. 특히 북한의 새로운 지도자 김정은의 집권 이후, 북한 주민들의 생활상이 어떻게 달라지고 있는지 면밀하게 검토하는 것은 필수적인 작업이 아닐 수 없다. 그리하여 이른바 김정은 시대 초기 북한문학예술 각 분야의 동향 파악이 요구된다.

본고의 목적은 이른바 김정은 시대 초기 북한아동문학의 동향을

---

2) 홍세화, 「최악의 약속: 정상국가에 오신 것을 환영합니다」, 『말과 활』, 2014년 1~2월호, 27~28쪽.

개관하는 것이다. 북한 사회가 이른바 김정은 시대에 접어든 이후로 변화의 양상을 보이고 있다는 것은 수차례 논의된 바 있다. 이미 정치·경제는 물론 문학·예술 등 다양한 분야에서 김정은 시대 초기의 성격과 특징에 관한 검토가 이루어지고 있다.[3]

그러나 아직까지 김정은 시대 초기 북한아동문학에 관한 연구는 존재하지 않는다. 이에 본고에서는 김정은 시대 초기 북한아동문학의 동향을 전반적으로 정리하며, 어떠한 담론들이 제기되고 있는지 살펴보고자 한다. 이를 통하여 향후 김정은 시대 북한아동문학에 관한 장르별 연구와 개별 텍스트의 분석이 진행될 수 있도록 하는 토대를 마련하고자 한다.

김성수는 "어린아이가 웃어야 조국의 미래가 밝다는 이 당연한 명제가 실은, 지난 십 수 년 동안 강고하게 자리 잡은 '선군'담론의 묵직한 무게감과 불편함에 맞선 새로운 이미지일 수 있다"고 분석하며,[4] "어린이, 청년을 중심으로 새 세대에 대한 미래 희망 담론을 서서히 부각시키는 것"을 "김정은 시대 초기 북한문학 담론의 특징"이라고

---

3) 문학·예술 분야의 논의로는 김성수, 「김정은 시대 초의 북한문학 동향: 2010~2012년 『조선문학』·《문학신문》 분석을 중심으로」, 『민족문학사연구』 50호, 민족문학사학회, 2012; 김성수, 「선군문학의 향방과 김정은 시대 초기 북한문학의 전망: 김정일의 문학적 유산과 김정은의 계승방식」, 『김정은 시대의 북한 문학, 변화와 전망』, 제13회 국제한인문학회·한국문학평론가협회 공동 국제학술대회, 2013.6.7; 배인교, 「북한의 음악공연과 樂」, 『북한 사람들의 喜·怒·哀·樂』, 단국대학교 부설 한국문화기술연구소 제20회 전국학술대회, 2013.4.19; 오창은, 「기억과 재현의 정치: 2012년 북한소설 동향」, 『전환기 한반도 정치경제의 동학: 구상·정책·실천』, 북한연구학회 2012 동계학술회의, 2012.12.7; 오태호, 「'최첨단 시대'와 김정일 애국주의의 추구」, 『김정은 시대의 북한 문학, 변화와 전망』, 제13회 국제한인문학회·한국문학평론가협회 공동 국제학술대회, 2013.6.7; 이상숙, 「김정은 시대의 북한 시 연구」, 『김정은 시대의 북한 문학, 변화와 전망』, 제13회 국제한인문학회·한국문학평론가협회 공동 국제학술대회, 2013.6.7; 이지순, 「북한 서사시의 김정은 후계 선전양상」, 『북한연구학회보』 제16권 1호, 북한연구학회, 2012; 이지순, 「김정은 시대 북한 시의 이미지 양상」, 『현대북한연구』 제16권 1호, 북한대학원대학교 북한미시연구소, 2012; 전영선, 「김정은 시대 북한 문화예술의 변화」, 『KDI 북한경제리뷰』, 한국개발연구원, 2012.10 등이 있다.
4) 김성수, 「선군문학의 향방과 김정은 시대 초기 북한문학의 전망: 김정일의 문학적 유산과 김정은의 계승방식」, 『김정은 시대의 북한 문학, 변화와 전망』, 제13회 국제한인문학회·한국문학평론가협회 공동 국제학술대회 발표 자료집, 2013.6.7, 17쪽.

보았다.5) 이와 같은 김정은 시대 초기 북한문학 담론의 특징을 염두에 둘 때, 김정은 시대 초기 북한아동문학의 동향을 검토하는 것은 더 이상 미룰 수 없는 과제라 하겠다.

김정은은 2010년 9월 27일 조선인민군 대장 칭호를 수여받았고, 김정일 사망 이후 2011년 12월 30일 조선인민군 최고사령관이 되면서 이른바 김정은 시대의 시작을 알렸다. 이어서 2012년 4월 11일 조선로동당 중앙위원회 비서국 제1비서 및 조선로동당 중앙군사위원회 위원장에 추대되었고, 4월 13일에는 조선민주주의인민공화국 국방위원회 제1위원장으로 추대되었다. 그리고 7월 18일 조선민주주의인민공화국 원수 칭호를 수여받으며, 공식적으로 권력 승계를 마무리하였다.

본고에서는 김정일 사망 이후 이른바 김정은 시대가 실질적으로 시작된 2012년부터 한국전쟁 이후 최대의 전쟁위기 상황에 직면했던 2013년 봄에 이르기까지, 조선작가동맹 중앙위원회기관지 『아동문학』에 수록된 다양한 실제 텍스트들을 검토할 것이다. 또한 본고는 작품군의 담론 분석적 접근법을 통하여, 김정은 시대 초기 북한아동문학의 동향을 파악할 것이다.

2. 대를 이어 불러요 <발걸음> 노래

주지하다시피 북한문학의 가장 중요한 과제 가운데 하나는 바로 '수령 형상 창조'이다. 이는 물론 아동문학에서도 예외가 아니다. 김일성·김정일을 거쳐 김정은으로 이어지는 수령 가계를 형상하는 것은 북한아동문학의 핵심 '종자'인 것이다.6) 북한의 문학예술출판사

---

5) 김성수, 위의 글, 위의 자료집, 21쪽.
6) 오창은은 '종자이론'이 문예이론에 '수령적 사유체계'를 투영함으로써 생성된 것이라고 파악한다. "주제, 사상, 제재를 '종자'라는 하나의 틀로 묶어냄으로써, 작품의 핵으로서 '종

에서 간행한 '주체문예전서' 6권 『아동문학』에서는 다음과 같이 규정하고 있다.

> 우리 식 아동문학이 위대한 수령님의 혁명사상과 우리 당 정책을 구현한 문학으로 되여야 하는것만큼 작품에서 수령님과 당의 위대성을 형상하는 것은 필연적이며 합법칙적이다.
> 아동문학에서 위대한 수령님과 당의 위대성을 형상하는것은 자라나는 후대들을 수령님과 당을 위해 삶을 빛내이는 훌륭한 혁명인재로 키우는 사업의 성과적담보로 된다.[7]

이러한 북한아동문학의 특징을 고려할 때, 김정은 시대 초기 북한 아동문학이 김정은 후계를 선전하는 데 총력을 기울이고 있다는 점은 자연스러운 일일 것이다. 수령과 당의 뜻을 관철하는 것을 최대의 목표로 여기는 북한문학의 특성상, 체제의 안정을 위하여 후계 구도가 안정적으로 자리 잡는 데 기여할 수 있는 담론을 생산해내야 하기 때문이다. 따라서 김정은 후계 선전 양상은 김정일 후계 선전 양상과 성격이 크게 다를 수 없다.

김정일 후계 선전 양상의 특징은 "1990년대판 수령 형상 문학으로서의 추모문학, 단군문학"으로 규정할 수 있다. 김일성을 추모하며 '김일성=김정일'의 도식을 부각시키고, '김일성민족'이라는 용어를 만들어내며 "단군과 김일성을 같은 반열에 올려놓고 이를 '조선민족 제일주의 정신'과 연결시키는 수법을" 쓴 것이다.[8]

김정은 후계 선전에서는 여지없이 '김일성=김정일=김정은'의 도

자'를 강조한 것"인데, "이는 '사회정치적 생명체'로서 '수령'을 강조하는 사고와 닮아 있다"는 것이다. 오창은, 「북한의 문예창작 방법론: '종자이론'의 형성과 발전」, 단국대학교 부설 한국문화기술연구소 편, 『주체의 환영: 북한 문예이론에 대한 비판적 이해』, 도서출판 경진, 2011 참조.

7) 정룡진, 『주체문학전서 6: 아동문학』, 평양: 문학예술출판사, 2008, 86~87쪽.
8) 김성수, 『통일의 문학, 비평의 논리』, 책세상, 2001, 293~297쪽.

식이 등장했으며, '김일성민족'에 대응하는 개념으로 '김정일애국주의'가 제기되었다. '김일성=김정일=김정은'의 도식을 잘 형상한 작품에는 동요 「그 품속에 우리 희망 꽃펴납니다」가 있다.

> 대원수님 그 모습 그대로이신
> 경애하는 김정은선생님은요
> 뵈올수록 새힘이 넘쳐납니다
> 대원수님 그 품에 안긴것 같아
> 뵈올수록 자꾸만 뵙고싶어요
>
> 장군님 그 모습 그대로이신
> 경애하는 김정은선생님은요
> 뵈올수록 행복이 넘쳐납니다
> 장군님 그 품에 안긴것 같아
> 뵈올수록 자꾸만 뵙고싶어요
>
> 그 영상 대원수님 꼭같으시고
> 그 미소 장군님 꼭같으신분
> 우리의 경애하는 김정은선생님
> 그 품속에 우리 희망 꽃펴납니다
> 그 품속에 우리 앞날 창창합니다
>
> ―김경준, 「그 품속에 우리 희망 꽃펴납니다」 전문9)

위의 작품에서 특히 "그 영상 대원수님 꼭같으시고"라는 대목은 김정은의 외모가 김일성을 무척 닮았다는 점을 강조하는 것이다. 이렇듯 김정은의 외모가 "우리 당과 인민의 영원한 수령"10) 김일성과

---

9) 김경준, 「그 품속에 우리 희망 꽃펴납니다」, 『아동문학』, 2012.1, 19쪽.

흡사하다는 점을 강조함으로써, 김정은을 '백두의 혈통' · '만경대 가문'의 유일한 계승자로 부각시킨다는 점은 각별한 주목을 요한다. 김일성을 빼닮은 김정은의 외모가, 김정은의 정통성을 입증하는 주요 요소 가운데 하나인 것이다.

또한 이 동요의 화자는 '우리'로서 단수가 아니라 복수인데, 모두 입을 모아 "대원수님 그 모습 그대로"이자 "장군님 그 모습 그대로"이신 "김정은선생님"의 품속에서 자신들의 희망이 꽃피어나며 앞날이 창창하다고 노래한다. 단수의 화자가 아니라 복수의 아동 화자들이 입을 모아 김정은 시대의 앞날이 창창하다고 노래하는 것은 모든 북한 아동을 책임지고 보살피는 지도자로서 김정은의 이미지를 구축하는 데 있어 효과적이다. 아동 화자들이 김정은을 든든하게 생각하는 이유는, 그를 볼 때마다 "대원수님 그 품"이나 "장군님 그 품"에 안긴 것 같은 생각이 들기 때문이다. 이렇듯 '김일성=김정일=김정은'의 도식은 북한 아동에게 안정감을 주는 장치로 작동한다.

이어서 동시 「우리 해님 밝은 해님」에서는 김정은을 "대원수님 장군님과/꼭같으신 우리 해님"으로 찬양하고 있으며,11) 동시 「영원한 우리 해님」에서는 "장군님 그대로이신/김정은선생님 계시여/내 나라의 하늘은 푸르고요/해님의 따사로운 빛발/밝게밝게 비쳐주지요"라고 노래한다.12)

"장군님 그대로이신 김정은선생님"이라는 표현은 동시 「나는 훈련장으로 나갑니다」에서도 그대로 반복된다. 「나는 훈련장으로 나갑니다」에서 축구선수인 화자는 "장군님 그대로이신 김정은선생님/그 영상 가슴에 안고 씩씩하게 나갑니다" 하고 말하며 훈련장으로 향한다.13) 이는 김정은이 북한 아동에게 친근한 지도자, 새로운 희망을

---

10) 김정은, 「위대한 김일성동지는 우리 당과 인민의 영원한 수령이시다 : 김일성동지의 탄생 100돐에 즈음하여 발표한 론문」 (2012년 4월 20일), 평양: 조선로동당출판사, 2013.
11) 김승제, 「우리 해님 밝은 해님」, 『아동문학』, 2012.1, 17쪽.
12) 한탁세, 「영원한 우리 해님」, 『아동문학』, 2012.1, 13쪽.

김정은과 로드맨

선사해줄 지도자로 여겨지고 있음을 보여주는 것이다. 스위스 유학
시절부터 농구를 좋아했던 김정은은 미국 NBA(The National Basketball
Association)의 유명한 선수였던 데니스 로드맨(Dennis Rodman)과의 친
분을 과시하는 등 스포츠 사랑을 강조하고 있다. 「나는 훈련장으로
나갑니다」는 스포츠를 사랑하는 김정은의 역동적인 이미지와 김정
은 시대의 역동성을 보여주는 작품인 것이다.

  '김정일애국주의'라는 용어는 동시 「바쁜 우리 엄마」에서 "김정일
애국주의로/심장을 불태우며/충정의 길 달린대요"라든지,[14] 동시 「내
고향의 발전소」에서 "김정일애국주의/심장마다 새겨안고/인민생활
꽃피우자" 같은 방식으로 나타난다.[15] '김정일애국주의'는 인민생활
향상을 위한 대중동원의 기제로 작동하고 있는 것이다. 그러나 '김정
일애국주의'라는 용어는 작품들 속에서 그저 구호로만 존재할 뿐, 그
것이 북한 아동의 생활에 얼마나 생생하게 반영되고 있는지를 보여
주고 있지는 못하다.

---

13) 리준길, 「나는 훈련장으로 나갑니다」, 『아동문학』, 2012.2, 35쪽.
14) 고광명, 「바쁜 우리 엄마」, 『아동문학』, 2013.3, 13쪽.
15) 박현정, 「내 고향의 발전소」, 『아동문학』, 2013.3, 13쪽.

그래서인지 김정은 시대 초기에 '김정일애국주의'라는 용어가 무척 강조되었음에도 불구하고, 아동문학에서는 이 용어를 찾아보기가 쉽지 않다. 그 까닭은 '김정일애국주의'라는 추상적인 개념을 아동문학에서 구현하기가 쉽지 않았기 때문이라고 추측할 수 있다.

다음으로 김정은 후계 선전에 있어 또 한 가지 중요한 전략은 그가 젊은 지도자라는 점을 부각시키는 것이다. 김일성은 젊은 나이에 북한의 지도자가 되었으며, 김정일 역시 젊은 나이에 후계자로 지목되어 후계 구도를 구축하였다. 젊고 새로운 지도자의 등장은 북한 사회에 변화의 바람을 몰고 올 수 있는 유일한 계기로 작용한다. 젊고 새로운 지도자가 전면에 나섬으로써, 북한 사회 전체에 활기를 불어넣게 되는 것이다. 젊은 지도자 김정은의 역동적인 이미지를 강조하기 위하여 선택된 상징적인 이미지가 바로 '발걸음'이다.

2009년부터 보급된 가요 〈발걸음〉은 북한 대중 사이에서 널리 불리며 큰 인기를 모았다. '발걸음'은 김정은을 상징하는 이미지가 되었고, 이는 인기 가요 〈발걸음〉을 통하여 자연스럽게 북한 대중의 의식에 스며들었다. 이지순은 "만들고 유포되는 과정에서 〈발걸음〉 노래는 김정은 신화가 제작될 여건을 마련했다"고 평가한다.[16]

동시 「대를 이어 불러요 〈발걸음〉 노래」에서 〈발걸음〉 노래는 제목 그대로 "대를 이어 불러"야 할 노래라는 지위를 갖는다. 또한 이 동시는 〈발걸음〉 노래가 북한 아동의 일상에 수용되는 양상을 보여주고 있다는 점에서 그 의미가 각별하다.

오늘 아침도 학교 가며
우리는 불러요
우리 마음 모두 합쳐

---

16) 이지순, 「김정은 시대 북한 시의 이미지 양상」, 『현대북한연구』 제16권 1호, 북한대학원대학교 북한미시연구소, 2012, 260쪽.

〈발걸음〉 노래

하늘이 무너지고
땅이 꺼졌다고
가슴을 치며 땅을 치며
울던 우리들

경애하는 김정은선생님
우리앞에 계시여
어느덧 마음이
든든하지요

이 노래 부르면
천백배 새힘 솟고
이 노래 부르면
용기가 나래쳐요

너도나도 일떠서
부르는 노래
작은 심장 들먹이며
부르는 노래

아, 〈발걸음〉 노래는
김정은선생님 따라서
대를 이어 영원히
부르고부를 노래

—장혁, 「대를 이어 불러요 〈발걸음〉 노래」 전문17)

위의 동시에서 화자인 '우리'는
학교 가는 길에 〈발걸음〉 노래를
부른다. "오늘 아침도"라는 싯구를
통하여, 아이들이 〈발걸음〉 노래
를 오늘 아침에 처음 부른 것이 아
니라 이미 자주 불러 왔다는 사실
을 확인할 수 있다.

김정일과 아이들

위의 동시에 나타난 복수의 화
자들은 김정일을 잃은 뒤에 "하늘이 무너지고/땅이 꺼졌다고/가슴
을 치며 땅을 치며/울"었지만, "경애하는 김정은선생님/우리앞에 계
시여/어느덧 마음이/든든"하다고 말한다. 그래서 동시의 어조는 슬
픔에 차 있기보다는 희망에 부풀어 있다. 젊은 지도자 김정은이 열
어 갈 새로운 시대를 생각하며 〈발걸음〉 노래를 부르면, 화자들은
"천백배 새힘 솟"으며 "용기가 나래"친다.

"아이들아 우리 함께 노래를 부르자/마음속에 사랑하는 〈발걸음〉
노래를"이라고 요구하는 동시 「아이들아 노래를 부르자!」는 아예
〈발걸음〉 노래 가사를 부분 인용하며 마무리된다.

> 강성부흥 내 나라를 꽃피워주실
> 경애하는 우리의 김정은선생님
> 우리모두 우러러 부르는 노래
> 장군님도 기쁘게 들으실거야
>
> 슬픔을 누르고 용기를 내여
> 아이들아 씩씩하게 노래를 부르자
> – 발걸음 발걸음 더 높이 울려퍼져라

---

17) 장혁, 「대를 이어 불러요 〈발걸음〉노래」, 『아동문학』, 2012.1, 17쪽.

찬란한 미래를 앞당겨 척척척

　　　　　　　　　　　—성연일, 「아이들아 노래를 부르자!」 부분18)

　북한에서는 김정일 후계 구도 구축 시기부터 "대를 이어 충성하자"는 구호가 빈번하게 등장하였다. 이와 마찬가지로 대를 이어 〈발걸음〉 노래를 부르자는 말은 대를 이어 김정은에게 충성을 바치자는 의미이다. 위에서 살펴본 것처럼 김정은 후계 구도는 '김일성=김정일=김정은'의 도식을 통하여 '백두의 혈통'·'만경대 가문'의 정통성을 확보한다. 또한 김정은 신화 구축에 핵심적인 역할을 수행한 〈발걸음〉 노래를 강조함으로써, 젊은 지도자 김정은이 열어 갈 새로운 시대에 대한 기대감을 고취시키고 있다.

3. 21세기 '최첨단의 시대'와 '5점꽃'

　위에서는 주로 김정은 후계 선전 양상과 김정일 후계 선전 양상의 연관성을 살펴보았다. 이를 통하여 '김일성=김정일'의 도식이 '김일성=김정일=김정은'의 도식으로 확대 재생산되었으며, '김일성민족'에 대응하는 개념으로 '김정일애국주의'가 제기되었다는 점을 확인하였다. 또한 새로운 지도자가 젊다는 사실을 강조하며, 어린이들까지 일상적으로 〈발걸음〉 노래를 부르고 있음을 알 수 있었다. 이렇게만 보면 김정은 후계 선전 양상과 김정일 후계 선전 양상은 별반 다를 것이 없어 보이기도 한다.

　하지만 김정은 후계 선전 양상이 김정일 후계 선전 양상과 어떠한 차이도 보이지 않는 것은 아니다. 오히려 주목할 만한 차이점이 존재한다. 김정일 시대 초기의 북한문학은 "이념적으로 경직화, 도식화"

---

18) 성연일, 「아이들아 노래를 부르자!」, 『아동문학』, 2012.1, 17쪽.

되면서,[19] "새로운 담론보다 죽은 김일성을 기리고 계승하는 데 더 많은 노력을 기울였다"고 볼 수 있다. 반면에 김정은 시대 초기의 북한문학은 "죽은 김정일의 유훈만큼이나 새로운 담론 생산에 더 큰 비중을 두고 있다"는 평가가 가능하다.[20]

아동문학에서 이러한 특징을 잘 보여주는 작품이 동시 「장자강아 그러지 마」이다. 작품에서 화자는 "발전소 찾으셨던/장군님모습/거울처럼 비껴안고/찰랑이던 장자강"이 "하얀 꽃 들고가는/우릴 보고요/오늘은 처절썩/울고울어요"라고 말한다. 그러나 화자는 슬픔 속에만 빠져 있으려 하지 않고, 오히려 새로운 시대에 관한 기쁨을 이야기한다.

장자강아 그러지 마
자꾸만 울지 마
김정은선생님
오시는 그날

나는나는 5점꽃
너는야 우릉우릉 씽씽
기쁨속에 더잘
모시자꾸나

— 길정철, 「장자강아 그러지 마」 부분[21]

이 동시에서 중요한 점은 김정일을 잃은 슬픔으로 "자꾸만 울" 것이 아니라, "김정은선생님"을 "기쁨속에 더잘" 모셔야 함을 강조하는

19) 김성수, 앞의 책, 310쪽.
20) 김성수, 「김정은 시대 초의 북한문학 동향: 2010~2012년 『조선문학』·≪문학신문≫ 분석을 중심으로」, 『민족문학사연구』 50호, 민족문학사학회, 2012, 493쪽.
21) 길정철, 「장자강아 그러지 마」, 『아동문학』, 2012.1, 15쪽.

것이다. 그런데 "김정은선생님"을 "기쁨속에 더잘" 모시는 길은 바로 열심히 공부하여 '5점꽃'을 피우는 것이다. '5점꽃'은 시험에서 5점만점의 성적을 거두는 것을 뜻한다.[22) 열심히 공부하여 '5점꽃'을 피워야 하는 까닭은 "21세기는 최첨단의 시대"이기 때문이다.

단편소설 「현우의 꿈이야기」에서 주인공 현우는 "선생님이 복습과제로 더 내주었던 수학지능문제"를 잊어 "정말이지 따끔히도 욕을 먹"는다.[23) 이어서 선생님은 다음과 같이 강조한다.

> 학생동무들, 21세기는 최첨단의 시대입니다. 우리가 만약 오늘은 이 문제가 힘들다고 주저앉고 래일은 또 저 문제가 어렵다고 에돌아간다면 동무들은 언제 가도 최첨단을 돌파해나갈수가 없을거예요.
>
> 우리모두 한초한초 귀중한 시간을 놓치지 말고 더 열심히 아글타글 배우고 또 배워나갑시다. 그래서 모두다 최첨단돌파전의 1번수로 자신들을 떳떳이 준비해나가자요.[24)

현우는 선생님의 말을 듣고 "나도 이제부턴 선생님의 말씀을 가슴깊이 명심할" 것이라고 다짐한다. 그날 저녁, 공장에서 돌아온 현우 아버지는 "공장에서 드디어 CNC화된 새 기계를 만들어"냈다는 기쁜 소식을 전한다.[25) 그리고 그날 밤, 현우는 자신이 "연구제작한 〈광명성-4〉호가 하늘높이 날아오르는 꿈"을 꾼다.[26)

'CNC'는 'Computer Numerical Control(컴퓨터 수치 제어)'의 약어로서, 해외 유학 경험을 갖춘 젊은 지도자 김정은이 열어 갈 현대화·자동

---

22) 북한에서는 학년이 끝날 때 일 년 동안의 시험 성적을 종합하여 개별 성적표를 나누어 주는데, 성적은 최우등(4.5점 이상)·우등(4점)·보통(3점)·낙제(2점 이하)로 매겨진다. 과목당 총점은 5점 만점이다.
23) 최복신, 「현우의 꿈이야기」, 『아동문학』, 2012.5, 16쪽.
24) 최복신, 「현우의 꿈이야기」, 『아동문학』, 2012.5, 17쪽.
25) 최복신, 「현우의 꿈이야기」, 위의 책, 같은 곳.
26) 최복신, 「현우의 꿈이야기」, 위의 책, 18쪽.

화의 새 시대를 상징하는 말로 자
리매김하였다.27) CNC 찬가인 가
요 〈돌파하라 최첨단을〉은 김정은
찬가인 가요 〈발걸음〉과 함께 북한
대중 사이에서 널리 불리며, 〈발걸
음〉과 더불어 김정은 시대를 상징
하는 노래로 떠오르기도 하였다.

'CNC'가 김정은 시대를 상징하는 용어로 선전되고 있다는 사실을
통하여 확인할 수 있는 점은, 김정은 시대 초기의 북한이 새로운 담
론을 생산하는 데 열을 올리고 있다는 것이다. 단군을 부각시켰던
김정일 후계 구도 양상을 상기할 때, CNC를 부각시킨 김정은 후계
구도 양상은 자못 미래 지향적이라고 할 수 있다.

김정은 시대 초기 북한아동문학에서 CNC는 작품의 주요 소재로
등장하거나 주제와 밀접하게 맞물린다. 박명재의 동시에서 화자는
"공장에 가보면요/CNC기계 노래높이/최첨단돌파전/흥겨웁대요"라
고 노래하며,28) "수학도 단숨에!/외국어도 단숨에!/10대에 최첨단/
기계박사 될래요" 하고 다짐한다.29) 또한 동요「씽씽 돌아요 CNC기
계」에서는 "조선의 자랑"이자 "내 나라 떨치는 CNC기계"를 직접적
으로 찬양하기도 한다.30)

오태호는 김정은 시대 초기의 북한소설을 분석하면서 "'최첨단 시
대'란 인민 생활 향상을 위해 수많은 근로 인민들이 헌신적 노력과
열정을 통해 최고속으로 대고조의 진군을 수행하는 시대임이 드러난
다"고 보았다.31) 이처럼 '최첨단의 시대'는 수많은 근로 인민들의 헌

---

27) 이에 관하여서는 변상정,「김정은 체제의 '강성국가' 건설 전략과 전망: '지식경제강국'을
    중심으로」,『동서연구』제24권 2호, 연세대학교 동서문제연구원, 2012를 참조할 것.
28) 박명재,「만능의 불이래요」,『아동문학』, 2012.3, 30쪽.
29) 박명재,「나도 꼬마전투원」, 위의 책, 같은 곳.
30) 박명재,「씽씽 돌아요 CNC기계」,『아동문학』, 2012.5, 13쪽.
31) 오태호,「'최첨단 시대'와 김정일 애국주의의 추구」,『김정은 시대의 북한 문학, 변화와

신적 노력과 열정을 요구하는데, 아동이라고 해서 '최첨단의 시대'의 요구로부터 자유로울 수는 없다. 21세기 '최첨단의 시대'에 아동들에게 요구되는 것은, '과학기술강국'·'지식경제강국'을 세우기 위하여 열심히 공부하고 또 공부하는 것이다. 이와 같은 요구로부터 제기된 담론이 바로 '5점꽃' 담론이다.

물론 '5점꽃'이라는 단어가 김정은 시대에 처음 등장한 것은 아니다. 『아동문학』 2009년 5월호에 림순석의 단편소설 「5점꽃」이 수록되었다는 사실 등을 통하여 알 수 있듯이, '5점꽃'이라는 단어는 김정은 시대 이전부터 사용되어 왔던 말이다. 하지만 '5점꽃'이 『아동문학』 전반에 걸쳐 끊임없이 강조되며, 본격적으로 주요 담론으로서 제기된 것은 김정은 시대 이후라고 볼 수 있다. 북한의 교육열이 남한 못지않다는 점은 이미 지적된 바 있는데,[32] 21세기 '최첨단의 시대'에 대한 강조가 높은 교육열에 더욱 부채질을 한 것으로 보인다. 즉, 김정은 시대에 이르러 '5점꽃'은 하나의 담론으로 격상되었다고 보아도 무리가 없을 것이다.

동시 「새해에 드리는 맹세의 노래」는 김정은 시대 초기 북한아동문학의 특징과 요구를 압축하고 있는 작품인 만큼, 다소 길지만 전문을 인용하도록 하겠다.

새해야! 2012년아!
손꼽으며 기다리던 네가 왔구나
한달두달 꿈속에서 기다렸건만
이렇게 만나니 슬프기만 하구나

전망』, 제13회 국제한인문학회·한국문학평론가협회 공동 국제학술대회 발표 자료집, 2013. 6.7, 42쪽.

32) 마성은, 「리금철의 과학환상소설에 관한 고찰: 『아동문학』에 수록된 작품들을 중심으로」, 『아동청소년문학연구』 제6호, 한국아동청소년문학학회, 2010을 참고할 것.

장군님 안계시는 이 설날!
그 누가 꿈엔들 생각했겠니
야전렬차 너도야 목메였구나
두줄기 끝없는 레루를 타고
우리 맘도 자꾸자꾸 달려가누나
≪아버지장군님!-≫
≪어데 계십니까, 장군님!-≫
목놓아 소리치니 함께 웨치누나
웅- 웅- 전기로의 저 동음소리
새해의 첫 쇠물 끓이는 소리

아득한 과수원의 엄마나무들
눈속에서 새움 틔우는 자장가소리
주체비료 주체비날론 꽃사탕 꽃과자
줄줄이 쏟아지는 소리…

아, 2012년!
만복의 새해를 우리앞에 열어주시고
기다리던 그 새해가 눈앞에 왔을 때
우릴 두고 떠나가신 아버지장군님!
밝고밝은 우리 교실 창문가에도
그 웃음 해빛되여 비껴오누나
온 나라 방방곡곡 그 어디에나
주신 사랑 복이 되여 넘쳐나누나

그렇구나 아버지 우리 장군님
우리곁을 떠나서 가신것이 아니구나
새집들이 끝마친 집집마다에

인자하신 아버지로 함께 계시누나

아침마다 학교길 나서면
변함없이 해님처럼 반겨주시고
깊은 밤 시험공부 보아주시며
5점맞은 자랑도 들어주시며…

슬퍼만 하지 말자 온 나라 동무들아
눈물씻고 달려가자 동갑나이동무들아
아버지장군님 지켜보신다
아버지장군님 지켜보신다!

5점을 맞아도 땅땅 여문 만점을!
한송이 꽃 피워도 제일 크고 고운 꽃을!
좋은 일 하나 해도 조국위한 큰일을!

한걸음 걸어도
발구름높이 쾅! 쾅!
지구를 울리며 씩씩하게 걸어가자
김정은선생님 발걸음에 맞추어

아버지장군님은 들으실거야
이 아침 굳게 다지는 우리의 맹세
온 한해 드팀없을 오늘의 맹세
-아버지장군님, 믿어주세요!
김정은선생님 높이높이 받들래요!

—박은경, 「새해에 드리는 맹세의 노래」 전문33)

「새해에 드리는 맹세의 노래」는 김정일의 사망과 김정은의 후계, 인민생활 향상 강조 등을 모두 형상하고 있다는 점에서 김정은 시대의 개막을 선포하는 작품으로 보아도 손색이 없다. 실제로 이 작품은 실질적으로 김정은 시대가 개막된 2012년 1월『아동문학』에 가장 먼저 수록된 작품이기도 하다.

11연 "한걸음 걸어도/발구름높이 쾅! 쾅!/지구를 울리며 씩씩하게 걸어가자/김정은선생님 발걸음에 맞추어"는 '발걸음' 이미지의 제시를 통하여 김정은 후계를 강조하는 대목이다. 본문 상단에서는 〈발걸음〉노래가 강조되는 양상을 검토한 바 있다. 그런데 「새해에 드리는 맹세의 노래」에서는 그저 〈발걸음〉노래를 불러야 한다는 차원을 넘어, '발걸음' 이미지가 김정은이 열어 갈 새로운 시대의 상징으로 확장되는 양상을 확인할 수 있다.

김정은 시대는 '선군' 담론에 짓눌려 있던 인민생활 향상을 본격적으로 강조하는 시대가 될 것으로 보인다.[34] 이는 "주체비료 주체비날론 꽃사탕 꽃과자/줄줄이 쏟아지는 소리…"라는 대목에서 상징적으로 드러난다. 그런데 "주체비료 주체비날론 꽃사탕 꽃과자"를 "줄줄이 쏟아지"게 하기 위해서는 무엇보다도 '과학기술강국'·'지식경제강국'이 되어야만 한다. 이는 결국 높은 교육열로 이어질 수밖에 없는데, 바야흐로 '5점꽃' 담론을 강조하게 되는 것이다.

작품에서는 "5점맞은 자랑"의 기쁨을 노래하는데, 이를 위해서는 "깊은 밤 시험공부"도 무릅써야 한다. 특히 그저 괜찮은 성적을 얻는 정도로는 부족하다고 지적하는 것에 주목할 필요가 있다. 북한에서는 4.5점 이상이면 '최우등' 성적을 받을 수 있지만, 작품에서는 "5점을 맞아도 땅땅 여문 만점을!" 받아야 한다고 힘주어 강조하는 것이다.

---

33) 박은경, 「새해에 드리는 맹세의 노래」, 『아동문학』, 2012.1, 9쪽.
34) 김성수는 이미 김정일 시대 말기부터 '선군' 담론이 축소되고, 인민생활 향상을 강조하기 시작했음을 지적한다. 김성수, 「김정은 시대 초의 북한문학 동향: 2010~2012년 『조선문학』·≪문학신문≫ 분석을 중심으로」, 『민족문학사연구』 50호, 민족문학사학회, 2012 참조.

5점만점을 강조하는 또 다른 작품으로는 동시 「기쁨」이 있다. 작품의 화자는 "5점꽃은 기쁨의 씨앗"이라고 노래하며, "올해에도 공부를 더 잘할" 것을 다짐한다.

> 5점꽃핀 성적증 보란듯이 날리며
> 노래랄라 집으로 돌아온 저녁
> 밥짓던 엄마도 안아주며 호호
> 내 손자가 용쿠나 할아버지 껄껄
>
> 학과경연 또다시 1등한 소식
> 우리 학교 속보판에 크게 난 이름
> 학부형회의갔다 보고왔다고
> 아버지 얼굴에도 웃음이 벙글
>
> 최우등성적증도 쌍둥이다야
> 1학년생 내 동생은 뻐기며 해해
> 저도 몰래 까르르 나오는 웃음
> 그냥그냥 참으며 생각했지요
>
> 내 마음 끝없이 기쁘지마는
> 온 집안 가득가득 웃음꽃 피니
> 자랑으로 부푸는 내 마음속엔
> 올해에도 공부를 더 잘할 생각
>
> 5점꽃은 기쁨의 씨앗인가봐
> 언제나 너하구만 딱친구 될래
> 오늘은 우리 집에 웃음꽃 펴도
> 래일에는 조국에 큰 기쁨되게
>
> —송시찬, 「기쁨」 전문35)

단편소설 「별들과 속삭인 말」에서도 주인공 윤미는 "5점꽃을 활짝 피운 기쁨을 안고 신바람이 나서 집으로 달려온" 뒤에, 어머니한테 자신이 "매 과목 다 5점만점을 맞았"고 "며칠후에 학교적인 콤퓨터소조원선발시험을 치는데 우리 선생님은 내가 거기에 뽑혔다고 했"다며 자랑한다.36) '5점꽃'을 활짝 피워야 비로소 콤퓨터소조원이 될 수 있다는 것인데, 이를 통해서 '5점꽃' 담론이 다시 '과학기술강국'·'지식경제강국'에 대한 열망과 맞물리는 것을 확인할 수 있다.

김정은 시대 초기에 북한의 '과학기술강국'·'지식경제강국'에 대한 열망을 상징적으로 보여주는 사건이 바로 2012년 12월 12일 '인공지구위성 〈광명성-3〉호 2호기'의 발사와 2013년 2월 12일 '제3차 지하핵시험'이다.

'인공지구위성 〈광명성-3〉호 2호기'의 발사 이후 『아동문학』에는 동시 「보인다」,37) 동시 「만세 높이 웨치자」,38) 동요 「깜짝 놀란 애기별들」,39) 동시 「우리 형님 제일이래요」,40) 동시 「온 세상의 기쁨입니다」,41) 동시 「그리움도 퐁퐁 기쁨도 퐁퐁」,42) 동시 「우리의 앞날은 밝다」,43) 동시초 「내 고향 철산」,44) 동시 「금별메달」,45) 동시 「그 얼마나 좋아질가」,46) 동시 「자리를 내여주렴」,47) 동시 「우리 위성 만세!」,48) 동시 「아버지의 금별메달」49) 등 '인공지구위성 〈광명성-3〉

---

35) 송시찬, 「기쁨」, 『아동문학』, 2012.3, 31쪽.
36) 황은철, 「별들과 속삭인 말」, 『아동문학』, 2012.5, 28~31쪽.
37) 성연일, 「보인다」, 『아동문학』, 2013.1, 17쪽.
38) 최충웅, 「만세 높이 웨치자」, 『아동문학』, 2013.1, 23쪽.
39) 박명선, 「깜짝 놀란 애기별들」, 『아동문학』, 2013.2, 27쪽.
40) 박춘선, 「우리 형님 제일이래요」, 『아동문학』, 2013.2, 27쪽.
41) 홍순모, 「온 세상의 기쁨입니다」, 『아동문학』, 2013.2, 35쪽.
42) 변혜영, 「그리움도 퐁퐁 기쁨도 퐁퐁」, 『아동문학』, 2013.2, 35쪽.
43) 김정연, 「우리의 앞날은 밝다」, 『아동문학』, 2013.3, 8쪽.
44) 장용환, 「내 고향 철산」, 『아동문학』, 2013.3, 19~20쪽.
45) 로진아, 「금별메달」, 『아동문학』, 2013.3, 20쪽.
46) 김청일, 「그 얼마나 좋아질가」, 『아동문학』, 2013.3, 22쪽.
47) 전성철, 「자리를 내여주렴」, 『아동문학』, 2013.4, 24쪽.

호 2호기'를 소재로 한 작품들이 수록되었다.

동시 「지구가 들썩쿵!」50)과 동시 「하루강아지」51)는 '인공지구위성 〈광명성-3〉호 2호기'와 '제3차 지하핵시험'을 모두 소재로 한 작품이다. '제3차 지하핵시험' 이후 『아동문학』에는 이를 소재로 한 작품들이 연이어 수록되었다. '제3차 지하핵시험'을 소재로 한 작품들에는 동시 「강성조선 큰 대답」,52) 동시 「드센 땅울림」,53) 동시 「학교길은 즐겁다」,54) 동시 「장수주먹 쾅!」,55) 동시 「제일 센 우리 나라 만세 만만세!」,56) 동시 「통쾌하다야」57) 등이 있다.

아동기에는 과학기술 발전에 크나큰 관심을 기울이는 것이 자연스러운 일이다. 특히 '우리나라'가 '인공지구위성'을 발사하는 등 우주개발에 나서는 모습을 지켜보는 어린이들의 가슴은 한껏 부풀어 오를 것이다. 21세기 '최첨단의 시대'에 발맞추어 '과학기술강국'·'지식경제강국'을 표방하는 것 자체는 의미 있는 방향 설정이라고 볼 수 있다. 그러나 이와 같은 방향 설정이 높은 교육열로 이어지는 것은 우려하지 않을 수 없는 일이다. 만점만을 강조하는 것은 아동문학의 바람직한 역할로 보기 어렵기 때문이다.

---

48) 조정미, 「우리 위성 만세!」, 『아동문학』, 2013.4, 24쪽.
49) 안정희, 「아버지의 금별메달」, 『아동문학』, 2013.4, 25쪽.
50) 백금주, 「지구가 들썩쿵!」, 『아동문학』, 2013.4, 25쪽.
51) 김금희, 「하루강아지」, 『아동문학』, 2013.5, 35쪽.
52) 김유정, 「강성조선 큰 대답」, 『아동문학』, 2013.4, 32쪽.
53) 김희선, 「드센 땅울림」, 『아동문학』, 2013.4, 32쪽.
54) 성연일, 「학교길은 즐겁다」, 『아동문학』, 2013.5, 24쪽.
55) 박은경, 「장수주먹 쾅!」, 『아동문학』, 2013.5, 25쪽.
56) 김연주, 「제일 센 우리 나라 만세 만만세!」, 『아동문학』, 2013.5, 25쪽.
57) 박명희, 「통쾌하다야」, 『아동문학』, 2013.5, 33쪽.

4. 욕설 뒤에 숨은 다급함

남한에 이명박 정권이 수립된 이후부터 남북관계는 급격히 악화되었다. 이명박 정권은 6.15공동선언과 10.4선언을 엄수하기보다는 '비핵·개방·3000'이라는 대북 기조를 내세웠고, 북한에서는 이를 6.15공동선언과 10.4선언을 무시하는 것이라며 반발하였다. 특히 김정일 사망 이후 이명박 정권이 조문 방북을 불허하자, 남북관계는 대결 국면으로 치달았다. 동요 「한길 갈테야」는 이러한 상황을 소재로 한 작품이다.

6.15 10.4선언
열어놓은 길
오고가면 될 길을
누가 막았나

북남동무 똑똑히
우리 보았지
조문단 북행길
막아나선 놈

민족앞에 죄를 지은
리명박역적
덤벼만 들어봐라
끝장낼테다

역적무리 쓸어버린
금수강산에
너도나도 우리모두

굳게 손잡고

오늘도 래일도
함께 갈테야
6.15 10.4선언
한길 갈테야

—김희선, 「한길 갈테야」 전문58)

이후 『아동문학』 2012년 5월호에는 "리명박쥐새끼무리들을 이 땅, 이 하늘아래에서 흔적도 없이 죽탕쳐버리자!"는 구호 아래, 더욱 노골적으로 이명박에게 욕설을 퍼붓는 동시 3편이 수록된다.

동족을 등지고 하는 일이면/손발벗고 이를 갈며 앞장서는 놈//언제봐도 미친짓만 골라하는 개/무덤길도 앞장에서 가고있구나//외세를 등에 업고 하는 일이면/손발벗고 껑충 뛰며 앞장서는 놈//언제봐도 민족의 탈을 쓴 원쑤/무덤길도 앞장에서 가고있구나

—김희선, 「앞장에서 가고있구나」 전문59)

개소리는 개들끼리 안다고 하니/남녘땅 골목마다 개짖는 소리/청와대 개명박 어서 들어봐//똑똑한 갠 제 우리 잘도 지킨대/네놈은 제 우리도 모르는 개래/제집마당 싸움터로 내맡기는 놈//이기지 못할 싸움 개도 안한대/제 죽을줄 모르고 날뛰는 바보/어리석은 개만도 못한 놈이래//개들은 왕왕 짖어 도적 쫓지만/굽신굽신 양키 왜놈 다 끌어들인/비루먹은 개만도 정말 못한 놈//개들은 주인들을 졸졸 따른대/명박인 제집식구 마구 깨무는/미친개보다도 못한 놈이래//명박이 왈왈왈 짖어대며는/나날이 분렬장벽

---

58) 김희선, 「한길 갈테야」, 『아동문학』, 2012.3, 41쪽.
59) 김희선, 「앞장에서 가고있구나」, 『아동문학』, 2012.5, 32쪽.

높아만지니/그 소리도 개소리만 아예 못하대//개만도 못한 놈이 ≪대통령≫
되고/개만도 못한 놈들 장관된 세상/어서 말끔 쓸어내자 성이 나서 왕왕

— 배향금, 「개만도 못한 놈 명박이래」 전문[60]

　미친개도 놀라 뛸/대역죄를 저지른/불망나니 깡통박/리명박새끼야//반
통일 역적죄도/하늘에 닿았으니/특대형대역죄를/죽어도 못 씻어//세상의
눈비를/다 퍼부어도 못 씻어/세상의 바다물/다 부어도 못 씻어//온 나라가
치를 떤다/만고역적 쓰레기야/삼천리가 분노에 찼다/찢어죽여도 시원치
않을 놈//천년만년 흘러도/못 씻을 대역죄/하늘땅이 변한대도/그 죄만은
못 씻어

— 리성국, 「못 씻어」 전문[61]

　『아동문학』 2012년 3월호에서는 이명박을 그저 '역적'으로 불렀지
만, 5월호에 수록된 작품들에서는 호칭이 '개'로 바뀐다. 6월호부터는
이명박을 상징하는 이미지로 '쥐'를 내세웠다. 동시 「쥐잡이놀이」에
서는 "쥐명박"이라는 호칭을 사용하며 '쥐잡이놀이'라는 상징을 통하
여 이명박에 대한 적개심을 드러냈고,[62] 동시 「잘코사니지」에서는

---

60) 배향금, 「개만도 못한 놈 명박이래」, 『아동문학』, 2012.5, 32쪽.
61) 리성국, 「못 씻어」, 『아동문학』, 2012.5, 32쪽.
62) 김승제, 「쥐잡이놀이」, 『아동문학』, 2012.7, 49쪽.

이명박을 "생쥐새끼 명박이놈"이라고 칭한 데 이어 "참말 그래 쥐명박 벼락맞을 놈/6.15공동선언 10.4선언의/밝은 해빛 통일해빛 비쳐드는 길/시커먼 손으로 막아버리려는 놈"이라며 저주를 퍼부었다.[63]

단편소설 「두성이가 받은 생일기념품」에서 이명박에 대한 증오의 묘사는 극에 달한다.

> 할아버지와 내가 공원 한구석에서 두성이네를 발견했을 때 그 애들, 두성이와 딱친구들 다섯명은 이미 교수대에 매달린 만고역적놈들에게 침을 뱉고있었습니다.
>
> (…중략…)
>
> 싸리꼬챙이로 주런이 만들어세운 교수대에서는 더럽고 얄미운 생쥐새끼들의 주검이 데룽데룽 매달려있었습니다.
>
> 자세히 보니 아니 글쎄 모두 무우를 가지고 만들어놓은것들이였습니다. 꼬리긴 쥐새끼들 그대로 쥐무우꽁지가 특별히 긴것을 골라서는 나무저가락을 뚝뚝 꺾어 몸뚱아리에 네발처럼 박아놓은 흉물스러운 그 몰골…
>
> (…중략…)
>
> 매 아이들의 발치에는 돌멩이들이 무드기 쌓여있었습니다.
>
> 한손을 높이 쳐든 두성이가 쩌렁쩌렁 명령을 내렸습니다.
>
> ≪리명박쥐새끼무리를 족쳐버리자!≫
>
> 아이들도 있는 힘껏 리명박쥐새끼를 죽여버리자고 웨치며 돌벼락으로 무서운 복수의 명중탄을 안기고 또 안기였습니다.
>
> 쥐새끼무리들은 그야말로 순식간에 산산쪼각이 나 흔적도 없이 사라져버리고말았습니다.[64]

작품의 서술자인 '나'는 두성이의 누나로서, 소학교 1학년생인 동

---

63) 리정순, 「잘코사니지」, 『아동문학』, 2012.7, 49쪽.
64) 황은철, 「두성이가 받은 생일기념품」, 『아동문학』, 2012.7, 52쪽.

생 두성이를 그저 철없는 어린애로만 여겼다. 그러던 '나'는 할아버지와 함께 두성이가 노는 모습을 지켜보며 동생이 몰라보게 자라났다는 생각을 하며 흐뭇해한다. 역시 두성이가 노는 모습을 흐뭇하게 지켜보던 할아버지는 두성이의 생일날 품들여 깎아만든 나무총을 선물한다.

이후로도 동시 「깡통박 데굴데굴 어디까지 데굴데굴」에서는 "높고높은 우리 존엄 헐뜯는 쥐새끼"·"통일해빛 손으로 막는 까마귀"·"속이 텅빈 2MB 명박이새끼" 등의 욕설이 등장하며,65) 동시 「용서가 없다」,66) 동시 「후회하지 말라」,67) 우화 「박제품 대통령」68) 등을 통하여 이명박에 대한 공격을 이어나갔다.

이뿐만 아니라 동시 「뿔났다」에서는 "미국산 소고기 미친 소고기/명박이놈 사들인다 아빠엄마 뿔났다/청계광장 밤거리 초불들고 나섰다"며 2008년 미국산 소고기 수입 반대 촛불시위를 형상하기도 했고,69) 동시 「명박이놈 아가리」에서는 "명박이놈 아가린/하마아가리/주는 먹이 넙적넙적/잘도 먹는다//미제놈이 뱉아버린/미친 소고기/사들여다 꿀떡꿀떡/잘 처먹는다"라며 미국산 소고기 수입을 비판하기도 하였다.70)

B. R. 마이어스(B. R. Myers)는 "사악한 세계에서 특별히 고결하지만, 특별히 교활하거나 강하지 않은 민족이라면 그것은 곧 어린아이처럼 약한 민족이라는 것을 의미"하며, "그래서 영화와 소설에 툭하면 등장하는 것이 조선의 어린이들을 침략자들이 학대하는 장면"이라고 지적한다.71) 이러한 방식을 통하여 북한에서는 어린이들을 학

---

65) 김희선, 「깡통박 데굴데굴 어디까지 데굴데굴」, 『아동문학』, 2012.8, 35쪽.
66) 정명이, 「용서가 없다」, 『아동문학』, 2012.8, 34쪽.
67) 윤진주, 「후회하지 말라」, 『아동문학』, 2012.12, 52쪽.
68) 김성률, 「박제품 대통령」, 『아동문학』, 2012.12, 53쪽.
69) 백광명, 「뿔났다」, 『아동문학』, 2012.8, 51쪽.
70) 백광명, 「명박이놈 아가리」, 『아동문학』, 2012.8, 51쪽.
71) B. R. Myers, *The Cleanest Race*; 고명희·권오열 역, 『왜 북한은 극우의 나라인가?』, 시그마

대하는 침략자들에 대한 적개심을 부추기는데, "북한의 사전과 교과서에서는 주민들에게 미국인들에 대해 '주둥이', '눈깔통', '배때기' 등이나 '죽었다'라는 말 대신 '뒈졌다'라는 표현을 쓰도록 장려한다"[72]고 한다. 이명박에게 노골적인 욕설을 퍼붓는 아동문학 작품들 역시 이와 같은 맥락에 놓여 있는 것이다. 북한에서는 이명박을 "굽신굽신 양키 왜놈 다 끌어들인", "민족의 탈을 쓴 원쑤"로 보고 있다. 그래서 침략자들에게 사용하는 욕설을 이명박에게 똑같이 퍼부은 것이다.

그런데 아무리 이명박을 "민족의 탈을 쓴 원쑤"로 보았다고 하더라도, 아동문학에서 꼭 상술한 바와 같은 과격한 표현을 사용해야만 했을까? 김정은 시대 초기 북한아동문학은 어째서 풍자와 같은 방식이 아니라 노골적인 욕설을 선택한 것일까? 기실 풍자와 같이 한 발자국 떨어져서 관망하는 태도를 보이려면, 스스로 마음의 여유를 가지고 있어야 한다. 이와 같은 견지에서 판단하건대, 김정은 시대 초기 북한아동문학은 충분한 마음의 여유를 갖고 있지 못한 것으로 보인다. 아동문학에 적합한 표현 방식이 아니라는 것을 뻔히 알고 있을 터인데도 불구하고, 욕설을 선택했다는 것은 모종의 다급함을 환기시킨다.

2008년 미국의 쇠고기 수입에 반대하는 서울에서의 대규모 거리 시위는 이 선전(이명박이 "미국 사대주의자이자 반북 옹호자"라는 북한의 선전—인용자)의 주장을 얼마 동안은 확인해주는 듯했지만 시위는 금방 잦아들었고 그 이후로 이명박에 대한 지지율은 올랐다. 북한의 정보차단벽이 무너지고 있는 현실에서 선전기구는 남한의 보수 대통령이 어느 정도의 인기를 누리고 있다는 사실을 어떻게 다루어야 할지 난감해하는 듯하다. 하는 수

북스, 2011, 78쪽.
72) B. R. Myers, 위의 책, 137쪽.

없이 남한에 심한 빈곤이 만연해 있다는 예전 방식의 터무니없는 선전을 가끔씩 되살린다. 요컨대 북한 정권은 아주 긴 시간 동안 유지해올 수 있었던 신뢰를 잃을 위험에 처해 있다. 하지만 어쩔 수 없다. 이명박의 인기가 다시 떨어진다 해도 남한 시민들이 대한민국을 어느 정도까지 자랑스러워하고, 김정일의 존재 자체에 무관심하며, 통일을 무한정 유보하기를 바라고 있다는 실상을 대다수 북한 주민들이 알게 되는 것은 시간 문제일 뿐이다. 이런 새로운 사실들의 발견이 당장 북한 정권을 붕괴시키지는 않아도 분명 선전의 이론적인 근거를 무너뜨리게 될 것이다.[73]

위의 지적처럼 북한 정권은 자신들이 증오하는 이명박에 대한 남한 시민들의 일정한 지지, 혹은 이명박에 대한 지지가 감소하더라도 그것이 북한 정권에 대한 지지로 이어지기를 기대하는 것은 불가능에 가깝다는 사실 앞에 난감해하고 있다. 신뢰를 잃을 위험에 처해 있는 북한 정권은 그저 아동문학 작품에서까지 남한의 대통령에게 원색적인 비난을 퍼붓도록 지시하는 것 이외에는 다른 대안이 없는 것이다.

다음으로 동시 「승냥이깡패무리 몰아내자요」는 "아니 글쎄 조국통일 하자는것이/정말이지 그 무슨 잘못인가요/제 나라 제땅에서 오고가는게/정말이지 어떻게 죄가 되나요//우리 민족끼리 밝은 앞길 열어주신/김정일대원수님 그리워 찾아왔다가/집으로 돌아가는 범민련할아버지/짐짝처럼 끌고간 승냥이무리들//너무 분해 막 주먹이 떨려요/내 가슴에 복수의 불이 일어요/일흔이 다 된 할아버지를/어쩌면 그렇게 할수 있나요"라며,[74] 조국통일범민족연합 남측본부 부의장 노수희가 2012년 3월 24일 방북했다가 7월 5일 판문점을 통하여 귀환한 뒤 7월 7일 구속된 사실을 성토한 작품이다.

---

73) B. R. Myers, 위의 책, 166~167쪽.
74) 량원석, 「승냥이깡패무리 몰아내자요」, 『아동문학』, 2012.10, 36쪽.

2013년 남한에서 박근혜 정권이 출범하고 얼마 지나지 않아, 한반도는 한국전쟁 이후 최대의 전쟁위기 상황에 직면한다. 『아동문학』 2013년 4월호에는 '강성국가' 담론과 전쟁 담론이 두드러진다. 4월호에 가장 먼저 수록된 작품은 김정일이 1950년 10월 16일 장자산에서 지은 작문 「우리 인민군대」였다. 이어서 전쟁위기 상황을 형상한 동시 3편이 수록된다.

〈광명성-3〉호 2호기가/하늘을 씽씽 나는데/우리 핵은 온 세상을/온통 뒤흔들었대//아니 글쎄 전면≪제재≫라/으시대던 원쑤놈들/무서워서 뒤로 벌렁/엉덩방아 찧었대

— 백금주, 「지구가 들썩쿵!」 부분75)

내 조국의 존엄을/제멋대로 걸고들며/짖어대던 개무리들/놀라워서 부들부들// (…중략…) //원쑤놈들 제아무리/떼를 지어 덤벼도/강성조선 우리 나라/다칠수가 있나요//수학 물리 날마다/5점꽃만 피워서/강성조선 큰 대답에/내 목소리 합칠래요

— 김유정, 「강성조선 큰 대답」 부분76)

제3차 지하핵시험/성공소식에 이어/들을수록 가슴후련한/최고사령부 대변인성명//이것이 ≪제재≫에 대한 우리의/분노의 함성인 땅울림이래/이것이 미국에 통꼴을 먹인/통장훈 안아온 땅울림이래//나도야 이 땅의 소년근위대/내 나라 지켜나선 아버지처럼/5점총창 번쩍 들어 벼리고벼려/내 조국 튼튼히 지키여갈래

— 김히선, 「드센 땅울림」 부분77)

---

75) 백금주, 「지구가 들썩쿵!」, 『아동문학』, 2013.4, 25쪽.
76) 김유정, 「강성조선 큰 대답」, 『아동문학』, 2013.4, 32쪽.
77) 김히선, 「드센 땅울림」, 『아동문학』, 2013.4, 32쪽.

위의 동시들은 한국전쟁 이후 최대의 전쟁위기 상황이 북한아동문학에 어떻게 반영되었는지를 보여준다는 점에서 주목할 만하다. 작품들은 북한이 핵무기를 보유한 '강성국가'라는 자부심을 내세우며 미국에 경고를 보내고 있다. 특히 경고를 보내는 대상이 남한이 아니라 미국이라는 점이 관심을 끄는데, 이를 통하여 당시 북한에서는 미국이 북한을 공격할 가능성이 높다는 판단을 하고 있었음을 확인할 수 있다.

무엇보다도 흥미로운 점은 전쟁 담론 역시 21세기 '최첨단의 시대' 담론과 마찬가지로 '5점꽃' 담론이라는 결론을 도출해내고 있다는 것이다. 전쟁 담론을 만난 '5점꽃' 담론은 '5점총창'이라는 용어로 나타나기도 한다. '강성국가'를 위해서 북한의 어린이들은 "수학 물리 날마다/5점꽃만 피워"야 한다는 요구를 받고 있는 것이다. 핵무기와 관련해서 특별히 "수학 물리"가 강조되었을 뿐, 결국 '5점꽃' 담론은 모든 과목에서 만점을 맞을 수 있도록 간고분투해야 한다는 것이다. 이를 통하여 북한에서는 아동문학을 철저히 교육의 도구로 활용하고 있다는 사실을 새삼스레 확인할 수 있다.

또한 위에서 살펴본 것처럼 북한아동문학은 정치적 목적을 가장 중요한 것으로 인식하고 있다. 이를 위하여 북한아동문학은 남한의 대통령에게 욕설을 퍼붓기도 하고, 미국에 경고를 보내며 한국전쟁 이후 최대의 전쟁위기 상황을 형상하는 등 정치선전의 장으로 기능하기도 한다.

5. 『주체문학론』의 지적

지금까지 본고에서는 김정은 시대 초기 북한『아동문학』의 다양한 실제 텍스트들을 검토함으로써, 김정은 시대 초기 북한아동문학의 동향을 살펴보았다.

김정은 시대 초기 북한아동문학에서 크게 주목할 만한 점은 세 가지이다. 첫째, 김정은 후계를 선전하는 것을 주된 목적으로 삼고 있다는 것이다. 김정은 후계 선전을 위하여 '김일성=김정일=김정은'의 도식이 등장했으며, '김정일애국주의'가 제기되었다. 김정은 후계 선전에 있어 또 한 가지 중요한 전략은 그가 젊은 지도자라는 점을 부각시키는 것이었다. 젊은 지도자 김정은의 역동적인 이미지를 강조하기 위하여 선택된 상징적인 이미지가 바로 '발걸음'이다. 『아동문학』에 수록된 작품들에서 〈발걸음〉 노래는 대를 이어 불러야 할 노래라는 지위를 갖는다.

둘째, 21세기를 '최첨단의 시대'로 규정하며 '5점꽃' 담론으로 상징되는 높은 교육열을 나타내 보이고 있다는 것이다. 『아동문학』에 수록된 작품들을 살펴보면, 김정일을 잃은 슬픔 속에만 빠져 있으려 하지 말고, 오히려 새로운 시대에 관한 기쁨을 이야기할 것을 강조한다. 이른바 김정은 시대인 21세기는 '최첨단의 시대'이다. 21세기 '최첨단의 시대'에 아동들에게 요구되는 것은, '과학기술강국'·'지식경제강국'을 세우기 위하여 열심히 공부하고 또 공부하는 것이다. 이와 같은 요구로부터 제기된 담론이 바로 '5점꽃' 담론인데, 21세기 '최첨단의 시대'라는 담론이 '5점꽃' 담론과 같은 높은 교육열로 이어지는 것은 우려하지 않을 수 없는 일이다.

셋째, 남북관계의 악화를 반영하며 남한의 대통령에게 욕설을 퍼붓기도 하고 한국전쟁 이후 최대의 전쟁위기 상황을 형상하였다는 것이다. 김정일 사망 이후 이명박 정권이 조문 방북을 불허하자, 『아동문학』에는 이명박에게 원색적인 욕설을 퍼붓는 작품들이 빈번하게 수록된다. 2013년 남한에서 박근혜 정권이 출범하고 얼마 지나지 않아, 한반도는 한국전쟁 이후 최대의 전쟁위기 상황에 직면하였다. 전쟁 담론은 『아동문학』 2013년 4월호에서 특히 두드러졌다. 무엇보다도 흥미로운 점은 전쟁 담론 역시 21세기 '최첨단의 시대' 담론과 마찬가지로, '5점꽃' 담론이라는 결론을 도출해내고 있다는 것이다.

본고에서 확인한 바에 의하면 김정은 시대 초기 북한아동문학은 철저히 교육의 도구로 활용되고 있으며, 정치적 목적을 가장 중요한 것으로 인식하고 있다. 그러나 교육의 도구로 활용되는 것이나 정치 선전의 장으로 기능하는 것이나 모두 아동문학이 추구해야 할 길과는 거리가 멀다. 그렇다면 북한이 젊은 지도자 김정은의 등장 이후 일정한 역동성까지 보여주고 있음에도 불구하고, 김정은 시대 초기 북한아동문학에서 충분한 마음의 여유를 찾아볼 수 없을 뿐만 아니라 모종의 다급함마저 느껴지는 까닭은 무엇인가?

> 현재 북한의 주요 안보상의 문제는 미국이 아니라 남한의 번영이다. 남한의 시민들은 한반도의 분단 상태를 무기한 연장하는 것에 별 불만이 없다. 이것이 북한이 미국과의 관계를 정상화할 수 없는 또 다른 이유다. 그동안 통일을 막아온 주된 세력이 미제가 아니라 바로 같은 동포들이란 사실을 북한 주민들이 깨닫게 되면 김정일 정권이 표방하는 세계관이 살아남을 수 없다.[78]

위의 지적에서 "김정일 정권"을 "김정은 정권"으로 고쳐 적어도 무방하다. 김정은 정권은 민족주의에 대한 호소가 남한의 시민들은 물론 북한 주민들조차 설득하기 어려워지고 있다는 사실을 잘 알고 있다. 이와 같은 곤란이 남한의 번영에 기인한다면, 김정은 정권 역시 번영을 추구할 수밖에 없다. 그런즉 인민생활 향상 담론과 21세기 '최첨단의 시대' 담론은 앞으로도 활발하게 제기될 것으로 보인다. 인민생활을 향상시키자는 것과 과학기술 강국을 세우자는 주장은 그 자체로는 아무런 문제가 없다. 하지만 지금까지 살펴본 바와 같이 이 모든 담론들은 결국 '5점꽃' 담론으로 귀결되며, 아동문학은 한낱 교육의 도구에 머물 뿐이라는 것이야말로 심각한 문제이다.

---

78) B. R. Myers, 앞의 책, 171~172쪽.

아이를 안은 김정은

　김정일은 『주체문학론』에서 "아동문학을 어린이의 심리적특성에
맞게 창작하여야 한다"고 강조하면서, "인간과 생활을 어린이의 시
점에서 보고 평가하고 그린다는데 아동문학의 기본특징이 있다"고
설명하였다. 또한 "아동문학에서는 모든 생활이 어린이의 시야에 비
껴든것이여야 하고 그의 시점에서 체험된것이여야 한다"고 말하면
서, "아동문학작품은 어린이를 대상으로 하여 씌여지는것만큼 그 예
술적가치는 동심세계를 잘 그리는데 있"고 "어린이의 동심에 맞지
않는 아동문학작품은 문학으로서의 가치가 없다"고 지적하였다.79)
　북한아동문학이 『주체문학론』에서 제기된 바를 강령적 지침으로
삼는다는 점을 고려할 때, 과연 김정은 시대 초기 북한아동문학이
『주체문학론』에서 규정하고 있는 아동문학의 본질에 충실한 것인지
묻지 않을 수 없다. 교육의 도구로 활용되어 5점 만점을 강조하는
'5점꽃' 담론을 내세운다든지, 정치선전의 장으로 기능하면서 남한의
대통령에게 원색적인 욕설을 퍼붓는다든지 하는 작품들을 가리켜,
동심세계를 잘 그린 작품이라거나 어린이의 동심에 맞는 작품이라고
보기는 어려울 것이다.
　남한과 북한의 체제가 상이한 만큼, 남한의 아동문학관을 북한에

---

79) 김정일, 『주체문학론』, 평양: 조선로동당출판사, 1992, 249쪽.

강요할 수는 없을 것이다. 그렇다면 북한아동문학은『주체문학론』에서 제기된 바에 충실하기라도 해야 할 텐데, 본고에서 검토한 바에 따르면 유감스럽게도 김정은 시대 초기 북한아동문학은『주체문학론』에서 규정한 아동문학의 본질과 매우 거리가 멀어 보인다.

이른바 김정은 시대의 북한이 앞으로 어떻게 변모할지 정확히 예측하는 것은 불가능하며, 북한아동문학 역시 어떤 모습으로 변화할지 혹은 지금의 모습을 유지할지 알 수 없다. 다만 북한아동문학이『주체문학론』에서 제기된 바를 강령적 지침으로 삼는다면, 이제부터라도 "어린이의 동심에 맞지 않는 아동문학작품은 문학으로서의 가치가 없다"는『주체문학론』의 지적을 잊지 말아야 할 것이다.

참고문헌

1. 기본 자료

『아동문학』(북한 자료)

2. 단행본

김성수, 『통일의 문학, 비평의 논리』, 책세상, 2001.

김정일, 『주체문학론』, 평양: 조선로동당출판사, 1992.

단국대학교 부설 한국문화기술연구소 편, 『주체의 환영: 북한 문예이론에 대한 비판적 이해』, 도서출판 경진, 2011.

정룡진, 『주체문학전서 6: 아동문학』, 평양: 문학예술출판사, 2008.

B. R. Myers, 고명희·권오열 역, 『왜 북한은 극우의 나라인가(The Cleanest Race)』, 시그마북스, 2011.

Heonik, Kwon and Byung-Ho, Chung, *North Korea: Beyond Charismatic Politics*; 『극장국가 북한』, 창비, 2013.

3. 논문

김성수, 「김정은 시대 초의 북한문학 동향: 2010~2012년 『조선문학』·≪문학신문≫ 분석을 중심으로」, 『민족문학사연구』 50호, 민족문학사학회, 2012.

_____, 「선군문학의 향방과 김정은 시대 초기 북한문학의 전망: 김정일의 문학적 유산과 김정은의 계승방식」, 『김정은 시대의 북한 문학, 변화와 전망』, 제13회 국제한인문학회·한국문학평론가협회 공동 국제학술대회, 2013. 6.7.

김정은, 「위대한 김일성동지는 우리 당과 인민의 영원한 수령이시다 : 김일성동지의 탄생 100돐에 즈음하여 발표한 론문」(2012년 4월 20일), 평양: 조선로동당출판사, 2013.

마성은, 「리금철의 과학환상소설에 관한 고찰:『아동문학』에 수록된 작품들을 중심으로」,『아동청소년문학연구』제6호, 한국아동청소년문학학회, 2010.

배인교, 「북한의 음악공연과 樂」,『북한 사람들의 喜·怒·哀·樂』, 단국대학교 부설 한국문화기술연구소 제20회 전국학술대회, 2013.4.19.

변상정, 「김정은 체제의 '강성국가' 건설 전략과 전망: '지식경제강국'을 중심으로」,『동서연구』제24권 2호, 연세대학교 동서문제연구원, 2012.

오창은, 「기억과 재현의 정치: 2012년 북한소설 동향」,『전환기 한반도 정치경제의 동학: 구상·정책·실천』, 북한연구학회 2012 동계학술회의, 2012.12.7.

오태호, 「'최첨단 시대'와 김정일 애국주의의 추구」,『김정은 시대의 북한 문학, 변화와 전망』, 제13회 국제한인문학회·한국문학평론가협회 공동 국제학술대회, 2013.6.7.

이상숙, 「김정은 시대의 북한시 연구」,『김정은 시대의 북한 문학, 변화와 전망』, 제13회 국제한인문학회·한국문학평론가협회 공동 국제학술대회, 2013. 6.7.

이지순, 「북한 서사시의 김정은 후계 선전양상」,『북한연구학회보』제16권 1호, 북한연구학회, 2012.

_____, 「김정은 시대 북한 시의 이미지 양상」,『현대북한연구』제16권 1호, 북한대학원대학교 북한미시연구소, 2012.

전영선, 「김정은 시대 북한 문화예술의 변화」,『KDI 북한경제리뷰』, 한국개발연구원, 2012.10.

홍세화, 「최악의 약속: 정상국가에 오신 것을 환영합니다」,『말과 활』, 2014년 1~2월호.

역사의 호명과 집단기억의 재구성[※]

: 북한 TV 방영 〈산울림〉과 〈오늘을 추억하리〉를 중심으로

박영정

1. 북한 TV 프로그램 편성 흐름과 공연예술

북한 텔레비전 방송 프로그램은 남한의 방송 프로그램에 비해 다양하지 않다. 특히 우리의 예능 프로에 비견할 만한 오락 프로그램은 '요청무대' 정도를 제외하면 거의 없는 것 같다. 최근 들어 '체육강국' 열풍과 함께 스포츠 중계의 비중이 늘어난 것을 제외하면, 여전히 보도나 '소개편집물' 등 시사·교양 프로그램 중심이다.

북한 조선중앙TV의 '체육경기소식'은 남한의 '스포츠 뉴스'와 '스포츠 중계방송'의 기능을 겸하고 있는데, 최근 들어 그 비중이 급격히 늘어나고 있는 추세다. 김정은 시대 들어서는 '체육경기소식'이 고정 프로그램으로 자리 잡고, 국내외 경기 소식을 전하거나 녹화중계를 하고 있다. 그 대표적 사례가 유럽축구선수권대회 녹화중계

[※] 이 글은 「역사의 호명과 집단기억의 재구성: 북한 TV 방영 〈산울림〉과 〈오늘을 추억하리〉를 중심으로」(『통일과 방송』 제3호, KBS보도국 북한부, 2014)를 단행본에 맞게 수정한 것이다.

프로그램이다. 북한 조선중앙TV는 2008년 유럽축구선수권대회 주요 경기를 경기당 40분 내외로 편성하여 6월 17일부터 7월 23일까지 13차에 걸쳐 녹화중계를 한 바 있다. 이어 2012년 대회에서는 본경기를 17회나 중계했으며, 결승전의 경우 90분 경기를 풀버전으로 중계했다. 또한 대회 전에 1회, 대회 후에 2회의 유럽축구선수대회 특집 프로그램을 편성·방영하였고, 2013년 들어서도 3월부터 6월까지 '유럽축구선수권 보유자련맹전'을 12회나 중계하였는가 하면, 11월에는 '2013~2014년 유럽축구선수권 보유자련맹전' 조별 경기를 중계하였다. 이처럼 유럽축구선수권대회에 대한 집중적인 텔레비전 방영은 오락 프로그램이 거의 없는 북한 텔레비전 방송의 특성상 이례적인 것이라 할 수 있다. 그러나 그것이 일회적인 것이 아니라 정규 프로그램으로 지속된 것으로 보아 이를 근거로 보아 북한 텔레비전 프로그램 편성 방향이 달라지고 있다고 해석할 수도 있겠다.

그런데 남한 TV 방송과 달리 연극 공연이나 연주회 등을 '녹화실황'으로 방송하는 프로그램이 다수 편성되고 있다는 점이 북한 TV 프로그램 편성의 또다른 특징 가운데 하나이다.1) 공연 실황 프로그램은 무대에서 펼쳐진 공연 작품을 녹화·편집하여 TV를 통해 방영하는 것으로, 공연 제작 단계에서부터 텔레비전 방영을 전제로 녹화하는 과정이 진행되어야 가능하다. 1970~80년대의 '5대 혁명가극'이나 '5대 혁명연극', '4대 명작무용' 등은 필름 영화로 제작되어 영화 못지않은 비중으로 오랫동안 텔레비전 전파를 탔다. 그런데 최근 방송을 보면 연극이나 가극 공연의 경우에는 방송용 카메라가 노출되지 않은 상태에서 녹화·방영되고 있으나 체육관에서 공연되는 음악 연주회의 경우에는 지미지프 카메라의 움직임이 화면에 노출되기도 하고 연주회가 진행되는 동안 출연자를 클로즈업한 화면이 전광판에

---

1) 영화의 경우 '예술영화(일반 극영화)'는 물론이고, 기록영화와 아동영화(주로 애니메이션)가 거의 고정된 프로그램으로 편성되고 있다.

실시간으로 투사되기도 한다. 즉, 공연의 기획 단계에서부터 방송 방영이 고려되고 있다고 볼 수 있다. 북한 방송기관이나 공연단체들도 보다 적극적이고 의식적으로 공연 녹화실황을 방송 프로그램으로 활용하고 있는 것으로 보인다.

이 연구에서는 북한 조선중앙TV에 방영된 연극 공연의 현황과 의미를 경희극 〈산울림〉과 연극 〈오늘을 추억하리〉를 중심으로 살펴보고자 한다. 이 두 작품은 2010년과 2011년 국립연극단에 의해 공연되었으며, 텔레비전을 통해 여러 차례 방영되었다. 이 두 작품의 내용 분석을 통해 북한 당국이 텔레비전 방영을 통해 얻고자 하는 의미가 무엇인지 밝혀볼 것이다. 본격적인 작품 분석에 앞서 간략하게나마 최근 북한 방송 프로그램의 연극 공연실황 방영 현황에 대해서 살펴볼 것이다.

2. 북한 TV의 공연실황 프로그램 현황과 그 의미

경희극 〈산울림〉과 연극 〈오늘을 추억하리〉의 방송 현황을 살펴보기에 앞서 경희극과 연극 작품의 녹화실황 방송 프로그램의 전체 현황을 보면 〈표 1〉과 같다.

〈표 1〉 북한 연극 및 경희극의 텔레비전 방영 현황

번호	연월일	방영시간	방송 제목
1	2009.01.26 (월)	11:30~ 12:34	(화술소품무대) 단막극 〈한 지붕아래〉(국립연극단)
2	2009.02.11 (수)	11:08~ 11:45	(추억에 남는 화술소품무대) 경희극 〈행복 넘치는 날에〉
3	2009.02.21 (토)	10:41~ 11:46	(추억에 남는 화술소품무대) 단막극 〈은혜로운 품〉
4	2009.05.01 (금)	10:45~ 11:47	(추억에 남는 화술소품무대) 단막극 〈우리가 사는 새 시대〉
5	2009.07.26 (일)	10:50~ 11:32	(추억에 남는 화술소품무대) 단막극 〈승리의 지름길〉

6	2010.07.28 (수)	20:40~ 22:27	(록화실황) 김일성상계관작품 경희극 〈산울림〉
7	2010.07.30 (금)	20:47~ 22:34	(록화실황) 김일성상계관작품 경희극 〈산울림〉
8	2009.09.11 (금)	10:51~ 11:29	(화술소품무대) 단막극 〈열쇠〉
9	2009.10.08 (목)	15:35~ 16:11	(화술소품무대) 단막극 〈어머니〉
10	2010.10.21 (목)	14:12~ 15:59	(록화실황) 김일성상계관작품 경희극 〈산울림〉
11	2009.10.25 (일)	15:21~ 16:11	(제13차 전국연극축전입선작품) 단막극 〈수정천〉
12	2010.10.31 (일)	20:30~ 22:17	(록화실황) 김일성상계관작품 경희극 〈산울림〉
13	2009.11.11 (수)	13:15~ 13:58	(제13차 전국연극축전입선작품) 단막극 〈수정천〉
14	2009.12.01 (화)	11:26~ 12:40	(제13차 전국연극축전입선작품) 단막극 〈주인〉
15	2010.02.01 (월)	11:10~ 12:08	(추억에 남는 화술소품무대) 단막극 〈백두초병의 영광〉
16	2010.02.11 (목)	14:05~ 15:00	(제13차 전국연극축전입선작품) 단막극 〈멀고도 가까운 곳〉
17	2010.03.28 (일)	13:48~ 14:29	(화술소품무대) 단막극 〈새벽안개〉
18	2010.05.01 (토)	11:02~ 12:07	(록화실황) 제2차 4월의 봄 인민예술축전중에서 단막극 〈락원의 숨결〉 (평안북도예술단)
19	2010.05.02 (일)	11:05~ 12:05	(록화실황) 제2차 4월의 봄 인민예술축전중에서 단막극 〈생의 뿌리〉 (량강도예술단)
20	2010.05.11 (화)	10:53~ 11:42	(록화실황) 제2차 4월의 봄 인민예술축전중에서 단막극 〈노을 비낀 숲〉 (평양연극영화대학)
21	2010.07.27 (화)	10:32~ 11:25	(추억에 남는 화술소품무대) 단막극 〈승리의 지름길〉
22	2011.02.05 (토)	11:52~ 13:16	경희극 〈생명〉
23	2011.02.21 (월)	10:23~ 10:59	(화술소품무대) 단막극 〈열쇠〉
24	2011.07.27 (수)	20:20~ 22:14	(록화실황) 김일성상계관작품 연극 〈오늘을 추억하리〉
25	2011.07.30 (토)	20:34~ 22:34	(록화실황) 김일성상계관작품 연극 〈오늘을 추억하리〉
26	2011.08.08 (월)	17:35~ 19:41	(록화실황) 김일성상계관작품 연극 〈오늘을 추억하리〉
27	2011.08.11 (목)	17:35~ 19:37	(록화실황) 김일성상계관작품 연극 〈오늘을 추억하리〉

28	2011.08.25 (목)	12:21~ 14:00	경희극 〈철령〉
29	2012.01.24 (화)	15:57~ 15:15	단막극 〈축복〉
30	2012.01.25 (수)	15:04~ 17:00	(록화실황) 김일성상계관작품 연극 〈오늘을 추억하리〉
31	2012.06.22 (금)	21:41~ 22:46	경희극 〈축하합니다〉
32	2012.07.01 (일)	12:56~ 14:00	경희극 〈축하합니다〉
33	2012.07.27 (금)	11:24~ 12:06	(추억에 남는 화술소품무대) 단막극 〈승리의 지름길〉
34	2012.08.11 (토)	15:15~ 16:08	(추억에 남는 화술소품무대) 단막극 〈포화속의 박우물〉
35	2012.08.12 (일)	14:32~ 15:15	(추억에 남는 화술소품무대) 경희극 〈단천사람〉
36	2012.08.19 (일)	13:45~ 14:21	(추억에 남는 화술소품무대) 단막극 〈소나무초소〉
37	2012.08.25 (토)	17:40~ 19:03	(추억에 남는 화술소품무대) 경희극 〈철령〉
38	2012.09.09 (일)	16:20~ 17:00	(추억에 남는 화술소품무대) 단막극 〈축복〉
39	2012.09.12 (수)	18:16~ 18:49	(추억에 남는 화술소품무대) 단막극 〈승리의 지름길〉
40	2012.09.21 (금)	13:59~ 14:30	(추억에 남는 화술소품무대) 단막극 〈우리 어머니〉
41	2012.09.30 (일)	13:55~ 15:00	경희극 〈축하합니다〉
42	2012.10.01 (월)	12:38~ 13:20	(추억에 남는 화술소품무대) 단막극 〈해당화〉
43	2012.10.07 (일)	13:14~ 13:57	(추억에 남는 화술소품무대) 경희극 〈단천사람〉
44	2012.10.08 (월)	14:26~ 16:10	(추억에 남는 화술소품무대) 경희극 〈동지〉
45	2012.10.22 (월)	21:44~ 22:19	(추억에 남는 화술소품무대) 단막극 〈소나무초소〉
46	2012.10.26 (금)	18:33~ 19:10	(추억에 남는 화술소품무대) 단막극 〈축복〉
47	2012.11.16 (금)	18:23~ 18:54	(추억에 남는 화술소품무대) 단막극 〈우리 어머니〉
48	2012.11.18 (일)	21:52~ 22:36	단막극 〈밝은 미래〉
49	2012.12.21 (금)	14:10~ 15:00	(화술소품무대) 단막극 〈오늘의 하루하루〉(함경남도예술단)

50	2012.12.27 (목)	17:29~ 18:16	(화술소품무대) 단막극 〈사랑의 섬〉(평양연극영화대학)
51	2013.01.01 (화)	21:03~ 22:21	(화술소품무대) 경희극 〈사랑〉
52	2013.01.02 (수)	12:21~ 13:00	(화술소품무대) 단막극 〈뜨거운 샘물〉(남포시예술단)
53	2013.01.05 (토)	21:44~ 22:10	(화술소품무대) 단막극 〈열쇠〉(국립연극단)
54	2013.01.06 (일)	17:59~ 18:17	(화술소품무대) 단막극 〈잊지 못할 초도의 항해길〉(조선인민 군해군협주단)
55	2013.01.06 (일)	21:40~ 22:40	(화술소품무대) 단막극 〈밝은 미래〉
56	2013.01.11 (금)	13:36~ 14:12	(화술소품무대) 단막극 〈뜨거운 샘물〉(남포시예술단)
57	2013.01.11 (금)	21:27~ 22:14	(화술소품무대) 단막극 〈사랑의 섬〉(평양연극영화대학)
58	2013.01.13 (일)	14:24~ 14:59	(추억에 남는 화술소품무대) 단막극 〈소나무초소〉
59	2013.01.13 (일)	21:29~ 22:11	(화술소품무대) 단막극 〈오늘의 하루하루〉(함경남도예술단)
60	2013.01.29 (화)	21:20~ 22:09	(화술소품무대) 단막극 〈오늘의 하루하루〉(함경남도예술단)
61	2013.02.10 (일)	09:48~ 11:05	(추억에 남는 화술소품무대) 경희극 〈축하합니다〉
62	2013.02.10 (일)	17:35~ 17:58	(추억에 남는 화술소품무대) 촌극 〈우리의 향기〉(황해북도예 술단)
63	2013.02.11 (월)	15:33~ 17:00	(화술소품무대) 경희극 〈사랑〉
64	2013.02.16 (토)	17:47~ 18:30	(추억에 남는 화술소품무대) 단막극 〈축복〉
65	2013.04.11 (목)	10:46~ 12:00	(추억에 남는 화술소품무대) 단막극 〈초석〉
66	2013.06.06 (목)	11:13~ 12:05	(화술소품무대) 단막극 〈밝은 미래〉
67	2013.08.25 (일)	15:34~ 17:00	(추억에 남는 화술소품무대) 경희극 〈철령〉
68	2013.09.19 (목)	18:00~ 19:23	(화술소품무대) 경희극 〈사랑〉
69	2013.09.22 (일)	14:33~ 15:05	(추억에 남는 화술소품무대) 단막극 〈우리 어머니〉

*출처: 통일부 북한자료센터 홈페이지 자료를 토대로 작성

북한의 조선중앙TV 방영 프로그램 가운데 '연극'으로 분류될 수 있는 공연 프로그램은 2009년 1월부터 2013년 9월까지 총 69회에 이른다.[2] 방영 횟수를 장르별로 보면 단막극이 45회(전체의 65.2%)로 가장 많았고, 다음은 경희극이 18회(26.1%), 그 외 연극(장막극을 의미) 5회, 촌극 1회였다. 전체 69회 가운데 연극 〈오늘을 추억하리〉가 5회로 가장 많았고, 경희극 〈산울림〉과 〈축하합니다〉, 단막극 〈승리의 지름길〉이 각각 4회, 경희극 〈철령〉과 〈사랑〉, 단막극 〈축복〉·〈소나무초소〉·〈열쇠〉·〈우리 어머니〉·〈오늘의 하루하루〉가 각각 3회씩 방영되었다. 그 외 2회 방영된 작품도 있어서 반복 방영을 제외한 전체 작품 수는 40여 편 정도 된다. 또한 방영된 작품 가운데는 인민예술축전이나 전국연극축전에서 입상한 작품이 있는가 하면 '추억에 남는 화술소품무대'(25회 방영)라는 시리즈 프로그램도 포함되어 있다.

이 작품들 가운데 '화술소품'이라는 프로그램 이름이 붙은 것은 말 그대로 공연시간이 1시간 이내의 작은 공연에 해당한다. 40여 편의 작품 가운데 공연시간(방영시간 기준)이 1시간을 넘는 경우는 연극 〈오늘을 추억하리〉(2시간 내외), 경희극 〈산울림〉(1시간 47분), 경희극 〈생명〉·〈철령〉·〈사랑〉(1시간 25분 내외), 경희극 〈축하합니다〉(1시간 5분), 단막극 〈한 지붕 아래〉(1시간 4분)의 7작품 정도이다. 이 가운데 연극 〈오늘을 추억하리〉와 경희극 〈산울림〉은 공연시간이 두 시간 전후의 장편에 해당한다. 또 이 두 작품은 '김일성상 계관 작품'으로 북한 당국에 의해 높이 평가 받은 작품들이다.

이와 같이 북한 텔레비전 방송 프로그램 가운데 연극이나 경희극 공연 작품을 녹화·편집하여 방영하는 데에는 다음과 같은 이유가 작용하였을 것으로 추정된다.

첫째, 방송기관의 입장에서 볼 때 다양한 프로그램 공급원으로 무

---

2) 북한 방송의 최근 흐름을 파악하기 위해 김정은이 후계 체제 구축이 본격화되었던 2009년 1월부터 최근까지 조선중앙TV 방송 프로그램 안내를 활용하였다. 구체적인 자료는 통일부 북한자료센터 홈페이지에서 구하였다.

대예술을 활용하고 있다고 볼 수 있다. 보도와 시사·교양 프로그램 중심의 편성에서 연극 및 가극 공연 프로그램을 활용함으로써 시청자의 다양한 욕구의 일부를 만족시킬 수 있을 뿐만 아니라 공연무대가 비교적 적은 제작비용으로 '완성도 높은 프로그램'을 확보하는 안정적인 방송 프로그램 공급원 기능을 한다고 볼 수 있다.

둘째, 공연단체의 입장에서는 공연장에서 직접 관람하는 관객수가 제한적인 조건에서 공연 작품의 관객층을 전국적으로 확보하는 통로로 녹화실황 방송 프로그램을 활용하고 있는 것으로 보인다. 경희극 〈산울림〉과 연극 〈오늘을 추억하리〉는 예외적으로 전국 10개 도시 순회공연을 통해 20만 명이 넘는 집객 성과를 얻었지만, 그 외의 경희극이나 단막극의 경우 평양에서의 공연에 그치는 경우가 많아 지방 관객들은 공연을 접할 수 있는 기회가 없는 것이 북한의 현실이다. 이러한 상황에서 보다 넓은 관객층 확보에 텔레비전만큼 효과적인 통로도 없을 것이다. 다만 자율적인 공연 시장이 형성되어 있지 않은 북한 체제의 특성을 고려하면 공연단체의 입장이 어느 정도 동력을 가지고 작동되는 것인지 알기는 어려운 상황이다. 그럼에도 텔레비전 방영의 결과가 공연단체의 관객 확보에 기여한다고 보는 시각에는 큰 무리가 없을 것이다.

셋째, 북한 당국의 입장에서 볼 때는 당 선전선동부의 통제 아래 대중에 대한 정치적 선전 효과가 높은 작품을 선별하여 텔레비전을 통해 방영한다고 볼 수 있다. 한 번의 공연으로 그친 경우라도 텔레비전을 활용하면 보다 많은 대중에게 정치선전의 효과를 볼 수 있기 때문이다. 북한에서는 공연 작품의 창작 단계에서부터 당국의 통제 기제가 작동되며, 지방 순회공연이나 텔레비전 방영에는 '최고권력'의 의지가 반영된다고 볼 수 있다. 텔레비전 방영 연극 및 경희극 작품 가운데는 김정일이 관람한 후 좋은 평가를 내린 작품이 다수를 차지하고 있는 것도 그 때문이다.

따라서 북한 체제의 특성을 고려할 때 연극 및 경희극의 텔레비전 방영에 대한 결정은 방송기관이나 공연단체의 입장보다는 당 선전선동부 등 북한 당국의 입장에서 이루어진다고 볼 수 있다. 다만 텔레비전 방영의 결과로 해당 공연단체의 입장에서는 보다 많은 관객을 만날 수 있고, 방송기관의 입장에서는 별도의 제작 과정 없이 방송 프로그램을 얻을 수 있는 기회로 기능한다고 할 수 있다.

3. 김일성 시대의 호명과 동원의 정치학: 경희극 〈산울림〉

경희극 〈산울림〉은 극작가 리동춘(1925~1988)의 대표작으로 초연은 1961년 원산연극단에 의해 이루어졌다. 이 작품은 북한 연극사에서 경희극의 시초로 평가받고 있다(《노동신문》, 2010.4.28). 경희극 〈산울림〉은 가벼운 웃음을 통해 사회주의 현실에 남아 있는 부정적 요소를 비판·교정함으로써 "사회주의 제도가 수립된 이후 천리마시대에 맞는 극형태를 새롭게 발전시키는데 크게 기여한 작품이며 우리 근로자들을 계속혁명, 계속전진의 사상으로 교양하는 데 이바지한 성과작의 하나"(문학예술종합출판사, 1994, 274쪽)라는 평가를 받았다. 리동춘의 경희극 〈산울림〉은 20대의 청년 황석철이 협동농장 관리위원장 등 기성세대의 '소극성과 보수주의'를 극복하고 범바위산을 개간함으로써 알곡 증산이라는 당의 과제를 달성하게 된다는 줄거리를 가지고 있다.

그런데 첫 공연으로부터 50년이 지난 2010년 4월, 이번에는 국립연극단에 의해 평양에서 경희극 〈산울림〉의 재창조 공연이 있었다. 이 재창조 공연은 2010년 4월 27일 첫 공연에서 2012년 10월 5일 500회 공연에 이르기까지 모두 40만 관객을 기록하였다(《노동신문》, 2012.10.6). 국립연극단의 〈산울림〉은 첫 공연의 성과로 '김일성상'을 수상하였으며, 평양 공연에 이어 전국 10개 도시를 순회공연하면서 첫 해에만 21만 여 명의 관객을 동원하였고, 김정일도 2010년 한 해

에 세 번이나 이 공연을 관람하는 등 지원을 아끼지 않았다.3)

왜 2010년대에 들어선 북한에서 50년 전 작품을 다시 무대에 올리게 되었던 것일까? 1960년대의 〈산울림〉과 2010년대의 〈산울림〉 사이에는 원작상의 차이는 거의 없다. 작품의 배경이 되고 있는 강원도 산골마을이나 주인공을 비롯한 등장인물의 설정, 범바위산 개간으로 전개되는 이야기 구조 등에서 두 작품은 동일한 작품이라 할 수 있다. 그렇다면 무엇 때문에 2010년 국립연극단에서는 1960년대의 원작을 그대로 무대화할 필요가 있었던 것일까? 다시 말하면 국립연극단의 〈산울림〉 공연이 김정일의 지시에 따라 이루어졌다는 점을 고려할 때, 김정일은 왜 이 시점에 50년 이전의 낡은 작품(그것도 거의 개작이 없는 원작 그대로)을 필요로 했던 것일까?

여기에서 주목할 부분은 북한 연극사에서 1960년대의 경희극 〈산울림〉이 천리마시대를 대표하는 작품으로 평가받고 있다는 점이다. 1960년대 경희극 〈산울림〉을 2010년의 무대로 불러낸 것은 〈산울림〉이 담고 있는 '천리마 시대'의 시대정신이라 할 수 있다. 비록 50년의 시간적 거리가 있음에도 불구하고 경희극 〈산울림〉이 현실에 안주하지 않고 계속적인 혁신으로 나아가고자 하는 '계속 혁명'의 정신, 그리고 낡은 보수주의 사로잡힌 인물을 '개조'하여 새로운 역사 개척의 대열에 동참시키는 '동원의 정치학'을 그려내고 있기 때문이다. 2010년의 북한은 2012년 '강성대국 진입'이라는 국가 목표 실현을 위해 2009년부터 시작된 '새로운 대고조 운동'의 한복판에 놓여 있었다. 북한 당국은 2010년대를 김일성 주도의 천리마시대의 '대고조 시기'에 버금가는 '새로운 대고조의 시기'로 규정(김보근, 2009)하고, '150일 전투' 등 군중동원에 총력을 기울이고 있었다.

경희극 〈산울림〉은 그 자체가 천리마시대를 나타내는 문화적 상징일 뿐만 아니라 작품의 내용도 '천리마시대 대고조 운동'의 살아있는

---

3) 박영정, 「경희극 〈산울림〉 열풍과 대고조 시대의 북한연극」, 『플랫폼』 26, 2011.3, 24~28쪽.

기록이라 할 수 있다. 따라서 경희극 〈산울림〉의 원작 그대로의 공연은 그 자체로 천리마 시대를 2010년대 북한 대중에게 재현하여 보여주는 정치적 효과를 얻게 된다.

또한 국립연극단의 경희극 〈산울림〉 재창조는 '강성대국 건설을 향한 새로운 대고조 운동'에 활용한다는 현실적 요구 외에, 2009년 1월부터 본격화된 김정은 후계 체제 구축 과정에서 '김일성 시대'에 대한 대중적 환기를 필요로 했던 것이라 볼 수 있다. '새로운 대고조 운동'이라는 구호 자체가 '김일성 시대'의 '천리마 운동'을 2010년대 북한에 다시 불러일으키는 효과를 의도한 것이었던 만큼, 북한 당국은 경희극 〈산울림〉 공연이 노년 세대에게는 천리마 시대의 향수를, 젊은 세대에게는 천리마 시기 청년세대의 기상을 다시 배우는 계기로 활용하고자 했을 것이다. 시대를 뛰어넘는 '세대 간 소통'을 통해 김일성에서 김정일, 김정은으로 이어지는 '3대 세습'의 정서적 지지대로서 '천리마 시대'의 호명을 통해 그 시대에 대한 '집단 기억 만들기'가 필요했던 것이다.

4. '고난의 행군'에 대한 '집단기억'의 재구성
: 연극 <오늘을 추억하리>

1990년대 중반 북한은 이른바 '고난의 행군'을 거쳐 나왔다. 1994년 김일성의 죽음, 이어진 자연재해, 그리고 외부세계의 '고립 압살 정책' 등 삼중고 속에서 북한 체제는 절체절명의 '위기'에 놓였으며, 이 위기 상황을 헤쳐 나가고자 하는 노력을 스스로 '고난의 행군'이라 명명하였다. '고난의 행군'이라는 명명법은 1990년대 중반의 위기 상황 극복을 위해 1930년대 '고난의 행군'을 북한 주민에게 환기시키기 위해 설정한 정치적 판타지였다. 1930년대 '고난의 행군'이란 1938년 12월 초부터 이듬해 3월 말까지 몽강현 남패자에서 장백현

북대정자에 이르는 조선인민혁명군 주력부대의 행군을 말한다(김갑식, 2005, 12쪽). '고난의 행군'이라는 명명은 1930년대의 '고난의 행군' 정신으로 난관을 극복해 나가자는 정책 의지를 담은 것이다.

당과 혁명 앞에 무거운 과업이 나서고 있는 오늘 우리 당은 전체 당원들과 인민군장병들, 인민들이 백두밀림에서 창조된 〈고난의 행군〉 정신으로 살며 싸워 나갈 것을 요구하고 있다.

우리는 지금 가장 어려운 환경 속에서 사회주의를 건설하고 있다. 〈고난의 행군〉 정신은 제 힘으로 혁명을 끝까지 해 나가는 자력갱생, 간고분투의 혁명정신이며 아무리 어려운 역경 속에서도 패배주의와 동요를 모르고 난관을 맞받아 뚫고 나가는 락관주의 정신이며 그 어떤 안락도 바람이 없이 간고분투해 나가는 불굴의 혁명정신이다. 이 정신이 맥박치는 곳에 혁명의 붉은기가 높이 휘날리고 사회주의 승리 만세의 함성이 힘차게 울리게 된다. (≪노동신문≫, 1996.1.1)

이후 '불굴의 혁명정신'은 '혁명적 군인정신'으로 구체화되는데, 북한이 말하는 '혁명적 군인정신'이란 '사회주의 건설에서 혁명적 전환을 일으키기 위한 중요한 정신적 원천으로, 당이 맡겨준 전투적 과업을 어김없이 수행하는 절대성, 모조건성의 정신, 아무리 어려운 과업도 자체의 힘으로 해내는 자력갱생, 간고분투의 정신, 당과 혁명, 조국과 인민을 위해서는 자기 한 몸을 아낌없이 바쳐 싸우는 자기희생정신, 영웅적 투쟁정신'을 말한다(≪노동신문≫, 1997.3.15). 이 시기 북한은 '선군정치'를 통치방식으로 정식화하는데, '선군정치'는 '혁명적 군인정신'이 온 사회에 일반화되는 과정에 정립되고 펼쳐지는 정치이며, '혁명적 군인정신'을 근본적 바탕으로 하는 정치를 말한다(리금희, 2004, 17쪽).

국립연극단의 연극 〈오늘을 추억하리〉(김흥기·서남준 작)는 2010년 6월 김정일의 지시로 준비되어 2011년 7월 17일 첫 공연이 시작되었다(《노동신문》, 2011.7.29). 〈오늘을 추억하리〉는 경희극 〈산울림〉과 거의 동일한 방식으로 200여 회에 이르는 전국 순회공연(《문학신문》, 2011.1.217)을 통해 수십만 명의 관객을 동원하였으며, 7월 27일부터는 조선중앙TV를 통해 녹화 방영되었고, 〈산울림〉과 마찬가지로 '김일성상'을 수상하였다.

〈오늘을 추억하리〉는 제목이 말하는 바대로 오늘의 '고난'을 불굴의 정신력으로 이겨나가면 언젠가 미래에는 '추억'으로 말할 때가 올 것이라는 낙관주의적 인생관을 바탕으로 한 작품이다. '고난의 행군' 시기 어느 산간 군을 배경으로 한 〈오늘을 추억하리〉는 군 행정경제위원회 위원장 강산옥(여성)과 군 인민들이 여러 가지 난관 속에서도 중소형발전소 건설이라는 과업 수행에 성공한다는 줄거리로 되어 있다.

김정일은 "연극 〈오늘을 추억하리〉는 슬픔에 대한 추억이 아니라 신념과 의지에 대한 추억을 철학적으로 깊이 있게 해명한 명작 중의 명작이라고 하시면서 인간관계 설정으로부터 극작술, 무대미술, 음악, 연기형상에 이르기까지 손색없는 작품, 선군시대를 대표하는 또 하나의 기념비적 걸작품, 선군시대 인간들이 지녀야 할 참된 인생관이 무엇인가를 깊은 정서와 예술적 화폭으로 진실하게 보여 주는 훌륭한 작품"(김혜숙, 2011, 26쪽)이라고 높이 평가하였다고 한다.

《노동신문》은 2011년 7월 14일자 기사에서 김정일과 김정은이 함께 관람했다고 보도하면서, 연극 〈오늘을 추억하리〉에 대해 "고난의 행군시기 중소형 발전소를 건설할 데 대한 당의 방침을 관철하기 위한 투쟁 속에서 발휘되는 어느 한 산간군 인민들의 불굴의 정신력과 뜨거운 향토애를 보여주는 작품"이라고 소개하였다.

또한 《노동신문》은 2011년 8월 3일자 「내일도 이렇게 추억하리」라는 제목의 정론에서 "피눈물의 해 1994년에 태어난 아이들이 어느덧 17살이 되어 공민증을 받아 안고 처음으로 이 해의 선거에 참가하였다"면서 "고난의 눈보라를 헤쳤던 강계의 6,000여 리 길에는 CNC

주체철 공정

첨단문명이 펼쳐지고 성강의 봉화가 지펴졌던 땅에서는 주체철이 쏟아진다. 준엄했던 저 철령의 기슭 아래에는 황홀한 사과바다가 설레인다"며 10여 년 세월의 간격에서 오는 북

한 사회의 발전상을 전하였다. 정론은 연극 〈오늘을 추억하리〉가 조선중앙TV에 녹화 방영된 "7.27 전승절의 그 밤을 잊을 수 없다"면서 "이날에 온 나라 인민들을 한꺼번에 격정의 눈물과 뜨거운 추억의 바다에 세워놓는 화폭이 펼쳐졌다. 텔레비전을 통하여 방영된 연극 〈오늘을 추억하리〉는 일시에 대파문을 일으키며 온 사회를 끓게 하였다"고 당시 분위기를 전하고 있다. 이어서 정론은 〈오늘을 추억하리〉의 배경인 '고난의 행군' 시기를 묘사하고는 "우리의 추억은 결코 아픔의 눈물일 수 없다"면서 "추억은 미래를 연다. 추억의 생명력은 바로 끝없이 새것을 향해 나가게 하는 창조의 힘이라는 데 있다. 또 다시 오늘을 추억하리! 무대는 어제를 보여주었지만 우리는 또 새로운 내일을 보고 있다"는 낙관주의적 태도를 강조하였다. 북한이 왜 2011년에 1990년대 중반 '고난의 행군'을 배경으로 한 〈오늘을 추억하리〉를 공연했는지 그 의도를 짐작케 하는 대목이다.

연극 〈오늘을 추억하리〉는 '고난의 행군시기', '어느 산간 군'에서 사건이 진행된다.

△ 가요 〈우리는 잊지 않으리〉의 장중한 선율이 흐르는 속에 주인공 강산옥의 목소리가 설화로 울린다.

설화: 생각하면 그 시절이 너무도 참혹해
　　　돌이켜보기조차 괴로운 추억으로
　　　오늘도 우리의 가슴에 옹이져 있는
　　　고난의 행군!…

△ 서서히 막이 열린다.
온 발전소 건설장을 삼켜버릴 듯한 눈보라, 눈보라…
질통과 흙마대를 맨 남녀 건설자들이 치렬한 전투를 벌리고 있다.
허기져 쓰러지기도 하고 기승을 부리는 눈보라에 휘말리기도 하고…
여기에 설화가 계속된다.

설화: 행복했던 지난날이 눈물겹게 그리울수록
　　　시련이 더 쓰리고 아팠던 그 시절
　　　인간이 겪을 수 있는 최악의 역경에서
　　　풀뿌리를 깨물며 죽음과 싸운
　　　고난의 그 피자국
　　　우리 작은 산간군에도 찍혀져 있다…

△ 고조되는 음악과 함께 바위산이 무너져 내리면서 붉은기를 지켜 싸운 우리 군대와 인민의 불굴의 모습이 대군상으로 펼쳐지는 속에 제명이 솟는다.
　　　　　　　　　　　　　　　　　　　　　　—연극 〈오늘을 추억하리〉 서장

연극 〈오늘을 추억하리〉 서장 부분이다. 주인공 강산옥의 설화(說話)를 통해 이 연극이 관객들에게 '참혹'했던 '고난의 행군 시기'로 '추억여행'을 떠나는 무대라는 점을 분명히 하고 있다. 즉, 과거 회상

형식의 설화를 통해 2010년대의 관객을 1990년대의 시공간으로 '강제이주'를 시키고 있는 셈이다. 그리하여 2010년대의 북한 주민들이 무대에 펼쳐지는 '고난의 행군'을 목격하게 함으로써 1990년대를 고난이 연속되는 패배의 과정이 아닌 2010년대의 승리를 위한 발판으로 기억하는 '집단적 추억'으로 재구성해 나가고자 한 것이다. 북한 당국, 특히 김정일이 원하였던 것은 연극 〈오늘을 추억하리〉가 북한 주민들에게 깊숙이 내면화되어 있던 '고난의 상흔'을 들추어냄으로써 '승리의 기억'으로 재구성하여 내면화하는 기제로 활용하는 데 있었던 것으로 보인다.

이 점에서 볼 때 연극 〈오늘을 추억하리〉는 2000년 조선예술영화촬영소에 의해 제작되어 2001년에 개봉한 북한 영화 〈자강도 사람들〉과 닮아 있다. '고난의 행군'이 종료되었다는 문화적인 행위가 필요한 시점에 제작된 〈자강도 사람들〉은 '고난의 행군'의 원인을 제시하고 그 결과로서 승리하는 과정을 보여줌으로써 북한 사회가 '고난의 행군'의 트라우마에서 공식적으로 벗어났음을 선언하는, '고난의 행군'에 대한 '집단적 기억의 재구성'이었다(전영선, 2013, 223쪽).

연극 〈오늘을 추억하리〉는 여기에서 한 걸음 더 나아가 '혁명적 인생관'이나 '낙관적 미래관'의 문제로까지 끌고나가고 있는 것으로 평가 받고 있다. 북한에서는 연극 〈오늘을 추억하리〉가 "인물들의 생동한 성격 형상을 통하여 '오늘을 위한 오늘에 살지 말고 래일을 위한 오늘에 살자'는 우리 장군님의 인생관을 혁명적 신념과 의지로 간직할 때 인간은 그 어떤 고난과 시련 앞에서도 배심 있게 웃는 강자가 되지만 그렇지 못한 인간은 자그마한 난관 앞에서도 동요하는 패배주의자가 된다는 것을 확증"(김혜숙, 2012, 22쪽)하고 있으며, "고난의 행군 시기의 력사적 진실을 승리할 래일을 확신하고 오늘의 고난을 용감하게 뚫고 나가는가, 아니면 래일에 대한 신심을 잃고 오늘을 참고 견디겠는가 하는 인생관적인 문제, 신념의 문제로 제기하고 인간의 추억의 권리와 결부시켜 생활적으로 깊이 있는 해명을 주고 있다"(림덕길, 2011, 14쪽)고 평가한다.

그런데 연극 〈오늘을 추억하리〉는 원래 1998년에 창작되어 공연한 바 있는 구작(舊作)이다. 국립연극단은 〈오늘을 추억하리〉를 창작하여 1998년 4월과 8월, 10월 등 세 차례에 걸쳐 무대에 올린 바 있다. 《노동신문》 2012년 1월 20일자에 의하면 〈오늘을 추억하리〉는 10여 년 전에 창작되어 무대에 올랐다가 2010년대에 '다시 태어난 연극'이었다. 당시의 공연은 "어버이수령님의 유훈을 받들고 중소형발전소를 건설하는 우리 일군들과 근로자들의 영웅적 투쟁을 통하여 언제나 당정책을 인민들이 덕을 볼 때까지 철저히 관철하여야 한다는 것을 예술적으로 진실하게 보여 주면서 관람자들에게 위대한 장군님께서 계시여 오늘의 강행군에서 최후승리를 이룩할 수 있었다는 것을 후날 아름답게 추억할 것이라는 확신을 굳게 하여 주었다."고 평가 받았다(『조선문학예술년감 1999』, 467쪽).

《노동신문》 2012년 1월 20일자에 의하면 〈오늘을 추억하리〉는 10여 년 전에 창작되어 무대에 올랐다가 2010년대에 '다시 태어난 연극'이었다. "고난의 행군시기를 반영한 시대적 배경은 좋으나 종자해명과 생활적 소재의 탐구가 부족한 것으로 하여 연극은 점차 자기의 빛을 잃게 되었"는데, "선군혁명령도의 그 바쁘신 속에서도 연극을 두고 늘 마음 쓰신 어버이 장군님께서는 작가들이 손맥을 놓고 주저앉을세라 힘을 주시며 작품을 잘 만들어야 하겠다고, 연극에서 고난의 행군시기를 미학적으로 어떻게 그리겠는가 하는 문제가 제기된다는데 지금 시점에서 어렵던 그때를 사실 그대로 보여주는 것이 중요하다고 명철하게 가르쳐 주시였다."고 전하고 있다. 김정일의 지도에 의해 "생명력을 거의 잃어버렸던 연극은 재생의 활력을 받아안고 선군시대 명작으로 창작 완성되게 되였으며 천만군민을 대고조 진군에로 힘 있게 불러일으키는 데 한 몫 단단히 할 수 있었다."는 것이다.

2011년 재창조된 〈오늘을 추억하리〉가 지닌 작품의 미덕은 '고난

의 행군' 시기를 정면으로 다루고 있다는 점이다. '고난의 행군' 시기
는 북한으로서는 감추고 싶은 역사적 상처에 해당하지만, 〈오늘을
추억하리〉에서는 과감하게 상흔의 과거를 들추어낸다. 주인공 강산
옥의 딸 송희의 죽음을 형상한 부분은 '현실 미화'에 익숙한 북한 연
극에서는 매우 파격적인 것이라 할 수 있다. 특히 국가가 기초적인
식량조차 해결하지 못해 어린 송희가 굶어 죽는다는 설정은 그 자체
로 북한 체제 유지에 치명적인 내용이라 볼 수 있다. 그뿐만 아니라
〈오늘을 추억하리〉에서는 송희의 죽음을 무대 밖이 아닌 무대 위에
서 '재현'함으로써 관객들이 생생하게 목격할 수 있도록 '공유'시키
고 있다. 자칫 체제 비판의 요소로 읽힐 수도 있는 부분이다. '현실
미화'에 익숙한 북한 작가들 입장에서 '고난의 행군' 시기를 다루는
작품을 창작한다는 것은 위험하거나 진부하거나 둘 중 하나이기 십
상이었을 것이다. 1988년 〈오늘을 추억하리〉의 창조 과정에서 가장
문제 되었던 부분이 바로 송희의 죽음을 비롯한 '고난의 행군' 시기
의 '어려웠던 사회 현실'을 어느 정도까지 '사실적으로 재현'할 것인
가였다. 이는 역으로 2011년 〈오늘을 추억하리〉가 얼마나 문제적인
것인지 되돌아보게 한다.

　연극 〈오늘을 추억하리〉 창조과정은 곧 우리 창작가들이 창작적 배짱과
담력을 키운 과정이기도 하다.
　우리는 초기 작품을 놓고 동요도 많았다. 여러 가지 의견으로 방황하고
있었다. 특히 주인공의 딸의 죽음장면을 어떻게 처리할 것인가 하는 문제
가 가장 주되는 난문제였다. 이것은 고난의 행군 시기를 미학적으로 어떻
게 그리는가 하는 문제인 것으로 하여 아주 심각한 문제로 제기되었다. 바
로 이 때 경애하는 장군님께서는 고난의 행군 시기의 어려운 시대상을 있
는 그대로 보여 주는 것이 중요하다. 후대들에게 우리가 이겨낸 고난의 행
군을 알려주고 잊지 않도록 해야 한다는 귀중한 가르침을 주시였다.
　　　　　　　　　　　　　　　　　　　　　　　　　─《노동신문》, 2011.7.29.

연극 〈오늘을 추억하리〉의 연출가 장찬국(국립연극단 연출실장, 인민예술가)의 ≪노동신문≫ 인터뷰의 일부이다. 연출가의 말처럼 '고난의 행군' 시기의 북한 현실을 있는 그대로 그려낸다는 것은 창작의 자율성이 제한되어 있는 북한에서 그 자체가 '배짱과 담력'을 필요로 하는 것이었다. 실제로 김정일의 담보가 없이는 그려낼 수 없는 부분들이 〈오늘을 추억하리〉에는 풍부하게 담겨 있다. 군내 장공장이 몇 달 째 생산이 중단되어 있다든지, 발전소 건설장에 점심도 싸오지 못하는 사람들이 늘어나고 있다든지, 많은 사람들이 식량 부족으로 대용식품 개발에 나선다든지, 종이공장 근로자들 다수가 식량을 구하러 다니느라 출근을 못하다 보니 발전소 건설장에 노력 동원이 안 되고 있다든지, 어느 집 며느리가 간식은 고사하고 통강냉이밥만 먹인다고 토돌거리더니 손자애를 데리고 친정으로 가버린다든지, 수도 보수공사가 제 때에 이루어지지 못해 공동우물을 사용한다든지, 공장에 다니던 여성이 공장을 이탈하여 '담배' 장사에 나서고 있다든지 하는 당시의 생활상이 생생하게 노출되어 있다.

송희: (고개를 끄떡이며) 응… 엄마, 나 정말 배고파.
산옥: 엄마가 닷새 전에 강냉일 보내주지 않았니. 한 끼에 50그람씩으로 계산해두 아직 좀 있겠는데…
송희: 닷새가 뭐야, 열흘두 지났는데…
산옥: 뭐?! (생각을 더듬다가) 내 정신 봐라. 정말 그렇구나.
송희: (삐쭉거린다.)
산옥: (걱정어린 어조로) 너 그새 뭘 먹구 지냈니? 응? 송희야.
송희: 엄마, 배고플 때마다 산에 올라갔지 뭐. 엄마, 이것봐. 나 이젠 먹는 나물 다 알아. 산에 가면 (손가락을 꼽으며) 고사리, 고비, 곰취, 둥굴레, 참나물, 벌에 가면 길짱구, 미나리, 사라구, 메싹, 능쟁이…
△ 산옥 가슴이 저려나는 듯 고개를 돌린다.
—〈오늘을 추억하리〉 제4장 1경

군의 살림을 책임지고 있는 군행정경제위원장 강산옥이 발전소 건설현장에서 지내다 보니 정작 자신의 딸 송희의 먹거리는 책임지지 못하고 있다는 것을 보여 주는 장면이다. 학교에서 공부만 해도 부족한 중학생 송희가 이제는 산나물이며 들나물의 이름을 주어 섬기는 현실이 엄마인 강산옥의 가슴을 저리게 한다. 결국은 송희는 강산옥과 헤어진 후 얼마 되지 않은 시점에 무대 위에서 쓰러지고, 끝내 숨을 거두게 된다.

그러나 〈오늘을 추억하리〉에 묘사된 어려운 현실은 그 사회적 원인에 대한 비판적 성찰로 연결되지 못하고, 그보다는 국가 차원의 '위기 극복'의 소재로 재구조화된다. 송희의 죽음은 자신의 식량을 학교 친구들에게 나누어 주다 목숨을 잃게 되었다는 '아름다운 희생'으로 그려지고, 자신의 배고픔을 남들에게 내보이지 않기 위해 복대를 한 채 일을 하다 실명의 위기에 빠진 석태(발전소 시공 지도원), 상으로 받아 가보로 지켜온 '비둘기표 재봉기'를 팔아서 발전소 건설 경비를 보태려는 70대의 봄순 할머니, 외국에서 영주권을 마다하고 위기에 처한 조국에 조기 귀국한 기술자 세철, 공장에서 이탈하여 담배 장사에 나섰다가 다시 귀환하는 순정 등 '고난의 행군'의 어려운 현실을 극복해 나가려는 미담의 주인공들이 작품에 풍성하게 그려진다. 이러한 전환 과정을 거쳐 〈오늘을 추억하리〉는 단순히 '고난'을 그린 작품이 아니라 '고난'을 극복하고 '승리'에 이르는 작품으로 거듭나게 되는 것이다.

여기에서 한 걸음 더 나아가 〈오늘을 추억하리〉에서는 '선군정치'의 핵심 정신인 '혁명적 군인정신'이 주인공의 입을 통해 묘사되고, '무조건적으로' 김정일을 믿고 따르는 신념의 문제가 제기되며, 극의 결말부에서는 군인 건설자의 결정적 조력으로 문제가 해결되는 '선군문학예술'의 패턴화된 구조를 보이고 있다.

산옥: 우리가 지금 아무리 어렵고 힘들어도 사회주의 조국을 지키기 위해

서 험한 길만을 걸으시는 우리 장군님 고생에야 비기겠습니까. 장군
님은 정말…

익준: 옳소. 하기에 우리 인민들은 반드시 희한한 래일이 온다는 신심과
락관에 넘쳐 산악같이 일떠선 게 아니겠소. 위원장 동무, 우린 그저
장군님만 굳게 믿고 오늘을 이겨냅시다.

—<오늘을 추억하리>, 제4장 1경

군행정경제위원장 강산옥과 군당책임비서 김익준의 대화이다. 극
의 중반부 전환점에서 '장군님'(김정일)에 대한 무조건적 믿음으로 '오
늘의 고난'을 이겨내자고 다짐하는 장면이다. <오늘을 추억하리>는
이처럼 '내면화된 신념'을 불굴의 의지로 연결시켜 문제 해결의 실마
리로 삼고 있다. 더욱이 문제 해결의 결정적 역할은 군대가 맡는 것으
로 결말지어진다. 장맛비 속에 둑을 쌓고, 철탑을 세우는 일에 수륙양
용 전차를 끌고 군부대가 나타나서 '가볍게' 해결해 주고 나간다.

△ 눈굽을 찍어 내던 산옥 군중들을 향해 돌아서더니 고난의 길을 함께
헤쳐온 동지들을 미덥게 둘러본다.

산옥: 동지들, 우리는 오늘 고난과 시련을 이겨내고 마침내 발전소 건설의
완공단계에 들어섰습니다. 돌이켜보면 참으로 힘겨운 나날들이였어
요. 하지만 장군님께서 안겨주진 혁명적 군인정신이 있어 흙짐을 지
면서도 래일을 생각하고 굶어 쓰러지면서도 래일을 그리고 모진 마
음속 고통을 겪으면서도 래일의 승리만을 위해 불사신처럼 일떠서
싸웠습니다.
    동지들! 우리는 장군님만을 굳게 믿고 끝까지 따라가면 최후의 승
리자가 된다는 것을 뼛속 깊이 새겨 안게 되였으며 그처럼 간고했던
이 고난의 행군이 락원의 행군으로 이어지게 되는 그날에는 우리 장
군님을 따라 헤쳐온 오늘을, 오늘을 긍지높이 추억하게 될 것입니다!

모두: 만세! 만세! …

　△ 여기에 설화가 울린다.

설화: 그렇다, 래일!
　　　이 나라 사람들의 단 하나 목숨이였고 삶이였고 투쟁이였던 래일,
　　그 래일을 우리 장군님 혁명적 군인정신으로 천만군민의 가슴속에
　　억척같이 세워주시였으니,
　　　'오늘을 위한 오늘에 살지 말고 래일을 위한 오늘에 살라!'
　　　아, 잊지 못할 그 시련의 언덕에서 래일의 인생관으로 조국과 혁명
　　을 구원하신 절세의 애국령장 김정일 장군님의 만고의 업적 후손만
　　대에 길이 전하며 오늘도 래일도 영원히 우리는 승리의 한길만을 가
　　고 가리라! …

　△ 우리의 주인공들을 중심으로 일군들과 인민들, 인민군 군인들이 장엄
한 대오를 이루며 호탕하게 웃으며 나올 때

－ 서서히 막－

　연극 〈오늘을 추억하리〉의 결말부이다. 북한 연극이 지닌 상투적
결말의 전형이다. 여기에는 작품의 종자와 주제, 작가가 작품을 통해
하고 싶었던 이야기의 거의 전부가 주인공의 언술을 통해 '맨얼굴'을
드러내고 있다.

5. 무대를 통한 역사의 호명과 김정은 후계체제 구축

　국립연극단은 북한 유일의 연극 전문단체이다. 〈성황당〉을 비롯한
'5대 혁명연극'의 창조 공연으로 1970~80년대 북한 연극을 대표하는

단체의 지위를 가지고 있었으나 1990년대 중반부터 시작된 '선군정치' 하에서는 군부대예술단체 주도의 경희극에 밀려 이렇다 할 역할을 보여 주지 못하였다. 그러다가 지난 2009년 중국 연극 〈네온등밑의 초병〉을 시작으로 2010년 경희극 〈산울림〉, 2011년 연극 〈오늘을 추억하리〉 등으로 북한에서 '가장 잘 나가는' 공연단체가 되었다. 특히 경희극 〈산울림〉과 연극 〈오늘을 추억하리〉 공연으로 '김일성상'을 수여 받는 등 북한 당국에 의해 최고의 평가를 받았다.

그런데 이 작품들은 모두 신작이 아니라는 공통점이 있다. 경희극 〈산울림〉은 1950년대 천리마시대를 배경으로 한 1961년 작품이고, 연극 〈오늘을 추억하리〉는 1990년대 중반 '고난의 행군' 시기를 배경으로 한 1998년 작품이다. 두 작품은 연극 무대를 통해 2010년대 북한 관객을 1950년대와 1990년대로 이동시켜 '과거의 역사'를 목격하고, 체험하게 한다. 두 작품 모두 평양공연만이 아니라 전국 순회공연을 했고, 또한 4~5차례의 텔레비전 방영까지 했던 점을 고려하면, 거의 대부분의 북한 주민들이 두 작품을 직·간접으로 접했을 것으로 추정된다.

그렇다면 2010년대 북한 관객에게 두 시기는 어떠한 의미를 갖고 있는 것일까. 북한 당국은 두 연극을 통해 어떠한 효과를 얻고자 했던 것일까.

첫째는 '고난의 행군'을 종료하고 '강성대국 건설'에 총력을 기울여야 하는 2010년대의 시대적 과제의 실현을 위해 한편으로는 천리마 시대와 고난의 행군 시기 전사회적 동원의 체험이 필요했던 것이고, 다른 한편으로 어려웠던 '과거'와의 비교를 통해 2010년대 북한의 '오늘'을 발전된 시대로 인식하게 하는 기제가 필요했던 것 같다. 〈피바다〉나 〈성황당〉과 같이 일제강점기를 배경으로 한 작품과 달리 북한 자체의 역사에서 미래적 가치를 발견하게 함으로써 보다 현실성 있는 인식 강화를 도모했던 것으로 보인다.

다음으로 이 두 시기를 무대 위에 다시 불러낸 것은 권력의 3대

세습과 관련되어 있다고 볼 수 있다. 천리마시대와 '고난의 행군' 시기는 그대로 김일성 시대와 김정일 시대를 상징하는 시기라 할 수 있다. 〈오늘을 추억하리〉가 공연되었던 2011년은 아직 김정일이 사망하기 전이지만, 2008년의 뇌졸중 이후 2009년부터 김정은으로의 후계체제 구축이 가속화되고 있었던 만큼 김정일 시대 또한 어느 정도 객관화가 필요한 시점이었을 것으로 추정된다. 천리마시대와 '고난의 행군' 시기는 각각 전쟁과 체제 위기를 극복하고 권력을 공고화 하는 과정이었으므로 김정은의 3대 세습을 준비하던 시기인 2010~2011년 북한에서는 그 자체가 권력 승계의 의식적 기반 조성에 기여하는 효과를 가져왔을 것으로 추정된다.

다만 '고난의 행군' 시기를 다룬 연극 〈오늘을 추억하리〉의 경우 당시의 현실을 어느 정도 리얼하게 노출하는 과정에서 작가의 의도와 달리 관객들에게 당시의 어려운 현실을 환기시키는 기제로 작용을 했을 가능성도 있다. 작품 제작 및 유통 과정에서 당국의 철저한 통제 아래 작업이 이루어지므로 공연에 나타난 제반 극적 전략은 그대로 북한 당국의 의지와 맞닿아 있다. 관객들 또한 정상적인 비평 담론이 형성되어 있지 않기 때문에 북한 당국이 의도 방향에서의 수용만 이루어지고 있다. 그렇지만 '고난의 행군' 시기는 역사화하기에는 너무 이른 시기이고, 개개인의 내면에 쌓인 상처를 치유하기에는 너무나 상처가 깊어서 연극 〈오늘을 추억하리〉가 의도한 '집단적 치유'보다는 오히려 '상처를 건드리는 과정'이 되었을 수도 있다. 현재로서 그러한 '역효과'의 증거를 확인할 수는 없지만 〈오늘을 추억하리〉의 텍스트만으로 본다면 그러한 '오독(誤讀)'의 수용이라는 텍스트의 균열 현상을 짐작해 볼 수도 있다. 이러한 과정 속에서 북한에서 '새로운 연극'이 등장할 가능성에 대해 성급하지만 조심스럽게 가정해 본다.

참고문헌

1. 북한 자료

『조선문학예술년감 주체88(1999)』, 평양: 문학예술종합출판사, 2000.

김혜숙, 「사상예술성이 완벽한 시대의 명작: 김일성상 계관 작품 연극 〈오늘을
　　　추억하리〉를 두고」, 『조선문학』, 2011년 11호, 26~29쪽.

_____, 「신념의 철학을 밝힌 서사시적 화폭: 김일성상 계관 작품 연극 〈오늘을
　　　추억하리〉를 놓고」, 『예술교육』, 2012년 1호, 21~22쪽.

김홍기·서남준, 〈오늘을 추억하리〉, 『조선예술』, 2011년 11~12호.

리금희, 「선군정치는 혁명적 군인정신을 근본바탕으로 하는 독창적이며 위력한
　　　정치」, 『철학연구』, 2004년 2호.

리동춘, 〈산울림〉, 『장막희곡』, 조선문학예술총동맹출판사, 1963.

_____, 〈산울림〉, 『조선예술』, 2010년 7~9호.

림덕길, 「혁명적 인생관, 미래관에 대한 진실한 화폭: 김일성상 계관 작품 연극
　　　〈오늘을 추억하리〉를 놓고」, 『조선예술』, 2011년 11호, 14~15쪽.

문학예술종합출판사 편, 『문예상식』, 평양: 문학예술종합출판사, 1994.

2. 연구논문

김갑식, 「1990년대 '고난의 행군'과 선군정치: 북한의 인식과 대응」, 『현대북한연
　　　구』 8권 1호, 2005, 9~38쪽.

김보근, 「북한의 2009 천리마운동과 강성대국 전략」, 『통일정책연구』 제18권 1호,
　　　2009, 89~117쪽.

박영정, 「경희극 〈산울림〉 열풍과 대고조 시대의 북한연극」, 『플랫폼』 26호, 인천
　　　문화재단, 2011, 24~28쪽.

전영선, 「집단적 치유와 제의로서 북한 영화: 〈자강도 사람들〉을 중심으로」, 『북
　　　한연구학회보』 제17권 제1호, 2013, 205~227쪽.

김정은 시대의 북한 문화예술 스케치[※]
: 지속과 변화의 길목에 선 예술

박영정

1. 김정은 시대의 북한 문화정책
: '사회주의 문명국'을 향하여

2011년 말까지만 해도 북한 정세를 논할 때 '급변사태' 가능성을 배제할 수 없었던 것이 우리들의 분석이었다. 동시에 3대 세습에 대한 비판도 끊임없이 제기되었다. 그러나 정작 김정일이 사망하고 김정은이 그 권력을 승계하게 되자, 한반도 정세의 '불확실성'이 감소하는 역설적 상황을 맞고 있다. '후견(섭정) 체제'라거나 '집단 지도 체제'라거나 하는 데 대한 다양한 견해가 있지만, 일단 '김정은 체제'가 생각보다 빠른 속도로 안착되어 가고 있는 것으로 보인다. 북한 내부의 사정을 정확히 파악할 수는 없지만, 2012년 들어 김정은을 통치자로 하는 북한 체제가 매우 안정적인 상황에서 체제를 정비하

※ 이 글은 「김정은 시대의 북한 문화예술의 현황과 전망」(2012년 제9차 통일문화정책포럼 발제문, 문화체육관광부·한국문화관광연구원, 2012)을 단행본에 맞게 수정한 것이다.

고, '강성국가 건설'을 향한 제반 사업을 전면적으로 전개하고 있기 때문이다.

김정은은 지난해 12월 30일 조선인민군 최고사령관 지위에 오른 데 이어 올해 국방위원회 제1위원장, 조선노동당 제1비서에 오른 이후, 7월에는 '원수' 칭호를 부여받음으로써 북한 체제에서 최고 통치자의 지위에 올랐다. 즉, 이 일련의 과정을 거쳐 '김정은 체제'가 공식화한 것이다. 다시 말하면 지금 북한은 김일성 시대와 김정일 시대에 이어 '김정은의 시대'에 들어섰다고 할 수 있다.[1]

그런데 공식적으로는 2011년 12월 17일 김정일의 사망 이후 지금까지를 '김정은 시대'라 할 수 있을 것이지만, 비공식적으로는 김정은이 후계자로서 실질적인 통치에 관여하기 시작한 2009년 1월까지도 김정은의 시대라 할 수도 있을 것이다. 여기에서는 2012년 12월 30일 김정은이 북한군 최고사령관에 취임한 이후 시기를 '김정은 시대'로 보고 논의를 전개하고자 한다.[2]

김정은은 김정일의 '은둔주의', '신비주의'와 대조적으로는 매우 공개적인 스타일의 통치를 선보이고 있다. 북한 내부 사정을 비교적 빠른 시점에 공개하고 '현지지도'에서 '인민과의 스킨십'을 강화하는 등 매우 '개방적인 스타일'을 만들어가고 있다. 4월 행사에서 공개 연설을 하고, ≪노동신문≫을 통해 세 번의 담화를 '공표'한 것은 그 방법에 있어서는 김정은만의 스타일을 보여 주는 것이었다. 그러한 개방적 스타일의 결정판은 부인 리설주를 동반하여 공개적인 행사에 참여하는 '특급 이벤트'였다.[3] 리설주의 첫 등장이 지난 7월 6일 모란봉악단의 시범공연이었으니 여러 가지 면에서 모란봉악단의 공연은

---

1) 구체적으로는 김정은이 김경희·장성택·최룡해 등 측근 3인의 뒷받침을 받으면서 자신만의 통치체제를 만들어가고 있다고 볼 수 있다.

2) 2009년 1월부터 2011년 12월까지 3년간은 '후계자 시기' 또는 '김정일-김정은 공동통치기'로 볼 수도 있을 것이다.

3) 김정은 행보를 김정일보다는 김일성에 가깝다고 분석하고 있지만, 7월 이후 보여지는 김정은 스타일은 김일성 시대에도 볼 수 없었던 새로운 스타일이라 할 수 있다.

'김정은 시대의 개막'을 선포하는 '축포'와 같은 것이었다고 볼 수 있다.

또한 김정은은 김정일 시대의 '선군정치'의 깃발을 내리지는 않았지만 당과 내각, 지방행정기관, 기관·기업소·학교 등의 공식적 기능을 명확히 하여 국가 운영 체제를 '정상화'하려는 시도를 보이고 있다. 4월 6일 당대표자회를 앞두고 발표한 담화에서 김정은은 조선노동당을 '김일성-김정일의 당'이라 표현하면서 '김일성-김정일주의'가 당의 지도사상이라고 선포하고 있다.4) 이는 김정일을 김일성과 동격에 놓음으로써 이른바 '백두산 혈통'인 자신의 통치기반을 공고히 하려는 의도를 보인 것이기도 하지만, 김정일 시대의 선군정치 과정에서 군에 집중되었던 권력체계를 당 중심으로 전환하고자 하는 움직임과 관계가 있다고 볼 수 있다. 당이 군대와 행정기관과 인민을 지도하는 구조는 김일성 시대 또는 선군정치 이전의 북한 체제로의 회귀이자 일종의 '북한식 정상화'라고 볼 수 있다. 또한 이 담화에서는 당이 모든 국가 정책을 결정·수립하여 각 단위를 지도하는 것을 기본으로 하되, 내각의 사업 추진 권한을 강화하여 내각을 '경제사령부'로까지 규정하고 있다. 국방을 제외한 경제 분야 국가사업은 내각을 중심으로 운영해 나가는 '내각책임제'를 천명하고 있는 것이다.5) 이러한 통치 방식을 다소 거칠게 표현하면 '북한식 정상국가화'라 할

---

4) 김정은, 「위대한 김정일동지를 우리 당의 영원한 총비서로 높이 모시고 주체혁명위업을 빛나게 완성해나가자: 2012년 4월 6일 조선로동당 중앙위원회 책임일군들과 한 담화」.

5) "인민생활 향상과 경제강국 건설에서 혁명적 전환을 가져오기 위하여서는 경제사업에서 제기되는 모든 문제를 내각에 집중시키고 내각의 통일적인 지휘에 따라 풀어나가는 규률과 질서를 철저히 세워야 합니다.

  내각은 나라의 경제를 책임진 경제사령부로서 경제발전 목표와 전략을 과학적으로 현실성 있게, 전망성 있게 세우며 경제사업 전반을 통일적으로 장악하고 지도관리하기 위한 사업을 주동적으로 밀고나가야 합니다.

  모든 부문, 모든 단위들에서는 경제사업과 관련한 문제들을 철저히 내각과 합의하여 풀어나가며 당의 경제정책관철을 위한 내각의 결정, 지시를 어김없이 집행하여야 합니다.

  각급 당위원회들은 내각책임제, 내각중심제를 강화하는데 지장을 주는 현상들과 투쟁을 벌리며 내각과 각급 행정경제기관들이 경제사업의 담당자, 주인으로서 자기의 임무와 역할을 원만히 수행하도록 내세워주고 적극 떠밀어 주어야 합니다."(김정은, 4월 6일 담화에서)

수 있을 것이다.

이러한 맥락을 따라가면 문화부문에서도 '정상화'를 향한 조치가 나올 것으로 예상되지만, 아직까지 김정은 시대의 문화정책을 명시한 문건이나 표현은 나오고 있지 않다. 다만 앞의 김정은 담화 가운데 문화정책 관련 부분을 통해 큰 방향을 유추해 볼 수 있는 정도다.

교육, 보건, 문학예술, 체육을 비롯한 문화건설의 모든 부문에서도 끊임없는 혁명적 전환을 일으켜 우리나라를 발전된 사회주의 문명국으로 빛내여 나가야 합니다.

교육사업에 대한 국가적 투자를 늘이고 교육의 현대화를 실현하며 중등일반교육 수준을 결정적으로 높이고 대학교육을 강화하여 사회주의 강성국가 건설을 떠메고 나갈 세계적 수준의 재능 있는 과학기술인재들을 더 많이 키워내야 합니다. 우리나라 사회주의 보건제도의 우월성을 높이 발양시키고 시대적 명작들을 더 많이 창작보급하며 체육을 대중화하고 온 나라에 체육열풍을 일으켜야 합니다. 그리하여 우리 인민들이 고상하고 문명한 사회주의 문화의 창조자, 향유자가 되게 하며 온 사회에 희열과 랑만이 차넘치게 하여야 합니다.

— 김정은, 4월 6일 담화에서

문화부문의 목표는 '사회주의 문명국'의 건설에 있으며, 문학예술 분야에서는 '시대적 명작들을 더 많이 창작·보급'하는 것을 주요 목표로 제시하고 있다. '시대적 명작'이란 김정은 시대 북한 체제가 요구하는 작품이라 할 수 있다. 여전히 문학예술 분야의 자율성 등은 고려의 대상이 되고 있지 않다고 할 수 있다. 사실 이 내용은 2012년 신년 공동사설에서 제시한 문화부문의 과제가 단순 반복된 것이다.

우리 조국을 발전된 사회주의 문명국으로 빛내여 나가야 한다. 사회생활의 모든 분야에서 세계 문명을 따라 앞서자는 것은 위대한 장군님의 애국의 의지였고 우리 인민의 한결 같은 지향이다.

교육부문에서는 지식경제시대의 요구에 맞게 교육의 내용과 형식, 조건과 환경을 높은 수준에서 보장해나가야 한다.

문학예술부문에서는 창작도 편성도 형상도 우리 식으로 할 데 대한 당의 문예방침을 철저히 관철하며 모든 면에서 손색이 없는 명작들을 더 많이 내놓아야 한다. 대고조의 벅찬 현실에 발을 붙인 생동하고 통속적인 군중예술활동을 활발히 벌리며 청년들과 인민들이 풍부한 문화정서생활을 할 수 있는 조건들을 더 잘 갖추어 주어야 한다.

체육에 대한 사회적 관심을 높이고 체육을 생활화, 습성화함으로써 부풀어 오른 체육열기를 더욱 고조시켜야 한다.

가장 우수한 우리의 문화와 도덕, 우리 식의 생활양식을 활짝 꽃피우기 위한 사업을 더욱 심화시켜야 한다. 제국주의 사상문화적 침투를 분쇄하고 이색적인 생활풍조를 뿌리 뽑기 위한 투쟁을 강도높이 벌림으로써 온 사회에 혁명적이며 건전한 분위기가 차 넘치게 하여야 한다.

평양시의 면모를 일신하는 것은 어버이수령님 탄생 100돐을 성대히 맞이하기 위한 중대한 사업이며 위대한 장군님의 간곡한 유훈이다. 만수대지구 건설을 비롯한 중요대상 건설을 최상의 수준에서 다그치고 도시경영사업, 원림록화사업에서 근본적인 전환을 일으켜 선군시대 새로운 평양전성기가 펼쳐지게 하여야 한다. 도, 시, 군들에서는 자기 지방의 특성이 살아나게 도시형성과 건설을 진행하며 거리와 마을을 결정적으로 개명시켜 나가야 한다.[6]

그런데 김정은 시대의 북한이 '사회주의 문명국'의 실현을 위해 일차적으로 집중하고 있는 분야는 '국토관리사업' 분야이다. 이는 김정은의 4월 27일 두 번째 담화를 통해 구체화된다. 김정은이 국토관리

---

6) 노동신문, 조선인민군, 청년전위 공동사설, 「위대한 김정일 동지의 유훈을 받들어 2012년을 강성부흥의 전성기가 펼쳐지는 자랑찬 승리의 해로 빛내이자」, 2012.1.1.

사업에 집중하고 있는 것은 '인민생활 향상과 경제강국 건설'의 토대가 되는 사업이기 때문이다.[7]

문화예술 분야에서 정식화된 이론이나 노선, 또는 계획이 제시된 바는 없지만, 그리고 기존의 '주체예술', '선군문학예술'을 명시적으로 '폐기'하지는 않았지만, 실행 면에서는 상당한 변화를 보이고 있어 향후 '이론적 정리'가 이루어지고, 그것이 새로운 정책 방향으로 제시될 것으로 예상해 볼 수 있다.

여기에서는 이제 막 1년을 경과하고 있는 김정은 시대 북한에서 나타나고 있는 문화예술 분야의 여러 현상들을 몇 가지 영역으로 나누어 살펴보고, 그 의미와 향후 전망을 찾아보고자 한다.

2. 김정일 '신격화'를 통한 세습체제 기반 구축

북한은 2012년 4월 김정일을 '영원한 총비서', '영원한 국방위원장'으로 추대하여 김일성과 동일한 반열에 올려놓는다. 문화예술 분야에서는 '추모'의 분위기를 활용하여 동상과 영생탑 건립 등을 통해 대대적으로 '신격화'하는 작업을 하고 있다. 이러한 일련의 작업을 통해 김정일을 김일성과 같은 반열에 올려놓음으로써 이른바 '백두혈통'에 해당하는 김정은의 통치 기반을 공고히 해 나가는 데 활용하고 있다. 그것은 '온 사회의 김일성-김정일주의화', 나아가 '김정일 애국주의'로 구체화되고 있다.[8]

그런데 김정은이 김정일을 신격화함으로써 현실의 북한 사회는

---

7) 김정은, 「사회주의 강성국가 건설의 요구에 맞게 국토관리사업에서 혁명적 전환을 가져올 데 대하여: 2012년 4월 27일 당, 국가경제기관, 근로단체 책임일군들과 하신 담화」.
8) 김정은의 세 번째 담화가 '김정일 애국주의'로 정해진 것도 김정은이 자신의 통일기반 강화에 김정일의 힘을 이용하는 일종의 '유훈통치'라고 볼 수 있다.
　김정은, 「김정일 애국주의를 구현하여 부강조국건설을 다그치자: 2012년 7월 26일 조선로동당 중앙위원회 책임일군들과 하신 담화」.

오로지 '김정은의 시대'라는 점을 강조하게 된다는 점에 유의할 필요가 있다. 김정은이 김정일의 흔적을 지우려는 명시적 활동을 전개할 것인지, 그리고 김정은 자신에 대한 우상화 작업을 전개할 것인지는 좀 더 시간을 두고 살펴보아야 하겠지만, 일단 김정일 신격화 작업 자체가 김정은 통치체제 강화 효과를 가져온다는 점을 부인할 수 없다.

여기에서는 2012년 상반기에 진행된 김정일 '신격화' 작업을 시간 순으로 제시해 본다. 그 핵심은 김정일을 김일성과 같은 반열에 올려놓는 것이었다.

• 『김정일전집』 발행

조선노동당 중앙위원회는 2012년 1월 8일자 발표문을 통해 『김정일전집』을 발행한다고 공식 선언하였다.

『김정일 전집』을 발행함에 대하여

(…전략…) 조선로동당 중앙위원회는 위대한 령도자 김정일 동지의 업적을 만대에 길이 빛내이려는 우리 인민과 세계 진보적 인류의 념원을 담아 그이의 탄생 70돐에 즈음하여 주체사상, 선군사상의 총서인 『김정일전집』을 발행하게 된다.

김정일 동지께서 조국과 인민, 시대와 력사 앞에 쌓아올리신 불멸의 사상리론적 업적을 집대성한 『김정일전집』을 발행하는 것은 우리 당과 인민에게 있어서 더없는 영광이며 자랑이다.

우리 당과 혁명의 만년재보인 『김정일전집』은 전체 당원들과 인민군장병들, 근로자들과 청소년학생들을 혁명적세계관으로 튼튼히 무장시키고 주체혁명위업을 끝까지 완성하며 세계의 자주화를 실현하는데 크게 이바지하게 될 것이다.[9]

• '광명성절' 제정 등

2012년 1월 12일자 조선노동당 중앙위원회 정치국 특별보도를 통해 김정일 동상 건립, 영생탑 건립을 추진하고, 2월 16일을 '광명성절'로 제정한다고 발표하였다.

조선로동당 중앙위원회 정치국은 위대한 령도자 김정일 동지를 우리 당과 혁명의 영원한 령도자로 높이 우러러 모시고 어버이장군님의 성스러운 혁명생애와 불멸의 혁명업적을 길이 빛내이며 백두에서 개척된 주체혁명위업을 끝까지 계승 완성해 나가려는 전체 당원들과 인민군 장병들, 인민들의 한결같은 념원과 간절한 요청을 반영하여 다음과 같이 결정하였음을 엄숙히 공표한다.

1. 주체의 최고성지인 금수산기념궁전에 위대한 령도자 김정일 동지를 생전의 모습으로 모신다.
2. 위대한 령도자 김정일 동지의 동상을 정중히 건립할 것이다.
3. 위대한 령도자 김정일 동지께서 탄생하신 민족최대의 명절인 2월 16일을 광명성절로 제정한다.
4. 전국 각지에 위대한 령도자 김정일 동지의 태양상을 정중히 모시고 영생탑을 건립할 것이다.[10]

• 김정일훈장 등 제정

2012년 2월 3일자 북한 최고인민회의 상임위원회 정령 제2150호「김정일 훈장을 제정함에 대하여」를 통해 '김정일훈장'을 제정하였다.

---

9) ≪노동신문≫, 2012.1.10.
10) ≪노동신문≫, 2012.1.12.

조선민주주의인민공화국 최고인민회의 상임위원회는 위대한 령도자 김정일 동지의 탄생 70돐에 즈음하여 우리 군대와 인민에게 필승의 신심과 의지를 안겨주는 승리의 기치, 정신력의 원천이였던 경애하는 김정일 동지의 불멸의 존함과 태양의 모습을 심장깊이 간직하고 김정일 동지의 유훈을 받들어 주체혁명위업, 사회주의 강성국가 건설위업을 수행하기 위한 투쟁에서 특출한 공로를 세운 일군들과 인민군 장병들, 근로자들, 군부대들과 기관, 기업소, 사회협동단체들을 국가적으로 표창하기 위하여 다음과 같이 결정한다.

1. 우리 당과 우리 인민의 위대한 령도자 김정일 동지의 불멸의 존함을 모신 김정일훈장을 제정한다.
   김정일훈장은 김일성훈장과 함께 우리나라의 최고훈장이다.
2. 김정일훈장 수여 규정과 김정일훈장 그림풀이를 승인한다.[11]

또한 북한 최고인민회의 상임위원회 정령 제2151호「김정일상을 제정함에 대하여」를 통해 '김정일상'을, 정령 제2152호「김정일청년영예상을 제정함에 대하여」를 통해 '김정일청년영예상'을, 정령 제 2153호「김정일소년영예상을 제정함에 대하여」를 통해 '김정일소년영예상'을 제정하였다.
  2012년 2월 14일 '주체의 혁명위업, 사회주의 강성국가 건설 위업

---

11) ≪노동신문≫, 2012.2.5.
   ≪노동신문≫에 소개된 '김정일훈장' 그림과 그림풀이는 다음과 같다.
   "김정일훈장은 길이 67mm, 너비 65mm의 금빛찬란한 해살모양의 오각별 우에 금색띠로 땋아 올려감은 벼이삭의 타원형 안에 위대한 령도자 김정일 동지의 태양상이 모셔져 있다.
   훈장 웃부분에는 우리 군대와 인민을 언제나 승리와 영광의 한길로 이끌어주고 있는 조선로동당을 상징하는 당마크가 새겨져 있고 아래부분에는 조선민주주의인민공화국을 상징하는 공화국기가 있으며 뒤면에는 '김정일훈장'이라는 글자와 번호가 있고 옷에 달기 위한 빈침이 있다.
   략장은 가로 33mm, 세로 10mm의 금색판 중심에 오각별이 있고 뒤면에는 옷에 달기 위한 빈침이 있다."

수행에 기여한 일꾼들과 인민군 군인들, 근로자들' 132명에게 김정일 훈장을, '주체의 사회주의 문화건설위업 수행에 크게 공헌한 대상들' 24명에게 김정일상을, '모범적인 청년동맹 일꾼들과 청년동맹원들' 104명에게 김정일청년영예상을, '모범적인 소년단원들' 101명에게 김정일소년영예상을 수여하는 등 시행에 들어갔다.[12]

김정일 훈장 　 김정일상 메달 　 김정일청년영예상 메달 　 김정일소년영예상 메달

• 김정일 찬양 초대형 글씨 새김

북한은 평안남도 증산군 석다산의 천연바위에 '절세의 애국자 김정일 장군'이라는 초대형 글씨를 새기고, 2012년 2월 8일 현지에서 준공식을 개최하였다. 글씨의 총길이는 120m인데, '김정일'의 이름 글자는 높이 10m, 너비 5.5m, 깊이 1.4m이고, 다른 글자들의 높이는 8.5m, 너비는 4.8m, 깊이는 0.9m의 대형 글씨이다.

증산군 석다산 바위에 새긴 대형 글씨

---

12) ≪노동신문≫, 2012.2.15.

• 만수대창작사에 기마동상 건립

2012년 2월 14일 '광명성절'을 맞아 만수대창작사에 새로 설치한 김일성과 김정일의 기마동상(騎馬銅像)의 제막식이 있었다.

만수대창작사에 건립된 김일성, 김정일 기마동상

• '금수산기념궁전'을 '금수산태양궁전'으로 개명

2012년 2월 16일 '금수산기념궁전'을 '금수산태양궁전'으로 명명하여 김일성과 김정일의 '추모공간'으로 재설정하는 공동 결정을 공표하는 의식이 있었다.

금수산태양궁전의 김정일 초상

• '광명성절' 기념행사 다양하게 진행

광명성절 기념 제4차 전국소묘축전(2월 7일 평양국제문화회관), 중앙
사진전람회(2월 9일 인민문화궁전), 얼음조각축전 〈백두의 혈통을 만
대에 이어가리〉(2월 12일 삼지연군), 성·중앙기관 예술소조 종합공연
(2월 13일 인민문화궁전), 재일조선인예술단의 음악무용종합공연 〈영
원한 태양의 노래〉(2월 13일 평양대극장), 전국대학생예술소조종합공
연(2월 13일 청년중앙회관), 제16차 김정일화축전(2월 14일 김일성화김정
일화전시관), 중앙미술전시회(2월 15일 평양교예극장), 제21차 백두산상
국제휘거축전(2월 15일 빙상관), 수중체조무용 모범출연 〈그리움은 영
원하리〉(2월 15일 창광원 수영관), 영화예술인들의 공연무대 〈영원히
한길에서〉(2월 16일 평양국제영화회관), 학생소년예술종합공연(2월 17
일 만경대학생소년궁전), 광명성절기념대공연 〈대를 이어 충성을 다하
렵니다〉(평양체육관), 은하수광명성절음악회 〈태양을 따르는 마음〉
등 다양한 행사를 개최하였다.

얼음조각축전 작품

제16차 김정일화축전 개막

제21차 백두산상 국제피겨축전 개막

수중체조무용 모범출연 <그리움은 영원하리>

광명성절기념대공연 <대를 이어 충성을 다하렵니다>

은하수광명성절음악회 <태양을 따르는 마음>

• 김정일 기록영화 제작

기록영화 〈위대한 령도자 김정일 동지는 영생할 것이다〉의 제1부
〈위대한 령도자 김정일 동지는 인민의 마음속에 영생하리〉(전, 후편)
가 2월 말에, 제2부 〈위대한 령도자 김정일 동지는 민족의 마음속에
영생하리〉와 제3부 〈위대한 령도자 김정일 동지는 인류의 마음속에
영생하리〉가 3월 중순에 발표되었다.13)

• 노동신문사에 김일성, 김정일 대형초상 설치

2012년 3월 22일 김일성과 김정일의 모습을 모자이크로 형상한
'태양상'이 노동신문사 청사정면에 설치되었다. 그 아래에는 천연화
강석에 '위대한 김일성 동지와 김정일 동지는 영원히 우리와 함께
계신다'는 구호가 새겨져 있다.

노동신문사 청사정면에 설치된 대형 모자이크 초상

• 김일성-김정일 '영생탑' 전국에 건립

2012년 3월 24일 '위대한 김일성 동지와 김정일 동지는 영원히 우

---

13) 《노동신문》, 2012.3.1, 2012.3.22.

리와 함께 계신다'는 문구가 새겨진 영생탑이 평양 시내 중심부와 여러 단위들에 새로 건립되었다. 김정숙평양방직공장, 평양화력발전련합기업소, 담배련합기업소, 동평양화력발전소 등 기업소와 공장구내에도 동일한 문구의 영생탑이 설치되었다.

새로 건립된 장대재 앞 영생탑

• 평양시내 장대재언덕에 대형모자이크 벽화 설치

2012년 4월 9일 평양 시내 장대재언덕에 김일성과 김정일의 '태양상 모자이크벽화' 설치 준공식이 있었다. 3개월에 걸쳐 기존 김일성초상 벽화를 다시 만들고, 그 옆에 김정일 초상 벽화(길이 51m, 높이 16.6m)를 설치한 것이다. 벽화 아래쪽에는 각각 '위대한 수령 김일성 동지는 영원히 우리와 함께 계신다', '위대한 령도자 김정일 동지는 영원히 우리와 함께 계신다'라는 문구가 새겨져 있다.

장대재언덕의 김일성 김정일 모자이크벽화

• 만수대언덕에 김일성, 김정일 대형 동상 설치

2012년 4월 13일 만수대언덕의 김일성, 김정일 동상 제막식이 있었다. 기존의 김일성 동상을 철거하고 새로 만든 김일성, 김정일 동상을 한 자리에 설치한 것이다.

만수대언덕에 세워진 김일성, 김정일 동상

3. 변화하는 일상문화: 유원지 공화국

북한 사회는 지금 '공사중'이다. 좀더 '건설적인 용어(?)'로 하면 북한은 지금 '건설중'이다. 지금 북한에서 전개되고 있는 '공사'의 내용을 보면, 도로 및 철도, 공항, 항만 등 대형 SOC도 있지만 도시재개발과 공공시설, 문화체육시설, 상업시설, 통신망 정비 등 대중의 일상생활과 밀접한 분야가 주를 이루고 있다. 특히 개개인의 생활문화를 바꾸어 나갈 각종 인프라를 전방위적으로 정비하고 있다. 이러한 움직임이 평양의 일부지역에 제한되지 않고 평양을 중심으로 하되 각도 소재지는 물론이고, 시·군지역에 이르기까지 광범위하게 이루어지고 있다. 아마도 북한이 외쳐대던 '강성대국'의 실체가 바로 이러한 것을 말하는 것이었지 않나 하는 생각이 들 정도이다.[14]

최근 3년간 공사가 집중되었는데, 2012년에 완공되어 개관한 주요 시설을 살펴보면 다음과 같다.

만수대지구 창전거리에는 고층아파트는 물론이고 현대식 공공시설이 건축되어 '새로운 평양'을 보여주는 랜드마크가 되고 있다. 인민극장(1,500석 콘서트홀 등)과 경상유치원 외에 다양한 상업시설이 배치되어 김정은 시대 북한이 지향하는 도시의 모습을 보여주고 있다. 일종의 '본보기' 사업이라 할 수 있다.

능라도에 조성된 능라인민유원지(2012년 7월 개장)에는 곱등어관, 놀이공원, 수영장이 개관되었으며, 11월 중앙청년회관 앞 대동강변에는 인민야외빙상장과 롤러스케이트장, 대중목욕탕인 류경원이 만들어졌다.

릉라인민유원지 내 곱등어관 돌고래쇼 장면(바다배경은 그림)

---

14) 김정은의 4월 6일 담화에 의하면 인민생활 향상과 관련 우선적으로 해결해야 할 과제로 ① 먹는 문제, 식량문제, ② 인민소비품문제, ③ 살림집문제, ④ 먹는 물 문제, ⑤ 땔감 문제를 들고 있다. 이어서 인민경제 선행부문, 기초공업부문으로 전력, 석탄, 금속, 철도운수부문을 발전시키고, 다음으로 과학기술과 생산을 밀착시켜 지식경제강국, 지식경제시대의 요구에 맞는 경제구조를 완비하며, 마지막으로 국토관리사업에 힘을 넣어 '인민의 락원'으로 만들어가야 한다고 강조하고 있다.

대성산 안학궁터 옆에는 대규모의 평양민속공원이 조성되었다.

그 외 통일거리운동센터, 광복거리상업중심, 개선청년공원유희장, 만경대유희장, 대성산유희장 등의 리모델링이 있었다.

평양시내 주요 호텔과 식당 리모델링 공사가 완료되어 전산시스템이 도입되었고, 이태리식당, 패스트푸드점, 커피전문점 등 음식 종류도 다양화되고 있다.

또한 휴대전화 통신망의 구축으로 북한 내 휴대전화 보급이 100만 대를 넘어서고 있다.15)

이러한 일련의 변화들은 우리가 볼 때는 북한 경제실정과는 거리가 먼 이질적 요소 또는 주로 외부사회에서만 볼 수 있는 것들이 '새롭게' 유입된 것들이다. 우리 언론에서는 새로 개장된 놀이공원이 주로 소개되면서 다소 '뜬금없는' 현상, 때로는 '어린 김정은의 치기어린 취향'으로 비춰지기도 한다.

이 가운데 유원지 부문을 좀 더 상세하게 살펴보기로 하자.

지금 북한에서는 유원지 정비 사업이 활발하게 전개되고 있다. 기존의 유원지로는 대성산유원지(1977년 준공), 만경대유희장(1982년 준공), 문수물놀이장(1994년 준공) 등이 있었으나 2010년 6월 개선청년공원유희장이 새로운 시설로 개장하면서 외부의 주목을 받았다. 2012월 7월 릉라인민유원지가 개장하면서 놀이공원은 김정은 시대의 아이콘이 되었다. 최근 10월에는 기존의 만경대유희장과 대성산유원지 유희장의 리모델링 작업이 완료되고, 11월에는 인민야외빙상장과 롤러스케이트장이 개장하여 평양시내에만 6개의 유원지와 유희장이 가동되고 있다. 또한 지방에서도 강계청년유희장(자강도), 함흥청년공원(함경남도), 원산청년공원(강원도)에 설치되어있는 유희기구들이 새롭게 정비되고 있고, 향후에도 더욱 확장될 것으로 보인다.

---

15) 지난 2008년 이집트의 오라스콤텔레콤이 75%, 북한당국이 25%를 투자하여 설립된 '고려링크'가 이동통신사업을 독점 시행하면서, WCDMA(Wideband Code Division Multiple Access)방식 3G망이 개통되었다.

북한은 지금 '유원지 공화국'이라 해도 좋을 만큼 '놀이공원 열풍'이 불고 있다.

룽라인민유원지는 ◆연건축면적이 1만 5,000㎡에 달하는 곱등어관 ◆4개의 주로를 가진 물미끄럼대와 모래배구장까지 갖춘 물놀이장 ◆13종의 유희기구가 설치된 유희장 ◆미니골프장으로 구성되었는데 현재는 1단계 개발사업이 완료된 데 불과하다.

2단계 개발에서는 수족관, 사계절 리용가능한 옥내물놀이장 등이 건설되고 7대의 대형유희기구도 새로 설치된다. 유원지의 규모는 2배로 확장된다. 또한 룽라도를 중심으로 모란봉과 문수지구를 련결하는 삭도가 건설된다. 즉 모란봉기슭에 위치한 개선청년공원유희장과 룽라인민유원지, 문수물놀이장이 하나로 이어짐으로써 수도 한복판에 광대한 문화오락구역이 형성되게 되는 셈이다.[16]

《조선신보》에 따르면 룽라인민유원지와 개선청년공원 유희장은 저녁 6시부터 12시까지 운영되는 '야간유원지'인데, 입장객 규모는 룽라인민유원지가 하루 1만~1만 5천 명, 개선청년공원 유희장이 5천~6천 명의 수준이다. 현재는 입장을 '조직화'하여 룽라인민유원지에서는 입장표를 구역별·직장별·학교별로 발급하고 있으며, 개선청년공원 유희장은 이용자들이 사전에 입장 날짜를 정하여 예약하는 체계로 운영되고 있다. 만경대유희장 등의 개선 공사가 끝나면 평양 시내 유원지들은 모두 '조직 입장' 제도를 없애고 '자유 입장'으로 전환할 예정이며, 늘어나는 이용자의 교통상 편의를 도모하기 위해 룽라도와 만경대의 유원지 입장구까지 지하철도를 연장하는 공사도 진행중이라고 한다.[17]

---

16) 《조선신보》, 2012.9.13.
17) 《조선신보》, 2012.9.13.

서종길 유원지총국 부총국장의 인터뷰에 의하면, 유원지의 입장료는 어른 20원, 어린이 10원이며, 놀이기구 이용요금은 150원에서 300원 사이이고, 음식 가격도 500원을 넘는 것이 없으며, 인기가 높은 김밥은 150원이라고 한다. 유원지 밖 시장물가보다도 싸게 책정되어 있는 것은 "인민봉사의 관점에서 설정한 국정가격"이기 때문이라 한다.[18] 평양 시민들이 놀이공원에 몰려드는 이유 중 하나가 바로 외부에 비해 싼 음식값 때문이라는 말이 나올 정도이다.[19] 그러나 탈북자에 의하면 "원래 북한의 국정가격은 의미 없는 가격"이라면서 "유희시설이든, 뭐든 간에 암표상과 당국 관계자가 사전에 미리 거래를 해 일반주민들은 정상적인 가격으로 출입할 수 없다"고 한다.[20]

또한 북한은 지난 5월 내각 산하 국가기구로 유원지총국(총국장 홍철수)을 신설하여 전국 각지의 유원지, 유희장을 통일적으로 지도·관리하도록 하고 있다. 즉, 유원지 시설의 확충과 운영이 지역이 아닌 국가사업으로 격상된 것이다.[21] 놀이기구 구입에 막대한 외화를 지출하면서도 싼 '국정가격'으로 이용하게 하는 것은 '인민생활 향상'이라는 가시적 성과를 '흥성거리는 유원지 효과'를 통해 드러내 보이고자 하기 때문으로 보인다.

조선에는 고난의 행군, 강행군이라 불리운 경제적 시련의 시기가 있었다. 적대국들과의 치열한 대결전이 지속되는 동안 인민들은 허리띠를 조이며 만난을 뚫고나가지 않으면 안 되였다. 그들에게는 문화정서생활보다 먹고 입고 쓰고 사는 문제가 더욱 절실하였다. 유원지 운영을 맡은 일군들의 직무태만에 관심이 돌려지지 않은 상황이 몇 해 동안 계속되었다.

---

18) 《조선신보》, 2012.9.13.
19) 연합뉴스, 2012.9.30.
20) 데일리NK, 2012.9.13.
21) 《조선신보》에 따르면, 지난 5월 8일 김정은 제1위원장이 만경대유희장을 돌아보면서 관리성원을 질책하면서, 유희장 리모델링과 함께 유원지의 관리·운영을 책임지는 국가기구를 신설하는 조치가 취해졌다 한다.

유원지에 넘치는 랑만과 희열은 2012년 4월 15일 최고령도자의 열병식 연설을 통해 내외에 선포된 '새시대의 개막'을 상징하는 광경이라고 말할 수 있다. 김정은 원수님께서는 연설에서 군사기술적 우세는 더는 제국주의자들의 독점물이 아니며 적들이 원자탄으로 조선을 위협공갈하던 시대는 영원이 지나갔다고 확언하시였다. 어느 나라도 감히 건드릴 수 없는 정치군사강국의 지위를 확보한 것으로 하여 나라의 귀중한 자금을 인민의 웃음과 기쁨을 위해 돌려쓰는 조건이 마련된 것이다.

서종길 부총국장은 "경제강국을 일떠세우기 전이라도 인민을 위해 할 수 있는 일은 다 해야 한다는 것이 김정은 원수님의 뜻"이라고 말한다.

나라는 릉라도와 개선청년공원에 최신형 유희기구들 설치하는데 막대한 외화를 썼다. 인민들은 그 시설을 눅은 국정가격으로 리용하고 있다. 구역내의 음식봉사도 모두 국정가격이다. 나라가 제공한 휴식처에는 이제는 허리 펴고 생활의 즐거움을 누리는 인민들의 활기에 찬 모습이 있다.[22]

김정은 시대의 북한 당국이 '허리 펴고 활짝 웃는 인민의 모습'을 내외에 보여줄 수 있는 상징적 공간으로 유원지와 유희장을 설정했다고 볼 수 있다.

1980년대만 해도 북한의 건설방식은 '기념비적 건물'에 집중되어 있었다. 지금의 북한의 건설 방식은 대중의 생활 밀착형이라는 점에서 큰 차이를 보인다. 북한이 주장하는 '사회주의 문명국 건설' 및 '인민생활 향상'의 실체가 바로 일상문화 향유 수준의 향상, 우리 식으로 말하면 '삶의 질 향상'과 닮아 있는 것은 분명하다. 다만 사적 소유의 확대, 개인의 자유로운 경제활동이 전제되지 않는 조건에서 이와 같은 문화향유가 대중의 일상문화로서 자리 잡아 나갈 것인지는 좀 더 지켜보아야 할 것이다.

---

22) ≪조선신보≫, 2012.9.13.

4. 문화예술에 나타난 변화의 조각들

1) 김정은 시대의 아이콘 모란봉악단: '열린 음악정치'

김정은 시대의 북한 문화예술을 논하는 이 자리에서 가장 중요한 존재 중의 하나가 바로 모란봉악단이라 할 수 있다. 2009년 5월 은하수관현악단이 조직되었을 때 김정은과 관련된 단체라는 추정이 있었지만, 당시에는 김정은이 후계자로서 활동하던 시기이다. 모란봉악단은 김정은 체제가 시작된 이후에 출범한 단체라는 점에서, 그리고 기존 북한 예술단체에서 볼 수 없었던 파격적인 스타일을 선보이고 있다는 점에서 김정은 시대의 문화예술을 상징하는 아이콘 역할을 하고 있다. 모란봉악단은 2012년 7월 6일의 시범공연에서 파격적인 레퍼토리와 의상을 선보인 후 주목을 받았고, 이어 7.27 '전승절 기념 공연'을 비롯 10월 10일 '당창건 기념 공연' 등 주요 공연을 선보이면서 현 시기 북한을 대표하는 예술단체로서 자리 잡았다.

모란봉악단은 여성들로만 구성된 소형 밴드이다. 악기편성은 전자악기로 되어 있고, 7명(처음엔 6명)의 보컬로 구성되어 있다. 두 시간 정도의 공연에서 연주와 노래를 배합하고, 독주와 중주, 독창과 중창을 적절하게 배합하여 빠른 속도로 쉬지 않고 무대를 진행하고 있다.

모란봉악단의 구성은 다음과 같다.

<악기 편성>: 11명
전자바이올린(3): 선우향희(악장), 홍수경, 차영미
전자첼로(1): 유은정
전자기타(2): 강령희, 리설란
신디사이저(2): 김향순, 리희경
디지털피아노(1): 김영미
전자드럼(1): 리윤희

섹소폰(1): 최정임

<보컬 편성>: 7명
김유경, 김설미, 류진아, 박미경, 정수향, 박선향, 리명희

　모란봉악단의 리더는 선우향희이며 김원균명칭 평양음악대학 출
신으로 삼지연악단에서 클래식 바이올린 연주자로 활동하다 모란봉
악단으로 픽업되었다. 대부분 20대 초반의 젊은 연주자로 구성되어
있어 북한판 '소녀시대'라 부르기도 하지만 반주와 경음악 연주가 가
능하다는 점에서 우리 '소녀시대'와는 성격이 다르다.
　지난 7월 6일 모란봉악단의 시범공연이 만수대예술극장에서 있었
다. 신생 예술단체의 첫 공연이었지만, 이 한 편의 공연으로 북한은
단숨에 '개방 효과'를 보이며 외부 세계의 관심을 받았다.
　이 공연을 주목하게 되는 점은 크게 두 가지였다. 하나는 영화 〈록
키〉의 주제가와 디즈니 애니메이션 OST 등 미국 대중문화 레퍼토리
가 평양의 심장부인 만수대예술극장에서 연주되었다는 점이고, 다른
하나는 공연장을 찾은 '묘령의 여인'이 누구냐 하는 점이었다. 후자
의 내용은 북한의 공식 발표로 북한판 퍼스트 레이디인 김정은의 부
인 리설주로 판명되었고, 김정은의 '개방적 통치 스타일'을 보여 주

모란봉악단 시범공연에 등장한 디즈니 캐릭터들

는 요소로 주목받았다. 리설주는 지금도 북한 관련 뉴스 메이커의 역할을 하고 있다.

시범공연의 의상은 미니스커트나 킬힐 등 파격적인 요소가 없는 것은 아니지만 이미 모란봉악단 이전에도 북한 예술공연에서 선보인 바 있기 때문에 그 자체가 파격적이라 할 수는 없다. 오히려 공연 레퍼토리의 상당부분이 외국곡으로 채워져 있다는 점, 특히 디즈니 만화 캐릭터가 무대 위에 출연하여 춤을 추고, 무대배경에 미국 영화 장면을 그대로 방영한 부분이 지금까지 북한 공연에서는 볼 수 없는 파격적인 부분이었다.

미국과의 관계 개선을 바라는 북한의 정치적 제스처로 보기도 하고 스위스 유학 경험이 있는 김정은의 개인 취향으로 보기도 하지만, 북한이 더 이상 외부 문화를 거부하지 않고 자기 방식으로 적극 수용하려는 자세를 보여 준 것이라 점에서 그 의미가 작지 않은 것 같다. 즉, 일회적인 이벤트가 아니라 향후에도 지속적으로 외국 문화(클래식이든 대중문화든)를 수용해 나가겠다는 신호라고 보는 것이 적절하겠다. 이 점에서 ≪조선신보≫가 언급한 '열린 음악정치'는 김정은 시대 북한 음악을 규정하는 용어로 적절한 것으로 보인다.23) 공연 후 조선중앙TV를 통해 방영한 것은 북한 주민들에게 문화적 방향성을 제시한다는 점에서 향후에도 지속성을 보여줄 것으로 전망된다. 모란봉악단의 공연이 가져올 파장은 결코 적지 않은 것으로 보인다. 외부세계의 관심 못지않게 북한 주민들의 반응이 뜨거웠던 것으로 전해지기 때문이다.

그런데 모란봉악단 시범공연에 사용된 무대배경은 표현하는 형상이 9개의 기둥으로 조각나게 된다는 점에서 기존의 사실적 무대그림 위주의 무대 관행에 비추어 보면 주체미학을 근저에서 뒤흔드는 것일 수 있다는 점에서 주목된다. 이는 공연자들이 의도하였든 아니든

---

23) ≪조선신보≫, 2012.7.12.

모란봉악단 시범공연의 배경에 등장한 조선노동당기

북한식 주체미학의 균열 지점에 해당하는 것으로 향후 북한 예술계에서 '미학 논쟁'이 가열될 것으로 추정된다. 특히 노동당기와 같이 '신성시하는 상징물'이 조각난 형상으로 비추어지는 것을 북한 내 보수적인 시각의 예술가들이 어떻게 받아들이고 있는지 향후 지켜볼 부분이다.

2) 공연 레퍼토리의 다양화

최근 북한에서는 매우 다양한 공연들이 선을 보이고 있다. 북한 공연예술계의 최근 흐름은 대략 다음 세 가지로 나누어진다.

첫째, 1950~60년대 레퍼토리를 복원하여 리메이크 하는 흐름이 있다. 피바다가극단이 2009년 중국가극 〈홍루몽〉, 2010년 중국가극 〈양산백과 축영대〉를 공연하였고, 국립연극단은 2009년 중국연극 〈네온등 밑의 초병〉, 2010년 경희극 〈산울림〉(1961년 초연)을 재형상 공연하였으며, 국립민족예술단에서는 2011년 최승희의 무용극 〈사도성의 이야기〉(1956년 초연)를 공연하였고, 김원균명칭 평양음악대학은 2010년 러시아 가극 〈예브게니 오네긴〉(1958년 초연)을 재형상 공연하였다. 이들 1950~60년대 레퍼토리는 '주체예술'이 성립되기 이전 시기의 작품이라는 점에서 혁명가극이나 혁명연극 일변도의 북한 공연

에서 볼 때 중요한 변화의 지점을 보여주고 있다고 할 수 있다.24)

둘째, 외국 공연 레퍼토리의 수용이 두드러진다. 피바다가극단이 중극 가극인 〈홍루몽〉과 〈양산백과 축영대〉를 공연한 것은 북중관계 개선에 활용하고자 하는 실용적 목적과 관계가 깊다. 그러나 이 두 레퍼토리를 가지고 피바다가극단은 전 중국 순회공연을 전개하여 단순히 이벤트로서의 공연을 넘어서는 문화적 효과를 얻고 있다. 특히 공연 제작 과정에서 협력을 통해 북한의 피바다식 혁명가극에 중국 가극의 표현 방법의 수용이 있었을 것으로 추정된다. 또한 2010년 2월 김원균명칭 평양음악대학이 제작하여 공연한 러시아가극 〈예브게니 오네긴〉도 러시아 가극의 원형을 유지하도록 노력하였고, 공연을 지속하여 2012년 6월 22일 김원균명칭 평양음악대학 음악당에서 100회 공연이 진행되었다. 은하수관현악단이나 모란봉악단 등이 연주하는 외국곡과 함께 가극 분야에서 외국 공연작품의 공연이 지속되고 있다. 향후 연극 분야 등에서 셰익스피어의 공연 등 현대 이전의 서양 고전극의 수용 등이 이루어질지 주목해 보아야 할 부분이다.

셋째, 상업적 활용 가능성이 높은 볼거리 위주의 새로운 공연 작품 창조가 늘어나고 있다. 2010년 삼지연악단의 음악 반주에 맞추어 만수대창작사 작가들의 그림 시연으로 만들어진 모래그림 공연(샌드 애니메이션)이 이루어진 바 있다. 또한 2011년 첫 선을 보인 평양교예단(현 국립교예단)의 대형요술공연은 외국 관광객 대상의 관광상품화를 염두에 두고 만들어졌으며, 2012년에도 새로운 레퍼토리를 개발하는 등, 힘을 쏟고 있다. 특히 평양교예단은 2012년 국립교예단으로 이름을 바꾸면서 10월 초 교예극 〈춘향전〉의 첫 공연을 선보였다. 영화에서는 벨기에·영국 등 3국 합작영화인 〈김동무는 하늘을 난다〉(2012), 북중 합작영화인 〈평양에서의 약속〉(2012) 등 제작을 통해 국제무대

---

24) 경희극 〈산울림〉은 1012년 10월 5일 국립연극극장에서 500회 기념공연(40여만 명 관람)을 개최하였다.

국립교예단의 교예극 <춘향전>　　　　제13차 평양국제영화축전 포스터

진출을 도모하고 있고, 제13차 평양국제영화축전(2012)에서는 예년에 비해 다양한 영화들이 초청되었다. '6.28경제조치'가 어느 수준에서 실현될 수 있을지 현재로선 불투명하지만 향후 북한 예술단체들은 '자력갱생'을 위해서라도 상업성이 강한 레퍼토리 개발에 적극 나설 것으로 예상된다.

5. 지속과 변화의 갈림길: '선군문학예술'의 운명은?

김정은 시대의 북한 문화예술이 어떤 성격을 갖고 있는지, 앞으로 어디로 흘러갈 것인지는 현재로서 속단할 수 없다. 보다 구체적인 내용은 김정은의 문화예술 분야 담화가 발표되어야 확인할 수 있을 것이다.

다만 길게는 2009년부터 4년간, 짧게는 2012년 1년간 북한 문화예술에 몇 가지 '변화'가 나타나고 있는 것은 분명하다. 북한의 '최고지도자'가 '인민생활 향상'을 국가 목표로 제시하고, '민심'에 주목하며 체제를 유지해 나가려는 것 자체가 김일성-김정일 시대와는 다른 변화의 지점이라 할 수 있다. 다만 그러한 변화가 북한 사회의 전면적인 개방으로 연결될 것을 기대하기는 어려운 것 같다. 가장 파격적인 공연으로 평가되는 모란봉악단 시범공연조차 외부문화를 북한 예술단이 자신들의 레퍼토리의 하나로 수용하는 제한적인 의미에서 '문화 수용'에 지나지 않기 때문이다.

김정은 체제 출범이 이제 1년 정도 되는 시점이므로 현 시점에서 김정은 시대 북한 문화예술을 전망하는 것은 쉽지 않은 일일뿐더러 무의미한 일일 수도 있다. 이에 여기에서는 향후 북한 문화예술의 전망과 관련, 주목해서 살펴보아야 할 몇 가지 사항을 제시하는 것으로 전망을 가름하기로 한다.

첫째, 북한 문화예술에서 외부 문화 수용의 확대 여부이다. 모란봉악단 시범공연에서의 파격이 일회적인 파격에 그칠 것인지 아니면 다른 분야에까지 확대되어 나타날 것인지 주목해 보아야 한다. 무용에서 발레극 〈에스메랄다〉 공연을 준비하는 것으로 알려져 있는데, 특히 연극에서 주목해 볼 부분은 이미 북한에 번역 출판되어 있는 셰익스피어 연극과 같은 서양연극 공연 여부이다. 이처럼 북한 예술단체가 서양 레퍼토리를 공연하는 경우 북한 문화예술에 새로운 '변화'가 나타난 것으로 볼 수 있을 것이다.

둘째, 북한 문화예술에서 주체미학의 변화 여부이다. 북한은 '선군문학예술'에서도 모든 예술 생산이 주체미학을 토대로 하고 있다. 주체미학의 변화나 변형은 그 자체로 북한 문화예술의 기본 토대가 바뀌는 것을 의미한다. 내용 중심의 예술 창작에서 '형식 실험'의 요소가 등장한다든지 '후시녹음'의 영상물이 '동시녹음'으로 바뀐다든지 하는 부분을 주목해 볼 수 있다. 모란봉악단 시범공연에서 보여준 무대배경에서 쪼개진 형상을 보여 주거나 디지털 음원의 추상적 이미지를 활용한 부분은 기존의 주체미학의 관점에서 볼 때 일탈에 가깝다. 이러한 사례가 다른 무대예술이나 미술 분야에 나타난다면 그것은 주체미학에 변화가 시작된 것으로 볼 수 있을 것이다.

셋째, 남북한 문화예술의 상호 영향력 확대 여부이다. 남북 관계가 경색된 상황 속에서도 북한 내 한류 확산은 계속되고 있다. 국립교예단이 교예극 〈춘향전〉을 제작한 부분은 크게 보아 외부문화의 영향을 받은 것이라 할 수 있다. 향후 남북 문화교류·협력이 활성화되고, 남북 합작 방식의 예술 생산 사례가 등장한다면 북한 문화예술은 새로운 '변화'에 들어선다고 볼 수 있다.

이제 갓 1년을 경과한 김정은 체제의 운명에 대해서는 아무도 예단할 수 없다. 김정은이 북한식 유일영도체계를 구축하여 안정된 세습의 길로 나아갈 것인지 아니면 실질적인 집단지도체제하에서 '얼굴마담' 역할에 그칠 것인지 앞으로 수년간을 더 지켜보아야 할 것이다. 또한 김정은 체제의 권력 형태와 함께 주목할 부분은 '선군정치'의 지속 여부이다. 만약 '선군정치'가 지속된다면, 북한의 문화예술은 '선군문학예술'의 자장에서 벗어나기 어렵고, 결과적으로 앞에서 살펴본 바와 같은 새로운 '변화'를 기대하기 어렵게 될 것이다. 지금 김정은 시대는 변화와 지속의 갈림길에 놓여 있다고 할 것이다.

김정은 시대 북한의 음악 공연과 음악정치[※]

: 2012년 조선로동당창건 67돐경축 공연을 중심으로

배인교

1. 선군시대의 음악정치

1990년대 말부터 나오기 시작한 북한의 음악정치는 "인민대중의 자주적인 요구를 구현한 정치"이며, 음악예술의 본질적 특성과 음악의 사회교양적 역할, 그리고 음악의 감화력에 기초하여 혁명과 건설을 추동하는 가장 위력한 무기가 될 수 있다고 보고 있다.[1] 이러한 북한의 설명에 대하여 전영선은 음악정치는 노래로 난관을 극복해 나가는 예술영도방식이라고 정의하면서 북한 사회 체제 유지의 내면적 유연성과 내구성을 이루는 원천으로서 기술적 문화지배 전략으로 등장한 것으로 보았다. 즉, 선군시대 음악정치는 선군의 정치사회적 경직성과 제도적 엄격성을 음악이라는 소프트웨어를 통해 유연화하고 내면화하기 위한 것으로 평가할 수 있다[2]는 것이다.

※ 이 글은 배인교, 「2012년 북한의 음악공연과 樂」(『남북문화예술』 제13호, 남북문화예술학회, 2013)을 단행본에 맞게 수정·보완한 것이다.
1) 김두일, 『장군님의 음악정치와 음악성』, 평양: 문학예술출판사, 2006, 18~24쪽.

그런데 2012년 7월 16일 가수 싸이의 〈강남스타일〉 뮤직비디오가 YouTube에 회자되기 시작하던 그 무렵 '북한의 걸그룹'이라 칭해진 모란봉악단의 공연 동영상이 등장하였다. 모란봉악단은 2012년 7월에 시범공연을 선보이며 등장하였으며 공연 레퍼토리(repertory)와 이들의 퍼포먼스(performance)를 두고 북한의 개방에 대한 변화의 조짐으로 진단하기도 하였다. 조선중앙방송은 "원수님(김정은)께서 장군님(김정일)께서 꾸리신 보천보전자악단을 계승하여 우리식의 새로운 경음악단을 몸소 무어주시고(구성하고) 악단의 명칭에 장군님께서 좋아하시던 모란봉이라는 이름을 달아줬다"고 언급했다.[3]

모란봉악단이 창립된 2012년은 북한정치사에서 중요한 해였다. 먼저 김일성 탄생 100주년, 김정일 탄생 70주년이 되는 해이며, 김정일이 2011년 12월에 갑작스럽게 사망한 이후 2012년 4월에 김정은이 공식적으로 제1비서로 추대되면서 유래 없는 3대 세습이 완성되었다. 그리고 2012년은 주체100년대의 첫해였고, 12월에는 인공지구위성 〈광명성-3〉호 2호기가 성공적으로 발사되어 전 세계의 이목이 집중되기도 하였다. 북한식 표현으로 "전변이 나는 한해"였다.

이러한 시기적 상황에 북한의 중앙 공연단체는 2012년 10월에 조선로동당 창당기념일에 맞추어 각기 연주회를 개최하였다. 특히 김일성 통치시기에 조직된 국립교향악단과 김정일의 음악정치와 주체음악예술발전의 결정체로 만들어진 은하수관현악단, 그리고 김정은 시대에 창립을 선포한 모란봉악단이 모두 같은 기념행사를 진행하여 주목된다. 따라서 김정은 집권 1년차의 시기에 북한을 대표하는 세 음악단체의 음악회가 어떠한 양상으로 진행되었는지, 그리고 표방하는 음악적 감성과 정치적 지향점은 무엇인지 살펴볼 필요가 있다.

한편 중앙음악단체의 음악공연내용을 검토하여 북한 정치와 정책

---

2) 전영선·김지니, 『북한 예술의 창작지형과 21세기 트렌드』, 역락, 2009, 303~304쪽.
3) 연합뉴스, 2013년 1월 3일, 「北 "모란봉악단, 보천보전자악단 계승"」에서 재인용.

의 방향을 살폈던 글들이 있다. 김정일 시대 말기 북한의 신년음악회 내용을 통해 음악정책의 변화로 해석한 한승호의 연구[4]가 그것이다. 그의 연구는 북한의 새로운 음악단체인 은하수관현악단과 삼지연악단의 공연을 대상으로 북한의 음악정책에 대한 연구를 진행하였다는 점에서는 의의가 있다. 그러나 각 논문의 내용이 대체로 같고, 논지가 공연기획 의도에 편중되어 있으며, 공연 레퍼토리를 소개한 내용에서도 오류가 많아 이해에 주의를 요한다.

이에 이 글에서는 김일성 시대에 창립되었으며 중앙 음악단체 중 가장 역사가 오래된 국립교향악단과 김정일 시대 말기인 2009년에 창립된 은하수관현악단, 그리고 2012년에 창립된 모란봉악단이 2012년에 모두 같은 제명으로 연주했던 조선로동당창건 67주년 기념음악회를 대상으로 공연내용을 검토해봄으로써 김정은 시대 열린 음악정치의 방향을 가늠해보고자 한다.

2. 국립교향악단: 혁신의 발걸음

북한의 국립교향악단은 1946년 8월에 창단된 중앙교향악단을 전신으로 하고 1947년에 지금의 이름으로 개칭되었다. 북한 체제 성립 초기에 기악은 가사가 없을 뿐만 아니라 연주형식이 복잡하고 이해하기 어렵다는 이유로 그 역할이 매우 제한적이었다. 즉 기악만으로 인민의 선동과 사상교양이 어렵다는 이유이다. 그러나 국립교향악단은 1970년대 이후 기악음악에서의 일대 혁신을 일으키며 변화하였다. "우리는 교향악을 우리 인민이 즐겨 부르는 민요와 인민들에게 널리 보급된 명곡을 편곡하는 원칙에서 발전시켜야 합니다. 다시 말

---

4) 한승호, 「북한 '당 창건 64돌 경축공연'의 특징 연구」, 『북한학연구』 제5권 제2호, 2009; 「2010년 〈신년 경축공연〉에 나타난 북한의 정책의도」, 『북한학보』 제35집 1호, 2010; 「북한 은하수관현악단의 2010년 〈설명절 음악회〉 공연 연구」, 『북한학연구』 제6권 제1호, 2010.

하여 교향악도 우리 식으로 하여야 합니다"라는 김정일의 발언5)이후 많은 교향곡이 창작되었다고 하며, 북한 교향곡의 대표작으로 꼽히는 〈청산벌에 풍년이 왔네〉 역시 1970년에 완성된 곡이다.

2012년 10월 10일 무렵에 있었던 〈조선로동당창건 67돐경축 국립교향악단음악회〉는 1시간 10여 분 동안 진행되었다. 음악회의 전반주 지휘는 방철진이, 후반부는 최주혁이 맡았으며, 배합관현악편성으로 이루어졌고 만수대예술단, 국립민족예술단 소속 음악인들의 협연이 있었다. 이날 공연된 연주곡목과 창작연도를 정리해보면 다음의 〈표 1〉과 같다. 북한 기악곡은 기본적으로 명곡과 민요를 주제로한 관현악이다. 따라서 가요의 창작연대와 관현악으로 편곡된 연대는 다르므로 가요의 창작연도는 "○○년 작곡"으로, 기악곡으로의 편곡연도는 "○○년 편곡"으로 밝혔다

<표 1> 2012년 당창건67돐 경축 국립교향악단 연주회 연주목록

	편성/장르	곡명	협연	창작년도
1	교향연곡	당에 드리는 노래		2010년 편곡
2	남성저음 독창	높이 날려라 우리의 당기	만수대예술단 공훈배우 허광수	1985년 작곡
3	관현악	불후의 고전적명작 〈사향가〉를 주제로 한 관현악 사향가		1970년대 편곡
4	여성저음 독창	그대는 어머니	국립민족예술단 허금희	2012년 작·편곡
5	관현악	청산벌에 풍년이 왔네		1970년 편곡
6	바이올린 협주곡	대를 이어 충성을 다하렵니다	국립교향악단 정현희	2000년 편곡
7	관현악	우리 장군님 제일이야		2010년 편곡
8	교향시	그리움은 끝이 없네		2012년 작·편곡
9	혼성2중창	인민이 사랑하는 우리 령도자	만수대예술단 조춘옥, 리철준	2012년 작·편곡
10	관현악	발걸음		2009년 작곡

---

5) 리종우, 「(불멸의 향도) 주체교향악건설에 쌓아올린 불멸의 업적」, 『조선예술』, 1996년 10호, 18쪽.

이날 공연의 레퍼토리 중 첫 번째 곡인 교향연곡 〈당에 드리는 노래〉는 2010년에 국립교향악단에서 창작된 작품이다. 교향연곡은 북한에서 새롭게 만들어낸 음악형식이나, 잘 알려진 가요들의 선율을 차용하여 3부분형식(서주, 기본부분, 종결부)으로 구성한 편곡형태를 취한다. 이 작품에 수록된 가요는 모두 18곡이며, 작품 전반에 흐르는 기본 주제선율은 〈세상에 부럼없어라〉이다. 그리고 여기에 〈백전백승 조선로동당〉, 〈로동당은 우리의 향도자〉, 〈어머니당이여〉, 〈어머니 당의 품〉, 〈내 삶이 꽃펴난 곳〉, 〈어머니 우리 당이 바란다면〉, 〈청춘들아 받들자 우리 당을〉, 〈번영하라 로동당시대〉, 〈돌파하라 최첨단을〉, 〈변이 나는 내나라〉, 〈동지애의 노래〉, 〈수령님을 따라 천만리 당을 따라 천만리〉, 〈대를 이어 충성을 다하렵니다〉, 〈영원히 한길을 가리라〉, 〈발걸음〉, 〈충성의 한길로 가고 가리라〉, 〈영광을 드리자 위대한 우리 당에〉의 선율이 수록되어 있다. 그런데 이 작품의 수록곡은 원래 17곡이었으나 김정일이 〈발걸음〉과 〈세상에 부럼없어라〉 사이에 〈영광을 드리자 위대한 우리 당에〉를 더 넣을 것을 지시하였다고 한다. 이 작품은 주체예술의 국보적 작품이며, 선군시대를 대표하는 또 하나의 기념비적대결작이라고 평가된다.6) 기존에 북한의 기악곡에 사상성을 담보하기 위해 가요 한 두곡을 변주하여 편곡하였던 것에 비해 교향연곡 〈당에 드리는 노래〉는 무려 18곡이나 되는 노래를 투입하고 있어 양적 팽창의 양상을 볼 수 있다.

공훈배우 허광수가 노래한 〈높이 날려라 우리의 당기〉는 1985년에 최준경이 작사하고 김동철이 작곡한 노래를 관현악반주가 있는

---

6) 김정훈, 「교향련곡 〈당에 드리는 노래〉의 사상예술적성과와 창작적특징에 대하여」, 『조선예술』, 2011년 5호, 19~20쪽; 김정훈, 「교향련곡 〈당에 드리는 노래〉의 사상예술적성과와 창작적특징에 대하여(2)」, 『조선예술』, 2011년 6호, 10~11쪽; 리명근, 「특색있는 편곡구상: 교향련곡 〈당에 드리는 노래〉를 놓고」, 『조선예술』, 2011년 10호, 21~22쪽; 김국철, 「한편의 음악작품이 시대의 기념비적대결작으로 되기까지」, 『조선예술』, 2012년 2호, 24~25쪽; 김국철, 「교향련곡 〈당에 드리는 노래〉가 담고있는 사상주제적내용에 대하여」, 『조선예술』, 2012년 3호, 30~32쪽.

음악으로 편곡한 곡이다. 그리고 세 번째와 다섯 번째 곡인 관현악 〈사향가〉와 〈청산벌에 풍년이 왔네〉는 모두 1970년대에 편곡되었으며, 북한식 교향곡의 대표적인 작품이다.

네 번째와 아홉 번째 성악곡인 〈그대는 어머니〉와 〈인민이 사랑하는 우리 령도자〉는 여덟 번째 연주곡인 교향시 〈그리움은 끝이 없네〉와 함께 2012년에 창작된 가요[7]이다. 김일성과 함께 시작된 조선노동당, "어머니 당"을 찬양하는 〈그대는 어머니〉와 김정일에 대한 그리움을 표현한 〈그리움은 끝이 없네〉, 그리고 새로운 지도자인 김정은에 대한 찬양송가 〈인민이 사랑하는 우리 령도자〉를 배치해 놓았다.

여섯 번째로는 바이올린협주곡 〈대를 이어 충성을 다하렵니다〉가 연주되었다. 이 작품은 1971년에 성동춘이 작곡한 가요를 1975년에 김윤붕이 바이올린연주곡으로 편곡한 작품이며, 첫 부분에 바이올린이 연주하는 〈대를 이어 충성을 다하렵니다〉의 선율을 제시하고, 이를 변주한 후, 다시 반복하면서 종결하는 3부분형식의 곡이다. 바이올린 독주자의 의연한 시선이 돋보이는 연주였다.

일곱 번째로 연주된 관현악 〈우리 장군님 제일이야〉는 1994년에 보천보전자악단의 작곡가인 리종오가 작곡한 것을 2010년에 관현악곡으로 편곡한 작품이다. 그리고 이날 연주는 새로운 지도자 김정은의 상징적

〈우리 장군님 제일이야〉 악보

---

7) 원일진, 「새로운 주체100년대의 첫 년륜을 빛나게 장식한 선군음악예술」, 『조선예술』, 2012년 12호, 53쪽.

음악이었던 〈발걸음〉을 연주하면서 끝을 맺는다. 가요 〈우리 장군님 제일이야〉는 가사에 다박솔 초소 일화를 담고 있어 선군혁명령도의 개시음악으로 평가[8]하고 있으며, "친애하는 지도자동지께 《조국을 위하여 복무함!》이라고 충성의 보고를 올리는 병사들의 씩씩하고도 름름한 모습을 음악적으로 잘 나타내고있다.[9]"고 할 정도로 김정일에 대한 흠모의 감정을 예술적으로 훌륭하게 표현한 노래로 평가받고 있다.

마지막 연주곡인 〈발걸음〉은 2009년에 보천보전자악단의 리종오가 작곡하였으며, "척척 척척척 발걸음/우리 김대장 발걸음"으로 시작하는 행진곡풍의 노래이다. 〈발걸음〉은 2009년 1월 8일 김정은 생일에 발표된 신병강의 시에 보이기 시작하며, 김정은의 외연이라는 논의[10]가 있듯이 이 작품은 김정은을 상징한다고 할 수 있다. 관현악 〈발걸음〉은 이미 국립관현악단의 신년음악회에서 연주되었던 작품[11]이며, 행진하는 군악대에서 많이 사용하는 작은북의 연주가 관현악선율과 조화를 이루며 곡 전반에 흐른다.

이날 공연에서 연주한 연주자들은 국립교향악단의 단원 외에 만수대예술단의 공훈배우인 허광수, 조춘옥과 리철준, 그리고 국립민족예술단의 허금희가 협연하였는데 이들은 모두 성악가이다. 그리고 이외에 국립교향악단의 바이올린주자인 정현희가 독주자로 나와 바이올린협주곡을 연주하였다.

그런데 이 연주회에서는 기존의 북한 기악곡 연주에서 보지 못했던 장면을 접하게 된다. 이날 국립교향악단의 연주곡목 중 일곱 번째

---

8) 김강혁, 「(정론) 힘 있게 나붓기라 선군시대 음악정치의 기폭이여」, 『조선예술』, 2003ssu 1호, 9~11쪽.
9) 황룡욱, 「(노래해설) 위대한 령장을 받드는 병사들의 끝없는 긍지와 자랑의 노래: 가요 〈우리 장군님 제일이야〉에 대하여」, 『조선예술』, 1994년 5호, 6쪽.
10) 이지순, 「북한 서사시의 김정은 후계 선전 양상」, 『북한연구학회보』 제16권 제1호, 2012.8, 218~241쪽.
11) 《로동신문》. 2012년 1월 2일, 5면, 〈국립교향악단 신년음악회 진행〉.

자료 국립교향악단 협연자 허금희   자료 국립교향악단 바이올리니스트 정현희

로 연주된 관현악 〈우리 장군님 제일이야〉와 마지막곡인 〈발걸음〉
에서 국립관현악단 연주자들이 악기를 연주하면서 노래를 부르고 있
는 모습이 나온다. 〈우리 장군님 제일이야〉는 처음 작곡되었을 때부
터 마지막에 "전체 인민들과 군인들의 한결같은 심정을 담아 ≪우리
장군님 제일이야≫라고 다같이 소리높여 웨치는 여기에 다른 가요들
과 다른 또하나의 특성이 있다"[12]고 말한 것처럼 특색 있게 작곡된
노래이다. 이 노래를 관현악으로 편곡하여 연주한 국립교향악단의
관현악 〈우리 장군님 제일이야〉는 이 음악을 연주하던 중에 관현악
단의 현악연주자들은 각자가 연주하는 악기소리에 맞추어서, 그리고
관악연주자들은 악기를 놓은 채, "라 라 라/라 라 라/제일/제일이야"
를 두 차례 노래한다. 그리고 음악의 마지막에는 모든 연주자들이
원곡에서처럼 "우리 장군님 제일이야"를 소리 높여 외치고 피날레를
연주하면서 종지하는 파격을 선보였다. 뿐만 아니라 관현악 〈발걸
음〉에서는 작품의 마지막 부분에서 연주자들이 "척척척척 척척척"
을 노래로 불렀다.
  민요와 명곡을 기초로 한 교향곡은 『음악예술론』에 명시된 작곡법
이며, 이러한 방법으로 만들어진 교향곡으로 이 연주회에서도 연주
한 〈청산벌에 풍년이 왔네〉와 〈사향가〉 주제의 곡을 명시[13]해 놓았

---

12) 황룡욱, 앞의 글, 7쪽.
13) 김정일, 『음악예술론』, 평양: 조선로동당출판사, 1992, 126쪽.

관악기 연주자의 노래

현악기 연주자의 노래

〈발걸음〉 연주 중 노래

다. 이는 기악곡에 사상성과 혁명성을 담보하기 위한 북한의 작곡법
이다. 그러나 이날 연주된 〈우리 장군님 제일이야〉와 〈발걸음〉은 관
현악곡임을 명시하면서도 노래도 부르고 있어 기악곡만으로 사상성
을 담을 수 있게 만들겠다는 김정일의 기조를 버리고 기악곡에 직접
적인 사상성을 부각시키겠다는 의지의 표명이라고 할 수 있다. 그
이유는 인민들의 귀에 익숙한 명곡과 민요를 바탕으로 한다고 하더
라도 성악곡만큼 사상성과 혁명성을 담을 수 없기 때문이다. 결국
국립교향악단은 기존의 교향곡에서 벗어나 변화를 선택하였고, 그
결과 현악기 연주자들을 포함한 연주자 전원은 악기를 연주하면서도
노래를 하고, 악기연주를 멈춘 상태에서 "우리 장군님 제일이야"를
외치며, "척척척척 척척척"을 부른 후 마친 것으로 판단된다.

국립교향악단의 당창건67주년 기념연주는 기존의 국립교향악단
연주처럼 웅장한 스케일과 장엄한 사운드를 보여주었다. 그러나 김
일성 시대부터 김정일 시대를 거쳐 김정은 시대를 아우르는 레퍼토
리의 구성과 기존의 레퍼토리뿐만 아니라 새로운 작품의 창작 연주
로 보아 구시대에 안주하지 않겠다는 의지를 볼 수 있다. 또한 2000
년대 초반에 만들어진 합창조곡처럼 2010년대의 새로운 기악 형식인
교향연곡이 만들어지고, 기존의 관현악도 〈우리 장군님 제일이야〉와
〈발걸음〉에서처럼 파격적인 연주형식을 보여줌으로써 기악곡에서
철저히 사상성을 담보하기위해 노력한 것은 기존의 국립교향악단에
서 볼 수 없었던 변화된 연주형태라고 할 수 있다.

3. 은하수관현악단: 낙관적 계승

은하수관현악단은 김정일 시대인 2009년에 후계자인 김정은이 주도적으로 참여하여 만들어진 악단으로 알려져 있으며, 국립교향악단에 비하면 규모가 작은 음악단체라고 할 수 있다. 이 악단의 악기편성은 기본적으로 배합관현악편성과 전자악기, 그리고 브라스밴드가 섞여있는 팝스오케스트라 형태를 취하고 있기 때문에 이들의 레퍼토리로는 가요와 경음악, 그리고 민족관현악과 배합관현악, 서양클래식 등 다양하다. 또한 북한이 말하는 주체예술의 위대함과 성장 가능성을 보여주는 젊은 연주자들로 구성되어 있다. 은하수관현악단은 2012년 3월 14일에 프랑스 파리에서 정명훈이 지휘하는 라디오 프랑스 필하모닉 오케스트라와 합동공연을 진행할 정도로 연주기량이 매우 높은 악단이라고 알려져 있다. 그러나 이들의 공연기록은 2013년 7월 31일 이후부터 2014년 2월 현재까지 보이지 않는다.

은하수관현악단에서 연주한 당창건기념음악회는 김정일이 2009년에 〈10월음악회〉라는 제명을 부여한 이후 이 명칭을 계속 사용하였다. 2009년에 있었던 〈당창건64돐기념 만수대예술단 은하수관현악단 삼지연악단 합동경축공연〉은 비록 세 악단의 합동연주이기는 하나 은하수관현악단과 삼지연악단의 공동연주에 만수대예술단 합창단의 찬조출연정도로 보인다. 2009년 이후 은하수관현악단, 혹은 은하수악단은 잦은 연주회를 갖으며 세상에 노출되었고, 2012년 조선로동당창건 67돐경축 은하수 10월 음악회 〈그대는 어머니〉는 리명철의 지휘로 진행되었다. 이 음악회에서 연주된 연주목록을 살펴보면 〈표 2〉와 같다.

〈10월음악회〉에서는 〈애국가〉를 제외하고 22곡이 연주되었다. 원작인 가요의 창작시기는 1994년 이전곡이 12곡, 1995년부터 2011년에 창작된 곡은 5곡, 그리고 2012년에 창작된 곡은 5곡을 배치하였다. 연주곡의 장르를 살펴보면, 순수 기악곡은 3곡에 불과하며 나머

<표 2> 은하수관현악단의 2012년 <10월음악회> 연주목록

	편성	연주곡목	창작년도, 작곡가
		애국가	1947년 김원균
1	혼성중창	영광을 드리자 위대한 우리 당에	2009년 안정호
2	녀성독창과 방창	높이 날려라 우리의 당기	1985년 김동철
3	녀성독창	당의 기치따라	1956년 한시형
4	혼성4중창	그대는 어머니	2012년
5	녀성독창	어머니당의 품	1979년 유명천
6	혼성중창	신고산타령	전통민요
7	소해금협주곡	대홍단삼천리	1997년 안정호
8	장새납과 남성4중창	사회주의 우리 농촌 좋을시구	1969년 김영도
9	녀성독창과 남성방창	뿌리가 되자	2012년 우정희
10	녀성3중창	축배를 들자	1990년 리종오
11	혼성2중창	정말 좋은 세상이야	1997년 리종오
12	경음악	웃음꽃이 만발했네	1955년 림헌익
13	바이올린제주와 녀성독창	내 나라의 푸른 하늘	1986년 허금종
14	녀성3중창	번영하라 조국이여	1962년 모영일, 김제선
15	관현악	돌파하라 최첨단을	2009년 창작
16	녀성5중창	그리움은 끝이 없네	2012년
17	녀성독창	금방석	2012년
18	남성6중창	그때처럼 우리가 살고 있는가	1990년 리종오
19	혼성3중창	사회주의 지키세	1991년 황진영
20	혼성2중창과 녀성방창	불타는 소원	2012년 황진영
21	혼성6중창	번영하여라 로동당시대	1996년 리종오
22	혼성대중창	당의 품은 우리 사는 집	1983년 성동춘

지는 성악곡으로 19곡이 연주되었다. 이를 보면 은하수관현악단의
<10월음악회>는 대중음악의 클래식한 연주 형태, 혹은 세미클래식
연주를 지향하고 있음을 알 수 있다. 따라서 은하수관현악단의 연주
는 장중함과 엄숙함도 있으나, 대체로 가벼운, 그리고 사람들이 쉽고
재미있게 들을 수 있는 크로스오버 공연물로 채워졌음을 알 수 있다.
세 악단의 레퍼토리와 비교했을 때 은하수관현악단은2012년에 창작
된 가요를 5곡을 넣어 연주하였다. 또한 국립교향악단과는 달리 새

롭게 창작된 레퍼토리를 적극적으로 수용하되, 모란봉악단처럼 화려한 퍼포먼스를 보여주지는 않은 팝스오케스트라의 모습을 잘 보여준다고 하겠다. 뿐만 아니라 〈신고산타령〉, 〈대홍단삼천리〉〈사회주의 우리 농촌 좋을시구〉〈웃음꽃이 만발했네〉와 같은 민요 혹은 민요풍 노래와 소해금, 장새납과 같은 민족악기를 연주하는 순서를 넣어 진행하는 모습은 2010년 이후 계속해서 보여주는 모습이다. 그러나 은하수관현악단의 대표곡이라고 할 수 있는 〈돌파하라 최첨단을〉을 노래반주가 아닌 관현악으로 편곡하여 연주하였고 경음악 〈웃음꽃이 만발했네〉는 색소폰6중주가 아닌 빅밴드 형태의 브라스밴드가 연주하는 형태를 띠었다.

연주회의 기획과 구성으로 보았을 때 은하수관현악단의 2012년 〈10월음악회〉는 2011년의 〈10월음악회〉에서처럼 서장, 기본부분, 종장의 세 부분으로 구성되어 있다. 즉, 2011년 연주회의 서장에서는 연주회의 주제인 당에 대한 경모와 감사의 내용을 담고 있다. 기본부분은 "어머니당의 품속에서 행복한 생활을 누려가는" 인민의 모습을 다양한 양상의 노래와 민요로 형상하였다. 그리고 마지막 종장에서는 위대한 당의 영도를 대를 이어 받들겠다는 군대와 인민의 결의를 표현하였다.14)

이에 견주어 2012년 공연내용을 살펴보면, 위의 표 2에 제시된 연주순서의 1~5번은 서장에 해당한다. 그 이유는 서장의 다섯 곡이 모두 조선노동당을 찬양하는 내용을 가지고 있는 노래들이며, 서장에 포함된 2012년 창작가요 〈그대는 어머니〉 역시 당에 대한 찬양과 헌신의 결의를 담고 있다. 그리고 이 노래들은 모두 서정적이며 편곡은 웅장했다.

여섯 번째 순서부터는 〈신고산타령〉을 부르면서 분위기가 밝게 바

---

14) 림광호, 「천만군민의 절대적인 신념을 반영한 훌륭한 음악회」, 『조선예술』, 2012년 1호, 46~47쪽.

꾀며, 열다섯 번째 곡인 〈돌파하라 최첨단을〉까지 조선노동당이 이 끄는 사회주의 낙원에서 행복하게 사는 인민의 모습을 담았다고 볼 수 있다. 〈신고산타령〉은 사회주의현실로 개작된 가사를 담고 있어 남한에서 부르는 민요와는 다르다. 뿐만 아니라 이 노래는 양성가수 들이 부를 수 있도록 편곡된 버전이다. 2003년부터 김정일은 양성가 수들이 민족음악의 기본인 민요를 형상할 것을 요구하였으며, 이를 부여받은 만수대예술단과 국가중주단의 과제는 깊은 호흡의 성악가 들이 가벼운 농음(vibration)과 자연스러운 굴림을 형상할 수 있도록 편곡하는 것이었다. 그 결과 "국가중주단이 새롭게 재형상창조한 민 족성악작품들은 서주와 중간 부분, 마지막 부분들에 양악성악에서만 이 가질 수 있는 넓은 음역과 재치 있는 기교부분들이 배합되어 완전 히 새로운 면모를 가지고 세상에 태어나게 되었다[15]"고 밝혔다. 소 해금협주곡 〈대홍단삼천리〉는 양강도 대홍단의 감자농사가 풍년이 라는 내용을 담은 1997년 가요를 편곡한 작품이다. 그 다음곡인 장새 납과 남성4중창 〈사회주의 우리 농촌 좋을시구〉에는 농촌마을의 풍 년을 형상한 민요풍노래이며, 풍년가선율을 연주하는 장새납의 소리 가 호쾌하다. 〈뿌리가 되자〉는 2012년에 창작된 가요이다. 가사는 "우리 서로 한마음 뿌리되여 내 나라를 떠받들면" "삼천리 내 조국은 온 세상에 빛을 뿌리"고 "부흥강국 위용떨치"며 "무궁토록 번영하리 라"고 노래한다. 그런 후에 〈축배를 들자〉, 〈정말 좋은 세상이야〉, 〈웃음꽃이 만발했네〉, 〈내 나라의 푸른 하늘〉, 〈번영하라 조국이여〉, 〈돌파하라 최첨단을〉이 이어 연주한다. 농촌의 식량을 바탕으로 낙 원을 만들고 여기에 더하여 최첨단의 시대로 나가자고 한다.

즐겁고 흥겨운 중장의 분위기는 김정일을 잃은 슬픔을 안고 부르 는 〈그리움은 끝이 없네〉로 분위기의 반전을 이루면서 종장으로 다

---

15) 김초옥, 「(문답) 우리 성악예술의 래일은 밝다: 만수대예술단 성악강사 인민배우 김선일동 무와 나눈 이야기」, 『조선예술』, 2004년 1호, 17~18쪽; 문성진, 「양성식창법에 의한 민요형 상창조의 새로운 본보기」, 『조선예술』, 2004년 1호, 57~58쪽.

가간다. 김정일에 대한 그리움에 이어 노래 2012년 창작가요 〈금방석〉에서는 수령과 장군, 원수를 찬양한다. 〈금방석〉의 1절에서는 "깊은 밤도 수령님 음성 들려옵니다/새벽에도 수령님 모습 그립습니다"라며 수령을 생각하고, 2절에서는 "꿈결에도 장군님 사랑 못잊습니다/그 언제나 장군님 대은 안고 삽니다"라며 김정일을 잊지 못한다고 노래한다. 그리고 3절에서는 "길이길이 원수님 높이 모시렵니다/천년만년 원수님 높이 받들렵니다"라고 노래하며 김정은을 수령과 장군처럼 받들어 모시겠다고 말한다. 여기에 더하여 〈불타는 소원〉에서는 "이 한밤도 먼길 가신 원수님 생각하며/우리 마음 자욱 자욱 간절히 따라섭니다/우리 운명 우리 행복/원수님께 달려있기에/하늘 땅도 소원하는 원수님의 안녕"이라고 노래한다. 이 노래가 연주될 때 무대 뒤의 스크린에는 김정은의 현지지도 모습이 나타났다. 그리고 마지막으로 조선노동당을 찬양하는 가요 2곡을 부른 후에 음악회는 끝을 맺는다.

결국 은하수관현악단의 〈10월음악회〉는 당 찬양가요 사이에 농촌에서 시작된 사회주의 낙원의 건설과 최첨단 돌파, 그리고 인민의 행복을 배치하였음을 알 수 있다. 또한 이러한 것들을 이끄는 지도자는 수령과 장군을 이은 원수라고 말하고 있기에, 이 연주회는 김정은에게 희망이 있다고 말하고 있음을 알 수 있다.

4. 모란봉악단: 청년의 감성

2012년 7월 11일에 선보인 모란봉악단은 10월 10일에 "경애하는 김정은원수님을 모시고 진행한 조선로동당창건 67돐 경축 모란봉악단 공연 〈향도의 당을 우러러 부르는 노래〉"를 선보였다. 모란봉악단은 7월의 시범공연 이후 7월 27일 전승절 경축 공연과 8월 25일 인민군창설기념연주회를 이후 세 번째 정식공연이다.

| 2011년 삼지연악단의 선우향희 | 2012년 모란봉악단의 선우향희 |

모란봉악단의 악장은 선우향희16)이며, 모란봉악단의 기악연주 뿐
만 아니라 공연 전체를 리드한다. 그녀는 2000년대 중반 2.16예술경
연에서 바이올린 2등으로 입상하면서 등장하였으며, 2009년 만수대
예술단 은하수관현악단 삼지연악단의 합동공연무대에서 삼지연악
단의 단원으로 나왔다. 그리고 2011년 삼지연악단의 〈신년경축음악
회〉에서 바이올린독주 〈집시의 노래〉를 독주했던 연주자이다.

모란봉악단의 연주자들은 시범공연에서 튜브탑 미니드레스와 같
은 화려한 복장을 선보인 후 다음의 두 차례 공연에서는 국방색 군복
을 입었다가 이번 연주에서는 흰색 정장의 H라인투피스와 흰색 구
두를 착용하였다. 그리고 이들이 연주하는 악기는 피아노와 드럼세
트를 제외하고는 모두 전자악기를 사용한다.

10월의 공연에서는 연주회가 시작하기 전에 악단의 연주자 10여
명이 공연 전에 일일이 한명씩 스크린에 소개되면서 등장한다. 첫
번째로 소개된 바이올린연주자 선우향희와 홍수경, 차영미, 첼로의
유은정, 건반의 김향순과 리희경, 색소폰의 리정임, 피아노의 김영미,
드럼의 리윤희, 일렉기타의 강령희, 베이스의 리설란까지 모두 11명
의 연주자와 가수인 김유경 김설미 류진아 박미경 정수향 박선향 리
명희가 차례로 화면에 비쳐졌다. 모란봉악단의 일원을 하나하나 소

---

16) 《로동신문》, 2012년 7월 9일, 〈경애하는 김정은동지께서 새로 조직된 모란봉악단의
    시범공연을 관람하시였다〉.

개한 것은 이례적이었다. 이는 공연제공자들을 하나씩 노출시키겠다는 공연 기획자의 의지가 반영된 것이거나 세 번의 공연 이후 이들에 대한 인민대중의 관심을 반영한 결과로도 판단된다.

　무대 중앙과 양쪽에 총 세 개의 스크린과 화려한 조명, 장치 등을 설치하고 삼면을 가득 채운 관람석을 갖춘 공연장에서 벌어진 모란봉악단의 공연은 약 한 시간 30여 분가량 진행되었다.

모란봉악단 공연

　그리고 이날 공연에서 연주된 곡을 정리하면 다음의 〈표 3〉과 같다.

〈표 3〉 모란봉악단의 2012년 당창건기념연주회 연주목록

	편성/장르	곡목	창작년도, 작곡가
		애국가	1947년 김원균
1	경음악과 노래	10월입니다 조선로동당 만세 당중앙을 목숨으로 사수하자 어머니당의 품 당을 노래하노라 가고싶어 가는 길 내 마음 즐거워라 밤하늘에 내리는 눈송이야 당의 령도를 충성으로 받들라 당의 기치따라	1995년 리종오 1980년 엄하진 1959년 리동준 1979년 유명천 2010년 황진영 1992년 김문혁 1992년 박진국 1985년 우정희 1979년 설명순 1956년 한시형
2	첼로를 위한 경음악	그대밖에 내 몰라라	1987년 서정건
3	녀성독창	조국과 나	1997년 황진영
4	녀성4중창	장군님을 닮으리	2012년
5	현악4중주	당 중앙의 불빛	1980년 설명순
6	녀성2중창	전사의 길	1986년 우정희

7	녀성중창	어머니 아버지의 청춘시절	1995년 리 문
8	경음악	우리의 행군길	1985년 성동춘
9	녀성중창	하나의 대가정	1990년 황진영
10	경음악	번영하여라 로동당시대	1996년 리종오
11	녀성2중창	어머니	1992년 류용남
12	녀성독창과 방창	내운명 빛내준 어머니당의 품	1997년 허준모
13	녀성독창과 방창	어머니의 목소리	1992년 김학영
14	녀성6중창	어머니 우리 당이 바란다면	1992년 김문혁
15	녀성5중창	우등불	1991년 황진영
16	녀성독창과 방창	불타는 소원	2012년 정춘일
17	녀성중창	높이 날려라 우리의 당기	1985년 김동철
18	경음악과 노래	영광을 드리자 우리의 위대한 당에	2009년 안정호
19	녀성중창	당을 노래하노라	2010년 황진영

《로동신문》의 관평기사[17]를 참고하면 이 공연은 1부와 2부로 나뉜다. 1부에서는 "위대한 당이 있어야 진정한 삶도 행복도 미래도 있다는 철리를 새겨"주는 공연이었다. 그리고 〈하나의 대가정〉부터 시작된 2부에서는 "또한분의 걸출한 위인이신 경애하는 김정은원수님을 당과 혁명의 최고수위에 높이 모시여 대를 이어 수령복, 당복을 누리는 태양조선의 대행운을 노래"하였다고 하였다.

이 연주회에서 모란봉악단의 연주곡목은 거의 대부분 조선노동당을 찬양하는 곡으로 채워져 있으며, 2012년에 새롭게 창작된 곡은 〈장군님을 닮으리〉와 〈불타는 소원〉의 두곡이다. 연주의 전반부 끝에 연주된 가요 〈장군님을 닮으리〉에서는 "백두산의 핏줄을 이은 우리"이기에 김정일의 사상과 담력, 열정, 도덕 등을 닮겠다고 노래한다. 중반부에는 다시 북한을 이끄는 당에 대한 충성을 말하는 내용을 담은 노래들을 서정적으로 부른다. 음악회의 후반부는 흥겨운 리듬과 율동을 선보인 〈우등불〉과 〈불타는 소원〉에서 절정을 이룬다.

---

17) 《로동신문》, 2012년 10월 11일, 1면, 「조선로동당창건 67돐경축 모란봉악단공연 〈향도의 당을 우러러 부르는 노래〉를 김정은원수님께서 관람하시였다」.

<우등불> 율동 1　　　　　　　　　<우등불> 율동 2

〈우등불〉은 1991년에 보천보전자악단의 황진영이 작곡한 노래이며, "당의 부름을 높이 받들고 사회주의건설에 떨쳐나선 청년건설자들의 열정과 패기, 랑만과 위훈을 밤하늘에 불타오르는 우등불에 함축비유"[18]하여 형상한 노래라고 한다. 특히 모란봉악단의 시범공연에서는 여성가수들이 노래를 부를 때 화려한 의상과 킬힐, 그리고 칼군무를 추는 모습이 화제가 되었는데, 이 공연에서는 공연의 후반부에 시범공연에서 보여주었던 〈배우자〉가 아닌 〈우등불〉에서 힘 있는 동작과 경쾌한 워킹, 당당한 연주모습, 그리고 소박하지만 시범공연 때보다 몸에 익은 율동이 눈에 띤다. 그리고 그 다음 곡인 〈불타는 소원〉은 8.25 경축공연에서 처음 보이며, 이 음악이 연주될 때 대형 스크린에는 김정은의 행보를 기록한 화면들로 채워지면서 공연의 후반부를 알리고 있다.

　이날 모란봉악단의 연주에 대한 『조선예술』의 평가는 매번 그렇듯이 칭찬 일색이다. "10여명의 녀성연주가들과 가수들의 참신하고 약동적이며 세련된 예술적형상과 거대한 공간을 꽉 채운 장중하고 풍만할 울림, 화려한 무대장치과 특색 있는 조명 등 내용과 형식이 새로운

---

18) 김소향, 「(평론) 우리 시대 청년건설자들의 숭고한 정신세계를 진실하게 반영한 청춘의 노래: 가요 〈우등불〉에 대하여」, 『조선예술』, 1993년 11호, 15~17쪽.

경지에 오른 공연"이며 "주체성과 민족성을 훌륭히 구현하고 세계를 향해 힘차게 나아가는 우리 음악예술의 발전면모를 잘 보여주었다"는 것19)이다. 이 관평에서 주목되는 것은 가수들의 참신하고 약동적이며 세련된 예술적 형상이라는 글이다. 앞서 7월의 전승절기념공연에서 모란봉악단의 공연은 새로운 편곡과 음악 앙상블, 조명과 무대장치 등 공연의 형상요소들을 세련되고 특색 있게 함으로써 시대의 미감에 맞는 완벽한 예술형상을 창조했다고 하면서 특히 "기악연주가들이 음악적호흡에 따른 가벼운 률동을 일치시키고 녀성5중창 〈배우자〉에서와 같이 복잡한 무대동작과 률동을 하나와 같이 정확히 진행하고" 있으며 "음악형상을 시각적으로 부각시키는 립체조명과 무대장치들을 잘 활용하여 사람들의 가슴가슴을 선군조선의 기상과 시대의 숨결이 차넘치는 벅찬 희열과 랑만으로 끓어번지게 하는데서 중요한 역할"을 하였다고 평가20)하였던 것과 궤를 같이 한다.

그런데 모란봉악단 이전에 북한에서 전자악기로 반주하고 여성 가수들이 송가와 당정책가요, 그리고 생활가요를 노래했던 단체가 바로 보천보전자악단이다. 1992년 『조선음악년감』에 수록된 보천보전자악단의 공연평을 보면 "우리 가수들은 목소리가 고울뿐아니라 한결같이 얼굴이 곱고 몸매가 아름다우며 감정이 풍부하고 률동동작도 고상하고 세련되여있다. 하기에 풍부한 감정과 세련된 표정, 자연스러운 률동으로 매 노래곡상에 맞게 품위있고 아름답게, 시원하고 건드러지게 노래를 형상하는 모습을 보고는 그 누구든지 음악세계에 끌려들어 자기의 감정을 토로하지 않고서는 배기지 못한다. … 그런가 하면 공훈배우 전혜영이 〈휘파람〉과 〈처녀시절〉을 방울이 굴러가는듯한 고운 목소리로 귀염성스럽게 노래하며 순진한 표정과 률동으로 애교있게 형상할 때면 관중들은 저도 무르게 인생의 값높은 삶

---

19) 원일진, 앞의 글, 51쪽.

20) 림향미, 「(관평) 주체음악예술의 눈부신 발전모습을 보여준 특색있는 예술공연: 모란봉악단의 전승절경축공연을 보고」, 『조선예술』, 2012년 12호, 31~32쪽.

과 행복에 대하여 생각하게 된다."21)는 글에서 얼굴과 몸매가 좋으면서 잘록한 허리를 건들건들 흔들며 노래 부르는 여성가수의 모습에 넋을 놓는 남성인민의 모습이 그려진다. 그러나 1990년대를 풍미했던 보천보전자악단 여성가수들의 젊음은 20년을 지속하지 못했다. 다음의 자료에서 보듯이 1990년대의 전혜영은 〈인기가요〉의 가수였으나 2011년의 전혜영은 〈가요무대〉의 가수로 변한 것이다.

20대의 전혜영

40대의 전혜영

주체 100년 시대의 가부장적이고 남성 중심적인 북한사회에 90년대 보천보전자악단의 미녀 가수들처럼 어깨를 들어내는 화려한 드레스를 입고 여성성과 젊음을 과시하면서 희천속도로 건설장에 강제된 북한남성의 눈과 귀를 사로잡을 새로운 여성 아이돌이 필요했던 것은 아닌가 한다.

뿐만 아니라 10여 년 전인 2003년 10월 평양의 류경정주영체육관에서 공연했던 베이비복스와 신화 공연에 사용된 무대장치는 거의 비슷하게 모란봉악단에서 사용하였다. '아름다고 몸매가 좋은' 젊은 여성연주집단이면서 무대를 압도하는 화려한 무대매너, 입체조명, 그리고 소위 '칼군무'까지 소화하는 모란봉악단 공연으로 10여 년 전에 가졌던 부러움과 낯설음은 해소된 것으로 보인다.

21) 동봉섭 함원식, 「조선식전자음악의 참모습과 우리 인민의 행복상을 펼쳐보여준 황홀한 무대: 일본방문 보천보경음악단의 귀환공연을 보고」, 『조선음악년감』, 1992(평양: 문학예술종합출판사, 1994), 189쪽.

모란봉악단 시범공연 　　　　　　　　　　모란봉악단의 전승절 축하공연

　　결국 이날 모란봉악단의 공연 내용 속에는 조선노동당과 사회주의, 새로운 지도자 김정은의 찬양일색이며, 이러한 내용이 자본주의 사회에 존재하는 버라이어티한 쇼케이스와 같은 외형 속에 담겨져 있음을 볼 수 있다. 이는 북한이 젊은 지도자와 함께 사회주의 강성대국 건설에 대한 희망과 자신감이 공연 안에 고스란히 담겨졌다고 하겠다.

5. 김정은 시대 음악정치의 지향

　　김정일집권시기는 선군시대라 칭해졌으며, 선군시대와 비슷한 시기에 등장한 음악정치와 합쳐져 선군음악정치라는 개념도 등장하였었다. 이후 김정은의 정권 이양과 함께 등장한 모란봉악단이 이슈화되면서 모란봉악단은 김정은이 주도하는 새로운 정치스타일의 아이콘이 되었다. 그러나 모란봉악단의 연주활동만으로 김정은 시대의 음악정치, 혹은 문화의 향방을 가늠하는 것은 불가능하다. 따라서 이 글에서는 김일성 통치시기에 조직된 국립교향악단과 김정일의 음악정치와 주체음악예술발전의 결정체로 만들어진 은하수관현악단, 그리고 김정은 시대에 창립을 선포한 모란봉악단의 2012년 당창건기념

음악회를 비교해봄으로써 앞으로 펼쳐질 김정은 시대의 음악정치의 양상을 가늠해보고자 하였다.

북한의 음악단체 중 가장 오랜 역사를 갖는 국립교향악단에서는 김일성 시대부터 김정일 시대를 거쳐 김정은 시대를 아우르는 레퍼토리와 새롭게 창작 형상한 작품들을 함께 연주하였다. 이날 공연의 주요 레퍼토리는 교향연곡이라는 새로운 형식의 기악곡을 선보인 점과 일반적인 관현악에서 사용하지 않는 '관현악단 노래하기'가 사용된 관현악 〈우리 장군님 제일이야〉와 〈발걸음〉이라고 할 수 있다. 기악곡에서 사상성의 극대화를 꾀하는 작품들이며, 사회가 발전하면 문학예술작품의 형식도 발전한다는 북한의 이론을 생각해 볼 때 이러한 파격적인 작품들이 앞으로 계속 만들어 질 것으로 보인다. 뿐만 아니라 김정일이 제일이라고 노래한 후 〈발걸음〉을 연주함으로써 계승과 혁신을 지속할 것으로 보인다.

두 번째로 살펴본 은하수관현악단은 2009년에 20~30대의 젊고 연주 실력이 우수한 연주자들로 구성된 클래식단체이다. 이 단체는 기존의 교향악단인 국립교향악단의 묵직하고 남성적인 음악에서 벗어나 산뜻하고 가벼우면서도 화려한 무대를 선보여 왔다. 2012년의 〈10월음악회〉도 기존의 스타일을 유지하면서 연주회를 진행하였다. 이 악단의 특징인 전면배합관현악편성에 맞게 연주곡목도 민족적 정서를 느낄 수 있는 음악들이 많이 배치되었다. 특히 사회주의농촌과 풍년, 흥겨움의 정서를 민족악기로 표현하고 있으며, 김일성, 김정일에 이어 인민들에게 최첨단의 행복을 줄 지도자가 바로 김정은 원수라고 명시하였다.

마지막으로 김정은 시대에 출범한 새로운 전자음악을 연주하는 악단인 모란봉악단의 공연을 검토하였다. 김정은은 아버지 김정일이 보천보전자악단과 왕재산경음악단의 창립을 주도했던 것처럼 클래식한 모습을 갖고 있으면서 전자음악을 연주하는 모란봉악단을 만들었다. 모란봉악단의 이날 공연에서는 당과 새로운 지도자에 대한 충성을 수많은 노래와 경음악연주로 보여주었다. 모란봉악단의 연주는 젊은 연주단체였던 은하수관현악단보다 더 가볍고 더 화려했다. 그들은 수많은 충성의 노래를 서정적으로 부르기보다는 "M.M ♪=145"까지 몰아가면서 박진감 넘치는 속도의 향연을 펼쳤다. 빠른 비트의 사상성 가득한 음악들과 화려한 쇼 케이스, 사회주의 예술을 구현하는 건강하고 젊은 여성 연주자들과 함께 강성국가 건설을 이루자고 자신 있게 말하였던 것이다. 혁명 1, 2세대가 아닌 새로운 세대의 젊은 감성이라고 할 수 있다. 그러나 모란봉악단의 시범공연에서 보여주었던 파격적인 레퍼토리와 양상은 더 이상은 존재하지 않았다. 이 공연에서 자본주의 미국과 영국, 프랑스의 음악이나, 자유로운 집시를 형상한 〈차르다쉬〉나 〈지고이네르바이젠〉을 연주하지 않고 흰색 투피스를 단정히 입은 채 당을 찬양하고 젊은 지도자에 대한 충성서약을 하였다. 그들은 보천보전자악단이 그랬던 것처럼 젊지만 당과 지도자에게 자유롭지 못했다.

결국 북한의 대표적인 음악단체인 국립관현악단이나 은하수관현악단, 그리고 모란봉악단은 젊은 지도자가 영도하는 새로운 체제에 굴복하는 모습을 보여주었다. 그리고 지속적으로 내적 변화를 모색하더라도 계승된 울타리를 벗어나지 못할 것으로 보인다. 그리고 선배 연주자들이 그래왔던 것처럼 이들도 계속적으로 음악으로 사회주의 낙원을 선전하고 체제를 공고화 시키며 내적 질서를 유지하기 위해 노력할 것이다. 북한사회에서 음악은 자유로운 감성의 유희가 아닌 선전과 교양의 훌륭한 무기이다. 김정은 역시 그의 아버지와 할아버지가 그랬던 것처럼 새로운 세대의 호응을 얻기 위해 지속적으로 자본주의 문화를 변형, 발전시켜 북한 사회에 적용할 것으로 보인다. 다만 이러한 것들을 수용하는 인민의 기호는 모란봉악단 성립 이전보다는 더욱 새롭고 자극적인 것을 원하게 될 것이다. 그리고 인민들이 추구하는 자극에 대한 선호도가 자본주의 문화의 변형 속도보다 빠르면 은하수관현악단의 해체와 같은 일들이 발생할 것으로 보인다.

참고문헌

1. 북한 자료

김강혁, 「(정론) 힘 있게 나붓기라 선군시대 음악정치의 기폭이여」, 『조선예술』, 2003년 1호.

김국철, 「교향련곡 〈당에 드리는 노래〉가 담고있는 사상주제적내용에 대하여」, 『조선예술』, 2012년 3호.

_____, 「한편의 음악작품이 시대의 기념비적대결작으로 되기까지」, 『조선예술』, 2012년 2호.

김두일, 『장군님의 음악정치와 음악성』, 평양: 문학예술출판사, 2006.

김소향, 「(평론) 우리 시대 청년건설자들의 숭고한 정신세계를 진실하게 반영한 청춘의 노래: 가요 〈우등불〉에 대하여」, 『조선예술』, 1993년 11호.

김정일, 『음악예술론』, 평양: 조선로동당출판사, 1992.

김정훈, 「교향련곡 〈당에 드리는 노래〉의 사상예술적성과와 창작적특징에 대하여(2)」, 『조선예술』, 2011년 6호.

_____, 「교향련곡 〈당에 드리는 노래〉의 사상예술적성과와 창작적특징에 대하여」, 『조선예술』, 2011년 5호, 19~20쪽.

김초옥, 「(문답) 우리 성악예술의 래일은 밝다: 만수대예술단 성악강사 인민배우 김선일동무와 나눈 이야기」, 『조선예술』, 2004년 1호.

동봉섭 함원식, 「조선식전자음악의 참모습과 우리 인민의 행복상을 펼쳐보여준 황홀한 무대: 일본방문 보천보경음악단의 귀환공연을 보고」, 『조선음악년감 1992』, 평양: 문학예술종합출판사, 1994.

리명근, 「특색있는 편곡구상: 교향련곡 〈당에 드리는 노래〉를 놓고」, 『조선예술』, 2011년 10호.

리인륜, 「변이 나는 해, 일이 나는 해에 주체의 음악예술이 이룩한 자랑찬 성과」, 『조선예술』, 2009년 12호.

리종우, 「(불멸의 향도) 주체교향악건설에 쌓아올린 불멸의 업적」, 『조선예술』,

1996년 10호.

림광호, 「천만군민의 절대적인 신념을 반영한 훌륭한 음악회」, 『조선예술』, 2012
년 1호.

림향미, 「(관평) 주체음악예술의 눈부신 발전모습을 보여준 특색있는 예술공연:
모란봉악단의 전승절경축공연을 보고」, 『조선예술』, 2012년 12호.

문성진, 「양성식창법에 의한 민요형상창조의 새로운 본보기」, 『조선예술』, 2004
년 1호.

원일진, 「새로운 주체100년대의 첫 년륜을 빛나게 장식한 선군음악예술」, 『조선예
술』, 2012년 12호.

황룡욱, 「(노래해설) 위대한 령장을 받드는 병사들의 끝없는 긍지와 자랑의 노래:
가요 〈우리 장군님 제일이야〉에 대하여」, 『조선예술』, 1994년 5호.

2. 국내 자료

이지순, 「북한 서사시의 김정은 후계 선전 양상」, 『북한연구학회보』 제16권 제1호,
2012.8, 218~241쪽.

전영선 김지니, 『북한 예술의 창작지형과 21세기 트렌드』, 역락, 2009.

한승호, 「북한 '당 창건 64돌 경축공연'의 특징 연구」, 『북한학연구』 제5권 제2호,
동국대 북한학연구소, 2009.

_____, 「2010년 〈신년 경축공연〉에 나타난 북한의 정책의도」, 『북한학보』 제35
집 1호, 북한연구소, 2010.

_____, 「북한 은하수관현악단의 2010년 〈설명절 음악회〉 공연 연구」, 『북한학연
구』 제6권 제1호, 동국대 북한학연구소, 2010.

『연합뉴스』, 〈北 "모란봉악단, 보천보전자악단 계승"〉, 2013년 1월 3일.

http://www.youtube.com/watch?v=vXTW9atQg3g 조선로동당창건 67돐경축 은
하수 10월 음악회 〈그대는 어머니〉.

http://www.youtube.com/watch?v=iWpK_7Kia28 조선로동당창건 67돐경축 국립
교향악단 음악회.

http://www.youtube.com/watch?v=7bGh9fG6PL0 경애하는 김정은원수님을 모시고 진행한 조선로동당창건 67돐경축 모란봉악단공연 〈향도의 당을 우러러 부르는 노래〉.

김정은 시대 초(2012)
북한 문학예술계의 동향과 분야별 성과[※]

오양열

1. 김정은 시대의 개막과 국정 방향

신년 공동사설은 북한의 그해 국정 지침 내지 정책 기조를 국내외에 천명하는 공식 신년사로, 김일성 주석(이하 직함 생략) 사망 이듬해인 1995년부터 당보(로동신문), 군보(조선인민군), 청년보(청년전위) 공동사설이라는 형식을 취해 왔다.[1] 북한 주민들은 신년에 정장을 갖

※ 이 글은 오양열, 「2012년도 북한 문학예술계의 성과와 동향」(『2013년도 문예연감』, 한국문화예술위원회, 2013.12)의 일부를, 필자의 동의를 얻어 남북문학예술연구회 편집위원회에서 개제·축약한 것임을 밝혀둔다.
1) 김일성은 매해 1월 1일 오전 9시 TV와 라디오 생중계를 통해 신년사를 발표해 왔다. 김일성의 신년사는 1946년 1월 1일로 거슬러 올라가는데, 6·25전쟁 중이던 1952년과 1953년에는 인민군 장병들에게 보내는 최고사령관의 '축하문' 형식으로, 그리고 1954년, 1955년, 1959년에는 신년 축하연회 때 연설로 대체하기도 했다. '8월 종파사건'이 발생했던 1957년, 그리고 2차 7개년 계획 실패와 중·소 갈등을 겪었던 격변기였던 1966~1970년에는 신년사 발표가 생략되었다(≪중앙일보≫, 2011.1.24). 김일성 사망 3년 전부터는 녹화 방영했다. 해마다 10월 말이 되면 다음 해 공동사설 작성을 위한 '상무조'(태스크포스)가 꾸려지는데, 당 서기실(비서실)과 조직지도부·선전선동부 고위 간부와 실무자 20~30명이 참여하는 것으로 알려져 있다.

취 입고 직장에 나와 공동사설을 함께 읽어야 할뿐 아니라, 통상 200
자 원고지 60장이 넘는 공동사설을 거의 외울 정도로 학습해야 한다.
당(조선로동당)은 공동사설을 자세히 설명한 해설집을 배포하고, 주
민들을 대상으로 설명회도 개최한다. 공동사설이 발표된 후 처음 맞
는 토요일엔 직장·지역별 당 비서들이 주민들의 학습 상태를 점검하
게 된다. 또 주민들은 직장·지역별로 수시로 모여 공동사설 관철 궐
기대회를 여는데, 평양의 경우 매년 10만 군중대회를 김일성광장에
서 개최해 오고 있다. 김정일 국방위원장(이하 직함 생략) 사망 애도기
간(2011.12.19~29) 직후임에도 2012.1.2에는 "당 정치국 결정서와 당
중앙위·군사위 공동구호 및 올해 공동사설에 제시된 전투적 과업을
철저히 관철하기 위한" 함경남도 군중대회(함흥광장)가 진행됐고, 동
대회에서 「전국의 근로자들에게 보내는 편지」가 채택됨에 따라 이에
호응하는 평양시 군중대회(김일성광장)가 2012.1.3 10만 각 계층 군중
들이 참석한 가운데 진행되었다(조선중앙통신, 2012.1.3).[2] 예년과 마
찬가지로 1월 20일까지 주민들의 공동사설 집단학습도 하루 4시간씩
어김없이 진행됐다.[3] 연말이 되면 공동사설에서 제시한 목표를 달성
했는지 여부를 점검하고 목표 달성을 독려하게 된다.

2012년 1월 1일, 북한은 당보·군보·청년보에 「위대한 김정일 동지
의 유훈을 받들어 2012년을 강성부흥의 전성기가 펼쳐지는 자랑찬
승리의 해로 빛내이자」라는 제목의 신년 공동사설을 발표했다. "오늘

---

2) 김정은 현 국방위원회 제1위원장(당시 당 중앙군사위원회 부위원장) 생일인 1월 8일에는
별도의 행사를 치르지 않았다. 김정은은 2009년 생일에 후계자로 내정됐고, 2010년 생일에
는 노래모임이나 체육행사 등 비공식 행사가 진행됐으며, 2011년 생일에는 국가안전보위부,
인력무력부 등 권력기관이 축하행사를 연 것으로 알려졌다. 김정은 생일은 2010년부터
하루 휴일로 정해져 있는데, 2012년에는 1월 8일과 9일을 연휴로 지정하여 휴식을 취하도록
했다. 연휴 중 김정은 기록영화 등 TV특집을 방영했으나 김정은 생일에 대한 별도의 언급은
없었다.
3) 공동사설이 발표되면 북한 당국은 1월 20일까지 집단학습 기간으로 선포한 후 전(全)당,
전군, 전민에 대해 출장·여행 등을 일체 금지하고 〈문 닫아 걸고 학습하기〉, 〈모든 사업을
중단하고 공동사설 학습하기〉 등과 같은 지시를 내린다. 대개 오전 2시간, 오후 2시간 학습
일과를 정하고 공동사설 학습 분위기를 조성한다.

우리 군대와 인민은 피눈물 속에 2011년을 보내고 새해 주체101(2012)년을 맞이한다."로 시작한 2012년 공동사설은 김일성 사망 다음 해인 1995년의 신년 공동사설과 같은 형식을 따르고 있다. 즉 김정일에 대한 애도 표시와 영도 업적 거론, 김정은 현 국방위원회 제1위원장(2012.1.1 당시 당 중앙군사위원회 부위원장, 이하 직함 생략) 중심의 결속 강조, 각 분야 지난 해 업적 평가, 올해 과제 제시 순으로 구성하고 있다. 대내정책으로는 김정은 유일적 영도체계 확립, 강성국가 건설 및 유훈 관철, 경공업 및 농업 부문에서 대혁신을 이루고 식량난을 해결을 강조하고 있으며, 대외정책에서는 김정일의 중·러 방문을 부각시키고 있다. 대남정책에 있어서는 김정일 조문(弔問)과 관련, 남한 정부를 맹비난하면서 10·4선언 5주년을 맞이하여 통일운동을 선동하는 한편, 2007년 이후 처음으로 주한 미군의 철수를 주장했다. 공동사설은 문학예술분야의 2011년도 성과로 "선군시대 문학예술을 대표하는 연극 〈오늘을 추억하리〉와 같은 기념비적인 무대예술작품들이 련이어 창조되고 군중예술의 새로운 개화기가 펼쳐졌다."고 주장했다. 2011년 공동사설은 2010년도의 최대 성과로 경희극〈산울림〉을 꼽은 바 있다.

이어서 "올해 주체101(2012)년은 위대한 김정일 동지의 강성부흥 구상이 빛나는 결실을 맺게 되는 해이며, 김일성조선의 새로운 100년대가 시작되는 장엄한 대진군의 해"라고 규정하고, 문학예술분야에 대해 다음과 같이 주문했다. "우리 조국을 발전된 사회주의 문명국으로 빛내여 나가야 한다. 사회생활의 모든 분야에서 세계문명을 따라 앞서자는 것은 위대한 장군님의 애국의 의지였고, 우리 인민의 한결같은 지향이다…. 문학예술부문에서는 창작도 편성도 형상도 우리 식으로 할 데 대한 당의 문예방침을 철저히 관철하며 모든 면에서 손색이 없는 명작들을 더 많이 내놓아야 한다. 대고조의 벅찬 현실에 발을 붙인 생동하고 통속적인 군중예술 활동을 활발히 벌리며 청년들과 인민들이 풍부한 문화정서생활을 할 수 있는 조건들을 더 잘 갖추어주어야 한다…. 가장 우수한 우리의 문화와 도덕, 우리 식의 생활양식을 활짝 꽃피우기 위한 사업을 더욱 심화시켜야 한다. 제국주의 사상문화적 침투를 분쇄하고 이색적인 생활풍조를 뿌리 뽑기 위한 투쟁을 강도높이 벌림으로써 온 사회에 혁명적이며 건전한 분위기가 차 넘치게 하여야 한다." 요약하자면 '사회주의 문명국'으로의 발전 촉구, '우리 식' 문예방침의 관철, '명작' 창작 증대, 군중예술 활동 활성화, 제국주의 사상문화적 침투 분쇄 등이다.

2. 문학 분야의 동향과 성과

김정일의 갑작스런 사망으로 젊은 나이에 정권을 승계한 김정은은 조부인 김일성의 '온정적 권위주의' 이미지를 모방하는 한편, 모든 분야에서 자신의 가계(家系)에 대한 우상화 정책을 크게 강화해 나가고 있다. 7월 초 김정은이 창단을 주도한 모란봉악단의 시범공연에서 '깜짝쇼'를 연출하기도 했지만, 체제 공고화의 필요성에 따라 2012년 북한 문화예술계는 전체적으로 보수적 색채가 크게 강화되었다. 특히 2012년 북한은 주민들에 대한 '김정일 애국주의' 교양의 강화를 강조하는 동시에, '김정일 애국주의'를 문학예술에서 가장 중요한 창작 주제로 설정하였다. 조선중앙방송은 사설 〈모두 다 김정일 애국주의로 심장을 불태우자〉(2012.5.13)를 통해 '김정일 애국주의'의 내용으로 '수령에 대한 충실성·충정의 일편단심', '숭고한 미래관으로 내일을 담보', '사회주의제도를 빛내어 갈 헌신' 등을 꼽았다. 한편 조선중앙통신(2012.5.16)이 김정은에 대해 "모든 것을 인민을 위한 것에 복종시켜야 한다는 숭고한 인민관"을 지녔다고 강조한 후, 북한 매체들은 일제히 김정은을 '숭고한 인민관'을 가진 '자애로운 지도자'로 부각시키고 있다.

2012년 북한 문학예술의 새로운 주제로 떠오른 '김정일 애국주의'

는 모든 예술의 기본 바탕이 되는 문학 분야에서 특히 강조되었다. ≪문학신문≫(2012.9.22)은 「김정일 애국주의를 구현한 문학작품들을 더 많이 창작하자」 제하의 기사에서 "부강조국 건설에 이바지하는 명작 창작에서 김정일 애국주의를 구현하는 것은 강성국가 건설의 합법칙적 요구"이며, 현 시기 가장 중요한 문제라고 주장했다. 또한 '김정일 애국주의'를 구현한 문학작품을 많이 창작하는 데서 중요한 것은 "김정일 애국주의를 실천으로 빛내여 가는 우리 시대 인간들의 성격을 훌륭히 창조하는 것"이라고 설명했다.[4] 또 동 신문(2012.11.24)은 2012년도 문학작품 창작총화를 위한 주체적 문예사상 연구모임 진행 소식을 전하는 기사 「문학작품 창작에서 김정일 애국주의 열풍을 세차게 일으키자」에서, 작가들이 "추모 100일 기간에 피눈물을 삼키며" 수많은 추도시, 추모설화집, 추모작품집을 창작 완성하여 세상에 내놓았다고 강조했다.[5] 이어서 2012년도 성과작으로 서사시 「영원한 선군의 태양 김정일 동지」, 「어머니 우리 당이여」, 가사 「인민이 사랑하는 우리 령도자」, 「불타는 소원」, 「그대는 어머니」, 장시 「내 나라의 황금산이여!」, 총서 〈불멸의 력사〉 장편소설 『운명』, 『해방전야』, 단편소설 「사진에 깃든 이야기」, 「깊은 뿌리」 등을 거론했다.

보도에 따르면 또한, 연구모임 보고자와 토론자들은 아동문학부문에서 "동심이 구현된 혁신적인 여러 가지 형식의 작품들을 적극 창작"하였으며, 평론부문에서 "리론적 대가 서고 문학운동의 박력을 더해주고 선도하는 평론들"을 내놓았다고 강조했다. ≪문학신문≫은 「새로운 주체 100년대의 첫 장을 빛나게 수놓아온 우리의 선군혁명문학」(2012.11.24)에서 천만군민의 맹세를 노래한 작품, 김일성·김정

---

4) 특히 작가들은 "장군님께서 몸소 창작하신 불후의 고전적 명작 〈조국의 품〉"의 실천적 모범을 따라 배워 "한편의 작품을 써도 대중이 절세위인들의 애국사상을 구체적이고 생동한 형상적 화폭 속에서 깊은 감명을 받아 안도록 써야" 한다고 강조했다.

5) "소설가들은 너무도 뜻밖에 어버이 장군님을 잃은 비통한 심정을 안고 피눈물에 붓을 찍어가며 수십 일 동안 밤을 새워 추모작품들을 창작하였"는데, 2012.1.20 현재 산문종류의 작품들만 해도 100여 편이 연이어 쏟아져 나왔다고 보도했다(≪로동신문≫, 2012.1.20).

일 생일을 비롯한 '명절' 계기 작품, '공화국 영웅 형상' 및 현실 주제 등 2012년도의 주제별 시문학부문과 소설문학부문의 주요 성과작, 그리고 아동문학, 극문학, 평론, 논설, 고전문학, 외국문학 부문들에 서의 성과작들 소개에 이어, 〈주체문학발전을 추동하는 힘 있는 무기로〉(2012.12.30)에서는 평론부문의 성과작들을 자세히 소개했다. 한편, 『조선문학』 2012년 제12호는 「위대한 추억의 해 주체 101(2012)년을 보내며」에서 2012년 같은 잡지에 실린 작품들을 주제별로 분석하는 중에, 우상화 작품 외에 '혁명전통주제, 계급교양주제, 조국해방전쟁주제'의 작품 창작 수가 많지 않음을 아쉬움으로 지적했다.

북한에서 '불후의 고전적 로작'으로 불리는 김정일의「주체문학론」발표 20돌(1992.1.20)을 맞아 2012.1.19『위대한 령도자 김정일 동지의 불후의 고전적 로작 「주체문학론」 발표 20돐 기념보고회』(천리마문화회관)가 진행되었다.[6] ≪로동신문≫(2012.1.20)의 기사 〈소설 창작의 불도가니 속에서〉는 「주체문학론」 발표 이후 소설 창작에서 마련된 '자랑스러운 열매들'로, 장편·중편소설들 10여 편과 함께 비전향장기수들을 원형으로 하는 60여 편의 소설을 꼽았다.[7] 조선작가동맹 기관지 『조선문학』도 「주체문학론」 발표 20돌을 맞아 2012년 제1호에 「주체문학 창조와 건설의 위대한 기치」(김선일)라는 제목의 논설을 실었다. 동 논설은 「주체문학론」이 "우리 시대 문학 창조와 건설의 위대한 기치로, 영원불멸한 대강으로 되고 있다"면서 그 내용을 하나하나 정리한 다음,[8] 지난 20년 간 "우리 문학이 달성한 가장 중요한

---

6) 동 소식을 전한 ≪로동신문≫(2012.1.22)은 "로작에는 시, 소설, 아동문학, 문학평론 등 분야별문학 작품들의 특성과 창작에서 지켜야 할 원칙과 방도들이 구체적으로 명시되어 있다."면서, "연극 〈오늘을 추억하리〉를 창작한 작가들의 혁명적 창작기풍, 창조기풍을 적극 따라 배워 들끓는 현실을 뜨겁게 체험하며 시대의 절박한 문제들을 제때에 민감하게 포착하고 높은 사상 미학적 안목으로 형상하여야 할 것"이라고 주장했다.
7) 장편소설 성과작으로 〈불타는 려명〉, 〈행복의 기초〉, 〈달라진 선택〉, 〈환희〉, 〈붉은 흙〉, 〈백금산〉, 〈높은 목표〉, 〈북방의 노을〉을, 중편소설로 〈나의 사랑〉, 〈항로〉, 〈바다는 내 사랑〉을 꼽았다.
8) 즉, 지난 20년 간 수령형상 창조에서 달성한 창작 경험에 토대하여 '백두산 위인들의

성과는 백두산 위인들의 불멸의 형상을 빛나게 창조하여 수령형상문학의 줄기찬 발전을 이룩한 것"이며, "수령형상 창조는 선군문학 건설의 기본의 기본"이라고 주장했다.

『조선문학』, 2012년 제2호에는 논설 「위대한 김정일 동지께서 선군시대 문학발전에 쌓아 올리신 불멸의 업적을 길이 빛내여 나가자」 (박춘택)가 실렸다. 이 논설은 먼저 '전국작가협의회'를 조직하도록 했고, 선군문학의 기본 주제방향을 밝혀 주고 나타난 편향을 바로잡아 주는 등 작가들을 이끌어 주었다는 등 김정일이 선군혁명문학 건설에서 이룩했다는 '령도 업적'을 정리하고 있다. 이어서 앞으로 주체문학, 선군문학의 건설 방향에 대해 "장군님의 혁명사상, 주체적 문예사상을 선군문학 건설과 창조의 확고한 지도적 지침으로 틀어쥐고 나가야" 하며, 수령형상문학의 새로운 형상세계 개척과 "김정은 동지의 숭고한 형상을 창조"할 것을 주문하고 있다. 한편, ≪로동신문≫(2012.3.26)은 「세기를 이어 만발하는 태양송가의 화원」이라는 기사를 통해 "김정일 동지에 대한… 끝없는 경모심과 절대적인 신뢰의 정이 넘치는 작품들은 1970년대 첫 기슭에서부터 창작"되었으며, 그동안 "장군님을 칭송하여 창작된 문학작품은 무려 7만 3,000여 편"에 달한다고 보도했다.[9]

위대성을 형상'하는데서 이룩한 성과라는 것을 몇 가지로 정리하고 각각의 대표작들을 제시하고 있다. 수령영생문학의 새 시원을 열어 놓는 등 김일성·김정일·김정숙의 "위대성과 불멸의 업적을 형상한 기념비적 작품들을" 창작했다는 것, 고난의 행군 시기 "인민의 장엄한 투쟁을 감명 깊게 형상하는데서 커다란 진전을 이룩한 것", 통일 애국투사의 형상 창조, 반만년 민족사에 대한 깊이 있는 예술적 탐구에서의 성과 등이다.

9) 송가 〈대를 이어 충성을 다하렵니다〉 등 수십 편의 시들을 편집한 첫 시집 『2월의 송가』가 1974년에 나온데 이어, 시집 『향도의 해발(햇발)을 우러러』 전 9권이 연대(年代)를 이어가며 출판되었다고 신문은 전했다. 1980년대와 1990년대에도 많은 문학작품을 낳았는데, 시가작품들이 연이어 발표되었고, 동요동시집 『온 나라 꽃봉오리 영광드려요』가 1984년에 아동문학의 대표작으로 나왔다. 1982년에 처음으로 "장군님을 형상한" 단편소설집 『거룩한 자욱』이 출판된 데 이어, 총서 『불멸의 향도』(1990.10 첫 장편 『예지』 출판)는 "장군님을 흠모하여 창작한 문학작품들의 정화"로 되었다는 것이다. 또한 〈태양의 계시〉, 〈666〉 등의 수많은 전설들이 『백두광명성전설집』(제5권)에 수록되었고, "불멸의 혁명송가" 〈김정일 장군의 노래〉(1997.2)와 가요 〈김정일 동지께 드리는 노래〉, 〈우리 장군님 제일이야〉 등이 나왔으

『조선문학』, 2012년 제7호는 「경애하는 김정은 동지의 사상과 령도를 받들어 주체문학 건설에서 새로운 전환을 일으켜 나가자」라는 제목의 논설을 실었다. 동 논설은 "우리 전체 작가들은… 선군혁명문학의 빛나는 성과로 경애하는 김정은 동지를 결사 옹위하는 선봉투사가 되어야 하며, 사회주의 강성국가 건설을 위한 대고조 진군에 한 사람같이 떨쳐나선 우리 군대와 인민의 투쟁을 힘 있게 고무 추동하여야 한다."고 선동하고 있다. 이를 위해 김일성과 김정일의 "혁명생애와 불멸의 업적을 철학적으로 깊이 있게 형상한 수령형상작품들을 더 많이, 더 훌륭하게 창작"하고, 김정은의 '위대성을 형상'한 작품, 승리의 '신념과 의지를 천만군민의 심장마다에 새겨주는 작품' 창작에 집중해야 하며, '군대와 인민의 영웅적 투쟁을 형상한 작품'을 더 많이 창작해야 한다고 주장하고 있다. 이와 같이 북한의 문학 창작 주제는 '정권이 바뀐' 2012년에도 김정은 관련 주제가 새로 추가된 것 외에는 거의 변화가 없는 것으로 보인다. 공화국 창건 65돌 (2013)기념『전국문학축전』조직 요강에 따르면 공모 작품의 주제는 '백두산 3대장군' 주제, 김정은의 '탁월한 령도와 숭고한 위인상' 주제, 혁명전통 주제, '인민의 투쟁과 생활을 반영한 현실 주제',10) '인민군대의 영웅적 투쟁 모습, 군민 대단결, 청소년들의 투쟁과 생활' 주제, 계급교양 주제, 조국통일 주제, 역사 주제 등이다.

2012년에는 문학 및 도서 분야에서 김정일을 추모하고 출생 70돌을 기념하는 사업들이 시작되었는데, 조선작가동맹 중앙위원회가 〈정일봉 문학상〉 제정(≪문학신문≫, 2012.8.18;『조선문학』, 2012년 제10호), 그리고 조선로동당 중앙위원회가 「김정일전집」 발행을 결정했

며, 서정서사시, 서사시, 서정시, 장시, 연시 등 수많은 시작품이 나왔다. 특히 추모작품이 3,560여 편 창작 발표 되었는데, 이는 매해 평균 창작 발표된 흠모작품 건수의 거의 2배와 맞먹는 규모이며, 이중 시가작품만도 2,660여 편에 달한다고 신문은 소개했다.
10) "경애하는 김정은 동지의 선군혁명령도를 높이 받들고 김정일 애국주의를 구현하여 부강 조국 건설과 최첨단 돌파전에서 승리를 떨치며 세계를 향하여 돌진해 나가는 우리 인민의 투쟁과 생활을 반영한 현실 주제의 작품".

다(≪로동신문≫, 2012.1.10). 〈정일봉 문학상〉은 장·중편 형식의 문학 작품과 동맹기관지를 비롯한 출판물에 창작 발표된 문학작품 중에서 가장 우수한 작품과 그 창작가에게 작가동맹 중앙위 명의로 된 상장과 메달을 수여하게 되며, 로동당 중앙위는 "김정일 동지의 업적을 만대에 길이 빛내이려는 우리 인민과 세계 진보적 인류의 념원을 담아 그이의 탄생 70돐에 즈음하여 주체사상, 선군사상의 총서인 『김정일전집』을 발행"하게 된다고 밝혔다. 한편 11월에는 『제16차 조선문학축전상』시상모임이 평양에 있는 문학예술출판사 간부('일군')들과 편집원, 기자, 당선자들이 참가한 가운데 진행되었다(≪문학신문≫, 2012.11.24). 시상모임은 보고에 이어 단편소설부문, 시부문, 평론부문 수상자 10명(비전업작가 2명 포함)에 대한 시상에 이어 결의토론이 있었다.

북한 언론에 소개된 2012년도 창작 문학작품의 제목과 대강의 내용은 다음과 같다. ≪문학신문≫(2012.1.7, 3.29, 4.15, 10.20, 11.8)이 문학예술출판사에서 새로 출판된 장편소설들을 소개한 내용에 따르면, 「새날을 불러」(하)는 "강반석 어머님(김일성의 모)께서 안투(안도)지구에서 민족해방운동과 반일인민유격대창건에 빛나는 불멸의 공헌을 하신 '력사적' 사실들을 담고 있는 작품"이고, 「불새」(윤원삼)는 "지난 조국해방전쟁시기 적들 속에 침투하여 영웅적 위훈을 세우고 우리 곁을 떠나간 내무원 김덕근을 원형으로 한 작품"이며, 「비약의 열풍」(김응일)은 "전후 복구건설시기 어느 한 탄광의 일군들과 로동계급의 투쟁을 실감 있게 반영한 작품"이다. 또 조선 말기 유인석 제천 반일의병대의 활동과 그 실패를 다룬 장편역사소설 『을미년의 봉화』(박종철)와 고려 말기 애국명장 박위 등의 대마도('쓰시마') 징벌을 단행하는 이야기인 『검이여 불타라』(리평)도 발간되었다. 같은 출판사에서는 또한 김정일 사망 100일에 즈음하여 추모설화집 『백두산에 지동이 일다』, 시집 『장군님 세월은 영원하리라』, 작품집 『선군태양은 영원하다』, 그리고 『위대한 수령 김일성 동지의 탄생 100돐 기념 단편소설집』전5권을 내놓았다.

문학예술출판사에서는 또한 "나라의 동력인 전력공업을 지켜선 전력부문 일군들의 투쟁정신과 기풍을 그려낸" 장편소설 『불빛』(박찬은), "위대한 장군님의 뜻대로 고향을 선군시대의 선경으로 꾸려나가는 어느 한 농장의 청년 염소작업반원들의 투쟁을 그린" 장편소설 『고향의 노래』(김금옥)가 나왔고, 노래 해설집 『축원』 등이 출판되었다. 한편 4.15문학창작단이 창작하는 김정일 우상화 작품 총서 〈불멸의 향도〉로 1988년부터 2012년까지 총 25권의 장편소설이 창작 완성 (≪로동신문≫, 2012.2.23)된 데 이어, 1990년대 말부터 20세기 초까지를 시대적 배경으로 다룬 장편소설 『오성산』과 『영원한 력사』(리동구)가 추가 창작되었다. 『영원한 력사』는 "가장 어려운 시련을 겪던 1990년대 중엽을 시대적 배경으로, 김정일 동지의 고결한 충정과 도덕의리의 세계를 감동적으로 형상"하고 있는 작품이라고 밝혔다(조선중앙통신, 2012.3.14; ≪로동신문≫, 2012.7.6). 이상과 같이 2012년에 발간한 문학작품 자체가 직접적인 김씨 가계 우상화 작품이 많을 뿐 아니라, 2012년에는 조선로동당출판사가 주축이 되어 김씨 가계 우상화 도서를 유난히 많이 발간하였다. 이 중에는 김정숙(김정일의 모) 관련 도서 2권, 김정은 관련 도서 2권도 포함되어 있다. 2012년에 발간된 우상화 관련 도서를 언론에 보도된 것만 보도 순서대로 살펴보면 다음과 같다(조선로동당출판사 외의 출판사 발간물은 별도 표기).

• 2012.1.4 『전설의 위인 김정일 동지』 전5권 중 제4권 『창조의 영재』, • 1.14 『김정일선집』 증보판 제13권, • 1.18 『김일성 전집』 제100권 완간 (1992.4 제1권 출판),11) • 1.19 『김정일선집』 증보판 제14권, • 1.21 『김정일

---

11) 제100권 발간으로 완간된 『김일성전집』에는 회고록 『세기와 더불어』 제6권이 편집돼 있다. 『김일성전집』은 김일성 저작들을 연대기별로 수록한 종합 문헌집으로, 김일성 80회 생일(1992.4)부터 출판되기 시작하여 기본편은 정치·경제·군사·문화 등 각 분야 주요 저작을 연대순으로 묶었고, 속편은 그 밖의 글을 분야별로 묶은 것이다.

선집』증보판 제15권, • 1.27『인민들 속에서』제99권(회상실기집), • 2.12
『선군태양 김정일 장군』전12권(혁명일화총서), • 2.15『김정일전집』제1
권, • 3.17『위대한 수령 김일성동지 혁명력사자료집』, • 3.28『인민들 속에
서』제100권(1962.3 첫 권 출판), • 3.28『주체시대를 빛내이시며』제70권,
• 3.28『항일빨찌산 참가자들의 회상기』제20권, • 3.29『위대한 수령 김일
성 동지 혁명활동 략력』(1969.8·1981.3·2000.3에 이어 네 번째 발행), • 4.6
『불세출의 위인 김일성 동지』제5권『위대한 인간』완간, • 6.26『김정일화
와 세계』(공업출판사, 장편실화도서), • 7.12『수령님과 류경수』(근로단체
출판사), • 7.18『어머님과 노래』(김정숙 우상화 음악일화집), • 8.14『김정
일 선집』증보판 제16권, • 8.18『수령님과 주체의 청년운동』전10권(금성
청년출판사), • 8.21『김정일선집』증보판 제17권, • 11.12『선군혁명령도
를 이어가시며』제1권(김정은 회상실기집),12) • 11.26『백두산의 아들』제4
권, • 12.7『김정일선집』증보판 제18권(12.7), • 12.8『선군태양 김정일장군』
(속편), • 12.8 혁명일화총서『선군태양 김정일 장군』(전12권)의 속편『위
대한 생애의 마지막 해』, • 12.8『위대한 영도자 김정일 동지는 영생할 것이
다』, • 12.25『수령 결사옹위의 나날』(교육도서출판사, 김정숙 우상화), •
12.28『선군혁명령도를 이어가시며』제2권(김정은 회상실기집), • 12.29『김
정일전집』제2권 등이다.

3. 시각예술 분야의 동향과 성과

북한의 미술계는 2012년에도 주요 계기에 맞춰 혁명과 건설, 그리
고 김정일 가계 우상화와 체제 보위를 위한 작품 창작에 내몰렸다.
이러한 목적에 가장 신속하게 대응할 수 있는 미술 분야가 '선전화'

---

12) 회상실기집 또는 회상실기도서라는 것은 지도자의 활동을 목격한 주민들의 회고 글을
모아서 만든 책으로, 김일성 대상『인민들 속으로』, 김정일 대상『주체시대를 빛내이시며』
등이 있다.

인데, 명칭 그대로 선전·선동을 위한 포스터를 말한다. 특히 북한에서는 주요 행사를 앞두고 분위기를 띄우기 위해 미리 선전화를 제작하여 이를 언론에 발표하기도 하고, 별도로 선전화 전람회를 개최하기도 한다. 북한에서 선전·선동 포스터인 '선전화'는 미술 분야 중 하나의 독립적인 영역이자 중요한 부문으로 인정받고 있다. 캠페인 내지 행사 선전화가 나올 때마다 ≪로동신문≫에는 포스터의 내용에 대한 묘사와 함께, 예를 들면 다음과 같은 식의 선동적인 기사가 실리게 된다. "선전화에는 주체101(2012)년을 강성부흥의 전성기가 펼쳐지는 자랑찬 승리의 해로 빛내일 데 대한 시대정신이 맥박치고 있으며… 격동적인 필치로 당의 전투적 호소를 반영한 선전화는 천만 군민이… 강성국가 건설의 모든 전선에서 대혁신, 대비약을 일으킬 것을 열렬히 호소하고 있다." 선전화는 주로 조선로동당출판사가 제작하고 있는데, 2012년도 ≪로동신문≫에 보도된 선전화 창작 소식은 다음과 같다(괄호 안은 신문 보도일자).

- 2012.1.2 「모두다 올해 공동사설 과업관철에로!」(2012.1.2), •『선전화 전람회』(1.7 개막, 평양국제문화회관, 80여 점 전시), •「위대한 령도자 김정일 동지의 탄생 70돐 기념 선전화」(1.31), •「당의 호소 따라 총공격 앞으로!」(2.1), •「어버이 수령님 탄생 100돐 기념 전국미술축전 선전화」들 출판(2.5), •「제16차 김정일화축전 선전화」(2.6), •"군사미술가들이 백두산 혁명강군의 전투적 기상이 나래치는 많은 선전화들을 창작 출판"(2.17), •「조선로동당대표자회에 즈음한 선전화」들 출판(3.11), •「위대한 수령 김일성 동지의 탄생 100돐 기념 선전화」들 출판(3.18), •「수령님 탄생 100돐 기념 국가산업미술전시회 선전화」(3.18), •「위대한 김일성 주석 탄생 100돐 기념 제28차 4월의 봄 친선예술축전 선전화」들 출판(4.4), •「영웅적 조선인민군창건 80돐 경축 선전화」(4.3), •「주체사상세계대회 선전화」(4.6), •「제14차 김일성화 축전 선전화」(4.8), •「조선인민군창건 80돐 경축 김일성화 김정일화전시회 선전화」(4.8), •「제28차 4월의봄 친선예술축전 선전화」들

출판(4.10), • 선전화 「위대한 당의 령도 따라 최후의 승리를 향하여 앞으로!」(7.7), • 「제13차 평양국제영화축전 선전화」 출판(9.19) 등이다.

선전화 창작과 마찬가지로 북한에서 우상화 건조물 제작은 미술 분야의 주요 영역에 해당된다. 2011년 말에 김정일이 사망함에 따라 2012년에는 예년에 비해 상대적으로 많은 우상화 건조물이 북한 전역에서 새로 건립되었다. 기존의 영생탑(「위대한 수령 김일성 동지는 영원히 우리와 함께 계신다」)을 새로운 영생탑(「위대한 김일성 동지와 김정일 동지는 영원히 우리와 함께 계신다」)으로 교체하기 위한 작업(기존의 화강석 판돌을 들어내고 새로운 화강석 판돌을 가공하여 설치)이 일제히 진행됐는데, 각 시·도와 중소 도시 및 군에서 건립하는 우상화물의 건립비용은 해당 지역 주민들이 분담하는 경우가 대부분이기 때문에 주민들의 불만을 고조시키는 요인이 되고 있다. 2012년에는 영생탑 교체작업뿐 아니라 김정일 생존 시에는 자제했던 김정일 동상이 경쟁적으로 제작·건립되고, 만수대창작사 벽화창작단, 평양시미술창작사가 '태양상'(웃는 모습의 초상화)과 영상(모습) 모자이크벽화를 제작했으며, 북한의 아름다운 산하를 대규모로 훼손하는 '천연바위 글발'이 새겨졌다.

2012.2.8에 평안남도 증산군 석다산 현지에서 「절세의 애국자 김정일 장군 주체 101(2012)년 2월 16일」라고 새긴 '천연바위 글발' 준공식이 거행됐는데, ≪로동신문≫(2012.2.9)은 "백두의 천출명장을 천세만세 높이 받들어 모시려는 천만군민의 불변의 신념을 담아 새긴 글발의 총길이는 120m이고, 존함글자의 높이는 10m, 너비는 5.5m, 깊이는 1.4m이며 다른 글자들의 높이는 8.5m, 너비는 4.8m, 깊이는 0.9m"라면서, "지휘성원들과 돌격대원들은 4000여m³의 암반까내기와 흙깎기, 도로공사를 짧은 기간에 해 제꼈다."고 보도했다. 북한은 김일성을 '민족의 태양', 김정일을 '21세기의 태양', 김정은을 '선군조선의 태양'으로 우상화해오고 있는데, 최근 량강도 삼수군 삼수발전

소 건너편에 새겨 놓은 「선군조선의 태양 김정은 장군 만세!」라는 김정은 우상화 글발은 총길이 약 560m, 글자 하나의 크기가 가로 12~15m, 세로 17~20m의 초대형이다(『Daily NK』, 2012.11.22). 한편 개성시 박연폭포 부근 천연바위에도 글발이 새겨져 2012.4.5 준공식이 진행됐다. 만수대창작사가 총지휘하는 '글발사업'은 70년대 중반 김정일이 후계자 시절 김일성 우상화사업을 벌이면서 시작되어, 김일성 사망(1994년) 이후 유훈을 기린다며 영생탑 건립사업과 함께 대대적으로 전개되었는데, 북한 전역에 '천연바위 글발'은 적게 잡아도 백여 곳이 넘을 것으로 추정되고 있다(『Daily NK』, 2012.2.9 참조).13) ≪로동신문≫ 등 언론에 보도된 우상화 건조물 등에 대한 보도내용은 다음과 같다(괄호 안은 신문 보도일자).

- 평남 증산군 석다산에 천연바위글발 「절세의 애국자 김정일 장군 주체 101(2012)년 2월 16일」(2.9), • 만수대창작사에 김일성·김정일 동상 및 '태양상' 모자이크벽화 건립(2.15), • 평양 중심부에 김정일 '태양상' 모자이크벽화(2.24), • 로동신문사 청사 정면에 김일성·김정일 대형 모자이크 '태양상'들과 천연화강석에 구호 「위대한 김일성 동지와 김정일 동지는 영원히 우리와 함께 계신다」 새김(3.23), • 수도의 중심부와 여러 단위들에서 영생탑을 새로 건립(3.25, 평양시 중구역 등 수도 중심부와 김정숙평양방직공장, 평양화력발전련합기업소, 담배련합기업소, 동평양화력발전소평양학생소년궁전 등 여러 단위들), • 개성시 박연폭포 부근 천연바위 글발 「영원한 우리 수령 김일성 동지 수령님탄생 100돐 기념 주체101(2012)년 4월 15일」(4.6),14) • 장대재언덕에 김일성·김정일 '태양상' 모자이크벽화(4.10, 총길

---

13) 백두산 향도봉 천연암벽에 새긴 '혁명의 성산 백두산, 김정일'이라는 글귀는 눈이 많이 와 글귀가 메워진다 하여 글귀 전체를 양각으로 새겨 넣었고, 김정일이 태어났다는 백두산 귀틀집 뒤편 봉우리에 새긴 '정일봉'(원래 이름은 '장수봉')은 60톤짜리 화강석 6개를 산중턱 암석에 부착한 경우이다. 금강산 향로봉·법귀봉·옥류봉·국지봉·옥녀봉, 백두산 향도봉·장수봉, 묘향산 유선폭포 옆 바위 등 북한 전역에 적게 잡아도 백여 곳이 넘을 것으로 추정되고 있다(『Daily NK』, 2012.2.9).

이 51m, 높이 16.6m로 2012.4.9 준공식에 6만 명 참석), • 만수대언덕에 김일성·김정일 동상(4.14, 2012.4.13 제막식에 30만 명 참석), • 신의주에 '백두산 3대장군' 모자이크벽화(4.17), • 국제친선전람관 내 김정숙 납상관 개관(4.25)

• 강계시에 모자이크벽화「위대한 령도자 김정일 동지는 영원히 우리와 함께 계신다」건립(6.20), • 원산시에 "백두산 절세위인들의 태양상을 모신" 모자이크벽화(7.10), • 각지에 김일성·김정일 '태양상'과 영상 모자이크벽화 (7.23, 금수산태양궁전, 김일성 광장, 4.25문화회관, 만경대학생소년궁전 등), • 인력무력부에 김일성·김정일 동상(8.25), • 평안북도 여러 단위에 '백두산 절세위인들의 태양상과 영상' 모자이크벽화(8.26, 신의주 시내, 룡 암포수산사업소, 삭주군 금부리 등), • 상원세멘트련합기업소에 김정일 '태 양상' 모자이크벽화(9.7), • 평양 통일거리에 김일성·김정일 모자이크 영상 작품「언제나 인민을 위한 길에 함께 계셨습니다」건립(9.8), • 철령도로 입 구에 명제비「철령은 선군혁명령도의 상징입니다. 김정일」건립(9.8), • 여 러 단위에서 '백두산 절세위인들의 태양상을 형상한' 모자이크벽화(9.9. 청 진시, 라선시, 평성시, 해주시, 안주시, 성천군, 희천시, 성간군, 우시군, 화평 군 등), • 조선인민군 제10215군부대에 김정일 동상(10.3), • 여러 단위에서 '백두산 절세위인들의 태양상과 영상을 형상한' 모자이크벽화(10.10, 사리 원시, 함흥시, 명간과수농장, 강남군 고읍협동농장, 개천시 득장구 등)

• 강계시에 김일성·김정일 동상(10.12), • 여러 단위에서 '백두산 절세위인 들의 태양상과 영상을 형상한' 모자이크벽화(10.25, 남포시, 혜산시, 천리마 구역, 평양 순안구역, 김책시, 어랑군), • 김일성군사종합대학에 '백두산 녀 장군'의 영상을 형상한 모자이크벽화「혁명의 어머니」건립(10.26), • 김일 성군사종합대학에 김일성·김정일 동상(10.30), • 여러 단위에 '백두산 절세

---

14) "글발의 총길이는 37m이고, 존함글자의 높이는 5m, 너비는 2.9m, 획의 너비는 0.8m, 깊이 는 0.45m이며, 다른 글자들의 높이는 4.1m, 너비는 2.4m, 획의 너비는 0.7m, 깊이는 0.35m 로"(≪로동신문≫, 2012.4.6), 2012.4.5 준공식이 진행됐다.

위인들의 태양상과 영상을 형상한' 모자이크벽화(11.14, 11.25, 신천군, 은률군, 고산군, 배천광산, 해주청년역, 평원군, 숙천군, 증산군, 2.8직동청년탄광, 선천군, 룡천군, 곽산군, 대관군, 의주군, 평안북도인민보안국 등), • 국가과학원에 김일성·김정일 '태양상' 모자이크 벽화(12.4), • 여러 단위에 '백두산 절세위인들의 태양상과 영상을 형상한' 모자이크벽화(12.15, 송림시, 옹진군, 안악군, 배천군, 태탄군, 은천군, 상원군, 승호군, 송화군, 은산군, 화대군, 덕성탄광, 서창청년탄광, 평양승강기공장 등), • 함흥시 동흥산언덕에 김일성·김정일 동상(12.22), • '백두산 전세위인들의 태양상을 형상한' 모자이크벽화(12.30, 봉산군, 중화군, 린산군, 김책제철련합기업소 등), • 기타, 일자 미상인 국가안전보위부 김정일 단독 동상, 조선인민내무군 차백용소속부대 '태양상' 모자이크벽화, 시중군 상청리 김일성·김정일 영상 모자이크벽화 건립 등이다.

조선문학예술총동맹(문예총) 기관지인 『조선예술』, 2012년 제12호는 「끝없는 충정의 세계가 안아온 주체미술의 자랑찬 한 해」라는 기사를 통해 2012년도 미술부문에서 이룩한 성과를 정리하고 있다. 거론하고 있는 것들 대부분이 김씨 가계 우상화와 관련된 것 일색이다. 2012년도 가장 큰 성과는 "대원수님들의 동상을 만수대언덕에 새로 높이 모신 것"이다. 그 다음 성과로 꼽고 있는 것들은 "평양의 장대재언덕에 위대한 김일성 동지와 김정일 동지의 태양상 모자이크 영상작품들을 모신 것", "위대한 장군님(김정일)의 동상을 인민무력부와 국가안전보위부, 자강도 강계시에 모신 것", "국제친선전람관에 항일의 녀성영웅 김정숙 동지의 랍상관을 새로 꾸려져 개관한 것", "광명성절, 태양절 기념 미술축전·전시회가 성대히 진행된 것"(특히 얼음조각축전 『백두산의 혈통을 만대에 이어가리』, 2.16경축 제4차 전국소묘축전, '어버이 수령님의 탄생 100돐 경축' 국가산업미술전시회·전국미술축전 중 국가미술전람회 『영원한 태양』과 전국미술애호가전람회·송화미술전람회), "제20차 마스쩨르 클라스 국제예술축전 미술축전(2012.6.3~7.10, 로씨야

쌍크뜨-뻬쩨르부르그)에서 보석화 작품이 찬사를 받은 것" 등이다.

2012.4.10 김일성 출생 100돌 기념행사로 개막하여 9.12까지 새로 건설한 국가산업미술중심(센터)에서 진행된 『국가산업미술전시회』 는 북한이 중앙산업미술지도국을 중심으로 문화산업의 한 분야인 산업미술에 큰 관심을 기울이기 있다는 사실을 보여주고 있다. 동 전시회에 대해 ≪로동신문≫(2012.4.11)은 "항일무장투쟁시기부터 오늘에 이르기까지 산업미술부문에서 창작한 1,700여점의 각종 도안과 자료들이 년대 순으로 전시"되어 있으며, "조선산업미술창작사와 각 도산업미술창작사, 성, 중앙기관 산업미술창작단위들, 평양미술대학을 비롯한 교육부문 교원, 학생들과 산업미술애호가들이 창작한 1천여 점의 각종 도안들과 제품들도 있다."고 보도했다.15) 『조선예술』, 2012년 제7호는 「주체적 산업미술 발전의 도약대가 마련된 뜻 깊은 전시회」 (남위)라는 기사를 통해 동 전시회의 성과를 "주체적 산업미술 발전에 쌓아 올리신 백두산 3대장군의 불멸의 업적을 깊이 있게 보여 준 것" 과 "나라의 경제발전과 인민생활 향상에 이바지할 수많은 도안들과 실현품들이 전시되어 나라의 과학기술과 경제발전을 크게 추동한 것" 등 두 가지로 정리하고, 이 전시회가 "우리 인민의 경제강국 건설을 힘 있게 고무 추동하였다."고 결론짓고 있다.

2012년 10월에는 북한 문학예술계의 창작 주제로 떠오른 '김정일 애국주의'를 주제로 한 미술전시회가 평양국제문화회관에서 개최됐다. ≪로동신문≫(2012.10.5)은 전시회에는 중앙과 지방의 미술창작가들이 출품한 조선화, 유화, 선전화, 서예, 조각, 판화 등이 전시되었으며, "김정일 장군님의 애국헌신이 안아온 자랑찬 전변을 반영"하고 있을 뿐 아니라 "우리 군대와 인민의 투쟁모습을 보여주고 있다."고

---

15) 최근 연간에 산업미술부문 창작가들이 창작 실현하여 전시한 제품들 중에는, 각종 궤도전차들과 자동차, 뜨락또르, 기관차를 비롯한 기계제품 형태 도안들, 인민생활에 직접 이바지하는 경공업제품 형태 및 장식도안들, 조선옷 도안들과 일상옷 도안들, 마크도안들, 건축장식 도안들과 단청도안들, 전시진열도안들이 포함되어 있다.

전했다. ≪문학신문≫(2012.10.13)도 「시대정신이 나래치는 명 화폭들」이라는 제목 하에 소식을 전하고, 만수대창작사, 평양미술대학, 각 도미술창작사 등 여러 미술창작기관들이 참가한 이번 미술전시회에는 "김정일 애국주의를 구현하기 위한 투쟁이 힘 있게 벌어지는 오늘의 현실을 반영한 여러 종류의 작품들이 전시되여 참관자들의 관심을 끌었다."고 보도했다. 특히 전시회에는 목각, 조각, 금속공예, 서예, 도자기 등도 전시되었으며, 60여 종의 우수한 미술작품들이 전시되었다고 전했다.

북한에서 백두산은 '혁명의 성산(聖山)'으로 항일과 혁명 정신을 상징이며 김정일이 출생한 곳(백두산 귀틀집)으로 선전하고 있어 김씨 가계 우상화 작업에서 매우 중요한 의미를 갖는다. 따라서 '백두산 형상미술'이라는 미술장르가 별도로 형성되어 있는데, ≪로동신문≫(2012.9.16)이 「항일의 혁명정신이 나래치는 기념비적 화폭」이라는 기사에서 백두산을 형상한 미술작품들은 1930년대부터 본격적으로 창작되기 시작했으며, "백두산을 형상한 명화들은… 명화 중의 명화, 국보 중의 국보로 떠받들리우고 있다."고 주장했다. 『조선예술』, 2012년 제11호도 「백두산 형상미술의 미술사적 의의」(최광휘)에서 그 미술사적 의의로 "백두산 절세위인들의 위대성을 격조높이 노래한 송가미술로서의 가치를 가진다", "새로운 조형적 형식과 높은 예술성으로 하여 풍경미술의 최고 경지를 이룬다", "선군시대 미술발전을 힘 있게 추동하고 인류 미술발전에 커다란 기여를 하고 있을 뿐 아니라 그 보물고를 풍부히 하였다"는 등 세 가지를 주장했다.

북한에서 미술작가들이 경제선동에 동원되는 것은 여타 분야와 마찬가지로, ≪로동신문≫(2012.6.19)은 만수대창작사, 중앙미술창작사, 평양미술대학, 평양시미술창작사, 철도성미술창작사 등 여러 단위의 미술가들이 개건공사가 한창인 만경대유희장, 류경원, 인민야외빙상장건설장, 평양민속공원 건설장에서 다양한 주제의 소묘, 습작 등 직관선전물을 제작하여 "군인건설자들의 애국열의와 혁신의 불을 북돌아 주었다"고 선전했다.16) 시각예술분야 기타 소식은 다음과 같다. 2012.5.9~5.11 평양 인민문화궁전에서 〈제12차 5.21건축축전〉이 건축형성계획에 대한 현상 모집(240여 건), 과학논문 발표회(320여 건), 건축설계프로그램 및 다매체편집물 창작 경연(20여 건) 등으로 나뉘어 진행되었고, 첫날인 5월 9일에는 〈제7차 건축미학토론회〉가 개최되었다(≪로동신문≫, 2012.5.5). 비전향 장기수(김은환, 양정호, 리공순, 최선묵, 리경찬 등)의 서화전시회(5.30~6.7)가 단천시의 여러 곳에서 진행되었고(≪로동신문≫, 2012.6.8), 평양출판사가 김정일 화첩 「영상으로 보는 민족의 어버이」, 체육신문사가 김일성 화첩 「위대한 태양을 모시어 영원한 주체체육」(조선중앙통신, 2012.3.19, 5.26)을 출판했다. 또한 한 개인작가(노력영웅, 공훈예술가, 박사 리성배)가 국가과학원 지질학연구소 등의 협조('방조') 아래 사진첩 『백두산화산돌』, 『백두산의 눈얼음층과 눈얼음동굴』, 『천지물가와 물속에서 자라는 식물』을 내놨다(≪로동신문≫, 2012.11.11, 11.18, 11.25).

4. 공연예술 분야의 동향과 성과

1) 공연예술의 성과

북한의 문학예술 보급기관인 국가예술공연운영국 창립 40돌 기념보고회가 2012.11.6 국립연극극장에서 진행되었다. ≪로동신문≫(2012. 11.7)은 기사 「절세위인의 손길아래 자랑스러운 길을 걸어온 예술보급

---

16) 이에 앞서 ≪로동신문≫(2012.5.16)은 조선미술가동맹 중앙위원회 일군(간부)들과 전국의 동맹원들이 2009.1~2012.4 사이에 연 수백 개에 달하는 주요전투장들에서 '화선식(火線式) 직관경제선동'(눈으로 직접 볼 수 있게 만든 자료를 가지고 최전선에서 전투하듯이 하는 선동)을 힘 있게 벌려 '부강조국 건설'에 이바지하였으며, 그 과정에서 내놓은 혁신자 얼굴소묘는 3,500여 점이나 된다고 밝힌 바 있다.

선전기지」를 통해 "김정은 원수님의 현명한 령도 밑에 중앙예술보급사는 모든 예술단체들의 공연활동과 극장운영을 통일적으로 맡아보는 국가예술공연운영국으로 명명되였다."고 밝혔다. 신문에 따르면 이 기관은 1972.11.7 통일적으로 극장 관람표를 취급하는 기관인 중앙예술보급사로 창립되어, 이후 점차 그 역할을 크게 확장해 온 것으로 보인다. 수도의 중심거리들에 지구분점이 조직되었고, 관람표 이동판매, 관람요금 책정, 관람문화 확립, 중앙과 지방의 예술단체들의 공연계획 수립, 지방순회공연사업 조직, 출판보도물을 통한 예술선전(공연조직 및 작품 홍보, 각종 예술 선전화들 게시 등), 중요 예술작품들에 대한 극대본·음악총보·무용표기·무대원화(舞臺原畵)들의 발굴 정리, 대공연 의상소도구들의 제작, 보관 관리 등을 담당하고 있다. 이어서 지난 40년간의 활동실적을 상세하게 소개한 다음,17) "참으로 국가예술공연운영국은 문학예술작품들을 우리 군대와 인민에게 널리 보급 선전하고 국보적 가치가 있는 예술작품들을 영구 보존하며 대공연을 비롯한 각종 예술 공연을 물질적으로 보장하는 종합적인 예술보급선전기지로 강화 발전 되었으며, 그 위력을 힘 있게 떨치고 있다."고 강조했다.

2002년 김일성 출생 90돌에 즈음하여 첫 막을 올린 후 2005년부터 해마다 상연되고 있는 대집단체조와 예술공연 〈아리랑〉이 2012년에도 어김없이 8월 1일부터 9월 30일(20일간 연장 상연)까지 평양 릉라도 5월1일경기장에서 상연되었다. 《조선신보》(2012.8.8)는 2012년도 판

17) "태양절과 광명성절을 비롯한 국가적인 명절들과 기념일들에 진행되는 경축행사공연과 대공연들, 주, 월 계획에 따라 진행되는 공연 등 5만 2,900여 회의 공연에 대한 관람조직사업을 짜고 들어 연 1억여 명의 각계 층 인민들과 군인들, 해외동포들과 외국인들에 대한 보급 사업을 진행"하였고, "각 극장들을 정상적으로 운영하는 것과 함께 4월의 봄 친선예술축전 공연관람조직사업을 수십 차에 걸쳐 연 252만여 명의 군중을 대상으로 진행하였다."고 밝혔다. 이어서 대집단체조와 예술 공연 〈아리랑〉, 경희극 〈산울림〉(각 도소재지들 순회공연으로 20만여 명 관람), 연극 〈오늘을 추억하리〉(근 700회 도·시·군 순회공연으로 연 94만 8,000여 명 관람)에 대한 보급사업 실적과 함께, 8,000여 건의 자료 발굴 정리, 여러 권에 달하는 사진화첩 『주체무대예술의 빛나는 력사』(1,470여 점 수록) 편집, 다매체편집물 『만년재보 주체무대예술』 제작 보급 및 선전, 각종 의상소도구들과 기자재들을 생산 및 보수 재생하여 보장하였다고 소개했다.

〈아리랑〉이 2012년이라는 시대적 의의에 부합되게 여러 장, 경이 개작되었다면서, 환영 경축장, 서장, 종장과 5개 장, 19개 경으로 구성되어 있다고 밝혔다. 이어서 1장 〈아리랑민족〉, 2장 〈선군아리랑〉, 3장 〈행복의 아리랑〉, 4장 〈통일아리랑〉, 5장 〈친선아리랑〉의 매장, 매경들은 "조선민족의 어제와 오늘, 래일의 모습을 체조대, 배경대, 음악의 조화 속에 매우 감명 깊게 펼쳐 보이고 있다."고 선전했다. 2012년 공연은 김정은을 찬양하는 내용이 추가됐고, 2013년에는 전혀 다른 형식과 내용의 공연을 선보일 것으로 알려졌다. 한편 ≪로동신문≫(2012.10.9)은 〈아리랑〉 공연 10년사를 더듬는 「평양의 〈아리랑〉은 태양민족의 정신과 위력을 떨친다」라는 기사에서 "올해까지 1,300여만 명의 각 계층 인민들과 18만 4,000명의 해외동포들·남(南)인민들·외국인들이 공연을 관람"했고, 9월 29일 435회 공연이 진행되었다고 보도했다. 이어서 "주체91(2002)년 6월에 김일성상을 수여받은 대집단체조와 예술공연『아리랑』은 그 후 여러 나라로부터 '태양대메달', '평화'훈장을 받았으며 기니스(기네스)세계기록에 등록되였다."면서, "선군조선의 현실을 반영한 〈강성부흥아리랑〉, 〈군민아리랑〉, 〈철령아리랑〉, 〈통일아리랑〉과 같은 〈아리랑〉이 계속 창조되여 이제는 40여 편을 헤아리고 있다."고 소개했다.

한편 북한이 2010년도부터 대집단체조와 예술공연 〈아리랑〉과 유사한 행사를 지방으로 확대해 실시하고 있다는 사실이 확인됐다. 『Daily NK』(2012.2.6)에 의하면 2009년 8월 김정일이 자강도에서 『자랑도의 전변』('자랑도'는 자강도의 별칭)이라는 대집단체조를 관람한 후 만족감을 보이면서 "지방 특성에 맞게 전국에서 진행하라"는 지시를 내린 것이 계기가 되었다고 한다. 지방 행사를 다채롭게 하고 집단주의와 충성심 고취가 목적으로, 지방마다 제목은 다르지만 내용은 대동소이하다. 타도제국주의동맹(ㅌㄷ)편, 3년간의 전쟁승리편, 전후복구 건설편, 사회주의 건설편, 김정일 선군령도편 등 〈자랑도의 전변〉의 경우도, 제목만 다를 뿐 공연내용은 평양 〈아리랑〉과 순서까지 거의 비슷하다. 함경북도의 경우 '라남의 봉화' 내용이 추가되는 등 지방 특성에 맞는 내용이 일부 추가된다고 한다. 함경북도 청진시 포항경기장에서 진행된 대집단체조의 경우 2010.4.15(김일성 생일)부터 도당 선전부와 근로단체부 주도 하에 공연사업이 시작됐는데, 평양 집단체조창작단 지도교원을 초빙해 기술을 전수 받았다고 하며, 출연에 동원된 인원은 초·중·대학생 수 천명 규모라고 한다. 탈북자들에 의해 자강도와 함경북도 외에도 함경남도와 강원도에서도 대집단체조 공연이 진행된 것으로 파악됐다. 지방의 대집단체조는 4월 중순부터 연습하여 8월~10월 세달 간 매주 일요일과 국가명절(8.15 조국해방기념일, 9.9 정권 창건일, 10.10 당 창건일 등)에 공연이 진행되며, 관객은 공장·기업소별로 조직된다.[18]

≪문학신문≫(2012.11.17)이 기사 「끝없는 그리움의 세계, 애국충정을 노래한 주체예술」을 통해 2012년도 공연분야 성과를 종합 정리했다. 가장 먼저 김정은이 창단을 주도한 모란봉악단에 대해 7월 초 시범공연을 진행한데 이어 '전승절' 경축공연, 8.25경축 화선공연, 당 창건 67돌 경축공연 『향도의 당을 우러러 부르는 노래』, 김일성군사종합대학창립 60돌 기념공연을 통해 "내용과 형식이 새로운 경지에 이른 주체예술의 면모를 과시하였다."고 주장했다. 이어서 음악예술 부문의 성과로 "광명성절기념 대공연" 〈대를 이어 충성을 다하렵니다〉, "김일성 동지 탄생 100돐 경축대공연" 〈수령님 모시고 천년만년 살아가리〉와 함께, 은하수관현악단의 모든 공연을 비롯하여[19] 공훈

---

18) 지방 〈아리랑〉 공연 연습은 4월 중순부터 강습은 오전에 이뤄지고 오후에는 학교 운동장과 시민광장 등에서 부문별·단계별로 훈련이 진행된다. 공연 전달인 7월에는 수업 없이 종일 종합연습이 진행된다. 관람료는 1인당 1,000원이 보통인데, 카드섹션을 정면에서 볼 수 있는 좌석은 3,000원이라고 한다.

19) 신년경축음악회 〈태양의 위업 영원하리〉, 광명성절 음악회 〈태양을 따르는 마음〉, 3.8국제부녀절기념 음악회 〈녀성은 꽃이라네〉, 조선인민군창건 80돐 경축음악회 〈잊지 말자 혁명에 다진 그 맹세〉, 5.1절경축 음악회 〈장군님 식솔〉, 조선소년단창립 66돌 경축음악회 〈미래를 사랑하라〉, 7.27음악회, 청년절경축 음악회 〈사랑하리 어머니 조국을〉, 조선로동당창건 67돌경축 10월음악회 〈그대는 어머니〉 등.

60돌 기념 전승절 행사

국가합창단·조선인민내무군협주단·조선인민군군악단·조선인민내
무군녀성취주악단·국립교향악단·모란봉악단·왕재산예술단 등 여타
음악단체들의 공연들을 일일이 거론하고 있다.[20] 이러한 공연들을
통해 가요 〈조선의 힘〉, 〈그리움은 끝이 없네〉, 〈인민은 일편단심〉,
〈최후의 승리를 향하여 앞으로〉를 비롯한 많은 노래들을 창작 형상함
으로써, "김정은 동지의 령도따라 최후의 승리를 향하여 과감히 떨쳐
나선 천만군민의 발걸음에 힘과 용기를 안겨주었다."는 것이다. 또한
국립연극단의 경희극 〈산울림〉 공연 500회 돌파, 국립교예단의 '우리
식' 교예극 〈춘향전〉 창조를 2012년도 공연분야 성과로 꼽았다.[21]

---

20) 공훈국가합창단('전승절'경축 음악회, 10월경축공연 〈높이 날려라 우리의 당기〉), 조선인
민내무군협주단('전승절' 경축공연)의 공연과 조선인민군군악단과 조선인민내무군 녀성취
주악단의 연구회, 국립교향악단(조선로동당창건 67돌 경축음악회)과 모란봉·왕재산예술단
의 대공연들.

21) 한편 ≪로동신문≫(2012.11.10)은 평양시예술선전대가 모란봉악단의 창조기풍을 적극 따
라 배우고, 예술선전활동에 기동성 있게 구현하기 위하여 높은 정신력을 발휘하여, 참신하
고 전투적인 작품창작에서 전례 없는 성과를 이룩하였는데, "대화시 〈장군님의 야전솜옷〉,
촌극 〈발이 닳도록 뛰자〉, 제창이야기 〈애국을 심자〉 등 김정일 애국주의로 일관된 작품들
은 가는 곳마다에서 대중을 커다란 혁신에로 고무하고 있다."고 전했다.

2) 음악예술의 동향과 성과

『조선예술』2012년 제10호에 실린 「음악의 본성에 대한 주체의 리론」(심정록)은 문예이론과 문예정책이 일치하는 북한 문화예술의 특성 상 북한의 음악정책의 기본방향을 가늠케 해 준다. 먼저 주체의 음악관은 가요음악이 음악의 본질적 속성을 규정하는 기초로 된다면서, 가요음악을 "대중음악, 통속음악, 늑거리(싸구려)음악이라고 모독" 하면서 "전문가 본위적인 립장에서 순수한 기악음악, ≪절대음악≫으로부터 출발하여 음악의 본질을 규정해야 한다고 주장"하는 "현대 부르죠아(부르주아) 형식주의 음악가들"을 맹비난한다. 이어서 음악은 "처음부터 현실적인 제(諸) 관계 속에서 발로되는 인간의 사상심리세계와 감정상태를 반영하기 위한 요구로부터 발생하고 발전하여 온 예술"이라는 것이다. 그러므로 "어떤 음악이든지 그것이 음악으로서의 자기의 고유한 본성을 완전무결하게 나타내려면 강한 사상과 정서적 힘을 가지고 있어야 하며, 그것으로써 사람들의 사상정신세계를 지배하여야 한다."고 주장한다. 결국 "주체의 음악관은 음악이 인간과 그의 생활을 반영하여 인간을 위하여 복무한다는데 대하여 밝혀주고 있다."면서 "이런 의미에서 음악을 인간학이라고 한다."고 결론짓고 있다.

≪로동신문≫(2012.9.23)이 「주체음악예술의 발전과 민족음악」이라는 제목의 기사에서 우리의 전통적인 민족음악을 위주로 음악예술을 발전시켜나가는 것은 우리 당의 일관한 정책이라며, 이는 곧 우리나라의 전통적인 민족음악과 민족 악기를 장려하고 적극 내세우며 그것을 현대적 미감에 맞게 발전시켜 나간다는 것을 말한다고 보도했다. 이어서 민족 성악분야에서의 그 동안의 성과로, 민요의 발굴정리 및 재창조, 재형상, 민요풍의 노래 창작사업이 힘 있게 벌어져 다양한 종류의 가요들이 창작 보급되었으며, 수천편의 민요들이 발굴 채보되어 지방별, 종류별로 분류된 자료집이 편찬될 수 있었고, 1990년

대에는 앞선 시기에 수집 정리된 민요, 동요들과 신민요들을 종합 체계화한『조선민족음악전집』이 편찬됨으로써 민족음악 발전의 풍부한 자료적 토대가 마련되게 되었다고 전했다. 또한 민족기악분야에서는 1960년대와 1970년대에 많은 민족 악기들이 현대적 미감에 맞고 민족적 정서가 짙은 악기로 개량 완성 되었는데,[22] 개량 완성된 민족 악기들을 현대 관현악의 음역과 화성 결합의 요구에 맞게 목관악기군, 발현악기군, 타악기군으로 정하여, 민족악기들은 민족음악은 물론, 현대음악도 훌륭히 연주하고 배합관현악에도 이용할 수 있게 되었다고 설명했다.

『조선예술』2012년 제12호는 기사「새로운 주체100년대의 첫 년륜을 빛나게 장신한 선군음악예술」(원일진)을 통해 2012년도 음악예술 부문 성과를 다음 여섯 가지로 정리했다. 첫 번째로 김일성 출생 100돌과 김정일 출생 70돌을 '성대히 경축한 것'('광명성절 기념 대공연'『대를 이어 충성을 다하렵니다』, 은하수음악회『태양을 따르는 마음』, '태양절 기념' 대공연『수령님 모시고 천년만년 살아가리』), 두 번째로 김정은에 의한 모란봉악단의 창단과 공연(시범공연, '전승절' 경축공연, 8.25경축 화선공연, 당 창건 67돌 경축『향도의 당을 우러러 부르는 노래』), 세 번째로 군대와 사회의 전문예술단체들이 "우리 군대와 인민의 투쟁을 힘 있게 고무 추동한 것"(은하수 신년음악회『태양의 위업 영원하리』, 음악무용종합공연『영원토록 받들리 우리의 최고사령관』등),[23] 네 번째로 군중문화예술활동이 "우리 군대와 인민의 투쟁을 힘 있게 고무 추동

---

22) 이 시기에 개량 완성된 민족 악기로, "공후의 한 종류인 와공후를 개량하여 만든 옥류금을 비롯하여 고음단소, 단소, 고음저대, 중음저대, 장새납, 대피리, 저피리, 소해금, 중해금, 대해금, 저해금, 가야금, 양금 등이 있다."고 밝혔다.
23) 이외에 국립교향악단의 신년음악회, 군 창건 80돌 기념 대공연〈영웅적 조선인민군 장병들에게 영광이 있으라!〉와 은하수음악회〈잊지 말자 혁명에 다진 그 맹세〉, 3.8절 은하수음악회〈녀성은 꽃이라네〉, 5.1절경축 은하수음악회〈장군님 식솔〉, '전승절'경축 조선인민내무군협주단 공연, 은하수 10월음악회〈그대는 어머니〉, 당 창건 67돌 경축 국립교향악단 음악회 등.

한 것"(조선인민군 대련합부대들의 예술선전대 공연), 다섯 번째로 가요 부문에서 "시대가 요구하는 수많은 명곡들이 창작된 것"(「장군님은 태양으로 영생하신다」, 「최후의 승리를 향하여 앞으로」 등),24) 마지막으로 대외 공연활동과 국제무대 수상 성과(〈꽃파는 처녀〉 대외공연, 은하수 관현악단 파리 공연, 예술신동들의 국제무대 수상 실적) 등이다. 2012년도 음악공연 자체가 대부분 우상화와 연관되는 것이어서 성과라는 것도 거의 김씨 3대 가계 우상화 행사나 작품으로 채워져 있음을 알 수 있다.

2012년도 음악계 성과 중 여성 전자악단인 모란봉악단(연주가 11명, 가수 6명)의 창단과 공연, 그리고 〈발걸음〉에 이어 창작된 김정은 우상화 노래 〈최후의 승리를 향하여 앞으로〉는 2012년 북한 언론이 가장 많이 다룬 '성과(작)'이다. 먼저 모란봉악단에 대해서는 ≪로동신문≫ (2012.7.9, 7.29, 8.12, 10.22), ≪조선신보≫(2012.7.23), 『조선예술』, 2012 년 제12호 등에 기사가 실렸다. 2012.7.6 모란봉악단 시범공연(2012. 7.11 TV 녹화방영)은 화려한 조명과 '부르주아 날라리풍'의 선정적인 의상(짧은 치마에 탑튜브 드레스, 킬 힐 등), 미국영화 〈록키〉의 배경화 면 장식과 주제곡 〈Gonna Fly Now〉, 〈My Way〉 등 미국 대중음악 연주, 월트 디즈니사의 캐릭터(백설공주, 미키마우스, 곰돌이 푸 등)의 등장 등으로 내외에 충격을 주었다. 이에 대해 언론들은 "내용에서 혁명적이고 전투적이며 형식에서 새롭고 독특하며 현대적이면서도 인민적인 것으로 일관된 개성 있는 공연을 무대에 펼치였다."(≪로동 신문≫, 2012.7.9; 『조선예술』 2012년 제12호) "째인 안삼블과 화려한 무 대조명의 효과로 하여 청각과 시각적으로 변화무쌍한 공연은 음악형 상 창조의 모든 요소들을 예술적으로 완전히 조화시키였다."(≪로동 신문≫, 2012.7.9)고 보도했다. 한편 ≪조선신보≫는 "모란봉악단의 시

---

24) 이외에 〈그리움은 끝이 없네〉, 〈한마음 따르렵니다〉, 〈인민이 사랑하는 우리의 령도자〉, 〈불타는 소원〉, 〈김정은 장군 목숨으로 사수하리라〉, 〈인민은 일편단심〉, 〈그대는 어머니〉, 〈장군님을 닮으리〉, 〈뿌리가 되자〉, 〈금방석〉 등.

범공연은 김정일 장군님의 독창적인 음악정치의 계승발전"이라며 시민들의 반향을 전하고 있다.25) 그러나 모란봉악단의 이후 공연은 이러한 파격적인 모습과 자유분방한 연주와는 거리가 멀었다.

북한은 2011년 2월 이후 1947년에 창작된 〈조선청년행진곡〉(김련호 작사, 김원균 작곡)을 대대적으로 띄우는 한편,26) 2012.1.1 0시 30분에는 조선중앙TV를 통해 김정은이 후계자로 내정(2009.1)된 직후 보급된 첫 우상화곡인 〈발걸음〉(리종오 작사·작곡)을 '화면음악'으로 제작한 영상을 방영했다. 조선중앙방송, 평양방송, 조선중앙TV는 2012년 6월 제2의 김정은 우상화 노래 〈최후의 승리를 향하여 앞으로〉(윤두근 작사, 김문혁 작곡)가 나오자 하루에도 몇 차례씩 반복해서 내보냈다. ≪로동신문≫(2012.6.26, 6.27)에 악보가 실린 하루 만에 문화상(홍광순), 공훈국가합창단 단장(조경준), 작가동맹 중앙위 부위원장, 조선인민군 장령(장군)의 반향을 소개했으며, 『조선예술』, 2012년 제9호에 「새로운 주체 100년대의 진군가, 백두산대국의 장엄한 행진곡」이라는 제목으로 가사와 함께 해설이 실렸다. 잡지에 따르면 노래의 제목은 김정은이 김일성 출생 100돌 기념 열병식장 연설에서 마지막에 내던진 구호로, 1절은 군민일치(김일성 상징)를, 2절은 선군정치(김정일)를, 3절은 새 세기 산업혁명(김정은)을 강조하고 있다.27) 잡지는

---

25) "기성의 틀과 관례를 벗어난 참신한 내용으로 엮어져있어 충격을 받았다", "연목(레퍼토리)은 물론이고 출연자들의 의상이나 몸동작, 조명 등 무대의 전반적인 구성이 새롭다는 느낌을 받았다", "민요장단의 곡조를 8박자, 16박자로 대담하게 편곡하는 등 원곡의 좋은 점을 살리면서도 전자악기에 의한 경음악곡으로서의 새로운 가능성을 펼쳐보였다" 등의 반향과 공연에서 대중 음악곡, 아동영화의 주제곡 등 외국의 노래들이 많이 연주된 데 대해서도 반향이 적지 않았다고 신문은 전했다.

26) 〈조선청년행진곡〉은 김일성 정권 초기 청년들의 경제 참여를 호소하는 가요로, '김장군 두리(주위)에 뭉치자'라는 구절이 있어 결국 김정은에 대한 충성을 촉구하는 노래로 간주된다.

27) 1. 일심의 천만군민 정신력 폭발시켜/조선은 강성국가 진군북 울려간다/나가자 백두산대국아 당중앙 부름따라/(후렴) 최후의 승리를 향하여 앞으로 앞으로
   2. 불패의 군력으로 백승을 떨쳐가며/조선은 강성국가 총대로 떠 받든다/나가자 백두산대국아 선군의 기치 높이/(후렴)
   3. 새 세기 산업혁명 봉화를 추켜들고/조선은 강성국가 기상을 떨쳐간다/나가자 백두산대국아 태양기 축복안고/(후렴)

"작품의 사상정서적 내용을 보다 풍만하게 가꾸어 내고 있는 힘 있고 전진적 성격의 가사 형상은 심오한 철학성을 담고 있다."고 주장했다. 북한은 음악예술분야 중에서도 특히 가요(노래)를 중시하며, 가사(歌詞)의 창작은 문학활동의 한 부문으로 간주된다. ≪로동신문≫, 『조선문학』, 『조선예술』 등 주요 언론매체들은 최근 창작된 '성과작'(드물게는 새로이 부각되고 있는 기존 가요)의 악보 내지는 해설기사를 싣고 있다.28)

2012년도 북한 음악계의 기타 소식으로는 〈제31차 윤이상 음악회〉(2012.9.27~29, 윤이상음악당) 개최 소식이 있고(≪로동신문≫, 2012.9.28), 10월 말경에는 예술계 진출을 희망하는 학생청소년들의 경연대회인 〈제16차 전국학생청소년예술 개인경연〉이 김원균명칭 평양음악대학에서 치러졌을 것으로 보인다.29) ≪조선신보≫(2012.11.19)가 "노래 〈휘파람〉으로 일세를 풍미한 보천보전자악단의 인민배우" 전혜영의 근황을 소개했다. 즉, 「조국사랑, 변함없이 이어 갑시다」라는 기사를 통해 지금은 해체된 것으로 알려진 보천보전자악단의 리드 싱어 전혜영이 2011년 8월부터 만경대학생소년궁전의 성악지도교원으로서 후대 교육사업에 종사하고 있다고 보도했다.30) 신문에 따르면 예술

---

28) 2012년 ≪로동신문≫(괄호 안은 게재일자)에 악보가 실린 노래는, 〈조선의 힘〉(오영재 작사, 우정희 작곡, 1.1), 〈나는 알았네〉(전동우 작사, 라국 작곡, 3.6), 〈장군님은 태양으로 영생하신다〉(최준경 작사, 설태성 작곡, 3.25), 〈인민이 사랑하는 우리 령도자〉(류동호 작사, 전흥국 작곡, 6.9), 〈최후의 승리를 향하여 앞으로〉(윤두근 작사, 김문혁 작곡, 6.26), 〈진군 또 진군〉(집체 작사, 황학근 작곡, 8.19), 〈높이 날려라 우리의 당기〉(최준경 작사, 김동철 작곡, 8.25, 1985년 창작가요로 재편곡), 〈인민사랑의 노래〉(윤두근 작사, 안정호 작곡, 12.12) 등이고, 2012년 ≪로동신문≫에 해설기사가 실린 노래는, 〈장군님은 태양으로 영생하신다〉(2.15), 〈우리는 맹세한다〉(3.25), 〈이 땅의 주인들은 말하네〉(7.10), 〈높이 날려라 우리의 당기〉(9.6, 10.1), 〈나는 영원히 그대의 아들〉(10.24), 〈타오르라 우등불아〉(11.5) 등이다.

29) 이 행사는 예술인 '후비(後備)'를 찾아내기 위해 예술계 진출을 희망하는 학생청소년들 간에 치러지는 개인경연행사이다. 성악과 민족기악부문으로 나눠 진행되는데, 2011년에 치러진 제15회 행사(2011.10.25~11.1)의 경우 각 도(직할시)의 1선과 2선 경연에서 당선된(입선한) 160명의 학생들이 참가했다.

30) 보천보전자악단은 가요, 왕재산경음악단은 경음악과 무용이 기본으로, ≪로동신문≫(2012.3.9)이 3.8국제부녀절 기념 은하수음악회 『녀성은 꽃이라네』소식을 전하면서 "해산을

과 체육, 과학탐구를 비롯한 과외활동의 거점인 만경대학생소년궁전에는 현재 약 5,000명의 학생들이 다니고 있으며, 전혜영 씨는 현재 소학교 1학년부터 중학교 6학년까지 20명의 학생들을 담당하고 있다고 한다.[31] 신의주의학대학 의학과학연구소 연구 집단이 개발한 가정용 음악침 치료기는 "치료효과가 뚜렷하고 리용이 편리한 것으로 하여 사람들 속에서 대단한 호평을 받고 있다."고 ≪로동신문≫(2012. 11.11)이 보도했다. 이 치료기는 "음악의 정서 심리적 치료효과와 전통적인 침구료법을 최신전자기술과 병합시킨 치료기구"로, "음악의 률동과 박자에 따라 형성되는 음악저주파로 병이 난 부위의 침혈을 자극하여 치료효과를 내게 하고 있다."고 밝혔다.[32]

3) 가극·연극예술의 동향과 성과

'불후의 고전적 명작' 〈꽃파는 처녀〉를 각색한 혁명가극 〈꽃파는 처녀〉 창조 40돌(첫 공연 1972.11.30) 기념보고회가 2012.11.30 평양대극장에서 진행됐다. ≪로동신문≫(2012.11.30, 12.3)은 「불후의 고전적 명작과 더불어 력사에 길이 빛날 불멸의 업적」, 「세인을 경탄시킨

앞둔 전 보천보전자악단 성악가수 현송월 동무가 부른 독창 〈준마처녀〉"라고 보도했다. '윤혜영 사건'이라고 하는 부화사건(미녀가수 윤혜영이 같은 악단의 남성 피아니스트와 밀애를 하다 발각되어 목란관 지붕 위에서 자살을 시도한 사건)이 원인이 된 것으로 알려져 있다(뉴포커스, 2012.3.9).

31) 전혜영은 유치원에 다닐 때 이미 평양학생소년궁전의 아동반에서 노래를 배웠고 11살이 되는 해에는 학생들의 설맞이공연에서 처음으로 독창을 피로(披露)하였는데, 1983년 제2차 평양학생소년예술단의 성원으로서 일본을 방문하여 그 후 4년 연속으로 설맞이공연에서의 독창을 맡았고, 그 후 금성학원을 졸업하고 보천보전자악단의 중심가수로서 활약하여 인민배우의 칭호를 받았다고 신문은 전했다.

32) 또한 각각의 질병치료에 좋은 효과를 내는 음악과 노래들이 프로그램으로 분류 선정되어 있어 질병치료에 적합한 음악과 노래들을 선택할 수 있으며, 치료과정 중에 자기에게 알맞는 자극세기를 마음대로 조종할 수 있고, 침으로 침혈을 찌르지 않아 아픔이 전혀 없으며, 오랜 기간 사용하여도 부작용과 후유증도 없다고 설명했다. 뿐만 아니라 10여 년 간 임상검토를 해본데 의하면 급성 및 만성위염환자는 물론 허리아픔, 관절염, 신경통, 고혈압 등의 환자들이 신비할 정도로 완치 성과를 보여 국가특허제품으로 등록되었다고 밝혔다.

기념비적 재보」제하의 기사를 내고, "불후의 고전적 명작 〈꽃파는 처녀〉는 수령님께서 길림 시절부터 쓰기 시작하여 오가자에서 혁명 활동을 벌리시던 나날에 대본을 완성하신 작품"으로, "항일의 나날 외진 농촌마을 오가자의 삼성학교 강당에서 10월 혁명 13돐 기념일에 첫 막"을 올렸다면서 혁명가극 〈꽃파는 처녀〉가 첫 막을 올린 것을 "참으로 의미심장한 력사적 사변"이라고 주장했다. 이어서 "혁명가극 〈꽃파는 처녀〉는 인정 심리극인 것만큼 주인공의 감정과 심리세계 등을 그 어느 가극보다도 더 섬세하고 깊이 있게 형상할 것을 요구"하고 있었는데, 그 '위력한 수단'의 하나가 바로 방창이었으며,[33] 이를 김정일이 지도했다고 설명했다. 또한 "지난 40년간 혁명가극 〈꽃파는 처녀〉는 국내는 물론 중국, 이전 쏘련, 일본, 알제리, 벌가리아(불가리아), 그리고 가극의 발상지라고 하는 이딸리아며 프랑스 등에서도 광범히 공연되어 폭풍 같은 반향을 일으켰다."고 신문은 전했다. 40돌을 맞는 이날 혁명가극 〈꽃파는 처녀〉 1,500회 공연이 진행됐다.

중국을 방문했던 가극 〈량산백과 축영대〉 공연대의 귀환공연이 2012.1.20 봉화예술극장에서 진행되었다. 가극 〈량산백과 축영대〉는 2011.10.25~2012.1.7 중국 베이징시, 다칭시, 상하이시, 광저우시, 칭다오시 등 12개 도시에서 30여 회에 걸쳐 진행되어 "중화대지를 또 다시 조선가극 열풍으로 뒤흔들었다."고 ≪로동신문≫(2012.1.21)은 전했다. 중국의 유명한 민간전설에 기초한 작품으로 "봉건적 신분제도와 결혼제도의 부패성을 보여주는" 가극 〈량산백과 축영대〉는 "김정일 동지의 손길 아래 피여난 조중친선의 또 하나의 꽃"이며, "우리 식의 독창적인 창조방식으로 눈부신 발전을 이룩하며 세계를 향해

---

33) '방창'은 주인공, 상대자, 제3자의 시점에서, 또는 관객의 입장에서 주인공의 심리를 서술하고 묘사하는 것을 주 기능으로 하는 절가(節歌, 여러 절로 되어 있는) 형식의 노래로 무대 뒤편에서 무대 밖에서 주로 합창으로 이루어지는데, 방창은 북한 가극의 특징 중 하나이다.

나아가는 주체예술의 무궁무진한 잠재력을 뚜렷이 과시한 공연"이라고 신문은 설명했다. 한편 2012.6.22에는 가극 〈예브게니 오네긴〉 100회 공연이 김원균명칭 평양음악대학 음악당에서 진행됐다. 이 작품은 김일성의 지도에 따라 평양음악대학이 창조하여 1958년 무대에 올렸다는 러시아 가극으로,[34] 2008.11 김정일이 이 작품을 "현시대의 요구에 맞게 재형상할 것"을 김원균명칭 평양음악대학에 과업으로 제시하여, 2009.3.1 김원균명칭 평양음악대학이 창립 60돌 기념행사의 하나로 1차 시연된 작품이다.

국립연극단은 2009년 연극 〈네온등 밑의 초병〉에 이어 2010년에 경희극 〈산울림〉('김일성상 계관작품')을 선보였으며,[35] 2011년 하반기에는 선군시대 문학예술을 대표하는 '시대의 명작', '기념비적 걸작'이라는 연극 〈오늘을 추억하리〉('김일성상 계관작품')를 무대에 올린 바 있다.[36] 2012.10.5 경희극 〈산울림〉 500회 공연이 국립연극극장에서 진행됐다. 경희극은 해학을 기본으로 인물의 부정적 측면을 비판하는 코미디극을 말한다. ≪로동신문≫(2012.10.6, 10.16)은 김정일이 "1960년대 초에 창조된 경희극 〈산울림〉은 오늘에도 커다란 생명력을 가지고 있다"고 하면서 국립연극단에서 경희극을 재창조하

---

34) 가극 〈예브게니 오네긴(Evgenii Onegin)〉은 러시아 작가 알렉산드르 푸슈킨(A. Pushkin)이 발표한 소설을 표트르 차이코프스키(P. Tchaikovsky)가 오페라(1879)로 만든 작품이다. ≪로동신문≫(1912.6.23)은 "주인공 예브게니 오네긴의 형상을 통하여 나라를 위해 유익한 일을 많이 해야 할 청년들을 무용지물로 만들고 파멸시키는 귀족층의 부패한 생활과 로씨야 봉건사회의 불합리성을 폭로 비판하고 있는 작품"이라고 설명하고 있다.

35) 2009년 "조·중 친선의 해"를 기념하여 국립연극단이 재창조한 연극 〈네온등 밑의 초병〉은 1960년대 초 중국에서 창작되고 북한에서 번역극으로 공연된 것으로, "사상성이 높고 인식교양적 의의가 크며 예술적으로도 손색이 없는 걸작"(조선중앙통신, 2009.10.8)으로 평가됐다. 함흥대극장 공연에 이어 2009년 8월 말부터 9월 중순까지 동평양대극장에서 30여 회 공연을 진행했고, 11월에 창작가, 예술인, 일군(스태프)들에 대한 대규모 표창으로 이어졌다.

36) 이 작품이 나온 이후 북한의 모든 문학예술작품은 이 작품을 본받을 것을 요구받고 있다. 『조선예술』 2012년 제5호에 실린 〈생활반영의 진실성 문제를 두고〉(리금철)는 이 작품이 '시대를 대표하는 명작'이 될 수 있었던 요인들 중 하나는 '형상의 진실성'에 있다면서, "고난의 행군시기 우리 인민의 생활을 현상적으로서가 아니라 본질적으로, …현실 그대로 그려 내였다."고 밝혔다.

여 널리 공연하도록 했고, 2010년 4월 첫 막을 올렸다고 밝혔다. 경희극 〈산울림〉은 "당의 농업정책을 높이 받들어 알곡생산을 100만 늘이고 사회주의 농촌을 아름답고 살기 좋은 락원으로 꾸리기 위해 떨쳐나선 어느 한 산간지대 농업근로자들의 헌신적인 투쟁과 보람찬 생활을 생동한 예술적 화폭으로 형상"(조선중앙통신, 2010.4.26)한 작품이다. 이 작품은 지난 2년 남짓한 기간 동안 평양과 각 도소재지들에서 군인들과 근로자들 40여만 명이 관람하여, "천만군민을 대혁신, 대비약 창조에로 고무 추동하였다."고 ≪로동신문≫은 전했다.

북한 연극계 기타 소식은 다음과 같다. ≪문학신문≫(2012.11.10)이 『전국연극축전』이 '얼마 전' 평양에서 진행되어 각 도 예술단체들과 평양연극영화대학이 참가하여 여러 주제의 단막극 작품들을 창작하여 축전에 내놓았다고 보도했다. 축전에서 우수한 평가를 받은 작품들이 국립연극극장에서 공연되었으며, 공연은 "우리 근로자들과 학생소년들의 아름다운 정신세계와 생활들을 무대 우에 실감 있게 펼쳐놓았다."고 신문은 전했다. 영화예술인들이 출연하는 경희극 〈사랑〉 공연이 2012.10.6 동평양대극장에서 첫 막을 올렸다(≪로동신문≫, 2012.10.7). "평양민속공원 건설에 떨쳐나선 군인들과 인민들의 투쟁 모습을 생동한 예술적 화폭으로 펼쳐 보이고 있는" 이 작품은 "대대장과 설계원 처녀의 사랑을 통하여 애국에 뿌리를 둔 청춘의 사랑이야말로 우리 시대의 가장 아름답고 진정한 사랑이라는 것을 깊이 있게 해명하고 있다."고 신문은 소개했다. "국립연극단이 김정일 장군님을 형상한 작품 〈위대한 수호자〉(가제목)의 창작에 착수"하여 '올해 하반기'에 상연될 전망이며, 현재 문학제작 작업을 진행하고 있다고 ≪조선신보≫(2012.3.12)가 보도했다. 또한 '상반기 안'으로 "김정숙 어머님을 형상한 작품 〈백두산의 녀동지〉의 공연"의 막도 오르게 된다고 신문은 전했다. 그러나 이후 전해진 소식은 없다.

4) 무용예술 및 기타 부문의 동향과 성과

『조선예술』, 2012년 제11호에 실린 「소품은 무용작품 창작의 기본형식」(박춘애)이라는 글은 북한의 주요 무용작품들이 주로 소품형식으로 이루어지고 있는 이유를 설명하고 있다. 무용은 표현수단이 제한되어 있기 때문에 소품형식이야 말로 인간생활을 형상하는데 가장 알맞은 형식이라는 것이다.[37) 글의 내용에 따르면 무용소품은, 첫째, 예술적 율동을 잘 살려야 인간의 사상감정과 생활을 진실하게 형상할 수 있는 무용예술의 고유한 특성을 잘 살려 나갈 수 있게 한다. 둘째, 생활의 한 단면을 간결하게 형상함으로써 다양한 생활을 형상할 수 있게 한다. 셋째, 간결한 구도형식으로 '시대정신을 예리하고 설득력 있게', 그리고 당 정책적 요구를 '기동적'으로 반영할 수 있게 한다. 더불어 무용소품을 많이 창작해야 그에 기초하여 새로운 형식의 무대종합예술작품도 쉽게 창작할 수 있다고 주장했다. ≪로동신문≫(2012.1.29)에 실린 기사 「주체 100년사에 빛나는 명작」은 북한의 4대 무용(〈눈이 내린다〉, 〈조국의 진달래〉, 〈사과풍년〉, 〈키춤〉) 모두 소품형식의 작품들로, 무용서사시, 무용극과 같은 큰 규모의 무용작품형식이 무용의 기본형식으로 간주되고 있던 때 무용에서는 소품이 인간생활을 형상하는데 알 맞는 형식이라며 무용의 기본형식으로 정착시킨 것은 김정일이라며 그 과정을 소개했다.[38)

---

37) 북한의 모든 글과 마찬가지로 이 글도 글머리에서 다음과 같이 김정일의 말을 인용하고 있다. "무용소품은 예술적 률동으로 인간생활을 형상하는데 알맞은 무용형식으로서 인민성과 보편성을 띠기 때문에 무용의 기본형식으로 된다." 이 글에서 1980년대 이후 '시대의 명작'이 예로 든 무용소품은, 여성독무 〈혁명의 승리가 보인다〉, 무용 〈한 치의 땅도 내줄 수 없다〉, 〈장군님 주신 총〉, 〈다음번화점은 우리가 막으리〉 등이다.

38) "위대한 장군님의 각별한 관심과 세심한 지도 속에 시연회 때에 예비종목으로 되였던 무용 〈눈이 내린다〉가 주체56(1967)년 4월에 진행된 어버이 수령님 탄생 55돐 경축 음악무용종합공연무대에 명무용으로 오른 것은 본보기 무용작품 창작의 시작을 알리는 의의 깊은 계기로 되었다…. 그로부터 몇 년 후에 창조된 무용들인 〈조국의 진달래〉와 〈사과풍년〉 역시 그 제목으로부터 춤 구도, 주인공들의 구체적인 형상과 무용수들의 의상 색갈에 이르기까지 위대한 장군님의 세심한 지도 밑에 완성된 시대의 명작들이다. 혁명가극 〈피바다〉에

≪로동신문≫(2012.1.15)이 1972.1.17 김정일의 '력사적인 발기'에 의해 '자모식 무용표기법'이 창조되었고,[39] 최근 피바다가극단 조선 무용연구소가 국가과학원 생물공학분원 생물정보연구소와 함께 자 모식 무용표기법에 기초한 새로운 '무용보 편집프로그람'을 개발했 다고 보도한데 이어, ≪조선신보≫(2012.2.1)도 '무용보 편집프로그람' 개발을 보도했다. ≪조선신보≫는 극단 측 인사의 말을 인용하여 동 편집프로그람은 어떤 무용작품도 무용보로 작성·편집·인쇄할 수 있 으며, 기존에 이용하던 무용의 기본 표기부호들을 줄이면서도 춤 동 작의 구성요소와 그 결합이치를 원리적으로 이해하고 편리하게 표기 할 수 있게 되어 있다고 소개했다. 한편 『조선예술』, 2012년 제4호는 「절세의 위인들의 품속에서 빛나는 삶을 누린 무용가」(배윤희)라는 글을 통해 무용가 최승희(1911~1969)의 삶 전체를 조명했다. 김일성 은 최승희가 무용예술 전반을 책임지고 지도할 수 있도록 각종 직책 을 맡겼고,[40] 김정숙은 송가무용 〈김일성 장군님께 올리는 헌무〉의 형식과 내용에 대해, 그리고 김일성은 무용극 〈반야월성곡〉과 무용 〈쫓겨 가는 무리〉의 내용에 대해 지도했다고 한다. 김정일은 최승희 의 무용작품들(무용극 〈사도성의 이야기〉, 무용소품 〈부채춤〉, 〈칼춤〉,

---

서 나오는 어느 한 가무로부터 창조되게 된 무용 〈키춤〉을 형상하는 데서 제일 걸린 문제는 소품화의 요구를 옳게 구현하는 것이었다…. 위대한 장군님의 정력적인 지도가 있어 무용 〈키춤〉은 사상예술성이 높고 특색 있는 명작으로 완성될 수 있었다. 절세의 위인의 탁월한 령도 밑에 창조 완성된 4편의 본보기 무용은 20세기 무용예술 발전의 새 시대를 알리는 장엄한 포성이였으며, 그 후 수많이 태여난 주체의 무용명작들의 교본으로 되였다."(≪로동 신문≫, 2012.1.29)

39) 자모식 무용표기법은 "모든 춤동작은 물론 여럿이 추는 무용에서 무용수들의 상대관계와 무용구도, 소도구의 리용방법과 무용의 시간적 길이 등에 이르기까지 무용의 모든 형상적 요소들을 포괄적으로 일목료연하게 기록할 수 있게 하고 있으며… 세계 여러 나라의 민족무 용을 비롯하여 각이한 형식의 무용작품을 완벽하게 기록할 뿐 아니라 창작활동에 그대로 리용함으로써… 무용예술을 과학적 토대 우에서 전면적으로 발전시킬 수 있는 가장 과학적 이며 통속적인 표기방법이다."(≪로동신문≫, 2012.1.15)

40) 당시 평양에서 가장 좋은 건물인 동일관(현 옥류관 자리에 있던 3층 건물)을 최승희무용연 구소로 정해 주고 무용연구소 소장을 맡겼으며, 무용가동맹 중앙위 위원장, 무용학교 교장, 무용극장 총장, 최고인민회의 대의원 등의 직책을 맡도록 해 주었다고 한다.

〈장고춤〉)을 다시 무대에 올리고, 최승희생일 100돌 기념도서(「태양의 품속에서 영생하는 무용가」)를 출판하도록 했다.41)

≪조선신보≫(2012.6.29)가 재일본조선인총연합회(조총련) 산하단체인 금강산가극단의 무용뮤지컬 〈춘향전〉 첫 공연이 2012.6.27 일본 도쿄 신주쿠문화회관에서 진행되었다는 소식에 이어, 국립교예단 창작가, 배우들이 교예극 〈춘향전〉을 새로이 창작하여 내놓았다는 소식이 전해졌다. ≪로동신문≫(2012.10.9)은 교예극으로 새롭게 창조된 민족고전 〈춘향전〉 공연이 2012.10.8 평양교예극장에서 첫 막을 올렸다며, 이는 "우리나라 교예력사에서 처음으로 되는 교예극으로서, 주체교예의 새로운 경지를 개척하고 그 위력을 과시하였다."고 보도했다. 이어서 "출연자들은 무대장치와 조명을 혁신하고 그네와 널뛰기, 줄타기, 물우(물위)에서 중심잡기를 비롯한 종목들과 관중들을 신비경에로 이끌어가는 요술 등을 배합하여 작품의 사상 주제적 내용을 잘 살리였다."고 전했다. 교예극은 "재주동작을 기본 형상수단으로 하여 작품에 반영된 생활내용을 무대 우에 펼쳐 보이는 교예의 한 형태"로, 교예극 〈춘향전〉은 "지상교예뿐 아니라 공중교예, 수중교예, 빙상교예 등 모든 체력교예 종목들과 동물교예, 희극교예, 요술까지 다 결합된 종합적인 교예극"(≪로동신문≫, 2012.11.4)이다. 민족고전 〈춘향전〉은 그 동안 북한에서 가극, 연극, 영화, 판소리 등으로 창작되어 공연된 바 있다.

평양교예단이 창립 60돌(1952.6.10 창립)을, 그리고 평양교예학원이 창립 40돌(1972.6.15 평양교예학교로 창립)을 맞았다. ≪로동신문≫(2012. 6.10)은 「절세위인들의 손길 아래 자랑찬 발전의 길을 걸어온 주체교

---

41) 최승희는 일제 강점기에 유럽 무대 등에서 '동양의 무희'로 불리며 한민족의 춤사위를 전 세계에 알린 무용가로, 광복 직후인 1946년 남편 안막(安漠)을 따라 월북, 활동하다가 1967년 '체제전복을 꾀한' 남로당에 연루된 죄목으로 숙청됐다. 최승희는 그러나 2003년 2월초 '신미리 애국열사릉'으로 이장되면서 복권돼 재 평가받기 시작했으며, 최승희가 창작한 무용극 〈사도성의 이야기〉(1956년 작)가 2010년 북한에서 재연됐다.

예」라는 제목의 기사에서, "수령님께서는 당시 우리나라 교예실태를 깊이 료해하신 데 기초하시여 몸소 교예단을 창립해 주시였고" 수십 차에 걸친 현지지도를 통해 "우리 민족교예 발전의 방향과 방도를 환히 밝혀 주시였으며", "장군님께서는 불후의 고전적 로작「교예는 고상한 예술이다」를 발표"하여 "주체교예 건설에서 틀어쥐고나가야 할 강령적 지침을 밝혀 주시였다."고 설명했다. 이어서 "당과 수령의 현명한 령도 밑에 지난 60년간 평양교예단은 수 만 회의 공연을 진행하였으며, 연 220여 개 나라의 750여 개 지역에서 7,000여 회의 공연을 진행하여 주체교예의 위력을 힘 있게 시위"하였고, "몽떼까를로 국제교예축전을 비롯한 이름 있는 국제교예축전들에 참가하여 수십 차에 걸쳐 1등을 쟁취하고 금상을 받았다."고 신문은 전했다. 세계 최고의 수준에 도달해 있는 북한의 교예는 매년 국제대회에 출전하여 최고상을 수상해 왔다. 2012.6.27 평양교예단 창립 60돌 및 평양교예학원 창립 40돌 기념보고회가 진행된데 이어, 조선중앙방송(2012.6.29)은 김정일의 「교예론」발표 19돌에 즈음하여 '당의 주체적 교예 방침의 생활력과 정당성을 더욱 과시할 것'을 선동했다.

5. 영화예술 분야의 동향과 성과

북한은 영화가 '직관예술'이므로 강한 호소력과 전파력이 있어 대중교양과 선전의 중요한 수단으로 보고 건국 이래 여타 예술 장르보다도 중요시 해 왔다. 오늘날 북한영화는 전성기라 할 수 있는 1980년대 이후 대내외적인 고립과 경제난, 기자재의 노후 등으로 인해 크게 위축되어 있다. 북한의 경제가 여전히 좋지 않은 상황이기 때문에 오늘날의 영화 제작은 1980년대에 크게 미치지 못하고 있다. 2000년대 이후 북한 영화는 선군정치나 강성대국 건설을 주제로 한 영화, 실리사회주의를 주제로 경제 재건을 다룬 영화, 조선민족 제일주의 등 민족문제를 다룬 영화가 주로 창작되고 있다. 북한의 영화는 유형에 따라서 예술영화, 기록영화, 과학영화, 아동영화로 구분된다. '예술영화'는 인간과 그의 생활을 인물들의 말과 행동을 통하여 형상적으로 반영하는 영화, 즉 극영화(劇映畫)를 말한다. 북한의 영화는 인민에 대한 교양과 선전선동에 있는 만큼 예술영화는 예술·오락성보다는 주제성이 강조된다.

하나의 주제 아래 여러 편의 영화가 독립적이면서도 연결되는 다부작 창작 형식도 북한 영화의 특징 중 하나이다. 예술영화의 주제는 김일성 가계의 위대성을 다룬 내용(위대성 교양), 김일성의 어린 시절과 항일투쟁 역사(혁명전통 교양), 미·일 제국주의에 반대(계급 교양), 사회주의의 우월성을 다룬 내용(애국주의 교양), 6.25전쟁에서의 인민군의 용감성 찬양, 주민의 충성심 고양 및 노력 동원 선동, 민족문화의 우수성 등으로 제한되는데, 가장 높은 비중을 차지하는 것은 김일성 가계 우상화이다. 북한 최대의 예술영화 제작소는 평양시 형제산구역에 위치한 '조선예술영화촬영소'로, 북한에서 영화촬영소는 영화촬영을 위한 시설인 동시에 영화 창작기관이기도 하다. 이외에 조선인민군 총정치국 소속 '조선4.25예술영화촬영소'가 있다.[42]

'기록영화'는 역사적 사실, 특히 김일성 주석과 김정일 국방위원장의 행적을 영상으로 기록한 영화와 행사, 자연 풍경, 역사물 등 주로 보존적 성격이 강한 다큐멘터리 영화를 말한다. '과학영화'는 과학기술과 생산 방법 및 법칙과 원리들을 흥미 있고 알기 쉽게 보여줌으로

---

42) '조선예술영화촬영소'는 1947년에 설립되고 1955~57년에 대폭 시설을 확장(부지면적 100 만m²)하여 4개의 대형 촬영장과 야외 촬영거리, 배우 양성소를 두고 있다. 70여만m² 규모의 영화촬영거리에는 고려시기(918~1392)로부터 해방 전(1945.8.15)까지의 시대상을 보여주는 '조선거리'와 1920년대, 1930년대의 중국거리, 일본거리, 1980년대의 '남조선거리' 등이 구획을 지어 자리 잡고 있다. 정식 명칭이 조선인민군4.25예술영화촬영소인 '조선4.25예술영화촬영소'는 1959년 군사전쟁 영화를 제작하는 조선인민군2.8영화촬영소로 설립되었다가 1970년 조선인민군2.8예술영화촬영소로 이름을 바꾸고 난 후 혁명전통·계급교양·체제찬양 등 다양한 주제의 예술영화를 제작하고 있다. 1995년 인민군 창건일이 바뀌면서 촬영소 이름도 개칭되었다.

써 과학적 인식을 확산하고 인민들의 생활을 개선하는 데 목적이 있다. '조선기록과학영화촬영소'가 전담하고 있다.43) '조선4·26아동영화촬영소'가 제작하는 '아동영화'의 창작 방향은 어린이들에게 지식교양을 심어주고, 사회주의 애국교양에 도움이 되고, 과학적인 인식을 심어 주는 것으로, 주로 애니메이션 형태로 제작된다.44) ≪문학신문≫(2012.5.26)에 보도된 「2013년 태양절 경축 전국아동영화문학 현상모집 요강」의 아동영화문학의 주제방향은 "동화, 우화적인 형상 속에 과학교육지식을 주어 어린이들과 청소년학생들의 지능을 높이는데 도움을 주는 작품"으로 되어 있다. 보다 구체적으로는, ① 유치원·소학교 학생들을 대상으로 하여 학교에서 배운 기초지식을 공고히 하는데 이바지하는 작품, ② 지식내용을 어린이들이 이해하기 쉽게 통속적으로 재미있게 풀이한 작품, ③ 수학·물리·화학·생물을 비롯한 기초과학부문의 일반지식을 줄 수 있는 내용의 작품, ④ 동화, 우화적인 형상 속에서 선한 것과 악한 것, 옳은 것과 그른 것, 고운 것과 미운 것을 대조하여 보여주는 작품, ⑤ 계급교양, 사회주의애국주의교양, 도덕교양 주제의 작품, ⑥ 실재한 역사자료와 역사지식을 내용으로 하는 주제의 작품 등이다.

2012년 북한에서 제작된 주요 예술영화는 다음과 같다. 먼저 북한의 대표적인 영화촬영소인 조선예술영화촬영소에서 〈소원〉(원작 김권일, 영화문학 김은옥·안준보, 연출 장인학·리윤호)이 나왔다(≪로동신문≫, 2012.2.28). 이 영화는 조선인민군 제2기 제4차 군인가족예술소조경연

---

43) 김일성 가계 일가의 기록영화, 시보영화, 주요 행사 등의 기록영화와 과학영화를 제작하는 '조선기록과학영화촬영소'는 국립영화촬영소(현 조선예술영화촬영소)에서 1957년에 분리 독립한 조선기록영화촬영소와 1955년 분리 독립한 조선과학교육영화촬영소의 과학영화 제작부문이 1996년에 통합하여 기록·과학영화 전문촬영소로 독립한 촬영소이다.

44) '조선4·26아동영화촬영소'는 아동영화, 특히 애니메이션 전문 창작기관으로, 1957년 창립된 만화인형영화제작단을 모태로 하고 있으며, 1996년 과학영화와 교육영화를 전문 창작하는 조선과학교육영화촬영소에서 분리, 독립하였다. 연부작 만화영화 〈령리한 너구리〉가 유명하며, 만화영화 〈날개 달린 룡마〉와 〈참외를 굴린 개미〉, 그리고 〈도적을 쳐부신 소년〉은 국제영화축전들에서 대상을 수상한 바 있다.

에서 가장 높은 평가를 받은 독연 〈소원〉에 기초하여 만든 영화로, "장군님께서 생애의 마지막 시기에 보아주신… 어버이 장군님의 숨결과 체취가 뜨겁게 어려 오는 사연 깊은 작품"이라고 신문은 설명했다. 희천발전소 군인 건설자인 근위부대 군관의 '안해'(아내)인 주인공 봄순이가 남편이 지니고 있는 인생의 소원이 무엇인가를 깨닫게 되는 과정을 "소박하면서도 진실하게" 펼쳐 보임으로써, "자신과 매 가정, 사회의 모든 일군들과 근로자들이 어떤 투쟁관점과 일본새를 지니고 살며 투쟁해야 하는가를 절절히 깨우쳐주고 있다."고 신문은 전했다. 한편 조선4.25예술영화촬영소는 예술영화 〈들꽃소녀〉(영화문학 리숙경, 연출 리효철), 〈폭발물 처리 대원〉(영화문학 류영기, 조경일, 연출 리성필), 그리고 〈종군 작곡가 김옥성〉(제1, 2부)을 내놓았다(≪로동신문≫, 2012.3.31, 4.28, 12.1).

≪로동신문≫에 실린 세 영화의 줄거리는 다음과 같다. "조선인민군 비행구분대 신호수인 주인공 신정희는 어린 시절 고향마을에 있는 현지지도 표식비에 소박한 들꽃묶음을 놓아 위대한 장군님께 기쁨을 드린 소중한 추억을 안고 사는 병사이다… 전투훈련비행에 나선 용감한 비행사들을 불의의 정황에서도 안전하게 착륙시키기 위해 험한 산발을 톺으며 필요한 제원들을 찾아낸 정희는 구대원들 못지 않게 전투임무를 훌륭히 수행하게 된다."(〈들꽃소녀〉) "폭발물 처리대원들이 희생적으로 불발탄 해제를 진행한 지역에 훌륭한 축산기지가 일떠서고 그곳을 찾으신 위대한 장군님께서 그토록 만족해 하시였다는 소식에서 크나큰 행복과 기쁨을 느끼는 것이다. 그러나 장군님의 안녕을 지켜드리는 길에 천만뜻밖의 불발탄이 발견되였을 때 주인공 진욱은 한 몸 서슴없이 내대여 불발탄을 해제한다. 이렇게 그는 영웅적 최후를 마쳤다."(〈폭발물 처리대원〉) "영화는 당과 수령에 대한 끝없는 충실성, 불타는 애국의 열정을 지니고 인민군 군인들과 근로자들을 힘 있게 고무 추동하는 명곡들을 수많이 내놓은 작곡가 김옥성에 대한 이야기를 담고 있다."(〈종군 작곡가 김옥성〉)[45]

사회주의적 사실주의를 주체사상으로 재해석한 주체사실주의에 기반을 두고 있는 북한에서, 기록영화(다큐멘터리)는 영화예술의 중요한 부분을 차지하고 있다. 김정은 생일인 2012.1.8에는 김정은에 간한 기록영화를 TV에서 방영했고, 5월에는 김정은 생모에 관한 기록영화 〈위대한 선군조선의 어머님〉을 당 최고위 간부들을 대상으로 상영했다.46) 김정은 시대에 가장 달라진 점은 기록영화의 제작·방영 속도가 매우 빨라졌다는 사실이다. 과거 김정일의 경우 현지시찰한 날로부터 며칠 또는 한 달이 지난 후에야 관련 영상을 편집해 우상화용 기록영화를 만들곤 했으나, 김정은의 경우에는 현지시찰 하루나 이틀 후에 제작, 조선중앙TV를 통해 반복해서 방영하고 있다. 예를 들면, 〈김정은 동지께서 개선청년공원 유희장을 현지지도하시였다. 2012.5.24〉, 〈김정은 동지께서 완공을 앞둔 창전거리를 현지지도하시였다. 2012.5.24〉, 〈김정은 동지께서 류경원과 인민야외빙상장 건설사업을 현지에서 지도, 2012.5.24〉는 이틀 뒤에 각각 세 차례 방영했고, 〈김정은 동지께서 중앙동물원을 현지지도하시였다. 2012.5.26〉은 하루 만에 제작 방영했다. 2012년에는 기록영화 『위대한 령도자 김정일 동지는 영생할 것이다』가 제1부(전·후편)에서 제4부까지 제작되는 등 상대적으로 김정일 관련 우상화 기록영화가 많이 제작되어 인민문화궁전에서 상영됐다.47) 이외에도 8월 초에는 재 입북 및 강

---

45) 신문(≪로동신문≫, 2012.12.1)은 김옥성(전 음악가동맹 부위원장)은 "가요 〈녀성의 노래〉를 지어 온 나라 녀성들을 새 조국건설에로 불러일으키는데 기여"했고, "화선공연활동을 벌리고 〈결전의 길로〉, 〈전호 속의 나의 노래〉와 같은 전투적이고 혁명적인 노래들을 창작"하였으며, "〈황금나무 능금나무 산에 심었소〉, 〈청산벌에 풍년이 왔네〉를 비롯한 인민들의 사랑을 받는 작품들을 많이 내놓았다."고 전하고 있다.

46) 김정은의 생모 고영희(1952~2004, '고용희'라는 설도 있음)는 재일교포 출신으로 만수대예술단 무용수였던 것으로 알려져 있으며, 국내에 반입·유포된 해당 기록영화(85분 분량, 2011년 조선로동당 중앙위원회 영화문헌편집사 제작)에는 본명이 등장하지 않고 '조선의 어머니', '위대한 어머니'라는 찬양 문구를 사용하고 있다. 다만 당 고위간부 대상 시사회에서는 사회자가 주인공에 대해 '리은실'이라는 가명을 사용한 것으로 알려졌다.

47) 기록영화 〈위대한 령도자 김정일 동지는 영생할 것이다〉가 제1부(전·후편)에서 제4부까지 제작됐는데, 각각의 제목(괄호 안은 ≪로동신문≫ 보도일자)은, 〈위대한 령도자 김정일

제 북송된 탈북자의 기자회견 장면을 기록영화로 제작해 국경지역 주민들에게 상영했다.

기타 2012년 북한 영화계 소식으로는, 먼저 4.26아동영화촬영소에서 아동영화 〈고구려의 젊은 무사들〉 제6부를 제작하여 내놓았고(조선중앙통신, 10.25), '교육절'을 맞아 2012.9.5부터 기존의 교육문화TV가 룡남산TV로 전환, 외국 영화·드라마를 많이 방영하여 평양의 대학생들에게 인기가 많다는 소식(조선중앙통신 9.12)이 있다.48) 9월에는 또한 20여 개 나라가 참가한『제13차 평양국제영화축전』(2012.9.20~27)이 진행됐다. 2012년 언론매체에 실린 영화예술분야 현장방문 기사나 현지지도 기념기사는, 조선영화문학창작사(≪문학신문≫, 1.14), 텔레비죤극창작단(≪문학신문≫, 3.17), 영화촬영거리 현지지도 30돌(≪로동신문≫, 4.8), 조선영화수출입사(1957.6.13 창립) 현지지도 40돌(≪로동신문≫, 7.25), 조선기록과학영화촬영소(≪로동신문≫, 11.10), 조선 4.25영화문학창작사(≪문학신문≫, 12.30) 등이다. 이들 기사를 통해 영국(및 벨기에)과의 합작영화인 〈김동무는 하늘을 난다〉, TV연속극 〈계월향〉(작가 김수봉, 연출가 한정수), 조선기록과학영화촬영소의 기록영화들인 〈위대한 력사〉 제24부와 제25부, 〈누리에 빛나는 선군태양〉 10부작,『누리에 빛나는 선군태양』 제4부 〈인민군대를 백두산 혁명강군으로〉, 〈사랑의 하늘길〉, 〈군사복무의 그 시절처럼〉, 과학영화들인 〈새로운 용접봉심선생산방법〉, 〈보호농업〉 등의 영상·영

동지는 인민의 마음속에 영생하리〉(3.1), 제2부 〈위대한 령도자 김정일 동지는 민족의 마음속에 영생하리〉(3.20) 및 제3부 〈위대한 령도자 김정일 동지는 인류의 마음속에 영생하리〉(3.20), 제4부 〈위대한 령도자 김정일 동지를 천세만세 받들어 모시리〉(12.12)이다. 이밖에 〈위대한 선군령도의 길에 함께 계시여〉(조선중앙통신, 2012.8.23), 〈어버이 장군님 로동계급과 함께 계시여〉(≪로동신문≫, 2012.12.2) 등이 제작됐다.

48) 북한의 TV채널은 조선중앙TV, 만수대TV, 교육문화TV 3개로, 뒤의 2개는 평양시민을 대상으로 주말에만 방송된다. 〈사회주의 교육에 관한 테제〉 발표 35돌을 맞는 2012.9.5(교육절)부터 교육문화TV를 평양시 대학생 대상의 룡남산TV로 전환했다. 월·수·금 저녁 7시부터 10시까지 자연과학과 인문과학, 사회과학뿐 아니라 외국어 회화능력을 높여주기 위한 편집물과 외국영화와 외국드라마 등 영상물이 원어나 자막을 넣어 방영되고 있다.

화 작품이 2012년에 새로 제작된 것으로 확인된다.

6. 2012년도 북한 문학예술계와 남북관계 발전의 방향

지금까지 살펴본 2012년도 북한 문학예술계 동향을 한마디로 요약한다면, 김정은으로의 정권 승계와 더불어 북한 문학예술작품에서의 우상화 성향이 더욱 강화되었다고 말할 수 있다. 그러나 김일성에 이어 김정일을 '전설 속 영웅'으로 만들고 김정은 우상화에 집착하는 문학예술작품이 이미 상당한 수준에서 '남조선 날라리풍에 물젖어 있는' 북한 주민들, 특히 젊은 세대에게 먹혀들 리 없을 것이다. 북한 내 한류(韓流)는 이제 대도시와 국경지역을 넘어 점차 내륙의 농산어촌지역으로, 그리고 특권층이나 청소년층에서 일반 서민이나 노장년층에게까지 확산돼 가고 있다고 한다. 특히 2000년대 초의 한류 초창기에 비해 남에서 북으로의 전파 속도도 엄청나게 빨라졌을 뿐 아니라, 가요·드라마·영화 등 대중문화, 생활용품에서 패션과 미용 상품, 사치 품목에 이르기까지 그 범위도 크게 확대되고 있다. 비록 음성적인 유통 경로에 의한 것이기는 하지만 남한문화의 북한 유입은 북한 주민과 남한 주민 간의 의식과 가치관 상의 간극을 메워 주는 역할을 할 것임에 틀림없다.[49]

오늘날 북한당국은 한류 등 이른바 '자본주의 황색바람'에 대한 대응책으로, 직접적인 검열과 처벌, 주민의 문화적 욕구를 해소하기 위한 노력과 함께 문화적 차원의 대처방안을 시행하고 있다. 문화적 차원의 대처방안으로는 주민대상의 사상교양사업, '군인문화'의 사

---

49) 이에 대한 자세한 논의는 오양열, 「남·북한 주민들 의식의 차이점과 소통방법」(2013.4.10, 민족통일중앙협의회 통일포럼 발제문)을 참조. 남·북한 주민들 간의 가치의식과 규범의식, 그리고 생활의식의 차이를 논의하고, 남북 간 소통을 위한 의식공동체 형성방안을 제시하고 있다.

회적 확산, 일상생활에서의 민족전통문화의 확산이 주류를 이룬다. '비사그루빠'(비사회주의 검열단)를 통한 직접적인 검열과 이에 따른 처벌은 김정은 정권이 들어선 후 더욱 강화되고 있는 추세이다. 한편으로는 평양시와 원산시 등 일부 지방도시에도 놀이공원·유희장·청량음료점 등 서비스·위락시설의 개축과 신축을 통해 주민들의 욕구를 해소하기 위한 노력도 보이고 있다.50) 직접적인 주민 소집을 통한 사상교양사업의 강화와 함께 언론매체를 통해 지속적으로 "제국주의자들의 사상문화적 침투 책동"을 경계하는 기사를 내보내고 있다.51) 이와 같은 사실들은 북한 당국의 남한에 의한 흡수 통합이나 북한 체제에 대한 위기의식을 나타내는 것이기도 하다.

2013년 출범한 박근혜 정부는 140대 국정과제의 하나로 '한반도 신뢰 프로세스를 통한 남북관계 정상화'(124대 과제)를 제시하고 있다. 즉 남북 당국 간 신뢰 형성을 바탕으로 남북관계의 안정적인 관리와 발전을 지향한다는 것이다. 그러나 남북관계에 있어 당국 간 신뢰도 중요하지만 더욱 중요한 사실은 우리 정부의 대북정책의 기조가 북한 주민들의 신뢰를 얻는데 보다 큰 비중을 두어야 한다는 것이다. 한 조사(서울대 평화통일연구원, 「2012년 북한 이탈주민 의식조사 결과」)에서 2011년도 기준, 북한 주민들이 친근하게 느끼는 국가의 순서가 중국 70.4%, 한국 24.0%로 나타난 것은 우리의 상식을 뒤엎는 충격적인 결과라고 할 수 있다. 이는 앞으로의 대북정책이 당국

---

50) 2012년 2월 북한의 첫 대형마트인 평양 '광복지구상업중심'과 같은 상점을 지방에 세울데 대한 가능성을 타진해 보라는 지시가 내려졌지만 결국 없던 일이 되었고, 평양 창전거리에 있는 신축 복합쇼핑몰(슈퍼마켓, 육류·수산물 상점, 커피 전문점 등)인 '해맞이식당'과 유사한 대형 상점을 해외자본을 유치하여 지방에도 건설하라는 지시가 2012년 11월에 떨어졌다.

51) 2012년도 조선중앙통신과 ≪로동신문≫에 게재된 기사 중 확인된 것만 해도 〈제국주의의 사상문화적 침투책동을 분쇄하여야 한다〉(2012.1.30), 〈제국주의의 사상문화 침투는 침략의 전주곡〉(6.22), 〈사상문화적 침투는 제국주의자들의 상투적 침략수법〉(8.13), 〈청년들에 대한 사상문화침투에 각성을 높여야 한다〉(9.7), 〈자본주의 사상문화와 청년 문제〉(10.18), 〈제국주의자들의 분열와해책동을 짓부셔 버려야 한다〉(11.27) 등 여전하다.

간 신뢰 구축과 함께 북한 주민들의 신뢰, 즉 민심을 얻는데 초점을 맞춰야 한다는 사실을 시사(示唆)해 주고 있다. 정부의 디지털방송 전환 정책에 따라 북한의 강원도 및 서해안 지역 주민들이 KBS TV '6시 내 고향' 등을 못 보게 되어 몹시 서운해 한다는 소식이 전해지자, 당초의 계획을 바꿔 북한 시청자들만을 위해 아날로그 방송을 다시 송출하고 있는 사실은 북한 주민들의 민심을 얻은 대표적인 사례라고 하겠다.

발표지면

김성수, 「김정은 시대 초의 북한문학 동향: 2010~2012년 『조선문학』·≪문학신문≫ 분석을 중심으로」, 『민족문학사연구』 통권 50호, 민족문학사학회, 2012.

이지순, 「김정은 시대 북한 시의 이미지 양상」, 『현대북한연구』 제16권 1호, 북한 대학원대학교 북한미시연구소, 2013.

_____, 「김정은 시대의 애도와 구원의 코드」, 『어문논집』 69호, 민족어문학회, 2013.

이상숙, 「김정은 시대의 출발과 북한시의 추이」, 『한국시학연구』 38호, 한국시학회, 2013.

김성수, 「'선군(先軍)'과 '민생' 사이: 김정은 시대 초(2012~2013) 북한의 '사회주의 현실' 문학 비판」, 『민족문학사연구』 통권 53호, 민족문학사학회, 2013.

오태호, 「김정은 시대 북한 단편소설의 향방: '김정일 애국주의'의 추구와 '최첨단 시대'의 돌파」, 『국제한인문학연구』 제12호, 국제한인문학회, 2013.

오창은, 「김정일 사후 북한소설에 나타난 '통치와 안전'의 작동: 인민의 자기통치를 위한 기억과 재현의 정치」, 『통일인문학논총』 제57집, 건국대학교 인문학연구원, 2014.

유임하, 「'전승 60주년'과 북한문학의 표정」, 『돈암어문학』 제26집, 돈암어문학회, 2013.

마성은, 「김정은 시대 초기 북한아동문학의 동향」, 『우리어문연구』 제48집, 우리어문학회, 2014.

박영정, 「역사의 호명과 집단기억의 재구성: 북한 TV 방영 〈산울림〉과 〈오늘을 추억하리〉를 중심으로」, 『통일과 방송』 제3호, KBS보도국 북한부, 2014.

_____, 「김정은 시대의 북한 문화예술의 현황과 전망」, 2012년 제9차 통일문화정

책포럼 발제문, 문화체육관광부·한국문화관광연구원, 2012.

배인교, 「2012년 북한의 음악공연과 樂」, 『남북문화예술』 제13호, 남북문화예술학
회, 2013.

오양열, 「2012년도 북한 문학예술계의 성과와 동향」, 『2013년도 문예연감』, 한국
문화예술위원회, 2013.